山东大学儒学高等研究院教授自选集

思想、历史与文学

刘培 著

山东大学出版社
SHANDONG UNIVERSITY PRESS
·济南·

图书在版编目（CIP）数据

思想、历史与文学/刘培著. —济南：山东大学出版社，2023.10
（山东大学儒学高等研究院教授自选集）
ISBN 978-7-5607-7720-7

Ⅰ.①思... Ⅱ.①刘... Ⅲ.①古典文学研究-中国-文集 Ⅳ.①I206.2-53

中国国家版本馆 CIP 数据核字（2023）第 002332 号

责任编辑　张彩芸
封面设计　王秋忆

思想、历史与文学
SIXIANG LISHI YU WENXUE

出版发行　山东大学出版社
社　　址　山东省济南市山大南路 20 号
邮政编码　250100
发行热线　（0531）88363008
经　　销　新华书店
印　　刷　山东新华印务有限公司
规　　格　880 毫米×1230 毫米　1/32
　　　　　18.625 印张　426 千字
版　　次　2023 年 10 月第 1 版
印　　次　2023 年 10 月第 1 次印刷
定　　价　95.00 元

当下，古典学术研究正面临五四以来百年未有的历史机缘。中央高度重视中华优秀传统文化的创造性转化、创新性发展，注重发挥传统文化在提升国家文化软实力、推动世界文明交流互鉴、为社会治理提供历史智慧等方面的独特功用。儒学高等研究院将顺势而为，与时俱进，将现有的学术优势与国家重大需求相对接，在古典文献整理研究、儒家思想理论阐释、传统文化精华推广普及等领域齐头并进，努力为古典学术研究的全面繁荣做出新的贡献。

2005年的“山东大学文史哲研究院专刊”第一辑出版说明中曾提出：“‘兴灭业，继绝学，铸新知’，是本院基本的科研方针；重点扶持高精尖科研项目，优先资助相关成果的出版，是本院工作的重中之重。”这是当年我们这项学术事业“筚路蓝缕，以启山林”时的初心。而今机构名称虽已更易，但初心不变。“山东大学儒学高等研究院教授自选集”即是这一事业的赓续和拓延。这套书是本院33位专家学者历年学术成果的集中盘点和展示，有的甚至是毕生心血之结晶。这同时也是对文史哲研究院成立20周年暨儒学高等研究院重组10周年的一个纪念。期待学界同行的检阅和批评。

山东大学儒学高等研究院
教授自选集编辑委员会
2022年10月

总　序

山东大学素以文史见长,人文学科为山东大学学术地位和学术声誉的铸就做出了极为重要的贡献。而在目前山东大学的人文学科集群中,2012 年重组的儒学高等研究院当之无愧地位于第一方阵,是打造"山大学派"的一支生力军。山东大学儒学高等研究院已成为目前国内规模最大、实力突出的国学研究机构。而儒学高等研究院的前身和主体是 2002 年成立的文史哲研究院。如此说来,儒学高等研究院已然走过了 20 年的岁月,恰如一个刚刚走出懵懂、朝气蓬勃的青年。

在这 20 年的生命历程中,儒学高等研究院锻造形成了鲜明的学术特色,即以中国古典学术为重心,以古文、古史、古哲、古籍为主攻方向。本院学者在中国古典学术领域精耕细作,取得了一批具有时代高度的标志性成果,受到学术界广泛赞誉。这一学术特色使儒学高等研究院积极融入了当代学术主流。20 世纪 90 年代以降,中国人文学术发展的大趋势是从西方化向本土化转型,而古典学术是实现本土化的一项重要资源。儒学高等研究院顺应时势,合理谋划,全力推进,因此成为近 20 年来中国古典学术研究复兴与前行的重要参与者和推动者。

儒学高等研究院的另一特色是横跨中文、历史、哲学、社会学（民俗学）四个一级学科，并致力于打破学科壁垒，在合理分工的基础上力求多学科协同融合。儒学高等研究院倡导和推行的儒学研究实质上是广义的国学，不以目前通行的单一学科为限。在这种开放多元的学术空间中，本院学者完全依据自身的兴趣和能力进行自主探索、自由创造，做到术业有专攻。目前，本院在史学理论、文献学、民俗学、先秦两汉文学、杜甫研究等若干领域创获最丰，居于海内外领先地位。今后的工作重点是在学科协同和学科整合上做进一步探索尝试，通过以问题为轴心的合作研究产生新的学术优势和学术生长点。

在20年的发展中，儒学高等研究院一方面继承前辈山大学者朴实厚重、精勤谨严的学风，一方面力图贯彻汉宋并重、考据与义理并重、沉潜与高明并重、传世文献与出土文献并重、国学与西学并重、历史与现实并重、基础研究与开发应用并重、个人兴趣与团队合作并重、埋头做大学问与形成大影响并重的科研方针，致力于塑造一种健康、合理、平衡的新学风。本院学者中，既有人沉潜于古籍文献的整理考释，也有人从事理论体系的创构发明，他们能够得到同等的尊重和支持。古典学术研究的学派或机构具有自身特色或专长无可厚非，但必须克服偏颇和极端倾向，摒弃自大排他心态。唯有兼顾各种风格、路向的平衡，才能更好地契合学术发展规律，更大限度地释放学术创造力。

自　序

我一直认为，一个从事人文研究的人在学术上应当是不断成长的，这既包括他对文献的深入解读和融会贯通能力，也包括他对历史传统和学术思想的理解把握能力。这种学术上的成长，与他的生活阅历和思想识见的不断丰富与提高密切相关，当然，这不见得与年龄的增长同步。或者可以说，人文研究者个人心智的成长、视野胸怀的拓展、人文情怀的升华、对生命与审美的理解以及对社会的参与程度等，都关系到他研究的趋向、深度和水平。从事人文研究，不仅是一种谋生和参与社会的手段，而且也是展示自己内在丰富性的重要途径。因此，一个人的学术成果，记录着他心智、思想和情怀的发展历程。

一本精挑细选的个人学术文集，是可以勾勒出一个人的学术发展轨迹及其心智、思想和情怀的发展历程的，自选集就具备这样的功能。不过，我觉得“自选集”是一种高大上的东西，只有那些具有突出学术贡献和对学术发展产生深远影响的人才有资格编选出版自选集，以此来总结自己的学术，为当下和后代作则，为自己学术生命的“不朽”提供更为切实的保障。而展现一个普通学者的学术成长历史，对于学术发展，恐怕没有多大意义,因为他能够进入学术史的可能性微乎其微。基于这样的考虑,当儒学高等研究院要给老师们出版自选集时,我首先想到的是推辞,毕竟我只是一名极其普通的教师,从来没有把自己发表的文章和出版的书籍当成真正意义上的“学术成果”。这些文字是否能够真正融入学术发展的脉络之中?能在多大程度上推动学术的进步?若干年以后的研究者是否还能够注意到这些东西?对此我没有信心。我深知,学术发展的历史是一个披沙拣金、大浪淘沙的过程,即便是那些公认的“权威”“精英”,或自诩为“泰斗”“大师”者,绝大多数也会在历史无情的筛选中踪迹全无,何况是我这样的普通学者?到那个时候,“自选集”就会是一种相当尴尬的存在。不过,儒学院出版这套自选集,是为了展示本院的研究实力,促进本院学术的发展,这样,我作为其中的一员,就有义务借此机会接受院方和同仁们的检视,即使只是作为各位老师和学长的陪衬,我也应该自选出一本集子来。

我从事人文研究这二十多年一直有所追求,这不仅是指我在读书治学上有一个较为端正的态度,消极懈怠的时候不太多,也是指我在对人生和社会的理解上不断地反省复观,以求尽量深入地认识这个世界的过去和现在,以及此生之我的生命状态和存在意义;同时,我也尽量做到发诸胸臆地写文章,避免为完成指标而炮制“论文”。可以说,我的学术应该能够较为真实地反映我对人生和社会的理解,折射我的成长历程和不同年龄阶段的认知水准与格局境界。

这本集子所选，是我近三十年来所发表的近八十篇文章中的一小部分，通过这些小文，我想谛视一下自己学术研读的年轮，展示一下我对社会人生的认知历程。刚工作的时候，我恪守古代文学研究的畛域，写过一些分析作家作品和文学现象的文章；此后，随着年龄增长，对现实与传统的认识有所加深，我的学术兴趣逐渐转向考察历史尤其是思想史方面，学术研究随之走向混融文史哲学的路径。回归历史现场，揭示现象背后的本质性问题，从文学视角观照传统中国文明进步的艰难进程，彰显“人的解放”的历史必然，以深挚的人文情怀感受文学的脉动，烛照人性的光辉，这种种的追求，反映着我在塑造自己治学品格方面的努力，近期的一些文章或许能够呈现出这样的特征来。出于这样的原因，传统中国生活形态的演变、耕读传家生活观念的确立、中国认同的形成等等，成为我着重讨论的命题。与此同时，文章的写作也越来越不顾及发表的要求，不再提前结构好框架，安排好章节，而是找个角度，旁搜远绍，寻源讨流，顺着理路抽丝剥茧般层层分析下去。这样，一个选题可能涉及与之相关的方方面面的各种问题的讨论，文章的篇幅也因之长之又长，有四五万、十来万字甚至字数更多者，这全凭兴之所至。这些文章如悬于房梁上风腊的整猪，需要时就割一块下来，配以摘要、关键词、前言、结论等佐料，使之成为一道像样的菜，以便发表示之于众。这次编选，我尽量将它们恢复为发表前的原貌，但是有些几万字的超长文章，因为许多部分还处于“悬于房梁”的状态，不便率尔刊出。

读过许多学术书籍的序言和后记，也阅读、聆听过一些大学者教人治学的文章和报告，时常为他们所经历的学术研究的艰辛和对学术的执着感动不已。但是他们的那些我只能仰慕，难以身体力行，我应该是不够努力的那种读书人吧，虽然不曾虚度太多的光阴，但也没有忍受苦难而孜孜以求的执念，当然也没有那种揽镜自照而自我感动的崇高之情，我实在拿不出能够让人感动的治学事迹来，也没有治学秘笈可以教人，我只是平平淡淡地读书、思考，并行之于文。其实，我没有把从事学术当作舍我其谁的一种使命，而是将之当作一种此生选择的包括谋生在内的生活形态，一种和这个世界与传统交流的途径。

我从小就喜欢读书，想不到以后会以此谋生，爱好和工作相结合，这是我此生的大幸。孔子曾说，古之学者为己，今之学者为人。如果有可能，我还是想尽量做一个“为己”之人，以美其身，不为禽犊，乐在其中。

刘　培

2023年1月

目　录

汉魏六朝文学研究

宋代辞赋发展流变

多维视野下的宋代辞赋创作

宋代辞赋的个案研究

汉魏六朝文学研究

东汉论都赋内蕴的演变*

汉代最宏伟的诗篇是京都大赋。其中,东汉的大部分京都赋是就定都洛阳还是还都长安这一问题而作的,我们称之为"论都赋"。光武帝于建武十八年(42)三月行幸长安,伤闵旧京,第二年下诏修整长安的宫室,于是引发了都洛阳与都长安的争论。杜笃的《论都赋》是这一类赋中最早的一篇。杜赋的序在介绍了光武行幸、下诏修缮长安的情形后,云:"是时山东翕然狐疑,意圣朝之西都,惧关门之反拒也,客有为笃言……"可见,杜笃作此赋距光武下诏的建武十九年(43)不会很远。陆侃如先生的《中古文学系年》系此赋作于建武二十年(44),当为知言。同样就论都而作的班固的《两都赋》成于明帝永平(58—75)后期。崔骃和傅毅均有《反都赋》的佚文存世。据《后汉书·崔骃传》载:"(骃)少游太学,与班固、傅毅同时齐名。"傅赋仅存两句佚文,难窥全豹。崔赋在内容上与班赋相似之处甚多,很有可能这三篇赋作于同一时期。班固等的这三篇赋与杜笃的《论都赋》相去近三十年。张衡的《二京赋》是拟班固《两都赋》而作,作于元兴元年(105)前后,上距班赋近四

---

* 本文原载于《东岳论丛》2001 年第 2 期。入选本书时有改动,以下诸篇同,不再一一注明。

十年。因时代环境、学术思想和个人因素等的影响，这些赋显现出不同的风貌。

一

自汉武帝独尊儒术以来，经过一百多年的浸渍，儒家思想已深入人心，成为士人们立说行事的凭据，杜笃于建武二十年(44)前后奏上的《论都赋》劝说光武帝还都长安，其立论却颇有悖于儒家思想之处，其具体表现在以下两个方面：第一，在赋中，杜笃盛称汉武帝的功业。自西汉宣帝以来，武帝是一位颇受非议的皇帝。宣帝时，议立武帝庙乐，夏侯胜上书反对，理由是："武帝虽有攘四夷广土斥境之功，然多杀士众，竭民财力，奢泰亡度，天下虚耗，百姓流离，物故者半。蝗虫大起，赤地数千里，或人民相食，畜积至今未复。亡德泽于民，不亦为立庙乐。"①矛头所指，是武帝的外兴武功和奢侈无度。对待蛮夷，儒者严守华夷之辨，大抵不主张武力征讨，而是主张对异族进行怀柔和教化。武帝伐匈奴时，韩安国就表示反对，他说："(匈奴)得其地不足以为广，有其众不足以为强，自上古不属为人。"②而杜笃则大力称颂武帝的拓边之举，他说："是时孝武因其余财府帑之蓄，始有钩深图远之意，探冒顿之罪，校平城之仇。"他认为武帝伐匈奴是为国复仇，这样一来，一向被儒者非

① (汉)班固撰，(唐)颜师古注：《汉书》卷七十五《眭两夏侯京翼李传》，中华书局1962年版，第3156页。

② (汉)司马迁：《史记》卷一百八《韩长孺列传》，中华书局1982年版，第2861页。

议的行为就变成了合乎儒家经义的行为。《春秋》公羊学主张复国之仇。如《公羊传·庄公四年》:"《春秋》为贤者讳。何贤乎襄公?复仇也。何仇尔?远祖也。"尊为国复仇的齐襄公为"贤者"。杜笃并非笃信公羊学,他只是借复仇立说以赞美武帝的尚武之举。接着他历数武帝南北征伐的武功,已超出了复仇的范畴。他还描绘了武帝以力合天下以致一统的盛况:"于是同穴裘褐之域,共川鼻饮之国,莫不袒跣稽颡,失气虏伏。非夫大汉之盛,世藉雍土之饶,得御外理内之术,孰能致功若斯!"①杜笃这样写,是希望光武帝王霸并用,能够建立像汉武帝那样的非常之功。他对光武帝醉心于以儒术治天下是相当不满的:"意以为获无用之虏,不如安有益之民;略荒裔之地,不如保殖五谷之渊;远救于已亡,不若近而存存也。"光武帝的这种思想和汉武帝的大兴武功截然不同。杜笃对光武以德绥远的政策作了委婉的规劝:"物罔挹而不损,道无隆而不移;阳盛则运,阴满则亏,故存不忘亡,安不讳危。虽有仁义,犹设城池也。"他主张光武迁都长安,以接续汉武恩威并用的王霸之术。

第二,在《论都赋》中,杜笃强调雍州之富饶,地势之险要,足可作为统治天下的藩屏。他说:"夫雍州本帝皇所以育业,霸王所以衍功,战士角难之场也。"是王天下者先据之地。他认为,若定都关中,"用霸则兼并,先据则功殊;修文则财衍,行武则士要;为政则化上,篡逆则难诛;进攻则百克,退守则有余。斯固帝王之渊囿,而守国之利器也"。杜笃对关中形势的看法

---

① (汉)杜笃:《论都赋》,费振刚、胡双宝、宗明华辑校:《全汉赋》,北京大学出版社 1993 年版,第 267 页。本文所引辞赋,均出自该版《全汉赋》,为行文方便,不再一一出注。

源于张良劝说汉高祖定都关中。汉初，有人劝汉高祖都洛阳，张良劝诫说："洛阳虽有此固，其中小，不过数百里，田地薄，四面受敌，此非用武之国也。夫关中左殽、函，右陇、蜀，沃野千里，南有巴蜀之饶，北有胡苑之利，阻三面而守，独以一面东制诸侯。诸侯安定，河渭漕挽天下，西给京师；诸侯有变，顺流而下，足以委输，此所谓金城千里，天府之国也。"①居关中之势以制天下，攻守自如，这种思想近于法家的居势之要的权术，而与儒家守天下以德不以险的思想大不相同。

在儒学深入人心、人主欲以柔道治天下的东汉初期，杜笃此番论调似乎颇为不合时宜。但这与当时的具体环境和杜笃本人的思想面貌密切相关。光武立国之初，天下初定，兵戎未绝，匈奴趁势不断犯塞，直到建武十年(34)，国内战乱才基本平息。就在建武十八年(42)，还发生了蜀郡史歆的叛乱。儒术适合于守成，而不适合于治乱世。若此时躬行儒术以德绥天下，是行不通的。这时需要的是武力的威慑与征伐。而关中的形势恰可以作为一统天下的基地。郑兴就曾上书更始帝，要他放弃洛阳，定都长安，他说："议者欲先定赤眉而后入关，是不识其本而争其末。恐国家之守，转在函谷，虽卧洛阳，庸得安枕乎？"②在天下未定之时，关中的地位是被有眼光的人士看重的。杜笃本人并非株守儒道的儒学中人，《后汉书》本传称他"少博学，不修小节，不为乡人所礼"。儒士最看重外在举止上的文饰，不修小节的杜笃肯定难立足于名教之地，其以居势以

① (汉)司马迁:《史记》卷五十五《留侯世家》，中华书局 1982 年版，第 2044 页。

② 《全后汉文》卷二十二，(清)严可均校辑:《全上古三代秦汉三国六朝文》，中华书局 1958 年版，第 590 页。

制众着眼来论都就不足为奇了。这也反映出杜笃不偶于俗学的理性精神。

二

建武中元元年(56),光武帝封泰山、禅梁父,告以成功,东汉王朝逐渐显现出化致升平的中兴气象来。同年,光武帝又在洛阳南门外建造明堂、辟雍、灵台,欲行儒家礼仪,以昭示天下自己欲行儒术的决心。就在这一年,光武帝宣布图谶于天下,谶纬经学完成了国教的形式。当时风行天下的是谶纬化了的今文经学,士人们争学图谶以求宦途显达。明帝即位后,热心提倡儒学,时常亲临辟雍与儒生讲经论道,儒士们期盼已久的王道之治终于到来了。在人们的观念中,国家的升平气象是统治者纯用儒术、以柔道统治天下所致。儒学要求文学应具有“美刺”的功能,在这样的太平盛世,文学应当以“安以乐”的“治世之音”为统一的王朝歌颂功德,润色鸿业。于是,在明帝永平年间,班固创作了《两都赋》,崔骃、傅毅分别创作了《反都赋》,热情地歌颂了东汉以儒术治天下的美政。

崔骃在《反都赋序》中陈述了他作赋的意图:“汉历中绝,京师为墟,光武受命,始迁洛都,客有陈西土之富,云洛邑褊小,故略陈祸败之机,不在险也。”班固的《两都赋序》也表达了相同的意思:“西土耆老,咸怀怨思,冀上之眷顾……故臣作《两都赋》,以极众人之所眩曜,折以今之法度。”《文选》李善注《西都赋》题解云:“自光武至和帝都洛阳,西京父老有怨,班固恐帝去洛阳,故上此词以谏,和帝大悦也。”其实,李善这一看法是不正确的。崔骃、班固的序只是因袭了杜笃的《论都赋序》，他们只是借题发挥，以便歌颂汉运中兴，躬行儒术。关于定都长安的争论距此时已过去三十年，经过多年的经营，洛阳已有相当规模，况且明帝时天下晏如，不必凭险固以制天下，因而断无迁都的道理。对于定都洛阳的理由，班固他们继承了西汉儒士翼奉的看法，主张都洛以割断与西汉多欲之治的联系。西汉宣帝时，面对汉廷的奢侈之风，翼奉上疏迁都成周（洛阳），他说："臣闻昔者盘庚改邑，以兴殷道，圣人美之。窃闻汉德隆盛，在于孝文皇帝躬行节俭，外省徭役。……故其时天下大和，百姓洽足，德流后嗣。"①他希望宣帝效法盘庚迁都中兴殷室的旧事，迁都成周，接续文帝的节俭之风。班固称光武中兴乃是更立新朝，是汉之再受命，他在《东都赋》中赞颂道："且夫建武之元，天地革命，四海之内，更造夫妇，肇有父子，君臣初建，人伦实始，斯乃伏羲氏之所以基皇德也。"崔骃也认为光武受命乃是"陶以乾坤，始分日月"（《反都赋》）。可见，班固等的论都，不是就事论事，而是踵武翼奉，涉及了杂用王霸还是纯用儒术的问题。

班固的《两都赋》通过西都与东都的比较，对西汉的多欲之治进行了批判，热情地歌颂了东汉纯用儒术的政治。首先，班固讥刺西汉商业的畸形繁荣，他夸张地描绘了西汉的商业："内则街衢洞达，闾阎且千，九市开场，货别隧分，人不得顾，车不得旋，阗城溢郭，傍流百廛。红尘四合，烟云相连。于是既庶且富，娱乐无疆，都人士女，殊异乎五方，游士拟于公侯，列肆侈于姬姜。"商富农贫，本末倒置，这是不合乎儒家重农抑商的观

---

① （汉）班固撰，（唐）颜师古注：《汉书》卷七十五《眭两夏侯京翼李传》，中华书局 1962 年版，第 3175 页。

点的。其实,汉武帝曾以“算缗”“告缗”等法令力折商贾,只是不能有效地扼制商业发展的势头罢了。作为对比,班固赞美了东汉崇本轻末、教化百姓返璞归真的美政:“除工商之淫业,兴农桑之上务。遂令海内弃末而反本,背伪而归真。女修织纴,男务耕耘。”其次,班固批判西都的奢靡之风,颂美东都天子躬行节俭。汉武帝的奢华作风一直为汉儒所诟病,元帝时,贡禹上疏曰:“武帝始临天下,尊贤用士,辟地广境数千里,自见功大威行,遂从嗜欲……是以天下奢侈,官乱民贫,盗贼并起,亡命者众。”①在《两都赋》中,班固极力铺陈西都宫殿之盛,而对东都宫室却极少描写,强调其“奢不可逾,俭不可侈”。傅毅的《洛都赋》同样略写洛阳宫室,他们这样做是为了突出东都天子的节用爱民。汉儒认为天子乃教化的本源,天子的奢靡会诱导天下的奢侈之风,从而使民风浇薄,失教化之本。匡衡曾上疏元帝:“今长安天子之都,亲承圣化,然其习俗无以异于远方,郡国来者,无所法则,或见侈靡而放效之。此教化之原本,风俗之枢机,宜先正者也。”②与西都天子有乖教化之本相对照,班固详细地描述了东都天子行儒家的“三雍”之礼,以表现其恪守儒家礼仪,“考声教之所被,散皇明以烛幽”。再次,班固通过两都田猎的对比,反映出西都天子的放纵情志,不恤民力,而东都天子以仁心应物,有仁者之风。西都的田猎,禽兽尽为殄夷,以至于“原野萧条,目极四裔”,这种做法是不合乎儒家的要求的。《孟子·梁惠王上》曰:“数罟不入洿池,鱼鳖不

---

① (汉)班固撰,(唐)颜师古注:《汉书》卷七十二《王贡两龚鲍传》,中华书局1962年版,第3077页。

② (汉)班固撰,(唐)颜师古注:《汉书》卷八十一《匡张孔马传》,中华书局1962年版,第3335页。

可胜食也,斧斤以时入山林,材木不可胜用也。"要求取之于自然要有节制,不可竭泽而渔。东都天子的田猎则"乐不极盘,杀不尽物",有所节制。最后,在《两都赋》中班固精心描绘了东都天子行儒家之教化,仁风所被,蛮夷来朝的热闹场面:"自孝武所不能征,孝宣所不能臣,莫不陆詟水栗,奔走而来宾,遂绥哀牢,开永昌。春王三朝,会同汉京。是日也,天子受四海之图籍,膺万国之贡珍。内抚诸夏,外接百蛮,乃盛礼乐供帐,置乎云龙之庭……"这是战胜于朝廷的王道思想的形象体现,东汉天子施行教化就使四海归心,致于一统。班固主张对待化外之民应以德绥靖,反对武力征伐,在《汉书·匈奴传赞》中,他说:"招携以礼,怀远以德。"在《汉书·刑法志上》中,他认为:"文德者,帝王之利器,威武者,文德之辅助也。"因而,在赋中,他对汉武帝开疆拓土的伟业只字未提,在《汉书·武帝纪》的赞语中,他只表彰了武帝罢黜百家的功绩,对外兴武功之事亦不着一字,班固这样做可能是"为尊者讳"吧。对武帝外兴武功的态度,班固和以往的儒者是一致的。武帝伐匈奴,通西南夷,当时就受到韩安国、主父偃等人的非议。之后,更是招致众多儒士的批评。儒士们株守"华夷之辨",认为化外之民,获之无用,不如化夷为华,以德安抚。

综上所述,班固论都,只是把西都作为反面陪衬,其目的是歌颂东汉王朝以德绥天下、守位以人、不恃险隘的治国之道。

三

章和二年(88),章帝崩,年幼的和帝嗣位,窦太后临朝称制,外戚窦宪总揽大权,这是东汉外戚擅权的开始。永元四年(92),和帝与宦官郑众定议,铲除窦氏,宦官从此参与政事。外戚、宦官干政,士人的仕途渐窄,居于独尊地位的今文经学本来以利禄吸引士人,但此后对士人逐渐失去了吸引力,今文经学走向衰落,人们的思想开始从今文经学的桎梏中解脱出来。东汉中叶以后,古文经学乘势而起,诸子之学也开始受到人们的关注。古文经学讲究实学,重名物训诂,重在探求经文本旨。和今文经学的"虚妄"不同,古文经学包含着冷静的理性精神。张衡作于永元末年的《二京赋》是拟班固《两都赋》之作。张衡是一位倾向于古文经学的学者,且深受老庄哲学的影响。特定的学术背景和时代环境等因素影响着张衡《二京赋》的创作,使得它的内蕴与《两都赋》大不相同。

由于受古文经学的影响,《二京赋》的行文大量化用古文经《周礼》《左传》等典籍上的语句;行文中涉及经旨的歧见,多依从古文经之说;《二京赋》中涉及的典礼,多从《周礼》的制度,《东京赋》写了籍田、郊祀天地、大饮、大阅、大傩等典礼,除籍田依《礼记》而外,其他典礼均依从《周礼》的制度。不过,给《二京赋》的内蕴以深刻影响的,还是古文经学崇实征信的学风和冷静的理性精神。

第一,《二京赋》不言谶纬,对于光武立国,没有像班固那样大言谶纬之说,把光武帝神化;也没有像班固那样大唱更立新朝的颂歌,而是用"我世祖忿之,乃龙飞白水,凤翔参墟。授钺四七,共工是除。欃枪旬始,群凶靡余。区宇乂宁,思和求中"这几句话来泛泛地叙述光武的功绩。在张衡的心目中,光武立国并不像班固所说的那样神圣,只是又一次朝代更迭而已。古文经学不言谶纬,认为儒家典籍只是古代史料。张衡不神化光武,正体现了古文经学崇实的学风。第二,对于汉之西京的描写,张衡虽也有夸张失实之处,但他并不像班固那样侧重描绘它的气势,而是征引史实,详细描写它的布局结构、历史发展、风土人情,尤其值得一提的是,张衡详尽地描绘了西京三教九流的各色人物,以及小说、百戏等娱乐项目。这些,都是古文经学征信学风的表现。第三,《二京赋》冷静地批判现实的态度和古文经学的理性精神是一致的。古文经学朴实的学风使东汉的思想界由今文经学的虚妄转向冷静地反观历史与现实。张衡客观地描写了天子的各种秽行,如:"阴戒期门,微行要屈,降尊就卑,怀玺藏绂。便旋闾阎,周观郊遂,若神龙之变化,彰后皇之为贵。"写天子与恶少年在城里郊外四处游荡,拈花惹草。又如:"于是采少君之端信,庶栾大之贞固。立修茎之仙掌,承云表之清露,屑琼蕊以朝飧,必性命之可度。"用反语来讥刺汉武帝之好仙,接下来进一步讽刺道:"若历世而长存,何遽营乎陵墓?"这种清醒的批判精神在班固的赋中是没有的。又如:"增昭仪于婕妤,贤既公而又侯。许赵氏以无上,思致董于有虞。"揭露了汉成帝的秽行,他宠幸赵氏姐妹,为了博得赵昭仪的欢心,竟亲手杀害了许美人所生的孩子!他宠爱龙阳君式的人物董贤,竟然要让国于他!在张衡笔下,以往被认为奉天承运的天子失去了神圣的光环。据《后汉书·张衡传》载,张衡创作此赋是因为"天下承平日久,自王侯以下,莫不逾侈"。矛头所向,是和帝以后豪强势力恶性膨胀的社会现实。和帝即位后,窦太后临朝,弛盐铁之禁,豪强势力的财富大增,肆意妄为。在赋中,张衡详细地描绘了贵族豪强的骄奢淫逸、横行霸道:"若夫翁伯浊质,张里之家,击钟鼎食,连骑相过。东京公侯,壮何能加?"这段话源自《汉书·货殖传》,该传记载了西汉的一批暴富发迹的巨商:“翁伯以贩脂而倾县邑,张氏以卖酱而逾侈,质氏以洒削而鼎食,浊氏以胃脯而连骑,张里以马医而击钟,皆越法矣。”①很明显,张衡借这些不法奸商来影射和帝以后恶性膨胀的豪强势力,他清醒地认识到以外戚为首的这股势力对君权的削弱:“臣济侈以陵君,忘经国之长基。”第四,张衡对武帝的外兴武功并未像班固那样持否定态度,他赞扬武帝的开边之功:“武有大启土宇,纪禅肃然之功。”因而,《二京赋》里没有出现班固向往的那种仁风所被、蛮夷来朝的热闹场面,张衡清醒地认识到今文儒生以德绥远的想法是一厢情愿和自欺欺人的。第五,对于朝代的兴衰,张衡抛弃了今文经学的“五德相生”说,表现出通古今之变的历史意识。在《二京赋》中,他指出:“苟好剿民以媮乐,忘民怨之为仇也;好殚物以穷宠,忽下叛而生忧也。夫水所以载舟,亦所以覆舟。”“必以肆奢为贤,则是黄帝合宫,有虞总期,固不如夏癸之瑶台、殷辛之琼室也! 汤武谁革,而用师哉?”他认识到朝代的轮替在于民心之所向、君王之德行,而不是上天受命。张衡的这种历史观显然与古文经学斥虚妄、六经皆史的观点有一定的联系。

《后汉书·张衡传》载,“(衡)虽才高于世,而无骄尚之情,常从容淡静,不好交接俗人”,可能与这种性格有关。张衡深受老庄之学的影响。在《归田赋》里,他表明自己的心志曰:“感老氏之遗诫,将回驾乎蓬庐。弹五弦之妙指,咏周孔之图书,挥翰墨以奋藻,陈三皇之轨模。苟纵心于物外,安知荣辱之

① (汉)班固撰,(唐)颜师古注:《汉书》卷九十一《货殖传》,中华书局 1962 年版,第 3694 页。

所如!”在《二京赋》中,张衡一方面申说儒家节用爱人的王道,另一方面辅之以老子淡泊无为的思想,杂糅儒道。汉代独尊儒术,儒家重视文饰,激励名节,从而引发了天子喜好粉饰太平以欺世盗名、士人诈伪名节以博取利禄的恶劣后果,使得整个社会大伪斯兴,上下相蒙。张衡在《二京赋》中伸张道家淡泊无为的思想,以救儒术之弊,他告诫统治者:“清风协于玄德,醇化通于自然。”王道之治应是自然无为的,并非好大喜功者的“缘饰以儒术”。他又说:“若乃流遁忘反,放心不觉,乐而无节,后离其戚。”这段话化自《淮南子·本经训》“凡乱之所生,皆在流遁”一句,希望统治者收敛好虚名的流遁之心。他的儒道杂糅的统治哲学是:“为无为,事无事,永有民,以孔安。尊节俭,尚素朴,思仲尼之克己,履老氏之常足。将使心不乱其所在,目不见其可欲……所贵惟贤,所宝惟谷,民去末而反本,咸怀忠而抱悫。”这段话化用了《老子》的“为无为,事无事,我无为而民自化,我无事而民自富”,“不见可欲,使心不乱”。既强调儒家克己复礼、忠君、强本节用的思想,又以老氏玄默自守的思想檃栝因崇儒而引发的诈伪好名的不良后果。张衡的王道之治和传统的儒者是不同的。

刘勰在《文心雕龙·时序篇》中说:“文变染乎世情,兴废系乎时序。”从东汉论都赋内蕴的演变当中,我们可以窥见东汉政治、学术思想的衍变。

经学的演进与汉大赋的嬗变*

自汉武帝独尊儒术以来,经学在汉代思想领域中处于核心地位。汉大赋的创作,深受经学的影响。对于经学与汉赋的联系,学者们颇有论说。不过,两汉经学始终处于变化发展之中,在不同时期,它对汉大赋施加的影响也不同。武帝时期,公羊学大行于世;武、宣之后,经学复归纯儒,《诗》学大兴;哀、平之后,谶纬之学兴起;白虎观会议之后,古文经学势力大增。经学的演进影响着汉大赋的嬗变。

一

汉初以来,经过长期的休养生息,社会生产得以恢复和发展,社会财富大增,王国和地方豪强的势力迅速膨胀,枝强干弱的问题越来越突出。汉初奉行的黄老思想无法应付这种形势,要求加强中央集权的呼声高涨起来。秦亡之后,人们在对秦亡教训的反省中,早已注意到儒学在统治国家方面的巨大作用,在加强中央集权方面,儒学有着其他诸子难以比拟的优势。武

---

* 本文原载于《南开学报》2001 年第 1 期。

帝亲政之后即行崇儒之举便是大势所趋。建元五年(前136),武帝兴太学,置五经博士,继而在元光元年(前134),接受董仲舒的建议,罢黜百家,独尊儒术。武帝时的独尊儒术,主要是尊奉董仲舒的公羊学。董仲舒在景帝时就开始研治《公羊春秋》,他继承并发展了战国中期邹衍尤其是秦统一前《吕氏春秋·十二纪纪首》的阴阳五行说,以阐释本无阴阳五行观念的《公羊传》,使之更符合时代的政治需求,因而春秋公羊学受到武帝的青睐。公羊学被人们关注应当是很早的事,但到武帝罢黜百家之后方才大盛。

思想领域的崇儒趋势为敏锐的赋家所注意,在武帝立五经博士的后一年,即建元六年(前135),司马相如奏上《天子游猎赋》,其中表现出的思想,与公羊学有很多相通之处。

第一,公羊学“大一统”的思想在《天子游猎赋》中有充分体现。公羊学主张“大一统”,如《公羊传·隐公元年》释《春秋经》“元年春王正月”云:“王者谁谓?谓文王也。曷为先言王而后言正月?王正月也。何言乎王正月?大一统也。”体现了奉周正朔、“大(重视)一统”的历史哲学观。这种思想迎合了汉王朝国力殷盛时期加强中央集权的需要。董仲舒从他的天的哲学体系出发进一步发挥了“大一统”的思想,他说:“何以谓之王正月?曰:王者必受命而后王。……制此月以应变,故作科以奉天地,故谓之王正月。”①乃是“六合同风,九州共贯”②。在大赋中,“大一统”的思想表现为对帝王雄据天下的

① (汉)董仲舒:《春秋繁露》卷七《三代改制质文》,上海书店出版社2012年版,第146页。

② (汉)班固撰,(唐)颜师古注:《汉书》卷七十二《王贡两龚鲍传》,中华书局1962年版,第3063页。

夸张描写。司马相如的《天子游猎赋》描写武帝的上林苑道："左苍梧，右西极，丹水更其南，紫渊径其北。""视之无端，察之无涯，日出东沼，入乎西陂。"①几乎要囊括天下。其中的山形水势，稀世罕有；草木禽兽，极天下之珍奇。这样夸张描写的目的，是要体现出受天命而君临天下的汉天子对天下的绝对占有权，一切制度、思想都应一统于汉天子。在以后的大赋中，对帝王苑囿的夸张描写遂成为固定的模式。

第二，屈民申君、君权绝对化的思想在《天子游猎赋》中也有充分体现。公羊学维护君主专制地位，《公羊传·成公元年》说："王者无敌，莫敢当也。"董仲舒对此大加发挥，他说："《春秋》之法，以人随君……故屈民而申君，屈君而申天，《春秋》之大义也。"②宣扬臣民必须绝对服从天子。他把天子神化了，并将为君之道和阴阳灾异联系起来。他说："王者，人之始也，王正则元气和顺，风雨时，景星见，黄龙下。王不正则上变天，贼气并见。"③在《天子游猎赋》中，屈民申君的思想表现为三个方面。首先，在结构上，先借子虚、乌有先生之口描绘了齐王、楚王场面盛大的游猎，然后借亡是公之口极力夸扬汉天子游猎的场面，在气势上压倒诸侯王，从而达到尊君的目的。其次，在品行上，把汉天子与诸侯王进行对比。汉天子在游猎之

① （汉）司马相如：《上林赋》，费振刚、胡双宝、宗明华辑校：《全汉赋》，北京大学出版社1993年版，第62页。本文所引辞赋，均出自该版《全汉赋》，为行文方便，不再一一出注。

② （汉）董仲舒：《春秋繁露》卷一《玉杯》，上海书店出版社2012年版，第121页。

③ （汉）董仲舒：《春秋繁露》卷四《王道》，上海书店出版社2012年版，第131页。

后幡然悔悟,感觉到了过分淫逸的错误,于是赈困济贫,存问鳏寡孤独,勤于政事。于是乎,举国上下和乐,天下归心。齐王、楚王却沉迷于游逸,争胜于田猎。汉天子在品行上压倒了诸侯王。最后,司马相如以相当长的篇幅描写了汉天子的神异:"然后侵淫促节,倏夐远去……轶赤电,遗光耀,追怪物,出宇宙……然后扬节而上浮,凌惊风,历骇猋,乘虚亡,与神俱。"董仲舒在理论上把皇权绝对化了,把天子神化了;司马相如用艺术形象表现了神化的天子和绝对化的皇权。

第三,《天子游猎赋》缺乏讽刺,这与公羊学亦密切相关。相如赋缺乏讽谏的原因是多方面的,《公羊传》的影响也是其中之一。《公羊传・隐公十年》云:"《春秋》录内而略外。于外,大恶书,小恶不书;于内,大恶讳,小恶书。"对于国君之恶,只能写无关痛痒的小恶。董仲舒大言灾异,主张国君之恶只能由上天来谴告。这样,人们就无法直谏君主之大恶。相如赋中淡薄的讽谏并非直陈,而是由汉天子幡然悔悟,自己体会到的,这完全符合公羊学的讽谏要求。

二

西汉后期的经学显现出复归儒术和批评时政的特征。

武帝的多欲之治搞得国力空虚、民怨沸腾,武帝晚年对此颇有悔意,公羊学因此失去专宠的地位。统治者由杂用王霸之术向纯用儒术转变。宣帝时,朝堂上主张行儒家王道的呼声极高。盖宽饶说:"方今圣道浸废,儒术不行。以刑余为周、召,以法律为《诗》《书》。"还引《韩诗易传》指出:"五帝官天下,三王家天下。家以传子,官以传贤。若四时之运,功成者去,不得其人则不居其位。”①这种意见在当时是有代表性的。弘扬儒术是当时经学的一个重要特征。元、成以后,外戚专权,中央集权衰落。借阴阳灾异来谴告统治者的言论大大增加。三统受命之说在武帝时用来夸符瑞、饰太平,至此,汉德日衰,人们以此来警示庸主。随着君权的衰落,公羊学已不能适应政治的需要,提倡温柔敦厚的《诗》学更适应上层豪强势力分享政权的现实。再加上《诗》兼美刺,有利于直接地评论时政。更何况早已阴阳五行化了的今文《诗》学也符合当时思想界阴阳五行化的风气。于是,在君权衰落的时代,《诗》学大行于世,代替了公羊学来指导政治。当时的人们在政治生活中常引《诗》讽谏,如王式、龚遂以《诗》来讽谏诸侯王。刘向上封事,也常常引《诗》。《诗》学的兴起,意味着批评时政力度的加强。这是西汉后期经学的主要特征。

西汉后期创作大赋的代表作家是扬雄。扬雄的大赋接续司马相如而又深受当时经学的濡染,具有浓厚的宣扬正统儒家思想和重视讽谏的倾向。

第一,扬雄的大赋重视宣扬正统儒家思想。元延二年(前11),成帝田猎,扬雄献《羽猎赋》。在序中,扬雄指出,古代的圣君贤主池沼苑囿与民共享,田猎有节,不夺农时。《孟子·梁惠王下》曰:“文王之囿方七十里,刍荛者往焉,雉兔者往焉,与民同之。”扬雄发挥了孟子这一思想。作为对照,他又写了武帝的广苑囿,好田猎,游观侈靡,穷妙极丽,“尚泰奢,丽夸

① (汉)班固撰,(唐)颜师古注:《汉书》卷七十七《盖宽饶传》,中华书局1962年版,第3247页。

诩,非尧、舜、成汤、文王三驱之意也”,把武帝当作悖于儒道的反面典型。在纯用儒术的过程中,武帝的多欲之治一直受到人们的指责。宣帝时,议立武帝庙乐,夏侯胜上书反对,理由是:“武帝虽有攘四夷、广土斥境之功,然多杀士众,竭民财力,奢泰亡度,天下虚耗,百姓流离,物故者半。”①扬雄与夏侯胜一样,都是站在儒家仁政的立场上反对武帝的奢泰无度的。在赋中,扬雄描绘了他理想中的成帝:“放雉兔,收罝罘,麋鹿刍荛,与百姓共之。”“乃祗庄雍穆之徒,立君臣之节,崇贤圣之业,未遑苑囿之丽、游猎之靡也。”“奢云梦,侈孟诸,非章华,是灵台,罕徂离宫,而辍观游,土事不饰,木功不雕,承民乎农桑,劝之以弗怠,侪男女使莫违。”这是纯用儒术的贤明君主,是扬雄对成帝的期望。在司马相如的《天子游猎赋》中,汉天子在游猎之后,广陈声乐,置酒酣歌。而扬雄此赋,在描写了田猎之后,儒生开始登场:“于兹乎鸿生钜儒,俄轩冕,杂衣裳,修唐典,匡《雅》《颂》。”然后是蛮夷异俗之民,远慕汉天子之仁风,纷纷来朝,这与武帝的武力征服迥乎不同。扬雄的其他大赋,同样充满了儒家的说教,这是弘扬儒术的时代风气使然。在扬雄献《羽猎赋》的前一年,即元延元年(前12),谷永上书云:“天生蒸民,不能相治,为立王者以统理之,方制海内非为天子,列土封疆非为诸侯,皆以为民也。垂三统,列三正,去无道,开有德,不私一姓,明天下乃天下人之天下,非一人之天下也。”②在民本思想的基础上任贤者为君,不私一姓,不愚忠于汉廷,这就是

① (汉)班固撰,(唐)颜师古注:《汉书》卷七十五《眭两夏侯京翼李传》,中华书局1962年版,第3156页。

② (汉)班固撰,(唐)颜师古注:《汉书》卷八十五《谷永传》,中华书局1962年版,第3466—3467页。

两汉后期儒者的“忠”,也是扬雄宣扬儒道的本质所在。

第二,扬雄的大赋重视讽谏,发扬了《诗》学的“美刺”说。元、成之后,《诗》学尊显。在经学风尚的影响下,扬雄重视大赋匡时救俗的作用。在《甘泉赋》中,他劝成帝“屏玉女而却宓妃”,有所专宠,以广子嗣。《长杨赋》一反大赋铺张扬厉的习惯,而是追溯高祖、武帝的伟业,申说儒家宽厚仁民之道,希望成帝择正道而行,批评成帝多置禽兽于长杨宫以夸耀于胡人的荒唐之举。《河东赋》劝成帝在仁义之途上与其临川羡鱼不如退而结网,躬行仁术。这些都是功利主义“美刺”观在扬雄赋中的反映。扬雄晚年对大赋持否定态度,以为是雕虫小技,辍不复为。究其原因,主要是扬雄过分看重大赋的政治功用,但往往是讽而不止,不免于劝。而今文经学日益空疏,无补于世,于是,扬雄抛弃了经学附庸的大赋,转而寻求儒家的本义。

三

西汉末期,上层豪强势力恶性膨胀,汉王朝气数将尽。阴阳五行化的经学不能充分满足政治需要,于是,在哀、平之世,经学迅速朝谶纬化方向发展。在“五德相胜论”之外,刘向父子又标榜“五德相生论”,以利于改朝换代。谶纬化经学以此为基础宣扬君权天授,神化帝王,诸如感生、符命、奇相异貌等说法均为神化帝王的手段。王莽、刘秀竞相以君权天授自我标榜,以证明其统治的合理。在谶纬经学看来,神圣的天子应是躬行儒术的圣贤,《尚书帝命验》说:“天道无适莫,常传其贤者。”在神化帝王的同时,谶纬经学神化了孔子,从而神化了儒术。众多纬书给孔子附会上诸如汁光之精、端门血书等妖异内容,宣称:“玄丘制命帝卯行。”①孔圣为汉制作制度,这样就为元、成以来的纯用儒术找到了神圣的借口,也符合东汉统治者以柔道治天下、向豪强势力让步的现实。

光武帝建武中元元年(56),宣布图谶于天下,谶纬经学完成了国教的形式。东汉士人争学图谶,以求宦途显达。在这种风气的影响下,东汉前期的大赋有大量谶纬的内容,并且极力宣扬帝王躬行儒术,讽谏之义基本抛弃了。

第一,东汉前期的大赋在颂美汉天子时都引谶纬内容,以证明其君权天授。如李尤的《函谷关赋》:“天闵群黎,命我圣君。稽符皇乾,孔适河文,中兴再受,二祖同勋。”又如崔骃的《反都赋》:“(光武帝)收翡翠之驾,据天下之图。上帝受命,将昭其烈。”其中,黄香的《九宫赋》尤使人注意。《古文苑》章樵题注曰:“《河图》之数,戴九履一,左三右七,二四为肩,六八为足,五居中央,从横十五。《易·乾凿度》曰:‘太一取其数以行九宫。’郑玄注云:‘太一者,北辰神名也,下行八卦之宫,每四乃还于中央……’”②黄香的赋便是依据这种观念创作而成的,如写太一出巡:“径阊阖而出玉房,谒五岳而朝六宗,对祝融而督勾芒。荡翊翊而敞降,聊优游以尚阳。跖昆仑而蹈碣石,跪底柱而跨太行。”谶纬经学宣扬:“天子,至尊也。神精与天地通,血气含五帝精。”③天子的精神与天地是相通的,天子居帝京,巡视八方,犹太一之居紫宫,省视八方。在这里,天人完全

① (清)赵在翰辑:《七纬·孝经援神契》,嘉庆十四年(1809)刊本。

② 《古文苑》卷二十一,守山阁丛书本。

③ (清)赵在翰辑:《七纬·保乾图》,嘉庆十四年(1809)刊本。

合一了。

第二,谶纬经学神化的帝王乃是内圣外王的帝王,加之孔子与儒术被神化,因而,大赋在颂美帝王的同时,就必然要宣扬儒术,以体现帝王的内圣外王。光武帝、明帝、章帝也时常与儒生讲论经义,以显示自己集君王与教主于一身的身份。李尤的《辟雍赋》就描绘了儒学兴盛、人神祥和的景象:“大学既崇,三宫既章。灵台司天,群耀弥光。太室宗祀,布政国阳。”东汉初期,关于建都洛邑还是还都长安的问题,曾引发了一场论争,杜笃《论都赋》、崔骃《反都赋》、班固《两都赋》皆就此而作。远在西汉宣帝时,面对朝廷的奢侈之风,翼奉就上疏建议宣帝效法盘庚迁都而中兴殷室的旧事,迁都成周(今河南洛阳),以割断与武帝多欲之治的联系。[①] 杜笃等的这些赋和翼奉一样,都反对武帝杂用王霸,主张以柔道治天下。班固的《两都赋》是这类赋的代表。其颂美东都之躬行儒术,鄙薄西都之多欲之治,表现在以下几个方面。首先,班固热情地歌颂了光武中兴,他说:“且夫建武之元,天地革命,四海之内,更造夫妇,肇有父子,君臣初建,人伦实始,斯乃伏羲氏之所以基皇德也。”他认为光武帝在大动乱之后,建立起儒家的纲常秩序,其功绩可与伏羲氏相提并论。其次,班固极力铺陈西都宫殿之盛,而对于东都宫殿,却较少描写,强调其“奢不可逾,俭不能侈”,这和傅毅《洛都赋》的用意相同,都是为了表现西都多欲之治的滥用民力,宣扬东都之爱惜民力,德合儒道。最后,西都之田猎,禽兽尽为殄夷,以至于“原野萧条,目极四裔”;东都之田猎则“乐

① 参见(汉)班固撰,(唐)颜师古注:《汉书》卷七十五《眭两夏侯京翼李传》,中华书局 1962 年版,第 3167—3178 页。

不极盘,杀不尽物”,体现出天子的仁者之风。西都之田猎以后,天子放纵取乐,极耳目之欢;东都之田猎以后,天子乃“临辟雍,扬缉熙,宣皇风”,讲论儒道。仁风所被,蛮夷来朝。班固还精心描绘了百蛮来朝的场面。这是战胜于朝廷的王道思想的形象体现。躬行儒术的东汉朝廷要以义服天下,而不是像武帝那样以力合天下。班固是崇尚文治的,他在《汉书·刑法志上》中说:“文德者,帝王之利器;威武者,文德之辅助也。”班固把武帝的多欲之治与光武帝以来的以柔道治天下进行了对比,借此来颂美顺天承运的东汉王朝躬行神圣的儒道。司马相如的赋对武帝的赞美,是为了表现武帝在天地间纵横驰骋的英武和过人的才智,借以歌颂大一统的汉王朝的声威和气势。扬雄在《羽猎赋》中颂美成帝是为了规讽。这三者是不同的。

四

古文经学是在西汉哀、平之世和谶纬神学同时崛起的,在王莽搬演禅代剧时,两者都起过一定的作用。东汉中叶以后,古文经学具有了压倒今文经学的优势。古文经学认为“六经”是古代史料,并非始于孔子,不讲灾异、谶纬。这些主张摘去了谶纬化经学加在孔子、儒术和帝王上的神圣光环。与今文经学的微言大义不同,古文经学重名物训诂,重在探求经义本旨。古文经学家往往兼通诸经,不像今文经学家那样株守一经。和今文经学的“虚妄”不同,古文经学包含着冷静的理性精神。

受古文经学影响较深的是张衡的《二京赋》,其影响主要表现在以下两个方面。

一是《二京赋》不言谶纬，行文多依从古文经。《二京赋》在形式上模拟《两都赋》，但并没有如班固那样大言谶纬，而是客观地叙述了光武中兴，这显然是古文经学的作风。《二京赋》行文依从古文经表现在以下三点。第一，与其他汉代人的作品一样，张衡也爱化用经籍上的文句，但张衡更爱化用古文经上的文句，有时甚至直接借用。例如："涸阴沍寒"语出《左传·昭公四年》之"固阴沍寒"；"且夫天子有道，守在海外"源出《左传·襄公二十三年》之"天子守在四夷"；"且夫挈瓶之智，守不假器"源自《左传·昭公七年》之"虽有挈瓶之智，守不假器，礼也"；"增九筵之迫协"源自《周礼·考工记》之"周人明堂，度九尺之筵"；"鬻良杂苦"化用《周礼·天官·典妇功》之"辨其苦良而买之"；"经途九轨，城隅九雉"源自《周礼·考工记》之"经途九轨"和"城隅之制九雉"；"度堂以筵，度室以几"出自《周礼·考工记》之"室中度以几，堂中度以筵"；等等。第二，《二京赋》行文中涉及经旨，多依从古文经之说。如"徒恨不能靡丽为国华，独俭啬以龌龊，忘《蟋蟀》之谓何"，其《诗·蟋蟀》之旨，就依从《毛诗》之说，《毛诗》解此诗曰："《蟋蟀》，刺晋僖公也，俭不中礼，故作是诗以闵之，欲其及时以礼虞乐也。"①第三，《东京赋》中涉及典礼，多从《周礼》之制度。《东京赋》写了藉田、郊祀天地、大饮、大阅、大傩等典礼，除藉田礼依《礼记》外，其他典礼均依《周礼》之制度。

二是《二京赋》冷静地批判现实的态度和古文经学家崇实征信的学风是一致的。首先，张衡对天子和豪族做了深刻的批判。张衡不像班固那样神化天子，而是客观地描写了天子的各

① 《毛诗正义》，上海古籍出版社 1990 年版，第 215 页。

种秽行。如:“阴戒期门,微行要屈,降尊就卑,怀玺藏绂。便旋闾阎,周观郊遂,若神龙之变化,彰后皇之为贵。”写天子与恶少年在城里郊外四处游荡,拈花惹草。又如:“于是采少君之端信,庶栾大之贞固。立修茎之仙掌,承云表之清露,屑琼蕊以朝飧,必性命之可度。”用反语来讥刺武帝之好仙,接下来进一步讽刺道:“若历世而长存,何遽营乎陵墓?”这种清醒的批判精神在班固的赋中是没有的。又如:“增昭仪于婕妤,贤既公而又侯。许赵氏以无上,思致董于有虞。”揭露了汉成帝的秽行,他宠幸赵氏姐妹,为了博得赵昭仪的欢心,竟亲手杀害了许美人所生的孩子!他宠爱龙阳君式的人物董贤,竟然要让国于他!在张衡的笔下,以往被认为奉天承运的天子失去了神圣的光环。据《后汉书·张衡传》载,张衡创作此赋是因为“天下承平日久,自王侯以下,莫不逾侈”。矛头所向,是和帝以后豪强势力恶性膨胀的社会现实。在赋中,张衡详细描绘了贵族豪强的骄奢淫逸、横行霸道,并进一步指出:“臣济侈以陵君,忘经国之长基。”表现出对现实的清醒认识和批判精神。其次,对于汉之西京,张衡不像班固那样侧重描写它的气势,而是征引史实,详细描写它的布局结构、历史发展、风土人情,表现出古文经学崇实征信的学风。最后,对于朝代之兴衰,张衡抛弃了今文经学的“五德相生”说,他在《二京赋》中指出:“苟好剿民以媮乐,忘民怨之为仇也;好殚物以穷宠,忽下叛而生忧也。夫水所以载舟,亦所以覆舟。”“必以肆奢为贤,则是黄帝合宫,有虞总期,固不如夏癸之瑶台、殷辛之琼室也!汤武谁革,而用师哉?”他清醒地看到朝代之轮替在于民心之所向、君王之德行,而不是什么上天受命。张衡的这种历史观显然与古文经学崇尚实学的学风有一定的联系。

《二京赋》以后，汉代再没有出现像样的大赋。汉大赋是在今文经学的影响下发展起来的，并随着经学的演进而嬗变，和今文经学一样，为加强中央集权而服务。当君权旁落，经学式微，汉大赋也就失去了存在的政治依据。东汉后期的政治状况和思想趋势，迫使汉大赋退出了历史舞台。

汉末魏晋时期的经学与辞赋*

经学作为封建社会的统治哲学,在我国学术文化史上源远流长,影响深刻而广泛。文学的发展与经学有着密切的联系。汉末魏晋时期,社会动荡,经学式微,但并未消失。这一时期文学的发展与经学仍有着千丝万缕的联系,在当时以美刺为目的的辞赋当中和在当时风行的抒情赋当中,可以明显地见出经学影响的痕迹。本文试从这一时期经学的发展轨迹中探讨经学对辞赋创作所施加的影响。

一、汉末魏晋时期经学的发展状况

汉武帝独尊儒术以来,今文经学作为官方学术在两汉时期一直处于学术思想的核心地位。东汉中叶以后,古文经学势力逐渐增强,今文经学则日渐衰微。古文经学在发展过程中,为了得到朝廷的认可,往往从今文经学方面汲取某些成分,以适应统治者的需要。这种学风从刘歆时期就已经开始,东汉的郑兴、贾逵、马融都是兼通古文、今文的经学大家。马融的弟子郑

* 本文原载于《南京师大学报》(社会科学版)2007 年第 6 期。

玄融会经今、古文学，遍注群经，成为通学派的大师。三国时期的王肃也是一位通学派的人物，他遍注群经，形成“王学”。混同今、古文的郑、王之学是汉末魏晋经学的主流。

汉末魏晋经学一方面打破经今、古文学的师承门户和宗派壁垒，另一方面又删繁去重，简省浮词。《后汉书·郑玄传》载：“及东京，学者亦各名家。而守文之徒，滞固所禀，异端纷纭，互相诡激，遂令经有数家，家有数说，章句多者或乃百余万言，学徒劳而少功，后生疑而莫正。郑玄括囊大典，网罗众家，删裁繁诬，刊改漏失，自是学者略知所归。”①

郑学风行北方之时，南方的荆州，宋忠、綦毋闿等人也在做着删划浮辞、芟除繁重的简化经学工作。

汉末以来的经学简化工作一方面是由于今文经学在发展过程中株收家法师门，烦琐冗杂的解经说辞已经严重阻滞了各家学说的传播；另一方面也是由于庞杂的说辞阻碍了人们对经学义理的把握。所以说，经学的简化实质上是学术思想走出今文经学虚妄的迷雾、走向学术思想自主的一种表现。当人们以较为独立的学术头脑去重新关注经学思想、关注那些支撑社会生活的各种观念时，自然会对规范自己的情感和家族关系、家国关系等的一系列观念进行重新审视和阐释，以便这些观念适应时代的要求。可以说，当时的关注自我、张扬个性、重视亲情的时代风尚，在学术上是以对经学义理的重新观照作为契机的。

汉末的大动荡使经学受到严重的打击，但当时经学的影响

---

① （南朝宋）范晔：《后汉书》卷三十五，中华书局 1965 年版，第 1212—1213 页。

并未完全终止,尤其是维系社会和家庭的那些观念,不会因为经学的式微而从人们的观念中消失。自西汉以来,儒学的各种观念已经深深根植于中华文化当中,并且成为构成中华文化的核心因素。因此,稍有头脑的统治者都明白弘扬经学对创建秩序、稳定社会的重要性。曹操一向以尚法术、重刑名著称,当时他对经学也相当重视,对经学家卢植、袁涣等尤礼遇有加,在鞍马征战之余,昼则讲经,夜则思经、传。《三国志》载有他在建安八年(203)下的崇兴儒学的命令,曰:“丧乱已来,十有五年,后生者不见仁义礼让之风,吾甚伤之。其令郡国各修文学,县满五百户置校官,选其乡之俊造而教学之,庶几先王之道不废,而有以益于天下。”①

曹魏时期,执政者对经学相当重视。曹丕从小就涉猎经学,黄初三年(222),曾下令制五经课试之法。明帝曹叡于太和二年(228)和太和四年(230)两次下诏崇儒贵学。齐王曹芳精通《论语》《尚书》《礼记》。高贵乡公曹髦曾于太学与诸儒论经。曹魏时期流行郑、王之学。郑学从汉末以来风行天下,王肃故意立异而与之抗衡。曹髦被杀后,王学凭借司马氏的势力压倒了郑学。在魏晋所立的十九博士中,郑、王之学几乎居于一统天下之势。其时,《易》《尚书》《毛诗》《周官》《礼仪》《礼记》博士为郑、王,《左传》《论语》博士为王氏,《孝经》博士为郑氏。

在与曹魏的斗争中,司马氏常常以名教为幌子标榜自己,铲除异己。司马氏的篡位得到世家大族的支持,这些世家大族

---

① (晋)陈寿撰,(宋)裴松之注:《三国志》,中华书局1982年版,第24页。

多为儒学世家。积极预谋篡位的何曾、荀觊、石苞、王祥等皆身世显赫,笃信儒学。司马氏受禅之初,便大事崇儒兴学。不过,如果司马氏提倡儒家的"忠",无异于自遗其咎,有其难言之隐,于是,他们转而大倡"孝"道。儒家讲究始于事亲,终于事君,孝与忠其旨归是一致的。司马氏希望借助提倡孝道来达到要求人们忠于晋室的目的。

两晋经学承郑、王之争的余波。晋初,王学显要一时;中朝以降,政权是皇室和世家大族共享的,出于树立皇家威严的用意,南渡以后郑学抬头,晋初制定的各种丧制郊庙之礼皆依王说,弃郑说。元帝践祚,所立九博士中郑氏五人,王氏无一人。在两晋经学中,《易》学入玄,《书》传孔氏,欧阳和大、小夏侯都在两晋消亡,《诗》宗毛氏,《礼》习郑、王,《春秋》学尚会通,如杜预《春秋左氏经传集解》兼采公羊、穀梁之说。经学发展到晋代,今文经学几成广陵散。晋所立博士,无一为西汉十四博士所传者,今文之师法遂绝。

二、经学文艺观影响下的颂美讽喻辞赋创作

经学要求文学创作应为现实政治服务,美刺时政,匡时救俗。王充《论衡·须颂篇》曰:"不颂主上,无益于国,无补于化",文人涉世,应"纪主令功","颂上令德"。① 郑玄在《诗谱序》中也说:"论功颂德,所以将顺其美;刺过讥失,所以匡救其

① (汉)王充:《论衡》,中华书局1990年版,第851页。

恶。各于其党，则为法者彰显，为戒者著明。”[①]基于这种观念，两汉的大赋诚如班固在《两都赋序》中所说的那样，都是“或以抒下情而通讽谕，或以宣上德而尽忠孝”的作品。在经学文学观的影响下，汉末魏晋时期产生了许多歌功颂德、匡时救俗的赋作。

建安时期，经学的余绪犹存，接续两汉辞赋的传统，关乎美刺讽谕的赋作相当多。京殿苑猎方面，有边让的《章华台赋》、繁钦的《建章凤阙赋》、杨修的《许昌宫赋》、曹丕的《校猎赋》、王粲的《羽猎赋》、应玚的《西狩赋》等作品。边让的《章华台赋》为讽谏曹操建铜雀台而作。其他的赋或借宫苑的描写以寄托中兴的理想，或借羽猎描写军容之雄壮，总体来说都没有汉赋铺陈夸张的盛大气势，显得较质实，这是风衰俗怨的苦难时世在赋作中的折射。都邑赋方面，徐幹的《齐都赋》、刘桢的《鲁都赋》等通过描写自己家乡来讴歌和平生活的美好。这一时期从军征行的赋作大量涌现。汉赋中这类题材较少，今天能看到的，只有班固的《耿恭守疏勒城赋》、崔骃的《大将军西征赋》。战乱频仍、群雄逐鹿的现实刺激了建安时期这类赋的创作。这类赋现存的有徐幹的《西征赋》，繁钦的《征天山赋》，阮瑀的《纪征赋》，杨修的《出征赋》，王粲的《浮淮赋》《初征赋》，陈琳的《神武赋》，应玚的《撰征赋》，曹丕的《临涡赋》《济川赋》，曹植的《东征赋》，等等。这些赋通过对从军征战的描写，来反映曹军的煊赫声威，歌颂曹操澄清宇内的功绩，很好地发扬了经学文学观歌功颂德的传统。如王粲的《浮淮赋》赞美曹操的水军：“建众樯以成林兮，譬无山之树艺……钲鼓若雷，旌

---

① （清）阮元校刻：《十三经注疏》，中华书局2009年版，第554页。

麾翳日，飞云天回。"①陈琳的《神武赋》赞美曹操："可谓神武奕奕，有征无战者已。夫窥巢穴者，未可与论六合之广；游潢污者，又焉知沧海之深。大人之量，固非说者之可所识也。"这些赋作，均以颂美当道为务，继承了汉以来辞赋颂美主上的功用。

由此可见，即使在情志奔逸的建安时代，经学文学观对于文学仍有一定的影响的。明帝曹叡即位后，坚持曹操以来不战而屈人之兵的方针，政治处于相对稳定的状态，这是魏王朝的全盛时期。曹叡多次下诏崇儒重学，经学得以恢复、发展，郑玄、王肃之学风靡天下。曹叡也像汉武帝那样，大兴土木，营建宫馆。他修缮了许昌、洛阳的宫殿，在洛阳建造了昭阳太极殿、凌霄阙、芳林园，他要享受承平的逸乐生活。因此，作为承平生活点缀的宫苑赋勃然而兴。

赋家们从经学文学观出发，要为曹叡歌功颂德、润色鸿业，也要对明帝的大兴土木、滥用民力进行一些规讽。《三国志》载：太和六年(232)，明帝"行幸摩陂，治许昌宫，起景福、承光殿"②。何晏、韦诞、夏侯惠因此各创作《景福殿赋》来美刺此事。何晏的赋对明帝颇多溢美之词，他针对土木辩护道："莫不以为不壮不丽，不足以一民而重威灵；不饬不美，不足以训后而永厥成。故当时享其功利，后世赖其英声。"他认为宫殿只有壮丽华美才能体现出帝王的威势。这种看法继承了当年萧何劝说高祖刘邦修筑壮丽宫殿的论调，和汉赋极力夸张宫苑之雄壮恢宏的目的是一致的，表现出强烈的屈民申君的尊君思

---

① 本文涉及赋作，均引自《全后汉文》《全三国文》《全晋文》，中华书局 1958 年版，以下不再注明。

② (晋)陈寿撰，(宋)裴松之注：《三国志》，中华书局 1982 年版，第 99 页。

想。此赋的结尾归于讽谏，重弹了一曲勤于政事、爱恤民力的老调。此外，刘劭的《许都赋》《洛都赋》，吴质的《魏都赋》，夏侯玄的《皇胤赋》，均以歌颂王室为务，讽谕之论为颂美之声淹没了。这一时期还出现了许多神瑞题材的赋。如刘劭的《嘉瑞赋》《龙瑞赋》，缪袭的《青龙赋》，这些赋受谶纬神学的影响，为曹氏的受禅寻找奉天承运、天授皇权的理论依据。

明帝时期的赋作充斥着浓厚的尊君思想和谶纬成分。其时，今文经学已经完全衰微，辞赋中的这些思想成分是从当时风行的郑玄之学中汲取出来的。郑玄身处乱世，从挽救礼乐的立场出发，申"尊王"之大义，以挽救纲纪颓败、礼坏乐崩的时局。郑玄释经重礼，极力维护上下尊卑的秩序。《尚书·尧典》："曰若稽古帝尧。"郑玄释曰："稽，同也，古，天也。言能同天而行者帝尧。"而王肃释"古"为"古道"，言帝尧能"顺考古之道而行之"。[①] 相比之下，郑玄要阐明天予君权的神圣。《仪礼·丧服》："改葬缌。"郑玄注曰："服缌者，臣为君也，子为父也，妻为夫也。必服缌者，亲见尸柩，不可以无服，缌三月而除之。"[②]郑玄主张的改葬服缌是一丧而两服，这与《礼记·王制》的"丧不贰事，自天子达于庶人"的观点是相悖的。郑玄如此解经，目的是强调上下尊卑的等级秩序，申"尊君"之大义。基于尊君的目的，郑玄重视对帝王的歌功颂德。在《诗谱序》中，他称颂美之作为《诗》之正经，刺过之作为"变风""变雅"，由此也可见出其要求文学扬主上之美的思想。郑玄相信谶纬，汲取今文经学家引谶纬释经的见解；同时，也以谶纬释经。如

---

① （清）陈乔枞：《今文尚书经说考》卷一，《续四库全书》本。

② （清）阮元校刻：《十三经注疏》，中华书局 2009 年版，第 2434 页。

《诗·大雅·生民》,郑玄采用了今文家关于姜嫄感天而生的说法,这种“感生说”来自纬书《春秋元命苞》。又如《周礼·春官·小宗伯》:“兆五帝于四郊。”郑玄注云:“五帝,苍曰灵威仰,太昊食焉;赤曰赤熛怒,炎帝食焉;黄曰含枢纽,黄帝食焉;白曰白招拒,少昊食焉;黑曰汁光纪,颛顼食焉。”[①]诚如章太炎在《国故论衡·原经》中指出的:“郑君笺注,则已凌杂纬候。”[②]曹魏疏于骨肉之情,明帝沉毅好断,政由己出,郑玄的经学思想是符合曹魏皇室的利益的。这个时期的大赋作者多是曹魏政权的支持者,他们的赋作阐扬郑玄的思想,伸张尊君之大义,汲取谶纬的成分,为曹魏皇室服务。郑玄之学颇受曹室青睐,高贵乡公曹髦与经生博士探讨经义,就曾是郑非王,希求借提倡尊君思想以挽回皇室颓势。

晋氏受禅以后,经学复兴。在司马氏与曹魏夺权之初,就借名教大杀名士。文人为了保全性命,有些人党附于司马氏门下。党附权臣的风气一直延续到西晋。终西晋一朝,文人们不单纯只忠于皇室,更得在权臣中寻找自己依附的目标。立国之初,文人大都依附在贾充门下,贾谧预政,更几乎收罗了当时所有的文士。大倡经学的司马氏仍是名教之罪人,只能提倡孝道,无颜要求臣子对自己尽“忠”。这样的状况使得西晋论无定检,士无特操。文人们真正膺服儒教者极少,经学只是官方的表面文章而已。在这种情况下,经学要求辞赋的颂美讥刺原则,就只剩下了颂美,匡时救俗的讥讽内容被抛弃了。这种风气在文论中有集中的表现。挚虞《文章流别论》称:

---

① (清)阮元校刻:《十三经注疏》,中华书局 2009 年版,第 1653 页。

② 章太炎:《国故论衡》,中华书局 2008 年版,第 311 页。

“王泽流而诗作；成功臻而颂兴；德勋立而铭著；嘉美终而诔集……颂，诗之美者也，古者圣帝明王，功成治定而颂声兴，于是史录其篇，工歌其章，以奏于宗庙，告于鬼神，故颂之所美者，圣王之德也。”在关乎美刺的文学中看重歌功颂德之作。夏侯湛《张平子碑》也说：“若夫巡狩诰颂，所以敷陈主德，《二京》《南都》，所以赞美畿辇者，与雅颂争流，英英乎其有味与！”张衡的赋作讥时的内容相当多，但在西晋人眼里，却只有颂美的一面。西晋大赋受时风的影响，专以颂美为主，傅玄的《正都赋》、何桢的《许都赋》等，都借颂美都邑来歌颂晋室躬行儒术。有些赋直接描写儒家之典礼，来歌颂司马氏之仁风泽被天下，如傅玄的《辟雍乡饮酒赋》、潘岳的《籍田赋》等。司马氏提倡孝道，因而，潘岳在《籍田赋》中对此大加赞美：“古人有言曰：圣人之德，无以加于孝乎？夫孝，天地之性，人之所由灵也。昔者明王以孝治天下，其或继之者，鲜哉希矣。逮我皇晋，实光斯道。仪刑孚于万国，爱敬尽于祖考。故躬稼以供粢盛，所以致孝也；劝穑以足百姓，所以固本也。”在玄风大炽，士人唯以放诞为务、不以家国为念的当时，经学变成了为统治阶级遮羞的幌子，颂美当道的辞赋就蜕变为言不由衷的官样文章了。

晋末大乱，永嘉南渡，东晋王朝偏安于江左一隅。此时润色鸿业的辞赋仍然存在。庾阐的《扬都赋》，王廙的《中兴赋》，郭璞的《江赋》《南郊赋》，都对晋室中兴表达了赞美之情。其中郭璞的《江赋》颂美较为婉转一些，它是借表现长江的壮阔气势来传达中兴气象，赋的开篇这样写道：

咨五才之并用，实水德之灵长。惟岷山之导江，初发源乎滥觞。聿经始于洛沫,拢万川乎巴梁。冲巫峡以迅激,跻江津而起涨。极泓量而海运,状滔天以淼茫。总括汉泗,兼包淮湘。并吞沅澧,汲引沮漳。源二分于崌崃,流九派乎浔阳。鼓洪涛于赤岸,沦余波乎柴桑。纲络群流,商搉涓浍。表神委于江都,混流宗而东会。注五湖以漫漭,灌三江而漰沛。滈汗六州之域,经营炎景之外。所以作限于华裔,壮天地之崄介。呼吸万里,吐纳灵潮。自然往复,或夕或朝。激逸势以前驱,乃鼓怒而作涛。

东晋偏安江左一隅,描写大江奔腾和百川归流的气势,是在歌颂东晋的龙腾虎骧天下归心。光武中兴,班固在《两都赋》中称之为:"四海之内,更造夫妇,肇有父子,君臣初建,人伦实始,斯乃伏羲氏之所以基皇德也。"江左的赋家们,也如班固那样,要颂美晋室中兴。不过,元帝践祚是无法和光武中兴比拟的,他们的颂扬,是出于经学文学观颂美主上的要求,正如孙绰所云:"《三都》《两京》,五经鼓吹。"①可视为东晋人对大赋的典型看法。

三、缘情制礼的经学思想与抒情辞赋的创作

汉末魏晋时期是文的自觉时代,文学创作张扬个性,突出个人情感。抒情赋的大量涌现,体现出当时文坛"文的自觉"

① (南朝宋)刘义庆撰,(南朝梁)刘孝标注:《世说新语》,上海古籍出版社 1982 年版,第 307 页。

的时代特征。不过,一种文学风尚的出现是多种因素综合作用的结果,我们不应忽视抒情赋与经学之间的内在联系。古文经学对个性觉醒具有启迪作用,王肃之学重视亲情,这些经学的因素在一定程度上影响着抒情赋的创作。

抒情赋的勃兴是以汉末以来主体意识的觉醒为前提的。主体意识觉醒的原因是多方面的。古文经学对主体意识觉醒的启迪作用是不容忽视的。阴阳五行化的汉代今文经学极力宣扬灾异,后又以谶纬之学纳入今文经,妖言妄语,随意性甚强。在发展过程中,日益烦琐寡要,使人难以轻易领会其经旨。今文经学株守师法门户之见,限制了人们在学术中的自由天地。与此相反,古文经学反对谶纬,摘去了今文经学加在帝王身上的神圣光环,引导人们冷静地面对现实,面对历史的发展。古文经学重名物训诂,通过经籍文字本义的诠释来探求经义的本旨。古文经学反对门户之见,治古文经者,往往兼通诸经,集众家之说加以甄别、分析,而又自成一家,具有强烈的突出主体能动性的特点。古文经学的学风重视主体的能动性,反对神学迷信。在这种学风的影响下,人们很容易从探求经旨本义转向客观冷静地剖析自我,认真地对待自己的情感世界。可以说,古文经学从经学内部瓦解今文经学对人们思想的束缚,从而启迪、催化人们自我意识的觉醒。抒情赋的勃兴,正体现着当时人们对自我情感的重视。汉末魏晋经学表现出重视亲情的倾向,这与当时主体意识觉醒的时代风尚是一致的。当时人们在事亲、事君发生矛盾时,往往偏重于事亲,经学之士也是这样。《三国志》载:“太子(曹丕)燕会,众宾百数十人,太子建议曰:‘君父各有笃疾,如药一丸,可救一人,当救君邪,父邪?’众人纷纭,或父或君。时邴原在坐,不与此论。太子咨之于原,原勃然对曰:‘父也。’太子亦不复难之。”①邴原在当时与郑玄齐名,是著名的经学大家,邴原之论,透露出经学重视亲情的信息。王肃之学突出体现了经学重亲情的倾向。魏晋之世,王肃之学与郑学争衡,尤其是司马氏弑曹髦后,王学大行于世。王肃称情释经,申“亲亲”之义。“亲亲”之情源于人心,既是一条伦理准则,又包含着丰富的情感因素。王肃解经,多缘情立说。《诗·小雅·楚茨》:“既齐既稷,既匡既敕。”王肃注云:“齐,如字,整齐也。执事已整齐,已极疾,已诚正,已固慎矣。”②郑玄注此则全依礼制,与王肃之由人情切入不同。清人胡承珙指出:“郑以制度言《诗》,不若王以人情言《诗》也。”③又如《仪礼·丧服》:“改葬缌。”王肃云:“司徒文子改葬其叔父,问服于子思,子思曰:‘礼,父母改葬,缌而除。不忍无服送至亲也。’”肃又云:“本有三年之服者,道有远近,或有艰故,既葬而除,不待有三月之服也。非父母无服,无服则吊服加麻。”④王肃是从“亲亲”之义出发,缘人情释礼,主张既葬而除,改葬三月之服,并且专指父母,不涉及群臣。晋人重丧礼,释礼多从王说,主缘情。《晋书·礼志》引干宝语:“礼有经有变有权……且夫吉凶哀乐,动乎情者也。五礼之制,所以叙情而即事也。”⑤丧葬礼制是儒学人士极其看重的,可以说是儒家礼制的核心。通过繁

① (晋)陈寿撰,(宋)裴松之注:《三国志》卷十一《魏书·邴原传》注引《邴原别传》,中华书局1982年版,第353页。

② (清)阮元校刻:《十三经注疏》,中华书局2009年版,第1008页。

③ (清)胡承珙:《毛诗后笺》,黄山书社1999年版,第1105页。

④ (唐)杜佑撰,王文锦等点校:《通典》,中华书局1988年版,第2678页。

⑤ (唐)房玄龄:《晋书》卷二十,中华书局1974年版,第638—639页。

缛的丧礼程序,以达到规范人心、敬天事神、慎终追远的目的。前引郑玄对丧礼的解释,其实是墨守古礼,体现的是"尊尊"的精神,以期由尊亲推而广之,达到对君王的尊从。对于一般人而言,一丧而两服实在是太烦琐了,对故去亲人的追思敬爱没有必要通过繁缛的程序来体现,只要心存思念,外在的丧礼仪式是可以更简单些的,简化丧礼不会减弱人们的思念亡人之情。王肃对丧礼的解释不是故意和郑玄作对,它体现了王肃更看重通过丧礼表现出的寄托哀思之情,看重对故去亲人的"爱",而不是"尊",因为"尊"不是自觉自愿的情感,它需要通过外在的施与强化。王肃解经的着眼点是人的情感,而不是纲常伦理。王学对丧礼的解释反映了当时思想解放的要求。可以说,汉末魏晋时期的个性解放,首先是对亲情的肯定和尊重,是解放被伦常规范、桎梏着的人之亲情。经学中既然表现出通达人情、重视亲情的倾向,那么,在文学中这种人伦之至情势必会充分表现出来。

在汉末魏晋的抒情赋中,描写亲情之作数量不少。有的表现痛失新人的哀伤,如王粲、应玚的同题《伤夭赋》,曹植的《慰子赋》,向秀的《思旧赋》,潘岳的《悼亡赋》《怀旧赋》《哀永逝文》,陆机的《叹逝赋》,张华的《永怀赋》,等等。这类赋往往写得情真意切,较少矫饰。张华的《永怀赋》在追忆亡妻的淑姿丽质之后,感叹道:"嗟夫,天道幽昧,差错缪于参差。怨禄运之不遭,虽义结而绝离。执缠绵之笃趣,守德音以终始。邀幸会于有期,冀谷华之我俟。傥皇灵之垂仁,长收欢于永已。"夫妇情谊款诚,可是人鬼殊途,只能期望幸会于地下。潘岳擅长描写悲情,其《悼亡赋》表现妻子去世,悲痛不堪,犹如失去"全身之半体",赋中写道:"吾闻丧礼之在妻,谓制重而哀轻，既屡冰而知寒，吾今信其缘情。”丧礼规定对亡妻“制重哀轻”，潘岳从切身体会出发，对儒家的礼仪是否符合情理表示怀疑，抒发了他心底深深的悲哀。有些赋表现了背井离乡的不堪和对故乡亲人的深挚思念，如曹植的《叙愁赋》，曹丕的《离居赋》《感离赋》，左棻的《离思赋》，陆机的《思亲赋》《怀土赋》《述思赋》，傅咸的《感别赋》，等等。其中左棻的《离思赋》尤其感人：

> 意惨愦而无聊兮，思缠绵以增慕。夜耿耿而不寐兮，魂憧憧而至曙。风骚骚而四起兮，霜皑皑而依庭。日晻暧而无光兮，气憀栗以洌清。怀愁戚之多感兮，患涕泪之自零。昔伯瑜之婉娈兮，每彩衣以娱亲。悼今日之乖隔兮，奄与家为参辰，岂相去之云远兮，曾不盈乎数寻。何宫禁之清切兮，欲瞻睹而莫因。仰行云以歔欷兮，涕流射而沾巾。惟屈原之哀感兮，嗟悲伤于离别。彼城阙之作诗兮，亦以日而喻月。况骨肉之相于兮，永缅邈而两绝。长含哀而抱戚兮，仰苍天而泣血。
>
> 乱曰：骨肉至亲，化为他人，永长辞兮。惨怆愁悲，梦想魂归，见所思兮。惊寤号咷，心不自聊，泣涟洏兮。援笔舒情，涕泪增零，诉斯诗兮。

一般来说，宫怨诗赋多描写待临望幸之怀，如司马相如的《长门赋》，左棻不以侍至尊为荣，而以隔“至亲”为恨，充分体现了当时重亲情的时代特征。还有一些赋追忆祖先的功业令德，如陆机的《祖德赋》《述先赋》，寄托了对故土亲人的思念之情。

当然，经学在汉末魏晋时期相当衰微，其在思想领域所起的作用是有限的。但是，经学所处的官方学术的地位，又使人们对它不能完全置之不顾，因而，它对文学的影响虽不是很明显，但仍有其可辨之迹，有些学者认为，魏晋以后玄风遍染士林，经学几无一席之地，这种观点失之偏颇。

论南北朝文风交融的途径*

晋末大仍，中原动荡，永嘉南渡，文学重心南移；北方战乱频仍，文学长期处于停滞状态，至北魏孝文帝时，才逐渐复苏，趋向繁荣。南北文学分途发展，由于社会经济、政治思想、地理环境等方面的差异，形成南北两种不同的文风：北方词义贞刚，重乎气质；江南宫商发越，贵于清绮。但是共同的民族心理状态、语言文字、文学传统，从根本上促使南北文风由异趋同。南北文学在分途发展时，始终存在着相互间的交流、融合，这是古典文学发展史上极具深远意义的课题，古今学者于此，研究尚欠深入。本文谨就南北文风交融的途径做粗浅的探讨。

南北文风交融，大致有三条主要途径：一是书籍的流通，二是使者互聘，三是南人入北和北人入南。兹分别讨论之。

一、书籍的流通

书籍是文化的重要载体，南北方书籍的流通，对于文学交融意义重大。北方经十六国时期的毁灭性动荡，文化遭受严重

---

* 本文原载于《通化师范学院学报》2001 年第 1 期。

摧残，图籍几乎丧失殆尽。刘裕平姚泓，收其图书，只有四千卷。北朝时期，国家藏书依然少得可怜。《北史·牛弘传》中，牛弘在给隋文帝的奏章中说："后魏爰自幽方，迁宅伊洛，日不暇给，经籍阙如；周氏创基关右，戎车未息。保定之始，书止八千，后加收集，方盈万卷。高氏据有山东，初亦采访，验其本目，残阙犹多。及东夏初平，获其经史，四部重杂，三万余卷，所益旧书，五千而已。今御出单本，合一万五千余卷，部帙之间，仍有残缺。比梁之旧目，止有其半。"①这则史料很能说明北朝书籍残缺的状况。北方文人一向仰慕南人，南方文人素有藏书的雅好，因而北方的一些文人也以搜求图籍为务。北齐时，邢劭、魏收、辛术、李业兴等文士藏书颇富，以至于樊逊校定秘府藏书，曾建议向这些文人借书，以参校得失。不过，总的说来，北朝一代，书籍是相当匮乏的。相比之下，南朝社会较为安定，文化繁荣，士人也喜聚书藏书，书籍大量增加。梁朝公家藏书达十四万卷，私家所藏也动辄上万，沈约、王僧孺、任昉等并为齐梁藏书家。所以，书籍总的流向是由南入北。

南朝流入北方的书，对北朝文学的繁荣产生了深远的影响。北方文学复苏肇始，经历了一个模拟南方文学的阶段，文士的创作，多参考南方文人的文集。邢劭、魏收就互相讥讽对方在沈约、任昉的文集中作贼。孝庄帝元子攸的《临终诗》学习陶渊明的《挽歌诗·衰草何茫茫》，在着力描写托体山阿的寂寞方面，二作十分相似。孝庄诗的有些句子，也是从陶诗中化出，如"隧门一时闭，幽庭岂复光"，显然出自陶诗"幽室一已

① (唐)李延寿：《北史》卷七十二《牛弘传》，中华书局 1974 年版，第 2494 页。

闭,千年不复朝”。郑道昭的《登云峰论经书诗》和李骞的《赠亲友》在章法、句式、炼字方面,酷似谢灵运的诗句,显然是参考大谢的文集而进行的创作。谢灵运的诗歌颇受北人青睐,不堪忧辱的孝静帝曾吟咏谢灵运的诗句“韩亡子房奋,秦帝鲁连耻,本自江海人,忠义动君子”以泄其愤恨。鲍照的文集在北方特别流行。《魏书·孝武纪》载,孝武帝时,宫中妇人曾咏鲍照诗:“朱门九重门九闺,愿逐明月入君怀。”胡太后追思情人杨华(本名白华)而作的诗直接模拟鲍照的《拟行路难》其八,只是比鲍诗更加旖旎、悠扬。南朝知名文士的文集传入北方,北人竞相吟诵,以学习其创作技巧。《何逊集》传入北方,元文遥于元晖座中吟诵其诗句,为元晖赏识。

北方文人的散文创作,亦得力于南方书籍的传入。魏收撰《魏书》,记述南朝事多本传闻,亦采南朝旧史。《魏书》之《岛夷刘裕传记》,删节《宋书》之《邓琬传》;《李孝伯传》与《宋书·张畅传》相类。郦道元的《水经注》广采沈约的《宋书》、盛弘之的《荆州记》、孔晔的《会稽记》,而且隽永的风格也与这些书籍的影响有关。

北方书籍也有流入南方者。刘裕平长安,收姚泓图籍入于江南;宋元嘉年间,北凉沮渠牧犍给南朝献上《周生子》《时务论》《三国总略》《文检》《谢艾集》等书一百五十四卷。梁武帝时,曾使人到北方抄写温子升的文集,使其在南方流传。萧子显的《南齐书》录有孝文帝的《吊比干文》。

书籍的流通,大致依靠以下方式得以实现。其一,求书,通常是汉化较重的北地政权向南朝求书,以充实其秘府。《宋书·氐胡大且渠蒙逊传》载:元嘉三年(426),“世子兴国遣使奉表,请《周易》及子集诸书,太祖并赐之,合四百七十五卷。

蒙逊又就司徒王弘求《搜神记》,弘写与之”。北魏孝文帝时,也曾借书于齐,秘府得以稍稍充实。

其二,南北朝的互市也有助于书籍的流通。南北虽长期对峙,但双方都曾于边陲设立互市,当时的寿春、弘农是重要的商品集散地,书籍凭借商旅的往来得以交流。北魏时,崔鸿修《十六国春秋》,需要参考常璩所撰李雄父子据蜀时书,辍笔私求七年未得。他在奏章中说:“此书本江南撰录,恐中国所无,非臣私力所能终得。”后来,其子奏上其父书,曰:“先朝之日,草构悉了,唯有《李雄蜀书》,搜索未获,阙兹一国,迟留未成。去正光三年,购访始得,讨论适讫,而先臣弃世。”①看来,《蜀书》是通过“购访”得到的。梁时,徐勉组织编撰了类书《华林遍略》,写成不久,即有商人持此书向文襄帝高价出售,文襄帝多集书人,一日一夜写毕,奉还。② 商旅往来,能及时把新出现的书籍传播给对方,有利于对对方文坛动态的掌握。

其三,战争之掳掠也是一种重要的书籍流通方式。特别是周师入郢,南方的许多书籍归之关右。侯景乱后,建康的公私藏书由王僧辩运抵江陵,江陵破时,萧绎纵火将书焚于外城,是文化史上的一大灾难。但劫灰之余,仍有十之一二保留下来,被运往关右。所以《周书·萧大圜传》载:“《梁武帝集》四十卷,《简文帝集》九十卷,各止一本,江陵平后,并藏秘阁,大圜既入麟趾,方得见之,乃手写二集,一年并毕,识者称叹之。”江陵动荡,其文入北,当属事实。

---

① (北齐)魏收:《魏书》卷六十七《崔鸿传》,中华书局1974年版,第1505页。

② 参见(唐)李延寿:《北史》卷四十七《祖珽传》,中华书局1974年版,第1737—1739页。

二、使者互聘

使者互聘是南北文风交融的又一途径。南北对峙,兵戎屡兴,但在疆场无事之时,则又是聘使往来,冠盖相望于道路的另一番景象。南北各政权之间互遣使者,有一显著的特点,即行人之命,很少有政治、军事上的直接目的。黄宝实指出:“南北朝时代之行人,除赙吊会葬外,皆泛使无具体使命,美才硕学,徒为口辩之资耳。”①当时遣使最普通的目的,是显示行人门第之高贵,展示人物言谈风采,以标榜朝廷之多士和国家文教之兴。可以说,行人聘问,是通过外交渠道进行的文化斗争。正是在这种斗争中,双方美才硕学的文华之士,得以面对面地接触,文风上的潜移默化开始了。

南北行人,多出自文化高门。除门第高贵外,还要求行人有较高的文才、口辩和姿容。如北齐的卢元明涉历群书,兼有文义,进退可观,使于梁,南人称之。柳弘报聘于陈,占对详敏,为世人所称道。南朝行人如刘缵两使北朝,裴昭明三使,徐陵、范云、庾信两使。一门两世奉使者,有张畅、张融父子。亦是地擅时望,才为类出。主客之人,亦必选门第高贵而兼有文华风采者。如李德林美容仪,善谈吐,接对陈使江总,被目为“河朔之英灵”。使者到来,即于馆中置酒高会,席间往返辩驳,谈锋陡起,肆以辩博,杂以嘲谑,以机智取胜,并且往往赋诗作文,互

---

① 黄宝实:《中国历代行人考》第六章,(台北)台湾中华书局 1985 年版。

相观摩。南北文人的这种诗酒之会，对于文风的交融，影响肯定是深广的。尤其是每当使者到来，都为人们所注目，甚至引起轰动，出现馆门成市的局面。如徐陵使齐，邺下文人争相探望，徐陵每作一诗，迅速在市上传抄，盛况空前。行人之间唱和的诗作，流作于世，为文士们品评、鉴赏，从而影响文人们的创作。

综观南北朝时期使者的互聘交流，其于文风交融上可得观摩的内容大约有以下两个方面。

一是赋诗言志与使者语言的典雅化、书面化。赋诗言志是春秋时期行人们惯用的外交辞令，南北行人每每采用之，无非是为了展示自己的美才博学。南朝文学重视用典使事，以学问相尚，这种风气也影响到了行人聘问。萧琛、王融就曾借用《诗经》的成句以达意，北来的行人李彪、宋弁也用《诗经》的成句来回答。这种方式，对行人的学术修养要求很高，南北行人必须在用典使事上有一定的造诣，非此则难以应命。这种方式，必定给质朴的北朝文坛以用典使事方面的影响。事实上，在北魏末期，北朝文人的用典录事已相当娴熟，如温子升的《结袜子》，四句诗用四个典故，语言平实，用典不易使人觉察，与意境浑然一体，与南人的同类作品相比，毫不逊色。此外，行人、主客之间的问答，多用典雅的书面语言，而且是用南朝流行的四六骈句。《隋书·经籍志》之“集部类”著录有《梁魏周齐陈皇朝聘使杂启》九卷，就是这种典雅化、书面化的语辞结集。这种追求语言典雅的风气，对行人的文学修养要求极高，尤其是擅长单行奇句散文的北方行人，必须谙熟四六骈文的创作，且占对详敏，方可应命。北朝文坛至北齐始，渐重词藻，这种聘使问答重视学问的风气，肯定具有启发作用。

二是使者接应对宴之日,也是赋诗作文,互相观摩、互相嘲谑之时,这对文风交融的影响更为直接。如卢思道聘陈,和南人联句,南人云"榆生欲饱汉,草长正肥驴",嘲笑北人食榆,养驴;思道续之曰"共甑分炊饮,同铛各煮鱼",嘲谑南人不重亲情,父子分食。更多的时候,诗酒之会的气氛是和平的,使者、主客者依靠文学上的才华争胜。据《北齐书·陆卬传》载:"自梁、魏通和,岁有交聘,卬每兼官燕接,在帝席赋诗,卬必先成,虽未能尽工,以敏速见美。"又如《北史·薛道衡传》载:"(武平初)陈使傅縡聘齐,以道衡兼主客郎接对之。縡赠诗五十韵,道衡和之,南北称美。"使者工于诗咏常会获得对方的赞赏,甚至引起轰动。庾信聘东魏,文章辞命,在邺下传诵一时。薛道衡聘陈,诗作为陈后主所欣赏。其他如李骞使梁,梁人明少遐十分赞赏他的"萧萧风帘举"之句,这也许是他的诗作轻绮的风格符合南人的欣赏趣味吧。有时,聘使往来,会引发较大规模的诗歌创作活动。如李彪聘梁将归,梁主萧赜亲自到琅邪城,登山临水,命群臣赋诗以送别。今存阴铿的《广陵岸送北使诗》、潘徽的《赠北使诗》、裴让之的《公馆宴酬南使徐陵诗》、裴纳之的《邺馆公宴诗》都是聘使应接之时的作品。这些文学活动,为双方交流和学习彼此的文学创作经验、了解对方文坛的动态提供了极好的机会。

总之,行人聘问,是南北朝文化史上的一件盛事,双方对此都极为重视,众多的美才博学之士参与其间,互相唱和,观摩作品,从而促进了文风的交流、融合。

三、南人入北和北人入南

对南北文风交融产生显著而深刻影响的，是南人入北和北人入南。

先看南人入北。考南人入北，其原因是多种多样的。皇族内部的斗争，朝代的更替，南北战争和权臣作乱，都会使众多的文士流寓北地。刘昶、王肃、萧综等人的入北，皆因皇室内部的争斗。梁末侯景之乱，数十万人漂流入北。此次入北的著名文人主要有萧祗、萧放、萧悫、萧溉等。宇文泰破江陵，王褒、王克、刘珏、宗懔、殷不害、颜之推等被掳至长安。因侯景之乱和江陵陷没的变故，聘北的使臣如江旰、徐陵羁留北方。大批南方文士入北，对北朝文坛是一个极大的推动。长安、邺下讽咏成群之局面的出现，与他们关系甚为密切。

不同时期的入北南人给北朝文坛带来的影响，是有差别的。

王肃入北之时，沈约、谢朓、王融等正活跃于南朝文坛。他们革新晋宋诗风，追求语言的流畅通俗和音调的和谐，注意学习民歌平易明快的语言技巧，使得诗歌语言滋润婉切，不雅不俗。王肃入北，仿《吴声·华山畿》作的《悲平城》，其语言明白晓畅，正体现了南朝诗坛当时的风尚。王肃之作，引起祖莹、元勰等北朝文士的模拟，使南朝民歌格调及隐语双关等手法在北朝文坛得以流行。萧综奔北之时，南朝诗坛永明诗风余绪尚在。虽然宫体诗在酝酿、发展中，但只是在以萧纲为中心的雍州文人圈子里流行。直到中大通三年(531)之后，萧纲被立为太子,宫体诗才蔚然成风。萧综在洛阳作的《听钟鸣》《悲落叶》两首杂言诗,形式上接受谢庄、沈约的影响,其格调则与谢朓、王融的某些作品一致,善于表现悲婉哀怨的情感。这种以铺叙、比拟来表达悲情的手法深深影响着北地文人,卢思道的《听鸣蝉篇》直接受其影响。侯景之乱、江陵陷没之时入北的南人,他们在南方所处的文学背景正是宫体诗兴起的时期。他们大多深受宫体诗的陶染,一些人是挟带着宫体诗风进入长安和邺下的。在他们的影响下,止乎衽席之间、思极闺闱之内的宫体诗在北齐颇有市场,不光是齐后主喜爱轻艳之诗,北方创作轻艳诗作的文人亦不在少数。王昕就好咏轻薄之篇,且以极似南人之作而颇为得意。阳俊之大量创作酷似南人的轻艳之诗,并且于市中货卖,被人们称作"阳五伴侣"。在北周,庾信等的到来,把南人作诗好有典实的习气带到了文化落后的关右,甚至隋初晋王杨广属文,仍是"庾信体"。至于"庾信体",羌多典实,当是其显著的特征。

从整体来看,入北南人的文化素养比北方文人高,加以北方对南方文化的崇尚,入北南人多被北方优礼。帝王贵族,文人学士多乐于和他们交往,他们的作品往往引人注目。这些,都有利于南北文风的交融。在王褒、庾信等的文集中,保存了大量奉和应教之作,正说明了他们与帝王贵族交往之频繁,上层人物在他们的影响下悦情于文学的事实。

北齐后主高纬颇好咏诗,曾让萧放、王孝式录古贤烈士及近代轻艳诸诗于屏风之上,后又让萧悫、颜之推同入撰录,称作"馆客"。在此基础上,武平三年(572),设立文林馆,待诏"文林"之人,先后有祖珽、卢思道、李德林、薛道衡、徐之才、萧放、萧悫、颜之推等南北著名文人。祖珽又奏请让待诏"文林"之人共同编撰《御览》，为南北文人提供了共同切磋的好机会。北齐设立文林馆，也是南北朝文学史上的一件盛事，对南北文风的交融，作用极其巨大。文林馆收罗了当时在北齐的重要的南北文人，使他们有机会、有场所在一起探讨文学创作。《颜氏家训·文章》中就记载了卢询祖、魏收对王籍"蝉噪林愈静，鸟鸣山更幽"的非难，颜之推、荀仲举、诸葛汉、卢思道对萧悫"芙蓉露下落，杨柳月中疏"的讨论。南北文人对具体诗作的争论，反映了他们在诗歌审美上的冲突。有冲突才有融合，正是由于他们在文林馆中的频繁交往，在文学创作中的互相争论、互相适应、互相学习，南北文风才在碰撞、冲突中不断走向融合。

再看北人入南。自晋室南渡以来，北方战乱频繁，天灾迭萌，北人南徙，从未间断。晚渡北人中，有相当一批儒士和僧人，他们或聚徒进学，或游于豪门、交结文士，促进了南北学术之交流。温子升的老师崔灵恩，精通"三礼""三传"，梁时入南，为梁武优礼，聚徒讲授服虔《左传》。除此之外，尚有卢广、孙详、蒋显等人，把显于北方的汉魏旧学带到了南朝。佛教方面，鸠摩罗什的子弟入南者不在少数。① 如慧叡入南，与谢灵运交往甚密，灵运著《十四音训叙》，就是在慧叡的帮助下完成的。罗什弟子僧朗"来入南土，住钟山草堂寺，值隐士周颙。周颙因就师学"②。罗什译经，重视音韵之美，对经中偈颂不作翻译，以保持梵文原有的语趣。罗什重视经声梵响的主张，随

---

① 据《高僧传》载，罗什门徒入南者，有慧叡、慧严、慧观、竺道生、僧苞、僧朗、昙鉴；南僧入北求法者，有法庄、僧弼、慧安。

② (隋)吉藏:《大乘玄论》卷一，石峻等编:《中国佛教思想资料选编·隋唐五代卷》，中华书局1983年版，第314页。

弟子的入南而南传。刘宋以后,南方佛教重视唱导,梵呗勃兴。知音之文士把梵语之音调引入汉语,才有了周颙的《四声切韵》和沈约的《四声谱》,导致了四声的发明,并促成了永明新体诗的产生。除此之外,可注目者还有刘孝标入南。刘孝标早年曾在云冈石窟助译《杂宝藏经》,入南后注《世说新语》、撰《类苑》,多受《杂宝藏经》影响。印度人说经,喜引故事,当时读佛教故事者,多取材于《杂宝藏经》。刘孝标之撰、注,排比故事,与佛经体例极为相似。这是北朝佛教文化对江南文化产生影响的实例。

善歌胡人入南,北方音乐风行南朝。陈代编辑的《梁鼓角横吹曲》绝大多数为北方民歌,很能说明当时北方音乐兴盛的状况。音乐可以潜移默化地改变人们的心理素质,是沟通在不同文化背景中生活的人们心理的桥梁。听腻了“吴声”“西曲”的南方文人,对北方音乐充满了兴趣。在北方音乐曲调、民歌的影响下,文人们的审美好尚发生了微妙的变化。北方音乐具有悲怆健劲的特点,所谓“西骨秦气,悲憾如怼;北质燕声,酸极无已”①。因而,梁陈的文人创作拟乐府时,追求一种悲凉慷慨的美,与以前的哀婉凄迷大不相同。并且,梁代以后,拟乐府主要集中在横吹十八曲中。从汉代开始,横吹曲即充作军乐,多是西北、北方少数民族音乐,具有悲凉慷慨的特点。我们把梁陈时期在北方音乐影响下大量模拟横吹十八曲的作品称作“梁陈边塞乐府”,因为这些乐府多是展示边塞生活的。

在梁陈文人的边塞乐府中,我们可以清晰地感受到北朝文

---

① (南朝梁)江淹:《横吹赋》,《全梁文》卷三十三,(清)严可均校辑:《全上古三代秦汉三国六朝文》,中华书局1958年版,第3145页。

风悲凉苍劲的特点。例如萧纲的《陇西行》:"沙飞朝似幕,云起夜疑城。回山时阻路,绝水亟稽程。"张正见的《雨雪曲》:"含冰踏马足,杂雨冻旗竿。沙漠飞恒暗,天山积转寒。"对边塞风物虚构得如此细致,情调如此悲壮,北方音乐和民歌的影响,不能不说是一个重要因素。在北歌的影响下,南北文人对以悲为美的内涵的体认,已经相当接近了。

总之,南人入北与北人入南,使不同文化背景的文人们得以直接交往、彼此切磋,南北双方不同的文化内容,诸如文学、学术、音乐等,得以直接交流、互相影响,在更深层的基础上影响着南北文人,从而推动了文风的交融。

文风的交融是一个相当漫长的过程。南北朝时期,文风的交融始终通过各种渠道在进行着,但只有在南北文人的经济、政治等因素趋于一致时,文风的融合才能真正实现,才能在融合中孕育出全新的、不同于南北文风的新文风。这一过程直到灿烂辉煌的"盛唐之音"出现,才基本完成。

南北朝诗风交融的文化基础论略*

南北朝文学的交流与融合，是古典文学中极具深远意义的课题，古今学者于此罕有论及。文化的交融，必须凭借一定的文化基础方可实现。本文谨就南北朝诗风交融的文化基础做一番讨论，以弥补六朝文学研究中的一点缺憾。

任继愈先生说："文化不是死的东西，它有生命，有活力，具有开放性和包容性。不同的文化相接触，很快会发生融汇现象。处于表层的生活文化，很容易被吸收；处在深层的观念文化不是一眼能看透的，要有深层的文化根基和较高的文化素养才能有可能发生交融。"①文学属于上层建筑的意识形态部分，是观念文化较为集中的体现，不同的文学要发生交融，必须凭借一定的文化基础。相同的文化传统、文学传统是南北朝诗风交融最为基本的保证。在北朝，汉文化是其主流，即使处于胡族的统治下，出现过胡化的逆流，但汉文化仍然代表着先进与文明，汉化是必然趋势，不可逆转；而南朝向来以汉文化的正统自居。并且，南北朝文学的发展，都是建立在汉魏文学传统的

---

* 本文原载于《东岳论丛》2000 年第 1 期。

① 任继愈：《中国哲学的过去和未来》，《光明日报》1993 年 8 月 23 日。

基础之上的。

当然,南北朝诗风的交融,还有其他方面的文化意义上的因素作为基础,这里只就佛教的流传、音乐的流布、北朝的汉化与北人对南朝文化的崇尚这三个方面讨论之。

一、佛教的流传

南朝诗风非常讲求形式美,诗歌声律的和谐是诗人们追求形式美的一个重要方面。声病说的提出,对诗歌的发展具有深远的影响。其时,北朝诗人很快地接受了这一新成果,这与深厚的文化素养和文化根基是分不开的,其中,佛教的流传起着至为关键的作用。

佛教东流对中国文化产生了极为深广的影响,四声的发明即依赖于此。陈寅恪先生认为,四声说的提出,是由于转读佛经的直接影响。除转读外,四声的发明与佛教梵呗亦密切相关。

梵呗与转读联系极为紧密。《高僧传·经师论》说:"天竺方俗,凡是歌咏法言皆称为呗,至于此土,咏经则称为转读,歌赞则号为梵呗。"由此可见,在天竺,只要是歌咏法言皆称为"呗",只是在中土,才分而为"转读"和"梵呗"。转读讲究声音的起掷荡举,平折放杀;梵呗亦讲求音韵的屈曲升降。在抑扬其声方面,转读和梵呗是一致的。四声的发明,转读和梵呗都对其具有启发催化的作用。

转读、梵呗为世人所重视是四声发明的关键。但是由于汉语和梵文在音韵上的差别,在佛教传入中国之初,转读、梵呗这些经声梵响并未在中土流行开来。其勃然而兴，为世人所重视则是在胡僧鸠摩罗什入中土以后。

在鸠摩罗什以前，佛经的翻译只求达意，很少反映原文的音韵之美。罗什深谙梵汉，他来中土后致力于佛经的翻译。他的译籍，在力求不失原义外，更注意保存原来的语趣，创造出一种具有外来语与汉语协调之美的文体，所谓“曲从方言，趣不乖本”。罗什的译经要求自然会引起佛教徒对经声梵响的注意。与此相关，罗什还强调对佛经中的偈颂不作翻译，唱诵其原文，《高僧传·鸠摩罗什传》载：

> 初，沙门慧叡才识高明，常随什传写，什每为叡论西方辞体，商略同异，云：“天竺国俗，甚重文制，其宫商体韵，以入弦为善。凡觐国王，必有赞德，见佛之仪，以歌叹为贵，经中偈颂，皆其式也。但改梵为秦，失其藻蔚，虽得大意，殊隔文体，有似嚼饭与人，非徒失味，乃令呕哕也。”

罗什极力主张保持梵文的语趣，对于入于弦管的偈颂之类，甚至反对改梵为汉。这些讲求音韵之美的主张，对经声梵响的勃兴，无疑是极大的推动。于是，转读、梵呗因此受到人们的重视。

罗什提倡经声梵响的主张，由于南北僧侣的往来及学术交流影响到了江左，促进了四声的发明。曾与罗什议论西方辞体的慧叡，后适南土，止乌衣寺，“陈郡谢灵运笃好佛理，殊俗之音，多所达解。乃咨叡以经中诸字，并众音异旨，于是著《十四音训叙》,条列梵汉,照然可了”①。慧叡入南,对梵语在南方的流传,肯定有推动作用。罗什弟子僧朗,亦由北入南,止钟山草堂寺,隐士周颙因就师学。周颙作《四声切韵》,当是受僧朗的直接影响。罗什门徒入南及南僧入北就罗什受业乃当时风气。学术方面,庐山远公与罗什书信往来频繁,互相切磋义理。罗什重视经声梵响的主张,亦可能随之南传。由于罗什的影响,转读、梵呗受到南人的重视,知音之文士随把梵语之音调引入汉语,导致了四声的发明。

罗什重视经声梵响的主张在北朝也产生了影响,转读、梵呗等在北朝的兴起为北人接受声病说奠定了基础。

罗什殁后,关中迭经变乱,加以赫连氏之破佛,长安佛教逐渐衰颓。不过,秦、凉佛教亦因战争而东渐,如拓跋焘平凉州,“徙其国人于京邑,沙门佛事皆俱东,象教弥增矣”②,是极好的证明。罗什在秦、凉译经多年,影响极大,随着僧众的东迁,罗什的影响亦当东渐。在东迁的僧众中,有些就是罗什的门徒,如世祖平赫连昌时所得沙门惠始、高祖推崇的嵩法师等。罗什译经力求保存原文语趣的原则,当亦在此产生影响。昙宁称菩提留支译经“下笔成句,文义双显”,应是这种影响的具体反映。转读、梵呗因译经时甚重文制而兴盛起来,有北魏一代,梵唱屠音,连檐接唱。《魏书·释老志》称:“又有沙门道进、僧超、法存等,并有名于时,演唱诸异。”由此可见梵响之兴盛。

外国沙门对梵响之兴盛亦起到推动作用。北魏时,外国人

---

① (南朝梁)慧皎:《高僧传》卷七,上海古籍出版社 1991 年版,第 260 页。

② (北齐)魏收:《魏书》卷一百一十四《释老志》,中华书局 1974 年版,第 3032 页。

在北地者极多。当时,洛阳有慕义里,居住着西域人和西亚、南亚人。法云寺、菩提寺就是西域胡人所立。世宗时,立永明寺让外国沙门居住,人数有时多达三千人。在外国沙门中,有许多是天竺人,当时出名的译经者昙摩流支、法场、菩提流支、勒那摩提、佛陀扇多都是天竺人。这些外国沙门,特别是天竺人,以其娴习之语调唱诵法言,推动了经声梵响的流行。《洛阳伽蓝记·永宁寺》载菩提达摩"见(永宁寺)金盘炫日,光照云表,宝铎含风,响出天外。歌咏赞叹,实是神功"。周祖谟先生注曰:"歌咏者,口咏梵呗也。"①胡僧对经声之兴的推动作用由此可见一斑。

在这样的环境中,北人受南朝四声说的影响而关注汉语的四声,亦属必然。其中,王斌这个人颇值得注意。《南史·陆厥传》载:"时有王斌者,不知何许人,著《四声论》行于时。斌初为道人,博涉经籍,雅有才辩,善属文,能昌导,而修容仪。"《文镜秘府论·四声论》载:"洛阳王斌撰《五格四声论》,文辞郑重,体例繁多。"由此可证王斌是北朝沙门,其所撰《五格四声论》正反映了在北朝佛教兴盛的环境中,人们对四声的重视。

北朝文人与佛教有较为密切的联系,这为他们接受沈约的声病说奠定了基础。僧人道庞从菩提流支受学:"即而开学,声唱高广,邺下荣推,时朝宰文雄魏收、邢子才、杨休之等,昔经庞席……"②从一个侧面反映了文人与佛教联系之密切。北朝

---

① (北魏)杨衒之撰,周祖谟校释:《洛阳伽蓝记》卷一"永宁寺条",中华书局 2010 年版,第 12 页。

② (唐)道宣撰,郭绍林点校:《续高僧传》卷七,中华书局 2014 年版,第 245 页。

文人温子升、邢邵、魏收、常景都曾给佛寺撰写碑文，崔光曾助菩提流支、佛陀扇多、勒那摩提译经。此亦见出北朝文人与佛教紧密的联系。正因为有这方面的基础，所以，四声八病之说提出不久，即引起北朝文人的关注。常景作《四声赞》赞赏之：甄琛取沈约少时犯声处诘难之；阳休之则认为："音有楚夏，韵有讹切，辞人代用，今古不同。"仍作《韵略》，辩其尤相涉者五十六韵，科以四声。声病说在北朝文坛产生了广泛的反响，在诗歌创作中，诚如《文镜秘府论·四声论》所言："及徙宅邺中，辞人间出，风流弘雅，泉涌云奔，动合宫商，韵谐金石者，盖以千数……假使对宾谈论，听讼断决，运笔吐辞，皆莫之犯。"①声病说对北朝文人创作的影响可谓大矣！

需要指出的是，除佛教以外，北人接受声病说还有其他方面的基础。首先，南方北方，洛阳话是广为流行的语言，语音相类似，为北人学习声病说提供了便利。其次，魏晋之际，声韵学的发展亦为之创造了条件，罗常培先生在其《汉语音韵学导论》中于此有精辟的论述，故不赘言。

二、音乐的流布

文学与其他艺术门类有着共通之处，其与音乐的关系至为密切。音乐格调和诗风往往是交互影响的。南北朝时期，北朝音乐具有悲恸健劲的特点，所谓"西骨秦气，悲憾如怼；北质燕

① ［日］遍照金刚撰，卢盛江校笺：《文镜秘府论校笺》，中华书局2019年版，第72页。

声，酸极无已”，与此联系，其诗歌亦有质朴悲凉的特征。南朝音乐缠绵悱恻，其诗歌亦流于纤弱、婉约。南北朝音乐的交流，必定为诗风的交融奠定一定的基础。首先，音乐风格交互感染，进而影响到诗风，诱发诗人们拟乐府的创作。音乐曲调具有抽象性和普遍性的特点，更能使不同文化领域的人们产生心理共鸣。南北朝文人受对方音乐的陶染，双方的心理可能因之沟通，如果以较为恰当的曲辞去配合北来或南来的音乐曲调，则诗风的融合就会表现出来。南朝大量的边塞诗、北魏胡太后的《杨白花》即是这方面的典型例证。其次，民歌、拟乐府会随音乐的流布而传入彼方，为彼方诗人们所借鉴，从而影响到南北诗风的融合。在探讨诗风交融时，音乐流布的基础作用不容忽视，兹详论之。

北朝音乐主要由汉魏旧乐、西凉乐和西域音乐、北狄乐组成。永嘉南渡，汉魏旧乐散逸中原，世历分崩，颇有遗失，几经辗转，为北魏所获。北魏初期，忙于战争，未遑礼乐之事。逮孝文时，大力推行汉化，汉魏旧乐才被广泛收集。西凉乐是西域音乐与汉乐融合的产物，史载：“至太武帝平河西，得沮渠蒙逊之伎，宾嘉大礼皆杂用焉。此声所兴，盖苻坚之末，吕光出平西域，得胡戎之乐，因又改变，杂以秦声，所谓秦汉乐也。”①秦汉乐即西凉乐。以后，北魏又获得西域音乐，据载：“后通西域，又以悦般国鼓舞设于乐署。”②西凉乐与西域音乐在北齐十分流行，《隋书·音乐志中》说：“杂乐有西凉鼙舞、清乐、龟兹等。

① （唐）魏征、令狐德棻：《隋书》卷十四《音乐志中》，中华书局 1973 年版，第 313 页。

② （北齐）魏收：《魏书》卷一百九《乐志》，中华书局 1974 年版，第 2828 页。

然吹笛、弹琵琶、五弦及歌舞之伎，自文襄以来，皆所爱好。至河清以后，传习尤盛。"这与北齐的西胡化密切相关。北狄乐是北方胡族旧有的音乐。《魏书·乐志》称："太祖初，正月上日飨群臣，兼奏赵燕秦吴之音，五方殊俗之曲，四时飨会亦用焉。凡乐者，乐其所生，礼不忘本，掖庭中歌《真人代歌》。"赵、燕、秦，当指十六国时期的少数民族政权，《真人代歌》则是鲜卑音乐。《梁鼓角横吹曲》中保存的北方民歌，有些就是这些北方胡族的歌曲。看来，北朝音乐具有戎华兼采的特点。

东晋时，散逸在北方的汉魏遗乐逐渐南传。鲍照的《拟行路难》就是对汉魏遗乐《行路难》的拟作。《世说新语·任诞篇》注引檀道鸾《续晋阳秋》云："北人旧歌有《行路难曲》，辞颇疏质。"即可证明这一点。刘裕平关中，曾获清乐入南，《隋书·音乐志上》载："（清乐）属晋朝迁播，夷羯窃据，其音分散。……宋武平关中，因而入南，不复存于内地。"齐时，王僧虔曾致信王俭，希望借通使收集旧乐。

西凉乐、西域音乐和北狄乐，很早就传入南方。鲍照有拟乐府《梅花落》，《梅花落》属《大角曲》，《大角》"其辞并本之鲜卑"①。据《南齐书·乐志》载："太元中，苻坚败后，得关中檐橦胡伎，进太乐，今或有存亡。"由此可知，最迟到东晋末，北方音乐已经传入南方。《宋书·乐志》载："又有西伧羌胡诸杂舞。"苍梧王刘昱曾与左右作羌胡伎为乐。沈攸之进攻郢城，作羌胡伎溯流而进。可见刘宋时期胡乐之盛。萧齐一代，胡乐似乎更为兴盛。萧昭业在萧赜大丧期间，入后宫，列胡伎二部

---

① （唐）魏征、令狐德棻：《隋书》卷十三《音乐志上》，中华书局 1973 年版，第 383 页。

夹阁迎奏。东昏侯萧宝卷“始内横吹五部于殿内,昼夜奏之……合夕,便击金鼓吹角,令左右数百人叫,杂以羌胡横吹诸伎。……高障之内,设部伍羽仪,复有数部,皆奏鼓吹、羌胡伎、鼓角横吹”①。萧梁一代,此风尤盛。《梁鼓角横吹曲》即是以北歌为主。萧纲《小垂手》曰:“舞女出西秦,蹑影舞阳春。”萧绎《夕出通波阁下观妓诗》曰:“胡舞开春阁,铃盘出步廊。”其《玄览赋》曰:“吟《紫骝》之长歌,奏《玄云》之叠鼓。……闻羌笛之哀怨,听胡笳之凄切。”胡乐之盛由此可见其一斑。迄有陈,胡乐依然兴盛,陈后主就曾“遣宫女习北方箫鼓,谓之《代北》,酒酣则奏之”。北乐南传对南朝诗坛产生了很大影响,南朝边塞诗的兴盛,北乐具有启发作用。这里,尤其值得注意的是横吹十八曲。南人的边塞诗主要集中在对《陇头》《入关》《出塞》《入塞》《关山月》《紫骝马》《骢马》《雨雪》八题的拟作。《通志》云:“古有胡角十曲,即胡乐。”唐人吴兢《乐府题解》认为“十曲”就是《黄鹄解》《陇头水》《出关》《入关》《出塞》《入塞》《折杨柳》《黄覃子》《赤子杨》《望行人》。② 因此,有人认为十八曲其实多为胡乐,即使有汉魏遗乐,“横吹乐本来即出自边塞音乐,其悲怆的格调,与北朝诸民族惯于征战的生活习俗和崇尚勇武的精神气质相吻合,故尔为其所喜闻乐见。于是也就出现了汉曲与北歌相混杂的情形”③。凭借着音乐流布的基础,南朝边塞诗已经体现出了一些南北诗风初步融

① (唐)李延寿:《南史》卷五《齐本纪下》,中华书局 1975 年版,第 150 页。

② 参见(宋)郭茂倩编:《乐府诗集》卷二十一《横吹曲辞》,中华书局 1979 年版,第 331 页。

③ 阎采平:《梁陈边塞乐府论》,《文学遗产》1988 年第 6 期。

合的特点。

南朝民间乐府的北传在北朝诗坛也产生了巨大的影响。南朝民间乐府以清商曲辞为主,民歌入乐者全在此部。萧涤非先生指出:“故南朝之于汉魏,声调方面虽属一脉相传,而实际则无异于另起炉灶。”①南朝音乐之“另起炉灶”于民间乐府表现得最为充分,它一变前代的古朴拙重而为轻柔哀怨。南齐的王僧虔曾评论它说:“自顷家竞新哇,人尚谣俗,务在噍杀,不顾音纪,流宕无崖,未知所极。排斥正曲,崇长烦淫。”②王僧虔认为南朝民间乐府的特色是崇长烦淫,流宕无崖。这种音乐传入北地,也影响了北方诗人的创作风格。

南朝音乐北传比北音南传要晚一些。《魏书·乐志》称:“昔孝文讨淮汉,宣武定寿春,收其声伎,得江左所传……及江南吴歌、荆楚西声。”可见,孝文时,“吴声”“西曲”已经传入北方。比这更早的记载是太祖拓跋圭时奏赵燕秦吴之音,“吴”当指南朝,至于当时所奏为南朝哪一种音乐,就不得而知了。孝文以后,南方音乐在北方广泛流传。河间王元琛的婢女朝云就善为吴声歌曲《团扇歌》。北周时,攻陷江陵,南音因之北传,当时“工人有知音者,并入关中,随例没为奴婢”③。在北齐,南音的影响也是相当大的。齐后主能自度曲,曾别采新声,作《无愁曲》,音韵窈窕,极为哀思。“西曲”有《莫愁曲》,《无

① 萧涤非:《汉魏六朝乐府文学史》,人民文学出版社1998年版,第197页。

② (南朝梁)萧子显:《南齐书》卷三十三《王僧虔传》,中华书局1972年版,第595页。

③ (唐)魏征、令狐德棻:《隋书》卷十三《音乐志上》,中华书局1973年版,第304页。

愁曲》极可能是拟《莫愁曲》之作。

南音北传，影响着北朝的诗歌创作。胡太后、温子升、魏收等人的诗作，情感较为细腻，情致较为哀婉，与北朝民歌大相异趣，南方音乐曲调对其心理上的影响和他们对南方民歌的借鉴与此有很大关系。总之，音乐是沟通南北诗人心理的桥梁，音乐的陶染为南北诗风的交融在诗人们的心理素质方面奠定了基础。并且，音乐的流布还使民歌，甚至拟乐府传入彼方，从而促进了诗风的交融。

三、北朝的汉化与北人对南方文化的崇尚

北朝汉化是诗风交融的关键因素。在古代，文学的发展往往和帝王贵族的提倡密切相关。北朝文学的发展取决于鲜卑族的提倡，只有当帝王贵族们充分汉化，悦情于文学之时，北朝文学才有可能兴盛起来，南北诗风才有可能广泛地交融。另一方面，西晋灭亡之后，中原文化高门大多寓居江左，较之北方，南方社会要安定一些，所以，文化较为繁荣；北方经历了长期战乱，加之处在胡族的统治下，文化相对来说较为落后。这样，势必就会出现北人崇尚南方文化的现象。这是北人努力学习南朝诗风、促进南北诗风交融的内在动因。

鲜卑拓跋氏久处塞外，畜牧迁徙，射猎为业。在其统一中原以后，因其文化落后，为汉文化所同化乃大势所趋，特别是入居中原的鲜卑族，其汉化会更快些。正如恩格斯所说："在长时期的征服中间，文明较低的征服者，在绝大多数的场合上，也不得不和那个国度被征服以后所保有的较高的'经

济情况’相适应；他们为被征服的人民所同化，而且大部分甚至还采用了他们的语言。”①在征服战争中，鲜卑统治者不断迁徙各族人民，任以农耕。到太武帝时，垦田大为增辟，整个社会生产方式由游牧向农耕转变。孝文帝时，农业已在社会生产中居于主导地位，生产方式和汉族取得了一致，为其进一步汉化奠定了基础。社会生产方式转变后，其文化亦势必为汉文化所同化。

早在进入中原以前，拓跋氏就留心招纳晋人。平凉州后，徙凉州民三万余家于平城，而凉州自张氏以来，号有华风，这次大移民，无疑会加速其汉化进程。为了对中原实行有效的统治，鲜卑统治者立太学，置五经博士，任用汉族士人，这些做法自然会促进其汉化。孝文帝改革，更是一次全面而彻底的汉化过程。内迁的拓跋族投身在汉族的汪洋大海中，离故有的生活越来越远，他们彻底地汉化了。内迁鲜卑族的汉化，为南北诗风的交融提供了可能。

陈寅恪先生指出：“当时所谓汉化，就是要推崇有文化的士族，要与他们合而为一。”②孝文帝的一些改革措施，特别是实行较南朝更为严格的门阀制度，就是要使鲜卑族贵族取得与汉族高门同样的文化地位。汉族士族多文化高门，汉化的鲜卑统治者提倡学术、奖励文学便在所难免。孝文帝就是一位积极奖励文学、具有极高文学素养的皇帝。当时，有相当一批鲜卑贵族锐情文学，如元晖、元勰、元愉、元弼等。孝文以后，北魏各

---

① 恩格斯：《反杜林论》，吴黎平译，人民出版社 1956 年版，第 189 页。

② 万绳楠整理：《陈寅恪魏晋南北朝史讲演录》，黄山书社 1987 年版，第 252 页。

帝无不用情于文学,一些贵族也以招纳文士为务。北朝文学在孝文帝及其他帝王贵族的奖励推动下,逐渐繁荣起来,终于出现了“洛阳之下,吟讽成群”的局面。

北齐、北周的最高统治者是北镇军人出身。当南迁的鲜卑族迅速汉化之际,留在北方的同族人依然固守着鲜卑文化,甚至其他民族的人民也被其同化。北地军事贵族掌握政权后,在北齐、北周掀起了一股胡化的逆潮。不过,其时汉化鲜卑贵族和汉族士大夫是一股不可忽视的政治势力,加之南部汉化全面而彻底,因此,北齐、北周统治者对汉族士大夫和汉化胡人既有打击的一面,又有联合的一面。于是,就出现了鲜卑文化与汉文化杂相糅乱的现象。这时的文学,并没有受到多少影响,文学继续繁荣。北齐后主颇属意于诗赋,并于武平三年(572)立文林馆,广延髦俊,繁荣了北齐文坛。北周割据关陇,文化落后,但帝王贵族们积极倡导文学,对南来的王褒、庾信等尤加礼遇。由于帝王贵族们虚馆设宫的礼遇和他们自身爱好诗文创作的影响,北周一度出现了“朝廷之人,间阎之士,莫不忘味于遗韵,眩精于末光”①的盛况。

北朝的汉化,使帝王贵族锐情于文学,推动了北朝文学的发展,为南北诗风的交融奠定了基础。同时,在推崇汉文化的风气下,北人对南方文化的仰慕促使北朝诗人学习、追随南朝诗风,为诗风的交融提供了内在动因。

南朝居于汉文化的正统地位,滞留中原的汉族士大夫和汉化鲜卑贵族对其仰慕不已。孝文帝十分仰慕南朝,推崇南

---

① (唐)令德狐棻:《周书》卷四十一《庾信传》,中华书局 1971 年版,第 744 页。

人。当时南北互使频繁,“每使至,宏亲相应接,申以言义,甚重齐人,常谓其臣下曰:‘江南多好臣。’”①入北南人王肃、刘昶都因此而受到极高的优礼。在北周平江陵后,王褒、王克、刘珏等数十人俱至长安,宇文泰喜曰:“昔平吴之利,二陆而已。今定楚之功,群贤毕至,可谓过之矣。”②对南人的推崇溢于言表。至于中原士大夫对南方的态度,诚如高欢所言:“江东复有一吴儿老翁萧衍者,专事衣冠礼乐,中原士大夫望之,以为正朔所在。”③北人对南朝的崇尚在其文章中表现得更为明显。郦道元撰《水经注》,对十六国诸君主都直呼其名,对南朝诸帝,称呼则极为崇敬。又如《梁书》不专载遣使于魏事,而《魏书》等每见使梁记载。这也许由于北人在文化上不免自卑,出使南朝在他们看来是重要的事,所以北朝国史对此郑重记载。再看东海王元顼的墓铭:“昔张华振声于京洛,王导羽仪于扬都,山涛以清猷而后结,周颛以素德而来践。”④把王导、周颛与墓主相提并论,表现了北人对南人的仰慕。由推崇进而到自觉地去学习,是很自然的事。比如北人崇拜赵文渊的书法,及王褒入北,贵游慕名而学习王褒的书法,文渊之书遂被遐弃。

北人对南方文化的崇尚自然也表现在文学方面,其中,北

---

① (南朝梁)萧子显:《南齐书》卷五十七《魏虏传》,中华书局 1972 年版,第 992 页。

② (唐)令德狐棻:《周书》卷四十一《王褒传》,中华书局 1971 年版,第 731 页。

③ (唐)李百药:《北齐书》卷二十四《杜弼传》,中华书局 1972 年版,第 347 页。

④ 《元顼墓铭》拓片。

齐人对齐梁诗的崇尚尤其突出。文宣帝高洋曾斥责汉族士人王昕“伪赏宾郎之味，好咏轻薄之篇。自谓模拟伧楚，曲尽风制”①。王昕对轻薄之篇大加仿效，而且“自谓”，以此为荣，尤见其对轻艳的齐梁诗风痴迷的程度。不仅王昕一人，崇拜齐梁诗风乃是当时的风气。魏收崇拜任昉，邢劭崇拜沈约，以至于在他们周围因此而形成两个对立的文学集团。不只是沈约等诗人，其他齐梁诗人亦引起北人的广泛关注。例如《何逊集》传入洛阳时，北朝文人竟以能背诵其中的诗句为能。北齐诗坛崇尚齐梁诗，亦是具体环境使然。齐文襄流意于淫艳之诗，于是文人们蜂拥创制。加之南方战乱相寻，南人纷纷流寓邺下，其中不乏文学之士，他们的创作直接影响着北齐诗人。这些，都助长了模拟齐梁体之风。再则，由于胡化的逆潮，在胡族武力高压和仇视下，作为北朝文化主要创造者的汉人门第士族，他们对南朝文化的心理，发生了极大的倾斜，产生了对南朝文化强烈的认同和崇尚。这种心理，对北齐人学习齐梁诗亦是极大的推动。在这种热潮之下，南北诗风有可能较为充分地交流、融合，一些优秀的诗人创作了一批兼采南北的上乘之作。

总之，北人在南北诗风融合方面的贡献，与北朝的汉化和北人对南方文化的崇尚，尤其是齐梁诗的崇尚关系至为密切。

综上所述，南北朝诗风的交融，有其深厚的文化根基。北人对南朝声病说的接受，佛教的流传起着至为关键的作用；南北音乐的流布是沟通双方心理的桥梁，乐府民歌、拟乐府随之传入，影响着诗人们的创作；北朝的汉化使北朝文学发展起来，

① （唐）李延寿：《北史》卷二十四《王昕传》，中华书局 1974 年版，第 884 页。

为诗风的交融创造了条件,北人对南方文化的崇尚,是促进诗风交融的内在动因。南风北渐或北风南渐,其结果是孕育了一种超越南北诗风的新诗风,这就是“盛唐之音”。这是一个相当漫长的过程,实际上只有在南北统一之后,南北诗风的融合才能充分实现。不过,南朝北朝,其相同的文化传统、深厚的文化根基,对南北诗风交融起到的关键作用是不容忽视的。

宋代辞赋发展流变

两宋之交辞赋的传承与递变*

靖康二年(1127),金人掳徽、钦二帝及宗室、宫妃等三千人北去,北宋灭亡。不久,康王赵构在南京应天府即帝位。之后,高宗赵构一意避敌,逃往江南,在金人的追打之下失魂落魄,狼狈不堪,在江浙一带飘忽不定,居无定所。几经波折,绍兴八年(1138)正式定临安府为行都,南宋政权才逐渐在江南立住阵脚。

面对国家民族的危局,大臣们本应精诚团结,共赴国难,但那只是我们读史者的一种奢望,两宋之交的为人臣者呈现给我们的却是党论四起、攻讦不已的混乱局面。靖康之难,给元祐党人攻讦执政的新党提供了绝好的口实。大臣们围绕着和与战,夹杂着浓烈的党同伐异的意气,掀起了更为激烈的纷争。在懦弱卑劣的高宗看来,当务之急是把让皇家失尽颜面的那一页屈辱历史掀过去,重新树立皇家的尊严,使国体保存下来,站稳脚跟,争得喘息的机会;加之当时宋军战斗力极其低下,遇敌时往往望风解体,而且江南一带地方不靖,群盗蜂起,依靠这样的资本来和金人决战,后果是可想而知的。因此,和议一直是

* 本文2.7万字左右,删改为1.5万字左右载于《文学评论》2009年第2期。

高宗思想的主线。秦桧南归,君臣一拍即合,和议之计遂定。但是,从当时的政治形态来看,新旧两党积怨极深,形同水火,和与战作为他们政治斗争的主要话题,很难有调和的可能,加之高宗年轻和卑怯,秦桧深于权谋、居心险恶,自然难使天下归心。总的说来,面对国难,高宗朝的君臣们没有在颠沛流离和家国之痛中振作起来,形成上下一心、同仇敌忾、共恤国难的局面,始终是在苟延残喘中互相攻讦、度日偷生,和议之局面换来的积极作用丧失殆尽。高宗时期的学术、文学思想与这种政治格局有着密切的联系。从当时的辞赋创作来看,大多数赋家身经靖康之难,经历过国破家亡之痛和颠沛流离之苦,他们的辞赋,很好地反映了那个时代人们心理的各个方面,反映了当时的政治格局和文人的思维定式。因此,我们将靖康之难以来的高宗统治时期作为南宋辞赋发展的初期。

从帝王世系、基本国策、统治集团的核心成员以及政治、学术的发展等方面来看,南宋政权与北宋并无多大变化,其政治格局、学术文化基本是对北宋后期的延续。具体到辞赋创作,南宋绍兴年间的辞赋也是对北宋后期辞赋的传承发展。不过,南宋政权偏安一隅,风雨飘摇,前朝的雍容气象荡然无存,时局的巨变使得当时的学术和士风发生了深刻的变化,并影响到辞赋创作对北宋后期辞赋风尚的传承以及自身的递变。

南宋初期学术、士风的变化与更趋严酷的党争有着密切的联系。靖康之难给在徽宗朝备受打压的“元祐党人”提供了全面反击的绝佳机会,他们置国家危难于不顾,异常激动地开始全面清算熙宁以来的政治和“荆公新学”,掀起了一次次激烈的党争狂澜。而高宗则施展君人之术,频繁地更换首辅,以实现新旧两党的权力制衡,从而引起政坛的长期动荡。起初,高宗倡导“元祐学术”,在确立了和戎的国是后,又和秦桧一起打击道学,对道学党实行“党禁”。但是,经过绍兴年间的政坛沉浮,“元祐学术”中的二程道学得到了空前的发展,尤其是胡安国的《春秋》学因其标榜“尊王攘夷”的思想,具有强烈的时代感而呈现遍染士林之势。两宋之际的党争比以往更为残酷,为了置政敌于死地,他们往往不惜深文周纳、信口雌黄。在秦桧独相的十几年间,植党专政,对异己者的打击报复、对党同者的猜忌挟持更是达到了一个空前的高度。恶劣的政治生态营造出人人自危、如履薄冰的政治氛围,造就了文人卑劣猥琐、寡廉鲜耻的文丐习气。

两宋之际学术、士风的演变促成了辞赋创作的转变,就目前的文献来看,南宋初期辞赋留存于世者近300篇,其表现出的对北宋后期的传承、递变轨迹相当明显,我们打算从六个方面讨论之。

一、辞赋中悲凉之气的递变与深化

北宋后期由于党争的进一步意气化,文人的参政热情消退,如履薄冰、畏惧祸端的心理弥漫士林,悲凉之气也逐渐浸淫于文学作品中,慨叹人生、反思命运成了文坛的主调。徽宗朝,以“丰亨豫大”为口号,人为地营造盛世的氛围,借以打压异论,排斥异党,其结果是除了空洞的歌功颂德的辞赋大行其时,表现深沉的人生苦难和人生漂泊的辞赋亦勃然而兴。①

---

① 参见刘培:《论北宋后期辞赋的特征》,《文学遗产》2005年第5期。

南宋初期文人的政治环境和北宋后期文人相比不仅没有丝毫的好转，反而更加恶劣。围绕着和与战的国是之争，朝堂上掀起一次比一次猛烈、涉及面极其广泛的党争，而且，斗争的手段更为阴险毒辣。秦桧专国期间，以和戎的国是打压党议，控制台谏，鼓励告密，手段比蔡京当年更为残酷，必置政敌于死地而后快。对其党羽的举动也严加监视，因而形成一种人人自危的恐怖氛围。文化恐怖的结果是出现了告密风行、文丐奔竞的局面，在这样的境况下，为了身家之计，一些文人不得不出卖灵魂以期飞黄腾达。迎合国是和当道者的谀文成了绍兴年间文学的主旋律，文人们内心的悲凉可想而知。

南宋初期的文人大多经历了国破家亡、流离播迁之苦。靖康之难后，北方文人纷纷南逃，这些人是南宋初期赋坛的主力。他们到南方后，处境依然非常糟糕，当时“天下州郡没于胡虏，据于僭伪，四川自供给军，淮南、江、湖荒残盗贼。朝廷所仰，惟二浙、闽、广、江南”①，“荆榛千里，斗米至数十千，且不可得。盗贼、官兵以至居民，更互相食，人肉之价，贱于犬豕”②，这样的遭际对于文人来说肯定是刻骨铭心的。

南宋初期赋家和北宋后期文人有着类似的政治处境，所以南宋初期赋家也有着与北宋后期文人一样的忧惧宦海沉浮的心理态势，而且大多有过身似飘萍的体验。因此，南宋初期的辞赋继承了北宋后期辞赋惯常表现的对人生的悲凉之感，而且程度更深。

---

①　(宋)庄绰:《鸡肋编》卷中“绍兴军费”条，中华书局 1983 年版，第 76 页。

②　(宋)庄绰:《鸡肋编》卷中“以人为粮”条，中华书局 1983 年版，第 43 页。

悲秋是文学中用以表现生命感受的主要题材之一。北宋后期到南宋初期,赋家中秋士不少。北宋后期的咏秋之作多流露出悲凉的情绪,如毛滂的《拟秋兴赋》、周邦彦的《续秋兴赋》、张耒的《秋风赋》、孔武仲的《鸣虫赋》、晁补之的《江头秋风辞》等。当时邢居实的《秋风三叠》因其表现的孤独悲凉情感反映了盛世的氛围中文人对时局的无奈和灰心,引起人们的广泛共鸣,许多文士纷纷题跋呼应。两宋之交,咏秋之作依然非常多。如李纲的《秋风辞》、苏籀的《秋辞》三章、刘一止的《秋郊赋》、郑刚中的《秋雨赋》等都是当时比较出色的咏秋佳作。这些作品的悲秋情绪承接邢居实赋的悲凉情绪,而且对秋天感受更为悲怆深沉,我们很难找到欧阳修《秋声赋》、苏轼《秋阳赋》所表现的那种淡泊旷远的襟怀了。刘一止的《秋郊赋》就很有代表性,赋作首先表现了情绪的低回落寞:

> 日翯翯而逾厉兮,天迥迥而益高。潦水收而泓渟兮,微风过而萧条。轶爽思以遐骛兮,逝幽怀之远飘。神眐眐而直上兮,意渺渺而独超。悼时运之不留兮,嘉节物之见邀。莽四野其无人兮,兀平岗之岧峣。惊独鹤之清唳兮,咽残蝉之三嗷。燕如客而归告兮,雁哀鸣以求曹。①

接着表现了孤独无依的生命状态和对人生价值的反思:

① 本文所引辞赋,均引自上海辞书出版社、安徽教育出版社2006年版《全宋文》并参校文渊阁本《四库全书》,为了行文方便,除特殊情况外不再胪列出处。如标注,只注书名和页码。

繄境会而情感兮,伤志大而形么。独相羊以无匹兮,起怅望而翘翘。嗟佳人之何在兮,倚翠袖而若招。思夫君而不可见兮,挽蓬首而屡搔。岁月骏骏而遂往兮,怅此情之不自聊。亦何忧之不臻兮,绪轧轧其如缫。总事业之无闻兮,想富贵之不能徼。将今世之舍旃兮,盖令名之勿劭。力古人而愿学兮,溯千载而上交。嗟人生之南北兮,况截道之惊飙。顾筋力能几许兮,曷比年而远徭。曾一饱之不谋兮,岂吾分之已叨。世种种岂奚数兮,信我行之每劳。

作者把对未来的期盼比作佳人对夫君的期盼,把自己的落魄比作佳人的首如飞蓬,相当传神。赋中考问人生上下求索的意义,富贵不可求,忧愁如缫丝,否定了积极追求的人生。赋中蕴含的对现实人生的无奈和绝望是极其明显的。其实,这种消沉甚至颓废的人生态度在南宋初期的咏秋辞赋中普遍存在,它是北宋后期咏秋辞赋悲秋情绪的进一步深化。

北宋时期,较早用赋的形式慨叹身世的是宋祁的《卧庐悲秋赋》《穷愁赋》《悯独赋》,宋祁未登第时生活极其困顿,所以他在富贵以后就一次又一次地在创作中追忆早年的生活,流露出伤悯和自怜的种种情绪。可能和时代的悲凉氛围有关,北宋后期,慨叹个人身世的赋作逐渐多了起来,像谢逸的《感白发赋》、晁补之的《述志赋》、张耒的《问双棠赋》、程俱的《怀居赋》①等,多以一种感伤的情怀来回忆自己早年的生活,而且多

① 赋序称"实自始生之年,今兹二十有八年(虚岁)矣",据《宋史》卷四百四十五本传,程俱生于元丰元年(1078),那么此赋当作于1105年,即徽宗崇宁四年。

对仕途的不得意颇感无奈。如程俱的《怀居赋》写道:“由裸龀以迄今兮,与日月而竞驰。曾谋食之不遂兮,岂云道之敢营。异匏瓜兮可系,羡侏儒之太仓。怀铅刀兮一割,感二鸟之宠光。耕兮不足以卒岁,仕兮不能以安亲。徒遑遑兮羁旅,操危心兮若零。”对命运的不偶很是愤愤不平。在“乱”中又写道:“禀气不妩,命不偶兮。进以分寸,退寻丈兮。三年以仕,七年饥兮。”像这样在赋中表现对仕宦的汲汲以求,在南宋初期的辞赋中几乎看不到。从总体来看,南宋文人对仕途的追求可能更为狂热,但是他们在文学中却很少表现,这可能与他们对仕宦已经彻底失去了北宋文人的那种大济苍生的崇高感有关。经过靖康之难的颠沛流离,两宋之交的赋家则是以一种凄苦悲怆和人世沧桑的感慨来追想当年的。晁公遡的《悯独赋》命意颇类宋祁的《悯独赋》而更多切肤之痛。靖康元年(1126)年仅十岁的公遡和兄公武等家人随父晁冲之逃离汴京,流落在江浙一带,翌年,父亲病死宁陵,此赋就是以这一流亡过程为线索行文的。赋作追述靖康难中一家人的逃亡生活道:

> 豹侁侁而眴关兮,宇将颠而藩隊。心眐眐而横骛兮,撰余辔于睢之阳。朝发轫而南迈兮,惨去故而尽伤。睨帝阍以增遐兮,日沉翳其无光。岑石摧其重粿兮,豺狼跱夫中路。夕惴栗而不寐兮,昼徙倚而环顾。察九土之洪旷兮,予何为此窘步?

夷狄叩关,举家播迁,以天地之寥廓,却找不到容身之地,作者的浩叹道出了当时流浪者普遍的心理。

俄魏狸之涉泗兮，赤囊翩其若翰。幼遭世之厄艰兮，尚童羁而未冠。后猰貐之淫噬兮，前大江之奔湍。睇鲵渊之赫怒兮，枻将进而复止。委虎蹊以颠越兮，恐赍恨而永已。冒危途以徼福兮，寄性命于一苇。

赋中谈到在建炎年间金兵深入淮泗追击高宗的情形，当时家里盘缠用尽，前去大江，后有追兵，因此，作者这个年仅十岁的孩童连一死的念头都产生了，内心的绝望和悲苦可想而知。接下来，赋详细描写了冬天在饥寒交迫中辗转江浙的苦况。赋中作者发出了这样的浩叹："昊苍何其不仁兮，而畀予以弱质。衷坎毒而岂忘兮，惧鞭冢其难必。"这篇赋用一个少年的眼光和感触，细致地描写了那个乱世给普通人带来的苦难，是当时少见的啼血号天的佳作。李处权的《梦归赋》也是一篇非常出色的作品。赋中描写梦归洛阳的情景，兵燹后的洛阳一派乱象，赋曰："痛一炬之焦土兮，彻云汉以宵赪。吊瓦砾之塞路兮，失厦屋之连甍。翁草木之丛灌兮，骇鸟兽之悲鸣。访吾庐之无处兮，慨遗址之已平。动心目之惋伤兮，惨神沮之骨惊。"赋中还描写了洛阳承平时的繁荣景象以与当下的景象对比："究此都之宏达兮，匪郡国之可配也。挺龙门以屹其面兮，伏邙阜之峙其背也。亘飞梁于波上兮，矫双阙于云外也。鸣天鸡之一声兮，非烟拥乎冠盖也。思当年之行乐兮，信承平之嘉会也。"通过魂牵梦绕的追忆，作者心头国破家亡的哀痛表现得极其深沉、沉重。

南宋初期的文人所经历的苦难要比北宋后期的文人深重得多，他们对人生、死亡的体认也更深刻、更彻底，更具有出离悲情的平静抑或麻木。当苦难、屈辱沉重到让人无法承受、无法咀嚼回味的时候，人们只能以麻木甚至颓放来化解了。

北宋后期辞赋中有许多表现宦海风波忧惧仕途浮沉的作品。晁补之的《梦觐赋》《坐愁赋》,唐庚的《省愆赋》努力排遣对政治斗争的忧惧;苏轼的前、后《赤壁赋》通过齐物达观的观念来忘却贬谪的悲苦;蔡确的《送将归赋》则详尽铺陈贬谪的悲凉失落心态;谢逸的《吊槁杉赋》则表现世道的险恶,人心的叵测。而南宋初期,文人对政治上的失意和贬谪岭表能够泰然处之,经过元祐以来你死我活的党争和蔡京、秦桧等权臣的恐怖文化专制,文人们对政治把戏有了更为深入的了解,因此,他们在官言官,在江湖则言江湖,能够马上适应自己在官场中扮演的角色,不管面对什么样的处境,都能找到自己的位置,他们以平静得近乎麻木的心态来对待官场的得失。李纲的《三黜赋》、张九成的《谪居赋》就很好地诠释了文人心态的这种变化。张九成的赋虽然把贬谪的心境写得很绝望:"奇祸作兮湘江奔,天忽崩兮骨欲折。心糜溃兮目流血,日月驰兮成永诀。"虽然他把谪居的地方写得很可怕:"维兹地兮古横浦,岭之北兮江之浒,团瘴烟兮飞雾雨。"虽然他把谪居的生活写得很孤独:"七年于兹兮无与晤语,俗目并观兮吾何以处。"但是,他对这些种种的不快并没有完全在意,赋中写道:"夏葛冬裘兮何用美,饥食渴饮兮无求备,神明昌兮穷不讳,道义重兮物偕逝,优哉游哉,聊以卒岁。"这并不是故作旷达,这是作者心理的真实反映,也是当时文人贬谪心态的真实表现。胡寅在绍兴二十四年(1154)贬居新州时著《鲁语详说》,序言这样写道:"投畀炎壤,结庐地偏,尘事辽绝,门挹山秀,窗涵水姿,檐竹庭梧,时动凉吹。朝夕饭一盂,蔬一盘,澹然太虚,不知浮云之莽眇也。"①把贬谪生活描写得极有诗意,可以作为张九成赋的很好注脚。这种心态固然与江南的开发有关,谪居地不再如以前那般荒蛮不开化,但是更主要的原因应该是谪居心态的变化。

北宋后期,用骚体写成的哀辞是相当多的,这些作品的主要内容是对亡人品格的赞美,如叶适年轻时候作的《六子哀辞》就很有代表性。南宋时期,骚体哀辞、祭文、招魂辞明显增多,而且,一些作品不是对亡人的旌表,而是描写招魂的内容或者天堂生活的美好。葛胜仲的《祭刘尚书文》以招魂的形式写成,作品写到亡人生前的落魄,死后应该安享快乐,希望死者的灵魂能够回到亲人身边,享受家庭的和美,然后写道:"生一世若大梦些,祸福寿夭皆幽运之所系些。箦中牖下,均一死些。魂兮归来! 跂足以俟些。"以一种极其达观的态度来对待生死。其他如葛胜仲的《祭施氏妹恭人文》、李纲的《祭文李孺人氏》、葛立方的《祭莫彦济文》、许翰的《陈欧二修撰哀辞》和洪适的几篇祭文等,多着意表现死者生前的磨难,祈求亡人能够享受快乐的生活。史浩的《五世祖衣冠招魂辞》是以几千言的笔墨来铺陈灵魂生活的美好,希望列祖能够永享安乐之界。吴芾的《自祭文》更是一篇对生死彻悟的佳作,赋作深受陶渊明《自祭文》和《挽歌诗》的影响,但是增加了对阳世美好生活的描写:"既归林下,获脱羁羁。终日笑傲,饮酒赋诗。山湖照映,妻子追随。时拿小艇,游于涟漪。临风对月,其乐无涯。"对自己的一生甚为满足,但是应该知足,不应过于留恋人间,因此又写道:"如我长命,在世亦稀。若不知足,将欲何为! 若更不死,又待何时!"而且作者把死后情形描写得非常富有诗意:

① 《全宋文》第189册,第361页。

“且有精舍，在旁护持。花竹竞秀，泉石争辉。魂魄时游，亦足自怡。”这样，生与死的界限就被消解了。对生死看法的这种变化，折射出流落失所、出生入死的文人们对人生和死亡的深彻感悟以及对人生的悲悯情怀。

需要指出的是，每当国家乱象丛生或者国破家亡之时，表现漂泊的征行赋就会大量产生，类似庾信《哀江南赋》的作品，亡国之时代不乏作。北宋后期，由于苦难时事的影响，征行赋的创作呈现高涨趋势，但是，南宋以后，表现征行伤时的作品却很少，除了上引晁公遡的《悯独赋》和李纲的《南征赋》涉及一些这方面的内容以外，类似《哀江南赋》这样表现亡国之痛的作品几乎没有，这一方面可能是因为靖康之难来得太突然，文人们还没有回过神来，国家就已经覆灭了，所以没有时间去细细咀嚼亡国之痛；另一方面也是由于靖康之难的耻辱和当时文人的文化认知反差太大，他们根本没有面对那段伤痛的勇气，更谈不上去痛定思痛了，哀莫大于心死，于是，尽量不去追忆那段屈辱的历史。更重要的原因恐怕是当政者为了皇家的尊严计，有意回避那段历史①，于是朝廷上下、朝堂内外似乎达成了一种默契，大家尽量不去戳动那块心灵深处的伤疤，在有意遗忘中获得偏安一隅、苟且偷生的勇气。

二、辞赋的歌功颂德功能得到进一步加强

与表现悲凉情绪的辞赋并行不悖的，是歌功颂德辞赋在南

---

① 南宋初期禁止私家撰史的重要原因就是要掩盖那段屈辱的历史，以重树皇家的威严。

宋初期的大行其道。辞赋的这种风尚，也是对北宋末期辞赋颂美风尚的继承和发展。

徽宗是个相当庸劣的皇帝，无治理国家的才能却一心想体验盛世天子的滋味。蔡京秉政时，控制台谏，打击异己，曾经三次籍定“元祐奸党碑”，根除一切旧党势力，新党一统天下。“崇宁党禁”的结果是人皆畏祸，莫敢庄语，谀文盛行，颂声四起，人为地营造了一个“盛世”局面。非为对朝臣，对科场的控制也极其严厉。洪迈就指出：“蔡京颛国，以学校科举钳制多士，而为之鹰犬者，又从而羽翼之。士子程文，一言一字稍涉疑忌，必暗黜之。”①对学术的禁锢之严由此可见一斑。在宣扬“盛世”的同时，徽宗在汴京建造宫观楼阁的规模之大旷古少见②，又纲运天下奇花异石珍禽异兽，在汴京的东北方建筑艮岳。徽宗的大兴土木，对谄谀文风的兴起，起到了推波助澜的作用。

承此余绪，南宋初期辞赋中歌功颂德的倾向仍然相当突出。在国破家亡、山河破碎的情形下还能唱出颂美的调子，在我们看来有点匪夷所思，究其原因，首先是文化恐怖政策的结果。秦桧独相期间，沿袭蔡京的打压党议的做法，而且更为变本加厉。史称：“自秦桧专国，士大夫之有名望者，悉屏之远方。凡龌龊萎靡不振之徒，一言契合，率由庶僚一二年即登政府。仍止除一厅，谓之伴拜。稍出一语，斥而去之，不异奴隶，

---

① (宋)洪迈：《容斋随笔》(下)《三笔》卷十四，上海古籍出版社1978年版，第576页。

② 参见(宋)张知甫：《可书》“宣和末都城盛建园囿”条，中华书局2002年版，第420—422页。

皆褫其职名，阙其恩数，犹庶官云。”①赵翼曾经指出：“秦桧赞成和议，自以为功，惟恐人议己，遂起文字之狱，以倾陷善类。因而附势干进之徒承望风旨，但有一言一字稍涉忌讳者，无不争先告讦，于是流毒遍天下。……桧又疏禁野史，许人首告，并禁民间结集经社。”②这样的严酷打击，势必形成万马齐喑的局面，《宋史》本传说：“桧擅政以来，屏塞人言，蔽上耳目，凡一时献言者，非诵桧功德，则讦人语言以中伤善类。欲有言者恐触忌讳，畏言国事，仅论销金铺翠、乞禁鹿胎冠子之类，以塞责而已。”③谄诗谀文和高压政治是互为表里、相辅相成的，满朝文臣仰望秦桧之鼻息，承风望旨，一有颂事，举朝纷进，唯恐落后，文风为之一变，歌功颂德之声日隆，斯文扫地尽矣。其次是掩盖国耻、维护皇家体面、树立高宗帝王之尊的政治需要。靖康之耻是亘古未有的奇耻大辱，相当于明建文年间的朝鲜国王遗德曾评论这段历史说：“中土祸患，至宋徽、钦而极，子息蕃衍，耻辱亦大，前史未有也。”④这一点高宗们不是不明白，但是高宗及其大臣们的确没有重振河山的能力和魄力，只能以掩盖真相的做法来欺骗世人。高宗即位之初，备受臣僚轻视，胡寅就曾上万言书说：

---

① (宋)徐自明撰，王瑞来校补：《宋宰辅编年录校补》卷十六“绍兴二十四年十一月丁卯”条，中华书局 1986 年版，第 1097—1098 页。

② (清)赵翼著，王树民校证：《廿二史札记校证》(下)卷二十六，中华书局 1984 年版，第 566—568 页。

③ (元)脱脱等：《宋史》卷四百七十三，中华书局 1977 年版，第 13763 页。

④ (宋)确庵、施庵编，崔文印笺证：《靖康稗史笺证》之《序二》，中华书局 1988 年版，第 1 页。

建炎以来，有举措大失人心之事，今欲收复人心而图存，则既往之失，不可不追，不可不改。一昨（则）陛下以亲王介弟，受渊圣皇帝之命，出师河北。二帝既迁，则当纠合义师，北向迎请，而遽膺翊戴，亟居尊位，遥上徽号，建立太子。不复归觐宫阙，展省陵寝，斩戮直臣，以杜言路。南巡淮海，偷安岁月。此举措失人心之最大者也。①

胡寅所言其实是高宗为世人所轻的关键，当时的一些将领，同样没有把高宗放在眼里，不肯为朝廷用命，他们大抵"寇去则论赏以微功，寇至则敛兵而遁迹。谓之恢复，岂不痛伤！"②针对这种情况，张嵲在《论士风疏》中就指出：

艰难以来，乱臣贼子安于为僭逆，而不知有君父，奸宄乱常之民公然为盗贼，而不知有国家。高任将帅，优养军师，将以治此二者，而比年以来慢法犯禁，或亦有之。使元元之民耳之所闻、目之所见者类如此，日引月长，恬不知怪，则天下之势几何其不至于陵迟耶！③

面对这种种的困局，除了励精图治以外，就只能够靠歌功颂德

① （宋）罗大经：《鹤林玉露》丙编卷三"建炎登极"条，中华书局1983年版，第283—284页；又见（宋）李心传：《建炎以来系年要录》卷二十七"庚寅"条，中华书局1958年版。罗大经所说是就大意言之，有删节。

② （宋）李心传：《建炎以来朝野杂记》甲集卷十九《癸未甲申和战本末》，中华书局2000年版，第463页。

③ （宋）张嵲：《紫微集》卷二十五，《景印文渊阁四库全书》第1131册，（台北）台湾商务印书馆1986年版，第558页。

来支撑门面了。当然,我们也应该看到,一些颂美赋作,是为了给摇摇欲坠的弱小王朝打气,出于重树信心的需要。高宗等人通过科举赋题的引导和下诏命群臣歌颂某一体面的事件等手段,推动了颂美文风的流行。

两宋之际的颂美辞赋主要有这样几个方面的内容,即都邑赋、描写园林殿阁楼观的辞赋、典礼和祥瑞赋、颂美当道者的辞赋和礼神的颂辞等等。

都邑赋或宣扬王朝风物之美、物产之盛,或赞美礼乐之隆兴,国力军力之强大,从而达到歌颂当道者功业的目的。北宋后期,都邑赋的创作出现了一个小小的高潮。比较出色的有李长民的《广汴赋》、王观的《扬州赋》、赵鼎臣的《邺都赋》、王仲旉的《南都赋》等。这些赋大多通过赞美山川都邑来表现大宋的气度,粉饰衰世,做一些有气无力的心理安慰。南渡以后,地方盗贼蜂起,金人又两次渡江南下,满目疮痍,民不聊生,但是,就是在这样的情形下,赞美山川都邑的辞赋的创作依然很是繁荣。

南宋初期的都邑赋是和高宗定行都于临安府密切联系着的。

绍兴八年(1138),高宗定临安府为行都,以示不忘恢复之意。针对这一事件,高衮奏上《二都赋》,施谔奏上《行都赋》。① 二赋今已不传,从《二都赋》的名称看,当是对班固《两都赋》的模仿。南宋初期的文人为了挽回一点颜面,喜欢把高

---

① 《玉海》:"建炎中,驻跸临安。绍兴八年三月,诏复还。十五年,高衮上《二都赋》,十七年,施谔上《行都赋》。"转引自(清)厉鹗等撰:《南宋杂事诗》卷五,浙江古籍出版社 1987 年版,第 173 页。

宗的避地江南和东汉的光武中兴相提并论,因而也称高宗的立足江南为“中兴”①,高衮极有可能是学着班固的样子在颂美高宗的中兴大业。目前可以看到的针对这一事件的辞赋是傅共的《南都赋》。从赋序所云“臣切(窃)观主上驻跸吴邦,建立行宫,累载于斯矣”,“臣闻昔汉光武发迹南阳,创为帝京,实为南都。厥后迁之,居于东洛,南阳之都,存而弗废”来看,辞赋应作于绍兴八年(1138)定行都于临安稍晚,是针对称临安为“行都”“行在”而发的。作者把高宗比光武,把临安比南阳,希望依光武之例,称临安为“南都”,赋的结构也是模仿张衡的《南都赋》。赋以两位虚拟人物的对话来结构全篇,先反驳都城应该定于长安、洛阳、汴京的论调:“子徒识夫周汉雍洛之既治,而未闻光武南阳之初基。”然后盛赞光武的火德中兴,这样就把光武和高宗联系在了一起。既然尚火德的光武初定南都,那么,同样要以火克金(国)的高宗自然也应该有南都,这样才能成就中兴大业。辞赋从地理形势和历史发展的角度来说明定都临安的合理性,为了增强说服力,作者不管不顾地连建康的历史和地理一并附会到临安上去,看上去的确很是气势凌厉。以此论断为基础,辞赋展开了对高宗建国体、祭天地、藉田畴、临太学、开百衙、朝万国等一系列的典礼描写,在此,作者极力突出高宗天授皇权的合法性和庄严性:“一声清跸,天容穆然,万灵奔趋,千官肃虔。”而吴人仰慕高宗的情形是“如驹犊从,如婴儿慕”,“填郛溢郭,如饥待哺。如舜膻行,而民风鹜”,这

① 如胡安国有《中兴策》、权邦衡有《中兴十议》、汪藻有《建炎中兴诏旨》、林宝有《中兴龟鉴》、李昌言有《中兴要览》、汪伯彦有《建炎中兴日历》、陈靖有《中兴论统》、张浚有《中兴备览》、李纲有《建炎中兴记》、熊克有《中兴小历》等等。

样充满豪情地称颂高宗的文字，实在不是一般人可以胜任的。接着是以如椽巨笔泼墨如云般纵情描写临安的历史、风物以及天下辐辏、举世仰慕的景象，其铺张扬厉的笔法是张衡的《南都赋》所不及的，由此可以看出作者颂美的激情是何其激越。而更为夸张的是作者接下来对南宋疆域的描写，比司马相如的《子虚上林赋》更胜一筹，把南宋逼仄的疆界写得广袤无边。东边是琉球、日本、百济、高丽；西边是四蜀、五溪；南边是沧溟巨壑，际天无极；北边连接玄冥，作者没有实写。赋的结尾，是对辅成如此大业的秦桧的颂扬。这篇鸿篇巨制，使我们清晰地感受到绍兴年间谀文泛滥之一斑。

北宋后期，徽宗大兴土木，掀起了一个创作谄诗谀文的小高潮。就目前留存的辞赋来看，赞美徽宗所建亭台楼阁创作的辞赋，只有李质和曹组的《艮岳赋》各一篇。李质赋不殚烦地描写这片园林的每一处建筑，除了文字富于诗意以外，结构上和徽宗写的《艮岳记》没什么区别，而且缺乏颂美的热情，赋的结尾，发了这样一通议论：

> 臣又闻积水成渊而蛟龙生，积土成山而风雨兴。皆物理之自然，岂人力之所能？盖尝观云气之霭霭，时出没而相仍。作寰区之润泽，肇五谷之丰登。霈为霖而复敛，抱虚壁之层层。举兹山之尽美，渠可得而诵称？尔乃或遐瞩以寄情，或周览以托兴。众彩迭耀，臣目迷而不能得视；群籁互鸣，臣耳惑而不能得听。

这段文字的立论基础源自《韩诗外传》的一段话："登高临深远见之乐，台榭不如丘山所见高也；平原广望博观之乐，沼池不如川泽所见博也。”[①]这其实和程俱的《采石赋》一样，暗寓讽谏。[②] 曹组的赋则突出艮岳处天地之间的神圣性，其用意和李长民的《广汴赋》一样，意在神话徽宗，神话那个“盛世”。南宋初期，百废待兴，宫观楼阁的建设无法和徽宗时期相比，而且，高宗提倡节俭，过分地铺叙建筑之华赡不太恰当，所以，这时的辞赋发扬了李长民和曹组辞赋凸显神圣庄严的特色来达到谀美当道的目的。王廉清的《慈宁殿赋》就是颇具代表性的赋作。这篇赋是绍兴十二年(1142)献上的。慈宁殿是高宗生母韦太后所居之殿。韦后于绍兴十一年(1141)由金人归还，这件事在高宗等看来，是宣扬和戎国是、挽回皇家颜面的一个绝好机会，但是令人难堪的是，韦后在北方时已经做了盖天大王的妾，且育有二子。为了掩盖真相，除了迫害知情者、篡改韦后生年之外，就是更加疯狂地宣传乃至神话韦后的南还。韦后归后，高宗曾下诏：“乞令词臣作为歌诗，勒之金石，奏之郊庙，扬厉伟绩，垂之无穷。”于是，“太后入居于慈宁殿，文武百官上表称贺，亦有献赋颂雅歌称美盛德者，令中书舍人程敦厚第其高下”[③]，诏下以后，谀美此事的颂赋歌诗纷至沓来，此赋可能就是其中之一。赋作开篇的结构和惯常的描写宫观殿宇的辞赋一样，铺张描写慈宁殿的过程和形制，然后歌颂高宗的崇孝道。作品非同一般之处是对慈宁殿、高宗神圣性的渲染贯穿始终。

---

① (汉)韩婴：《韩诗外传》卷五，上海书店出版社 2012 年版，第 83 页。

② 参见刘培：《论北宋后期的党争与辞赋创作》，《北京大学学报》(哲学社会科学版)2005 年第 6 期。

③ (宋)徐梦莘：《三朝北盟会编》卷二百二十三，上海古籍出版社 1987 年版，第 1612 页。

描写慈宁殿的建筑则曰:“仓昊驰耀兮,黄祇助培。运郢硕之斤斧,攻杞梓之良材。万杵散雨兮,千镵转雷。离娄督绳兮而公输削墨,夏育治砾兮孟贲掇荄。”“山壤献灵,川流效祉。”虽然这是一般宫殿赋的套语,但由于描写对象的特殊性,在此赋中具有强调此殿的建设顺天应人的意味。描写慈宁殿的气势则曰:“出入兮日月,呼吸兮风雨,开重轩兮累玉,鳞万瓦兮游龙。”“喜泄泄兮乐融融,入如遇兮出如逢。”这两句暗用郑武公和其母姜氏母子和好的典故——“大隧之外,其乐也泄泄”和“大隧之中,其乐也融融”,意在强调高宗和韦后母子的和美,这是说宫殿的美感体现出母子和美的美感。赋的后半段是对高宗躬行孝道的礼赞,而且给这种孝道披上了德侔天地的神圣特点:“孝道克全,鉴上天兮。寿禄万年,其永延兮。圣人孝兮,感人深。……财丰俗阜兮,写于薰琴,百姓克爱兮,诸侯克钦。亘万国兮,得其欢心。”把这种孝道的作用上升到经天纬地的程度。与韦后有关的赋还有曹勋的《迎銮赋》。曹勋的《迎銮赋》干脆以短章面世,反映出作者才力的不足。此赋除了长长的序文外是十篇描写迎接韦后南归过程的小赋,作者用极其典则庄重的语言来礼赞此事件的庄严神圣,其用意和《慈宁殿赋》一样。

气势恢宏的典礼可以体现出王朝的声势,也可以使文人对现实的衰败产生些许空幻的寄托与愿望。徽宗元符年间,刘弇作的《元符南郊大礼赋》即反映了文人们的这种心理。赋中充满热情地追述太祖荡涤海内的功业和列宗的功绩,描绘当代的盛世景象多罗列澧泉涌地、祥瑞沓至等套语,显得虚张声势,不得要领。绍兴年间的典礼赋我们现在能看到的有王洋的《拟进南郊大礼庆成赋》,曾协《云庄集》卷三有一篇《献籍田赋表》,但赋已不传,从“恭惟皇帝陛下奉三王损益之权,继二帝勋华之业,九功叙而人所助,一德享而天弗违。大有为之时,巍巍杰立;甚盛德之事,荡荡难名”①的献表文字来看,此赋可能是一篇谀美十足的作品。王洋的《拟进南郊大礼庆成赋》作于绍兴十三年(1143),可能是考虑到当时天下不靖,此赋基本上是对典礼过程的叙述,没有刘弇赋虚声颂美的习气,对高宗的赞美主要集中在他的节俭上。葛立方的《九效》也属于典礼范畴的辞赋,这是一组九篇模仿屈原《九歌》的颂辞,《天运》赞美南宋的中兴,《慈宁》赞美韦后,《永固》《强弱》赞美和戎国策,《医国》赞美内政,《君臣》赞美秦桧,等等,同类的作品还有叶子强的《迎送神辞》,也是一篇模仿《九歌》的作品,这样的作品其目的只有一个,那就是讨好当道。

南宋初期的颂美辞赋还把目标指向了大臣,尤其是对秦桧的歌颂。秦桧专国以后,对他的歌颂几乎成了文学创作的主要主题之一,满朝文武,包括曾经的主战者,如张孝祥,当时以名节标榜的理学人士,如刘子翚,都加入到颂扬秦桧功德的行列中。想来当时类似的作品一定不少,我们今天能看到的赋作只有张嵲的《寿赋》。除了对秦桧的歌颂之外,还有一些歌颂其他大臣的赋,如周紫芝的《新城赋》歌颂吕颐浩的功绩,晁公遡的《朝山堂赋》歌颂一位李姓的地方官员,韩元吉的《万象亭赋》颂扬叶适在长乐的劝农之举,吴儆的《良干堨赋》歌颂新安郡的潘姓郡守新修水利发展农业的政绩,等等。这些赋和赞美高宗、秦桧的辞赋不同的是,赋中描写当地的自然文人之美,寄托了深深的对南宋王朝走向繁盛的期望。

---

① 《全宋文》第219册,第6页。

祥瑞也是盛世之黼黻，是颂美辞赋的重要素材。北宋真宗年间，为掩盖澶渊之盟的惭德，曾经大肆渲染盛世气氛，一时间祥瑞纷呈，描写祥瑞的辞赋也大量出现。这种风气一直到仁宗亲政期间，强调应天以实不以文，才逐渐消沉下去。徽宗时期，祥瑞赋虽然也有进呈，如为徽宗领花石纲的朱勔就曾呈《瑞木赋》，但是祥瑞赋创作却始终没有形成气候，究其原因，是当时的大多数文人对祥瑞的看法还比较冷静。① 南宋初期，祥瑞时有进呈，綦崇礼在《贺瑞禾表》中说："恭惟皇帝陛下成康化俗，尧舜安民。运阴阳气数之神，物无疵疠，相天地生成之道，家用平康。肆兹穑事之成，由此农祥之异。"②邓肃在《瑞花堂序》中也提到建炎三年(1129)祥瑞出现的事情。但是祥瑞赋却始终形不成气候，这应该与当时江南的地方不靖有关。目前能看到的与涉及祥瑞内容的辞赋只有张昌言的《琼花赋》等为数很少的几篇。

三、山川风物赋兴起

北宋后期出现了许多颂美山川风物的赋，通过赞美山川以表现大宋的气度，以暂时忘却眼前一蹶不振的现实。这类赋较好的有李廌的《武当山赋》、李纲的《武夷山赋》、楼异的《嵩山三十六峰赋》等。李廌的《武当山赋》作于建中靖国六年

---

① 郑刚中就在《双莲膏露辨》中针对宣和四年(1122)蕲州梅姓太守呈祥瑞双莲膏露的做法进行了辩驳。

② 《全宋文》第167册，第312—313页。

(1101),这篇三千余言的赋充满热情地描绘了武当山的气势、山间风光、不凡的物产、鸟兽等等,展示了武当山在天地间的地位,并指出,大宋七叶而至徽宗,武当山焕发出卓然不群的灵淑之气。李廌非谗慝之臣,他的这篇赋应该是对绍圣以来日薄西山的国势的曲意回护,也许作者不想面对这样的现实:一番闹哄哄的政治纷争的结果,是王朝没落了。

北宋中期,南方文人已经在文坛居于主体地位,但是由于当时的文化中心是在汴京、洛阳一带,在人们的文化观念当中,江南依然是远离文化中心的边缘地带。南渡以后,文化中心南移,文化版图发生变化,南方出生的文人在绍兴间已经居于文坛的主导地位,因而,文学中的话语体系势必要随之改变。描写南方山川物产的辞赋,尤其是南方文人创作的辞赋,其弘扬当地文化,争取文化、文学话语权的动机表现得相对明显。

王十朋的《会稽风物赋》以典雅流畅的笔触铺叙了会稽地区的历史沿革和山川风光、物产、风俗以及古今人物,借以表现江浙人文教化的隆盛和资源物产的丰富,可作帝王之资。尤其是对古今人物的铺叙,集中于他们的政治和文学才干,作者是想指出,会稽非断发文身之地,而是人文之奥府,文化发达,人才之盛甲于天下,借此强调会稽的文化正统地位。赋的结尾,作者以饱满的热情赞美了当今的政治:

今天子披舆墬(地)之图,思祖宗之绩,求治如不及,见贤而太息,文德既修,武事时阅,盖将舞干戚而服远夷,复侵疆而旋京阙。余俟其车书仝(同),南北一,仿吉甫,美周室,赋《崧高》,歌吉日;招鲁公,命元结,磨苍崖,秃巨笔,颂中兴,纪洪烈,迈三五,敻前牒,亘天地,昭日月。于是穷章亥之所步，考神禹之所别，览四海、九州之风俗，掩《两京》《三都》之著述。腾万丈之光芒，有皇宋一统之赋出，回视会稽，盖甄陶中之一物。

这不是惯常的曲终奏雅的故作姿态，而是在借颂美高宗的内修文德外治武功来寄予凭借南方以一统天下的期望。王十朋还有四篇赞美会稽山川之美的《双瀑赋》《蓬莱阁赋》《大嵝赋》和《剡溪春色赋》。《双瀑赋》描写金溪双瀑壮丽景象："于时骤雨初歇，飘风迅击。飞泉汹涌，怒流湍激，喷烟雾于苍岚，吼蛟龙于大泽。百川震而澎湃，万类纷其辟易。疑若倾崖转壑，变丘谷而为陵；又类万马千兵，奏鼓鼙而赴敌。"写得极其有生气，这在当时是不多见的。赋的结尾转入发思古之幽情："于时目瞬飞流之末，耳洗寒潭之侧。思往事之微茫，仰遗风而叹息。灶中烟冷，难寻入竹之人；峰顶台荒，不见吹箫之客。"追思炼丹的张文君和吹箫的王子晋，作者的目的是突出这一景观的人文价值。《蓬莱阁赋》的重点是瞻顾遗迹，发兴亡之叹；《大嵝赋》和《剡溪春色赋》则以展现越地的秀美风光为主。王十朋是温州乐清人，他的这些辞赋创作，充分体现了南方文人争取文化话语权的用意。和王十朋的创作相呼应的是王腾的《辨蜀都赋》，辞赋罗列成都的发展历史和文化的发达、风俗的醇厚，批评当时人对蜀地的种种误解。作者在赋中把这个意思表达得相当明白："人物习性，有忠有邪，有智有愚，出于才行，而不由土产。自赵谂狂图，好事者类指以疵蜀人，蜀之衣冠含笑强颜，无与辩之者，余尝切齿焉。"其实，提高地方的文化地位，不是辞赋中的孤立现象，在一些散文中也可以看到类似的言论，如喻汝砺的《辨蜀》《扪膝轩记》等。张孝祥的《金沙堆赋》描写洞庭湖令人惊叹的滔天巨浪,也是比较出色的作品,赋曰:“壁立千仞,衡亘百步。灵鳌之背孤起以自暴兮,弃方丈而不负。涌青城之玉局兮,迟虚皇而来下。太仓露积以弗校兮,白粲粲而非腐。熬海波以出素兮,莽既多而无数。胡山十丈之雪,结而不复释兮,吴江八月之潮,来而不复去。”极其生动地描写了洞庭潮涌千仞的惊心动魄的风光,仿佛天地间涌动着一股桀骜不驯之气。吴儆的《浮丘仙赋》是较早描写黄山风光的赋。黄山之美可能直到南宋初期才引起人们的注意,朱弁《曲洧旧闻》卷八载:“新安郡黄山有三十六峰,与池阳接境,在郡西,岩岫秀丽可爱,仙翁释子多隐其中,《图经》不著其名。”①赋中描写变化多姿的黄山群峰曰:“却立而仰视,则危峰挺石,旅列青冥。或敷若莲华,或擎若炉薰。或俨若峨冠,或端若矗屏。或垂若倚盖,或骞若抗旌。或植若剑戟,或肩若友朋。或旁附而不倚,或中立而不倾。或颓若下陨,或企若上腾。或崇隆以极壮,或刚耿而孤撑……”赋中大量运用排比句式详尽描绘黄山群峰的形态,反映了作者急于向世人介绍黄山的冲动和对黄山的热爱。可能与仙翁释子多隐于黄山相关,此赋的后半部分描写仙人降临的情景,更给黄山蒙上一层绮丽梦幻的色彩。

这种凸显南方本位文化的观念也出现在一些描写南方风物的咏物赋中。何麒的《荔子赋》针对荔枝珍贵而不产于中州,发表了这样的议论:“凡瑰琦之所出,必以远而见珍。故槟榔产于交趾,石榴盛于涂林,橘柚贡于淮海,葡萄得于罽宾……

---

① 程毅中主编:《宋人诗话外编》上册,国际文化出版公司1996年版,第548页。

勿以类言，此固易知，何物不然？盖明珠耀于合浦，白玉出于于阗，孔翠毓于炎洲，火齐来于日南。以人言之，亦复奚别？自昔圣贤，粲若星列，是以戎出由余，吴出季札。秭归之陋，而生屈原；苍梧之荒，而生士燮，曲江而下，世固不乏。又况东夷之人号为舜，西夷之人号为文，何必中原，乃可勃兴。"所论其实是想指出，从物产、人物之盛可知，边鄙之地不逊色于中原，江南之地，足可以作为恢复中原的依凭之地。因而，接下来，赋借着赞美荔枝，把南宋王朝颂扬了一番："大火所熏，炎精所凭。含章抱洁，卓尔不群，永焜耀于南方，赫然其百果之君乎。"高宗即位后，定年号为"建炎"，推崇火德，希望火能克金，对荔枝的赞美从火德入手，暗含颂美当道之意。又如李石的《栀子赋》颂扬火德："祝融用威，朱鸟奋翼，火轮曳空，炎炎赫赫……一花纤微东皇刻，一气浩大天皇织，而乃与较瑞花虚名为六出乎？"作者还把栀子花描写成南宋中兴的象征。刘望之的《遂宁糖霜赋》则歌颂了闻名全国的遂宁冰糖。

四、深沉的忧患意识演变为深挚的爱国之情

重气节、尚风操是北宋文人的传统。在庆历以来的变法运动中，北宋文人表现出浓厚的参政热情。熙宁、元丰以来，文人们心系天下的激情消褪了，全身远祸、因循墨守之风渐染士林。徽宗时期，谄谀成习，士风大坏，文人的心理距离与君王渐行渐远。但是，文人的济世热情并不是完全泯灭了，而是不得不向内收敛，变得更为深沉了。在辞赋创作中，北宋后期文人深沉的忧患意识也时有流露，如赵鼎臣的《尧山赋》、刘跂的《宣防

宫赋》、孔武仲的《吊隋炀帝赋》、张舜民的《长城赋》、宗泽的《抚松堂赋》等所流露出的对国家命运的殷殷之情，张耒、唐庚、邢居实的同题作品《南征赋》，李纲的《江上愁心赋》《续远游》，程俱的《广游》等所流露出的处身衰世心无所皈的苦闷，都折射出北宋后期文人心底里对天下的系念。

靖康之难后，面对君国的奇耻大辱和天下危局，文人们的忧患意识通过高涨的爱国精神表现出来，不管是收复失地的热切呼号，还是励精图治、守以待变的冷静分析，都流露出当时文人真挚的爱国热情。但是，这种爱国热情在当时却不能够充分得到伸张，而是转逾深沉，变为深挚。迫使爱国热情向内收敛的因素来自你死我活的党争和高宗、秦桧的投降政策，以及元祐以来养成的避祸苟且的士风。

首先，靖康以来党争的非理性化特点和其残酷性使文人们面对国事心灰意冷，爱国热忱受到严重打击。由于党同伐异已经变成了当时文人文化性格的核心，他们对靖康之难的反思不可能冷静客观，而是不管不顾地委过于执政的新党，进而归咎于王安石变法和指导变法的“荆公新学”，视王安石和“新学”为灭亡北宋的罪魁祸首。围绕这个核心，斗争越来越复杂，越来越残酷，而且，这种攻击具有深文周纳、不择手段、阴险毒辣的特点，于是，整个士人群体几乎都参与进来，哪怕是极小的政治举措都会引发无休止的争论和恶毒的攻讦。文人们身不由己地被绑在了党争的战车上，爱国之志在彼此的争斗中难以施展，爱国热情遭到无情的摧残和打压。李纲的遭遇就是在这样的党争中酿成的，何俌在《中兴龟鉴》中说：

纲之言虽忠，纲之谤愈多。颜岐，邦昌党人也，于公未

> 至而沮之；宗尹，尝仕邦昌者也，于公已至而沮之；宋齐愈，又党豫立邦昌议也，及与公议国事，又从而沮之，君子难进易退也如此。加之藩邸旧人，公肆排毁，并相之命下，而纲之权已分，经制之司罢，而纲之去已决。中山之功未成，而谤书盈箧。纲之秉政凡七十五日，而所以共治者，他有人矣。当时挽而留之者，不投之散地，则寘之极典。公之去就甚轻，而关于天下之安危者甚重也。①

李纲的遭际不是特例，对当时报国心切的人士来说遭受贬抑其实是普遍现象。其次，高宗一贯执行投降避让政策，对有识之士的排斥打压，也使士人们的爱国之情郁而难伸，尤其是秦桧专国以来，和戎的国是成了秦桧相党给政敌定罪的法律依据。高宗和秦桧们为了恪守和议，加强皇权，对涉及恢复的言论一概视为撼摇国是，予以严厉打击。在高压政治打压下，整个文士群体深患失语症和怔忡症，收复中原成了话语禁区，爱国热情更是被牢牢禁锢。最后，在党争中养成的避祸苟且的士风也从内部压制着士人们爱国热情的自由抒发。靖康之难中，士人群体表现得极其麻木，这固然与徽宗曾严禁大臣议论边事有关，但士风的萎靡则是主要原因。对此，南宋中后期的文人常常浩叹不已，洪迈曾说，国难之时，往往有慷慨悲歌，感天地、泣鬼神之事，"国家靖康、建炎之难极矣，不闻有此，何邪？"②还说："予顷修《靖康实录》，窃痛一时之祸，以堂堂大邦，中外之

---

① （宋）李心传：《建炎以来系年要录》卷八"建炎元年己卯"条注引，中华书局 1988 年版，第 205 页。

② （宋）洪迈：《容斋随笔》《续笔》卷十六"大义感人"条，上海古籍出版社 1978 年版，第 293—294 页。

兵数十万,曾不能北向发一矢、获一胡,端坐都城,束手就毙!虎旅云屯,不闻有如蜀、燕、晋之愤哭者。”①难怪周密感慨道:“子曰:‘必世而后仁。’盖言天下大乱,人失其性,凶恶不可告诏,三十年后此辈老死殆尽,后生可教,而渐成美俗也。”②对徽宗以后直到南宋初期的士风表达了深深的叹惋。

南宋初期的政治环境和北宋后期相比没有丝毫的改善,而且可能还更糟,文人的忧患意识依然纠缠着个人的出处去就,笼罩着文化专制和党争的阴霾,因而,南宋初期辞赋中爱国热情的表达很难尽情发挥,而是和对宦海风波的忧惧、无奈和郁闷杂糅在一起,表现得较为隐晦、深挚、悲凉。

就目前所见的文献资料,比较直接推究靖康之祸的赋作只有胡寅的《原乱赋》。从赋的开篇“始予纳履于重围兮,期汗漫而遐征”来看,此赋作于张邦昌僭立后胡寅南归途中。赋作对王朝的覆灭做了较为深入的思考。虽然徽宗、钦宗反复申言国之灭亡是为大臣所误,但胡寅认为徽宗才是祸乱之源,其祸国有好色、用奸佞、大兴土木、擅起边衅、崇奉道教等六端,是亡国的直接原因。作者还用近一半的篇幅更深一层追究亡国的原因,是王安石变法和推行新学。由于作者的道学背景,他对亡国的根源不可能作出客观的分析,但是真挚的爱国之情流注于作者的反复咏叹中,自有一种感动人心的力量。像《原乱赋》这样全面反思亡国根源的作品在南宋初期的赋作中极其少见。张表臣说在金人第一次渡河时他曾作《将归赋》分析形势,声

① (宋)洪迈:《容斋随笔》卷十六“靖康时难”条,上海古籍出版社1978年版,第212—213页。

② (宋)周密:《癸辛杂识》别集卷下,中华书局1988年版,第278页。

称金人还会再来，可惜没有引起有司的注意。① 刘子翚的《哀马赋》通过哀叹战马来表达抗金的艰辛，对将帅的无能表示了深深的担忧。其他如李纲的《吊国殇文》凭吊宣和年间用兵西鄙的死难者，喻汝砺的《卮酒词》凭吊死于国难的刘韐，感情沉痛，情真意切。

更多的辞赋是通过隐晦的手法寄寓爱国之情。李清照创作于绍兴四年（1134）的《打马赋》通过对打马游戏的描绘来表达作者的爱国激情，形式上的隐晦曲折与作者内心的炽烈形成强烈的反差，给读者留下极深的印象。本来借战阵来喻棋谱是古代各种棋赋、棋经常用的手法，但是李清照辞赋却用来渲染杀敌报国的激情，已经超越了棋局的界域。赋中说道："佛狸定见卯年死，贵贱纷纷尚流徙。满眼骅骝及騄駬，时危安得真致此？木兰横戈好女子，老矣不复志千里，但愿相将过淮水。"作者恨不得效法花木兰，去前线替朝廷收复失地。虞允文的《辨乌赋》则通过乌鸦怀忠孝之志却不见知于世人的苦闷，反映出爱国热情不得伸张的郁闷。李石的《四君子汤赋》通过描写中药四君子汤寄托了渴望能臣良将医治国家萎靡虚弱的痼疾的愿望。王灼的《荆玉赋》《荆玉后赋》慨叹卞和的遭遇，抒发爱国热情不为当道所重的沉郁悲惋之情。

南宋初期，拟骚的创作呈复兴的趋势。早在北宋中期，为了适应革新政治的需要，赋家们标举屈原的忧国忧民的精神，掀起了一次骚体创作的高潮。当时赋家们对屈原接受的着眼点是屈原对政治理想不断追求的精神。北宋后期，晁补之等人创作了许多拟骚，他们所看重的是屈原独拔流俗的人格力量。

---

① 参见（宋）张表臣：《珊瑚钩诗话》，《历代诗话》本。

南宋初期的拟骚,其着眼点发生了变化,它们标举的是屈原对国家的忠爱之思。如李纲的《拟骚》、周紫芝的《哀湘垒赋》都是在弘扬屈原对楚国的拳拳之心。

有些辞赋通过吊古来表达对国事的系念,对国家的热爱。如刘望之的《八阵台赋》、李焘的《南定楼赋》凭吊不忘恢复的诸葛亮来寄托爱国精神。《南定楼赋》的结尾,抒发了恢复中原的壮志和报国无门的苦闷:"偃旗卧鼓不顿一戟兮,卧独立北望伤宛洛兮。极目千里氛甚恶兮,沉吟遗章涕零落兮。攘除兴复将焉托兮,登兹销忧聊假日兮。"作者从对诸葛亮功业的缅怀中转向现实,面对残破的国家感慨万千。范浚的《姑苏台赋》凭吊吴王夫差暗喻对徽宗荒淫误国的讥刺,陈岩肖的《钓台赋》写道:"遂律贪而立懦兮,共扶汉祚而不遽衰也。昔渭滨之钓璜兮,吊功烈以辅兴王之基。阙里钓而不纲兮,钓道德以垂万世之师。濮水钓而持竿不顾兮,钓高尚以远尘俗之羁。今先生亦寓意于是兮,钓气概而挺然不可縻也。"和北宋中期张伯玉同题之作抒发不事王侯高尚其志的着眼点不同,和范仲淹的《庐陵严先生祠堂记》所表达的激励名节也有区别,作者对严子陵的歌颂放在他建功立业垂范后世上,从而反映了希望报效国家以期臻于中兴的愿望。

五、由表现高情雅韵转向展示世俗情趣

宋代文人有两个精神世界:廊庙与江湖。北宋中后期,随着党争的加剧,议论煌煌的传统变而为对高雅的艺术境界的追求,文人逐渐和廊庙疏远而亲近江湖,济世救民的追求和遁世

无闷的人生旨趣渐行渐远。当然,这种转变是痛苦的,苏轼等人虽然身在江海之上但是系念廊庙,难以割舍淑世情怀,因此以禅的空静和庄学的齐物达观来化解内心的块垒,以深邃睿智的思索来梳理廊庙和江湖复杂纠缠的关系。徽宗以后,朝纲大坏,文人们对政治更加失望,内心和政治更加疏远。南宋初期险恶的政治环境和文化专制使文人对政治由失望走向彻悟、麻木,济世救民的崇高感消失了,这两个世界走向分裂:在廊庙则言济世,甚至欺世盗名;在江海则谈风月,魏阙之思几乎消磨殆尽。北宋后期文人的那种深沉的忧患意识演变为对人生、命运的空幻和悲凉慨叹;那种对忘却名利、澄澈精妙、高雅隽逸的心灵境界的企求,演变为对世俗庸常生活的体会、玩味和讴歌。两宋之际的辞赋,真实地记录了文人心理的这一历程。

两宋之际,表现人生空幻的辞赋增多了。翟汝文的《睡乡赋》、周紫芝的《蜂衙赋》、何文缜的《梦赋》、沈与求的《客游玄都观赋》等通过描写梦境来表达人生如梦幻泡影的感受;沈与求的《灯花赋》、范浚的《过庄赋》、宇文虚中的《鱼计亭赋》等则表现了对命运无常的通脱与达观;胡铨的《和陶渊明归去来辞》以醉乡为家,表现了颓放的人生态度。对人生空幻的感受,从一个侧面反映出文人们对济世救民的人生观的怀疑和渴望从中摆脱的心理。南宋初期的辞赋从表现纯美的心灵境界和讴歌世俗生活中来找寻新的心理归属。

和苏轼等人的辞赋相比,两宋之际的辞赋所描写的美境缺少哲理的感悟的沉思,所发的议论也比较庸俗。赋家们把眼前所见的一切都写得很美,生气流动,景象万千,他们不需要用哲理去统摄内心的种种意绪,放下淑世情怀,他们就可以以一种自由的心境去感受生活所呈现的美景，去体会庸常的生活哲理，他们的议论不再那么高妙，那么富于深邃的顿悟。张守的《小黄杨赋》写了对小黄杨盆景的感受："受一气之独正，纷众叶之多碧。已幸脱于泥途，靡争研于花实。安微分而自足，贯四时而不易。置之函丈之间，绰有山林之适。明窗净几，阴敷砚席。笑昌阳之琐细，与草芥而匹敌；诮巴苴之凡陋，望秋风而陨踣。"写出盆景从容自在的风姿，折射出作者安闲从容的心态，赋的结尾："已无心于梁栋之用矣，毋或纵寻斧以求狙猿之杙也。"表现出作者对宦途避而远之的心理；李处权的《乐郊赋》描写了乡居生活的美好，景物的描写空灵流转，有清新之气："幅巾藜杖，适野在田。或狎鸥而藉草，或观鱼而临渊。或流憩以骋望，或会心以忘言。于时远山兮连连，近水兮溅溅。清秧兮芊芊，白露兮娟娟。麦初芒兮燕乳，桑已葚兮蚕眠。喜膏润之及私兮，庶遂逢于有年。"而赋的结尾则讲了一通适性逍遥的道理。像这样景物描写引人入胜但是抒发庸常之理的赋作在南宋初期比比皆是，比较有特色的如王安中的《竹林泉赋》、宇文虚中的《鱼计亭赋》、辛次膺的《飘泉赋》、葛立方的《余庆堂赋》等，这些赋和当时流行的散体亭台楼阁的"记"一样，写精妙之景，无高妙之思，反映出当时文人的心理不再如他们的前辈那么高雅、脱俗，而是走向了世俗情怀，他们的精神家园不再是那种宁静玄妙的远离世俗的境界，而是走向了实实在在的世俗世界，险恶的仕途迫使他们在心理上疏远淑世精神，江南的美景则召唤他们面对自然，感受生活，这个时期辞赋的世俗化特色与"江山之助"不无关系。

南宋初期，庸常生活、庸常情感的许多方面都进入了赋家的视野。

对家族繁衍兴旺的祈求在赋作中不断得到体现，和北宋中期以来关心国事民瘼的辞赋主调相比，这样的情感的确比较低俗。蔡发的《穴情赋》是关于堪舆风水的。堪舆学在南宋以来大行其道，上到朝廷大臣，下到市井细民，为了子孙昌盛，多热衷于此，对此，当时的一些有识之士表示了深深的担忧。① 蔡发的这篇赋告诉人们选择坟地的要领，从一个侧面反映出当时文人们日渐庸俗的精神世界。史浩的《五世祖衣冠招魂辞》用近五千字的篇幅来追述家族的发展、先祖们的令德功勋以及希望列祖列宗保佑家族继续兴旺的愿望。葛立方的《云仙》是一首祭神的颂词，是希望自己以及家人能得到云中仙人的保佑。周麟之的《槛泉赋》表达了希望祖先在天之灵能保佑家族兴旺的愿望，赋中写槛泉之水曰：

> 其正出也，万窍互发，蕴沦洄漩，迸澄沙之金碎，激浮沤之珠圆，吹嘘乎管灰之飞，眩转乎风蓬之旋；其泄流也，涧道委蛇，如玄云之触石，遏流不平而鸣，铿锵乎佩玉之音，悠扬乎宫徵之声。拥山川之秀润，朝郁郁之佳城。

作者如此生动地描写泉水的喷涌流动是为了下文的祈祷："泉之流兮流祖之德，肆其后兮沐灵泽。泉之清兮为文英，泉之涌兮腾仁声。世世兮承休，与兹水兮同流。"希望祖先的恩德能

---

① 如南宋罗大经《鹤林玉露》丙集卷六就指出："世人之惑（郭）璞之说，有贪求吉地未能惬意，至十数年不葬其亲者；有既以为不吉，一掘未已，至掘三掘四者。有因买地致讼，棺未入土，而家已萧条者；有兄弟数人，惑于各房风水之说，至于骨肉化为仇雠者。凡此数祸，皆璞之书为之也。"（中华书局 1983 年版，第 344—345 页）

像不断流动的泉水一样，永远保佑家族兴旺。

即使北宋后期赋家们反复咏叹的闲居求志的主题，在南宋初期的文人们手里，也变得格调低俗。如在北宋后期流行的拟《归去来兮辞》，多表达优雅闲逸的高旷情怀，南宋初期，拟《归去来兮辞》的创作依然不少，但是思想格调却低多了，如王十朋的《归去来赋》写道："归去来兮，终日思归今已归。嗟连岁之行役兮，误甘旨之屡违。……虽吾归之不若人兮，不能衣锦而乘肥。"在这里，作者念念不忘的是隐居的享乐生活，耿耿于怀的是隐居失去的官威和煊赫，不事王侯的高雅荡然无存。冯楫的《和渊明归去来辞》通篇表现的是劝归佛法的内容，且没有什么深妙的禅趣，类同佛家鄙俚的化道文，如赋中写道："归去来兮，莲社已开胡不归？……入慈悲室，登解脱门，万境俱寂，一真独存。炉香满炷，净水盈樽。望西方以修观，祈速睹于慈颜。入念佛之三昧，觉身心之轻安。超九莲之上品，开六超之幽关。"对安闲生活的渴望也是北宋后期赋家惯常表现的，他们借此以展示澄澈宁静的雅怀，南宋初期辞赋当中也有这样的内容，如葛立方的《喜闲》《横山堂三章》，王十朋的《至乐斋赋》等，表达了对富贵享乐生活的向往，志趣比较庸俗。尤其有趣的是，南宋初期文人在追求功名富贵方面的奔竞努力是北宋后期文人无法比拟的，然而，这些表现安闲生活的辞赋却表现出对功名的不屑一顾，走俗状而鸣高情，远嗣西晋文人如潘岳等之逸响。比如周紫芝因为谄事秦桧颇为物议不许，但是他的《思隐赋》却在表现渴望富贵闲人的生活的同时也展示了不事王侯高尚其志的高情，钱锺书先生指出："虽然，观文章固未能灼见作者平生为人行事之'真'，却颇足征其可为、愿为何如人，与夫其自负为及欲人视己为何如人。”①南宋初期文人的这种悖论固然折射出对仕途的畏惧，但是更反映了他们追求享乐而又故作姿态的庸俗心理，反映了他们的低俗和矫情。

南宋初期的赋家比较关注身边的琐事，他们用低俗的眼光看待、理解这些细碎之事。葛立方的《忆菁山赋》写的是乙酉之秋即建炎三年（1129）流落到菁山的生活苦况，但是赋中几乎没有涉及靖康之难的大环境，而是不断抱怨生活的艰苦，作者所谓的苦况无非是没有同道之友，没有好茶来打发清闲的时光，赋中写道：“己酉之秋，羯胡入寇，饮马于江，衣冠震耸，奔遁僻壤。我乃流岩越佚，孤蓬夜驰。辞山墩之横茅，栖景山之招提，远兵戈之骚屑，蓊林峦之幽奇。”按照常理，赋作介绍了战乱的背景后应该转入报国之情的抒发，然而，作者却发出了这样的感慨：“苍崖翠嶂，郁乎在望，怨山人之不来，吟夜鹤于空帐，招羽翰之难传，第神驰而心向。……千夫噉山，若筐若莒，采撷如云，制骑火而飞麸尘，则蒙顶、鸦山、日注、双井、殆埒美而并珍，而吾未得沦以娱宾。”当此国难，作者却对自己流离当中没有雅友、没有好茶而耿耿于怀，没有流露出丝毫的慷慨报国之情，的确可当司马炎“全无心肝”之论。李石的《古渔词》对渔人渡人过河获利大发议论，觉得人心不古，认为古代的渔人是隐居的高人，而非射利之人，现在的渔人乃渔利之人。和北宋文人的谠言论政或者妙解天人相比，作者的见识的确鄙俚不堪。其他如张春的《鹤驾词》写求仙、胡铨的《及老堂赋》劝人行孝道等等，见识都相当低下。其实，整个南宋初期辞赋

① 钱锺书：《管锥篇》第四册，中华书局 1986 年版，第 1388—1389 页。

的见识普遍地降低了，淑世情怀普遍地减退了，世俗生活和庸俗的见识成了当时辞赋一个比较鲜明的特征，这说明文人们在逐步远离廊庙世界而逐步走向世俗的生活，北宋以来形成的文人的高情雅韵正在被世俗情调所取代。

六、辞赋抒情说理的风格由理趣深邃转向张扬外露、直白肤浅

北宋中期以来的辞赋追求理趣深邃，文人们崇尚把一己之情升华为具有普遍意义的哲理，由哲理观照个人的情感，于是形成一种妙悟天人、洞悉万物的理趣，感情向内收敛，转向对社会人生以至于大千世界的深入思索，个人的情绪被化解，哲理的阐释趋于深刻、妙悟，具有平淡而深刻、虚灵而隽逸的美感。在南宋初期，辞赋追求理趣的传统转变为抒情张扬外露、说理直白肤浅。

辞赋抒情说理风格的这一变化是与文人心态的变化分不开的。北宋后期文人面对当时的文化专制，为了保持人格的独立和心态的平衡，普遍地退回内心，索居苦吟，生活在个人的精神世界里，他们对抗现实的方式就是读书穷理和闭门索句。靖康之难以后，文人们要安居于陋室吟咏啸歌已经不可能了，他们经历了颠沛流离，接触了国破家亡，不得不为了生存和立足朝堂而奔波、奔竞。他们不再那么高雅、孤傲，他们必须面对现实来考虑一些切身的利害，于是，他们的心态由封闭走向开放，由内敛转向外露，情理相得、妙解天人的方式已经不能准确地表达他们对社会人生的感受了，于是，文学作品中抒情说理的

方式由曲折幽深转变为直白和张扬。从咏物赋的变化我们能清晰地看到这种转变。北宋后期文人喜欢描绘具有高洁品格的形象来寄托人格理想，如写松柏的，有邹浩的《四柏赋》，苏籀的《二松赋》；写竹的，有黄庭坚的《对青竹赋》《苦笋》，李复的《竹声赋》，郑刚中的《感雪竹赋》，慕容彦逢的《岩竹赋》；等等。这些赋具有状物与抒怀水乳交融的特点，作者对社会人生的感受和人格理想外化为美丽的形象，情与理、人与物完美地结合在一起，平淡中山高水深，理趣盎然。两宋之交，描写松、竹等的赋作减少而写梅的辞赋大量涌现，与描写松、竹等寄予高洁人格不同的是，南宋初期咏梅赋或者把梅花作为怀乡、悲叹命运的起兴之物，如唐庚有《惜梅》，谢逸有《雪后折梅赋》，或者刻意表现梅花旖旎动人的美感，如李纲、张嵲、王铚、释仲皎的同题《梅花赋》，李纲的赋这样描写梅花：

> 若夫含芳雪径，擢秀烟村，亚竹篱而绚彩，映柴扉而断魂。暗香浮动，虽远犹闻。正如梅仙隐居吴门，丰肌莹白，娇额涂黄。俯清溪而弄影，耿寒月而飘香。娇困无力，嫣然欲狂。又如梅妃临镜严妆，吸风饮露，绰约婵娟。肌肤冰雪，秀色可怜。姑射神人，御气登仙。绛襦素裳，步摇之冠。璀璨的皪，光彩烨然。瑶台玉姬，谪堕人间。半开半合，非默非言。温伯雪子，目击道存。或俯或仰，匪笑匪怒。东郭顺子，正容物悟。惟标格之独高，故众美之咸具。

把梅花比作仙子，以仙女比况鲜花，然后糅合与鲜花相关的典实佳句，这是六朝以来的咏花赋作惯用的手法，李纲辞赋虽然幽韵冷香、清空峭拔的梅格表现得比较充分，但是并没有脱出六朝窠臼，对梅花在比德方面的韵味则挖掘不够，没有将梅格与人格结合在一起，和北宋时期的咏物赋相比缺少了含蓄和悠长的韵味，表现比较直白，当时其他人的咏梅赋作也是这样的手法。不是说文人们没有注意到梅花凌寒傲雪的品格①，而是他们不愿意深入挖掘意象的韵味，不愿意在深邃的思虑中去玩味意象所昭示的本质意义，他们只是要直截了当地表现梅花的美丽，表现对梅花的喜爱，因而更愿意把她作为仙姝佳人的形象来咏叹。不仅是咏梅的赋作，像王灼的《朝日莲赋》、张昌言的《琼花赋》等，大都脱出展示高洁胸怀的路数而直接描写物象的美丽。不唯咏物赋，当时的赋作基本上都摆脱了北宋后期那种封闭的、优雅的、睿智的胸襟而直接面对眼前的大千世界，明白地道出个人的人生感受。如党争的内容在北宋后期的辞赋中表现得比较隐晦，但是南宋初期的辞赋则毫不掩饰个人的政治倾向，像虞允文的《诛蚊赋》、洪适的《恶蝇赋》、李石的《辩谤文》等说理都非常直白。

南宋初期辞赋抒情说理风格的直白外露还与文人们学识修养的变化密切联系，辞赋的直白肤浅在一定程度上也是文人们学养不足造成的。文学作品的含蓄蕴藉和理趣深邃与读书穷理、贯通众学密切相关。北宋中期以来辞赋的厚重渊雅、理趣盎然和北宋文人学识修养的提高是同步的，而北宋后期以来成长起来的文人学识修养普遍不如他们的前辈。究其原因，主

① 事实上，周紫芝在《红梅馆赋》里已将松、竹、梅并提，姜特立在《跋陈宰〈梅花赋〉》中也指出："夫梅花者，根回造化，气欲冰霜。禀天地之劲质，厌红紫而孤芳。方之于人，伯夷首阳之下，屈子湘水之傍，斯为称矣。"(《全宋文》第 224 册，第 3 页)

要是科举这个指挥棒导向的结果。[1] 熙宁变法以来直到南宋初期的科场经过了这样一些反复:“祖宗以来,但用词赋取士,神宗重经术,遂废之。元祐兼用两科,绍圣初又废。建炎二年,王唐公(绹)为礼部侍郎,建言复以词赋取士,自绍兴二年,科场始复。”[2]王安石对过去诗赋取士的做法很不满,于是在熙宁四年(1071),神宗下诏罢诗赋而以策论升降天下士。本来,庆历以来科场中律赋的地位不断为策论侵蚀,至此则基本失去了为国家升降人才、选拔良俊的作用,元祐年间虽然短暂地实行过诗赋、经义兼取的办法,但是诗赋在科场的颓势已经无法挽回,因为不光是新党反对诗赋取士,就是旧党中的洛党、朔党也对此不感兴趣。这一变化对文人的学识的影响非常巨大。过去的文人为了科考必须泛览博观,养成铺采摛文、广采众学的魄力,这样方可写出上乘的律赋,但是,罢诗赋取士后,学子们都去专研王安石的《三经新义》和《字说》了,没有利禄的吸引,在充实腹笥方面当然就很难下大气力。忽视文华风采而重视吏才的结果,是学子素质下降,眼界狭窄,见识贫乏,他们所读的应考经籍其实在实际行政中派不上多少用场。在当时,这种取士方法的负面作用很快便显现出来了。李复在《论取士》中对此有深入的论述,他说:

> 臣恭睹神宗皇帝悯士弊于俗学之久,慨然作新,造之以经术,发明圣人之遗言,使讲求义理之所归,庶知乎修身

---

① 参见刘培:《论北宋后期的科举改革与辞赋创作》,《四川大学学报》(哲学社会科学版)2005 年第 2 期。

② (宋)李心传:《建炎以来朝野杂记》甲集卷十三“四科”条,中华书局 2000 年版,第 261 页。

> 行己,上以事君,内以事亲,莅官接物,弗畔于道。而今之学者曾不思此,平日惟是编类义题,传集海语。又大小经题目有数,公试私课,久已重叠,印行传写,其义甚多,无不诵念,公然剽窃以应有司之试。终身之学止于如此。甚者至于所专之经,句读不知,音切不识,或误中选入仕,平生所学,皆无可用。①

对于诗赋与经义取士的优劣,元祐年间,刘挚在《论取士并乞复贤良科疏》中说得更透彻:

> (试经义)至于蹈袭他人,剽窃旧作,主司猝然亦莫可辨。盖其无所统纪,无所隐括,非若诗赋之有声律法度,其是非工拙,一披卷而尽得之也。诗赋命题,杂出于六经、诸子、历代史记,故重复者寡,经义之题出于所治一经,一经之中可为题者,举子皆能类聚,裒括其类,豫为义说,左右逢之。才十余年,数榜之间,所在命题,往往相犯。②

其实王安石晚年对经义取士也颇有悔意。对于这一点,南宋人自己看得也相当清楚,叶梦得就指出:"熙宁以前,以诗赋取士,学者无不先遍读《五经》。……自改经术,人之教子者,往往便以一经授之,他经纵读,亦不能精。其教之者,亦未必能皆读《五经》,故虽经书正文,亦率多遗误。"③以经义取士的直接

---

① (宋)李复:《潏水集》卷一,《景印文渊阁四库全书》第1121册,(台北)台湾商务印书馆1986年版,第5页。

② 刘挚:《忠肃集》卷四,武英殿聚珍版全书本,第18页。

③ (宋)叶梦得:《石林燕语》卷八,中华书局1984年版,第115页。

后果就是文人过分专研经术,而不在泛观博览上下功夫。叶适在《习学记言序目》中说:“然及其废赋而用经,流弊至今,断题析字,破碎大道,反甚于赋。……而今日之赋,皆迟钝拙涩,不能为经义者然后为之。”①他把辞赋的迟钝拙涩归咎于经义取士,不无识见。顾炎武对比诗赋与经义取士时指出:“今之经义策论,其名虽正,而最便于空疏不学之人。唐宋用诗赋,虽曰雕虫小技,而非通知古今之人不能作。”②见解可谓一针见血。而且,徽宗时期视诗赋为元祐学术而禁止人们创作,更推动了文人学识修养的普遍下降。

绍兴时期,科举试赋因为读书不多而不断闹出笑话更反映出当时文人学识修养的低下。据《鹤林玉露》载:“绍兴省试:《高祖能用三杰赋》,一卷文甚奇,而第四韵押‘运筹帷帐’,考官以《汉书》乃‘帷幄’,非‘帐’字,不敢取。出院以语周益公(周必大),公曰:‘有司误,非作赋者误也,《史记》正是帷帐,《汉书》乃作幄。’”③可见主考的学识贫乏到了多么可笑的地步。有时也出现试官与举子一起冬烘的情况:“孔子弟子琴张,琴牢也。子张乃姓颛孙,名师。绍兴中,太学试《仁天之尊爵赋》,取上第一人、第二人,皆以琴张为子张。……而试官与举人皆不悟,抑何卤莽至此耶!”④更有甚者,绍兴八年省试《天

① (宋)叶适:《习学记言序目》卷四十七,中华书局 1977 年版,第 699 页。

② (清)顾炎武著,(清)黄汝成集释:《日知录集释》卷十六,岳麓书社 1994 年版,第 585 页。

③ (宋)罗大经:《鹤林玉露》甲编卷三,中华书局 1983 年版,第 5 页。

④ (宋)袁文:《瓮牖闲评》卷三,上海古籍出版社 1985 年版,第 32 页。

子以德为车赋》，连高宗都看出来第二名把“颠覆”的典故用错了，考官和举子却都茫然无知[1]，由此可见当时士子学识贫乏之一斑。南宋初期的文人大多是在北宋后期科考重经义的环境下成长起来的，腹笥空乏，其学识修养当然无法和他们的前辈相比，要把对学力要求很高的辞赋写得含蓄蕴藉、华赡厚重，当然是不可能的，南宋初期辞赋的苍白率直当与此有甚为重要的联系。比如要求行文典雅的典礼赋、山川都邑赋，当时的文人搜索枯肠努力堆砌，但是依然文辞鄙俚，不成体统，像傅共的《南都赋》在铺张扬厉时不得不模仿甚至抄袭张衡的《南都赋》和班固的《两都赋》；王廉清的《慈宁殿赋》虽然被时人目为“如河决泉涌，沛乎莫之能御也，天资辞源之壮，盖未之见”[2]，但是文章的前半部分格局基本上是对王延寿《鲁灵光殿赋》亦步亦趋的模仿，尤其是对宫殿雕饰的描写，颇涉抄袭嫌疑；王洋的《拟进南郊大礼庆成赋》基本上是对班固《东都赋》亦步亦趋的摹写。南宋初期的文人根本不具备北宋文人化堆垛为烟云的功夫，就是堆砌辞藻他们也学力不足，因此，辞赋的直白浅陋在所难免。

综上所述，两宋之际的辞赋发展既一脉相承又有所变化。两宋之际时局、士风、政坛的变动等对辞赋的走向起着极其重要的作用。靖康之难的时局促使北宋后期辞赋中弥漫的衰飒之气向深沉、悲怆的方向发展；北宋后期以来士风的萎靡和南宋初期党争的白热化以及权臣擅权等因素促成了颂美辞赋不

---

① 参见(宋)吴曾:《能改斋漫录》卷十四,上海古籍出版社 1979 年版,第 433 页。

② (宋)许顗:《跋王仲信〈慈宁殿赋〉》,《全宋文》第 158 册,第 72 页。

合时宜地畸形繁荣；文化格局的调整促成了南宋山川风物赋的兴起；北宋后期以来的文化专制政策在南宋初期得到变本加厉地实行，其结果是辞赋中的爱国热情无法充分伸张，而是和忧患意识纠缠在一起，表现得压抑而凝重；北宋后期，文人的精神世界发生了很大的分裂，济世救民的入世追求和遁世无闷的人生旨趣渐行渐远，由于忧惧宦海风波，南宋初期的文人更关注世俗生活，更热衷在辞赋中表达对世俗安闲生活的热爱；由于学力的鄙陋、心态的不平衡，南宋初期辞赋抒情说理的风格由理趣深邃转向张扬外露、直白肤浅，进一步推进了北宋末期以来辞赋创作水平的下滑态势。很明显，在南宋初期辞赋的发展中，还没有显现出文人们振作赋坛的努力，虽然在建炎二年(1128)朝廷定诗赋、经义取士，经历了数度废兴离合之后，有宋一代进士科考试，终至稳定于诗赋、经义平分秋色的局面，但是，辞赋在科场的作用仍无法和策论抗衡，高宗虽然也曾提出“最爱元祐”的口号，但是和诗歌一样，辞赋同样是创新不足而在继承苏、黄上也心有余而力不足。因此，南宋初期辞赋创作在赋境赋艺的开拓上是相当不够的，不过，从文化的角度来看，它真实地反映了两宋之际时局、政坛、士风的流变，为我们提供了那个大转折时代各个层次的嬗变史，而且，其生动性和真实性可能是诗词等其他文体无法比拟的。

论南宋初期的爱国辞赋*

靖康之难的国破家亡激发起文人沉郁已久的爱国热情，爱国情怀的抒发成为南宋初期一股比较强劲的文学思潮。由于激烈的党争和文化专制，当时的爱国精神具有郁而难申的特点。辞赋当中爱国之情的表达相当隐晦、深沉，对北宋灭亡的思考也显得相当浮泛。面对家国的灾难和文化的深重危机，人们把高宗作为复兴国家的象征，在他身上寄托着王朝中兴的美好愿望，局促于一隅的小朝廷承载着人民对天下一统的美好憧憬。在辞赋创作中，这种期盼王朝中兴的热情得到充分的表现。围绕南宋初期爱国辞赋的诸多问题，我们试作论述，以期就正方家。

一、爱国精神张扬的文化环境

两宋之际的爱国精神由于其文化环境的独特性而呈现出

---

* 本文1.5万字左右，删改为1.3万字左右载于《中国文化研究》2008年第4期，系2007年国家社科基金青年项目“宋代辞赋的嬗变”（项目编号：07CKW023）的系列成果之一。

极其鲜明的时代特征。

爱国热情其实是在特殊时期济世精神的集中体现。两宋之际恶劣的党争和当道者对文人们济世热情的压制,使得文人们普遍具有远离政治、不太顾及廉耻的心理状态,爱国情怀不能够自由伸张,爱国情绪低沉。

两宋之际士风的低迷败坏与恶劣的党争密切相关。党争是北宋后期政治生活中最为重要的内容,在险恶的政治环境中,文人们的心态发生了深刻的变化,忧患天下的精神渐趋沉潜,对当朝政治多采取讳莫如深的态度,除了人云亦云地唱些主旋律的颂歌之外,闭门索句成了他们坚守精神家园的唯一选择。当时文人的苦吟和傲世是相辅相成的,具有精神自我封闭的特点。精神自闭的后果是文人参与政治的热情减退,对国事逐渐冷漠。议论煌煌的参政热情逐渐变为对政治的消极退避和冷漠麻木。在金人南下之际,大臣们围绕着战与和掀起了激烈的党争,他们热衷的是借此攻讦政敌,大多无视国家的利益,以至于在靖康之难中,多束手无策或袖手旁观,坐视君父沦为阶下囚。罗大经《鹤林玉露》指出:"本朝靖康之祸,勤王之师,至者绝少。纵有之,率皆望风奔溃,不敢向贼发一矢。"①当时绝少慷慨赴义之士,而向金人献媚以射利的读书人却不少,《三朝北盟会要》载:"金人索太学生博通经术者,太学生皆求生附势,投状愿归金者百余人……比至军前,金人胁而诱之曰:'金国不要汝等作义策论,各要汝等陈乡土方略利害。'诸生争

---

① (宋)罗大经:《鹤林玉露》甲编卷一,中华书局 1983 年版,第 11 页。

持纸笔，陈山川险易，古今攻战据取之由以献。”①士人的社会责任感、正义感、民族意识严重缺失，廉耻之心几乎丧失殆尽，士风之败坏由此可见一斑。

南宋初期，士风不仅没有多少改善，反而比过去更加败坏。由于民族矛盾上升为主要矛盾，抗金恢复乃是国家头等大事，亡国的威胁时时存在，爱国成为当时最重要的政治道德。然而，士人们并没有在爱国的旗帜下团结起来，共谋大业，而是完全继承了北宋后期的党争并且变本加厉，靖康之祸成了结党攻讦的一个新的生长点，激烈的党争已经使士大夫们失去了理智，他们的政见几乎都是出于攻讦对手的需要而选择的，国家利益、恢复之思都被抛之脑后。和与战是当时朝政的首要问题，士大夫对此的立场多是从朋比倾轧的需要出发，比如主战派的干将张浚，早年就极尽所能排挤李纲，而以气节高自标识的道学党在秦桧第一次为相时纷纷投之门下，一些人在他第二次为相时仍然追随不已。就士大夫的政治立场，汤思退的看法不是完全没有道理的，他说：“此皆以利害不切于己，大言误国，以邀美名。宗社之重，岂同戏剧？今日议和，正欲使军民少就休息，因得焉自治之计，以待中原之变。”②其实，在和与战的问题上见解对立的双方从来没有从国家民族的利益出发审时度势地交换过意见，而是借题发挥，互相攻击，甚至不择手段地诋毁。和北宋后期文人的精神封闭和高自标识相比，这个时期的文人在经历了国破家亡流离失所之后，精神世界走向开放，

① 丁傅靖：《宋人轶事汇编》（下），中华书局 1981 年版，第 1107 页。

② （宋）李心传：《建炎以来朝野杂记》甲集卷十九“癸未甲申和战本末”条，中华书局 2000 年版，第 468 页。

对外在世界投入了更多的热情，他们用诗文来表现残破的现实和个人内心的痛楚，但是，高雅的精神家园的缺失也使这个时期的文人变得庸俗、世故，甚至是卑劣、猥琐。和议之局面形成后，朝野上下不是思考如何抓住这个机会休养生息以图恢复，而是求田问舍，歌舞升平。从总体上看，南宋初期的士风并没有因为靖康之耻而有所好转，爱国热情也没有得到饱满的表达。

两宋之际士风的败坏，也与当道者的专制政策密不可分。徽宗和蔡京等人一味渲染太平盛世的气氛以自欺欺人，对不同政见者采取严酷的打压政策，“崇宁党禁”期间，不仅“元祐党人”被排挤出朝廷，流放边鄙，甚至诗赋创作也被禁止，议论国事成了禁忌。在金人即将南犯之际，徽宗却严禁议论边事，据《宣和乙巳奉使金国行程录》记载：“是时，行人旦暮忧虏有质留之患，偶幸生还，既回阙，以前此有御笔指挥：‘敢妄言边事者流三千里，罚钱三千贯，不以赦荫减。’由是无敢言者。”①这种做法的后果，就是士大夫在心理上与朝廷疏离和济世热情消褪。赵构仓皇南逃后，为了让皇家失尽颜面的那一页屈辱的历史掀过去，重新树立尊严，他一味地掩盖历史，甚至禁止私家撰史，北宋覆灭那段历史几乎成了话语禁区。出于同样的目的，绍兴和议后，议论政治动辄被扣上“撼摇国是”的罪名。韦后南归后，举国上下掀起了一股强劲的颂美当道的热潮。这样的文化氛围，严重地打击了士大夫的爱国热情，尤其是高宗伙同秦桧杀掉岳飞，自毁长城，更使热血之士心灰意冷。秦桧再相

① （宋）确庵、耐庵编，崔文印笺证：《靖康稗史》卷一《宣和乙巳奉使金国行程录笺证》，中华书局 1988 年版，第 43 页。

期间，控制台谏，鼓励告密，残酷打击政敌，严密监视官员，营造出一种恐怖、鄙琐的官场氛围，以至于人人自危、万马齐喑。士人为了富贵利达不得不匍匐于权臣脚下，贱卖自己的灵魂，士风的败坏可想而知。南宋初期长期的高压政治培育出“文丐奔竞”的局面，士人廉耻尽丧，爱国热情受到严重的窒息。

靖康之难是旷古未有的奇耻大辱，时代呼吁有大胸怀、大气魄的英雄来重整天下士气，唤起人们的爱国热情，上下一心、同仇敌忾、共恤国难。然而，这样的人物并没有出现，起而整顿河山的是卑劣、阴险、懦弱、猥琐的高宗，长期把持朝政的是柔佞、自私、卑鄙、刻毒的秦桧。这样，北宋后期低迷败坏的士气不可能从痛彻心扉的痛苦中振作起来，只能是愈加败坏。南宋政权在苟延残喘中朋比倾轧，度日偷生，和议之局面换来的积极作用丧失殆尽。因此，南宋初期的爱国热情始终处在被压抑、遏制的状态下，表现出郁愤的时代特征。

与士风的败坏相辅相成的是南宋初期爱国精神的张扬，而爱国精神的张扬是以《春秋》学的盛行为基础的。学术界一直有一种观点，认为中国古代忠君和爱国是统一的，其实这是一种似是而非的认识。中华民族是一个靠文化来凝聚的民族，而非一般意义上的血统民族，《春秋》学严明华夷之辨就是在强调华夏文明与蛮夷文化的区别，这是增强民族凝聚力、发展民族的一种手段。从汉代以来，爱国的核心就是热爱中华文化，热爱承载中华文化的土地和人民，而帝王是作为中华文化的代表被崇奉的，只有当帝王代表着中华文化，代表着广大中华土地上的人民的利益时，忠君和爱国才是统一的，如果帝王倒行逆施，民不聊生，爱国和忠君就会出现乖离。对于昏君和衰败的王朝，士大夫是没有义务“忠”的。关于王朝命运的"三统循环"说和"五德终始"说就是从天命德运的角度来说明王朝的气数是有限的，对帝王的忠是建立在政通人和、天命眷顾的基础上的。西汉宣帝时盖宽饶引《韩诗易传》指出："五帝官天下，三王家天下。家以传子，官以传贤。若四时之运，功成者去，不得其人则不居其位。"①西汉成帝元延元年（前12）谷永上书云："天生蒸民，不能相治，为立王者以统理之，方制海内非为天子，列土封疆非为诸侯，皆以为民也。垂三统，列三正，去无道，开有德，不私一姓，明天下乃天下之天下，非一人之天下也。"②汉代人的忠君观对后世的影响是深刻的，在民本思想基础上任贤者为君，不私一姓，不愚忠于朝廷，是中国古代有理智的士大夫忠君的一个重要的前提，宋代的士大夫也不例外。

宋代由于疆域狭小，北方的辽以及后来的金和西北的西夏始终是强大的威胁，所以，过去那种"国"等同于天下的概念为接近现代意义的"国"的概念所代替，因此，宋代比任何时候都具有华夏文化传承方面的危机感，于是，他们强调道统，强调自己在传承华夏文化方面的正统地位。③ 可以说，在捍卫华夏文化方面，宋人具有前所未有的忧患意识，这是宋代爱国精神的基本核心。南宋初期，北方尽为膻腥之地，因而，文人们的忧患也更为深重，表现出高昂的爱国热情。不过，作为华夏文化的

① （汉）班固撰，（唐）颜师古注：《汉书》卷七十七《盖宽饶传》，中华书局1962年版，第3247页。

② （汉）班固撰，（唐）颜师古注：《汉书》卷八十五《谷永传》，中华书局1962年版，第3466—3467页。

③ 参见葛兆光：《宋代"中国"意识的凸显——关于近世民族主义思想的一个远源》，《文史哲》2004年第1期。

捍卫者的帝王,必须具有内圣外王的素质,徽宗是一个非常荒唐的皇帝,而徽宗、钦宗在靖康之祸中的种种没有志气的表现(如用皇室公主、后妃抵金人索金的典妻卖女的举措等)也使皇家的颜面扫地,让天下人齿冷心寒,因此,较为理智的士大夫们对高宗“中兴”满怀期待,而对徽、钦二帝的被俘没有流露出深重的追思。这不仅是出于回护高宗地位的考虑,更是由于徽宗的失德。可以说,南宋初期文人的爱国精神依然是对华夏文化和产生这种文化的土地、传承这种文化的人民的热爱,对宋室的忠心也是从其承载文化方面的地位,尤其是寄希望于民族“中兴”着眼的。

北宋时期的道学家程颐、程颢试图把爱国和忠君结合起来,他们极力突出忠君在士大夫立身行事方面的地位,程颢曰:“忠者天理,恕者人道。……忠者体,恕者用,大本达道也。”程颐曰:“忠者,天下大公之道。”[①]“如《考槃》之诗,解者谓贤人永誓不复告君,不复见君,又自誓不诈而实如此也,据此安得有贤者气象?……此诗是贤者退而穷处,心不忘君,怨慕之深者也。君臣犹父子,安得不怨?故直至于寤寐弗忘,永陈其不得见君与告君,又陈其此诚不诈也。”[②]他们认为,君臣关系类同于父子关系,为臣者决不能弃君怨君,应以“忠君”作为立身处世的第一准则。在这种思想前提下,他们甚至认为,臣子不但要忠于贤君,即使君主如纣王一般残暴,仍然应当忠于其主:“韩退之作《羑里操》云:‘臣罪当诛兮,天王圣明。’道

① (宋)程颢、程颐:《二程遗书》卷十一,上海古籍出版社2000年版,第170页。

② (宋)程颢、程颐:《二程遗书》卷二,上海古籍出版社2000年版,第92页。

得文王心出来,此文王至德处也。”[①]但是,这种论调也只是说说而已,在士人的内心深处,爱国和无条件地忠君依然无法调和起来,所以,当胡寅上书指责高宗说“陛下以亲王介弟,受渊圣皇帝之命,出师河北。二帝既迁,则当纠合义师,北向迎请,而遽膺翊戴,亟居尊位,遥上徽号,建立太子。……此举措失人心之大者也”[②]的时候,他的说教并没有在士大夫中间引起反响。

出于捍卫华夏文化传统的需要,南宋初期《春秋》学勃然兴起,当时流行的是胡安国的以经世致用为旨归的胡氏春秋学。胡安国的学术虽然从二程中来,但是他的忠君观的立足点是君王在传承华夏文明方面的意义:

> 胡文定公之学,实本于程氏。然其生也,当宋人南渡之时,奸佞用事,大义不立,苟存偏安,忠义愤惋。内修之未备,外攘之无策。君臣父子之间,君子思有以正其本焉。胡氏作传之意,大抵本法于此。盖其学问之有源,是以义理贯串,而辞旨无不通,类例无不合。想其发愤忘食,知天下之事必可以有为,圣人之道必可以有立,上以感发人君天职之所当行,下以启天下人心之所久蔽。区区之志,庶几夫子处定哀之间者乎。东南之人赖有此书,虽不能尽如其志,诵其言而凛然犹百十年。至其国亡,志士仁人之可

---

① (宋)程颢、程颐:《二程遗书》卷十八,上海古籍出版社 2000 年版,第 283 页。

② (宋)罗大经:《鹤林玉露》丙编卷三“建炎登极”条,中华书局 1983 年版,第 283—284 页;又见《建炎以来系年要录》卷二十七“庚寅”条,中华书局 1998 年版。罗大经所说是就大意言之,有删节。

书未必不出于此也。”①

胡安国主张忠君的目的是要求高宗在挽救民族危机、延续华夏文明方面起到更为积极的作用，在《春秋传》中，胡安国极力宣扬“春秋大义”：“陛下必欲削平僭越，克复宝图，使乱臣贼子惧而不作，莫若储心仲尼之经，则南面之术尽在是矣。”②《春秋》严明华夷之辨，胡安国对于攘夷的目的和最终旨归论述得非常明确，攘夷不仅仅是为“谨于华夷之辨”，更重要的是祗奉陵寝，迎复两宫，一洗君父之仇。胡安国高扬《春秋》学的正统论和复仇思想，与当时人们对民族生存的危机感和洗刷靖康之耻的激越情绪深相契合，他在挽救民族危亡的层面把忠君和爱国结合起来，极具时代特色。

可以说，南宋初期的爱国精神在挽救民族危亡的层面融入了忠君思想，而且由于当时特定的士人心态和政治环境，爱国精神表现出忧愤、压抑的特征。南宋初期的爱国辞赋，比较全面地诠释了这种爱国精神的特质。

二、爱国辞赋的忧愤情怀

徽宗一味地高乐不已和治国失当使人心大失，长期的盛世渲染和文化专制也使得文人们对政治话题噤若寒蝉，中央政权

① (元)虞集：《春秋胡氏传纂疏序》，《道园学古录》卷三十一，《四库全书》本。

② (元)脱脱：《宋史》卷四百三十五《胡安国传》，中华书局1999年简体字本。

对文人们固有的向心力受到极大的撼动。可以说,靖康之难时文人基本上没有表现出应有的悲慨与徽宗一朝对文人济世热情的打击有直接的关系,而且,他们的爱国情绪和对徽宗的眷顾,其意义不在同一个层面。二帝在一定意义上已经失去了华夏文化代表者的资格,徽宗的失德,使他在人们心目中由君王变为独夫。可以说,文人们对徽、钦二帝并没有表现出过多的沉痛情绪,但不代表他们不爱国,其实,他们对民族危机和文化危机的忧患是比较深重的。当国难之际,他们的爱国情绪和慨叹命运、壮志难酬的忧愤情绪纠结在一起,表现出郁而难申的特点,这在辞赋当中表现得相当明显。

洪迈在《容斋随笔》中指出:

> 邓艾伐蜀,刘禅既降,又敕姜维使降于钟会,将士咸怒,拔刀斫石。魏围燕于中山既久,城中将士皆思出战,至数千人,相率请于燕主,慕容隆言之尤力,为慕容麟沮之而罢。契丹伐晋连年,晋拒之,每战必胜。其后,杜重威阴谋欲降,命将士出陈于外,士皆踊跃,以为出战,既令解甲,士皆恸哭,声振原野。予顷修《靖康实录》,窃痛一时之祸,以堂堂大邦,中外之兵数十万,曾不能北向发一矢、获一胡,端坐都城,束手就毙!虎旅云屯,不闻有如蜀、燕、晋之愤哭者。①

不特洪迈,后来的许多文人就靖康年间的士大夫们对徽宗父子被掳所表现出的冷漠相当不解,这与徽宗长期的一味胡闹以至

① (宋)洪迈:《容斋随笔》卷十六“靖康时事”条,上海古籍出版社1978年版,第212—213页。

于在士人心目中丧失作为民族和文化象征的资格是有一定关系的。辞赋中针对靖康之难最早的恸哭之声出自被掳掠北上的朱妃、朱慎妃之口。据《青宫译语》载:“千户韶合宴款二王,以朱妃、朱慎妃工吟咏,使唱新歌。强之再,朱妃作歌云:‘昔居天上兮,珠宫玉阙,今居草莽兮,青衫泪湿。屈身辱志兮,恨难雪,归泉下兮,愁绝。’朱慎妃和歌云:‘幼富贵兮,绮罗裳,长入宫兮,侍当阳。今委顿兮,异乡,命不辰兮,志不强。’皆作而不唱。”①当时二妃被迫陪侍虏帅盖天大王等酒宴,感愤不已,因而呼天抢地,控诉命运的播弄。这几句骚体,真实地表现了从锦衣玉食到忍辱含垢的巨大反差给她们带来的巨大震撼。李处权的《梦归赋》也是一篇非常出色的作品。赋中描写梦归洛阳的情景,兵燹后的洛阳一派乱象,赋曰:“痛一炬之焦土兮,彻云汉以宵赪。吊瓦砾之塞路兮,失厦屋之连甍。翳草木之丛灌兮,骇鸟兽之悲鸣。访吾庐之无处兮,嘅遗址之已平。动心目之惋伤兮,惨神沮而骨惊。”②赋中还描写了洛阳承平时的繁荣景象以与当下的景象对比:“究此都之宏达兮,匪郡国之可配也。挺龙门以屹其面兮,伏邙阜之峙其背也。亘飞梁于

---

① (宋)确庵、耐庵编,崔文印笺证:《靖康稗史笺证》卷五《青宫译语》,中华书局1988年版,第179页。按《南渡录》卷一《南烬纪闻》上纪朱氏二歌云:“幼富贵兮厌绮罗裳,长入宫兮奉尊阳。今委顿兮流落异乡,嗟造化兮速死为强!”“昔居天上兮,珠宫天阙;今日草莽兮,事何可说?屈身辱志兮,恨何可雪?誓速归泉下兮,此愁可绝!”与《青宫译语》所载次序颠倒,而且也变为一人所作,但从文辞上看,《青宫译语》文辞浅陋,不整齐,似乎是即兴之作,更符合当时的创作环境。

② 本文所引辞赋,均引自上海辞书出版社、安徽教育出版社2006年版《全宋文》并参校文渊阁本《四库全书》,为行文方便,除特殊情况外不再胪列出处。如标注,只注书名及页码。

波上兮,矫双阙于云外也。鸣天鸡之一声兮,非烟拥乎冠盖也。思当年之行乐兮,信承平之嘉会也。"通过魂牵梦绕的追忆,作者把黍离之悲表现得极其深沉、沉重。抒发亡国忧愤的还有楼炤的《惊秋堂记》,这是一篇接近赋体的"记",文中写道:"触目激中,宁无故宫禾黍之思乎?二圣之在朔漠,宁无宴飨北面之情乎?王业偏安,宁无拓清图大之志乎?"对国家破亡王业偏安流露出深沉的哀叹。但是,在两宋之际,像这样表现亡国忧愤的作品并不是很多,相当多的辞赋是把政治上的种种苦闷和爱国情怀结合起来,表现"忠愤"之情。

广为世人所知的李清照的《打马赋》是借博弈来表现爱国情怀的佳构,像《打马赋》这样表现恢复豪情的作品在当时是极为少见的,毕竟李清照是妇道人家,处在主流话语之外,她可能很难体会到当时窒息爱国热情的种种政治上的苦恼、愤懑,诸如将帅的无能、政治和道德的危机、党争的攻讦等。刘子翚的《哀马赋》是一篇表现这方面内容的优秀作品。作品是对北宋初期路振的辞赋《祭战马文》的因袭,借哀叹战马来抒发爱国的忧思之情。辞赋首先通过哀愍战马表达抗金的艰辛:

> 矧万马之南奔,列长镳而竟逐,讶四达之通逵,忽丝连而线属。抢攘迫塞,互相挤触,前颠后升,平坑翳渎。衔哀结愤而从徂萃萎者,十几五六焉,幸而生者,皆垂头顾影,低摧局促,鹿骇麏惊,鸱蹲猬缩。脊伶俜而卦露,尾焦萧而帚秃。鼻咯干埃,肺伤芒谷。望长坂以悲嘶,想清波而浮浴。瘢痒疮烦,揩墙搒木,集彼蚊蝇,纷纭缘扑,竞哑秽而吞腥,肆唇刀而饮镞。忽振体而惊飞,去来遥而旋复。

以细腻的笔触，对战马劫后余生的惨状进行了细致入微的描绘，而忠愤之情、怜悯之意流于笔端。那些幸存战马的遭遇其实就是志士赤心报国而不为世所重的形象化描写，作者感叹道："事既失而惩愆，亦何劳于鞭扑。悼汗血之云亡，捐百躯而安赎！舟临川而坠楫，车向涂而裂轴。激壮士之兴嗟，诚可悲而可哭。"对将帅的无能表示深深的担忧。其他如李纲的《吊国殇文》凭吊宣和年间用兵西鄙的死难者，也表现了对将帅无能、朝廷所用非人的忧虑。

靖康之难中，慷慨赴义的志士很少，凭吊之作就更少了，喻汝砺的《卮酒词》凭吊死于国难的刘韐，感情沉痛，情真意切，而且辞赋还涉及了政治道德在靖康难后所面临的危机。刘韐是在徽宗父子被掳后因责备金人礼数不周而被暴打不堪屈辱自杀的，是当时少有的死义之士。按《靖康实录》卷一五，建康二年正月二十七日，"前资政殿学士、北壁守御刘韐卒"。考《宋史》卷二十三《钦宗纪》，是年正月"丙午，刘韐自经于金军"①。赋中写道：

> 於乎壮哉！惟若人之音制兮，走初不得望其清尘也。迨其漂然而引决兮，走固不得挽其冠缨也。意胸中之睟精，窍浑沌于无形。泻天潢之绝派，独滤浊而取清。于是尽得比干、弘演、莫敖大心之肝胆，与夫缩高、仇牧、棼冒勃苏之髓筋。奋温序、张巡、颜杲卿之须发兮，傲田单、易甲、王子间之刀兵。

① 《南征录笺证》云："割地使刘（韐）自缢刘家寺寨。"（宋）确庵、耐庵编，崔文印笺证：《靖康稗史笺证》卷四，中华书局1988年版，第138页。

作者把大义看成是与天地并生的、在人间代代传承的英气，是华夏民族赖以发展的特质之一，这样，就从道德人格层面肯定刘韐传承气节的意义。赋中还猛烈抨击金人不讲信义、唯利所趋的卑劣习性，而这些对金人指责的议论多因袭汉代人对匈奴夷狄性情的表述，显得迂腐而不得要领。很明显，作者是从华夷之辨的角度来评价刘韐、来看待靖康之难的。辞赋对当时麻木不仁的士风也进行了谴责："鄙盗孺之沉欲兮，乃市人主而要其赢。"指出徽宗等是被佞臣出卖，这也许是为尊者讳的回护之词吧。

萎靡的士风和激烈的党争，对爱国热情是极大的桎梏，也使爱国志士满怀忧愤、心灰意冷，虞允文的《诛蚊赋》就抒发了这种感慨。虞允文是当时极为难得的能臣，虽然头脑清醒，处事低调，仍然避免不了政敌的无端攻击，他敏感地觉察到，无休止的党争是国家中兴、恢复中原的大敌。在赋中，他把官场比作是群蚊乱飞的蚊阵："爰有黍民，出于庐霍。呼朋引俦，讶雷车之殷殷；填空蔽野，疑云阵之漠漠。利觜逾麦芒之纤，狭翅过春冰之薄。其赋形而至眇，其为害而甚博。"作者对官场小人趋炎附势、贼害忠良、恃强凌弱的丑态做了入木三分的刻画：

> 慨蠢蒙其何识，亦炎凉而绝义。故有荪壁琰榱，椒房璇题。疏寮豁其文绮，绣甍焕其陆离。围鲛绡以云障，焚椒兰而雾迷。乃戢翼以远遁，纵含毒而莫施。以贵嫔之被宠而不噆不螫，畏长逊之当路而莫近莫窥。其或柴扉槿居，蓬室桑枢，方亲闱之定省，政黉堂之舒卷，或漂流于羁旅，或促迫于郊墟。乃引利喙以竞进，共逞贪心而自腴。

攀附权贵、攻击善类是当时官场上极其恶劣的风气，和北宋后期的士大夫相比,当时的士人显得没有操守,人格低劣。当时的许多文献都记录了文人们为了侥幸取宠甚至出卖朋友的种种行径,这篇赋是对士风的极其形象的刻画。许多表达爱国情怀的辞赋往往畏祸及身,欲言又止,与这种不良的官场风气密切相关。程俱的《怀忠赋》通过凭吊颜真卿委婉地表达对朝政纷乱的深深的忧虑,与虞允文此赋用意相同。

如上所述,南宋初期文人的爱国情绪和捍卫华夏文化正统的观念紧密联系着。本来,北宋以来重"道统"的历史观就不断得到强化,当民族存亡之秋,华夏文化面临灾难的时候,这种延续文化的忧患意识就极其强烈地表现出来。这种文化上的忧患是以《春秋》学的流行,尤其是对《春秋》学中华夷之辨的思想的不断阐发表现出来的。北宋时期,由于北方和西北方始终存在着强邻,因此,人们心目当中的"天下"观念不得不让位于实实在在的有边界的"国家",因之,文化的危机便空前强烈地凸显出来,学术界普遍存在着捍卫道统、排斥外族文化的思想,而且,随着军事上的连连失利,这种思想在不断滋长。靖康之难后,排斥外族文化的思想变而为仇视外族的激烈情绪,可以说,《春秋》学中华夷之辨学说的被伸张是和这种情绪互为表里的。捍卫华夏文化,排斥外族文化,是深沉的爱国精神的体现。在辞赋创作中,李石的《章华台赋》就是表达这种思想的代表之作。章华台乃战国时期楚灵王所建,历代文人凭吊此台,多对灵王的荒淫误国表示惋惜。此赋在表达了对好大喜功的谴责和人生如幻的感慨后,发出了这样饶有兴味的议论:

……中国之人果有异于夷狄禽兽。彼郢裔之啸呼,起蓝缕之小丑。三进爵而获齿,敢一鼎之藉口。矧其卑而欲登，下而欲升，屈千人万人之力，以逞匹夫之能，如蚍蜉运土穴中，宛然于堆阜。辽乎邈哉！成败废兴，若不足录而足惩，吾于是有感于《春秋》之严，而笑浮屠语之陋也。

对楚灵王的谴责不再是过去的那种道德人格上的，而是从文化上着眼，继承了《春秋》公羊学的主张，视楚国为华夏文化的异类，是夷狄文化，那么，面对具有先天合法性的华夏文明，楚国的问鼎中原就如同蚍蜉撼树，螳臂当车。这种看法，放在当时的语境中，其意义非同寻常，它反映了面对金人摧枯拉朽的军事优势，南宋文人表现出的文化上居高临下的心理优势和排斥夷狄文化的心理，表现出了强烈的捍卫道统的热忱。

南宋初期，拟骚的创作呈复兴的趋势。早在北宋中期，为了适应革新政治的需要，赋家们标举屈原的忧国忧民的精神，掀起了一次骚体创作的高潮。当时赋家们接受屈原的着眼点是其对政治理想不断追求的精神。北宋后期，晁补之等人创作了许多拟骚，他们所看重的是屈原独拔流俗的人格力量。南宋初期的拟骚，多标举屈原对国家的忠爱之思。如李纲的《江上愁心赋》、周紫芝的《哀湘垒赋》、王灼的《吊屈原赋》等都是在弘扬屈原忠于楚国的拳拳之心。

三、辞赋对北宋亡国根源的思索

北宋的覆灭是在人们没有充分的心理准备的情况下发生的。在一派歌舞升平的盛世氛围中，金人渡河，朝臣乱作一团，莫衷一是，徽宗父子被掳掠而去，即位不久的高宗在金人的追打下奔向江南。虽然君王蒙尘，国家灭亡，但是，客观地讲，文人们并没有表现出国破家亡所应有的沉痛。君和国在一般文人心里并没有合而为一，而且，流落到江南以后，他们最关心的可能是自身的生存问题，进而是追求富贵安逸的生活，即使那些高自标识的道学家也没有他们自己标榜的道德准则那样高尚，富贵利达始终是横亘在他们心里的一个行为准的。文人们大多在忙着求田问舍、攀附权贵、结党营私、党同伐异。麻木萎靡是南宋初期士风的一个很显著的特征。在这种情况下，对北宋灭亡的思考就显得相当浮泛，虽然诗文中多有表现亡国之痛、黍离之悲的内容，但是在理性的反思层面，文人们似乎没有足够的勇气和魄力，何况他们热衷的是以此为借口攻击政敌，所以，更使反思的客观性大打折扣。即使这样，当时还是出现了一些颇为可观的反思亡国教训的赋作。

就目前的文献资料来看，比较直接推究靖康之难根源的赋作当推胡寅的《原乱赋》。从赋的开篇"始予纳履于重围兮，期汗漫而遐征"来看，此赋当作于张邦昌僭立后胡寅南归途中。赋作对王朝的覆灭作了较为深入的思考。虽然徽宗父子反复申言社稷倾覆是为大臣们所误，但胡寅认为徽宗才是真正的祸乱之源，其祸国之举有六端：一是"迩声色而纵极"，徽宗的好色是超乎寻常的，《青宫译语》载其"退位后，出宫女六千人，宜其亡国"①，连金人都持这样的看法，可见当时徽宗好女色是多么引人注目；二是"崇倾宫与瑶台"，指出徽宗在汴京大兴土木搅得天下不得安宁；三是"事远略于四陲兮，辟疆境而孔贪"，

① （宋）确庵、施庵编，崔文印笺证：《靖康稗史笺证》卷五《青宫译语》，中华书局1988年版，第177页。

其中的“遂渝盟而北师兮，授兵符于老阉”，“乃计口而调庸兮，吏疾视而欲芟。乖皇祖之仁术兮，换幽蓟以帑缣”，指斥徽宗的用兵西鄙以及与金夹攻辽等一系列的失策之举；四是“视昆阆之规模兮，壮天都之形势”，指责徽宗营建艮岳、搜括花石，弄得天下汹汹，有人就指出是“草木之厄”①，结果是“边尘坌其既扬兮，山犹覆乎一篑”；五是“上天安得而矫诬兮，曰李耳乃吾祖”，指斥徽宗崇奉道教，荒于政事；六是“彼刀锯之残人兮”，“建承宗之牦纛”，指出徽宗时期阉人童贯等专权使朝纲大坏，并指出靖康之祸与童贯在燕州遇小挫而溃师有直接的关系：“帷筹蠢其无良兮，百万挫于一衄。皇匆匆而内禅兮，孽隶凛而颈缩。”接下来，作者用近一半的篇幅更深一层追究亡国的原因是王安石变法和新学的流行：“昔愿治而更化兮，荆舒（指王安石）秉夫国政”，“饰六艺以文奸言兮，假皇威而敷之。示好恶以同俗兮，蒙一世而愚之”。由于作者的道学背景和党争的需要，他对亡国的根源不可能作出客观的分析，而是发挥了当时道学党普遍存在的一种似是而非、牵强附会的思维方式，偏执地认定是蔡京一伙新党人物把国家弄灭亡的，而蔡京一伙是王安石的继承者，祸乱之源就是王安石变法，甚至把神宗确定的变法国是也牵强附会到王安石身上。② 这篇赋在探讨徽宗治国的失误方面表现出了空前的勇气，但是对治国失策的探讨不够深入，对蔡京等人的口诛笔伐仅出于“忠奸之辨”，显得很不冷静，而对王安石的讨伐更显得意气用事，深文周纳。

---

① 张邦基：《墨庄漫录》，中华书局 2002 年版，第 142—143 页。

② 参见李华瑞：《宋神宗与王安石共定“国是”考辩》，《文史哲》2008 年第 1 期。

本赋对王安石、蔡京时期政治的反思和杨时的看法如出一辙，反映了标举《春秋》学的湖湘学派理学家在亡国问题上的共识，杨时在《上钦宗皇帝(其七)》中指出：

> 臣伏见蔡京用事二十余年，蠹国害民，几危宗社，人所切齿，而论其罪者曾莫知其所本也。盖京以继述神宗皇帝为名，实挟王安石以图身利，故推尊安石，加以王爵，配享孔子庙庭。……则致今日之祸者，实安石有以启之也。臣谨按，安石挟管商之术，饰六艺以文奸言，变乱祖宗法度，当时司马光已言为害当见于数十年之后，今日之事，若合符契。其著为邪说，以涂学者耳目，败坏其心术者，不可缕数。①

这篇赋从一个侧面反映了士大夫在看待靖康之难问题上理性的缺失。当时一些稍微清醒的人士已经注意到这个问题，御史中丞兼侍讲杨愿指出：

> 治道之要，在总核名实，名实未辨，则人材学术，难得其真，此国家治乱之所繇分也。数十年来，士风浇浮，议论蜂起，多饰虚名，不恤国计。沮讲和之议者，意在避出疆之行；腾用兵之说者，止欲收流俗之誉。甚者私伊川元祐之说，以为就利避害之计。慢公死党，实繁有徒。今四方少事，民思息肩，惟食诈趋利之徒，尚狃于乖谲悖伪之习，窥

---

① (宋)杨时撰，林海权校理：《杨时集》卷一，中华书局2018年版，第29页。

摇国论，诖误后生。此风不革，臣所深忧也。①

的确，党争意气、把历史事件简单化的“忠奸之辨”，严重地制约着文人们对北宋覆灭教训的深度反思，这也是这篇赋在思想上所受的限制。对徽宗误国的反思是当时文人思索亡国教训的一个较为敏感的方面，一般文人不像胡寅那样大胆直率，他们在辞赋中往往曲折隐晦地表达对徽宗的不满和对当时政治败坏的谴责。史浩的《葬五世祖衣冠招魂辞》在对先祖的追念中寄寓了对徽宗误国的深刻思考。赋中写他的父亲当年对国家的忧虑曰：“当宣和之全盛兮，风俗穷奢而极侈。立州桥而睇岧峣兮，不觉唏嘘而流涕。乃拂袖而出关兮，归即谋于避地。众方骇其无伦兮，曰盛极乱危之必至。及塞马之南牧兮，中原群盗如蜂蚁。人始服其先见兮，竟以忧国而亡矣。”作者在赋中暗示，徽宗朝的穷奢极欲是国家覆亡的直接原因。在两宋之际，针对徽宗的大兴土木和放纵享乐，一些赋家从历史反观现实，作了较为深入的思索，如李纲的《迷楼赋》、范浚的《姑苏台赋》等，这几篇赋对徽宗的谴责和胡寅辞赋颇相表里。

在传统的儒家思想那里，王朝兴盛的要素除了帝王的贤明勤政以外，还应该有股肱之臣的梅盐之和、补偏救弊、匡世济俗。同样道理，靖康之难除了帝王的责任外，臣子们的结党营私亦难脱干系，基于这样的认识，高宗曾两次下诏严戒朋党。②李石的《四君子汤赋》就反映了这种观念。四君子汤是一味治

---

① （宋）李心传：《建炎以来系年要录》卷一百五十二“绍兴十四年十一月壬申”条，中华书局1956年版，第2456页。

② 参见（宋）李心传：《建炎以来系年要录》卷五十三“绍兴二年四月癸未”条，中华书局1956年版，第933页。

疗脾胃虚弱而导致的肺脏疾病的中药,赋的表层意义是在论说此药的药理,但是从赋的结尾“大哉,四君子汤乎,此吾医国之本意”来看,作者的立意和苏轼的《酒经》一样,是把治国之理融会于对表面物象的摹写中,况且,在当时人看来,医人之理与医国之道是一致的。此药包含人参、茯苓、当归、炙甘草四味草药,以其皆具中和之品故曰君子,从治国的角度来看就是要“力调造化,谓君者为群善之君,心在扶持,如子者乃通称之子”,指出任用君子对治国的重要意义,而君子应具有中和之品、容人之量,彼此和谐相处,赋中这样阐述这个道理:“伏羲致无妄之喜,宣尼有未达之尝。最调和之得所,纵瞑眩以何伤?此治人之强弱,况医国之存亡。随令箸下安危,因吐哺而归汉;鼎中强弱,用滋味以干汤。”从药理来说,此药在于通过四味中药的调和作用以强健脾胃,从治国方面来讲,乃是满朝君子和衷共济,方可风化下民,淳风俗,正人伦,所以,赋曰:“由中及外,为益不少;自迩至远,其利甚博。”这篇赋作,比较隐晦地反映了作者对朝中无休止的党争给国家带来的灾难的反思。当然,这样的思考并没有触及问题的根本,朱熹在给周必大的信中评论孝宗朝的行政曰:“如今是大承气证,渠却下四君子汤,虽不为害,恐无益于病尔。”①非为孝宗时期,自北宋后期以来的王朝的膏肓之病并不是能在任用君子的层面上得以解决的。像这样借题发挥的赋作还有范浚的《姑苏台赋》、刘子翚的《溽暑赋》等。

总体来看,两宋之交的辞赋对政治败坏和国家覆灭以及再

---

① (宋)罗大经:《鹤林玉露》甲编卷二“大承气汤”条,中华书局1983年版,第22页。

造中兴的反思力度相当不够，不但辞赋创作如此，由于党争的激烈和理学的强势发展，两宋之交的文人阶层对这个问题的反思也普遍地缺乏理性的公允和深刻。

四、辞赋成为寄托国家中兴愿望的重要载体

从王位传承的法统来看，高宗的帝位的确有可挑剔之处，他的许多为自己寻找继统依据的做法，只能是欲盖弥彰，显示出他在这个问题上的底气不足。但是，高宗不明白，面对民族和文化上的深重危机，除了少数人像岳飞那样不识时务地要“迎还二圣”外，天下士人似乎并不在乎高宗帝位的合法性。由于他的血统，他是当时挽救危局的唯一选择。人们把高宗作为复兴国家的象征，在他身上寄托着王朝中兴的美好愿望，局促于一隅的小朝廷承载着人们对天下一统的美好憧憬。在科考中，这种王朝中兴的愿望也有所反映，在罗大经的《鹤林玉露》中有这样一段记载：“绍兴间，黄公度榜第三人陈修，福州人。解试《四海想中兴之美赋》，第五韵隔对曰：‘葱岭金堤，不日复广轮之土；泰山玉牒，何时清封禅之尘。’时诸郡试卷，多经御览。高宗亲书此联于幅纸，黏之殿壁。”①在辞赋创作中，这种期盼王朝中兴的热情得到了充分的体现。

在当时的许多咏物赋中，文人们喜欢在描绘美好的物象时附会上王朝中兴的兆头，使这个时期的咏物赋具有祥瑞赋的特点。比较有代表性的是张昌言的《琼花赋》。赋序称：“扬州后

① 丁傅靖：《宋人轶事汇编》（下），中华书局 1981 年版，第 888 页。

土祠琼花,经兵火后,枯而复生,今岁尤盛。邦人喜之,以为和平之证,乃赋之。”可见,作者是把枯而复生的琼花作为中兴之征兆来看待的。扬州这株枯而复生的琼花在当时影响很大,许多时人的笔记都曾提及,周煇的《清波杂志》这样记载道:

> 琼花……煇家海陵,海陵昔隶维扬,亦视为乡里,自幼游戏无双亭,未见甚奇异处,不识者或认为“聚八仙”,特以名品素高尔。后土祠前后地土膏腴,尤宜芍药。岁新日茂,及春开,敷腴盛大,纤丽富艳,遂与洛阳牡丹并驱角胜。孔毅父尝谱三十有三种,续之者才十余种,夫岂能备,固宜有所增益。钱思公尹洛,一日,幕客旅见于双桂楼下,见小屏细书九十余种,皆牡丹名也。洛花久沦敌境,扬花在今日尤当贵重。①

---

① (宋)周煇著,刘永翔校注:《清波杂志校注》卷三,中华书局1994年版,第113页。张昌言写到的这株琼花很早就非常有名,宋初王禹偁所作的《后土庙琼花诗序》:“扬州后土庙有花一枝,洁白可爱,且其树大而花繁,不知实何木也,俗谓之琼花云。因赋诗以状其态。”(《小畜集》卷十一,《四部丛刊》本)其后欧阳修、韩琦、刘敞、王令、秦观、晁补之、贺铸等都有歌咏。据周密的《齐东野语》卷十七记载:“扬州后土祠琼花,天下无二本,绝类聚八仙,色微黄而有香。仁宗庆历中,尝分植禁苑,明年辄枯,遂复载还祠中,敷荣如故。淳熙中,寿皇亦尝移植南内,逾年,憔悴无花,仍送还之。其后,宦者陈源命园丁取孙枝移接聚八仙根上遂活,然其香色则大减矣,杭之褚家塘琼花园是也。今后土之花已薪,而人间所有者,特当时接本仿佛似之耳。”(中华书局1983年版,第321页)又杜游在《琼花记》中载,宋高宗绍兴年间(1131—1162),金兵南下侵略,扬州琼花被连根拔去,但被铲的根旁,又发出了新芽,终于慢慢恢复了原状。本赋所写,就是指这件事。文人们的不断歌咏和种种传说,使琼花蒙上了一层神秘色彩,但据王楙的《野客丛书》考证,琼花就是玉蕊花,但是扬州的这株天下无二本的琼花在元初就化为薪柴,此花为何物,遂成一桩悬案。

赋中作者极力渲染琼花的不同凡品:“俪靓质于茉莉,抗素馨于薝蔔。笑玫瑰于尘凡,鄙荼蘼于浅俗。惟水仙可并其幽闲,而江梅似同其清淑。真绝代之无双,久弥芳于幽谷。”由此引出对它作为王朝中兴之瑞应的赞叹:“盖艳冶争妍者,众之所同;而蠲洁向白者,我之所独。是以兵火不能禁,胡尘不能辱。根常移而复还,本已枯而再续。疑神物之护持,偏化工之茂育。抑将荐瑞于中兴,而效祥于玉烛。”琼花拔出流品的美质、枯而复生的坚韧不正是王朝中兴的象征吗?! 作者借着歌咏琼花,充满激情地表达了复兴王朝的愿望。其他如何麒的《荔子赋》、李石的《栀子赋》、王灼的《朝日莲赋》等都是这样的作品。

在一些吊古的赋作中,士人们往往将对国家中兴的渴望寄寓其中。历史上开创中兴大业的典范莫若汉光武帝,因此,人们喜欢把本朝的偏安江南比况光武中兴。对于文人来说,光武时的严子陵,让他们景仰的不仅是他的人格,还在于其作为中兴之黼黻的象征意义。陈岩肖的《钓台赋》写道:“遂律贪而立懦兮,共扶汉祚而不遽衰也。昔渭滨之钓璜兮,吊功烈以辅兴王之基。阙里钓而不纲兮,钓道德以垂万世之师。濮水钓而持竿不顾兮,钓高尚以远尘俗之羁。今先生亦寓意于是兮,钓气概而挺然不可隳也。”和北宋中期张伯玉同题之作抒发不事王侯高尚其志的着眼点不同,和范仲淹的《庐陵严先生祠堂记》所表达的激励名节也有区别,作者对严子陵的歌颂集中在他的建功立业和垂范后世上,从而反映了希望报效国家以期臻于中兴的愿望。其他如朱翌的《钓台赋》在颂扬严子陵高风亮节的同时还赞美了光武帝再肇基业的功勋,从而寄托了对朝廷的殷切期盼。在当时的形势下,文人们急切盼望能臣的出现,以匡扶高宗成就大业，因此，像诸葛亮这样的人物就格外引起文人们的关注。刘望之的《八阵台赋》盛赞诸葛亮北伐中原的壮举："中原有狐，凭陵宫墙。我不往取，高帝在天。众谓卯金之不可相，而况夫子之贤也？运去道穷，呕血继之。非公实愚，愚者不知。自古圣贤，亦行其义，道之不济，已知之矣。"此赋是针对世议诸葛亮不断北伐是否得当而发，作者赞美诸葛亮的北伐，其实是在呼唤一种以天下为己任的精神，期盼匡扶天下的能臣良将能够出现。李焘的《南定楼赋》赞颂诸葛亮不忘恢复信念，赋的结尾，抒发了盼望恢复的慷慨之情："偃旗卧鼓不顿一戟兮，我独北望伤宛洛兮。极目千里氛甚恶兮，沉吟遗章涕零落兮。攘除兴复将焉托兮，登兹销忧聊假日兮。"对朝廷的和戎政策表示了深深的遗憾。

对国家中兴的渴望也表现在颂美当道的大赋中。傅共的《南都赋》直接把高宗和光武帝联系起来："臣闻昔汉光武发迹南阳，创为帝京，实为南都。厥后迁之，居于东洛，南阳之都，存而弗废。"作者满怀豪情地颂扬临安的"行都"功能，折射出对中兴的强烈渴望。其他如葛立方的《九效》、王洋的《拟进南郊大礼庆成赋》等，我们不能简单地视为谀文谄辞，其对国家中兴的眷眷之心还是一目了然的。

从总体来看，两宋之际爱国辞赋的创作并没有达到后人期望的那种高度，文人们或表现忠愤之情郁而难伸的怨怒，或表达对天下一统的渴望之情，或推究北宋灭亡的原因，给人的感觉是，他们在抱怨权臣误国、主上不明、将帅无能、天理不彰的同时，并没有想到要为家国天下献忠纳诚，缺乏一种天下兴亡匹夫有责的淑世激情，他们一面在哭哭啼啼，一面又在袖手旁观。究其原因，这与朝廷政治环境的糟糕和高宗的一味妥协密切相关。当时的政治环境营造出一种怯懦、猥琐气氛,人们的报国热情往往在朋比倾轧的意气用事和明哲保身的庸俗思虑中消磨殆尽。尤其是朝廷迫害抗战人士,铲除异己,自毁长城的做法,深深伤害了人们的报国热情。当然,我们不能忽略的一个事实是,北宋后期以来,尤其是随着理学的兴起,文人们普遍养成了长于高论而不切实际的学风,在个人思虑和现实之间,存在着"理障"。大敌当前,他们可以言之凿凿,抗辩无碍,但是一旦临事,往往束手无策,措置失当。他们生活在捍卫天理的意气和严苛的道德信条当中,爱国热情往往转化为对道德信条的不切实际的坚守上,而爱国之情本身,被道德至上的追求所掩盖甚至消解了。

南宋中期辞赋创作的新变*

绍兴三十二年(1162),忧劳过度的高宗乘着“采石之捷”的风头体面地退位,宗室赵昚即位,是为孝宗。即位伊始,孝宗思欲有所作为,结果为道学人士所拥护的张浚贸然北伐,招致符离师溃,孝宗不得不与金人订立和议,是谓“隆兴和议”。之后,逮孝、光、宁三朝,南宋进入经济文化全面发展的时期,学术文化也呈现出较为独特而完整的风貌。这一时期,我们称为南宋中期。韩侂胄“开禧北伐”之后,南宋政权渐露颓势,学术文化逐渐呈现出另一番风貌。

理学的强势发展主要集中在孝宗乾、淳年间,这是理学传播的黄金时期,理学的一尊地位因此确定,即使崇宁党禁阻碍了道学人士向政坛大举进发的步伐,道学甚至被逐出科场,但是道学理念和道学思想已经呈遍染士林之势,成为当时学术文化的底色。孝宗即位后,希求在军事上有所作为,对绍兴和议以来的和戎国是加以反拨,于是,对秦桧专权期间备受打压的

---

* 本文3.1万字左右,删改为2.1万字左右的《理学的张扬与自信心的凸显——论南宋中期辞赋创作的新变》,载于《复旦学报》(社会科学版)2011年第5期,系教育部新世纪优秀人才支持计划(项目批准号:NCET-10-0520)和山东大学自主创新基金项目“两宋赋史”(项目批准号:IFW09064)的系列成果之一。

主战人士尤其是道学人士予以昭雪。正如岳珂所说:“绍兴更化,逐谗党,复纯州,还诸孤之在岭峤者。重以念先臣不忘之德意,属之孝宗皇帝,嗣位之初,首加昭雪。既复其官爵,又锡之家地;疏以宠命,而禄其孙子。”[①]何况孝宗的启蒙教育受之于道学人士范冲、朱震等,因此,一批受秦桧长期压制的道学人士被委以官职,活跃于政坛。上任伊始,他们立即开始对秦桧旧人的全面清算。尤其是担当修政事、攘夷狄重任的张浚周围,聚集了一大批道学君子,他们将主战与张扬道学联系在一起,打击一切反战言论,甚至主张稳健北伐的史浩也遭到排抑。政坛的变化自然会影响到学术文化界,在这种形势下,曾经被打压的道学开始强劲反弹。然而张浚北伐旋即惨败,道学人士逐渐失去了孝宗的青睐,孝宗觉得道学所主张的正心诚意的为政主张不得要领。孝宗不满太上皇赵构的掣肘,开始任用近幸,道学人士斗争的矛头由对秦桧旧党的清算转向对近幸势力的斗争,并且由过去的主战转而反对主战,对亲近近幸的主战人士虞允文攻讦不已。权相之间的争斗是这个时期政坛斗争的主要形式,道学人士积极参与其中。而一些权相也喜欢引用“君子”以为党助。道学人士先后依附于周必大、留正、赵汝愚,与反道学的王淮相党及其余续展开了激烈而持久的斗争。可以说,乾道、淳熙年间的学术文化斗争甚至政坛争斗是以道学与反道学为表征的。学术与政治的环境,反过来刺激了道学的长足发展,乾、淳年间,理学名家辈出,以吕祖谦为代表的金华学派,以胡宏、张栻为代表的湖湘学派,以朱熹为代表的闽学

---

① (宋)岳珂:《鄂国金佗稡编续编校注》卷二十《吁天辨诬通叙》,中华书局1989年版,第1022页。

学派,以陆九渊为代表的心学学派在这一时期都得到了广泛的传播。在废光宗、立宁宗的变故之后,道学家党助的赵汝愚在与韩侂胄的斗争中败北,韩对道学实行党禁,这就是"庆元党禁",道学势力遭受了沉重打击。直到开禧北伐失利,侂胄被传首北国,道学的坚冰时期才告结束。可以说,这个时期是道学在打压下积极发展并向学术文化各个方面逐渐渗透的时期,而且道学的学理在朱熹等人的努力下建构起体大思精弥纶天地的哲学体系,其在学术文化中的话语霸权得以确立。

与当时的学术文化密切联系,辞赋创作在南宋中期也显现出一些新特征,对此,我们尝试论之。

一、理学思想在辞赋中得到张扬

南宋中期是理学强势发展的时期,其对辞赋施加的影响非常显著,而辞赋对理学思想、理学境界的生动描写,又促进了理学的传播。可以说,理学与辞赋形成了一种互动的态势。

二程是宋代理学的奠基人,南宋理学各派都与之有着甚深的渊源。二程对文学创作采取排斥的态度,认为作文害道,玩物丧志。南宋理学家要取得在学术文化界的话语霸权地位,必须找到一条道与文兼容的途径,这样才能达到对文之创作渗透的目的,而这一点关系到理学在文人群体中影响的深广程度。在这方面,当时的理学家做了许多努力,如杨时等提倡温柔敦厚的诗教说;朱弁在《风月堂诗话》中张扬符合这种审美规范的晚唐诗风;张栻、吕祖谦等不约而同地主张以理学的思想来改造"文"的内容,而对"文"自身的特征则采取较为宽容的态度，如吕祖谦编选《古文关键》，以韩、柳、三苏、曾巩等的文章为为文之范式，对文章技巧方面的问题探讨颇多；胡宏则积极从事于根本乎道德的"鸣道之文"的创作。朱熹在这方面尤有重大建树。他基于理本气具的主张提出文"自道中流出"的文道观，创作宣扬理学思想的文就被视为持敬涵养的过程，是正心诚意、格物致知不得已的自然流露，这样也就承认了文之存在的合理性。理学家们还对"文统"重新进行了反思，尤其是朱熹，他以《诗经》《楚辞》和三代圣贤之文为基础来构建新的文统，以《楚辞》为圭臬构建起辞赋的新体系。[①] 在理学家们的努力下，理学观念、理学思想对文学创作产生了深刻的影响，而文学作品在宣扬理学思想、表现理学的人生境界方面又促进了理学的传播，于是，理学与文学互相依托，积极互动。这种互动在辞赋创作当中有明显的体现。

这个时期的辞赋成为宣扬理学观念、阐释理学教义的重要载体。理学重视从理气之辨出发对人性进行探索，所谓"天命之谓性，率性之谓道，修道之谓教"（《礼记·中庸》），性、道、教的探讨都集中在人的道德品性上。以此为立足点推而广之，理学家们把一切人事物理都建立在德性的基础之上，一切社会行为都立足于用德性来规范、来评价。因此，随着理学的强劲发展，南宋中期辞赋的内容也多涉对这种价值观念的宣扬。当时理学家们宣扬理学教义、痛斥王学坏人心术的使命感是非常迫切的。朱熹的《白鹿洞赋》在述及白鹿洞书院的兴废时，把圣道弘扬与式微结合起来，从而彰显开创书院以继圣学于将坠的

① 参见《楚辞辩证》、《楚辞集注》目录跋、《答巩仲至书》（《朱文公文集》卷六十四）等相关文献。

初衷。宋人黄震这样评价这篇赋:“《白鹿洞赋》一章言唐李渤读书旧地,而南唐因创书院。二章言自太宗、真宗增辟,而废于熙宁。三章言今日之再造。四章言讲学之要领,而乱之以德业无穷之思。”①赋结尾的“乱曰”这样写道:“涧水触石,锵鸣璆兮。山木苯䔿,枝相樛兮。彼藏以修,息且游兮。德崇业茂,圣泽流兮。往者弗及,余心忧兮。来者有继,我将焉求兮!”②继圣弘道的慷慨之情跃然纸上。赋中没有道德的说教,而是通过浑厚典雅的文辞、纡徐和缓的句式、庄重严肃的语气来体现弘扬圣教的使命感和渊粹广大的精神。这篇赋开创了书院类赋的先河,为道学人士提供了为赋的范式,对后世影响至远,南宋人方岳,明人林俊、祁顺、舒芬、唐龙皆有和作。吕祖谦的《白鹿洞书院记》和朱熹此赋在内容上颇有互补。朱熹赋中含蓄地流露出的弘扬理学的激情,在吕祖谦的文章中则得到直接的宣扬,两文参看,方能体会出朱熹的主旨和用心③,也就不难理

---

① 黄震:《黄氏日钞·读晦庵先生文集》,转引自浦铣:《复小斋赋话》卷十,上海古籍出版社 2007 年版,第 302 页。

② 本文所引辞赋,均引自上海辞书出版社、安徽教育出版社 2006 年版《全宋文》并参校文渊阁本《四库全书》,为了行文方便,除特殊情况外不再胪列出处。如标注,只注书名和页码。

③ 吕文曰:“至于河南程氏、横渠张氏,相与倡明正学,然后三代孔孟之教,始终条理,于是乎可考。熙宁初,明道先生在朝,建白学制教养,考察宾兴之法,纲条甚悉,不幸王氏之学方兴,其议遂格。有志之士,未尝不叹息于斯焉!当建炎再造,典刑文宪,浸还旧观,关、洛绪言,稍出于毁弃翦灭之余。晚进小生骤闻其语,不知亲师取友以讲求用力之实,躐等凌节,忽近慕远,未能窥程、张之门庭,而先有王氏高自贤圣之病。如是洞之所传习,道之者或鲜矣。”(《金华吕东莱先生正学编》卷一,《诸子集成续编》本)这就是说,朱熹是痛惜王安石之学阻抑程张正学、坏人心术,希望重振“正学”而创办此书院的。

解朱熹赋中的浩然气概和严正渊粹的文风之根源了。朱熹的这种情怀在他的《感春赋》《空同赋》和《梅花赋》中同样得到彰显。邹㴚的《游濂溪辞》则表现了对周敦颐的追慕和继承其学术的愿望。张栻的《后杞菊赋》表现不偏不倚与物无忤的中和之境,宣扬道学人士允执厥中的价值取向。陆龟蒙、苏轼、张耒都曾赋写杞菊,在他们的作品中,杞菊被描写成一种难以下咽的野菜,而张赋中则把杞菊描写成一种美味的食物①,赋曰:"甘脆可口,蔚其芬馨,盖日为之加饭,而他物几不足以前陈,饭已扪腹,得意讴吟。"这其实是表现了一种超越口腹之欲的陶然忘机的人生态度,重在"饭已扪腹,得意讴吟",超越了物欲的摆布,方能体会鼓腹而游,泥途踏歌。和那些珍馐美味相比,杞菊的淡乎寡味更能体现道学人士出乎口腹之物,达乎中和自足之境的人生追求。这种人生追求和常人追求享乐的生活是大相异趣的:

> 客有问者曰:"异哉,先生之嗜此也!昔苏公之在胶西,值党禁之方兴,叹斋厨之萧条,乃览乎草木之英。今先生当无事之世,据方伯之位。校吏奔走,颐指如意。广厦延宾,球场享士。清酒百壶,鼎臑俎胾。宰夫奏刀,各献其技。顾无求而弗获,虽醉饱其何忌?而乃乐从夫野人之餐,岂亦下取乎葑菲?不然,得无近于矫激,有同于脱粟布被者乎?"

---

① 虽然张耒的赋中客人听了他的一通安贫乐道的大道理后始觉其甘如饴,但是那是为了宣扬自己的要言妙道而虚设的,文中同样是把杞菊视作难以下咽之物。

至此，作者以此为依托畅谈纯任天理的立身之道：

> 天壤之间，孰为正味？厚或腊毒，淡乃其至。猩唇豹胎，徒取诡异。山鲜海错，纷纠莫计。苟滋味之或偏，在六府而成赘。极口腹之所欲，初何出乎一美？惟杞与菊，中和所萃。微劲不苦，滑甘靡滞。非若他蔬，善呕走水。既瞭目而安神，复沃烦而荡秽。验南阳与西河，又颓龄之可制。此其为功，曷可殚纪？况于膏粱之习，贫贱则废；隽永之求，不得则恚。兹随寓之必有，虽约居而足恃。殆将与之终身，又可贻夫同志。子独不见吾纳湖之阴乎？雪消壤肥，其茸萎蕤。与子婆娑，薄言掇之。石铫瓦碗，啜汁咀虀。高论唐虞，咏歌《书》《诗》。嗟乎！微斯物，孰同先生之归？

和猩唇豹胎等相比，杞菊可以中和品行，可以荡涤身心的浊秽，这就如同圣贤之书可以解除人心的苦闷、困惑、欲念一样。我们也可以这样认为，作品中杞菊是中和性体的隐喻，它暗示了道学家所追求的人生之境。其他如崔敦礼的《津人问》阐发人心唯危的道理，赋先写口耳等五种感觉器官对人的诱惑，写心的诱惑曰："方寸之地，有山川之险；肝胆之迩，有楚越之敌。"然后指出穷理尽性才能臻于完境。理学的发展也影响到拟《归去来兮辞》的创作，王质的和陶辞就高唱"乐天知命吾何忧，穷理尽性吾何疑"，宣扬理学的人生观。薛绂的《滟滪堆赋》借江流之冲击而屹然不动的滟滪堆生发出天理与人欲的关系，阐释了理学穷理尽性治心养气的思想；陈文蔚的《致遂赋》依崔篆的《遂初赋》立意，而把人生价值的追求置换为对生存终极意义的探寻，亦以穷理尽性为人生归宿；汪莘的《月赋》《后月赋》也是思索修身与兼济天下之间关系的作品。

这个时期的辞赋成为表达理学人生境界的重要载体。和其他文体相比，辞赋由于它的抒情性以及篇幅较为自由等特点，更容易多层次地表达作者的情感意绪和精神境界。理学不仅是一种充满理性精神的道德哲学，而且也体现为一种寻求自得其乐、超然物我、冰清玉洁的人生境界。“孔颜乐处”是理学中人孜孜以求的人生境界。其中的“孔”是指孔子对曾点之乐的认可，“颜”是指颜渊的人生态度。① 朱熹云：

> 曾点之学，盖有以见夫人欲尽处。天理流行，随处充满，无少欠阙，故其动静之际，从容如此。而其言志，则又不过即其所居之位，乐其日用之常，初无舍己为人之意，而其胸次悠然，直与天地万物上下同流，各得其所之妙，隐然自见于言外。②

这就是说，通过平常生活中的持敬涵养以格物致知，以达于穷

① 《论语·先进》载曾点自述其志时曰：“暮春者，春服既成，冠者五六人，童子六七人，浴乎沂，风乎舞雩，咏而归。”《论语·雍也》中曰：“一箪食，一瓢饮，在陋巷，人不堪其忧，回也不改其乐。”道学家把这两则文献中描述的人生态度和人生境界称作“孔颜乐处”，而曾点的陶然，也称作“曾点气象”。不过，朱熹更看重颜渊，认为他体现了持敬涵养的功夫，而曾点气象只是表现了穷理尽性的结果。参见《朱子语类》卷三十一、四十、卷一百一十七的相关论述。

② 《论语集注》卷六，《四书五经》上册，天津古籍出版社 1988 年版，第 48 页。

理尽性的精神境界。也可以这样认为，曾点之学乃是摒弃了物欲的诱惑、情感的困扰而获得的对自我之存在的真切体认，这是一种自足自得、把自我扩大向无限的人生境界，这种境界与诗境在精神自由方面是相通的。程颐等人直接把自得的人生境界化为优游自足的诗学境界。张栻《风雩亭赋》是就岳麓书院的风雩亭而作，作者以曾点之志激励学子道：

> 嗟学子兮念此，溯千载以希踪，希踪兮奈何，盍务勉乎敬恭。审操舍兮斯须，凛戒惧兮冥濛。防物变之外诱，遏气习之内讧。浸私意之脱落，自本心之昭融。斯昔人之妙旨，可实得于予躬。循点也之所造，极颜氏之深工。登斯亭而有感，期用力于无穷。

指出通过内心的立诚持敬，不断摒弃物欲的诱惑，心灵就会与物和谐，达于不偏不倚的中和之境，这种中和之境，在他看来就是“孔颜乐处”。陈造的《行春辞》三首也是表现这种境界的作品。行春本是汉代的一种巡行制度，每年春天，太守巡视所辖州县，督促耕作。赋中重点描写行春时的心境，赋的第二章这样写道：“讼谍兮纠纷，榜柎兮未全。闲色不形兮意乎，每厚颜于曩贤。揖父兄兮使前，尚笑语之怡然。道菽粟兮卒岁，审里闾之相安。……觞一行而三谢兮，起且坐而喧繁。归目送而扶路兮，予亦倦踞而假僧毡。”这不是那种下车踟蹰调戏采桑女子的无德使君，更不是搞得鸡飞狗跳的下乡官人，而是近于苏轼《踏莎行·簌簌衣襟落枣花》的那种“敲门试问野人家”的闲适恬淡，也近于陶渊明笔下的归田情趣。这里表现的不仅是与民同乐的自足心境，而且还有对宇宙人生的通明透彻的体认。陈造还有《问月楼赋》反思人生与宇宙的关系,有《听雨赋》表现对万物欣欣向荣的内心体会,都在表现仁者境界,展现"孔颜乐处"之境界。此外,薛季宣的《春霖赋》、陈傅良的《暮之春》、王炎的《夏日郊行赋》等也是表现这种境界的。与此联系,这个时期的人们对"中隐"表现出了浓厚的兴趣,如王炎的《中隐赋》等,这种兴趣和六朝时期的轻视庶务一味高妙有着本质的不同,它是源自对理学所提倡的与道优游的人生境界的认同和接受,当时人们对陶渊明的接受也是从此处着眼的。这个时期拟《归去来辞》的作品依然不辍,如王质的《和陶渊明归去来兮辞》、周孚的《归愚堂赋》等,但是它已经不再表现出世之思,而是在憧憬"浴乎沂,风乎舞雩"的境界。此时赋作中表达愁苦怨怼或者远离世情的作品明显减少,表现优游自足情趣的作品则明显增多了。这种迹象在王十朋等人的作品中已露端倪,此时则蔚然成风。其原因固然是多方面的,理学人生观在士林中的影响应该说是重要的因素之一。

此外,辞赋的辞章风格深受理学观念的影响,影响主要来自两个方面:一方面,理学家平淡为文的主张对辞赋语言风格产生了比较大的影响,尤其是辞赋在议论的时候,往往不避鄙俚,直白浅陋;另一方面,一些理学家如吕祖谦等对辞章的重视以及对唐宋散文家韩愈、柳宗元、三苏等的推崇,也使辞赋向着典雅省净的方向发展。限于辞章安排,对于此问题我们将专文论述。

二、辞赋中流露出慷慨豪迈、气横意举的爱国激情

绍兴年间,爱国热情高涨,这种热情是以凸显华夷之辨和尊王攘夷为特征的,《春秋》学的兴盛就是基于这样的思想背景。但是由于文人生存状态的恶劣、帝王权臣以国是对思想界的严密控制,这种热情受到严重阻抑,不得自由伸张。① 孝宗即位,意欲有所作为,人们长期受到压制的爱国情绪得到饱满的抒发,于是文学中涌动着壮怀激烈、英姿勃发的豪气。随着隆兴和议的签订,南北双方处于相安无事的对峙状态,这种豪气兼具慷慨豪放与沉郁悲壮的感情色彩,一扫过去的那种怯懦衰飒的感情基调。此时的辞赋,或表达对北方故国的眷恋之情,或抒发收复失地的豪迈之情;或直抒胸臆,或寓激情于山水风光,均表现出卓尔不群的人格力量和慷慨激越的感情气势。好在秦桧已经谢世,表达对北方故国的眷恋不再是文学的禁区了,畅言恢复也不再被视为撼摇国是了。

王十朋曾经创作《会稽赋》赞美东南一带人杰地灵、物产丰富,可资成就大业。在当时风雨飘摇的情形下,这篇赋给惶惶不可终日的赵构和惊慌失措的臣工们作了一番心理的安慰。在孝宗朝,国力日渐强大,抗敌热情高涨,此时描写越地的辞赋

① 正如倪朴在《拟上高宗皇帝书》中指出的那样:“国家自偃兵以来,智者无所施其谋,勇者无所用其力,愚者无所效其死,贪者无所得其利。其怒敌之气,乐斗之心,莫甚于此时也。”(《全宋文》第 242 册,第 77 页)

则表现出一股激扬飞动的气势，很好地诠释了当时的爱国情绪。李洪的《适越赋》就是一篇这样的作品。这篇赋对越地的描写充满了蓬勃的激情，赋中这样描写当地的水势："出修门而东骛兮，驾灵胥之怒涛。命榜人而理棹兮，御龙骧之巨艘。睨组练之喷薄兮，忽鹅鹳之鸣号。江海淼弥以东注兮，雉堞屹然而增牢。启东南之王气兮，应赤县之神皋。"突出了人们不断歌咏的"东南王气萃钱塘"的主题。整篇赋通过生气勃勃的景象的描写以彰显东南王气，其恢复故国的寓意非常明显。杨万里的《海鳝赋》是歌颂采石之捷的名篇，作品充分发挥赋文体铺张扬厉的特点，以渲染那个时代人们压抑已久喷薄而出的爱国激情。赋是这样描写海战场面的：

海鳝万艘，相继突出而争雄矣。其迅如风，其飞如龙。俄有流星，如万石钟；霣自苍穹，坠于波中；复跃而起，直上半空；震为迅雷之隐磤，散为重雾之冥蒙。人物咫尺而不相辨，贼众大骇而莫知其所从。于是海鳝交驰，搅西蹂东；江水皆沸，天色改容；冲飙为之扬沙，秋月为之退红。贼之舟楫，皆躏藉于海鳝之腹底；吾之戈铤矢石，乱发如雨而横纵；马不必射，人不必攻；隐显出没，争入于阳侯之珠宫。

像这样直接描写战事场面的作品在南宋初期的文学中几乎没有，文人们多以一种袖手旁观的态度在抱怨将帅无能，时命不济。此时，文学作品中那种低回哀怨的意绪一扫而空，代之以直面现实，慷慨高歌。陈造的《淮海楼赋》也是一篇畅言恢复的作品。这篇赋是因郭姓帅相于扬州南城建淮海楼而作。① 扬州在南宋是淮东防区的核心，孝宗时，作为北伐的前进基地而被大力经营。因此，陈造在描写淮海楼时，着力突出扬州地理位置的重要性：

娱暇日以登览兮，若斯楼之巨丽。暝檐影于空阔兮，循雕栏而徙倚。目定视而犹眩兮，足伫立而悚猥。栖浮霭于朱甍兮，迟羲驭于平楚。来禽去雁，却略踮跆而捩去兮，雾霏幕奕，翕聿而在下。凌迥汉而骞飞云兮，骞鹏举之垂天。眺万井而数计兮，挹峰磴之横前。吴封楚甸，间列叠出而自献兮，纳纳未憖，明霞断烟。豁海门之块峙兮，眇浮玉之一拳。

作者从登楼远望的视角来描写扬州的雄伟壮丽和富庶，为了进一步突出恢复北方的主题，他的思绪并没有拘泥于扬州，而是

① 赋序中称"帅相郭公即扬州南城，为淮海楼"，当时与扬州城有联系的郭姓大将有两人，即郭棣、郭杲兄弟。郭棣于淳熙二年(1175)任镇江都统，淳熙四年(1177)升任殿前副都指挥使。淳熙末，郭棣"奉祠里居"[(宋)楼钥：《攻媿集》卷九十一《文华阁待制杨公行状》]。淳熙四年(1177)，郭棣弟郭杲接任镇江武锋军都统，兼知扬州。宁宗登极后，郭杲以拥戴功，先后除武康军节度使、殿前都指挥使、太尉。庆元三年(1197)，郭杲出任镇江都统(《宋史》卷四百二《张诏传》)。庆元五年(1199)八月，郭杲主持扬州城的修葺工作(《宋会要辑稿》方域九之二)。庆元六年(1200)郭杲出任兴州府都统制(《续编两朝纲目备要》卷六)。赋序称"帅相"，当是针对郭杲而言，宋人的文集保存了一些郭杲与时彦酬唱的诗文(参见宋张世南《游宦纪闻》卷一)，由此可知郭杲是一位喜欢附庸风雅的大将，辞赋的结尾，提到相帅和宾客"亲色笑于犀麈，陪觞咏于晨餔"云云，这与郭杲的好尚比较吻合。由此我们认为赋中的郭公当指郭杲，而此赋的创作时间大体应该在庆元五年。淮海楼当是郭杲在修葺扬州时所建。

飞腾于长江沿岸重要的防区,他想到了江州的庾楼,东晋初,庾亮为国之股肱,曾参与平定叛乱,为巩固偏安不久的东晋小朝廷建立了功勋。由此类比,作者也希望郭帅能为国家勠力输忠。他飞跃的思绪还联想到武昌的南楼,联想到在此地创作《登楼赋》的王粲,暗寓冀王道之一平的愿望。作品又由郭姓帅相联想到中唐征虏平叛的郭子仪,希望眼前的郭帅能与其祖先相颃颉:“惟汾阳公,分君相忧,功存宗祧,身临边陬。屹控厄之巨防,躬熙代之康侯,静镇榆塞,创为兹楼。将历览而俯首,目所围之备周,深计远图,宁为观游?”这篇赋虽然涉嫌面谀权贵,追捧热官,但是从畅言恢复的角度来行文,足以说明在当时高论恢复已经不会有“撼摇国是”的罪过了。同类的作品还有他的《波光亭赋》,仍然是通过赞美帅相郭公寄寓恢复之思。他的《酹淮文》则几乎是一篇恢复失地的檄文,赋曰:“长淮浑浑,荡沸潏兮。经楚被吴,渎之一兮。匪河匪江,天岂以是限南北兮?卫拱皇居,神所职兮。杀敌之冲,师济其出兮。皇皇圣筭,包九域兮。搴幽冀,跐龙荒,行有日兮。”这篇作品模仿王粲的《浮淮赋》,王赋寄托国家统一的愿望,此赋亦然。像这样表达统一愿望的作品在南宋初期几乎见不到,这说明随着南方经济的恢复、军事力量的增长,文人们也找回了失去的自信,辞赋当中表现出的慷慨激越、任气使才的创作倾向,也是文人自信心增强的一种反映。

颂美文学的兴盛不唯是因为国家的强大,文人们难以按捺讴歌的激情,更主要的是当道者或要掩饰惭德,或要粉饰太平,或者是君王的荒唐以及私欲膨胀,想把自己塑造成一个人世间的神或者救世主,人为地推动颂美文学的发展。出于种种目的,高宗时期赞美当道粉饰太平的文学曾大行其道,但是在孝宗以后，谀美皇德的辞赋几乎绝迹，这主要是因为孝宗是个比较务实的皇帝，在国力日益增强的情况下，朝廷没有必要为自己作一番装饰和掩饰，而光宗、宁宗在造神方面似乎没有特别的爱好。我们现在能看到的颂美辞赋有杨冠卿的《上留守章侍郎秋大阅赋》和倪朴的《环堵赋》。杨赋中描写的是绍熙元年（1190）建康行宫留守章森校阅军旅的情形。① 建康是孝宗经营多年的南宋军事的大本营，因此，校阅建康，彰显军事力量

---

① 考建康的章姓留守，南宋时期只有章森一人，据《景定建康志》卷一《行宫留守》："（章森）淳熙十五年八月，以朝散大夫、安抚使兼行宫留守。"因此，赋中于建康校阅军旅者当是章森，赋序中称"留都大帅待制侍郎蒐明国典"云云，而章氏其时任知建康府、江东安抚使、留守，故称"留都大帅"或"留帅"。又据《建炎以来朝野杂记》乙集卷五：章森，字德茂，淳熙十五年（1189）挂吏部侍郎衔，故称"上留守章侍郎"；楼钥《攻媿集》卷三十五《显谟阁待制、知江宁府章森焕章阁直学士、知兴元府》，时在光宗绍熙三年（1192）。则章氏当在建康任上升挂"显谟阁待制"衔。据《宋会要辑稿》礼九之一一至二六，淳熙十六年（1190）十月二十八日（公历），光宗即位大阅（二月，孝宗让位，当太上皇）。赋序所称"圣天子规恢远图，留意武备。亲御鞍马，阅武近郊"，当指光宗即位后的这次大阅。赋中所称的"公乃衣狐貉，控骕骦，灿军容，阅戎行"，当是对光宗大阅的一个呼应。赋中所云"太昊司秋，时维九月（阴历）。天子教田猎以习戎，诸侯简车马而大阅"，就是这个意思，即章森在光宗"教田猎以习戎"之时，"简车马而大阅"以呼应之。章森对建康军务颇有建树，也深得光宗器重，他行大阅礼也可能与此有关。据宋周应合撰《景定建康志》卷三绍熙御札《赐知建康府、江东安抚使章森》："敕章森：省所奏札子，创造见管军兵营屋等事具悉。陪都重地，军籍尤备，联校束伍，必有营垒之固，而事功创举，实资长才。卿禁涂之英，折符守钥，政平讼理，民用安业，乃能以其余力，体国远虑，列楹旧址，缮治一新。夫经画有方，则民不病扰，居处既定，则士不知劳。若兵与民均安而亡害，且足以儆军实，修武事，为藩翰经久之计，其利溥矣。成劳上闻，深为嘉叹。故兹奖谕，想宜知悉。春暖，卿比平安好。遣书指不多及。"

以图恢复的用意非常明显。赋中在介绍了建康的险要形势之后转入对军容的描写：

> 云颓火炽，山行水立，抱地势也；穷谷雪深，鬼行无迹，听号令也；鱼丽鳞鳞，偃月斜斜，布阵形也；星陨电落，鹘翻鹰击，角斗争也；截肥东山，酿盎淮浦，犒士卒也；刀布川流，茧缕蚁叠，输赉予也。输运蹄负，辘辘驿驿，肩赪汗赭，欢腾笑溢，杳不知其数，抑何夥也！人如虎兮马如龙，甲耀日兮车斗风。倏往兮忽来，驰突兮奔冲。军声沸兮山四摇，阵云卷兮天一空。

这段文字以司马相如的《子虚上林赋》中描写天子游猎的场面为蓝本，不同的是把打猎的场面换成了士兵操练的场面，意在炫耀军力的强大。而且，作者以相同的句式一气呵成，充分展示了宋军高昂的士气和旺盛的战斗力。北宋时期也有描写大阅或者大蒐的作品，如王禹偁的《大阅赋》、丁谓的《大蒐赋》，但突出的是军容的井然有序，高宗时期也有描写典礼的赋，但没有表现校阅行伍展示战斗力的作品。因此，这篇赋在宋赋当中就显得弥足珍贵。在忍辱含垢隐忍苟且许久之后，文人们终于可以唱出意气风发、激昂慷慨的调子了。赋的结尾，点出整肃军队的目的是“将以归齐人之疆，澡渭水之耻”，这里用了战国时齐将田单以莒城为基地反击燕军恢复齐国和唐太宗与颉利可汗订立“渭水之盟”而后雪耻的典故，暗示了朝廷恢复北方故土的决心。这篇张扬军力表现一统决心的赋作，充分表现了南宋自信心的恢复和人们对统一天下雪洗靖康之耻的愿望。倪朴的《环堵赋》是一篇模仿扬雄《甘泉赋》的作品,同样以汪洋恣肆之笔表现了帝王郊祀天地的场面,以展示王朝气壮山河的气势,借以突出“奠南北以为一”的主题,非一般的虚辞滥说,而是蕴含着对国富兵强恢复宇内的强烈愿望。

随着自信心的恢复,文人们终于可以直面“洙泗上,弦歌地,亦膻腥”的现实,可以抒发“忠愤气填膺,有泪如倾”的沉痛了。王质的《问北雁赋》表达了痛失故地的沉郁悲怆。赋中这样讯问北来的大雁:

> 燕赵之夜,土梗俗劲,慷慨大呼,前无白刃。齐负东海,鲁挟龟蒙,士辩而智,谭高气洪。三秦以西,狎武喜功。今皆弗闻,为有为无?以为有耶,固未有奋精忠之烈,建殊效于中都也。以为无耶,山川兴气,星辰定区,奚独于今而变于初?

靖康之难以来,南北隔绝,中原大地的忠烈之气还存在吗?在南方多年的“和戎”之后,北方的人民还存在民族认同感和文化认同感吗?这些问题萦绕于许多文人心头,这在出使北方的文人的诗文中也有明显的反映。① 反思这个问题,是需要足够的勇气的。赋中还流露出对北方同胞真切的牵挂和对故国风貌的深切眷恋:

> 比屋赤子,为喜为悲,饥兮何食,寒兮何衣?故老遗民,为亡为存,城郭苑囿,桑麻草木,为仍其生,为一扫而

---

① 参见范成大的《揽辔录》、楼钥的《攻媿集》之《北行日录》等文献。

更？山兮崇崇，为陷而深，有渊其谷，为堙而平，古帝园陵，绕墙崇扉，为雄茂而森肃，为寒凉而惨凄？

这种牵挂和眷恋，其实是对华夏文明之脉的深刻反思以及对华夏故地没于胡虏之沉痛的深入咀嚼。这种困惑和耻辱感是当时文人们必须面对的现实问题。他们不像以往的文人那样在文化专制和“和戎”国策的桎梏、打压下回避对这个问题的反思。很明显，这一切巨变并非“殆天数，非人力”，而是徽宗的一味胡闹造成的。所以，接下来作者问道：“秘殿崔嵬，邃馆沉宫，为丹青兮不改，为荆榛兮灌丛？异芳名英，瑰奇怪石，为形貌之犹然，为苍莽而不可踪迹也？”这段话对徽宗大兴土木、纲运花石祸国殃民的谴责极其严厉，当年骄奢淫逸的结果留下的只是荆榛苍莽，而国家却灭亡了！对这种历史的报应和沧桑之变感到深深的困惑和无奈。赋的结尾，以意味深长的描述收缩全文：“于是哀鸣咿嘤，若避若趋，倏飞去兮不可追，黯落日兮平芜。”一切归于无奈和黯然，因为虽然“遗民忍死望恢复”，但是王师却迟迟不肯现身，朝廷在战与和的问题上举棋不定，使热血之士“忠愤气填膺”，报国无门。王质在隆兴二年（1164）给孝宗的《论和战守疏》可以对此赋流露的壮怀激烈而又壮志难酬的苦闷作一个很好的说明：

今陛下之心志未定，规模未立，或告陛下金弱且亡，而吾兵甚振，陛下则勃然有勒燕然之志；或告陛下吾力不足恃而金人且来，陛下即委然有盟平凉之心；或告陛下吾不可进，金可入，陛下又蹇然有割鸿沟之意。臣今为陛下谋，会三者为一，天下恶有不定哉！①

同样的作品还有杨冠卿的《登岘首赋》。岘首之叹是感慨人生与宇宙的一种代称②，此赋在从浩渺之宇宙的角度慨叹人生渺小的主题中融入国破家亡之悲情，读来颇具感染力："怀故都于天末，限南北而憯悼。纷丧乱之满前，散烟云于群峤。昔羊叔子之兴怀，发忧端之悄悄。悟混浊于此世，感颓龄之将老。"亡国之悲与年命之感融为一体，道出了当时人们普遍的心绪。

这个时期辞赋总的倾向是感情饱满、个性张扬、恃才骋气。文人们喜欢通过辞赋来宣泄富于张力的情感、独拔流俗的思想、傲岸不群的人格。这种倾向与庆元党禁以前思想文化界宽松活跃的环境和爱国激情的张扬是相表里的。爱国情绪的自由抒发奠定了文学作品追求高尚人格、才情横溢的基调，促进了文人的情感世界超越过去的猥琐和庸俗，向着自信和高尚的方向发展。可以说，以往辞赋所表现出的庸俗的情感基调在这个时期得到了一定的遏制。此时的赋作展现给我们的是一幅幅个性鲜明、充满动感的情感画卷：刘过的《独醒赋》展现自己独拔流俗之上的傲岸人格，陆游的《丰城剑赋》表达不同凡俗的思想，张孝祥的《祭金沙堆庙辞》《金沙堆赋》展现充满动感、令人荡魂慑魄的奇异风光，等等。当然，辞赋中恃才骋气的风

① 《全宋文》第258册，第213页。

② 据《晋书·羊祜传》，羊祜镇荆襄时，常到此山置酒言咏。有一次，他对同游者喟然叹曰："自有宇宙，便有此山，由来贤达胜士，登此远望，如我与卿者多矣！皆湮灭无闻，使人悲伤！如百岁后有知，魂魄犹应登此也。"（《晋书》卷三十四，中华书局1974年版，第1020页）岘首之叹于是逐渐成为感慨人生与宇宙的一种代称。

尚还表现在创作中对个人才学的炫耀，如范成大的《天医赋》和薛季宣的《七届》《雁荡山赋》等极力展现自己的博闻强记、驱使文辞的能力，而楼钥的律赋则在熔液经史、谋篇布局方面展示着自己的锦胸绣怀。

三、辞赋批判现实的功能得到加强

南宋中期的文学是对高宗、秦桧时期文化专制的反拨。秦桧当国时，主流文学是歌功颂德的文学，而且一些文人否定变风变雅，为歌颂文学张目[①]，这种文学观限制文人自由地抒发一己之情，而且和政治上的和戎国是相表里，推动着谀美文学

---

① 如王之望在《上宰相书（三）》中说："且《诗》本以厚人伦，美教化，而变《风》变《雅》往往因一己之不得其所，而发为愤懑，以讥刺其上，孔子何取焉？盖世当乱亡，人怀哀思怨怒之气，贤人君子，特因己所遇，声之于诗，观其诗，则当时之所感者可知。……是故乐而不为淫，哀而不为伤，美而不为谀，讥而不为诽，喜怒通乎四时，合乎一气，观其所感，而天地万物之情可见矣。若以一己之屈伸而反其所感，则小丈夫之作矣，君子无取焉。屈原放逐，作为《离骚》，幽忧感愤，虽出于一己，而楚之风气著焉。不然，扬己露才，上非其君，下讥同列，乃名教之罪人，岂足以争光于日月哉！……然则为诗者，非通天下之志而协夫声音之道，未足与言诗也。某晚学无师……追思前此兵火逃生流离饥寒之苦，乃得复见清时，与万物同游于和气中，欣欣然，愉愉然。进有尺寸之望，退无沟壑之忧，间为词章，以歌颂太平，如蛙鸣蚓号，不足闻于当世。今老矣，志犹在也。抑不知击壤而谣畎亩之乐乎？将乐职而为宣布之咏乎？其亦形容功德而鸣国家之盛乎？大钧所播，其必有所发矣。"（《全宋文》第197册，第257—258页）这段文字的核心就是为文不可发一己之怨怒哀思，而应该"通天下之志"，即不应抒发个人的真感情，而应该迎合政治引导的主旋律。王之望的文学观在当时绝不是孤立的，而是代表了秦桧专国期间文学思想的主潮。

的畸形发展。在孝宗当政后，和戎国是受到摇撼，这种文学观念也被高昂的爱国热情冲淡了，文人们以对现实的关心和评论，有力地反拨谀美文学的泛滥。诗歌创作中提倡活法，抒发性灵，其实就是要文学表现真性情、真感受，真感悟；与诗歌相比，辞赋本来就有体国经野的传统，辞赋中的这种感悟更具有鲜明的现实意义和批判精神，很好地体现了其微闻讥刺、诡文谲谏的特征。

这种批判现实的功能在理学家的辞赋当中得到明显的表现。辞赋作为理学家从事党争的工具，依然为一些道德君子所看重。道学从来就是一个具有学术性质的政治团体，虽然其学术有究天理与重事功的区别，但是，对外，他们是以一个政治团体的面目出现的，他们的目标就是要以“吾党”行“吾政”，通过控制学术话语进而谋取政治权势。此时的理学家辗转于权相门下，他们的对手相对比较固定，就是王淮相党及其余续，以及近幸势力；在学术上他们的对手也比较固定，那就是王安石新学及其在为政方面重变通兴财利的主张。理学家视同道为君子，与己忤逆的则是小人，其所持学术则被目为行险侥幸坏人心术之学。王炎的《竹赋》，薛季宣的《蛆赋》《金龟赋》等，都是从这个角度抨击政敌的作品。道学家对近幸势力的斗争在学术上主要表现为对帝王德行的高度重视，他们视内圣外王为立政的根本。朱熹在《壬午应诏封事》等文章中反复申述的就是这个道理，这看似迂腐、不切实际的主张恰恰是道学家在道义上击败近幸的密器、利器。帝王德行好坏的关键就是能否举贤授能，亲君子，远小人（在南宋中期那个特定的环境中，近幸势力就是小人）。陈傅良的《戒河豚赋》就表现了这种思想。这篇赋由河豚的以甘美柔滑杀人引出议论：

物固有害人兮，人之胜者智也。牛能触，吾为之络；马能踢，吾为之衔且辔也。乌喙之毒，用之药以治也。虎豹搏且噬也，机与阱足以备也。蛟蜃可驱兮，蛇虺蚖蜥可避也。虽其质祸贼兮，名彰莫余伪也。是故防之疑兮，待之惧也。吁，河豚柔滑其肌兮，旨厥味也。孰鱼匪羞兮，而柔以甘人同嗜也。曾谓其毙人亟兮，孽肝胆惨肠胃也。人虽疑致死兮，馈者弗忌也。吁嗟乎！物之害人兮，不在乎真可畏也。凡蓄美以诱人兮，盖中人之所利也。余诚说而啖兮，彼则阴以其恚也。减残忍以为仁兮，文妩媚忌也。甘我以言兮，鼠伺而狐觑也。笑怡怡吾蛋兮，弱婉婉灭人之气也。富贵怀安吾鸩兮，币帛饔牢吾饵也。

那些以柔佞媚惑君上的小人，不正如河豚一样吗！当然，也可以把这段议论进一步生发开来，打着富国强兵旗号的为天下敛财的为政思想，同样具有河豚一样的为害功效，甚至一切物欲的诱惑，都具有隐蔽性和杀伤力，只有不断地尽精微，才能在精神上致广大。这段看似泛泛而谈的理学说教在赋的末尾点出了题旨："吁嗟乎！爱者祸府兮，所玩以易也。兵莫惨于贪兮，干戈伏于不意也。晋灭虞以璧马兮，商君以好囚魏也。莽诈忠以盗汉兮，武贼养以媚也。眇河豚其弗戒兮，欺天下者曰得志也。吁嗟乎！若子豢安兮，掷天下于一试也。"商鞅、王莽、武则天诸人不正是近幸或者类似王安石那样"挟管商之术，饰六艺以文奸言"的人物吗！不过，从总体上看，这时的理学家对异端思想的攻击已经失去了前期的狂热，因为王学已经处于颓势，即使在庆元党禁期间，高文虎起草的《禁伪学诏》也对王安石及其余党持否定态度，这份诏书说："……而历载臻兹，弗迪厥化，缔交合盟，窥伺间隙，毁誉舛忤，流言间发，将以倾国是而惑众心。甚至窃附于元祐之众贤，而不思实类乎绍圣之奸党。"①我们注意到，元祐诸贤作为正人君子而与绍圣奸党对立，而道学的发展又是以元祐党人尤其是洛学作为直接源头的，这已经得到当时人们的普遍认同，王安石与蔡京之流被当时人视为群小一类的人物。从这份诏书可以看出，虽然当时朝廷在禁止道学，但其学术思想的基本观念是为朝廷所认同的。在这种情况下，道学人士对王学的穷追猛打已经失去意义。鉴于此，他们把对异党的攻击集中在对"小人"人格的批判上，借以宣扬正气，确立自己道义上的地位。

此时的咏史赋作也一改以往的曲意回护，而是胸怀坦荡，直陈自己对政事的看法。吴越之争本来是描写南方风物的赋中不得不面对的一个问题，但是在南宋初期的辞赋中却被有意回避了，因为在当时，宣扬卧薪尝胆无异于是在撼摇国是，甚至是隐射赵构的猥琐和无能。此时，文人们在辞赋中或吊古伤今或借古讽今，充分表达了对国事的真实看法。范成大《馆娃宫赋》由吴王馆娃宫遗迹联想到夫差亡国之事，对其亡国的原因作了深入的剖析，字里行间有一股沉郁愤激之气。赋文以"盖自有以贾祸，非天为之孽"发论，见识高远，又以吴王夫差灭越前后截然不同的表现来印证：

方其衔哀茹痛，抆泪饮血，俨拂士于前庭，克三年而报越，讫甘心而一快，夫何初志之英发！及其见栖于姑苏，遽

① 《全宋文》第242册，第155—156页。

雌伏而大坏！援宿恩而乞怜，或赦图于臣罪，当是之时，又何其惫也！瞌祸福之无门，曷今愚而昨贤。后千载之嗤点，莫不钟咎于婵娟，固尤物之移人，抑犹有可得而言。

赋文对夫差灭越前的雄姿英发与失败后的狼狈不堪作了对比，突出祸患乃自人为的事实。作品着力表现了夫差生活上的穷奢极欲：

次有台池，宿有嫔嫱。左携修明，右抚夷光。粲二八以前列，咸绝世而浩倡。嗟浣纱之彼姝，乃独系于兴亡。荡龙舟之水嬉，撷香径之春芳。载夕阳以俱还，秉游烛于夜长。滟金钟之千石，仿酒池于旧商。歌吴歈而楚舞，荐万寿于君王。怅星河之易翻，嘉来日之未央。铮铜壶之鸣悲，烂急烽之森芒。惨梧宫之生愁，践桐梦之不祥。欻高陵与深谷，委盛丽于苍茫。所谓玉槛铜钩，朱帘椒房。理镜之轩，响屧之廊，杳烟芜与露蔓，纷日暮之牛羊。况捧心之百媚，濯粉之余妆者哉！

这种刻意铺排在当时并不多见，当寄托了作者诡文谲谏的用心。夫差的骄奢淫逸很容易让人联想到徽宗的所作所为，沉迷享乐使夫差失去了对现实形势的理性判断，这与徽宗在对金问题上的一再失误如出一辙，此赋创作的用意显然在借夫差亡国之事给当朝的统治者以警示。王阮的《馆娃赋》则反思“惟忠良之既诛，始猖狂而自如”的主题，指出失去天下人心、任用残贼之人，正是吴国灭亡的原因所在，这很容易使人联想到徽宗的排斥忠良、任用小人的谬行。而对越国，作者则发出这样的感叹："勾践方明，举国以听，十年生聚，十年教训，以此众战，何伐不定？何至假负薪之女，为是可耻之胜哉？"①认为越国成功的关键是卧薪尝胆，积极发展，假女子之力的投机心理不足为君子所称。对南宋朝廷不能休养生息积蓄力量而心存侥幸的做法表达了自己的看法。的确，南宋君臣一直把收复失地的希望寄托在金人的内乱和偶然的机遇上，对此，许多有识之士提出过批评，王阮的看法是有所指陈的。对严子陵钓台的凭吊是南宋辞赋的一个重要主题，在以往的凭吊中，人们多着重歌颂中兴事功，此时，一些作品则把严子陵高尚的人格和朝中的势利小人进行对比，借以谴责朝中攀附权贵追逐名利的风气，滕岑的《钓台赋》以及王炎的同题之作就是这样的作品。

这个时期的咏物赋当中也融入了对现实的讥刺与反思的内容。如何耕的《苦樱赋》通过描写徒有其表的苦涩樱桃讽刺道学家托圣道以文饰私欲的丑行："佞似圣以畴测，奸托儒而莫窥"，"谈仁义其可乐，视所履而乖驰。俨衣冠于民上，为贾竖之不为"。李洪的《苦益菜赋》由食苦益菜领悟到社会人生的深刻哲理："客有拔葰茂于山椒，濯沧浪之水裔，羞我鼎铏，芼之姜桂。其苦口若批鳞之切谏，其愈疾若上池之良剂。苌弘染指而化碧，贾谊濡唇而流涕。故国医针在肓之疾，忠言趣蹑足之计。既谦受而为益，信隽永之有味。"食苦菜苦口而强身，忠言则逆耳而利国，作者由此进一步深入思索下去："彼啜羹之少恩，不如放麑之多仁。紾臂而得食，有类轑釜之无亲。肆甘言之怂恿，美佞舌之嗫嚅。鼻莫辨于薰犹，忱宁忘于萱苏！"

① （宋）王阮著，朱瑞熙、孙家骅校注：《义丰文集校注》，华东师范大学出版社2006年版，第177—178页。

耽于美食会使味觉迟钝，耽于甘言会被小人迷惑。由此体悟到立身之道："矧兹菜之耿介，宜弃置于路隅。然而岁寒后凋者松柏所独，主圣臣直者社稷之福。"治国应从谏去佞，主圣臣直。这不是借题发挥的漫无边际的生发，而是把饮食之道与治国之道结合在一起，有为而作。其他如张孝祥的《攻蚊辞》、蔡戡的《蚤赋》都是批判现实政治的出色作品。

四、辞赋善于表现日常生活中的感悟与意绪

在南宋初期，辞赋创作流露出世俗化的倾向，其显著表现就是对世俗庸常生活有着异乎寻常的兴趣，然而，当时的这类赋见识也类同齐民，鄙俚庸俗。① 随着文人整体素质的提高，尤其是自信心的恢复和生存环境的好转等，这类表现生活场景的赋作思想深度得到深化，以往的浅陋见识得到一定程度的提升。辞赋的这种动向和当时诗歌创作当中主"活法"、重机趣、求高妙的追求存在一定的联系。诗坛上的这些主张主要是针对江西诗派食古不化的风气提出来的，但它对整个文坛产生了或多或少的影响。这些主张要求文人在创作中不仅要玩味前人的作品，体会其境界，还要从现实生活中寻找灵感，反映日常生活当中的盎然意趣。杨万里在这一方面颇具代表性，他的诗歌往往能触物起兴，自出机抒，敏捷地捕捉生活小景中的新奇点，活泼的思绪与景物描写融为一体，充分展现出生活中的情

---

① 参见刘培：《论南宋初期辞赋的庸俗情调》，《文史哲》2009 年第 6 期。

趣意绪。这种创作理念要求文人重视对灵感的捕捉，所以他论文学特别重视“兴”的价值。[①] 这种创作思想反映在辞赋当中，就表现为展示生活中的情趣意绪以及生活中的种种感受、感慨。

咏物赋的创作在以往的赋坛一直比较兴盛，但是南宋初期，作品思想性远远不够。这个时期，文人们在描写日常所见的这些物象的时候，往往能“悟入”其中，感受它所蕴含的意趣以及对人生的启示意义。释宝昙的《木犀赋》由月中桂树“不以色夸，而以香胜”引发联想，反思世人为眼前的蝇头小利所累而迷失人生更大意义的谬误思维：“吾尝怪楚人贵辛夷而友杜若，弃老臣于汨罗；又尝怪越人私末利而孾山矾，遣西子而之它。是皆小大倒置，美恶亡辨，得使人窥其室者，袂属而肩摩，至于燕赵齐秦之地，象犀珠玉之产，彼夜半有力者负之而走，吾谁而禁呵！”喻良能的《古瓮赋》由耕田所得古瓮而骋思长想：

> 噫嘻悲夫！岂秋草朔风，闺人愁心，思寄征衣，欲擣寒砧，藉尔清响，振其远音，岁久俱废，块然独喑者欤？岂天高气清，落月横生，幽人妙兴，将调素琴，假尔逸韵，相其悲吟。人琴云亡，草蔓见侵者欤？又岂白刃纵横，窜付长林，埋金

① 如他说：“大抵诗之作也，兴上也，赋次也，赓和不得已也。我初无意于作是诗，而是物是事适然触乎我，我之意亦适然感乎是物是事，触先焉，感随焉，而是诗出焉，我何与哉，天也。斯之谓兴。或属意一花，或分题一草，指某物课一咏，立某题征一篇，是已非天矣，然犹专乎我也。斯之谓赋。至于赓和，则孰触之，孰感之，孰题之哉，人而已矣。”[（宋）杨万里：《诚斋集》卷六十七《答建康府大军库监门徐达书》，《四部丛刊初编》本]

韬玉,规人莫寻,至宝忽逝,独留丝深者欤?抑岂却立炼形,鹤驾鸾骖,窨其丹砂,灵泥是缄,五色羽化,此焉墆淫者欤?

作者设想了古瓮的四种来历:或是助闺人捣衣振响,或是助幽人弹琴扬声;或是战乱藏宝之器,或是方士窨丹之物。这些联系其实是面对出土的古瓮所作的一次精神游历,也将读者带入变幻莫测的的审美情景之中。由此引出一段发人深思的哲理:"夫物无隐不彰,器无幽而不阐。"古瓮不管有过怎样的际遇,但眼下因深埋地下年代久远而弥足珍贵,人道亦然,只有遁隐起来才会为时人所重,所谓终南捷径者也。在审美的情境中,物象与情感、哲思完美地融为一体。应孟明的《夏云赋》以用舍行藏的理论为框架来描写夏云,在前人相关描写的基础上踵事增华①,人道之一龙一蛇之道与云变化万端的形态巧妙地集合在一起:"太空之中,中有奇物,缥缈悠扬,飘逸滃郁。远之则咸睹其状,近之则莫知其质。舍之则藏,用之则行。"赋中描

① 荀子《云赋》曰:"有物于此,居则同静,致下则动,其高以钜,圆者中规,方者中矩,大齐天地,德厚尧禹,精微于毫毛,充盈于天宇,冬日作寒,夏日作暑。"晋陆机《浮云赋》曰:"有轻虚之艳象,无实体之真形。"晋成公绥《云赋》曰:"于是玄气仰散,归云四旋,冰消瓦离,弈弈翩翩,去则灭轨以无迹,来则幽暗以杳冥,舒则弥纶覆四海,卷则消液入无形。"晋杨乂《云赋》曰:"天地定位,淳和肇分,刚柔初降,阴阳烟煴,于是山泽通气,华岱兴云,则缥缈翩绵,郁若升烟。"以上所引见《艺文类聚》卷一《天部上》。而人们对"道"的体会与云的情状颇合。《文子·自然》曰:"天道默默……轮转万端。……惟道无胜……轮转无穷。"《淮南子·原道训》:"舒之幎于六合,卷之不盈于一握。约而能张,幽而能明,弱而能强,柔而能刚,横四维而含阴阳,纮宇宙而章三光。"又扬雄《解嘲》:"深者入黄泉,高者出苍天,大者含元气,细者入无间。"《河南二程遗书》卷十一《明道先生语》:"放之则弥六合,卷之则退藏于密。"应赋即是合此两义而立意谋篇。

写云彩用变幻万千之状巧妙暗示人道变化之机，而对祥云带来天下太平景象的描写虽是在化用《卿云歌》，其实也暗合道行于天下的意义，由习见之云彩感悟到如此深刻的哲理，读来令人击节叹赏。

梅花是江南习见之物，这个时期描写梅花的赋作仍然比较多。朱熹的《梅花赋》通过描写梅花来寄托卓而不群的人格理想，有一种深婉迷离之美：

> 纷旖旎亦何好兮，静窈窕而自持。徂清夜之湛湛兮，玉绳耿而未低。方娉婷而自喜兮，友明月以为仪。欻浮云之来蔽兮，四顾莽而无人。怅寂寞其凄凉兮，泣回风之无辞。立何久乎山阿兮，步何踌躇于水滨？忽举目而有见兮，恍顾盼之足疑。谓彼汉广之人兮，羌何为乎人间？既奇服之眩耀兮，又绰约而可观。欲一听白云之歌兮，叹扬音之不可闻。

极为传神地写出了梅花的寂寞之情、顾盼之态，其拟人化的手法打破了物与我的界限，浑然天成，诠释忠心耿介的品德而不落言筌。舒邦佐的《雪岸蘗梅发赋》描写于春寒料峭之际踏雪赏梅的意境，写到了赏梅人与梅花同为风景、互为风景的意趣："肯同国艳之争春，谁似梅梢之映雪？遂使竹头压白，愿同入于画图；柳眼偷青，记相逢之时节。"在以下的行文中，赏梅被描写成与美人对雪饮酒赋诗的欢会，孤芳自赏的人格诉求与文人的诗酒风流结合在一起，给人耳目一新的感觉。林学蒙的《梅花赋》则以梅花自况，通过描写梅花寒冬傲雪凌寒与阳春藏香遁迹来表现对振起世风而又功成不受赏的人格的追求。

赋中描写梅花在冬天“乃命苍官介甲，绿士仗节，右秉白旄，以麾于众，曰时可穷而义不可辱，威可加而气不可夺。于是见者神悚，闻者心豁。变宇宙之寂寥，为一气之清绝。凡我臭味，迢递相顾，酾酒赋诗，咸曰壮哉”。这段文字很容易使人联想到富贵不淫、贫贱不移、威武不屈的伟丈夫形象。此赋把梅品与人品结合在一起，巧思妙想出人意表。尤其注意的是，此赋以梅花的女性化描写和男性化描写相对照，突出其伟丈夫的特质，在梅花意象的演进中具有特殊的意义。① 此外，林学蒙的《西山赋》运用拟人的手法以山之高大巍峨来象征对傲岸人格的追求。同样的作品还有陈藻的《菊花赋》《梨花赋》等，尤其是《梨花赋》以梨花比拟节妇，发前人之所未发。

描写生活场景以展现活泼跃动的情思，是这个时期辞赋创作对以往表现庸俗人生追求的辞赋的一种深化和提高。南宋以来描写日常生活的辞赋相当多，但是多表现对田园乡居的渴望以及田舍翁般的自得陶醉。南宋中期的赋家们依然对这种题材怀着浓厚的兴趣，但是他们已经转向了发掘庸常生活中的情趣和意蕴，使这类辞赋的艺术水平和思想境界得到提升。陈造的《秋虫赋》描写静夜听秋虫低吟的韵味：“况夫唧唧切切，

---

① 南宋前期，在描写梅花的赋作中，多表现其疏影横斜暗香浮动的绰约风姿，间或有描写其比德方面的意义的，也只是突出梅花凌寒傲雪的品格而没有做到人格与梅格的融会贯通。直到此时，梅花象征君子的意象才完全确立。张镃作于绍熙五年(1194)的《梅品序》可以对梅花意象的这种变化做一个很好的注脚，也是对朱熹和林学蒙赋梅花的一个很好的阐释，他说：“但花艳并秀，非天时清美不宜。又标韵孤特，若三闾大夫、首阳二子，宁槁山泽，终不肯俯首屏气，受世俗湔拂。”我们注意到，梅花象征君子与理学的人格诉求存在某种联系，南宋时期墨梅画的兴起或许与梅格的去女性化倾向也存在着某种联系，对此，当另文讨论。

更应迭和，自宇而户，彼何物耶？如私语，如怨诉，如盆茧之抽绪，断而复续，专中宵而悲鸣。”秋虫低回的悲鸣的确能让人黯然神伤，但是作者的思绪却向另一个角度生发：“揆生世之几时，胡历耳而女听?”人生的忧患如此深重，不如抛弃愁苦，优游人生。在这样的感慨背后，是欲说还休的无奈。他的《表盗文》由蟊贼光顾自己一贫如洗的家引发感慨，“患起于用智，疑生于多术”，形象地把庄子宣扬的小大之辨表现出来，给人以豁然开朗之感。崔敦礼的赋善于描写日常生活小景，且多为机趣盎然之作，他的《种松赋》由种树之道联想到立德之道，让人领悟到“养其小以成其大”的道理。他的《苦寒赋》《大暑赋》虽然铺彩摛文，但是富于巧思，意脉灵动，毫无生涩堆砌之感。杨冠卿的《纪梦》写一个升官发财的美梦，虽然他把这个梦描写得绘声绘色、栩栩如生，但是读者自然能领悟到这无非是南柯之槐、黄粱之枕的放言肆说，而功名富贵也无非是梦幻中物的道理，但是这个道理不是作者自己明白说出来的，而是展示给读者看的，由此见出其构思之巧妙、机趣之新颖。杨简的《蛙乐赋》也是一篇妙文。北宋张耒以及李新都曾赋写蛙鸣之乐，他们都表现了对自由生命状态的向往，而杨简此赋妙处在于把呕哑嘲哳的蛙鸣比拟为明道之举，这虽然有点匪夷所思，但是如果从道学家崇尚的包容万物的仁者情怀来着眼，那焦灼的蛙鸣何尝不是道学人士挽救世道人心的强烈的使命感的写照呢？何况作者把蛙鸣写得很美，具有黄钟大吕般的美韵，与下文的鸣道之论契合得天衣无缝，而且这种声音“其莹然之鉴，澄然之渊。至动矣而静，至繁矣而不喧。是音也可闻而不可听，可以默识而不可口宣。孔圣遇之而忘齐国之肉味，黄帝得之而大张于洞庭之原”。按照作者的理解，蛙乐之鸣，是天地之间天理或道统流传之一个环节①，大乐与天地同和，所以，在赋的结尾，有这样的点睛之笔："竹风之萧然，松月之炯然，佐以丝桐之洒然，继以是歌之油油然，可谓昭然灼然。"蛙鸣之为凡俗讨厌与当时道学家以道德自命所遭受到的世人的非议极其相类，因此作者把蛙鸣比作道学家的鸣道，这种巧妙的构思和深邃的思致并非常人所能行之笔端。陈造的《志喜赋》写于郊外迎接代替自己的官人时的欣喜之情，赋中没有铺排对仕途的厌倦等俗套，而是描写乡野生机勃勃的景象："揭石濑之泓渟，隐鳞甲之摇摇。盼山凹之室庐，纷语笑之耕樵。山鸟啰兮嘲哳，野芳嫮兮妖韶。骈万景之横前，一诗题之见撩。"这段文字包含了嵇康所表现的志在长林丰草的自由生活以及陶渊明《归去来兮辞》等作品中表达的对大自然的深挚热爱，一种樊鸟投林的喜悦蕴含其中。陆游的《焚香赋》以细腻的笔触描绘了香气氤氲的情态意绪，赋曰：

时则有二趾之几，两耳之鼎。爇明窗之宝炷，消昼漏之方永。其始也，灰厚火深，烟虽未形，而香已发闻矣。其少进也，绵绵如鼻端之息；其上达也，霭霭如山穴之云。新鼻观之异境，散天葩之奇芬。既卷舒而缥缈，复聚散而轮

① 杨简此赋中蛙之鸣，与道学家鸣道之鸣同类。如真德秀的这段话可以作为此赋的一个注脚："汉西都文章最盛，至有唐尤为盛，然其发挥理义、有补世教者，董仲舒氏、韩愈氏而止尔。国朝文治猬兴，欧、王、曾、苏以大手笔追还古作，高处不减二子；至濂洛诸先生出，虽非有意为文，而片言只辞，贯综至理。若《太极》《西铭》等作，直与六经相出入，又非董、韩之可匹矣。然则文章在汉唐未足言盛，至我朝乃为盛尔。忠肃彭公以濂洛为师者也，故见诸著述，大抵鸣道之文，而非复文人之文。"（《跋彭忠肃文集》，《西山先生真文忠公文集》卷三十六，《四部丛刊初编》本）

> 囷。傍琴书而变灭,留巾袂之氤氲。参佛龛之夜供,异朝衣之晨熏。

这是一种极细微的心理感受,作者的意识随着香雾的袅娜上升而进入忘我的境界,一切凡俗的苦恼荡涤尽净,意绪获得一种升腾超越之感,从而获得生命自得的冲动和愉悦。他的《红栀子华赋》也是一篇构思灵巧、颇具神理禅趣的赋作。其赋曰:

> 岁癸巳之仲冬,天畀予以此行。极山中之奇观,乃税驾乎云扃。挹瀑泉之甘寒,味芝术之芳馨。濯肺肝之尘土,凛毛骨其凄清。乃步空翠之间,而听风松之声。睹一童子,衿佩青青。手持异华,六出其英。以为薝蔔则色丹,盖莫得而强名。方就视而爱叹,已绝驰而莫及。忽矫首而清啸,犹举袂而长揖。援修蔓而上腾,擘峭壁而遽入。敬变灭于转盼,久惝怳而伫立。

赋文布置了一个远离尘俗的场景,童子拈花而入,在恍惚的幻觉之中产生对禅理的体悟。这一感悟是瞬间的、顿时的,如拈花微笑,只能意会,而不能言传,留给读者极大的想象空间。

五、辞赋的应酬功能得到加强

北宋后期,辞赋在文人社交活动中的作用得到彰显,逮两宋之交,辞赋又成为干谒权臣逢迎当道的工具。南宋中期,宽松的社会环境更需要辞赋作为文治的黼黻来点缀文人的闲雅情调。辞赋在人际交往中的作用进一步得到加强。

南宋政治具有结党的特点，一些权臣大吏喜欢结交文士以附庸风雅，而一些政治学术旨趣一致的文人也喜欢追捧自己的同道闻人以彰显自己的思想依归。于是，颂美热官、追捧闻人的辞赋就成了当时赋坛的一道重要的风景。这种风气可以说是对秦桧当国时颂美文风的一种延续①，也是南宋文人向清客方向发展的一种反映。

李洪的《双鹤赋》通过描写胡铨所养的双鹤来赞美胡铨的高风亮节。赋序中说胡“清节忠言，冠冕当代，具疏诛奸，明若蓍龟”，“晚际上皇更化，趣使来朝”，“今天子优礼旧德，以祭酒侍经幄”云云，可见此赋作于孝宗时期，胡铨回朝之后。作者的赞美极富巧思，字面上是写双鹤的不同凡响，但又处处在赞美胡铨，将鹤与人熨帖得天衣无缝。如写一鹤轩然而来时道：“闯九阍之蠖濩兮，厉貔虎之当关。群犬狺狺以吠日兮，骇嗾獒之嚬嚬。彼众口之铄金兮，竞儿柔而婢颜。抚长剑而拂旬始兮，斩猰貐而落女媊。挟日月以陵清都兮，谗夫娼予之昌言。排阊阖而蹑泰阶兮，怅幽愤之莫蠲。”作者把为胡铨庭中之鹤所招来的野鹤描绘成天庭中的为群小所排抑的谪仙羽客，而这样的描写又暗合胡铨当年怒劾秦桧而为其党人群起攻之的情

---

① 叶适在《归愚翁文集序》中就指出：“余尝叹章、蔡氏擅事，秦桧终成之，更五六十年，闭塞经史，灭绝理义，天下以佞谀鄙浅成俗，岂惟圣贤之常道隐，民彝并丧矣。”（《水心先生文集》卷一二，《四部丛刊初编》本）由此可以想见，在长期的权臣专国的情形下，谀美文学已经成为一种文学思潮，即使在孝宗时期，士人因短暂的北伐举措而亢奋，但是终究仍沉溺在歌舞享乐之中，最终没有摆脱权臣擅权的怪圈。士风低迷，始终是南宋王朝的一个重要病灶。在这种情况下，谀美文学得以延续，文人也因此而向清客的方向发展。

形，明写鹤，暗写人，颂美而不露痕迹。释宝昙的《嗣秀王生日楚辞》以礼神的笔触恭贺孝宗的哥哥秀王赵伯圭的生日。赋的开篇模仿《离骚》中屈原对自己身世的嘉许，赞美秀王出生的不同反响："摄提之岁兮厥月惟寅，蓂谁商略兮六荚发春。揆王初度兮箕横翼陈，纷吾先驱兮康护帝茵。谓太平无象兮，何为而生凤麟？"赋作描绘秀王生日的场面模仿《九歌》中荐神的场面："阆风兮县圃，归来兮隐沦。芰车兮荷屋，倚桂枝兮轮囷。闻韶兮屡舞，凤将九子兮其来下。玉节兮旌幢，世世兮茆土。"屈赋中求女不得，"聊逍遥兮容与"的描写则变成了对秀王逍遥人生的颂扬和长寿无疆的祝愿："援北斗兮为觞，饮南山兮坠露。制芙蓉兮裳衣，佩水苍兮陆离。采芳馨兮杜若，遗云仍兮以时。问乔松兮安在，将并驾兮焉之。植大椿兮八千为岁，方蘖芽兮吾其庶几。"秀王被描写成了神仙，祝寿辞变成了祭神的歌曲，可见作者谀美的手法是相当高超的。之前，葛立方曾为高宗、韦后和秦桧写过这样的颂歌，此赋则是一位方外的僧人所写，由此折射出当时的文人对创作颂歌是相当娴熟的。理学家王炎是一位为地方官作颂美辞赋的高手，他的《水西风光赋》是赞美吕颐浩的，吕是在与张浚的冲突中去相而守新安的。从赋序中所说的"附于众作之末"来看，吕卜居于新安城南之时，还引发了当地名流的一次文会，其中的辞赋当不止此篇。① 赋作先

① 赋序中称"隆兴癸未冬，龙图阁待制吕公来守新安"，考之罗愿《新安志》，隆兴元年（1163）守新安者是吕广问，吕在隆兴二年（1164）就被召回朝廷。赋中称"后八年，卜居于城西南隅"，当是乾道七年（1171），吕致仕后卜居新安。王炎是新安婺源人，乾道五年（1169）进士及第，应该是作为乡之显达参加吕广问落户新安的赞美文会的。吕广问多年受秦桧贬抑，是反对秦桧专国的人士，王炎的道学背景使他对反对秦桧的人士具有认同感，这可能是他赞美吕的主要动机。

说新安一带从来就是“飞仙往往窟宅于其中”的秀杰之地,而且也为历代名流所青睐。作者以这样的观点作为全篇的文眼:“岂非人物为主,山川为宾,故风光虽满于天下,然大半落莫(寞)而无闻。苟有恃而获传,历千载而不朽。有白傅而知香滩,因叔子而知岘首。浣花寄声于工部醉吟之篇,辋川托迹于右丞丹青之手。”这段论述使人联想到孔稚圭《北山移文》中山林因处士的离去而顿然失色的描写,此赋是反其意而用之,指出新安山水因吕公的居住而顿然生辉,由此顺理成章地转入对吕的颂扬:“三朝廊庙之寿俊,六世轩裳之故家。荷紫乎文石,鸣玉乎金华。一旦丐间,引身而退,傲睨于烟尘之表,袖手于功名之外,遂令水西之声称,自于今而益大。”吕广问是北宋名臣吕夷简的后代,吕氏是两宋望族,故而作品从家世入手来赞美。赋还写到州人因吕之居此而欢欣鼓舞的情形,结尾颇出人意表:“无已,则犹有太公望之事乎。处则钓渭水之璜,出则佐六州之王。方圣天子之仄席,登耆英于庙堂。胸中之策十未用其五六,恐未可留意于山水之风光。”指出吕卜居此地如太公垂钓于渭水,大有用于世也未可知。作者没有延续描写主人闲云野鹤般闲居的老套,而是说吕壮心不已,胸怀有拯时救世的才能,这或许是赋闲的官员最想听到的赞词吧。王炎的《中隐赋》是颂美留正的,赋作盛赞留正光风霁月般的胸怀,也是颂美辞赋中的佳作。易祓的《真仙岩亭赋》赞美融川太守筑亭真仙岩与民同乐。由于此盛举与欧阳修的筑醉翁亭之举相类,因而赋的结撰完全是对欧阳修《醉翁亭记》亦步亦趋的模仿。而结尾的“乱曰”部分畅论达人大观之说,显得狗尾续貂。不过,此赋也反映了《醉翁亭记》与辞赋的密切关联,所以,当时人以“醉翁亭赋”目之是有一定道理的。其他如陈造的《波光亭赋》

是为殿前都指挥使郭杲献上的颂歌，崔敦礼的《石湖赋》歌颂范成大广延才俊吟啸湖山的高雅生活，曹彦约的《尽心堂赋》则偏离对主人居室的描写，不管不顾地对主人道德胸怀大加褒扬，等等。

当然，赋家们也不是一味地追捧热官，他们的创作也涉及友朋间的劝勉、安慰等内容。陈造是比较热心为富贵显达撰写谀美辞赋的文人，但他也有安慰科场失意之人的赋作。他的《定观赋》就是为劝慰秋闱失意的张锡雱而创作的。定观指慧心内照的内观与静定相结合的修炼过程以及所达到的境界。作者由此立意，目的是劝慰失意者忘乎身外的功名利禄，追求心灵的充实，由无思无虑而达寂静明亮的本心，这是理学家所追求的大明境界。但是这种境界到底玄妙，所以作者的谆谆开导，结果形同道德说教，如赋中写道：

> 事之宜然而或不然者，天之胜；宜然而不得不然者，人之定。洞视天人之表而不吾滑焉，君子之善应。向也觑然笑，今也愸然悲，盖未始得其正。彼其摇摇于宠辱之樊，皆于理听之莹乎？夫圣之逐，忠之剖，贤也而臞，盗也而寿，理好乖于所期，是固诿天者得以启其口。

由于作品是以段偶行文，很难发现其音节的顿挫与句式的整齐，而所论天与人的关系，由于深奥因而不能很好地展示其境界。而作者这种看似絮絮叨叨的叮咛与开解，恰能见出其为朋友分担忧愁的苦心，读来有一种以诚相待的亲切感。他的《送郭教授趋朝辞》三章也是劝勉友人的作品。赋作除了赞美友人的硕学高才、供职太学的优渥生活以及优游经籍的自得陶然以外，还写到对友人的羡慕和期许：

> 爰有人兮婴珊逼侧，耕耘寒暑兮图史儒墨，吟抱膝兮山南水北。佩明月兮冠切云，曳芙蓉兮敷芬，冰其茹兮蕙其薰。之于世曾莫谅兮，蹇吾犹淮之渍。块予揆夫初度兮，磷竞强而为懦。发之新兮，志阶而堕。非金玉之人兮，孰振吾过？……君无谓予兮考槃，有尘冠兮待弹。

祖道赠答的诗歌兴盛于六朝时期，尤其是南北朝时期，当时这种诗歌的模式是把行者的宦途发达和留者的高蹈尘世进行对比，以显示留者的高雅情趣。而陈造虽然也提到自己啸傲山林，考槃流连，但是归结为弹冠相待，希望对方能在仕途发达之时对自己伸出援手。文中的这种表述，给人以情真意切之感，与六朝时期的故作清高不同。

赠答酬唱是宋代文人风雅生活的组成部分之一。若以辞赋来点缀这种高雅生活自然能表现出宾主的学力识见以及不同凡俗的情调，尤其是流连于园亭台榭这样的场合，以诗词来应酬则更能全面展示宾主的怀抱。因而，描写友人亭台楼阁的辞赋在两宋之际的一度消沉之后，这个时期呈现出高涨的势头。当然，文人们流连园林的生活好尚是这类辞赋兴起的原动力。陈造的《延绿亭赋》为高姓秀才而作，作者为了把主人之雅趣与园林之安逸结合起来，将主人流连庭院描绘成一幅歌舞翩跹的行乐图：

> 奏蛙吹以分部，凛冰崖之合围。扬素晖兮连娟，红倒影兮芳菲。目谋心惬，把玩四时。晴雨晦明，云烟纷

> 披。江蓠芷蘅之绿缛，别崎枉渚之因依。……况夫挺万盖之倾欹，覆千袜之逶迤。嫣然笑粲，媚靓妆与醉态，或玉頩而冰肌。无乃飞琼姑射之娣姒俦侣，俪香丛艳，不招挽而陪随。

南宋是一个享乐成风的时代，作者把惯常的歌舞生活场面移之园林，主人不同流俗的志趣以及园林四时盎然的生机跃然纸上。陈造还有《惟安堂赋》《怡轩辞为臧子作》等为友人堂轩创作的辞赋。杨冠卿的《君子亭赋》为一位时姓友人而作。作者因友人居所遍种香草，命名曰君子之亭，巧妙地借用《九歌》以香草布设居室以荐神的手法，整篇作品几乎是对《湘夫人》的模仿。结尾部分不得与神通问的描写变而为对浊世的厌弃和对友人德行的向往："纷兹世兮诡好，然佗傺兮多忧。撷兹秀兮自媚，荃独为兮宜修。愿鶗鴂兮不鸣，恐蕙草兮先秋。擢繁枝兮继佩，聊偃蹇兮淹留。"这个时期楚辞的创作比较兴盛，尤其是对楚辞中祭祀之辞的模仿几乎成了一种风尚。过去只有在哀辞中才用到的亡人披香草御虹霓飞升的描写在朋友赠答以及祝福等内容的楚辞中被广泛采用。在宋代，最早使用这种手法的是北宋文同的《超然台辞》，在以后则较少。这个时期这种手法的广泛使用当与文人们对楚辞的有意识地模仿密切相关。楚辞的勃兴又与理学家的提倡紧密相连，理学人士标榜屈原的人格力量，于是，楚辞中的神灵形象被文人们有意识地置换为对道德人格的向往。

两宋政治的基本特征是文臣政治，通过科考陡然富贵的读书人对自己的既得利益和既得地位表现出异乎寻常的认同感和捍卫这种地位的热忱。① 南宋时期,人们读书的热情更高,通过科场以博取富贵改换门庭的观念更加深入人心。做官发达的读书人往往不失时机地舞文弄墨以凸显自己作为知识阶层国之辅弼的地位,以此和周围的普通人拉开距离。比如当时出现了大量的“劝农文”,这样的文字是劝告乡野农夫致力于农桑的。按理说文字应该通俗易懂才能为村夫理解,可是恰恰相反,官员们喜欢在这些文字当中大掉书袋,务为艰深,以便使乡野白丁因不明就里而心生敬畏。在当时文治的环境下,诸如祭祀神仙贤达、祈雨禳灾等活动多有文士官员含毫转目挥洒淋漓的辞赋参与其中。辞赋在文人们彰显自己的身份方面表现出非凡的功能。

祭祀之辞是楚辞中的一个重要关目。《九歌》就是祭神之辞。历代文人尤其是官员们在职上祭祀时多喜创作这类作品,在显示自己尽职尽责的同时也展示一下自己的文华风采。如韩愈的《祭鳄鱼文》就是这样的作品。北宋时期创作祭歌的也大有人在,比较突出的比如鲜于侁的《九诵》,两宋之交则有葛立方的《云仙》、叶子强的《迎送神辞》等。南宋中期,社会环境安定,作为治世的点缀,各种祭祀活动比较频繁,也为主事官员提供了施展才华的绝好机会,因而祭祀之辞的创作呈兴盛趋势。而且,朱熹等人对屈原以及楚辞的推崇也助长了祭歌的创作。朱熹就曾创作《虞帝庙迎送神乐歌词》,张栻的《谒陶唐帝庙辞》赞美帝尧仁风广被的恩泽:“皇之仁兮其天,四时叙兮何言。出门兮四顾,渺宇宙兮茫然。”他还有《公安竹林祠迎神送

---

① 参见连心达:《论北宋文人的反俗情结》,《文史哲》2009 年第5期。

神乐章》，祈求神仙能赐福当地百姓："泽终古兮何穷，噫微官吾其左衽。酌荆江以为醴兮，撷众芳以为羞。歌呜呜兮鼓坎坎，惠我民（兮）为此留。"陈傅良的《西庙招辞》是为祭祀宣和时县令王经国而作，除了一般性地罗列祭品以及描写祭主翩然而来的景象外还流露出对国破家亡的悲痛情绪："莽中州兮为夷，匪冢则庙兮牛羊累累。尚我民兮有知，子子孙孙兮永依。"其他比较有特色的祭祀之辞还有张孝祥《祭金沙堆庙辞》，曾丰的《祀蚕先》《乞如愿》《祀南海神》等。需要指出的是，由于受到楚辞勃兴的影响，高似孙模仿《九歌》创作了《九怀》《嵊台神弦曲》等祭歌，尤其是《九怀》将越中的九位神祇与《九歌》诸神一一对应，其因袭的痕迹更为明显。与其他诸人不同的是，高似孙的作品似乎不是为了祭祀的场合，而是纯粹地模仿楚辞，他的这些作品从一个侧面反映了当时祭祀骚体创作的兴盛状况。

祈雨之辞在祭祀之中所占的比重比较大。陈造的《送龙辞》三章是为祈雨而作，他脱出一味描写珍馐美味、华丽陈设以及云车霓裳的窠臼，而是描写久旱逢甘霖的景象和人们的欣喜之情："戴侬目兮徯龙之游，龙翩然兮副求。呵蛰雷兮鞭潜虬，忽墨云之崩腾坌濆兮，黮黯瞢夫昏昼。纵甲马之喧空兮，砉飞练之淙溜。""眷他州之枵槁兮，匪龙其吾曷依？东阡北陌兮讴而嬉，右湖左海兮夜不扉。"他的《酹淮文》也是祭祀之辞，不过由于受到王粲《浮淮赋》的影响以及淮河处于宋金前线的位置，此祭辞中寄寓了深切的恢复之思。和祈雨之作一般拜托水中龙王或者众神不同，陈炳《望黄山词》是祈求黄山的白龙，希望其兴云布雨，惠赐甘霖。而且在铺排描写了亢旱的苦况后，写下了这样饶有兴味的话："予朅来兮江东，元砦窍兮储并。

井邑荒兮穷谷，门两版兮常扃。泛祓禳兮良勤，几视日兮占星，粟星斗兮莫饱，将填壑兮鳏茕。官吾卑兮何求，职水旱兮忧矜。愿时以云兮又以雨，黄之田兮世世可耕。”作者没有忘记对白龙倾述自己落魄潦倒来荒僻的黄山一带做穷官的窘境，希望白龙能网开一面，使自己完成职守。在冠冕堂皇的祭辞中倾吐个人身世之感，这种手法极为少见。其他如李洪的《迎送神辞》也是大旱祈雨之作。

六、辞赋追求立意新巧与结构紧凑的倾向

从总体上来说，南宋中期的辞赋在辞章和立意方面比两宋之际有较大的提高，这从科考水平的提升就可以看得出来。乾淳以来，有司不断指责律赋的肤浅和空疏[①]，说明对科场之文的期许在不断上升，正反映了科考水平逐渐远离过去的鄙俚而逐渐上升的事实。北宋末期，王安石对科举的改革以及以荆公学术垄断科考，读书人为了博取功名，阅读的范围大多仅限于《三经新义》等新学著作，导致士子普遍腹笥空虚。靖康之难后的文化专制使得科考唯以谀美当道为务，胸襟学力方面严重

① 如淳熙十年(1183)十二月，中书舍人李巘上疏：“为辞赋者或贵下语之轻靡……实学有所不同，故浑厚典雅之文为难得，而记问该博之士为难致，此科举之大弊也……”(《宋会要辑稿》选举五之六，中华书局1957年版，第4315页)。又如淳熙十四年(1187)臣僚言：“诗赋类多空疏不工……乞宣谕今来省试知举官，将士人三场程试精加考校，取其语显而意深，辞简而理到，有渊源之学而无空浮之病者，使居前列。”(《宋会要辑稿》选举五之十，中华书局1957年版，第4317页)

不足。秦桧死后,高宗、孝宗都力矫科考文风①,在科考的带动下,文学创作逐渐走到淳厚典雅的轨道上来,而辞赋则较之从前更重视辞章和立意,更精致、更新巧。

这个时期的辞赋较少典礼、山川等长篇之作,多为精巧的短章,这可能与应对科考的训练有关,而且此时颂美风气已经过时,长篇谀辞随之失去了市场。就目前所见来看,倪朴的《环堵赋》是为数不多的典礼赋之一。这篇赋在描写典礼的盛况时,一反过去此类赋浓墨重彩堆砌辞藻的作法,而把典礼的铺排安排得井井有条,表现出对谋篇布局的重视。赋的开篇,通过环堵先生和乐游公子的对话把当今天子郊祀天地的盛况作了充分的暗示,拿扬雄的《甘泉赋》所描写之典礼和当今天子的典礼作对比,为全方位描写典礼作了充分的铺垫。赋中对帝王典礼的描写则先从"乐游公子"的所见所闻写起:"吾之入帝都也,丝竹啾嘈,旌旗旖旎。神而听之,若作若止;睁而望之,若伏若起。"作者从视听两方面落笔,下文的行文即紧紧围绕视听展开。而且开头的这几句如音乐开始时的序曲,低回婉转,沉静中蕴含着张力,以公子入都为线索来写则便于选择视角,也便于把典礼的方方面面组织得井井有条。接着,转入对典礼场面的直接描写:"及至近关,则羽卫森严,铁衣炳耀,总总林林,充衢填要,烂灿映目,辉光烁燎。云罗雾塞,峦横岷嶠

① 高宗在绍兴二十七年(1157)曾御笔批示殿试官道:"对策中有(原文作'有中')指陈时事、鲠亮切直者,并置上列,无失忠谠,无尚谄谀,用称朕取士之意。"(《宋会要辑稿》选举八之四三,中华书局1957年版,第4395页)孝宗在隆兴元年(1163)也下诏说:"令省试诸科进士务必取学术深淳,文词剀切,策画优长,其阿媚阘茸者可行黜落。"(《宋会要辑稿》选举四之三六,中华书局1957年版,第4308页)

焉。”这是写静立的武士。“继而五辂鸣鸾，九旗交错。钦镆玎玲，缥缈绰约。绘三辰于华旗，耀乾文之景烁。张翠凤以委蛇，舒朱缨而错落。扶招摇以飘飏，映火龙而昭灼。六龙云步，万骑星陈。轰轰轸轸，轧轧辚辚。辘辘轇轳，连蹇逡巡。箫管嘲哳，金鼓铿锵。硠硠砰磕，隐隐砰砰，喧啧天地，震虩雷霆。”这是写典礼仪仗的行进。在开头部分的蓄势待发之后，这个部分转入了酣畅淋漓的铺排描写，从静立卫士的气势，到仪仗行动的声威，从视听两个方面作了详细的描写，就像是乐曲，由开头的慢板进入到华彩乐章部分。在这样华丽的背景下，帝王登场了：“帝乃登灵舆，升玉辂。蓐收按辔，羲和司驭……闻者抃舞，观者竦惧。”帝王的出场把典礼带入高潮，这里，作者不再铺排万民欢腾的惊喜，而是展开了对人神和畅的祥和景象的描写：“是夕也，六合澄霁，万象昭宣。百神受职，千灵表虔。瑞气氤氲，非雾非烟。崔魏崒嵲，仿佛连延。缤缤纷纷，缭绕回旋。祥光焕炳，属地连天。”至此，典礼的华章进入了辉煌的阶段，以一派宁静祥和的景象来暗示典礼的成功和苍天对王朝的眷顾。结尾部分，以典礼的亲历者乐游公子之口，点出王朝典礼高于扬雄《甘泉》所写典礼之处，呼应开头部分。整篇作品收缩得当，开阖自如，起伏跌宕，文气流畅，可以看出，作者在辞章方面下足了功夫。作者把典礼的要义归为“奠南北以为一”，与以往帝王的淫祀虚夸不同，这就为本朝的典礼找到了富于时代意义的立足点，使全篇具有了“冀王道之一平”的新意，可谓点睛之笔。咏物赋方面如陈造的《听雨赋》全篇以三字句、四字句行文，而又间以十字、十一字的长句，把雨声的欢快飞洒和听雨者的怡悦之情通过语势表达出来了。作者由雨声而想到田野的欣欣向荣的景象，想到百姓的欢欣鼓舞的神情，最后以对自然的欣然赞美收缩全文，而以“呃邻鸡之既鸣”结尾，层层推进，结构完整。再如薛季宣的《蛆赋》，以荀卿《赋篇》的谜语式行文开头：“有腽而腴，有滑其躯，不翅而飞，不足而趋。甘带而安于污秽，肉食兮肥蠕肤。客为余曰：‘是曰蝍蛆。’”这种开篇方式给人耳目一新的感觉。文中描述了厨中之蛆和圊中之蛆，暗示了李斯关于仓鼠和厕鼠的浩叹。然而，作者又借蛆的话转出新意：“世盖有失尝而疽饮者，曾何加于我哉！”展开对无能而善于钻营溜须的庸官的抨击，至此，文章的意思应该说是较为完整了，但是，作者又轻轻一点：“乃藜园蓬室之士，犹粝饭之不饱，蛆安得而食诸？”含蓄不尽的深意尽在不言中。这个时期，描写园亭的辞赋蔚为大观，艺术成就也较高，如王质的《绮川亭赋》的结构也极其精巧，赋的开篇，没有直接进入对绮川亭及其周围风光的描写，而是荡开一笔，议论视听之道，在此基础上放笔描写绮川亭的风景和美妙的自然声响，接着把声色享乐与山川之声色进行比较，这样，赋中的“丰颊长眉，秀骨鲜肤，命之曰销躯之炉”“美酒甘餐，温醇浓渥，命之曰腐肠之药”等《七发》以后被写滥的话题就有了一个全新的认识角度。

可以说，当时赋家们有意识地追求结构紧凑和立意新巧，除了学识修养的普遍提高外，还有以下因素不能忽视。

首先，与读书人广泛的阅读范围有关。这个时期的文人不仅读书多，而且对唐宋大家之文尤其重视。当时孝宗最重苏轼之文，学者翕然诵读，所谓“人传元祐之学，家有眉山之书”①。

---

①　参见（宋）罗大经：《鹤林玉露》甲编卷二，中华书局 1983 年版，第 33 页；又赵彦卫：《云麓漫钞》卷八，中华书局 1996 年版，第 135 页。

不仅是苏轼之文，其他古文家的文章也都为读书人所看重，比如陈造就说过：

古文衰于东京，至唐韩、柳则盛，未几复衰。至本朝，欧公复盛。起衰为盛，非学力深至不能。予是焉学久，未有惬于心，乃取六君子文类而读之，如昌黎之粹而古，柳州之辨而古，六一之浑厚而古，河南之简切而古，南丰之密而古，后山之奇而古，是皆可仰可师。①

陈造的看法颇有代表性。而且，为了提升科举时文的品位，当时人们努力以“古文为时文”，把古文的立意、辞章方面的特征引入时文当中。在科场风气的带动下，南宋的古文评点出现了一个高潮。陈亮编《欧阳文忠公文粹》二十卷，并作《后叙》道：

二圣相承，又四十余年，天下之治大略举矣，而科举之文犹未还嘉祐之盛。盖非独学者不能上承圣意，而科制已非祖宗之旧，而况上论三代？是以公之文，学者虽私诵习之，而未以为急也。故予姑掇其通于时文者，以与朋友共之。由是而不止，则不独尽究公之文，而三代、两汉之书，盖将自求之而不可御矣。先王之法度犹将望之，而况于文乎？则其犯是不韪，得罪于世之君子而不辞也。②

---

① （宋）陈造：《题六君子古文后》，《江湖长翁集》卷三十一，《全宋文》第256册，第256页。

② （宋）陈亮：《后叙》，《欧阳文忠公文粹》，明万历十一年（1583）刻本。

可见，以古文法度改造时文是当时人的共识，故清康熙刻本《古文关键》张云章《序》说："东莱吕子《关键》一编，当时多传习之。……观其标抹评释，亦偶以是教学者，乃举一反三之意。且后卷论、策为多，又取便于科举，原非有意采辑成书，以传久远也。"①指出此书的目的是用古文文法教青衿。由于这种风气使然，人们的辞章修养以及追求立意的新巧就成了作文的普遍追求。此时辞赋对结构与立意的追求，正立足于当时文人坚实的唐宋大家古文的修养。

其次，与科场时文的程式化亦密切相关。唐宋以来，由于律赋是仕途的敲门砖，其创作法则一直为人们所重视，南宋时期亦然。如杨冠卿就曾经编选《雾隐赋则》，在序中他说：

> 词赋之作，从古难工。繇汉以来，贾谊、相如而下，能擅声称者指未易多屈。国家两科取士，词赋得人为最盛。然编帙所载，充栋汗牛，璞玉与瓦砾俱，骐骥与驽骀混，或者犹病其多且杂焉。予束发从师友游，凡文会课程、词场得隽，其赋丽以则，其旨粹而明者，必手自编录，授诸生为课试准式。②

朱熹曾弹劾唐仲友刊刻《后典丽赋》牟利。③ 可以说，当时的士子对律赋从审题立意到接撰的每一个环节都悉心训练、研讨，

---

① （宋）吕祖谦编：《古文关键》张云章《序》，冠山堂刻本。

② 《全宋文》第271册，第165页。

③ 《典丽赋》先有杨翱所辑《典丽赋》六十四卷，王咸所辑《典丽赋》九十三卷，后来唐仲友辑成同样的书四十卷，名为《后典丽赋》，收赋起于唐末，止于他所生活的绍兴间。

逐渐形成了一种创作的格套。程式化表明科考对辞章的重视，谋篇布局的训练有利于文人辞章修养的提高。这种辞章训练自然会影响到其他赋体的创作。不唯律赋，试论也走向了程式化，这其中陈傅良的作用相当关键。周密曾说过："南渡以来，太学文体之变，乾、淳之文，师淳厚，时人谓之乾淳体，人才淳古，亦如其文。"[①]乾淳体其实就是陈傅良倡导的，在当时曾风靡一时，深深影响着场屋风气，时文靡然为之一变。在他所著的《止斋论祖》的《论诀》中全面阐述了论的格式，其他如稍后的吕祖谦《古文关键》也深入探讨作文之法。尤其值得注意的是，陈傅良论文不单单重视辞章的安排，更重视切于时事，言之有物，立论新警，以及造语妥帖，文采斐然。[②] 陈傅良对程文立意新奇的追求也迎合了秦桧去世后南宋政坛对空洞无物和谀美文章的反感以及对事功的重视。[③] 这种论文风范对士子的

---

① (宋)周密:《癸辛杂识》后集,中华书局 1988 年版,第 65 页。

② 《止斋论祖》有宋末方逢辰(号蛟峰)的批点本(《四库全书存目丛书》),称《蛟峰批点止斋论祖》,说他的文章"意极为到";魏天应编选、林子长笺解的《论学绳尺》卷四说他的文章"终篇以新语易陈言,醒人眼目,所谓化臭腐为神奇者,妙论妙论!"卷八说他的文章"议论出人意表"(《景印文渊阁四库全书》本)。

③ 如绍兴三十一年(1161)有论者指出:"多士程试,拘于时忌之说,蓄缩畏避,务为无用空言。至有发明胸臆、援证古今者,苟涉疑误,辄以时忌目之,不得与选,使人抱遗材之恨。欲望布告中外,应场屋程文有涉疑误被黜污者,依理考校,不许以时忌绳之,庶使去取精确,文风丕变。"(《宋会要辑稿》选举四之三四,中华书局 1957 年版,第 4307 页)淳熙五年(1178)六月十一日,礼部侍郎郑丙言:"恭惟陛下恢崇儒术,深烛文弊,延策多士,率取直言,置之前列。今岁秋举,窃虑远方之士未悉圣意,尚循旧习,或事谀佞。望申敕中外:场屋取士,务求实学纯正之文,无取迎合谀佞之说。"(《宋会要辑稿》选举五之五,中华书局 1957 年版,第 4315 页)

影响是极其深远的，不唯在论的创作上，而且会影响到文人立意、行文的习惯，自然会在辞赋的创作中留下印记。

总之，南宋中期的辞赋在两宋之交的基础上有普遍的发展和提高，题材风格方面都得到了开拓。辞赋与理学的关系日渐紧密；在表达爱国热情和批判现实方面比绍兴年间要大胆直率得多，深刻得多；文人们对生活的敏锐感悟也在辞赋当中有所表现；在文人们的社交活动中，辞赋扮演着非常重要的角色；辞赋在辞章和立意方面则比两宋之交有较大提高。

屈骚传统的多角度解读*

——南宋中期骚体创作新貌探析

在宋代辞赋当中，骚体占有相当大的比重。这一方面是由于宋代文人在骚体题材和表现手法上的不断开拓，它的表现领域更为宽广；另一方面也是由于屈骚忧国忧民的精神在宋代被不断地张扬。

“诗以言志”，诗歌一直是古代文人抒发情志的重要载体。宋代以来，随着词的兴起，诗、词在抒情言志方面有了大体上的分工，雅驯的情感由诗来担当，旖旎情思则由词来承担。但是由于诗在发展过程中抒情达意的功能不断为表现哲思所侵占，诗趋向于深刻瘦劲，特别是重学风气对诗的影响以及江西诗派的诗风对文人创作的浸渍，使得诗在抒发个人情志方面出现“理障”，自由言情达意的功能逐渐丧失。词在北宋后期以来内容上呈现出向诗的雅驯靠拢的倾向，学术界所谓的“以诗为词”或者是“以文为词”正反映了词在弥补诗的不足以及在抒发雅正情感方面的积极表现。除了词以外，骚体在表达忠愤方面具有优秀的传统，而且其灵活的形式也便于文人们充分展现

---

* 本文2.3万字左右，删改为1万字左右的《屈骚传统的多角度解读——南宋中期骚体创作》，载于《文艺研究》2011年第9期。

怀抱。因此,诗在走向哲理化方向的时候,骚体受到了文人们的青睐。它的兴起和词的"雅化"一样,是在弥补诗在抒情方面的弱化。北宋后期以来,出现了许多研究楚辞的学术著作,如晁补之的《变离骚序》、洪兴祖的《楚辞补注》、钱杲之的《离骚集传》、杨万里的《天问天对解》、朱熹的《楚辞集注》,以及吴仁杰的《离骚草木疏跋》等,学术研究的推动,也刺激文人们选择骚体来抒发怀抱。

北宋中期以来,除表现忠愤的内容而外,文人们在展现高雅脱俗的精神世界方面开拓了骚体在抒情言志方面的意义。而且楚辞如《九歌》以及《离骚》等在表现非人间的浪漫境界方面也为文人们提供了进一步踵事增华的因子。南宋中期的骚体创作,是随着楚辞学的发展而勃然兴起的,因此,所表达的思想与对屈骚传统的解读密切相关。屈原的圣贤化倾向使得文人们更重视屈原在忠君方面的价值,而对其发愤抒情精神有所扬弃;其对现实的慷慨悲歌,在当时文人的解读中注入了道德使命感;屈骚在表现高洁脱俗境界方面的价值也为文人们所重视。可以说,楚辞在抒发忧国忧民之情、表现高雅境界以及浪漫境界方面的价值得到深入开掘,屈骚传统在人们的创作中,折射出层次丰富的光芒。

一、骚体创作中对屈原人格的深入反思

北宋后期,屈原逐渐被重新塑造成一个合于儒家大道的圣贤形象。早在汉代,对屈原的评价一直存在着分歧,虽然也有人在完全肯定屈原,但大多数人景仰屈原人格,同情屈原悲剧,

却不赞同其以身殉国的行为，认为这是在扬主上之恶，与用舍行藏的道德规范不合。北宋后期的人们似乎对他自沉汨罗没有作更多的思索，而是关注于他变法图强的精神和誓死不渝的忠爱之气，这可能与当时推行新政的政治环境有关，因之，对屈原的封祀就构成了其时政治文化的一部分。[①] 逮徽宗时期，国事渐渐不可收拾，屈原的忠愤之情引起了文人们的广泛共鸣。像邢居实的《南征赋》之所以为时人激赏就是因为其漂泊之感和忧愤之情深得屈原之深旨。黄庭坚等标举创作楚辞要得屈原之正，就是要张扬其对家国的忧患意识。晁补之是北宋第一

① 在宋神宗时期，屈原被尊奉为“清烈公”或“忠洁侯”。清《湖广通志》卷二十五《祀典志·祠庙附》：“清烈公祠，祀三闾大夫屈原。唐元和十五年，刺史王茂元，于州治西，偏江北十里，即屈公旧宅址建祠。宋元丰三年，封清烈公。邦人立庙。”（《景印文渊阁四库全书》本）《宋史》卷十六《神宗本纪》：“六年春正月……丙午，封楚三闾大夫屈平为忠洁侯。”《宋史》卷一百五《礼志八》：“屈原庙在归州者封清烈公；在潭州者封忠洁侯。”清惠栋《九曜斋笔记》卷二“艺苑德音”：“（《潜邱札记》）又曰：‘王莽时，求封司马迁后为史通子。宋神宗封三闾大夫屈平为忠洁侯。元至元二年，追谥唐杜甫为文贞。至正十七年，追谥唐刘蕡为文节。此数公皆以旷世之才，负忠愤之气，或被谗以死，或赍志以没，而独见褒于百世后之人主，亦可谓艺苑之德音、文人之宠遇矣。’”（台北艺文印书馆 1970 年版）《宋史》卷一百五《礼志八》：“秘书监何志同言：诸州祠庙多有封爵未正之处，如屈原庙在归州者封清烈公；在潭州者封忠洁侯。永康军李冰庙，已封广济王，近乃封灵应公。如此之类，皆未有祀典。致前后差误，宜加稽考，取一高爵为定，悉改正之。他皆仿此。故凡祠庙赐额、封号，多在熙宁、元祐、崇宁、宣和之时。”《宋会要辑稿》礼二〇之九：“政和元年七月二十七日，秘书监何志同言：详定《九域图志》，内祠庙一门，据逐州供具到多出流俗？……诸州祠庙多有封爵未正之处，如屈原庙在归州者封清烈公，在潭州者封忠洁侯。及永康军李冰庙已封广济王，近乃封灵应公。如此之类，皆缘未有祀典该载，致前后封爵反有差误……宜加稽考，取一高爵为定，悉行改正，他皆仿此。”（中华书局 1957 年版）

位对楚辞做全面整理的学者，他对屈原的看法集中体现了时人的认识："世衰天下皆不知止乎礼义，故君视臣如犬马，则臣视君如国人，而原一人焉，被谗且死，而不忍去其辞，止乎礼义可知，则是诗虽亡至原而不亡矣。"①他把屈原视为诗教传统的接续者。在《续离骚序下》中，他又花费许多笔墨考证屈原生当孟子、荀子之间，是儒家道统传承的重要一环，这样，就把屈原的人格提升到了一个前所未有的高度。把屈原列入道统传承中的重要一环，这是晁补之的独创，由此可以看出他对忠君的道德观异乎寻常地重视。

南渡以来，理学呈强势发展态势，其发展是以标举民族大义、弘扬忠君爱国思想为号召的。在当时的民族危机和国家危难之时，其思想容易引起人们的心理共鸣，从而获得同情和理解。理学思想的这个特点和北宋后期以来凄凉悲愤的时代氛围的互动，促成了骚体创作的繁荣和忧国忧民情感的释放。在两宋之际，骚体就担当着抒发忠爱之思的功能，从毛滂的《拟秋兴赋》、周邦彦的《续秋兴赋》、晁补之的《江头秋风辞》、邢居实的《秋风三叠》到李纲的《秋风辞》、苏籀的《秋辞》三章，从蔡确的《送将归赋》、李纲的《三黜赋》到张九成的《谪居赋》，从吕本中的《六子哀辞》到晁公遡的《悯孤赋》、李纲的《南征赋》，从李纲的《吊国殇文》到喻汝砺的《卮酒词》、史浩的《五世祖衣冠招魂辞》，南北宋之交的骚体无论是悲秋之作，还是征行、凭吊之文，大都涌动着对家国天下的深沉忧患。其实，理学家对屈原在标举大义方面的价值和骚体创作的意义是非常

① （宋）晁补之：《离骚新序上》，《鸡肋集》卷三十六，《景印文渊阁四库全书》第1118册，（台北）台湾商务印书馆1986年版，第681—682页。

关注的。其中,朱熹的功劳尤其引人注目。朱熹极其推崇屈原忠君爱国的人格,他说:“屈原一书,近偶阅之,从头被人错解了。自古至今,讹谬相传,更无一人能破之者,而又为说以增饰之。看来屈原本是一个忠诚恻怛爱君的人,观他所作《离骚》数篇,尽是归依爱慕,不忍舍去怀王之意。所以拳拳反复,不能自已。何尝有一句是骂怀王。亦不见他有偏躁之心,后来没出气处,不奈何,方投河殒命。而今人句句尽解做骂怀王,枉屈说了屈原。”①朱熹对汉儒指责屈原性格狂狷颇不以为然,他说:“夫屈原之忠,忠而过者也。屈原之过,过于忠者也。故论原者,论其大节,则其它可以一切置之而不问。论其细行,而必其合乎圣贤之矩度,则吾固已言其不能皆合于中庸矣,尚何说哉!”②朱熹没有直面屈原湛身的偏执狂狷,而是从其中解读出忠君、爱国的动机:“窃尝论之,原之为人,其志行虽或过于中庸而不可以为法,然皆出于忠君爱国之诚心。”③这样就将屈原进一步伦理化、儒家化。基于这样的认识,朱熹推崇楚辞忧国忧民的精神,而有悖于这种精神的骚体作品,在他看来是离经叛道的,甚至是没有价值的,同样的追求辞采华艳,楚辞是不得已而华艳,词人之赋则是为文造情。在《楚辞后语目录序》中他说:

盖屈子者,穷而呼天、疾痛而呼父母之词也,故今所欲

① (宋)黎靖德:《朱子语类》卷一百三十七,中华书局 1986 年版,第 3258—3259 页。

② (宋)朱熹撰,蒋立甫校点:《楚辞集注》,上海古籍出版社、安徽教育出版社 2001 年版,第 241 页。

③ (宋)朱熹撰,蒋立甫校点:《楚辞集注》,上海古籍出版社、安徽教育出版社 2001 年版,第 2 页。

> 取而使继之者，必其出于幽忧穷蹙、怨慕凄凉之意，乃为得其余韵。而宏衍巨丽之观，欢愉快适之语，宜不得而与焉。至论其等，则又必以无心而冥会者为贵。……若其义，则首篇所著荀卿子之言，指意深切，词调铿锵，君人者诚能使人朝夕讽诵，不离于其侧，如卫武公之抑戒，则所以入耳而著心者，岂但广厦细旃，明师劝诵之益而已哉！此固余之所为眷眷而不能忘者。若《高唐》《神女》《李姬》《洛神》之属，其词若不可废，而皆弃不录，则以义裁之，而断其为礼法之罪人也。《高唐》卒章虽有“思万方、忧国害、开圣贤、辅不逮”之云，亦屠儿之礼佛，倡家之读《礼》耳，几何其不为献笑之资，而何讽一之有哉……至于扬雄，则未有议其罪者，而余独以为是其失节，亦蔡琰之俦耳。①

朱熹认为屈原作品中惊采绝艳的夸饰是不得已而为之，这样就绕开刘勰对楚辞重视文采的非难，从而确立了它的经典地位。②

---

① (宋)朱熹撰，蒋立甫校点：《楚辞集注》，上海古籍出版社、安徽教育出版社2001年版，第207页。

② 刘勰主张为文宗经，视楚辞的夸饰过分为不合中道。在《文心雕龙·辨骚》中他说：“将核其论，必征言焉。故其陈尧、舜之耿介，称汤、武之祗敬，典诰之体也。讥桀、纣之猖披，伤羿、浇之颠陨，规讽之旨也。虬龙以喻君子，云蜺以譬谗邪，比兴之义也。每一顾而掩涕，叹君门之九重，忠怨之辞也。观兹四事，同于《风》《雅》者也。至于托云龙，说迂怪，丰隆求宓妃，鸩鸟媒娀女，诡异之辞也。康回倾地，夷羿蔽日，木夫九首，土伯三足谲怪之谈也。依彭咸之遗则，从子胥以自适，狷狭之志也。士女杂坐，乱而不分，指以为乐；娱酒不废，沉湎日夜，举以为欢，荒淫之意也。摘此四事，异乎经典者也。故论其典诰则如彼，语其夸诞则如此。固知《楚辞》者，体宪于三代，而风雅于战国；乃《雅》《颂》之博徒，而词赋之英杰也。”(《四部丛刊初编》本)

从有为而作的观点出发,朱熹主张骚体的创作同样要直抒胸臆,不得已而为文。这种主张,对当时辞赋创作的张扬抒情性无疑具有启发作用。而且朱熹特别强调楚辞在抒发忧愤之情方面的意义。在《楚辞集注序》中他说:“然使世之放臣、屏子、怨妻、去妇抆泪讴吟于下,而所天者幸而听之,则于彼此之间,天性民彝之善,岂不足以交有所发,而增夫三纲五典之重?此予之所以每有味于其言而不敢直以‘辞人之赋’视之也。”①这种看法,对当时的文学抒发爱国之情和不遇之感无疑是有积极意义的。不唯朱熹,高元之在他的《变离骚九篇自序》中说:

《风雅》之后,《离骚》为百世词宗,何为而以“变”云乎哉?探端于千载之前,而沿流于千载以后,然则非变而求异于《骚》,将以极其志之所归,引之达之于理义之衷,以障堤颓波之不及也。昔周道中微,《小雅》尽废……屈原当斯世,正道直行,竭忠尽智,可谓特操之士。……故《离骚》源流于六义,具体而微,兴远而情逾亲,意切而辞不迫。既申之以《九章》,又重之以《九歌》,《远游》《天问》《大招》,而犹不能自已也,其忠厚之心亦至矣。班固乃谓其露才扬已,苟欲求进,甚矣,其不知原也!……然自宋玉、贾谊而下,如东方朔、严忌、淮南小山、王褒、刘向之徒,皆悲原意,各有纂著,大抵紬绎绪言,相与嗟咏而已。若夫原之微言匿旨,不能有所建明。呜呼,忠臣义士杀身成仁,亦云至矣,然犹追琢其辞,申重其意,垂光来叶,待天

① (宋)朱熹撰,蒋立甫校点:《楚辞集注》,上海古籍出版社、安徽教育出版社 2001 年版,第 1 页。

下后世之心至不薄也。①

其立论与朱熹如出一辙。袁燮在《策问离骚》中这样问道：

> 王迹熄而诗亡，忠臣义士忧国爱君之心，切切焉无以自见，而发为感激悲叹之音，若屈原之《离骚》是也。原见弃于君，栖迟山泽，而系念不能忘，可谓忠矣。然尝疑之，道合则从，不合则去，此古人事君之大致也。有所蕴蓄，而时不我用，虽古圣不能自必，原又安能必其君之感悟欤？不见是而无闷，不见知而不悔，古人所以自处者盖如此。原以见弃，遂至于悲愁愤闷，不能自释。……古人进退出处之际，岂若是之怵迫欤？……其愤世嫉邪之心，不能自遏，岂古人"卷而怀之""舍之则藏"之义欤？……盖讥其未合于古也。然有古诗悱恻之意，胡为而复见称欤？……或称其义兼《风》《雅》，可与日月争光；或称其正道直行，竭忠尽智；或诋其何必沉身，作《反骚》者，而《旁骚》《广骚》相继而作，是终不敢訾原也。②

袁燮在嘉定年间曾做国子监祭酒，这道策问可能是当时所作，他所提出的一系列问题，正反映了当时人们对楚辞的重视和屈原形象对士子人生的指导意义以及其在文化生活中的重要价值。当时的骚体创作，正是在这样的社会环境和学术文化氛围中得以长足发展。

---

① 《全宋文》第277册，第124—126页。

② 《全宋文》第281册，第176—177页。

在当时的骚体创作中，有些是对屈原作品从立意到表现的模仿或者是以屈原的遭际为表现对象。这种创作方式在汉代颇为流行，以至于一些代屈原立言的作品混迹于楚辞当中难以甄别。南宋以后文人们对这种创作方法的重视反映了他们对忠君爱国道德观的深入思索和对国事飘摇的深深忧虑。两宋之际的骚体如李纲的《拟骚》《续远游赋》，周紫芝的《哀湘垒赋》，王灼的《吊屈原赋》等，都是这样的作品。中期以后，拟骚的创作渐成风气。范成大的《楚辞》是由四篇短章构成的组歌。其中《幽誓》的立意来源于《九歌》中的《山鬼》，表现了游荡于山中孤独求索的形象：

> 天风厉兮山木黄，岁晼晚兮又早霜。虎号崖兮石飞下，山中人兮孰虞。予造轫兮挟辀，纷不可兮此淹留。灵晔兮揣迈，趣驾兮远游。予高驰兮雨濡盖，予揭浅兮水渐珮。横四方兮未极，泥盎盎兮予车以败。望夫君兮天东南，江复山兮斯路巉。恍欲遇兮忽不见，奄昼晦兮云昙昙。前马兮无路，税驾兮无所。谁与共兮芳馨，独苍茫兮愁苦。①

这种上下求索的困惑在当时的许多作品中出现过，折射出在君相专制、党争酷烈的那个时代人们的苦闷彷徨，对国家前途的深重忧患。第二首是《愍游》，其立意类似于楚辞的《招魂》，赋

---

①　曾枣庄、吴洪泽主编：《宋代辞赋全编》第1册，四川大学出版社2008年版，第458页。本文所引楚辞，均出自该书，为行文方便，不一一出注。

中写道：

> 君何为兮远游？蹇行迷兮路阻修。朝予济兮沧海，灵胥怒兮蛟跶舟。暮予略兮太行，车堕辐兮骖决。攀援怪蔓兮一息，雷昼阚兮山裂。四无人兮又风雨，灵幽幽兮为予愁绝。君胡为兮远道，委玉躬兮荒草。与魑魅兮争光，与虎兕兮群嗥。君之居兮社木苍然，衡门之下兮可以休老。归来兮婆娑，芳满堂兮僛歌。奉君子兮眉寿，光风荡兮酒生波。云日兮同社，月星兮偕夜。千秋兮岁华，弭予盖兮绁予马。悲莫悲兮天涯，乐莫乐兮还家。

不忍决然遽去的形象反映了作者难以割舍的济世情怀。《交难》则是对《离骚》中"怨灵修之浩荡兮，终不查夫民心"这一意象的进一步深入描写：

> 美一人兮岩之扃，珮璧月兮间珠星。岁既单兮不圭币，路巉绝兮远莫致。稼石田兮长饥，谁与此兮艺之。藉予玉兮双毂，先予缔兮五两。不万一兮当此，托长风兮寄想。长风兮无旁，吾媒乏兮凤凰。谓蘋若兮蒿艾，凤告予兮不祥。恐青女兮行秋，奄销歇兮众芳。搴芳华兮玉蕤，将以遗兮所思。玉蕤兮霜露，所思兮未知。

落魄荒野的美人无媒以通君王，男女比君臣之艺术表现的运用反映了作者怀才不遇的苦闷，这样的描写和屈原"贤人失志"的形象是相通的。而且，力耕石田的意象往往是砥砺道德的象征，如北宋王令的《南山之田》。《归将》表现的是欲追随高人远去而不得的苦闷：

> 舆不济兮中河，日欲暮兮情多。子兰桡兮蕙棹，愿因子兮凌波。眢蘂兮以渔，周落兮以驱。骊龙兮飞度，郊之麟兮去汝。波河渍兮迷涂，黄流怒兮不可以桴。目八极兮怅望，独顾怀兮此都。御右兮告病，銮铃兮靡骋。河之水兮洋洋，不济此兮有命。

“凌波”语出曹植《洛神赋》，暗示了此篇是继承了传统的礼神辞赋中因不得与神感通而失落的主题。这一篇是对这组作品主题的深化，苦闷彷徨之后，继之以人生的深深的失落感。范成大的这组作品基本上涵盖了当时人们对政治苦闷思索的重要方面，其典雅流畅的语言和飘忽不定的意象构成了瑰丽奇谲的艺术境界，颇得《九歌》之神韵。范成大的《惜交赋》也是代屈原立言之作，赋序中说：“屈原既遭子兰、子椒之谮，伤楚国之俗，朋友道薄，始合之难，而终以轻背，故著惜交之词，道知心之难遇，故旧之不再得，动心忍性，徘徊不能去。君子览之，有以增义合之重焉。”这篇作品神游天上的描写和问卜巫咸、号百灵而讯之等情节以及香草美人等比兴手法的运用完全模仿《离骚》。赋中对屈原苦闷的处理更加倾向于怨妇式的倾述：

> 至于今其十年兮，固知美恶周必复。敏予德而日新兮，羌未变乎初也。修予容其滋媚兮，嗟采色其犹未暮也。妒被离而害交兮，谗翕胁而败度。虽君子之石肠兮，固将徇乎市虎。两造膝而笑言兮，惨其间之容斧。予冶容虞予

善泆兮，頫颜谓予汝怒。发甚短而怨长兮，舆则固而路艰。蹇中道而如遗兮，予既寡而汝鳏。夫岂无他人兮，焉有夫君之好贤。虽得汝于万一兮，终不及当时之缠绵。彼日而食兮，此月而亏。物不终尽剥兮，信复盈之有时。

这种悲怨情绪的过分渲染虽然是苦心孤诣地张扬忠君道德，但是却缺乏悲悯生民忧患家国的大气魄大胸怀。

薛季宣也是一位对屈原有深刻认识的作家，他的《怀骚赋》由观看民间竞渡而追忆屈原不朽的人格力量：

眺丹阳而侘傺兮，黄沙之莽莽。拔高丘之松桂兮，刚寄根于非土。鸾凤翔于千仞兮，来下栖于荆棘。豢龙烹兮，同鸡骛于人食。鄂渚徜徉兮，思要眇之故步。永怀流烈兮，闻高风于竞渡，时移世变，地益远而年益迈兮，孰孜孜其愈勤，飘风发而白云飞兮，兰含香而自焚。

屈原遭时暗乱，沉江以显忠心。时变世移，而民间竞渡习尚不减，屈原的精神、人格也将随着竞渡的保留而千秋流传，体现了对屈原深深的敬仰之情。他的《九奋》由九篇骚体组成，是代屈原立言之作，这组作品是当时对屈原在文化意义上反思最为深刻的作品。古来追模屈骚作“九”者颇多，而模仿《九章》者多以屈原的口吻来反思其遭际，如王褒之《九怀》、刘向之《九叹》、王逸之《九思》等多是这样的作品，其立意多表现屈原志行高洁，被服众芳，履行忠贞，无奈时世混浊，黑白颠倒，贤愚混淆，世不我知，遭谗见逐，蒙冤忍屈，仍心念故国，情系故君。主题多类《离骚》和《九章》。这组骚体以屈原的人生经历和行踪结构全文,第一篇是《启愤》,其构思颇类《离骚》,以香草比美德、男女比君臣,不过神游天界以象征求索的意象被改造成对现实困惑的超越。作者的立意与贾谊的《吊屈原赋》相似,突出了高洁之人身处群小充斥的俗世的无奈,这一章将有志难伸的苦闷铺排得非常充分:

> 余心隐忧兮,惟灵修之故也。靓修饰而娟娟兮,而以为恶也。余静好而弗余亲兮,蹲踏蛾眉之妒也。足顿地而不我知冤兮,仰天而不吾讣也。省吾私而内不疚兮,此固天之数也!悲幽幽兮楚宫深,望漠漠兮楚云阴。指天极兮清高,聊适我兮遐心。

此篇是整组诗篇的枢纽,在作者看来,屈原以及后来有志之士苦难的关键是不能知遇于君王。这个命题其实在汉代大一统时代就已经为敏感的文人所注意,而且几乎是整个专制集权时代文学的重要命题之一。从董仲舒的《士不遇赋》到东方朔的《答客难》、扬雄的《解嘲》等,人们对集权政治下士人人格的卑微和命运的脆弱进行了深入反思。君王与士的关系随着大一统时代的到来由过去的主宾关系变成了主奴关系,士人的穷达命运甚至思考言说的权利统统掌握在君王手里,士人只是帝国政治机器的一个部件而已,他们的人格独立丧失了,把握自己命运的权利丧失了,而作为传统文化担当者的角色又使他们无法完全忘怀对家国天下的责任,这样,他们的政治理想实现与否就只有像怨妇那样寄托于君王的眷顾之上。薛季宣从这个角度来看待屈原的悲剧,进而看待士人群体的宿命,这是非常有见识的。《怨春风》更像是一首伤春之作。作者在描写了万

花凋零的凄凉景象后借灵氛之口,对如花一样脆弱的个人命运作了思索,指出:

人生百年犹树花兮。三春发荣粲其葩兮。光彩馨香能几何兮。一夕飘风竟辞柯兮。彼随飙兮展转,或归根兮或远,或一坠于庭闱兮,或遂沉于坑圊。风何知而花何有兮,子之心焉眷眷。嗟世态之汩于是非兮,孰通其说?西施见斥兮,嫫母为说。毁弃尺璧兮,鼠璞见珍。明月沉埋兮,鱼目为玭。美自美而恶自恶兮,赝与真其谁分?春与秋其代谢兮,子何与而伤春?

落花飘无定所的比喻常被人们用来解释人生命运的偶然性(见《南史·范缜传》),在这里,薛季宣似乎要将这种偶然性的命运视为人生之常态,左右人们命运的不是个人的才识修养和进取求索的努力程度,而是造化的播弄。这种认识反映了在专制集权之下士人对个人命运的束手无策,是对前一部分的深化。《去郢》描写的是屈原离开郢都的落寞心境,通过表现其对楚王的留恋,作者试图展示士人们那种深刻的对家国天下的系念,君王与国家同一化的趋势也是士人们命运悲剧的根源之一。《东首》颇类征行赋的体式,表现的是屈原在流放途中翘首东望,对吴越相争的思索,借用表现其心悬魏阙的苦心,是对《去郢》的补充深化。《溯江》以充满奇诡想象的笔触描写江路的险恶,《赋巴丘》描写洞庭湖种种奇怪狰狞的怪物,景象阴森,这两篇似乎在暗示屈原命运的悲剧。《记梦》描写屈原的一个入水梦境,在这个梦境中琳宫华丽,仙乐铺张,水族品物,班班有序,这似乎是屈原理想生活的图景,作者借此暗示屈原投江的结局。《行吟》模仿《渔父》表现屈原的人格美:“世滔淫而混浊兮,我惟洁清。彼醉者之纷拏兮,同怒余之独醒。”“渔父愀然而教之兮,曰圣人之致一。不必动而营皇兮,卓时中之变物。贵莫贵于和光兮,太洁在情之甚嫉。混浊世兮,胡不扬波而泥淈?众皆醉兮,尚可铺糟而醨歠。不同人而求自异兮,宜一朝之见绌。”保持节操独拔流俗同和光同尘与道委蛇这两种态度在儒家那里都可以找到支撑点,这也正是士人们必须面对的困惑。在这种比较中,作者要强调屈原那种敢于担当的精神更具有现实意义,因为在当时乡愿横行、世风萎靡的情势下,重视事功的薛季宣更看重脚踏实地的学风。《沉湘》表现屈原沉江的场面,其中“望苍梧兮,将望华之云诉。巉九疑之不可辨兮,又藐然其烟雾。杀竹枝而求泪斑兮,思二妃之矩度。哀灵修之返无期兮,荪舍兹将安寓”几句视屈原的沉江为对其理想无法实现的解脱,具有殉道的色彩。从对屈原这一文化现象反思的深度来说,这组作品具有标志性的意义,它把忠君爱国的信仰与个人的穷通命运、人格独立完整紧密地联系起来加以思考,更具现实意义和反思精神。与《九奋》类似且当时为人瞩目的作品还有高元之的《变离骚》。这组作品由九篇组成,即《愍畴志》《臣薄才》《惜来日》《感回波》《力敕》《危衷》《悲婵娟》《古诵》《绎思》,曾丰在《高元之〈变离骚〉后序》中说:“《雅》变为《风》,《风》变为《骚》,极矣。下此,则乐而淫,哀而伤,怨诽而乱,去《雅》远而难反,不足以为常道矣。故《诗》之原止于《雅》,其流止于《骚》。庆元已未腊,余得高元之《变骚》于周君可。初疑《骚》不可复变,变则徇流,翻而绎之,意所欲者,变《骚》为《风》,变《风》为《雅》。盖还原之道,虽名变也,其诸异乎人之变之欤?齐变至鲁,鲁变至道,孔子志也。

《骚》变至《风》,《风》变至《雅》,元之志也。”①于此可知,这组作品创作的本意依然是从儒家的角度来认识屈原,褒扬他的人格合于儒家之道的一面。

二、骚体创作中淑世精神的张扬

南宋中期骚体创作繁荣局面的出现既是两宋之交骚体创作勃兴的延续,也是理学家对屈原形象的重构在文学中的反映,当然更离不开孝宗以来社会文化生活方面的变化对文人心态的改造。从时代精神来看,一方面,孝宗即位,意欲振作,秦桧专国时期的恐怖压抑气氛被荡涤一空,虽然张浚草率的北伐以失败告终,但是已经激励了士气,恢复了人们的自信。而且,在理学家的大力鼓吹下,基于春秋尊王大义的民族意识空前高涨,政治上的主战与主和被简单图解为衡量爱国与卖国、忠与奸的一个标尺②,这就使得人们对国家政治的分析更多了些情绪化的成分。另一方面,当时的北方也进入了一个全面发展的时期,北伐的愿望变成了难以实现的幻梦,这种阻遏作用使士人们一扫胡尘的激情表现得愈加强烈,而朝中激烈的

① (宋)曾丰:《高元之〈变离骚〉后序》,《缘督集》卷十八,《景印文渊阁四库全书》第1156册,(台北)台湾商务印书馆1986年版,第203页。

② 这种情况也不是完全绝对的,理学家对战与和的态度,在孝宗时期曾有过一些调整。钱穆指出:“朱子言:言规恢于绍兴之间者为正,言规恢于乾道以后者为邪。故孝宗初政,朱子上封事陛对,尚陈恢复之义,后乃置而不论。淳熙十五年戊申十一月上封事谓:区区东南,事犹有不胜虑者,何恢复之可言乎?遂极论当时弊政。”(《国史大纲》下册,商务印书馆1994年版,第619页)

党争、官场的萎靡习气以及太上皇和以他为代表的主和势力对朝政的掣肘更使得文人们壮怀激烈,揾泪叹息。生不逢时、报国无门、慷慨悲歌成了那个时代文学的主调。在抒发郁垒之情方面具有体式上和传统上之优势的骚体自然为文人们所青睐。

振作士气、呼唤对国家的担当意识是这个时期骚体创作的重要内容之一。范成大作于乾道三年(1167)的《三高祠记》是为纪念范蠡、张翰、陆龟蒙三位隐逸之士而作的,其中有三篇模仿淮南小山《招隐》的骚体。如写范蠡的曰:

> 若有人兮扁舟,抚湖海兮远游。群芳媚兮高丘,忽独君兮不可留。长风积兮浪波白,荡摇空明兮南极一色。镜万里兮鞭鱼龙,列星剡剡兮其下孤蓬。眇顾怀兮斯路,与凉月兮入沧浦。战争蜗角兮昨梦一笑,水云得意兮垂虹可以舣棹。仙之人兮寿无期,乐哉垂虹兮去复来。

虽说逍遥物外其乐融融,但是高人应该出来为国效力,对世人多希冀归隐、不问国事表示了沉痛的感叹。他在这篇记中说:“不有君子,其能国乎!今乃自放寂寞之滨,掉头而弗顾,人又从而以为高,此岂盛际之所愿哉!后之人高三君之风,而迹其所以去,为世道计者,可以惧矣。至于豪杰之士,或肆志乎轩冕,宴安留连,卒悔于后者,亦将有感于斯堂,而成大何足以述之。”所谓“为世道计者”正是在强调士人为天下苍生的担当意识。范成大的这三篇骚体是有针对性的,当时的士大夫已经习惯了养尊处优的生活,他们恢复家国的进取之心在南方优美的湖光山色中已经消磨殆尽。即使有识之士的热切呼喊也难以彻底扭转这种颓势。孝宗就沉痛地指出:“士大夫讳言恢复,不知其家有田百亩,内五十亩为人所强占,亦投牒理索否? 士大夫于家事则人人甚理会得,至于国事则讳言之。”①一些人既主张积极入世,又难以割舍闲居的淡逸清雅(其实范成大就是这样),而且,当时的士林风气是贵空谈而贱事功的(事功学派的崛起正反映了一些有识之士企图补救这种风气的努力)②,因而他们转而标榜严子陵式的生活方式,隐居乡野而为天下作则,道德圣贤与世外高人合而为一。滕岑、王炎同题之作的《钓台赋》就反映了这种倾向。王炎的作品是这样理解严子陵的归隐的:

① (宋)李心传:《建炎以来朝野杂记》乙集《孝宗论士大夫微有西晋风》,中华书局2000年版,第542页。朱熹亦说:“今世士大夫唯以苟且逐旋挨去为事,挨得过时且过。上下相咻以勿生事,不要十分分明理会事,且恁鹘突。才理会得分明,便做官不得。”[(宋)黎靖德编:《朱子语类》卷一百八,中华书局1986年版,第2686页]

② 孝宗曾指出:“今士大夫微有西晋风,作王衍阿堵等语,岂知《周礼》言理财,《易》言理财,周公、孔子未尝不以理财为务。”[(宋)李心传:《建炎以来朝野杂记》乙集卷三,中华书局2000年版,第545页]理学家对道德的过分标榜,其目的是唤起人们的社会责任感,但是其末流却堕入高谈道德而轻视事功的风气。风气对当时的政坛产生了较大影响,孝宗的不满就是针对当时的政风而发的,许多比较理性的人士对理学的反思也多着眼于此。周密说过:“道学之名,起于元祐,盛于淳熙。其徒有假其名以欺世者,真可以嘘枯吹生。凡治财赋者,则目为聚敛;开阃扞边者,则目为麄材;读书作文者,则目为玩物丧志;留心政事者,则目为俗吏。其所读者,止四书、近思录、通书、太极图、东西铭、语录之类,自诡其学为正心、修身、齐家、治国、平天下。……每见所谓达官朝士者,必愦愦冬烘,弊衣菲食,高巾破履,人望之知为道学君子也。清班要路,莫不如此。”[(宋)周密:《癸辛杂识》续集卷下,中华书局1988年版,第169—170页]

昔者卯金尝一仆而再起兮，真人翔于参虚。群公攀附其鳞翼兮，策高足于天衢。功烈藏在金匮兮，封爵载诸丹书。大冠长剑之陆离兮，又写以南宫之图。先生适际斯时兮，独深潜乎江湖。虽可致不可屈兮，思鱼钓吾其竟归。羞富贵耽贫贱兮，夫何眇一世而偭驰。粤若圣贤之制行兮，其大致惟出处之两岐。人臣仗钺而观兵兮，二子饿首阳而采薇。君王溺冠而傲士兮，四老遁商岩而茹芝。意固各有所为兮，非好恶独与人殊。

两汉之际群雄逐鹿的当口，正是士大夫效命国家之秋，而此时严子陵却隐居渔钓。在作者看来，当时追随各自的主公逐鹿天下的人物是攀附鳞翼骥尾博取富贵的名利之徒，而乱世隐居则是保持操守，为天下保留一线的道德良知。在王炎等人看来，淑世情怀首先是维护道德使命感，对国家的担当意识主要是维护道德良知，而非为国家用命，这也就是理学家标榜的"为生民立命"。因此，在作品当中作者对卖主求荣之徒大加挞伐，认为严子陵的意义在于对名节的重视："噫！有国者乱亡相寻兮，未始不自夫名节之先隳。麟凤旷世不一见兮，是焉可以絷维。"

从道德使命感出发的这种淑世情怀在当时的骚体创作中表现颇多，尤其是道学人士的作品。如朱熹的《感春赋》《空同赋》诸赋，以及张栻的《风雩亭词》《遂初堂赋》，薛季宣的《本生赋》等。杨万里的《中秋月赋》赋序中说是为怀念紫岩先生而作，紫岩先生即张浚。张浚是当时主战人士和道学人士的一面旗帜，但是作者对张浚的褒扬没有从其事功入手，而是从其道德情怀着眼的，指出其人格的卓尔不群："举一世以好径兮，予乃独背而驰。予兰茹而菊餐兮，岂求饱之故也？臞予躬以鹭立兮，彼腴者哂予误也。”杨万里还为张浚作过《张丞相咏归亭词》两首骚体，在作品中他完全把张浚比作不容于当世的屈原，以彰显其主战主张不为世人所理解和其振其衰世的道德孤独感。赋的第二首写道：

兰圃兮沼芙蕖，有美君子兮何斯其燕居？孚尹兮袖间，升白虹兮斗之虚。章甫兮深衣，御风骑气而天游兮，与造化而为徒。独立万物之表兮，室迩而人甚远。山立而洲靓兮，道德燕及虫鱼。韦编兮在手，隐几而卧兮梦一丈夫。首肖乎尼山兮河其目，莞尔而笑兮告予以下学而上达，知我者其天乎。忽寤兮四顾，欸乃一声兮亭之西隅。

但是作品没有表现屈原那种举世皆浊我独清的忧愤，而是展示了平淡渊粹的道德自足。我们不难发现，当时的人们在对屈原作圣贤化的提升的同时，仍然崇尚一种平和淡定的道德情感，对屈原那种愤激之情采取扬弃的态度。他的《延陵怀古》凭吊延陵季子（札）、兰陵令（荀卿）和苏东坡，同样是从道德情怀入手的。他的《黄世永哀辞》在凭吊逝者时，不同于以往的骚体哀辞之表现逝者的飞升天界的美丽，而是表现其追慕古圣先贤的道德上的孤独：

圣门际天而不可径兮，子聚粮以疾趋。古文熄而哇郑兮，子独追而雅诸。众皆赏其襮而遗其里兮，知全者不在予。仕者谓赣民之嚚兮，不啬妹邦之夫。何子之仁以莅兮，若膝下之乳雏？予惟子之规兮，则未知封屋之迂。沐

> 猴豸而罔觋兮,子发上而衡盱。舍己躁进而谓子躁进兮,宜不曰沽名之非愚。

举世蝇营狗苟,这位逝去的贤者一生执着于探求古道,为当世所不理解。在作者看来,这种对古道的求索精神与屈原为国家探索新路的求索是一致的,因为当时的道学家大都认为挽救当世的途径不是兴利除弊等事功事业,而是匡时济俗的道德完善。杨万里的《有宋死孝毛子仁哀辞》、曹彦约的《尽心堂赋》、吴镒的《义陵吊古赋》等也是以旌表道德为核心的作品。

当时也有一些文人在抒发淑世情怀的时候没有拘泥于以道德完善来振起衰世,而是通过张扬爱国精神、探究古今兴衰之理来表达对现实的关心。陈造的《酹淮文》几乎是一篇恢复失地的檄文,赋曰:"长淮浑浑,荡沸潏兮。经楚被吴,渎之一兮。匪河匪江,天岂以是限南北兮?卫拱皇居,神所职兮。杀敌之冲,师济其出兮。皇皇圣筭,包九域兮。搴幽冀,跐龙荒,行有日兮。"作品模仿王粲的《浮淮赋》,王赋寄托国家统一的愿望,此赋亦然。王炎的《怀忠堂辞》赞美为国赴难的颜真卿,作品极力褒扬一种慷慨报国的精神:

> 跂逸驾兮前修,佩武符兮典州。迹已陈兮德新,可敬而慕兮几春复秋。意其存兮阅千万年之原,谓其逝兮乃在浮罗之巅。奋忠精兮取义,贯羲娥兮烂然。隘尘寰兮上征,挥八极兮为仙。黄鹄脱骖兮素虬停驷,几弭节兮念遗民而来顾。高弁苍苍兮清茗弥弥,公来游兮湖山增美。游观罢兮来归,有蒲与荷兮清泠之池。鱼鸟怀生兮欣欣焉其

有依，银钩虿尾兮灿翠珉而陆离。弦琴兮击鼓，羞羔豚兮酌醑。跪起以荐兮，愿公燕喜。公燕喜兮吾民乐康，却灾沴兮蠲除不祥。云来兮万祀，烝尝兮不忘。

斯人已去，英气长存，那些蒲荷鱼鸟乃至一草一木都欣欣然沐浴于英烈的浩然之气当中。薛季宣的《吴墟赋》是凭吊吴国故城之作。作品在荒凉破败的场景描绘中，寄托着强烈的兴亡之叹："金城汤池，草莽莽兮，巷无主兮，版筑倾颓。俦告语兮，兴废乘除，宁有所兮，寒与暑兮迭王。日而月兮一来一往，又安知他日之宫墙不变今之草莽也。"（此段疑有脱句）赋文采用对比手法，通过吴初与亡国之时用人政策的比较，来探求亡国的原因："怀大帝之英雄兮，爰经始于是都，樊山以为西障兮，三面汲于江湖。抡材用而建邑屋兮，信微罔弃。大者栋梁兮，屃廖取之至细。柱楣榱桷之适当其用兮，木札竹头以不废。轮奂成此室居兮，且以传之万世。"前期唯才是举，因才而用，国家因此欣欣向荣，而他们的子孙却"矧将反是。庄跻为廉兮伯夷为秽，黄女充宫兮南威见弃。犬为狼兮豕为虎豹……刑无辜而亲有罪兮，衣裳反其上下"。善恶不辨，是非颠倒，重用佞人，使大厦毁于一旦。在鲜明的对比中，其成功失败之理，不言而明。吴国失败于用人的不当，而南宋政权重用佞人，始用秦桧，后用韩侂胄，忆古思今，感慨系之。

可以说，当时的骚体当中表现出的淑世情怀是非常强烈的，这种情怀既包括匡时救世的道德完善，也包括对国计民生的慷慨悲歌，其立足点，乃是屈骚的忠君爱国精神。

三、骚体创作中表现出
对超凡脱俗的精神世界的追求

屈原的楚辞往往通过超凡脱俗的境界来寄托人生旨趣。这种境界基本上表现为两个方面：一是通过峻洁的形象与平庸的俗世进行对比，以展现理想，如《离骚》《九章》等；一是描绘非人间的纯美境界以寄托浪漫之思，如《九歌》等。在北宋后期，对高雅精神境界的追求成为文学的重要内容之一，骚体中表现脱俗境界的倾向较为明显，如文同、黄庭坚、张耒等人的创作就很有代表性，到了南宋初期，文人们走向了世俗和庸俗，他们的田舍翁般的自足情绪在骚体创作中得以充分展现。也可以说，这是南宋文人对骚体创作的新贡献，如葛立方的《喜闲》《横山堂三章》等详尽描绘了乡野生活的方方面面，他甚至把乡居生活和神仙生活相提并论，这就使得屈原笔下那种纯美的浪漫境界和悠然见南山的陶然情调结合起来，给田园意象注入了精神自由的新内容。在《喜闲》中他写道：

> 白蘋花发兮水晶宫，舍此地兮余将曷从。斧斤丁丁兮为余之栖，药作房兮梁则辛夷。朝迎山云兮暮送云归，伏腊粗给兮朝市奚为！姜畦兮芋畴，瓜瓞蔓长兮女桑始柔。高田兮壤沃，麦芒如彗兮黍如粟。下田兮若桉，穲稏衡从兮碧泉。

他以描写神女居处的笔触来写乡野景象，流注着对乡村生活的

深挚之爱。《横山堂三章》也采用了这样的手法，如其三云：

阳羡之居兮宅淼茫，辛夷闺兮薜荔墙。建芳馨兮庑门，烂昭昭兮未央。横山老人兮独处廓，十七地兮三一屋。龙驰兮冲天，花鸟水竹兮聊尔平泉。公有豫章楩楠兮耸万仞，公有瑊玏厉兮磨而不磷。栋梁兮媞媞，柱之石兮不倾以支。此栋此石兮非斤非斧，盍以帡幪兮寰宇。

这简直是把乡村生活等同于游仙的生活了。南宋中期，骚体创作的这种倾向依然在延续，但是那种对乡居闲逸的过分描写却淡化了，这主要是当时激昂奋发的时代氛围使然。此时的骚体创作对超凡脱俗之精神世界的企求主要表现为通过表现世路风波身为形役以寄托企隐之志，通过表现浪漫境界以展示高洁胸怀。

在南宋中期的骚体中，批判现实的精神没有表现为屈原的那种以独拔流俗的形象来反衬现实、否定现实，而是在深沉的人生感叹中寄寓处身俗世的无奈。范成大的《桂林中秋赋》写道：

矧吾生之漂泊兮，寄蘧庐于八埏。九得秋而九徙兮，靡一枝之能安。上瀛洲而瀑饮兮，当作噩之初元。旋水宿于垂虹兮，浞金碧之浮天。克后期而竟爽兮，忽罨画之沧湾。既戊子而守括兮，摘少微于楼栏。丑寓直于玉堂兮，听宫漏之清圆。再西风而北征兮，胡笳咽于夜阑。迨返旆之期月兮，放苕霅之归船。幸故岁之还吴兮，带夕晖而灌园。甘土偶之遇雨兮，就一丘而考槃。今又飘飘而桂海兮，宾望舒于南躔。访农圃之昨梦兮，杳征路之三千。月亦随予而四方兮，不择地而婵娟。谅素娥之我哈兮，老色涴于朱颜。

范成大在宋乾道九年(1173)出知静江府(今桂林)兼广南西路经略安抚使。在当时人看来，桂林一带仍是荒蛮之地，因此，出知桂林对作者来说多了些许悲凉。作品由“九得秋而九徙”引发感叹，对身不由己的漂泊生活感到厌倦，希望悠游田园，灌园农圃。对月怀乡、感慨身世是咏月文学惯常的主题，但这篇作品把隐居田园的渴望和眼下的宦海奔波对比来写，暗含深意。六朝以来，在人们的观念当中，隐居与为宦就构成了雅与俗的对照，所谓“处则为远志，出则为小草”(《世说新语·排调篇》)，因此，此赋的这种结构暗示了作者是胸怀东山之志的高洁之士，飘摇风尘是迫不得已。同样的作品还有杨万里的《归欤赋》，作品由梦而归家所感，反思生之辛劳和对隐居的渴望：

嗟予生之艰勤兮，墨兵纳我于学林。慕黄口而轻予之明月兮，以耒耜而易搢绅。既自山海之弃而粥于市兮，又何叹池活而笼驯？羌初心之岂其然兮，亦曰负米而为贫。家焉釜吾亲兮，公尔以芹吾君。惟是行之猖狂兮，随荐书以叫阍。谒帝久而乃觐兮，岂不就于一列？其如釜甑之空兮，履五当而衣有结。乐调饥而济渴兮，犹幸有曾冰之与积雪。仰王都之造天兮，非都庐其奚蹑？反而顾予之躄足兮，欲自杂于汗血。梦归而不归兮，不念吾亲之指啮。归欤归欤，岂南溪之无泉兮，南山之无蕨！

此赋表现了安贫乐道的本心和不得已而混迹宦途的“予生之艰勤”，把甘于贫贱和入朝为宦进行对比，而且把为宦描写得很不堪，用“指啮”来暗示人生的归处是亲人身旁，是尽孝道，“南溪”“南山”则暗示了隐居守志的愿望。杨万里的这篇作品以田园乡居生活来否定勠力王事、济世救民的人生道路。不过，这种乡居生活和葛立方等人的不同之处在于，他是要回归到儒家的那种修身齐家的生活理想，而是不那种沾沾自喜的田舍翁状态。再比如崔敦礼的《闲居赋》：

> 释吏尘之鞅掌兮，望吾庐而载旋。野鹤脱于樊笼兮，解病马于羁编。嗟余居何甚小兮，聊复有此池园。苟余意足有适兮，岂必金谷与平泉。余既浸以成趣兮，画人事而与辨。曰悠悠其莫往来兮，垒柴门之苍藓。朝吟芦花之白雪兮，暮数渔舟之青烟。时扪腹而徐行兮，俄曳杖乎池边。龟鱼识余之履声兮，唼蘋藻而不喧。迟余步乎东畴兮，或嘉蔬之葱蒨。撷杞菊而将瓜芋兮，袖雨露之微泫。忽长风之吹来兮，哄万柳之喧骈。倾若相逾蹙若相斗兮，各献状而争妍。余矫首而徜徉兮，欲飘飘而俱仙。穆室处之晏娱兮，乐图书之舒卷。耿青灯而深语兮，下潜幽而穷玄。惊倦仆之僵屏兮，鼾夜床之对眠。感晨鸡之呼觉兮，怅流光之易迁。于是矍然而起，起而歌曰：岁荏苒兮风露，手种木兮今檠檠。世我忘兮我宁忘世，去来去来兮吾居不可久闲。

作品基本上是对陶渊明《归去来兮辞》的踵事增华。赋的开篇载欣载奔的描写表现了摆脱吏尘鞅掌的轻松快乐，作者自比

"野鹤""病马"暗示了高雅自然的天性和不堪侧身皂吏的品质。文章的主体表现优雅闲逸的乡居生活,作者着力表现了"会心处不必在远,翳然林水,便自有濠濮间想也,觉鸟兽禽鱼自来亲人"(《世说新语·言语篇》)的境界。能体会到这种人与自然和谐相处、自然万物生气流行之境界的人,自然是高洁之士、脱俗之人。这段人与万物交互感应的描写于平和中见丰旨,于淡远中见深挚,是南宋骚体中少有的精美文字,充分展现了作者高雅脱俗的精神境界。赋的结尾,作者随意而施,即成点睛之笔,问晨鸡之鸣而感时光易逝,这自然让人联想到闻鸡起舞的为天下生民担当的精神,因而进一步点明主旨:天下人可以忘记我,但是我不能忘记天下!作者并没有像陶渊明那样结庐人境而心无尘杂,而是身在江湖心存魏阙,既是高人又是志士。这正是当时文人较为普遍的人生态度,他们把陶然忘机和忧患天下有机地统一在一起,他们追求的是包容仕与隐、穷与达的大气魄大心胸。杨冠卿的《君子亭赋》、陈造的《怡轩辞为臧子与作》、周孚为辛弃疾的献辞等赞美友人贵人的骚体,往往兼及主人优雅高妙的胸怀和济世的情怀。在喻良能的《菊赋》、王炎的《石菖蒲赋》、廖行之的《岩桂赋》等咏物骚体中,他们往往表现物象处于困境的淡定和妖娆多姿的优美,这同样是当时人们对理想的精神境界的具象化理解。

当然,也有文人醉心于表现远离尘俗的浪漫境界。王质曾作过一些骚体篇什,已佚。他在《云韬堂楚辞后序》说:"余之本趣,资物态以陶己灵而已,会情于耳目者多,索妙于简策者少,以熟故精,非以博故详也。山梁雌雉,时哉时哉。子路共之,三嗅而作。浴乎沂,风乎舞雩,咏而归,吾与点也。故曰:智者乐水,仁者乐山;智者动,仁者静;智者乐,仁者寿。圣人之所事此，凡寓意于彼，适意于此，所以导人心，茂此种也。孟子曰：‘夫仁亦在乎熟之而已矣。’鸢飞戾天，鱼跃于渊，此虽无补于世，亦岂无益于己也？”①从他的这段话中我们可以窥知他的楚辞是为抒写性灵而作，表现的应当是“曾点之乐”的陶然境界，是蕴含仁者、智者胸怀的那种澄怀雅韵。陈炳的《泛秋浦辞》模仿曹植《洛神赋》的结构篇章，描绘了与秋浦之神盘桓仙界的美境：

> 羌予行兮酷暑，修途邈兮回邅。埃迷目兮眵昏，仆马瘦兮踬颠。若有人兮扁舟，破菱荷以径前。接予袂兮俱往，欲惊（驾）我兮登仙。与汝钓兮空明，鱼杂龙兮藻荇青。与汝浴兮靓深，悲风度兮秋涛生。汝游兮嵌岩，骇鸥凫兮争翾。与汝望兮茫冥冥，若有无兮飞烟。水一去兮入海，问此程兮数千。指蓬莱兮一发，有安期兮偓佺。紫贝阙兮珠宫，笑纷车兮尘寰。沆瀣欲兮芝餐，盍轻举兮蜕蝉。嗟吾生兮穷屯，履平地兮奔湍。心炯炯兮犹在，愿托履兮人间。青老兮欲丹，露溥溥兮山寒。吾何归兮日暮，寄此怀兮江之南。

作者驰骋想象，精心构建了一个飘渺旷远的神仙世界，在这里，人不仅摆脱了世俗的精神羁绊，而且任意飞翔，餐风饮露，长生不死，以安期、偓佺等仙人为友，彻底摆脱了物质世界的羁绊。作品展示了摆脱一切牵绊的情况下的生存状态，的确引人入胜。这种意象是游仙诗中惯常表现的，六朝以来游仙与咏怀有

① （宋）王质：《雪山集》卷五，《四库全书》本。

结合的趋势，如郭璞的游仙诗就是这样，既表现飞升的愿望，又表达对现实的不满，是游仙诗逐渐脱离企求长生久视的庸俗格调的一种努力。此赋也是沿着这个路数，在结尾点出自己“穷屯”，时命不济，这样就使得作品中浩渺飘忽的想象具有了深厚的现实基础。

当时热衷于在骚体中构建超现实的纯美境界的是高似孙。他的《骚略》三卷收录了《九怀》（九篇）、《山中楚辞》（六篇）、《欸乃辞》、《嶀台神弦曲》（两篇）、《飞花引》、《蓬莱游》（两篇）、《秋兰辞》、《小山丛桂》、《朝丹霞》、《幽兰赋》、《后长门赋》、《读易赋》、《秋兰赋》共二十八篇。高似孙的著作以“略”命篇者除了《骚略》还有《经略》《史略》《子略》《集略》《纬略》，这六“略”可以说涵盖了学术的各个方面。以“略”命篇始于刘歆的《七略》，这里的“略”当为简要、概要之谓，刘歆的《七略》是对学术发展和各类图书的概要介绍，其成果为班固的《汉书·艺文志》所吸收。我们从今存的高似孙《纬略》都是学术杂记性质来看，《骚略》也当是对骚体的研究，也就是说，《骚略》不单是以骚体为主的文集，更是一部研究屈骚传统的学术专著，其中的作品，应该是要探讨、阐释他认为纯正的屈骚正源，也可以说与“以诗解诗”是同一路数，是“以骚解骚”。在《骚略·序》中他说：

> 《离骚》不可学，可学者，章句也；不可学者，志也。楚山川奇，草木奇，原更奇。原，人高志高，文又高，一发乎词，与《诗》三百五文同、志同。后之人沿规袭武，摹效制作，言卑气嫚，志郁弗舒，无复古人万一。武帝诏汉文章士修楚辞，大山、小山，竟不一企，况《骚》乎！呜呼，《诗》已

> 亡矣，《春秋》不作矣，《骚》亦不可再矣，独不能忘情于《骚》者，非以原可悲也，独恨夫《骚》，不及一遇夫子耳。使《骚》在删《诗》时，圣人能遗之乎？呜呼！余固不能窥原作，犹或知原志者，辄抱微款，妄意抒辞，题曰《骚略》。

又曰："后之视今，今之视昔也，知我者《骚》乎！"[①]从这段话可以看出，在高似孙的心目中，楚辞是与《诗经》比肩的元典文献，而屈原及其作品是道统和文统传承的重要一环。这又回到了晁补之、朱熹他们讨论的问题了，其实质是对屈原作圣贤化的打扮，对楚辞作经典化的提升[②]。高似孙以为自己独得屈原奥旨，前人之作均不入其法眼，他的《骚略》就是在揭示他感受到的屈原的境界。前人对高似孙的《骚略》多看不上眼，以为他模仿抄袭太甚[③]，高氏的模仿正是源于此书是一部学术专著，非严格意义上的个人创作，其目的是描画屈原的心灵境界，因此，作者选择屈原作品的原词或者意象来揭示其本旨，这应该是更为可行的路径。

然而，高似孙笔下的屈原之志更多的是他心灵的折射，他

---

① 是书存于《百川学海》，有《丛书集成初编》本。

② 高似孙在《纬略·楚辞》中说："今观屈宋骚辞，所以激切顿挫，有人所不可为者，盖皆发于天。如羌谇蹇纷、侘傺些只者，楚语也。沅湘江澧、修门夏首者，楚地也。兰茝荃药、蕙若蘋蘅者，楚物也。以其土风，形于言辞，故风雅比兴一出于《国风》、二《雅》之中，不可及已。……自汉以还……后才士但袭其体、追其韵，言杂燕粤，事兼夷夏，亦谓之楚辞，失其旨矣。"（《丛书集成初编》第308册，中华书局1985年版，第9—10页）

③ 明谢肇淛评曰："高续古《骚略》三卷，步骤屈宋，几若优孟于孙叔敖矣。"[（明）谢肇淛：《文海披沙》卷二《花飞引》，明万历三十七年沈儆炌刻本]

冲淡了屈原作品的悲怨色彩，重在展示高雅脱俗的境界。由于他揣摩到的屈原之志高雅脱俗，因而对具有纯美境界而绝少悲怨色彩的《九歌》推崇有加①，《九怀》作为《骚略》的第一篇作品，具有开宗明义的意义，作品用越中的九位神祇来替代《九歌》中的东皇太一等九神，其做法和北宋鲜于侁《九颂》的路数一样，而平淡渊粹的风格也非常相似。如《苍梧帝（湘夫人）》：

> 望九疑兮云雨，心惨惨兮思君。冉冉兮愁痕，楚波深兮斑竹活。历嵯峨兮极眺，讯遐心兮谁将。蛟何跃兮冲波，鸿何惊兮离网。湘有蘋兮渚有荃，欲将诚兮无能宣。苍莽兮何之，孰亮余兮嫂娟。羽何音兮锵锵，凤何仪兮济济。朝腾余轫兮梧阴，夕娱兮清澧。蹇踌躇兮自喜，逆清川兮如洗。植馆兮云中，树之兮石磊磊。贝阙兮鳞堂，杂青枫兮始霜。芷路兮蘅薄，桂飞榱兮兰房。相芰荷兮可衣，美秋菊兮曾粮。瑶华兮在席，江有蓠兮吐芳。被薜兮带萝，表之兮以兰香。汇众卉兮扬徽，贮芳辛兮同薰。哀弦切兮入云，灵来下兮缤纷。捐余珰兮中流，遗余玦兮北渚。俨奉君兮嘉荐，乃遗余兮芳杜。时契阔兮难再，聊歌风兮自语。

文辞虽然雅丽洁净，立意也基本上得《湘夫人》之仿佛，但是缺

---

① 高似孙在《纬略·楚辞》中说："楚辞注：'楚有先王之庙及公卿祠堂，图画天地山川，神灵奇伟，及古贤圣怪物，行事周流罢倦，休息其下，仰见图画，因书其壁，呵而问之，以泄愤懑、舒写愁思。'读此，则《九歌》之意全本于此。图画鬼神之间，犹足以泄愤懑、写愁思，况其余乎？今观屈宋骚辞，所以激切顿挫，有人所不可为者，盖皆发于天。"（《丛书集成初编》第308册，中华书局1985年版，第9页）

乏苦苦的企望思念之情。类似的作品还有《嵱台神弦曲》，其他如《朝丹霞》《飞花引》等也是这个样子，充分展示了高似孙体会到的高雅脱俗的“骚体之本旨”。

高似孙以屈原的高洁特立的秉承之人自诩，仿《离骚》幽隐曲折的笔触，表达独拔流俗的情怀。他的《山中楚辞》较江淹的《山中楚辞》，能于“损悲”的幽闷之怀中巧妙地消释悲哀，完成自省自适直至自达的心灵转换。如其第一章：“山如罨兮栖柔烟，鸟徘徊兮翠如褰。荫松柏兮牵丹泉，猿在上兮鹤在前。拍浮丘兮延偓佺，话坎离兮生坤乾，问山月兮今何年，月得道兮玄之玄。”前半部分描绘山中优美静谧的景色，营造出安适恬然的氛围，继而融我入境，全然自释，终进入庄子化蝶一般物我不分的玄妙境界。又如第四章：“若古兮多奇，御夏兮高明。蹇千山兮在下，石吐泉兮泠泠。采新果兮半熟，被疏絺兮全轻。非老子兮孰悟，亦晋人兮予盟。风来南兮洗琴，棋落落兮争声。心有官兮自玉，天相知兮同醒。”其以老子与陶潜为标举，以他们的超脱淡然的心境解慰自处，涤荡胸襟，沉寂心灵，以求出于神黯情伤之境，消释愁忧，从而避世娱心，达到自我超越。这种淡泊的情怀正是构筑起高雅境界的基础。

高似孙对兰花情有独钟，他创作了三首骚体：《秋兰赋》《幽兰赋》《秋兰辞》。这三首作品的立意均来源于屈原《九歌·少司命》中对秋兰的描写。[①] 在《幽兰赋序》中他说：“兰曾伴屈大夫，政复何限，然非屈大夫，无知兰者。予固非知兰，亦非

---

① 《九歌·少司命》曰：“秋兰兮蘼芜，罗生兮堂下，绿叶兮素枝，芳菲菲兮袭予。夫人兮自有美子，荪何以兮愁苦？秋兰兮青青，绿叶兮紫茎；满堂兮美人，忽独与余兮目成。”

知大夫者。后五百年,或有知予者焉。”他认为兰花最能代表屈原的品格,因此,在对兰花的描写中倾注了他对屈原的仰慕之情。在《秋兰辞》中他写道:“秋兰兮青青,得道兮如素。娟娟兮好修,行隐隐兮不渝。夫人兮孰怀美,兰何为兮靓处? 秋兰兮英英,含章兮自明。山中兮无人,其与谁兮晤倾? 悲复乐兮乐复悲,怅来者兮不可期。悲莫悲兮有所思,乐莫乐兮心相知。”突出兰花芳华外扬、和气所资、精英自得的品德,表现了兰花在比德方面的意义。高似孙还有两篇《水仙赋》,虽然格式上不是骚体,但是其雅丽骚怨的格调和这两篇兰花赋相近,这同样是因为在他看来水仙的品格与他心目中的屈原形象相近。

高似孙还有一篇《松江蟹舍赋》,亦是一篇寄托深刻的人生感悟与处世哲学的境界邈远的佳作。赋作咏史抒怀,以范蠡之事开篇,纵笔铺叙“松陵互潮,太湖交潴,川纳壑府,波画村墟”的广袤幽渺的大观景象,用出庙堂以达世外的山水比喻脱尘世的内心解放,用笔稳妙蓄情不露;文中展现渔子生活的惬意洒脱,以范蠡和渔翁的互相诘难问答,借渔子之口点出题旨:“侬闻宅金汤之固者,莫崇乎德者也;建竹帛之功者,莫勇乎谋者也。目吴越之成败,忾君臣之嗟戏。”赋末,以渔翁歌咏:“洞庭兮既波,松江兮未雪。一舸兮自决,知者乐兮乐者哲,蟹健兮鱼肥,风吹觞兮酒淋衣,知有蟹兮不知时。若斯人兮其庶几!”表现出忘情世事、知命长乐的心境体悟。他的《小山丛桂》反淮南小山之《招隐士》,极写山中的美好风物,然后以“若人兮悲秋,山中兮胡为不可留”作结,表现了对超然世外的生活的向往。

可以说,高似孙对屈原的向往表现的是其高雅脱俗的一面,与朱熹他们突出屈原的家国天下的担当意识是有区别的。人们对高似孙对屈原的理解颇不以为然,但是他也不乏知音,民国时期李之鼎就对他推崇有加:“高氏所拟骚赋凡三十三篇,规抚前人,熏香摘艳,自具炉锤,非诮等麟楦者所可同日共语。宋自南渡后诗文靡弱,迥异北宋,高氏劬学尚古,上拟骚经,其学识诚加人一等矣。”①

当然,当时的骚体在表现个人情志方面题材范围是相当广泛的,不仅仅限于忧国忧民和超凡脱俗两端,如罗愿的《寄远辞》对人生奔波的感慨,薛季宣的《感沐赋》《感除赋》对年命流逝的真切感受以及《坊情赋》对男女情爱的体会玩味等,都昭示着骚体在导泄人情方面的积极意义。不过,在政治方面的出处去就仍然是骚体着力表现的,这表明在理学盛行的时代,士大夫的人生皈依仍然难以摆脱对家国天下的眷恋。

四、骚体创作向现实政治生活的渗透

屈原在南宋时期的圣贤化倾向和骚体创作的繁荣反映了当时学术文化与政治生态的某种诉求,其与理学在当时的强势发展有着密切的关联。而南宋政坛的斗争以及北宋后期以来的党争是激发理学的重要动因。可以说,骚体创作的发展与南宋中期的政治学术环境尤其是理学的勃兴有着紧密的联系。骚体创作与屈骚爱国传统之间的联系,也是理学人士在党争中争夺学术文化话语权的重要命题之一。由于这种风气的带动,骚体在政治生活中的作用得到彰显。骚体创作与政治学术斗争的关系我们前文已经探讨,这里只就骚体对日常的政治生活

① 李之鼎:《骚略》跋,《宋人集》丁编,民国南城李氏宜秋馆刻本。

中的渗透加以讨论。

人际关系是政治生活的组成部分之一，尤其是在逢迎上官、党同伐异等方面，人际关系就是政治生活的延续。秦桧专国时，每年在其生日举国献诗献赋成了政治文化生活中的一道风景。南宋中期，这种风气并没有完全销声匿迹，而是成了文人们结党与逢迎的重要手段之一。《离骚》中赞美独拔流俗的部分被人们模仿、放大，用来赞美同道或上官。杨万里的《张丞相咏归亭词》《中秋月赋》，杨冠卿的《君子亭赋》，曾丰《海柏赋》等，都或多或少具有模仿《离骚》的痕迹。尤其是释宝昙的《嗣秀王生日楚辞》更具代表性。秀王是孝宗生父赵子偁，死后追封秀王，其长子赵伯圭嗣秀王。这篇作品就是献给赵伯圭的寿辞，赋曰：

> 摄提之岁兮厥月惟寅，蓂谁商略兮六荚发春。揆王初度兮箕横翼陈，纷吾先驱兮康护帝茵。谓太平本无象兮，何为而生凤麟？艺兰之九畹兮，蕙茝同芬。河润九里兮，其源骏奔。春风兮桃李，芳菲菲兮袭人。绶累累兮万石，孰前修兮后尘。阆风兮县圃，归来兮隐沦。芰车兮荷屋，倚桂枝兮轮囷。闻韶兮屡舞，凤将九子兮其来下。玉节兮旌幢，世世兮茆土。职道德兮维垣，友夔龙兮方虎。晁骋兮扶桑，夕望舒兮延伫。援北斗兮为觞，饮南山兮坠露。制芙蓉兮裳衣，佩水苍兮陆离。采芳馨兮杜若，遗云仍兮以时。问乔松兮安在，将并驾兮焉之。植大椿兮八千为岁，方蘖芽兮吾其庶几。

作品的开篇模仿《离骚》以及篇中模仿《九歌》都是意在表现主

人出身的高贵。这样的作品我们不能认可作者完全是出于和秀王的交情而创作的,这种满纸溢美之词的文字其用意无非是在博秀王的欢心,以获得某种不可预期的好处。因此,这是一种带有政治色彩的社交活动。当代学者对高似孙给韩侂胄献寿诗诟病不已,其实,这在当时是普遍现象,是一种文化。高对韩侂胄的趋奉和宝昙对秀王的趋奉其性质是一样的,高的骂名是韩侂胄不被理学家青睐而招来的,因为南宋后期思想文化的话语权落在了理学家的手里。

当时的文人在日常的政治生活中,如以官方身份的祭祀、祈雨、行春等活动,也喜欢创作骚体。这是当时非常有趣的现象,官员们热衷于创作劝农文①、祭祀祈求类骚体等,这几乎成了官场风气,这当与理学的为政思想和官员的学究化倾向密切相关。祈求降雨止雨的骚体如李洪的《迎送神辞》、陈造的《送龙辞》、张栻的《公安竹林祠迎神送神乐章》、陈炳的《望黄山辞》等;祭祀类的骚体如曾丰的《祀蚕先》《乞如愿》《祀南海神》,张栻的《谒陶唐帝庙词》,张孝祥的《祭金沙堆庙辞》,陈傅良的《西庙招辞》,等等。这类作品基本上是沿袭《九歌》传统,描写神灵所处的环境,赞美神灵,以寄托祈求之意,当然也有的作品颇流露个人情绪,如陈炳的《望黄山词》:

望黄山兮峨峨,见接天以葱青。纷群峰兮怪奇,眩百变兮幽明。朱砂汤兮山椒,下白龙兮甚灵。袭深潭兮百

---

① 劝农文在南宋中期以后激增,而且有的还刊布于碑石,如1979年陕西洋县发现的南宋时洋州知州宋莘刊行的《劝农文》碑。祭祀祈求类骚体的兴起几乎与劝农文同步,其中当有密切的关联。

尺,夜有光兮晶荧。山中泉兮娱嬉,坐蛇虺兮隐形。岁徂夏兮不雨,农失望兮麕惊。禾稼郁兮满野,垂槁死兮无城。诉哀恫兮神祠,牲豆陈兮芬馨。巫诗诩兮后先,龙跧处兮皇宁。合归云兮九霄,麾雷公兮震霆。前丰隆兮戒路,叱雨师兮建瓴。予朅来兮江东,元砻窍兮储并。井邑荒兮穷谷,门两版兮常扃。泛裓襫兮良勤,几视日兮占星。粟星斗兮莫饱,将填壑兮鳏茕。官吾卑兮何求,职水旱兮忧矜。愿时以云兮又以雨,黄之田兮世世可耕。

这是一篇祈雨之作,作品首先描写小白龙居处的神秘氛围和其若隐若显的仙姿。这是祈求类之作惯有的格套,是从《九歌》神灵场景描写发展而来的。接下来向白龙倾述久旱生灵苦难,希望恩赐甘霖。作品的与众不同之处在于作者把个人的际遇与祈雨时的急迫心情结合起来,说自己生活已经相当不堪,位卑窘迫,希望白龙能够顾念自己,赏赐雨水,帮助自己完成职守。个人的穷愁潦倒流露于庄严典则的求雨辞中,相当有创意,雅有风致。

这个时期骚体创作祈祷祭祀类题材的兴起是一个颇为引人注目的现象,它的兴起与人们对楚辞的重视密切相关,也是当时官员学究化倾向的反映。

总之,在楚辞学发展的刺激下,南宋中期的骚体创作呈现出繁荣的局面,其创作与屈原的圣贤化以及楚辞在抒发个人情绪方面的价值有着千丝万缕的联系。文人们通过骚体创作对屈原的人格进行了深入的反思,张扬了自己对现实人生的深深关怀,同时也表现了自己超越世俗的愿望。楚辞学的兴盛也促进了当时官场上祭祀祈祷类骚体的繁荣。

正心诚意　修辞立诚*

——论理学对南宋后期辞赋文学精神的规范与重塑

文学精神是一个时代文学的灵魂，它是指文学中“抽绎出来的有关文学的观念、思想、意蕴、审美理想、人文精神、价值取向、文体风范，以及创造主体所体现的人生态度、人生追求、人格力量和艺术创造力”①。也就是说，文学精神是文学所体现的哲学、思想层面的诸多意义，是时代精神在文学中的体现。在南宋后期理学一尊的学术环境中，文学精神的基本问题是理学以何种方式对文学进行规范和重塑，并以何种形式在文学中展示出来。

理学发展到南宋后期，其学术大厦的构建基本告一段落，如何以理学的价值观来规范、塑造生活理想、道德人格成了道学人士思考的首要问题。这是理学思想落实到现实人生的重要时期，文学精神的出发点便是对理学思想与现实人生之关联的深入思索，我们想就当时辞赋创作中理学对其文

---

* 本文1.9万字左右，删改为1.6万字左右的《论理学对南宋后期辞赋文学精神的规范与重塑》，载于《江海学刊》2012年第2期。

① 郭延礼主编：《中国文学精神》总序，山东教育出版社2003年版，第1—2页。

学精神的规范与重塑展开讨论，以期揭示文学嬗变的精神动力所在。

一、理学对辞赋人文精神的规范与重塑

人文精神是指普遍的人类对自我的关怀，它表现为对个人的尊严、价值、命运的尊重、维护与追求，对全面发展自我的理想人格的肯定和塑造。理学视人生为一种修行，一种不断穷理尽性、灭尽人欲的修行。其人文精神的核心便体现在个人道德人格的不断完善，臻于纯粹，以达圣人之境。由此出发，它主张把个人的正心诚意推而广之，以此来匡济风俗，造就太平盛世，由做圣人而达致太平。南宋后期的思想界，出于独尊地位的理学已经不再把完善学理当作首要任务，而是致力于以理学的思想观念来改造社会，改造社会的第一步就是让人人争做圣人，向道德人格迈进，由此臻于盛世。因此，当时在理学框架下的人文精神体现为对完善个人道德的异常重视。具体到文学当中，对个人与社会关系的思考与探索、对国家命运的忧患被塑造为修身齐家治国平天下，那种对生命、人生的热情被规范为以“理”释情，穷理尽性。文学失去了对个人情感自由真切的表达，以及对冷静深邃的哲理思索。

思索人生、表现人生状态，是文学体现人文精神的重要主题之一。辞赋创作中，从屈原的《离骚》《九章》到汉代的《答客难》《解嘲》等，均对此有所阐扬，并形成传统。宋代的这类辞赋也很多，总体来说，对人生问题的思考更为深入。然而，南宋后期的文人们在这方面要比之前的文人肤浅得多，他们的辞赋

中对个人的升沉穷通以及与之相关的种种情态意绪不再做细腻的描绘，而是热衷于套用理学的理念，用理学的眼光来感受并阐释人生。这类辞赋也因此丧失了其情感的独特性，变得众口一词，千人一腔。“送穷”是辞赋中表现命运落魄常见的主题，一般多在细致描绘个人的窘迫状态后，以超然高雅的人生追求排遣之。这个时期，这种对现实苦难的超越几乎完全变成了理学的道德完善，安贫乐道。要知道，人们对现实人生的超越是多种多样、形态各异的，这也是宋代辞赋富于理趣的关键因素之一。对人生理性反思的缺失正反映了理学对文学人文精神的规范与重塑力量之强大。区仕衡的《送穷文》①描写因贫富差别而失落的心理相当传神：

> 人之有生，富贵贫贱，实禀于天。惟尔五穷，窃造化之命，颛宰物之权。人或值之，绵绵延延，所以使余屯蹇困滞者，皆汝之致然耶！人之有衣，华采绚褥，羔裘豹袪，文锦绣縠。予惟单衣，布或无幅，谁其尸之，致此穷蹙？人之于食，日费万钱，烹凰炙龙，醉酡饱鲜。予惟阻饥，曲突无烟，困厄至此，是谁之愆？他人之居，潭潭其府，左青右黄，雕墙峻宇。予独无家，颠连逆旅，瓮牖桑枢，仅蔽风雨。静言

① 正月初六“送穷”，是我国古代民间的岁时风俗。其意就是祭送穷鬼。据宋陈元靓《岁时广记》引《文宗备问》记载：“昔颛帝时，宫中生一子，性不著完衣，作新衣与之，即裂破以火烧穿著，宫中号称穷子。其后，以正月晦日死，宫人葬之，相谓曰‘今日送却穷子也’。”（《岁时广记》卷十三“号穷于”条，《丛书集成初编》本，第135页）相传穷鬼乃颛顼之子。但辞赋中的送穷之文，并不是送一穷鬼，而是五穷鬼，即智穷、学穷、文穷、命穷、交穷。因此，宋人的这段记录当为依据当时的民俗而臆造的小说家言。

> 思之，咎其在汝。他人之稼，五谷穰穰，黍稷穜稑，千仓万箱。予有薄田，糊口四方，年登而饥，厌此糟糠。谁生历阶，至今为殃？人之丰财，帑藏充积，明珠文犀，良金翠璧。独吝于予，家徒四壁，室如悬磬，储无儋石。匪汝之尤，曷至此极？……①

文章虽以"送穷"命篇，其实是"送贫"；虽然提到"五穷"，但所送五穷鬼中并不包括贫穷。对于文人来说，送五穷鬼包括的命运、智巧、学问、文章、交友等内容，与仕途穷达相关联。韩愈等的送穷之作，虽多有涉及贫穷落魄内容的描写，但这是为了表现自己不能与时俱进随俗浮沉所遭致的屯蹇困滞。此赋则根本没有涉及个人命途不济、披褐怀玉的内容，这就使得送穷失去了起码的基础。之所以如此，与当时普遍的人生价值观当中个人才华等已经降至不太起眼的地位有关。在理学规范的人生观念当中，个人潜能、活力的正常释放并不占有重要位置，重要的是个人道德的完善和家室的尊卑有序、孝慈和谐。正是从这个角度出发，作者没有在文章中抱怨人生的穷通遭遇，而是从齐家入手来表现衣食居处、稼穑帑藏等的狼狈状况，这是从理学人生观出发来观照自己的落魄人生的，这在过去类似赋作中比较少见。对于贫穷的郁郁不平，文中是这样排遣的：

① 曾枣庄、刘琳主编：《全宋文》第 353 册，上海辞书出版社、安徽教育出版社 2006 年版，第 115 页。本文所引辞赋，均出自该书，为行文方便，不再一一出注。

贫贱,圣人所不去也,而子乃恶之乎? 富贵,圣人所不处也,而子乃慕之乎? 昔在元圣,厄于陈蔡,我惟相之,道垂千载。颜氏庶几,箪瓢屡绝,我惟辅之,名高十哲。后有昌黎,五穷为祟,奋为文章,流传百世。是三儒者,后世所宗,处困而亨,穷而不穷。子以前五者为予之咎,则是三者又谁之功与? 天之于物,否极泰来,久屯必亨,穷通流坎,匪人所能。

固穷励志是人们面对命途屯邅常用的排解之法,文中以孔子、颜回、韩愈为典型来说明人生的皈依所在,不仅是要固穷、忍耐,而且要顺应运命,在否泰流转中安顿自己的生命。这其实就是理学正心诚意、主静、内省、慎独等内容的核心。在一般的这类辞赋中,所励之志多有反思、批判现实和探索人生道路的内涵,这正是此赋所缺乏的。可以说,传统的这类赋中关乎现实批判和人生思索的因素被抽去了,其所以如此,正是理学的人生观、价值观在规范和重塑着那个时代的人生观、价值观,因而文学精神也展现着理学的道德情怀。这篇赋人文关怀的缺失绝非个案,而是具有普遍意义。

俞德邻的《斥穷赋》也是"送穷"的作品。这篇赋宏丽博辩,内涵较为深刻,文章以主人、四穷鬼和智鬼的对话敷衍成文。赋的开篇提出了一个非常深刻的问题:

伊造化之亡私,匪奇偏于赋受。尧何疵兮殄世,瞽何饰兮裕后? 桀何德兮瑶台,宪何尤兮瓮牖? 何纂武而汤偏,何跖肥而夷瘦? 何壤耄而由醢,何回殀而篯寿? 何阖闾之死而金玉其穴,何黔娄之亡而手足不覆? 非尔鬼之比周，孰主张而错缪？

赋中的这种困惑从司马迁《伯夷列传》以来引得历代文人不断反思，司马迁在该传的论赞中说：

或曰："天道无亲，常与善人。"若伯夷、叔齐，可谓善人者非邪？积仁洁行如此而饿死！且七十子之徒，仲尼独荐颜渊为好学。然回也屡空，糟糠不厌，而卒蚤夭。天之报施善人，其何如哉？盗跖日杀不辜，肝人之肉，暴戾恣睢，聚党数千人横行天下，竟以寿终。是遵何德哉？此其尤大彰明较著者也。若至近世，操行不轨，专犯忌讳，而终身逸乐，富厚累世不绝。或择地而蹈之，时然后出言，行不由径，非公正不发愤，而遇祸灾者，不可胜数也。余甚惑焉，倘所谓天道，是邪非邪？①

赋中的这段话就是从司马迁这段论赞而来。作者把这种天道的不公归咎于穷鬼的作祟：

钻印沉研，聚萤刺股，子之懒惰，无与为伍。鼫鼠竹书，孰视堇睹？谁谓学穷，而闯子所。斗饤为工，汗澜为拙。子独芚芚，固守前辙。棘林熠耀，顷刻冒没，焉有文穷，而子虚喝？子数之奇，地亡立锥，瓶粟屡空，乃分所宜。饮河巢林，聊以自怡。赋命如此，何穷之为？涕唾流沫，颔

① （汉）司马迁：《史记》卷六十一《伯夷列传》，中华书局 1982 年版，第 2124—2125 页。

颐颧颏。刎颈论心，死生契阔。子独索居，煦煦孑孑。岂有交穷，忍为子孽？然子之所以颠沛流离，若愚若痴，谤誉交集，闷然莫知，则彼智穷之为也。……

今子之矫矫昂昂，为世所狂，懵然意行，坎窞康庄。非彼智穷，孰为子殃？婞婀伛偻，突梯卷脔，滔滔皆是，子宁不然？非彼智穷，孰诒子贼？犂靬眩人，踶跂蹩躠，趋者澜倒，子徒揭揭。非彼智穷，孰滋尔阙？篣格酷烈，斫人膏血，纡朱怀金，子顾不悦。非彼智穷，孰为子贼？

文中写到，主人学识浅陋，没有窦攸、束皙那样识得鼮鼠、竹书的博识，为文汗漫木讷，也没有堆砌辞藻的能耐，且命运畸零，相貌丑陋，天赋如此，不能归咎于学鬼、文鬼、交鬼和命鬼，其蹀躞落魄是智鬼使然。这里的“智”，指的是屈伸俯仰、与世沉浮、汲汲以求、酷治生民以邀时誉等巧伪之智。可以说，作者对为宦之道的理解是相当深入的，其对天道无亲的反思也相当有力度。但是，文章的结穴不在于对人生问题的反思与批判，而在于结尾的“命玉友行成其间”，以美酒来慰劳众鬼，宾主耦俱无猜，主人像一切主祭的圣贤君子那样笑言哑哑，谈笑风生。就是说，作者没有对人生的形态与困惑深究下去，没有在更高的层次上对此进行反思，而是谨守“五穷”，以固穷守志正心诚意的态度来安排人生。这篇赋触及古代人文精神当中的核心问题，且博通古今，视野开阔，但其反思的力度却不能尽如人意，这与理学对传统人文精神的遮蔽与规范有密切的关系。

对生命活力自由释放的忧患，是辞赋创作的一个优良传统，不只是送穷一类的赋，诸如征行、述志等类辞赋也擅长表达这种主题。然而南宋后期辞赋当中的那种人文情怀被道德自足代替了。除以上所论辞赋外，其他如叶少章的《遂性赋》、刘黻的《遂志赋》、方岳的《茧窝赋》、林半千的《遣愔文》等均在反思人生之后不约而同地把正心诚意作为生命皈依。可以说，人文情怀的缺乏和道德人格的过分张扬是辞赋创作乃至文学创作的普遍倾向。取得一尊地位的理学在当时已经失去了进一步完善学理的推力，它的当务之急是依照其学理来改造社会。因此，塑造符合其观念的道德人格、历史模式、社会伦理便成为学术的重心。在文学创作当中其重要表现就是视道德为文学的根本、生命，理学思想在这种作用力下逐渐肤浅化、教条化而更具可操作性。真德秀是当时大儒，其思想具有相当的代表性，可以说代表着当时学术的主潮。他主张为文应以道德为本，文辞为末，他衡文往往不是从文章本身，而是从作者的道德人格出发。① 他要求文章明义理而切于世用，他的切于世用指的是以道德伦理来干涉社会，如他说：

儒者之学有二：曰性命道德之学，曰古今世变之学，其致一也。近世顾析而二焉。尚评世变者，指经术为迂；喜谈性命者，诋史学为陋。于是分朋立党之患兴。……然则言理而不及用，言用而弗及理，其得为道之大全乎？故善学者，本之以经，参之以史，所以明理而达诸用也。……夫理不达诸事，其弊为无用。事不根诸理，其失为无本。吾

① 如他对诸葛亮、杨亿，以及同时代人楼钥、许介之等的评价，就是从作者的德行出发来推逆文章的高下。参看（宋）真德秀：《西山先生真文忠公文集》卷三十四《杨文公书玉溪生诗》《许介之诗卷》，卷三十六《跋秘阁太史范公集》，卷二十七《攻媿先生楼公集序》等，《四部丛刊初编》本。

未见其可相离也。①

甚至认为“理即事也,事即理也”,“理自内出而周于事,事自外来而应以理”。(《西山读书记》卷二)文学的切于世用,便是以道德理念来取代对人生社会的真切感受和哲理思考,为了达到这个目的,他甚至在宣扬文学创作比兴之义的同时,以“圣门理义之秘”来作为比兴的核心。② 文学中的人文精神就这样被置换为道德情怀,逐渐失去了对人生、社会的关怀和忧患而陷入辨忠奸、别贤愚的格套。当时辞赋中人文精神的缺失,也是基于这样的原因。

二、理学对辞赋中生存理念的规范与重塑

人生之本然,是文学创作无法回避的一个问题。在理学家那里,人生被视为一个存天理、灭人欲的过程,因而对这个问题的思索和追问就显得没有必要。理学影响下的文学创作,对生存意义思考的热情大大下降,但是对存天理、灭人欲的心境则表现出相当的兴趣,可以说,生之本然已经被替换为天理人心的问题了。

修身是理学心性修养的起点,但是,心灵要达到怎样的境

---

① (宋)真德秀:《西山先生真文忠公文集》卷二十八《周敬甫晋评序》,《四部丛刊初编》本。

② 如他认为诗之性情之真归于正理,三百篇诗,皆合正理,闻者莫不兴起其良心,趋于善而去于恶。参看(宋)真德秀:《西山先生真文忠公文集》卷三十一《问兴立成》,《四部丛刊初编》本。

界才算是天理流行呢？当时的理学人士喜欢用“孔颜乐处”“曾点之乐”来指称这种境界，这一时期人们继续探讨这一问题，真德秀从朱熹的“理气”思想出发，指出养气对达致天理流行的重要意义，他说：

> “乾坤有清气，散入诗人脾”，此唐贯休语也。予谓天地间，清明纯粹之气，盘薄充塞，无处不有，顾人所受何如耳。故德人得之以为德，材士得之以为材，好文者得之以为文，工诗者得之以为诗，皆是物也。然才德有厚薄，诗文有良窳，岂造物者之所畀有不同邪？《诗》曰：“瑟彼玉瓒，黄流在中。”玉瓒，至宝也，黄流，至洁也，夫必至宝之器而后能受至洁之物。世人胸中扰扰，私欲万端，如聚蛲蛔，如积粪壤，乾坤之英气，将焉从人哉！故古之君子所以养其心者，必正必清，必虚必明。惟其正也，故气之至正者入焉。清也，虚也，明也，亦然。予尝有见于此久矣，方其外诱不接，内欲弗萌，灵襟湛然，奚虑奚营？当是时也，气象何如哉！温然而仁，天地之春；肃然而义，天地之秋。收敛而凝，与元气俱贞；泮奂而休，与和气同游。则诗与文有不足言者矣。①

但是，浩然之气如何养法，毕竟过于玄虚，除了强调以诚接物外，他们更重视为学的意义，如魏了翁就认为：“夫才命于气，气禀于志，志立于学者也。此岂一梦之间他人所得而予乎？穷

---

① （宋）真德秀：《西山先生真文忠公文集》卷三十四《跋豫章黄量诗卷》，《四部丛刊初编》本。

当益坚，老当益壮，而他人亦可以夺之乎？为此言者，不惟昧先王梦祲之义，亦未知先民志气之学。”①气必须通过学才能够奠定。这里的“学”是传统意义的学，指学习做人的道理，使德行更完善。

理学家们对人生本然的理解就是正心诚意，不断完善自我，以达到天理流行的境界，这样的人生就是一个修行的过程，同时，也是具有诗性意义的过程。当时人们对人生意义的思考，被理学限定为对天理流行境界的体认与表现。其实，早在北宋时期，理学家就通过诗文来探索“理”的诗性特征了，到南宋中期，朱熹、杨万里等在辞赋中对此境界也多有表现。此时，辞赋中对人生意义的思考几乎完全变成了对存天理、灭人欲的心理体验。比如袁甫的《觉赋》：

> 厥初生民兮，通天地之性情。名之曰觉兮，为万物之最灵。此灵此觉兮，匪自外生。知学之为觉兮，亘千古炯炯以光明。懿姚虞之传心兮，曰惟一以惟精。伊尹悯后觉之未觉兮，非予觉之谁其鸣？

指出人生就是在不断地觉悟天理，要觉悟，就得不断地学习，通过持敬立诚来灭人欲，向天理迈进。他的《静寿赋》对此描述得更为具体：

> 赤子之生，湛然清粹。及乎渐长，乃殊童稚。真淳一

---

① （宋）魏了翁：《鹤山先生大全文集》卷四十九《浦城梦笔山房记》，《四部丛刊初编》本。

散，横生情伪。谓耳目驱之耶？然有耳不可禁其听，而目不可止其视。谓事物汩之耶？然物来不可得而拒，事至不可得而迟。耳目本以发吾明，吾反以晦吾明。事物本以资吾生，吾反以丧吾生。咎其未能静也，吾将块然独处，脱屣夫世故之营营。患其不克寿也，吾将泰然养浩，伴明月而侣长庚。徐而察之，乃形存神往，境寂心驰，万感俱集，朋从尔思。填膺私欲，满腹群疑。言乃多悔，驷马莫追。戕贼天常，罪孰大斯？

认为人生就是一个抵抗欲望诱惑、保存赤子之心的过程。这个时期招隐题材的赋中，招人归隐或出世的内容被替换为招人皈依理学，认为这样的人生才有意义，如程珌的《钓台赋》：

《诗》咏考槃，《易》嘉肥遁。洗耳波长，嚼薇味在。或荷蒉而歌，或濯缨以唱；或弹北窗琴，或负南畴耒；或逃去无名，或归来适意。或托以酒狂，或隐以诗真；或膏肓泉石，或生死丝纶。今昔之士，何啻千百辈，卒与微尘断梗以俱湮，而子陵标榜，独到于今耶。且吾与子，幼而学，壮且行之。莘野磻溪，翻然来思，而又乌取乎隐者之所为乎？

在否定逃世隐居的生活后，指出山林鼎食之间的区别其实是表面的，真正的人生应该能体会到大自然的气象万千，以澄明无埃的心境感受自然人生。这其实就是天理流行的境界。人生的仕与隐、穷与达、显赫与落寞等，都是外在的表现，唯有心底里鸢飞鱼跃才是人生的本真。同类的作品还有洪咨夔的《招隐辞》、王柏《长啸山游记》中的《招隐辞》等。古代文人喜欢展现静谧的诗意之境以表现人生的状态，这与道家对“道”的理解以及佛家“空”的观念密切相关。理学家对“理”的理解基于摒弃外物的纷扰，使心灵归于澄明，因而，这种境界具有“静”的特点，在宁静澄澈中生气流行，气象万千，与玄佛的诗意境界具有相同之处。当时辞赋对这种人生境界的展示与传统辞赋是一致的，但是它更倾向于道德层面的完善。真德秀的《鱼计亭后赋》这样描写鱼的悠闲自得：

> 时也，日将夕而红酣，沼无风而绿净，见鲦鱼之成群，闯寒波而游泳，若空行而无依，涵天水之一镜。俄初月之沉钩，倏深潜乎翠荇。其浮游也，似无心而时出；其远逝也，似见机而知警。先生悠然，心旷神怡，讽小宇之雄篇，哦稼轩之英词。

其悠然自得的心境基本上是对庄子“濠上之乐”的踵事增华，作者想说明这种心境就是天理流行的境界，所以，下文讨论为生之道曰：

> 粤自太古邈，淳风离，勇者角力以幸胜，巧者矜能而炫奇，苟一饷之可乐，快性命而争之，谓谋身之允臧，卒反蹈乎危机。伟南华之著论，将警愚而觉迷。富贵人所嗜则媲之腐鼠；纷华人所羡，则况之文牺。为利而斗则争地之蜗，以智而死则刳肠之龟。独鱼之自适其适，若忘情于得丧，故大则述鲲化于天池，小则玩鲦游于濠上。盖其为物也，从容夷犹，逍遥闲放。静则以蘋藻为室庐，动则视江湖为寻丈。不借润于嘘濡，而相忘于沆漭。任公何所投其辖，

豫且何所施其纲？此其所以为得也。彼区区之虱蚁，方且娱暂安放股鬣，饕微腥于砧几，又乌可同域而议哉！嗟利欲之诱人，甚香钩之饵鱼。彼潜鳞之何知，犹或避而全躯，人固灵于万类，乃昧筍而蒙罛。曾所得之几何，甘颠冥于畏途。此累棋危橦之喻，宇子所以慨然而长吁也。眷我生之无庸，幸脱世之羁罥，付万事于浮云，独观鱼以终日。诚作计之甚左，差身闲而心逸。

这篇赋是呼应宇文虚中的《鱼计亭赋》之作，宇文的赋表现对命运无常的通脱与达观，真德秀则更进一层，认为泯灭机心，弃绝欲望，就能心静神安，趋向“理”的境地。作者借用了庄子齐物达观的理论来推阐灭人欲的道理，这正是理学体系的博大与包容体现，同时也把庄子指向的颓废人生引领向道德的至善与对自我的超越。王迈的《六野堂赋》、王柏的《冰壶秋月赋》等也多表现道德的完善与对私欲的摒弃。可以说，在理学思想的影响下，文学对人生意义的探讨被改造为存天理、灭人欲的心境的体会与表现，文学因此而失去了对人生深入追问的热情。

家庭是人的基本归宿，在文人创作中，家庭多被设定为政治失意的避难所和心灵的庇护所。同时，在自然经济条件下的中国古代社会，家庭乃是经济政治的基本单位，是一个微型的国家，传统儒家讲求修身以齐家，要刑于寡妻，至于兄弟，以御于家邦，轨物范世当从整齐门内做起。家庭的这一特征至少在宋代以前的文学中没有得到饱满的表达。南宋以来的文学创作，尤其是辞赋创作，家庭的经济政治意义受到重视，南渡以来，辞赋中表现家族兴旺发达祈愿的内容明显增加，孝宗以来，理学在发展过程中，对“家”给予了相当的重视，他们强调即使晏居乡处，也要正心诚意，慎重持敬，朱熹在《家训》中就倡导家庭亲睦重德修身，在洒扫应对之际涵养品德，把修身延展到孝悌忠爱之义。这种思想对南宋时期重视家族兴旺发达的观念是一个有力的提升。理学在南宋后期的发展过程中，“齐家”之义被进一步发扬光大。张世南指出：“世南从三山故家，见朱文公一帖云：‘讲明正学，其道必本乎人伦，明乎物理。其教自小学洒扫应对以往，修其孝悌忠信，周旋礼乐。其所以诱掖激励，渐磨成就之道，皆有节序。其要在于择善修身，至于化成天下；自乡人而可至于圣人之道。’先生教人，自致知至于知止，诚意至于平天下；洒扫应对，至于穷理尽性，循循有序。病世之学者，舍近而趋远，处下而窥高，所以轻自大，而卒无得也。”①在当时人看来，家庭不仅仅是安顿心灵的所在，更是安生立命之地，道德的养成要在家庭生活中得到体现。

理学对家庭生活观念的这种重塑，深刻地影响着辞赋创作。随着文学主潮由宏大命题转向庸常生活凡人俗态，表现家庭生活的主题得到张扬。优游田园啸傲湖山的生活被附丽上格物致知之含义，闲居野处享受天伦之乐被赋予了修身齐家之意义，乡居生活被注入了“崇高”的内涵。南宋以来，乡居描写成了辞赋表现的重要内容之一，这一时期，乡居描写的主题思想发生了变化。过去的那种或优雅闲适或身家通泰的诉求被

① （宋）张世南：《游宦纪闻》卷八，中华书局1997年版，第69页。又如陈宓的《后原道说》（《复斋集》卷七，《四库全书》本）、《文公朱先生家礼序》（《复斋集》卷十）等。

正心诚意代替了。洪咨夔的《老圃赋》①是一篇描写乡居生活的佳作，全文以老农与小儿的对话结构全篇，赋曰：

翁放锄顾儿而言曰：汝亦知夫世有遇不遇之蔬乎？驾酿施蓼，鏖醢侑菹，蕨蒲羞鳖，食芃荐鱼，芥酱且胾，葱渫且朐，烈有桂椒，滑有堇榆，已多乎燧人、庖牺氏之初。而况织翠屠苏，殷红氍毹，沐漓觞斝，轰陋钟竽，猩唇豹胎之鼎，素鼋紫施之厨，始馋涎其趋新，中便腹而厌余。于是荤躁望风而引却，芳辛候色而应须。撷翠茗于昆丘，掇瑶颖乎方壶。蔗浆盛夏而冻合，萍虀祁寒而暖敷。行以白玉，奉之绿珠。五侯鲭兮逊美，天酥陀兮失腴。此其遇合，不翅初识之机、云，晚见之严、徐也。若乃崖壑栖迟，竹屋槿篱。莼擅场于秋风，空结鲈鱼之思；韭争长于春雨，未办黄粱之炊。荻生而河鲀上，橙熟而蟹鳌肥。指虽动而莫酬，腹不负其几希。已而凌寒采薇，迎阳刈葵，秸萱堂背，襜芹涧湄。镵黄独之雪苗，筐白薤之露蕤。茗蘼芜以涤烦，醪枸杞而补羸。冷淘煮兮槐茁，馄饨斫兮荠滋。泫膏铏兮雹突，饫粪火兮蹲鸱。酣糟紫姜之掌，沐醯青陈之林。云蒸罂粟之乳，涛汹胡麻之糜。轮囷鹅鸭之瓠，郁屈龙蛇之芝。

① 洪咨夔此赋命意从《论语·子路》中的一则故事而来："樊迟请学稼，子曰：'吾不如老农。'请学为圃，曰：'吾不如老圃。'樊迟出。子曰：'小人哉，樊须也！上好礼，则民莫敢不敬；上好义，则民莫敢不服；上好信，则民莫敢不用情。夫如是，则四方之民襁负其子而至矣，焉用稼？'"对于樊迟问稼圃之事，后儒对斥为"志则陋也"，儒者的使命在于以礼义规范齐民百姓，而非亲自从事稼穑园圃之事。作者以此命篇，暗含了对自己志向鄙陋的揶揄，同时强调了由居家修持礼义达于化成天下的含义。

> 婆娑熊蟠之菘，鬖髿虬髯之落。鲚孕子兮棕鱼，鳖解裙兮树鸡。竹竞绷兮稚子，蕨初拳兮小儿。以至太华之藕，黄河之菇，婆罗之波稜，大宛之苜蓿，南越之鹿角，江东之专蹄，与夫蜀之鸡苏龙鹤楫脯加皮，名品纷纶，色光陆离。性异温凉，气分王衰。芼择加精，调脜得宜。香闻爽心，味适解眉。有举案之接敬，无轑釜之见欺。芬芬苾苾，杂陈更进，可以苏文园之渴，疗首阳之饥。彼其石芥老而逾劲，苦笋少而已奇。蕈有拂士之风，菊抱幽人之姿。回睨蔓菁随地而易质，薯蓣视人而变形，曾不满乎一嗤，矧肯数乎恶苣、邪蒿、臭蒜而秽荽？然是蔬也，进不荣于珥貂鸣玉之齿，退不豪乎洒削胃脯之颐。烟云歕薄乎夜读之吻，风露簸荡乎朝吟之脾。与斋钵其争道，食方丈乎何期，其不遇可知已。
>
> 儿拱而前：其然岂然。诸葛以姓行，元修以字传。玉糁得坡老而重，银茄为涪翁而妍。与其见赏于肉食之鄙，孰若托名于摔茹之贤？盖穷患姱名之不立，而不患并日之食粥；达患宿学之不能行，而不患一箸之万钱。苟道义之信，饱饭蔬食而乐焉。

我们之所以不惮烦地引出此赋，是因为它在同类的题材中具有典型意义。祝尧曾评价此赋说："《老圃赋》，赋也。虽未免簇事，然治择精，援引工，亦得鲍、谢之祖者也。"[①]此赋的铺排在南宋同类赋当中是比较突出的，具有集大成的意义。但若说它

① （元）祝尧：《古赋辩体》卷八，《景印文渊阁四库全书》第 1366 册，（台北）台湾商务印书馆 1986 年版，第 832 页。

是祖述鲍照、谢灵运则不太确切，此赋的结构是宋玉《风赋》的翻版，把“大王之风”与“庶人之风”置换为“锦衣玉食”与“粗衣粝食”两种生活的对比，这种“有意味的形式”可以说是对遇与不遇、富贵与贫贱等命题的高度艺术概括，这种对比，在“送穷”类辞赋中也经常出现，然而此赋在思考的深度和艺术表现方面要略胜一筹。它在篇首点题“汝亦知夫世有遇不遇之蔬乎”，以此领起全篇，意在说明人之富贵与贫贱是一种机遇，而这两种生活的对比只在于口体之奉而已，而且，作者饶有兴致地铺排了乡居食茹的生活情调，以表现超越物欲的恬淡人生之韵味。超越富贵贫贱、超越口体之奉，这正是修身齐家安贫乐道的重要内容，这与张栻在《后杞菊赋》中畅谈超越口腹之欲以臻于道德完善的体会遥相呼应。作者想以传神之笔传达这样一种生活理念：人应该追求超越富贵利达的道德自足。因而，篇末点题曰：“盖穷患姱名之不立，而不患并日之食粥；达患宿学之不能行，而不患一箸之万钱。苟道义之信，饱饭蔬食而乐焉。”理学的生活观念提升了南宋初期以来追求身心同泰、子孙富贵的生活信念，确立了耕读传家、积善济世的家庭生活理念。洪咨夔的这篇赋的价值正在于此。与此赋同类的作品在当时不在少数，赵孟坚的《石菖蒲赋》、姚勉的《梅花赋》、吕人龙的《高斋竹赋》等，都着意表现田园生活的淡泊宁静和超越富贵贫贱的恬淡自足，彰显着耕读传家的生活理想。

立足于道德自足的理念，辞赋中展示了一幅幅和乐融融的乡居生活图景，和以往的这类内容凸显其远离尘杂不同的是，这些辞赋重在描绘其乡土情韵，更具生活气息，更具醇厚之美。如胡次焱的《山园赋》在开篇铺叙了山园的芋栗菽豆蕨笋荠韭等乡土风物之后，传神入画地描绘了山园的美好风光：

> 澹风日之明媚，纷蜂蝶之游戏，竹影琐碎而侵阶，花隐扶疏而卧砌，是则山园宜霁。滃云气于山椒，栖烟霭于木末，点芭蕉而滴沥，喧败荷之潇飒，是则山园宜雨。朔风嗥而枯声，蔺栜惨而离披，或陇梅破白，或霜叶赐绯，是则山园宜寒。蒸火云于肉山，俯佳木之繁荫，或曲岽送风，或高岭输云，是则山园宜暑。河低玉绳，桑浴铜铛，赫明暾之熹微，林霏炯其廓清，是则山园宜晓。暝色苍茫，返照依稀，牧笛怨而羊牛下来，樵路阒而禽鸟哢枝，是则山园宜暮。鹿随筇杖，鹤认茶烟，蔑红尘之污人，对清嶂以忘言，是则山园宜闲。呼风烈，猿啼月高，飞羽觞之潋滟，颓玉山于林皋，是则山园宜醉。群嶂供题，列卉献科，是则山园宜唱而宜和。俗客不来，柴扉昼掩，是则山园宜图而宜史。至于可喜可愕、可游可戏者，盖不能一二而悉数也。

作者运用赋体的手法描写山园不同的风光与恬然之趣，以表现和甲第朱门迥异的乡居野处同样的迷人情韵，徜徉在如诗如画的乡间，周遭的一草一木、阴晴雨雪都在布设美丽的画卷，人的心境与自然美景不再有主客间的隔膜，人的心因此而突破了尘世间种种“小我”的束缚，而放大向无限，万物万景容纳入心中，因此而玄览古今，洞见万机。这既是道家齐物逍遥的境界，也是理学家正心诚意的境界。刘宰的《漫堂赋》、家铉翁的《归去来兮辞》、姚勉的《秋怀赋》、张侃的《借轩赋》、王柏的《喜雨赋》、李曾伯的《避暑赋》等，都以展示优美的乡村风光和恬然心境见长，这种辞赋风尚与理学生活观念的浸染是密切相关的。理学思想给生活在自给自足条件下的文人学士提供了耕读传家的理论基础,使农业社会的生活模式具有了积善济世的哲理内涵,当时辞赋对乡居生活的关注、对宏大叙述的背离与当时的政治境遇相关,更与理学把致太平的基础置于修身齐家相关。这种风气不唯体现在辞赋当中,在其他文体创作中也留下昭然之迹。比如散体文当中,乡居题材几乎是其创作的主潮。[①] 在胡次焱的《山园后赋》中,对理学之于乡居生活的指导意义作了非常深入的阐释:

> 万汇葳蕤,一理攸寓。所贵善学,在触其类。故观松萝而知夫妇之道,观棣华而知兄弟之谊。观向阳之葵而知所以为人臣,观南山之乔而知所以为人父。观葛藟而知睦亲族,观桑梓而知洽邻里。观伐木而知朋友之当亲,观葭莩而知亲戚之当比。观于竹而知坚刚之节,观于梅而知高孤之味。观兰茝而知幽闲之雅韵,观松柏而知炎凉之一致。观篱菊不飘而知逸约之得计,观萌蘖复生而知良心之当护。观采苓而知所以远谗谮,观伐檀而知所以去贪鄙。观芄兰而知所以锄骄矜,观木瓜而知所以隆报施。观梧檟樲棘而知贵贱去取之难,观蓬茅槐芷而知善恶渐染之易。观射干生于高山,而知植立贵于超人;观蒹葭老于白露,而知贫贱所以玉汝。观小草有远志,而知广狭在人所趋;观红杏与芙蓉,而知荣枯在时所遇。观于硕果而知造化之剥

① 比如刘辰翁的散体文中,《节斋记》《愚斋记》《竹坡记》《小斜川记》《秀野堂记》《大隐堂记》《节庵记》《西山云壑记》《蹊隐堂记》《梅轩记》《存厚堂记》《归来庵记》《山囿记》《清缜堂记》《山窗记》《乐丘记》等都是描写乡居的文章。这绝不是特例,刘辰翁这方面的创作也不是太突出。表现乡居生活是当时文坛的一种风尚。

> 复，观于茅茹而知吾道之泰否。清洁则读濂溪《爱莲说》，取舍则读日休《桃花赋》。御下则读子厚《种树传》，好客则读乐天《养竹记》。至于乐意关禽，生香交树，是又可以观浩然之气。举凡山园之内，一草一木，一花一卉，皆吾讲学之机括，进修之实地。显而日用常行之道，赜而尽性至命之事。一坐山园，而尽在于此。此《大学》所以有致知格物之章，夫子所以有“多识草木”之语。岂但吴歈蔡讴姑乐其繁华，浆酒臛肉徒悦其绮靡也哉！

这段文字把经学、文学中的比兴形象与乡居景物混融为一，要人们在生活中触目所见与圣贤精神时刻保持一致，时时克已复礼，不断反省自我、约束自我。这就是理学主张的耕读传家的精髓，它要把持敬修行正心诚意变成一种自觉，一种享受。南宋后期辞赋甚至整个文学，注重生活描写的奥义正在于此。

齐家的内容除了自身的心灵修行以及“刑于寡妻，至于兄弟，以御于家邦”之外，还包括对子弟的训导，尤其是要子弟学而不厌。儒家的“学”主要是指学习做人的道理，或者说通过学习各种知识技能技艺以提升人格境界。然而，由于要“学而优则仕”，后来的人们往往把功夫用在了科举功名上，南宋人更是这样，其对科举的追求，已经深入每一个读书人的骨髓中，以至于举国狂热。理学从根本上讲是反对科举的，他们的理想是恢复到汉代的征辟荐举制度。然而，当时的人们巧妙地把儒家的“学”与博取功名的萤窗苦读混同为一，这样，就把正心诚意与金榜题名、光宗耀祖合而为一，使心灵的修行具有了实实在在的现实意义，也使得博取功名罩上了读书穷理的神圣光环。以往的辞赋中很少表现的训诫子弟读书的内容这时得到比较饱满的表达。傅自得在《训畲堂赋》中写道：

> 吾尝闻之矣，明经取青紫，其志固甚小；教子胜籝金，其谕亦已卑。惟下帷发愤，潜心大业，正谊不谋利，明道不计功，乃纯儒之所为。故义贵于集，不可为宋人揠苗以助长；仁在乎熟，不可使五谷之不如荑稗。规规然其守肯播肯获之戒，廪廪乎其畏不稼不穑之讥。行无越思，当如农夫之有畔；播种而耰，当识同然于此心之微。谨无春耕其丘，有何时实栗之叹。谨无豚蹄壶酒，有穰穰满家之祈。嚅哜道真，涵泳圣涯。如是则公相之尊，舆马之盛，昌黎之所以望符者，有所不暇计；而义方之训，端有在此而不在彼者。

在赋中作者点明读书不是为了博取青紫，也不应把教子读书看作是积聚财富①，而应该以涵养德性为目的，也就是践行先儒对“学”的理解。读书就是养德，这就如同稼穑，要获得禾穗繁硕的收获，就不能揠苗助长，急于求成。然而，作者最终还是不能免俗，他指出，学习做人，修炼德行，达到一定程度，虽不以富贵为目的，但是自然会富贵逼身而来。可以说，理学的齐家观念很好地调和了养德与博取功名的矛盾，把文学精神中之生命价值取向落实到学而优则仕的基础之上。在《味书阁赋》中，傅自得认为华彩辞章“味则美矣，而不适于用。譬之鸡肋，虽

① 视教子读书取得功名为“籝金”般的有丰厚回报的长线投资，在当时似乎是一种颇为流行的看法，李洪在《比至武原省侍叔父二兄因成二诗》中就说：“并海风烟古，重来岁月侵。竹林追胜具，棠棣接清阴。酒圣连宵醉，诗魔镇日吟。凤雏欣竞爽，家学岂籝金。”文人们对这种认识的批判，正反映了其在社会上的影响之巨。

勤抉剔，而不足疗饥”；释老之书“味则高矣，而不协于极。犹蝤蛑瑶柱，食之爽口，终不免动气而颦眉”；申商刑名之学以及战国纵横家言“味则奇矣，而用之为有害。犹河豚野菌，才一下咽，而腐肠裂胃之患，已随之矣”。“惟《中庸》之诚，《鲁论》之孝弟，《大学》之德，《孟子》之仁义，食之有益而无损，咽之有信而无疑。可以泽肤，可以充腹。终朝不食，则枵然而不知其所为。”时人把课子读书的生活写得很美，颇富有诗意，如王迈的《爱贤堂赋》这样写道：

> 今吾叔也，世腻之不嗜，生产之不营。日吾有书可读兮，足以藐南面之百城。日吾有子可教兮，足以贱黄金之满籯。挟吾所有之二乐以居吾堂兮，彼区区者曾足为吾之重轻！若乃髹几兮昼净，银缸兮夜荧，课群儿之吾伊，咀六艺之精英。大儿引喙而高吟兮，如唳天之鹤；小儿调舌而学诵兮，如出谷之莺。吾倾耳听之兮，若不胫而造玄圃，不翼而翔蓬瀛。抑余闻之，人之有生，其欲逐逐。食欲肥甘，衣欲华缛。暑棂欲凉，寒馆欲燠。至于爱子孙之贤，则又人之大欲。然或鹗鷇兮鸋鸠，或龙驹兮牛犊。纷八品之参差，虽造物者安得人人而厌属？则亦如彼何哉，惟自求于多福。故曰：太上种德，其次种木，又其次种谷。木仅十年之需，谷才一年之蓄，惟德则享之而不穷，酌之而不涸。吾门旧有三槐，其大如屋。本之以孝友兮，可以厚栽培；泽之以诗书兮，可以深灌沃。不寻之以斧斤兮，纵之以樵牧。淮水之流兮未乾，文正之芳兮可续。

课儿读书的生活是枯燥乏味的，作者如此津津乐道，无非是寄托着通过科举高中光耀门庭的愿望,是禄在其中矣。虽然赋作冠冕堂皇地说要造就子孙的德行,其实是要培养子孙入仕,作者对家业昌盛的愿望是极其强烈的,希望门前的大槐树是个好兆头,甚至能起到庇荫的作用,希望家乡淮水不断,则家族长盛。这篇赋清晰地展示了深植于人们心中的富贵利达观念和理学思想是如何水乳交融地结合的。其他如丁椿的《尊经阁赋》、吴如愚的《勉学赋》、王柏的《宋文书院赋》、韩补的《紫阳山赋》、方岳的《白鹿洞后赋》、刘辰翁的《东桂堂赋》等,都在鼓吹读书穷理的生活,因为这实在是一条身家富贵的可靠途径。这种齐家观念在当时相当深入人心,以至于向达官贵人献媚的辞赋,也在讴歌这样的生活理想,如程公许的《孔山赋》在歌颂了乔行简的风范和政绩以后也不忘挥洒几句这样的行乐场面:"当兹时也,驾言返乎孔山,味芝英而吸琼醑。孙曾列彩衣之庭,佩衿集户之屦。咏舞雩之春风,以寿斯文之脉缕,论四代之礼乐,以复治象于粹古。"可见诗礼传家已经是人们普遍的生活信念。

可以说,理学对人们的生活观念进行规范,从根本上确立了耕读传家、诗礼传家的信念,人生状态的深入思索逐渐从辞赋创作中淡出,代之以对通过读书穷理而达到身名俱泰、光宗耀祖的生活的向往。田园生活不再具有批判现实政治、逃避现实黑暗的意义,而是带着修身齐家的印记出现在文学中。

三、理学对辞赋中政治理念的规范与重塑

理学从修身出发,其最终目的是治国平天下。理学家的

治平理想是构建一个超稳定、超和谐的封闭社会。这个社会以纲常伦理为基本准则。他们不想面对未来，只想复制过去——那个不曾真实存在过的、只存在于先儒们想象当中的虚无缥缈的大同社会的幻象就是他们梦寐以求的政治理想。正因为此，理学对现实政治问题往往比较冷漠，其政治理念是正心诚意而化成天下，通过匡风济俗来达到天下大同。理学对政治理念的这种规范具有形而上的色彩，把政治问题变成道德问题，诸如君子小人、义利忠奸、贤良邪佞等道德评判代替了对政治问题的思考。在这种政治理念的影响下，士人们往往高论有余而不切世用，甚至迂腐偏执，眼界狭窄；同时也使得士人对现实政治方略失去起码的关心，而纠结于伦常、忠奸等不切实际的论争。随着理学的兴起，文学中常见的政治忧患等思考被重塑为纲常不振、忠奸不辨等道德忧思。辞赋创作也不例外。

在理学发展的过程中，批判攻讦之声就不绝于耳，矛头所指主要是其不切世用、矫伪延誉和党同伐异。南宋后期，理学已成一尊之势，但是头脑较为清醒的士人仍然对其不能苟同。刘克庄就指出："自义理之学兴，士大夫研深寻微之功，不愧先儒，然施之政事，其合者寡矣。夫理精事粗，能其精者，顾不能粗者，何欤？是殆以雅流自居，而不屑俗事耳。"[①]这并非吹毛求疵，而是当时的实际情况。真德秀乃当时的大儒，其议论宗社大计言之凿凿，耸动天下，一旦执柄临事，竟然以"正心诚意

---

① （宋）周密：《癸辛杂识》后集"雅流自居"条，中华书局1988年版，第95页。

为第一义”，以致天下哗然。[1] 过分地强调道德很容易导致虚伪，这也是理学发展的流弊之一。周密指出，南宋后期，道学中人的虚伪矫饰颇为世人不齿：“世又有一种浅陋之士，自视无堪以为进取之地，辄亦自附于道学之名。裒衣博带，危坐阔步。或抄节语录以资高谈；或闭眉合眼号为默识。而扣击其所学，则于古今无所闻知，考验其所行，则于义利无所分别。此圣门之大罪人，吾道之大不幸，而遂使小人得以藉口为伪学之目，而君子受玉石俱焚之祸者也。”[2]理学对士风、政风的这种塑造，反映在文学中，就是道德文章大行于世而关乎国计民生的呼声却细若游丝。面对王朝气势的萎靡和蒙古铁骑的威胁，文学竟然出乎意料的麻木。

理学思想对政治理念的塑造作用，使得对家国的忧患意识逐渐淡出辞赋当中，代之以对风俗淳厚的社会图景的憧憬与描

---

① （宋）周密：《癸辛杂识》前集“真西山入朝诗”条载：“真文忠负一时重望，端平更化。人徯其来，若元祐之涑水翁也。是时楮轻物贵，民生颇艰，意谓真儒一用，必有建明，转移之间，立可致治。于是民间为之语曰：‘若欲百物贱，直待真直院。’及童马入朝，敷陈之际，首以尊崇道学，正心诚意为第一义，继而复以《大学衍义》进。愚民无知，乃以其所言为不切于时务，复以俚语足前句云：‘吃了西湖水，打作一锅面。’市井小儿，嚣然诵之。士有投公书云：‘先生绍道统，辅翼圣经，为天地立心，为生民立命。愚民无知，乃欲以琐琐俗吏之事望公，虽然负天下之名者，必负天下之责。楮币极坏之际，岂一儒者所可挽回哉？责望者不亦过乎！’公居文昌几一岁，洎除政府，不及拜而薨。”（中华书局 1988 年版，第 43 页）真德秀的所为以及士子的辩解正揭示出理学人士高论有余不切世用的习气。

② （宋）周密：《齐东野语》卷十一“道学”条，中华书局 1983 年版，第 202—203 页。另外，刘克庄的赋《失题》描写鸣蛙的丑态，也是针对理学家的夸夸其谈而发的。理学家喜欢把自己比作辛苦鸣道的鸣蛙，故而，刘克庄作此赋以讽之。

绘。理学认为治道的根本是淳风俗、厚人伦，视具体的行政为俗吏所为，勤于政事者为申商法家之异端左道。他们理想的临事态度便是垂拱而治，修己立身而化成天下。吴渊的《江东道院赋》形象地刻画了当时人们理想的社会图景和官风政风。这篇赋是描写当涂的，赋曰：

观其棋布田畴，支分岸塍，平衍夷旷，曲直纵横，桑麻被野，穱麦连云。时雨少愆，有江潮以资其灌溉；涝水或降，有湖泊以泄其滔盈。是以时少旱涝，岁多丰登。奇秧绿水，喜霑足于夏种；黄鸡白酒，争庆贺于秋成。乃君其民，混然大朴。惟土物是爱，故能臧厥心；惟本业是崇，是以无末作。尽力畎亩，收功钱镈。艰贫以其勤苦，易足以其俭约。故有妇女平生未识于绮罗，亦有父老终身不入于城郭。衣食足故多知廉耻，习俗厚故罕事斗角。盖皞皞乎有羲皇太古之风，熙熙然有唐虞击壤之乐。于是有厌承明之入直，乞铜虎以典州。凡中朝之人士，多出守而来侯，皆得以逃其瘝旷而遂其优游。文如伯玉，可抒六经阁之思；诗如鲁直，堪成一窝柳之讴。尔乃夜已既而更杀，日将晡而鼓搁，虽两衙其不废，纵数刻而已休。盖赋税输官而络绎，靡烦程督；讦讼造庭而希简，无可应酬。故治事之时每短，而退食之暇常遒。虽谓之邦伯郡守，实偶乎黄冠羽流。当其阶庭如水，囹圄鞠草，燕寝沉沉，铃阁杳杳，鸡鸣寂昼，鹊声阁晓，何以异于道流之清净而一尘之不到也！避堂舍盖，隐几对老，收视敛听，回光反照，虚室生白，内境火爝，何以异于道流之炼养而臻其玄妙也！华阳可巾，清香可烧，《离骚》可读，《周易》可校，南董京生，北窗梦觉，何以

> 异于道流之萧散而寄其高傲也！着灵运屐，携山翁醥，临流赋诗，登高舒啸，炮落棋声，泉响琴调，何以异于道流之放旷而纵其吟眺也！

据《宋史》本传记载，吴渊为政严酷，时号“蜈蚣”，因而他对当时袖手临事的作风很不以为然。赋的开篇描绘了当涂之地淳厚的民风与祥和安宁的生活，这种太平景象正是理学家汲汲以求的，将之视为政治范本，故有“道院”之称。而牧守不是旰食焦劳的形象，而是无所事事、沉溺于诗酒风流的洒脱人物，这正是理学家所标榜的，垂拱而治，遂化成天下。但这在吴渊看来，官员如此形状简直与道士、隐士无异。此赋的结尾，作者纵谈忧乐天下惠济苍生的道理，意在反驳这种政风。但是，在当时，吴渊的这种声音是非常微弱的，大量的作品是对这种政风的赞美。方岳的《秀锦楼赋》是这样描绘政恬事熙、民以嘉豫的景象的：

> 肖问政之东峙兮，逗春雾于花屏。飘吾袂以轻举兮，训许聂乎深云。纫崇兰以为珮兮，缀明月而成缨。受山气之朝爽兮，截鹭波之晚清。夕阳淡其未收兮，指素娥以将升。弄林影以扶醉兮，酹吾樽于江山。曰尧民其熙皞兮，吾何心于铸顽。鹿扰之则骇逝兮，鱼自乐于深潜。审左餐而右粥兮，桁杨卧而昼闲。来牟蓊以相依兮，桑麻沃其蓁蓁。吾与客而乐此兮，觊枌社之皆春。

这段描写可能受到了欧阳修《醉翁亭记》的启发，描绘了与民同乐的场面，而作者刻意强调了麦秀桑麻的勃勃生机和百姓的怡然而乐，以及万物各得其所的和谐融洽，以彰显政通人和、天人相谐的主题，这样，就把“理一分殊”的思想贯穿于清静牧民的为政纲领中，充分体现了理学的政治理念。当然，这种为政理念表面上追求清净无为，但并不等同于道家绝圣弃智的御宇之术，而是在祥和宁静中包含着教化、感化的力量，姚勉的《宜堂赋》对此阐发得相当明白：

> 公之意在于尔民而乐事其寓也，故其为堂也，不雕其楹，不峻其宇，席可函丈，室如环堵。寓意于鼓琴弈棋之间，而意不在于樽俎，托兴于赋诗吟啸之时，而兴不在于歌舞，故能无所往而不宜。而斯堂也，亦真宜行乐之所。是故烟晴景明，花菲柳萦，则宜于春。翠荫郁苍，冰壶昼凉，则宜于夏。风露鲜霁，则宜于秋之晨。雪月争清，则宜于冬之夜。焚香读《易》，则宜于自公之余。品茶评诗，则宜于对客之暇。颂声溢清水之庭，诉牒稀蔽棠之舍。此宜堂之无所不宜者也。

官人的厅堂布设乃至一举一动，都恪守儒者风范，而这，也是为政的一部分，甚至是主要部分。因为在理学家看来，官人并不单单是社会事业的组织者和执行者，更是感化庶民的君子，是感化师、布道者。傅自得的《丽谯赋》还形象地描绘了当道者应具备的心理。谯门是乡土中国习见的建筑，在自给自足的意义上具有代表性，谯楼的钟鼓规范着人们日出而作、日落而息的生活，而且，还在警示着为政者心念苍生：

> 昼下漏于抗爽，夜鸣钲于虚敞。角凌霜以腾音，鼓逐

风而震响。岂非宾饯有法，天时于焉正邪？听休有时，郡政于焉修邪？作止有候，民事于焉节邪？驾受有式，兵籍于焉制邪？东望则长川喧豗，趋我城郭，云树参差，月波瀺灂。南望则巨石峙立，伟然下阚，狡麃蹲踞，鬖髿攫啖。西望则奇峰插天，刻削巀嶭，白露晨萦，红曦夕抹。北望则超超九逵，直走京畿，郊原苍莽，亭驿纷披。盖今之多熟禾秀，芒芒布野，昔之霜露荆棘而伤心者也。

谯门四望，黍稷离离，亭驿逶迤，昔日的荒凉之地一派生机盎然，这正是牧守忧勤民生的结果，这就是政通人和！由此，我们也就明白，表面上是无为而治，内底里是仁风远播，泽被万物，南宋后期的辞赋很好地阐释了理学的这种政治理念。这种观念在一些地理赋，如储国秀的《宁海县赋》、王应麟的《四明七观》中均有体现，这主要是因为赋中除了描写牧守惠风广播、地方宁靖的内容外，还写了当地风俗之美和人才之盛，这类内容，在以前的地理赋中并没有被刻意张扬，而此时则成为重要的内容。

当然，在古代，典礼也是为政的一部分，但是理学家对此似乎不感兴趣，虽说为政要齐之以刑，导之以礼，但是理学家更重视对人心的规范，对于虚张声势的典礼仪式则明显热情不够。庄严的典礼是弘扬大国声威的重要途径之一，尤其是在国家虚弱的时候。传统的儒者是反对为政者的虚张声势的，这也是东汉时期典礼大赋衰落的重要原因之一。北宋真宗时期，皇家大规模的封祀活动并没有完全得到士人的认可，典礼赋缺乏宏阔的气势，就是这个原因。南宋后期，虽然皇帝的祭祀不绝，但是在士人心目中并没有引起对国家伟大复兴的夸张想象，因为，理学是要建立在人心之上，它首先要做到的就是“诚”，不欺心，“礼云礼云，玉帛云乎哉?”他们更看重的是典礼后面正心诚意的内涵，而这些，在国势日蹙、帝王昏聩的当时，实在是难以体现出来。我们现在看到的几篇当时的典礼赋，如程珌的《壬申岁南郊大礼庆成赋》①除了声讨韩侂胄弄兵外，就是堆砌对史弥远言不由衷的赞美，如土偶木梗一般，了无生趣。《明堂赋》是关乎儒家的典礼辞赋，代不乏作，当时仅有罗椅、刘黻等作的几篇，且写得非常鄙陋，显然人们对这个题材缺乏热情。

综上所述，在理学居于主导地位的学术文化环境中，价值观念、生存理念乃至人的精神面貌都在发生着潜移默化的转变，文学精神也随之被规范和重塑。传统的“送穷”“问难”等题材的辞赋中擅长表现的对生命的思考大多落到了对道德人生的思索上，人文精神被规范为道德完善。由于理学强调修身齐家观念，南宋以来一直强势发展的表现乡居、生活场景的辞赋，其内容被规范为演绎理学的生活理想，耕读传家、学而优则仕等思想在辞赋中得到很好的诠释。理学的政治理念是齐家而平天下，把厚人伦、淳风俗作为治道的根本，对家国的忧患意识逐渐淡出辞赋当中，代之以对风俗淳厚的社会图景的憧憬与描绘，对道德至上的社会理想的宣扬。文学精神的被重塑，不仅对辞赋，而且对整个文学发展都产生了持久而深刻的影响。

① 另据刘克庄《跋杨浩淳祐禋祀赋》，说杨浩为此赋而不见知于世人，可以看出当时人们对典礼赋的冷漠（见《后村题跋》卷八，《丛书集成初编》本）。

论宋赋的滑稽艺术*

辞赋创作自娱娱人的内在冲动相当明显，和其他文体相比，辞赋从它形成之时就和娱乐性结下不解之缘。汉赋的一个重要源头是古优的优语、俳词。《史记》中将古优列入《滑稽列传》，以表彰其"谈言微中，亦可以解纷"①的政治价值。以"滑稽"代称这类人，是因为优人的俳语既具出口成章、词不穷竭、能言善辩、言辞流利的节奏美感又具内容上的诙谐谑噱性质②，本文所谓的"滑稽"，就是针对辞赋创作中内容和语言上的这些特点而言的。谑戏文章在六朝时期成为俳谐文一体，专

* 本文原载于《中国人民大学学报》2015 年第 5 期，系 2012 年国家社会基金项目"宋代辞赋的社科文化学研究"(项目编号:12BZW037)以及山东大学自主创新基金重点项目"宋赋整理及其文史哲学的交叉研究"(项目编号:12110070612064)的系列成果之一。

① （汉）司马迁:《史记》卷六十六《滑稽列传》，中华书局 1982 年版，第 3191 页。

② 前人对《史记》的《滑稽列传》和《樗里子甘茂列传》以及《楚辞章句》的有关注释，皆把滑稽训释为酒器，似没有充分的证据，但从酒器中引申出来的"圜转纵舍无穷之状""出口成章，不穷竭"，则相当准确地概括了俳优艺术的喜剧性特色。滑稽表演的俳词，妙思叠出，滔滔不绝，既具有语言的节奏美感又具有内容上的诙谐谑噱性质。至于汉语流畅整丽的语言，尤其是韵语，对营造喜剧效果、烘托喜剧气氛能够发挥多大的作用，这是一个值得进一步深思的问题。

以调笑诙谐为目的的辞赋也被称为“俳谐赋”。不过，辞赋与生俱来的滑稽基因在几乎一切赋体中皆有显现的可能，它并不会因为体式的分工而或增强或减弱，而且它重视行文流畅整齐、铺排协韵，其语言的节奏美感，较之俳谐文更能体现文学的娱乐精神。宋赋直承汉魏六朝传统，相当关注传统辞赋中引人入胜的滑稽描写，并且将之发扬光大。宋代文化重视学殖深淳、理趣盎然和道德情怀，这三者构成了宋赋滑稽艺术的基本要素。从整体创作来看，宋赋的滑稽色彩是相当浓厚的，本文就其滑稽艺术有别于前代的突出特征试作探讨，以就教于大方之家。

一、立足于融会贯通的互文性观照

宋代是一个文化昌明的时代，文人大多兼具学者与作家身份，其诗文创作相当重视彰显学术，他们崇尚的创作状态是融汇众学，以才运学，通过对既有知识和历史经验的把握来提升识见，展示文华风采和胸襟学力。基于这样的创作倾向，那些优秀的诗文，往往广泛涉及前人书写中关于这方面问题的种种思考与探索，他们善于揣摩、体会前人的心理、境界，并通过创作来融汇、超越之。因此，从互文性的角度来观照宋人的创作是非常有意义的，对于宋赋的滑稽艺术，这种探索也同样有价值。

宋代辞赋的滑稽成分，有许多是基于具体源文本的转相祖述。扬雄的《逐贫赋》和韩愈的《送穷文》是将“贫”“穷”拟人化以自嘲的俳谐佳作，而且二者之间也存在着互文关系。[①] 宋人创作以二赋为本，或铺采摛文，踵事增华；或反其道而行，翻新出奇。赵湘的赋体文《迎富文》[②]顺二文之势，在送穷、逐贫之外，以迎富构思，同一机杼，各写两边，所趋相同。赋中铺排仁富、义富、信赋、孝富，意在说明若仁义信孝，即使贫穷，人格上也是富有的，人生也是充实的。读之令人会心一笑。王之望的《留穷文》基本上是对韩愈《送穷文》的模仿，其中描写个人际遇一段，完全脱胎于韩文，只是描写更为具体，语言更为整丽流畅。通过这种对原作毫不避讳的有意"冒犯"来与之争衡，是宋人惯常的做法，意在显示自己的才华不输前人。而且，这种模仿不是偷偷摸摸的，作者故意强调了作品与韩文的联系："吾读韩子，久闻尔名，谓子有知，庶几神灵。子则不然，憎贫弃旧，我不尔驱，尔顾我咎。凡人之生，各有定分，贵贱穷达，造物所命。天生我穷，令与子俦，命实为之，汝安归尤？物极必反，否泰相缪，吾穷久矣，庶其有瘳。"[③]这是在说此作是受到韩文的启发，见识之高下留待读者评说。作者想在词章和义理方面和韩愈争雄。如果对韩文不了解，此赋的意蕴可能难以理解

① (宋)黄庭坚《跋韩退之〈送穷文〉》曰："《送穷文》盖出于扬子云《逐贫赋》，制度始终极相似。而《逐贫赋》文类俳，至退之亦谐戏，而语稍庄，文采过《逐贫》矣。"[《山谷集·别集》卷十一，《景印文渊阁四库全书》第1113册，(台北)台湾商务印书馆1986年版，第642页]

② 对赋体的认定不能完全依赖于名称中是否有"赋"字，而应该根据其内容和形式上的体式特征和继承性来鉴别，在崇尚破体为文的宋代，这一点相当重要。本文所引辞赋赋题中无"赋"者，皆为赋，下文不再一一说明。

③ 本文所引辞赋，均引自曾枣庄、刘琳主编《全宋文》，上海辞书出版社、安徽教育出版社2006年版，为了行文方便，除特殊情况外不再胪列出处。

透彻。崔敦礼的《留穷文》则反扬雄、韩愈之义，铺写五穷，即仁穷、义穷、礼穷、智穷、信穷，暗扣赵湘《迎富文》主旨，意在强调人有此五德，何穷之有！将二文之义又转深一层。区仕衡的《送穷文》之于扬雄《逐贫赋》，与王之望《留穷文》之于韩愈《送穷文》一样，都是通过故意模仿来和古人比试高下。赋作对贫苦之状的模仿极其精彩，铺排更为具体深入，语势更为流畅自然，富于气势，节奏更为顿挫，内容上也更具生活感。如果是与作者境遇相仿或者是同时代的人阅读此篇，较之韩文的感染力将更为强烈。与此相类的俞德邻的《斥穷赋》则是责问人世的不公道，这就使扬雄、韩愈二文讨论的问题转向人生困惑的角度。可见，宋赋的滑稽描写在转相祖述的过程中，源文本的语词、主题、结构得到了不同程度的充实和发展，词章方面也不断得到提升，内蕴得到充分挖掘，宋人往往强调“无一字无来处”，对宋赋滑稽艺术的理解，若没有一定的知识储备，很难理解其中之况味。

宋赋滑稽的互文性流变，是一个不断增饰、变形的过程，有时候其对源文本的扩大、升华，呈现出意义上的“增值”特点。苏轼的《后杞菊赋》仿陆龟蒙的《杞菊赋》，二赋均表现贫而餐菊的洒脱人生，苏轼将此境界表达得相当传神：“人生一世，如屈伸肘。何者为贫，何者为富？何者为美？何者为陋？……吾方以杞为粮，以菊为糗。春食苗，夏食叶，秋食花而冬食根，庶几乎西河南阳之寿。”几个问句咄咄逼人，引发读者对齐物达观的深入思考，暗示膏粱肥腴与糙粝藿食没有本质区别，然后以轻快的语调写出餐杞菊不仅可以果腹，而且可以助寿。其中流露的自解自嘲情绪令人发噱，这比源文本只是阐述杞菊助寿要深刻得多。如果再联系苏赋的上文，其调侃用意便豁然开朗："吁嗟先生，谁使汝坐堂上称太守？前宾客之造请，后掾属之趋走。朝衙迭午，夕坐过酉。曾杯酒之不设，揽草木以诳口。对案颦蹙，举箸噎呕。昔阴将军设麦饭与葱叶，井丹推去而不嗅。怪先生之眷眷，岂故山之无有？"身为太守而食藿充饥，未免太夸张了，其实，这是在拿新党执政减少官员薪俸的举措来调侃。作者想说的是，王安石是要让官员们都成餐菊延寿的世外高人！张耒的《杞菊赋》大肆美化苏轼的餐菊之举，借此彰显自己作为新法对立面的政治身份。作者在赋中传达了这样一个信息，新法的反对者，都是像苏轼这样的君子，都具有像屈原那样的餐菊饮露的高洁品格。思想意蕴比苏轼更进一层。张栻的《后杞菊赋》则是借苏轼餐菊的形象来表现物我相得的自适心态，其思想深度超过前两篇，文章把苏轼的自解自嘲提升到一个哲理的高度，这只有在阅读前两篇的基础上才能够体会出来。应该说，滑稽的增值现象在宋赋中是相当普遍的，这正是其文学追求"夺胎换骨、点铁成金"的创作倾向在辞赋中的表现之一。

宋赋滑稽描写的互文性有时不仅立足于某一篇或几篇源文本，而是对于各种文学作品共同表现的某类意象的融会贯通与铺张排比。它的互文是针对某类内容或某类思想的。薛季宣的《七届》铺写七种人生追求，第一部分放笔铺排饮食和美女的诱惑性。这类描写在楚辞《招魂》中就已露端倪，继宋玉《登徒子好色赋》后，女色的描写在舞蹈、音乐、神女等辞赋中逐渐泛滥，甚至像张衡的《南都赋》等都邑大赋也时或有之。对饮食的描写，枚乘《七发》较早涉足，以后在都邑赋和"七"等辞赋中几成俗套。枚乘的《七发》指出享乐生活是"甘餐毒药、戏猛兽之爪牙"，薛季宣的描写要比枚乘详细得多，他显然不单单是对《七发》的模仿，而是针对前代一系列关于饮食男女的作品的，在几成俗套的滑稽描写中，作者希望自己的文笔更具辞章方面的审美性，更具哲理的深度，更吸引人。赋中点题道："嚽哉！燕安枕藉，吾知其斧斤酖毒也，不知其它。"这和《七发》的"伐性之斧"之说遥相呼应，但是它又不单单是绍续枚乘之说，女色伤身是古人共识，《庄子·达生》曰："人之所畏者，衽席之上，饮食之间，而不知为戒者，祸也。"①汉严遵《座右铭》："淫戏者，殚家之堑。"②嵇康的《养生论》曰："唯五谷是见，声色是耽，目惑玄黄，耳务淫哇，滋味煎其府脏，醴醪鬻其肠胃，香芳腐其骨髓，喜怒悖其正气，思虑销其精神，哀乐殃其平粹。"③乃至于孟郊的《偶作》还说："利剑不可近，美人不可亲。利剑近伤手，美人近伤身。道险不在广，十步能摧轮。情爱不在多，一夕能伤神。"等等。显然，薛季宣的描写以及观点是对一系列作品和见解的总括。范成大的《问天医赋》对于这一系列的话语表述，其互文性的表达更具概括性："人之多疾，自取自探。不一其凡，大略有三。其一者心根泄机，命门丧阻。明消精散，形弊神苦。掷温玉以畀火，奉甘餐而戏虎。阴惑阳而化蜮，风落山而成蛊。若是者得于晦淫，命曰伐性之斧。"④作

① （清）王先谦集解：《庄子集解》，中华书局1959年版，第117页。

② 《全汉文》卷四十二，（清）严可均校辑：《全上古三代秦汉三国六朝文》，中华书局1958年版，第360页。

③ （魏）嵇康撰，戴明扬校注：《嵇康集校注》，人民文学出版社1962年版，第151页。

④ "风落山"，《周易·蛊卦》象曰："山下有风，蛊。"[（清）阮元校刻：《十三经注疏》，中华书局2009年版，第35页]《左传·昭公元年》云："女惑男，风落山，谓之蛊。"[（清）阮元校刻：《十三经注疏》，中华书局2009年版，第2019页]

者之所以没有详细阐述食色害人,是基于对前代类似文本的互文性概括,暗示读者去联想类似的前代作品。林半千的《遣惰文》沿着薛季宣的路子,融饮食与美色于一体,他将之概括为人的惰性,该赋模仿屈原《招魂》的结构,把灵魂的流荡往返置换为心志的懈怠低迷,内容上则是如薛季宣赋那样,立足于对饮食男女的描写。

宋赋滑稽艺术的互文性特征,建立在他们良好的学术修养和文学素养之上的,他们在对前人的模仿中同中求异、求变,力图檃栝前代作品而有所突破、有所变异,这和"抄袭"有着本质的区别。其实,文学的发展就是通过融汇前代成果并不断创新来实现的。

二、游走于雅俗之间的诙谐幽默

关于宋代文学的雅俗之辩,古今论述汗牛充栋,由于雅与俗是一对具有感性色彩的伸缩性很强的概念,要犁然分明,并非易事。宋代士大夫是一个享有政治特权的文化精英阶层,他们对自己的身份和文化具有高度自觉的认同意识。这种身份认同不仅表现在他们具有较之前代任何时期的文人更为强烈的政治抱负和使命感,更表现在他们对低俗、庸俗情调的警惕、抵制与排斥。他们希望通过超越性的思维和心境来理解人生,感受生活,拒绝平庸浅薄的趣味,他们追求不累于俗、不受制于外物束缚的精神愉悦和贯通历史与知识的远见卓识,以达观超然的态度和深刻的哲思来化解生活中的不快、不幸,在自嘲自讽中获得精神的升华。他们眼中的"俗",不仅包括平庸的情调，也包括作为这种情调的载体、形式，以及庸常生活中不具有高雅气质的琐细微末之物态。他们对于无处不在、触目可及的“俗”，大多采取以俗为雅、化俗趋雅的“提升”的态度。滑稽艺术从一开始就与世俗有着亲缘关系，低俗、浅俗、媚俗甚至是滑稽的重要构成元素。对于滑稽的世俗特色，宋人在辞赋创作中同样以提升的态度来面对，而非拒斥。游走于雅与俗之间的宋赋，在庄严与轻佻、高雅与平庸的巨大反差中凸显着滑稽艺术的幽默诙谐特色。

生活中的琐细之物、庸常之事，是咏物赋的表现内容之一，其潜在的滑稽因素颇为赋家看重。宋人用流畅优美的文辞来铺写这些俗物俗事，使其脱离那种鄙俚浅陋气息，以文雅写庸俗。同时，这类作品惯常的粗俗噱笑被提升为超越凡俗的高雅趣味和高妙道理，以雅趣化俗情，使其与士大夫阶层的思想境界和审美好尚相契合。蛙的可憎面目和其鸣叫的聒噪不已是它成为俳谐文学热衷表现的对象。张耒的《鸣蛙赋》紧扣悲和乐，组织一连串的比喻，描摹蛙鸣执着、持久、放肆、呕哑嘲哳的特点，作者在结尾加了这样的一段：“尔其困于泥潦，失其所处而悲；又若夫旱暵既久，得其所处而乐也。”蛙絮聒不已的呼号，是缘于得时抑或失时呢？这就在蛙鸣与文人对人生的思考之间建立起若隐若现的联系，得势者的炫耀鸣唱不就像蛙鸣那样惹人讨嫌吗？困厄者的悲叹号呼不就像蛙鸣那样焦灼悲酸吗？顺着这个角度去体会，作者对蛙鸣的描写不仅仅是引人发噱，更有关注人生、默然心会的苦涩一笑。结句的一点，使具有世俗色彩的滑稽描写具有了一种符合士大夫雅趣的深远韵味。李新的《蛙赋》显然受到张耒的启发，赋以与蛙的对话结构全文，对于自己的呼号不已，作为居士的蛙是这样回答的：“兴

《考槃》之歌，赋《衡门》之诗，引《泽畔》之吟，咏《北门》之薇。士不得志，故嗟叹之。鸟鸣常山，孤雉朝飞；杜宇亡国，秋猿号儿。物不得平，哀也无期。”蛙的鸣叫与有志不得伸的屈原等贤人同调，蛙鸣与贤人失志的高雅主题联系在了一起。南宋理学家杨简的《蛙乐赋》循着这一思路，以相当优美的比拟来描摹蛙鸣的悦耳动听，说蛙鸣如黄钟大吕振奋人心，那声音的特点是：“其莹然之鉴，澄然之渊。至动矣而静，至繁矣而不喧。是音也，可闻而不可听，可以默识而不可口宣。”单调的聒噪居然有如此悠远的美韵，给人些许无厘头的感觉。作者解释道：“孔圣遇之而忘齐国之肉味，黄帝得之而大张于洞庭之原。胡为乎独不见省于横目之士，至憎而不烦？甚以为冤。冤矣乎，冤矣乎！”原来蛙鸣是天地之间天理或道统流传之一个环节①，大乐与天地同和，只要人们进入仁者境界，难听的蛙鸣可以成为天下最动听的音乐。蛙鸣之为凡俗讨厌，与当时道学家的“鸣道”所遭受的世人非议极其相类，这种巧妙的构思和深邃的思致是非寻常人能够行之笔端的。刘克庄的一篇描写蛙鸣的“失题”之作可能是出于对杨简以蛙鸣写鸣道的不满，赋中对蛙鸣近乎谩骂式的宣泄，其背后隐含的士大夫文人思想争锋的意气用事，合而读之，令人发噱。可见，宋代的赋家缘于自己

---

① 杨简此赋中蛙之鸣，与道学家鸣道之鸣同类。如真德秀的这段话可以作为此赋的一个注脚：“汉西都文章最盛，至有唐为尤盛，然其发挥理义、有补世教者，董仲舒氏、韩愈氏而止尔。国朝文治猬兴，欧、王、曾、苏以大手笔追还古作，高处不减二子；至濂洛诸先生出，虽非有意为文，而片言只辞，贯综至理。若《太极》《西铭》等作，直与六经相出入，又非董、韩之可匹矣。然则文章在汉唐未足言盛，至我朝乃为盛尔。忠肃彭公以濂洛为师者也，故见诸著述，大抵鸣道之文，而非复文人之文。”（《跋彭忠肃文集》，《西山先生真文忠公文集》卷三十六，《四部丛刊初编》本）

审美立场来感受、体会琐细之物，在俗之物象和雅之情趣之间，巧妙地建立起联系。李纲的《药杵赋》和刘子翚的《闻药杵赋》能把捣药的单调声响描绘得如音乐般动听，苏轼的《菜羹赋》和陈与义的《玉延赋》能把野菜、山药描写成天下致味，等等，都是通过俗物俗事来感发文人士大夫雅怀的佳作。

宋人还喜欢用戏仿来展现辞赋的滑稽特色，他们对传统成规存心犯其窠臼，以游戏心态出其窠臼，用惯常的辞赋中雅文学的表现手段来写琐细之物事，雅俗的反差产生诙谐效果。高似孙的两篇描写水仙花的赋表现的是面对水仙花产生的求女幻觉。从楚辞以来文人雅士每每以铺写求女以寄寓人生追求，高似孙则把这一传统题材用来写水仙花，他的《水仙花前赋》仿《九歌》，《水仙花后赋》仿曹植《洛神赋》，其感情之一往情深与文辞之飘逸清倩，深得骚人之旨。如果我们意识到这是作者表达对水仙花近乎痴迷的由爱恋入玄想，由玄想入幻境，是否会忍俊不禁呢。赋中有问难一体，主要表现文人们对各种人生道路的思考与探索。这种赋体与辞赋中抒发政治命运的“士不遇”赋同一机杼。洪咨夔的《老圃赋》以老农与小儿的对话结构全文，暗示了其与问难体的联系，不过，全文探讨的是“汝亦知夫世有遇不遇之蔬乎”，以此领起全篇，对蔬菜命运的铺写用了近六百字的篇幅，一气流贯，节奏顿挫，类似说唱艺术的“贯口”，读来令人解颐。喻良能的《古瓮赋》对着耕田所得之古瓮，也像《天问》那般困惑发问：

噫嘻悲夫！岂秋草朔风，闺人愁心，思寄征衣，欲捣寒砧，藉尔清响，振其远音，岁久俱废，块然独喑者欤？岂天高气清，落月横生，幽人妙兴，将调素琴，假尔逸韵，相其悲吟。人琴云亡,草蔓见侵者欤?又岂白刃纵横,窜伏长林,埋金韬玉,规人莫寻,至宝忽逝,独留丝深者欤?抑岂却立炼形,鹤驾鸾骖,窨其丹砂,灵泥是缄,五色羽化,此焉坲涅者欤?

作者设想了古瓮的四种来历:或助闺人捣衣振响,或助幽人弹琴扬声;或战乱以藏宝,或方士以窨丹。面对古瓮的这段精神游历,亦庄亦谐,引发读者对人生的种种思索。宋赋滑稽艺术的戏仿,其原结构模式所暗示的思想内容在拟作中仍然在起作用,这就使得滑稽铺写具有了契合文人趣味的意蕴。

拟体俳谐文是滑稽文学的大宗之一,通过对严肃文体,比如公文、祈祷文、吊问文等的戏仿,营造出消解庄严的戏谑效果。这类调笑文字有时虽不以"赋"命篇,其实有的形制就是赋体,属于杂赋类。宋赋中这类文体创作不在少数,而且多能在传统戏谑的基础上展现雅致情怀,这是宋人超越前代俳谐文的可贵之处。表文是陈述性的上行文章,陈造的《表盗文》是写给光顾自己家的蟊贼的。之所以以"表"的形式向盗陈述,可能是由于家贫,向空手而归的盗贼聊表歉意吧。赋以惊魂甫定的妻子之絮叨开篇,尽管家人受到了惊吓,可是由于一贫如洗,盗贼多次光顾都无功而返。在此滑稽场景的基础上作者大发感慨:不仅漫藏诲盗,高墉大屋也是累人之外物,欲望越多,痛苦也越多,对利禄无止境的贪欲只能换来无尽的烦恼。这种达观齐物的论调,出自作者这样的面对蟊贼都赧颜的贫困者之口,是有感而发呢,还是自我安慰、自我调侃呢,诙谐的笑谈中包含着深沉的苦涩。谕文,是告晓类文书,一般用于上对下。戴埴的《谕鹤文》这样晓谕与鸡争食而受伤的鹤:"饥不啄腐鼠,谓在田也;渴不饮盗泉,谓在野也。翮短尾雕,混迹鸡群,郁郁豢养,壮志未伸,又非颉颃烟霞、轩翥林汀也。”短短几句,哀其不争的感怀跃然纸上。姚镕的《谕白蚁文》写白蚁“性具五常”,以人间生活来比附白蚁的穴居,暗讽人间生活如白蚁一样蝇营狗苟。作品通过与白蚁的对比,把人类生活的一切价值观念都祛魅了,使神圣庄严回归平凡庸常,喜剧意味被蕴含其中,也符合士大夫阶层普遍的对历史发展的超越性认识。其他如陈淳的《谕蚁文》也是类似的作品。移文是官府间交往的平行文体。黄庭坚的《跛奚移文》仿王褒的《僮约》而踵事增华,并依照孟子不能与不为之辨立论,阐述量才而用的道理,赋中铺排种种奴仆庶务,流畅而整齐的韵语加强了诙谐效果。林希逸的《金天移文》也是一篇滑稽佳作。赋中写一位友人丧偶后自号“在家僧”,却写了好多淫词艳曲,因而招来了佛国的移文谴责。赋作铺排了朋友丧偶后的寂寞和难以自持、心念佳人的躁动。让人大噱的是,这位朋友在寂寞难耐之际,情不自禁把内心的冲动寄于翰墨,作下了绮语恶业。这篇赋在立意和手法上基本上承袭了徐陵的《答周处士书》。徐陵在答复周弘让书中说:“承归来天目,得肆闲居。差有弄玉之俱仙,非无孟光之同隐。优游俯仰,极素女之经文;升降盈虚,尽轩皇之图艺。虽复考盘在阿,不为独宿。讵劳金液,唯饮玉泉。比夫煮石纷纭,终年不烂,烧丹辛苦,至老方成。及其得道冥真,何劳逸之相悬也!”①字面上写周处士修行得法,劳逸相悬,实际暗指处士的修行是打着房中修炼的幌子在行纵欲之事。此赋把这种欲望

① 《全陈文》卷九,(清)严可均校辑:《全上古三代秦汉三国六朝文》,中华书局1958年版,第3450页。

与掩饰的窘态描绘得更为具体、传神。如果此赋的内涵仅止于此,那也不过是一篇一般意义上的谑噱之作,其令人深思的是,西天(金天)那个极乐世界面对人们正常的情爱要求,竟然如此不堪一击,可见,正常的情爱才是真正的极乐世界! 其他如宋白的《三山移文》、杨杰的《南山移文》、冉木的《古富乐山移文》等,也是引人入胜的佳作。

宋赋中,祭吊祈祷之文也被拿来戏谑、调侃。晁说之的《祭曲神文》敬告曲神自己将断酒,原因是贫病无以自养,作者描绘贫病偃蹇、妻侮女嗔的窘象如闻其声、如睹其形、如味其神,在自嘲中寄寓着世态炎凉。告文是祭文的一种。周紫芝的《告巨木文》描写的是为移去宅前巨木而敬告神灵、希望取得谅解,文章列举巨木给自己和家人的生活造成的种种不便,令人忍俊不禁。其实,作者想表达的是,自己不得不在巨木笼罩下的弊庐安身,是由于家贫,没有其他安身之所,在作者张皇其事、大动干戈的伐树描写中,生活的酸楚流注其中。其他如周邦彦的《祷神文》、谢逸的《吊槁杉文》、薛季宣的《吊遗骴文》、张榘的《吊丛塜文》、周文璞的《吊清溪姑词》等,多寄寓着深沉的人生感慨,诙谐色彩相对淡薄。

三、意在言外、含蓄不尽的韵味

宋代文学的一个显著特征是追求情理相得的理趣。文学创作中理趣的获得,缘于对具体物象的哲理观照与情感体验之相谐相融,这需要作者具备丰富的知识储备、深厚的胸襟学力和敏锐的感知能力。宋代文人兼具学者的特殊身份为此准备了必要的条件。铺采摛文是辞赋的重要文体特征，这就使得辞赋表达容易言谈务尽，难以做到像诗词那样的韵味无穷。不过，宋代一些文人却能够很好地使骋辞炫学与含蓄不尽取得一致，创作出隽永优美的辞赋佳作。幽默是滑稽的重要组成要素，建立在含蓄、机智、风趣、顿悟等基础上的幽默，与理趣有非常大的一致性。宋赋创作对理趣的追求，有时候会演化为幽默，成为其滑稽艺术的重要内容。一些宋赋能够在俳谐描写中以情观物，以理释情，融情入理，情理相谐，实现超越物象噱笑层次的幽默效果和情理感悟，让人在解颐之余产生感触与遐想。

宋赋中的滑稽，多能从小事小物中引申、暗示深刻的哲理和丰富的人生况味。苏轼的《老饕赋》以优美的辞藻描绘食物之精美与女色之动人，似乎落入辞赋滑稽描写之俗套，结尾处笔锋陡转："美人告去，已而云散，先生方兀然而禅逃。响松风于蟹眼，浮雪花于兔毫。先生一笑而起，渺海阔而天高。"原来这场食色盛宴是黄粱一梦！此赋创作于苏轼落魄黄州之时，当时的苏轼生活困顿，蔬粝充腹，做这样的美梦也在情理之中。将之写入赋中，展现自己之馋痨，已经令人发噱，而由此生发出超越食色的理念，更令人绝倒。作者郑重其事地告诉人们，人世间的蝇营狗苟、荣华富贵何尝离得了食色二字，不也是大梦一场吗！杜甫《八仙歌》诗："苏晋长斋绣佛前，醉中往往爱逃禅。"苏轼梦中一醉亦能逃禅彻悟。引人深思的是，作者是真的逃禅了呢？还是贫困生活中的自我排遣呢？实在是难以言表，任由读者思量。姚勉的《战蚁赋》写的是大雨将至，蚁群为争夺高地厮杀的场面，属于俳谐文学当中的寓言类。作者以人间争斗的视角来审视蚁群的厮杀，甚至还有献俘斩馘告于成功的典礼,亦庄亦谐,引人深思。结尾处,作者点睛道:“一寓目而观戏,三重为之太息。……天下之区区,何以异于蚁穴之微;人心之好竞,何以异于众蚁之知!……驱万姓于锋镝,争一战之雄雌。竭民膏于中国,要边功于外夷。”这“三重太息”是:感叹人间的蜗角之争;感叹蚁群竟然如人类这样残酷,从人到微虫,无不做着毫无意义的争斗,其根源就是“好竞”,就是争名夺利的欲望使然;感叹边将邀功,轻启边衅,置黎民于锋刃之端,这与蚁群争斗何异!其他如苏轼的《黠鼠赋》、宋庠的《蚕说》、宋祁的《感蚋螃赋》、毛滂的《送鹤文》、陈与义的《放鱼赋》、陈藻的《桔槔赋》都是类似的优秀作品。

通过宾主问答结构全篇,是辞赋较为常见的结构模式,宋代此类辞赋颇多滑稽描写,有些作品含蓄不尽的意蕴令人难忘。李纲的《答宾劳》类似三国张敏的《头责子羽文》。由客的指责展开人生的感慨。赋作借客之口檃栝战国散文的一些段落,阐述纵横策士富贵利达的人生观,这在淑世精神高扬的宋代,未免有些突兀、滑稽,作者对世道人心的感慨暗寓其中,调侃中尽显悲凉。主人的辩词曰:“予方筑室山林,买舟江湖,冀蒙贷宥,得归故庐。乐惠山之泉石,友梁溪之龟鱼。圃有松竹,几有诗书。晚食当肉,安步当车。玩意寂寞,游心物初。以此终身,又安知荣辱利害之所如也!”在国破家亡之际,这样的辩词全无担当意识,这是被谗罢官的李纲的含泪自嘲,其中难言的深意读者只有用心体会了。接下来的自我排解之词更具普遍性:“若夫方朔以滑稽而玩世,钦明以奸谀而托儒,主父愿烹于五鼎,伯伦寄傲于一壶。商鞅挟三策以钻孝公,终军请长缨而系匈奴。韩非立言于《五蠹》《孤愤》之说,苏秦励志于捭阖揣摩之书。仆诚不能与数子者并,故默然独守吾之拙愚。”作者从历史的高度来看待自己的处境,把宋王朝的悲剧置于历史长河之中来审视,其深沉浩叹见于言外。又如周南的《弃砚答》,赋作以古旧将弃的砚与主人的对话结构全文,文中通过弃砚述说作者落魄的一生、喜新厌旧的个性,由人及世,展开对人世的关怀,辩驳滔滔,奇正互见,令人解颐,引人联想。宋代这样的作品不少,如晁补之的《宾主辩》、曾协的《宾对赋》、程大昌的《子奇赋》、崔敦礼的《津人问》等,在对话中融入人生感慨或政治见解,令人浮想联翩。

有些辞赋的故事性很强,叙事与情感相结合,营造出喜剧气氛,在噱笑中寄寓深意。释居简的《籴赋》写了一个生活片段,和尚遣仆人向富人籴米遭拒。赋中写仆人气急败坏的语气曰:

> 东方既明,草露未晞,请命于迈,往扣富儿。自卯及申,庾不及窥,守者瞋目,略不见治。怀鲁将军指廪若遗,嗟今之人彼何人斯。计其耕也,几觳觫之扶犁,几桔槔之灌畦;其获也,回江潮之骏奔,卷天云之暮低;其敛也,渺然基赟之山,倏然横浦之坻;其入也,岂斗筲之足算,汗牛马之载驰。

这纯粹是俗赋的声口,倒霉的遭遇成为笑料,接下来是很长的铺排,写和尚作歌谴责富人,排遣苦恼。赋中主仆二人絮絮叨叨的苦闷和索然而居的窘境以及仆人的颟顸、和尚的迂腐,则文外见意,要读者的想象去填补了。洪咨夔的《烘蚤赋》写的是贫苦的夫妻因跳蚤的叮咬而深夜难眠,点燃篝火,灼烤破被。赋中充满戏谑的文字其实檃栝了阮籍的《大人先生传》里关于以虱处裈中喻人之处世的描写，赋的结尾"予其火攻，难腥斧砧。老妻在旁，一笑振衿。谓彼族赤，可为世箴。逢笋气张，见瓜影沉。王极必衰，理无古今"正是在呼应阮籍。贫苦夫妻深夜烤蚤的手忙脚乱、焚蚤的快意，都在作者的传神描写中穷形尽相，而烤被的暗喻，则需要读者通过联想补足。蔡戡的《蚤赋》也写了深夜捕蚤烧蚤的快意，不过，发了一番关于万物自有存在之理的议论，等到秋风起，万木陨，跳蚤自然消失了，这是自然的安排，人们捕蚤是有违天理的。在消灭了跳蚤之后，作者晏然高卧，自得意满，所发的这番议论令人绝倒，灭蚤之狠毒与事后的伪善，判若两人，这似乎反映了人性的某些弱点。周紫芝《招玉友赋》描写与玉友坐而论道的陶然之境，但是如果理解了"玉友"就是酒，作者所写其实是寂寞独酌的一幕，是否能勾起读者对陶渊明"语言无语和，挥杯劝孤影"的落寞，抑或李白《月下独酌》故作洒脱的深切体认呢？其他如宋庠《幽窗赋》以独坐窗下睇视浮尘来刻画精骛八极、思接千载的心绪，刘一止《三友斋赋》以麈尾、拳石、琴为三友来排遣孤独落寞，都是事在言外，意在言外。

四、深挚而强烈的现实关怀

司马迁写《滑稽列传》的着眼点是因为其"谈言微中，亦可以解纷"，也就是说滑稽之言具有一定的政治价值。之后，滑稽艺术忧时讽世、伤时骂世的特色得到充分发展。宋代文人士大夫深受儒家文化熏陶，他们的家国情怀和忧患意识非常浓厚，普遍具有深挚而强烈的现实关怀。这种现实关怀，既表现在对现实政治的批判精神，也表现在整饬世道人心的道德自觉。宋赋继承滑稽艺术的这种淑世情怀，并将其发扬光大。

宋代台谏制度发达，士大夫阶层普遍热衷于议论政治，一些政治举措往往引起朝野上下群议纷然。建中靖国元年(1101)，因修建景灵西宫，徽宗命人采太湖石纲运京师。程俱的《采石赋》就此事而发。赋中以三老与吏争辩朝廷采石伤民结构全文。赋中欲扬先抑，首先强调当今皇上非古代那些大兴土木、穷奢极欲的败德之君，明扬暗贬，欲盖弥彰。吏从五个方面为朝廷辩解，其一曰："西有未夷之羌，北有久骄之虏，顾蹀血之未艾，乍游魂而送死。方将不顿一戈，不驰一羽，殄丑类于烟埃，瞰幽荒于掌股，庶黄石之斯在，傥素书之可遇。"吏的狡辩偷换了概念，他把授兵书的黄石公和皇家采石故意混淆了。他指出，当今北有契丹，西有党项，天下不靖，若能得黄石公之奇书，若当年辅佐汉高祖的张良那样，岂不免黎庶于锋镝，静边尘于须臾。其二指出皇上采石是为了铸斩佞之剑，既斩边廷怀逆之酋，也斩朝中邪佞之臣，如此，则天地清明，盛世指日可待。为了增强说服力，他还引经据典，指出采石是当今天子在效仿周穆王采石铸剑的圣举，而非步武魏明帝之修景福殿的败度也。其三写帝王采石是在鞭石求雨，以泽惠天下。其四写皇帝采石是为了施行嘉石列坐的古制，严明法制。其五指出采石是为了效仿大禹之巡行天下，以广视听，体察民情。全赋引申归谬，正话反说，尽显采石的荒谬。作品对今上徽宗穷奢极欲、不恤国事的讽刺力度是空前的，赋的结尾，三老的一句："圣治盖至此乎！"更是充满了挖苦之意。

从北宋中期以来，范仲淹、欧阳修等主张经世致用，以激励士气，挽救世道人心；理学兴起以后，更将道德人格置于至高无上的地位。终宋之世,道德自觉成为引导士人阶层的主流意识,宋赋中的滑稽艺术也深受此风浸染,有关蝇、蚊等的辞赋中,多与刺小人有关。① 张咏的《骂青蝇文》是北宋早期的谴责小人之作,赋中依《诗经·小雅·青蝇》立意,责骂小人颠倒黑白,谗害忠良。其中“窃膻而蠹,芳筵预登。当是之际,无人不憎”一句,写苍蝇破坏宴饮雅兴,颇为得旨,为作者独创。欧阳修有感于英宗年间的“濮议”之争期间政见不同者的恶劣表现,作《憎苍蝇赋》以刺之。他列举苍蝇之为害者有此三端,其一写炎炎夏日,置身高堂华屋,本可安然酣眠,苍蝇却寻头扑面,烦扰不已。其二写宴饮之际因苍蝇的闯入而大煞风景。其三写美味佳肴因苍蝇叮咬而腐烂变质。赋作抓住苍蝇虽非能致毒但可厌可憎的特点,层层深入加以点化渲染,使小人的形象可会意而难以言传,难写之景如在目前,不尽之意见于言外,给人留下深刻印象。孔武仲的《憎蝇赋》仿拟欧阳修赋,结尾处的议论在欧赋的基础上翻新出奇:“至秽之形骸,外有蚤虱,内有硗蛔,盖与生以终始,非有时而去来。舍此不思,而惟蝇是责,则我亦褊矣,何异乎援剑而逐之者哉。”比起这样让人可憎可厌的小人,那些贼害忠良、内心龌龊的恶人更令人生厌,对于苍蝇这样的小人,何如敬而远之。这段议论融入了作者宦海沉浮的真切感受。南宋以后,随着世风的败坏以及在理学推动下道德自觉的进一步加强,声讨小人的声浪更为强烈。洪适的

---

① (宋)吕南公《蚊蝇说》曰:“蚊之近人,童子知欲扑之,为其毒之足以伤人也。蝇之近人,非能致毒也,而以其生长之污,亦争灭之,与憎蚊同。呜呼,行身之曾不善也,不在乎术之足以毒人,苟为素所由者未免于污,则亦足以害其身而已矣。”[《灌园集》卷十八,《景印文渊阁四库全书》第 1123 册,(台北)台湾商务印书馆 1986 年版,第 173 页]

《恶蝇赋》开篇对欧阳修赋的描写作了一番櫽栝交代，然后笔锋转向“苍蝇间白黑”，声讨小人谗害忠良，危害社稷，这又是对《诗经·小雅·青蝇》的踵事增华。陈淳的《祷黏蝇文》则不再刻画苍蝇的厌恶情状，而是声讨苍蝇，不要玷污了圣贤之地，对理学中斯文败类的憎恶之情溢于言表。

较之苍蝇，蚊虫利觜害人，是恶人之类。虞允文的《诛蚊赋》把官场比作是群蚊乱飞的蚊阵：“爰有黍民，出于庐霍。呼朋引俦，讶雷车之殷殷；填空蔽野，疑云阵之漠漠。利觜逾麦芒之纤，狭翅过春冰之薄。其赋形而至眇，其为害而甚博。”苍蝇只是可厌，而蚊虫，则是可怕。南宋初期，尤其是秦桧专权的时候，恶人充斥朝堂，动辄兴起事端，遥诼忠良，朝野上下人人自危，这与蚊阵何其相似乃尔。攀附权贵、攻击善类是当时官场的风气，和之前的士大夫相比，高宗朝的士人更没有操守，人格更为低劣猥琐。虞允文此赋，是一篇声讨当时官场的檄文。之后，王迈的《蚊赋》、姚勉的《嫉蚊赋》等都是按着这个思路来声讨恶人的作品。

南宋官场上因循苟且之风盛行，中期以后，王朝更是如燕巢危幕般迁延度日，当时辞赋有感而发，出现了几篇描写猫的滑稽之作。李纲的《蓄猫说》借猫喻人，希望朝臣尽职尽责、勠力王室。洪适从李纲赋的反面立意，作《弃猫文》，以讥刺庸官。作者感慨道：“汝岂不见国家之设官乎？宠以高位，畀以厚禄，相图治于朝端，将折击于边服。……凡厥庶僚，各庀其局。一有旷瘝，旋跬屏逐。人尚如此，况于微畜。”两赋相反相成，对官员的尸位素餐深感忧虑。刘克庄的《诘猫赋》与上两赋相类而更有故事性。赋写因鼠害而储猫，结果又遭来猫灾。文中写猫在捕了几只鼠后就依功自恃，贪图享受：“俄伤饱而恋暖兮，复嗜寝而达晨。信半质之难矫兮，况驴技之已陈。彼瞯尔兮柔且仁，汝视彼兮狎不嗔。”赋作对猫鼠狎昵的描写绘声绘色，暗示邪臣嬖女的祸国行径。当然，宋赋的滑稽描写对现实的关注是多方面的，虞允文的《信乌赋》鞭挞世俗的浅陋见识，曾丰的《蠹书鱼赋》、刘克庄的《谴蠹鱼赋》对道学人士假托圣人、破碎经籍的行径表示了忧虑和愤慨，胡次焱的《嗟乎赋》对汲汲于科名的世风强烈谴责，等等。

值得一提的是，宋赋的诙谐中还有一些这样的作品，以道德卫士自居的赋家，从恪守道德戒律出发，激于义愤，言论偏执，对不入眼的物事横加指责，以迂腐冬烘消解风趣幽默，给人焚琴煮鹤、点金成铁之感，作品不期然而至的喜剧感来源于作者自身。竹夫人又叫青奴，是一种柱形的竹制品。宋人喜竹席卧身，拥之以消暑。辞赋中喜以“夫人”“奴”戏称之，以取得媟亵噱笑的效果，如谢薖的《竹夫人赋》、洪适的《竹奴文》，就是这种幽默风趣的作品。其中谢薖的《竹夫人赋》于低俗中寓清新，尤为动人。但是金盈之的《竹奴文》则是另一幅面孔：

> 非有《鹊巢》之德，《采蘋》之职，曷为而受夫人之呼？人之称汝，既以重诬，汝辄披襟，于汝安乎？夫金炯有清明之鉴，而袭彻侯之爵；毛颖以翰墨之勋，而拨中书之除。汝非有功有德，可与二君子为徒。今黜汝之僭号，而谓汝为竹奴。盍安名而谨分，顺主人之所驱。无沮怍以觖望，遂衔冤归憾于吾。

作者对小小的竹夫人也要辨名分，别尊卑，示等威，如果这也是幽默，那么这种幽默实在是太沉重笨拙了。赋中折射出的卫道热情和浩然正气，使得这一题材蕴含的谐趣荡然无存。目前所见的宋代近二十余篇关于梅花的赋，大多把梅花与神女、美女相比附，以摹状其高洁俊逸之姿。唯独姚勉的《梅花赋》把梅花写成君子，写成一位男性，一位恪守道德的男性：

> 桃李华而近浮，松柏质而少文。未若斯梅之为物，类于君子之为人。今夫异万木而独秀，冠群芳而首春，是即君子之材。拔众萃而莫伦，立清标而可即，正玉色以无媚，是即君子之容。羌既温而且厉，寒风怒声，悄无落英，严霜积雪，敢与争洁，君子之节也。瑶阶玉堂，不增其芳，竹篱茅舍，不减其香，君子之常也。在物为梅花，在人为君子。皎茵璧之连接，莹壶冰其表里。既物我之通称，又焉得舍此而取彼。

从为人、禀赋、仪容、节操、坚守等几个方面把梅花和君子道德相比附，梅花在文学创作中凝固而成的摇曳多姿的美丽形象顿时消失。当然，君子也可以是女性，但是在文学世界里，君子的男性品格是早已定型了的。姚勉此赋显然不是以调笑诙谐为目的，但是其不期然而至的喜剧性令人绝倒。

宋赋的滑稽艺术，是建立在融会贯通前人作品和历史经验基础上的以才运学，它立足诙谐幽默而契合士大夫阶层的审美好尚，它追求情理相谐的理趣而具有摇曳生姿之美韵，它包含着深沉的淑世精神，忧时讽世。这些特点，是宋赋对滑稽艺术的一次品质提升，使它远离俗文学窠臼而登堂入室，与士大夫阶层的“雅”文学靠拢、融合，这是宋赋的滑稽艺术在辞赋发展史上的最显著的表征。

多维视野下的宋代辞赋创作

论北宋真仁间辞赋创作的治平心态*

宋初文学深染五代风气，太宗以来大力推行崇文守内的政策，重学风气渐趋浓厚。随着重学空气的形成和国家趋向繁荣，杨亿、刘筠诸人追慕晚唐李商隐，追求一种华丽典雅、雍容典赡的骈体文风。这种文风适于表现当时的治平气象，也为文人们施展才学提供了极好的契机，于是遂有耸动天下之势。当北宋的诗文革新运动方兴未艾的真宗到仁宗亲政这段时期，这种文风在文坛上影响甚巨。承此文坛风气，在辞赋创作方面，晏殊、夏竦、胡宿、宋庠、宋祁诸骈文高手广泛挹取前人芳润，创作了一批反映治平心态的优秀作品。

所谓"治平心态"，是指在太平环境中形成的，以优游不迫、纵逸闲雅、细腻深婉为感情基调的心理态势。这种心态的形成，与有宋的国策有密切的关系。宋从开国，守内的国策已基本确立，特别是两次征辽失败后，军事上更趋保守。真宗承多年之积弊，好功而厌战，无力在军事上有所作为。景德元年（1004）与辽在澶州订立城下之盟，是谓"澶渊之盟"。以钱帛换取和平之后，又与西夏如法炮制。于是，危机似乎解除了，天下似乎太平了。巧佞的大臣乘机兴风作浪，真宗也借机要在烂

---

* 本文原载于《中山大学学报》（社会科学版）2006 年第 5 期。

疮疤上敷粉，以掩饰内外交困的局面。于是，在大中祥符元年（1008），真宗东封泰山，四年（1011），又于山西宝鼎祭祀地祇。在历史上，只有秦皇、汉武等少数帝王亲赴泰山行封禅大典，真宗也这样做了，他要人为地构筑一幅盛世图画。这时，各地祥瑞纷纷出现，为这场盛况空前的封禅大典烘托气氛。真宗以来的太平气象造就了文人们平和、细腻的心理素质，西昆体诗，柳永、晏殊的词，或遣愁怀，或咏盛世，均流露着雍容闲雅的情绪，传达着盛世之音。黄裳在《书乐章集后》曰："呜呼，太平气象，柳能一写于乐章，所谓词人盛世之黼藻，岂可废耶！"①

在这种大唱盛世颂歌的氛围中，颂美赋作大量涌现，并一直影响到仁宗时期。何薳《春渚纪闻》曰："人臣作赋颂，赞君德，忠爱之至也。故前世司马相如、吾邱寿王之徒，莫不如此，而本朝亦有焉，吕文靖公、贾魏公则尝献《东封颂》，夏文庄公则尝献《平边颂》……今元献晏公、宣献宋公遭遇承平，嘉瑞来还，所献赋颂，尤为多焉。"②宋初的田锡就曾大力提倡这种雍容典雅的文风，至刘、杨随成风气。仁宗以来的西昆后进之中，晏殊也大力提倡治平文风。这一时期，在辞赋创作中流露着雍容气象的作家有晏殊、夏竦、胡宿、文彦博等人。夏竦于大中祥符三年（1010）作的《河清赋》、魏震作的《瑞木赋》、杨亿作的《天禧观礼赋》等是真宗时期颇为典型的颂美赋。《四库全书总目提要》评刘、杨诸人的创作说："大致宗法李商隐，而时际升平，春容典雅，无唐末五代衰飒之气。"

---

① 孙克强编著：《唐宋人词话》，河南文艺出版社 1999 年版，第 120 页。

② （宋）吴处厚撰，李裕民点校：《青箱杂记》卷六，中华书局 1985 年版，第 62 页。

以上诸人均位望通显，晏殊作到同中书门下平章事；夏竦也曾任参知政事；胡宿官至枢密副使；文彦博勾结仁宗宠妃张贵妃，大肆钻营，官至平章事，封潞国公。晏殊今存完整的赋4篇，另有5篇残赋；夏竦存赋12篇，多为律赋；胡宿存赋5篇；文彦博存赋19篇，以律赋居多。

晏、夏诸人的赋充斥着颂美太平的治平之声。晏殊的《皇子冠礼赋》《西掖植紫微赋》《亲贤进封赋》均是润色鸿业之作，这些赋通过典雅的文辞和对庄严的礼制的描写来体现太平气象。文彦博的《天衢赋》《土牛赋》《玉鸡赋》《汾阴出宝鼎赋》等描写都邑之制、典礼、祥瑞以体现太平景象，等等。真、仁时期，北方的边患基本解除，澶渊之盟以后的承平景象给赋家们以极大的鼓舞。真宗时期，辞赋创作中颂美之声叠起，逮仁宗朝，余绪犹盛。如果说宋初的颂美赋倾向于取法魏晋征实赋风，在颂圣时有所节制，有所收敛，那么，这一时期的颂美赋则广泛运用汉大赋虚构夸张的手法，表现出处身治平之世的豪情和恢宏的气度，体现出雍容大度、富丽堂皇的台阁习气。宋初向内收敛的心态渐为优游闲雅的治平心态所代替。

夏竦的《河清赋》和《景灵宫双头牡丹赋》作于刘太后摄政时，其风格已与宋初颂美诸赋大不相同。在《河清赋》中，作者充满激情地赞美了大宋的太平之治，赋曰：

> 洎我国家秉皇图，宣帝力，尊百神，朝万国，光明乎遐绝，馨香乎霄极。禅云亭而广厚，玉简既封；祀汾脽而颂祇，鸾旆未饬。西人清候而望幸，六官戒期而励翼。爰荐祉而炳灵，滟澄波之湜湜。徒观其祥风荡漾，非烟蒙幂。浮休气于川上，泛荣光于岸侧。失汹涌之黄流，湛清冷之

> 素液。银潢之景横秋,帝台之浆映月。江练初静,壶冰乍释。鉴秋毫及纤尘,露金沙与银砾。神鱼龙马,泳深渊而不隐,紫阙珠宫,扩洪流而可觌。合济渎兮安辨,委沧溟兮竞碧。①

夏竦描绘了一派黄河转清、千里澄碧的祥和景象:黄河两岸,祥风荡漾,休气氤郁,素波枕长堤而安流,像是奏响盛世的颂歌。在赋中,溢美的言辞不再有所节制,而是充分渲泄,层层皴染,似乎要以此来掩盖朝政内外交逼的窘境。其实,真、仁以来虽然边患暂时平息,但并未根除,困扰国家的种种危机并未得到解决,赋家们的颂美太平只是为了迎合当朝或慰藉自己的太平奢望而已。《景灵宫双头牡丹赋》是应制之作。赋中说:"伊牡丹之淑艳,实造化之鸿英。杂五色以交丽,间千叶以敷荣。结紫心而函实,散黄蕊以传馨。干扶疏而四擢,枝绰约以相承。……荫琪珠之璀璨,藉瑶草之葱青,润五云之滋液,对六羽之威灵。"作者以双头牡丹隐喻刘太后摄政,通过描写牡丹的高贵华丽,以体现国家祥和的气象。夏竦的赋与杨、刘诸人的文风稍有差异。他虽然也喜欢用典使事,以增加颂美内容的雍容典雅情调,但他用典不大冷僻,常常一生一熟、一浅一奥相互为对,因而,他的赋既典雅含蓄又明白练达。他不是凭借文辞的渊奥,而是通过弘阔张扬的笔势来体现太平气象的。据范镇《东斋记事》卷三载:夏竦不满杨亿的晦涩文风,称其文章"如锦绣屏风,但无骨耳"。当时的人们认为夏竦之文"譬诸泉水,

---

① 本文所引辞赋,均出自曾枣庄、刘琳主编《全宋文》(上海辞书出版社、安徽教育出版社 2006 年版),为行文文便,不再一一出注。

迅急湍悍,至于浩荡汪洋,则不如文公也"①。这说明骈体文、赋风在夏竦手里发生了一些变化,他主要是通过追求一种迅急湍悍的气势,以体现雄视古今的治世豪情。

胡宿的赋除《正阳门赋》外,其余均是律赋。其中《建用皇极赋》依《尚书·洪范》之"九畴"取义,陈说帝王立法以治国图强的道理,反映了要求皇帝独断的倾向,颇为可取。《正阳门赋》作于仁宗时期,作者突破了宋初赋尊法晋赋的征实倾向,采取铺陈夸张的手法,借以表现宋王朝强盛的气势。这篇赋创作的背景是朝廷增饰正阳门以兴太平之象。对于增饰正阳门,胡宿既没有像西汉大赋那样,对宫观极尽夸张以突出其气势;也没有像东汉大赋那样,强调循礼而动,奢不可逾,俭不能侈,而是师法西汉萧何劝汉高祖增饰宫观的论调,不壮丽无以威万国而服诸侯,主张:"谓皇居之逼下,方万乘之尊严;谓宝俭之过中,非四方之表则。矧帝阍之峨峨,图天象之奕奕,一开一阖,于以顺乎阴阳,不壮不丽,何以威乎戎狄!"儒家是崇尚节俭的,但也不主张土阶茅殿般的过分节用,而是要依礼而行。胡宿为增饰正阳门找到了合乎儒家礼制的理由,即不壮丽则无以威万国、顺阴阳。这样,把宫观的壮丽和儒家的礼义思想巧妙地结合起来,为适应承平享乐、大兴土木找到了冠冕堂皇的理由。何晏的《景福殿赋》赞美魏明帝的大兴土木所依据的理由即是萧何的论调。胡宿此赋很可能受到何晏赋的启发。赋的主体部分是对正阳门的铺张描写,作者细致地描绘了正阳门结构之工巧:"宝篆鸾飞,耀煌煌之金刻;荣檐虬耸,壮翼翼之

① (宋)范镇撰,汝沛点校:《东斋记事》卷三,中华书局 1980 年版,第 23 页。

瑶京。崒兮天党，屹若神行。丽谯横互，磴道阶升。六梁布藻，烟瓦摇青。方疏洞开，璇题彪列，蔼若鲜云，蔽婵娟之素月；镂槛周施，彤栏钩折，宛在半空，横连蜷之雌霓。”这样细致入微且充满动感的描写显然是师法王延寿《鲁灵光殿赋》的技法。作者还夸张地描写了正阳门的气势：“觚棱上拂，隐日月之回环；辇道相过，瞰烟云之明灭。……形半起而还正，势将翔而复抑。跂而望之，若太阳御六龙，升扶桑而耀色；迫而察之，若威凤将九雏，下丹山而接翼。东虬兮西兽，交镇兮左右；南箕兮北斗，夹照兮前后。”作者对正阳门形制气势的描绘始终突出其飞动之势，表现出远承司马相如《天子游猎赋》表现王朝气魄与威势的用心。可见，仁宗以后，随着北方边患的解除，颂美赋不再崇尚内敛平和的艺术效果，而是趋向于表现王朝宏阔壮大的气魄。不过，赵宋王朝过分强调文治，因而，这种气势的发露是有所节制的，赋的结尾，胡宿赞美赵宋行王道以致太平的美政，以儒家的仁政思想收缩这种飞动的气势，从而体现出优游不迫的韵致：“功崇则业大，德盛则礼尊。斯干咏于周家，落成百堵；建章营于汉代，丽极千门。况乃业包海岳，道格乾坤，逾苍姬之拓统，超金卯之集勋，抚和旷俗，惠养齐民。秋毫皆出帝力，率土莫非王臣。”胡宿视眼前的形势为旷古未有的治平，因而虽然缺乏总揽古今的豪情，但也不失“安以乐”的自得之情。这一时期的颂美赋还直接描写帝王，如文彦博作于天圣三年（1025）的《圣驾幸太学赋》。这篇赋文词丰赡，章法井然，集中描写了仁宗的循礼而动，优游容与，展现了太平天子的风采。

晏殊、夏竦等人的赋还流露着追求享乐的闲逸情怀。对男女之情的关注，对艺术的重视，均反映了士大夫对平静安闲的生活的玩味，对要眇宜修的心理的深刻体会和玩赏。柳永词的羁旅之愁、狂欢之态、离别之思,晏殊词中流露的对时光流逝的无奈、闲愁萦心的痛苦,何尝不是承平环境中的心理体验。这时期的赋与词表现的情绪波动,不是肝脾靡烂的、呼天抢地的悲恸,而是基于典雅的情感的闲淡隽逸的情感冲动,是太平时期对生活的仔细品味。这样内容的赋同样是太平之黼黻。夏竦的《周天子宴王母于瑶池赋》表现了对享乐的追求。神游天上,极尽情欲之欢,这是游仙诗经常表现的主题,它反映了人性中追求情欲满足的一面。夏竦的这篇赋极写纵乐天上的美好:"修城而美锦千两,供帐而轻绡万重。广乐嘉成,编舞霓裳之曲;流霞互举,争传马瑙之钟。是何云雨驰魂,笙篁饰喜。倦敛霞袂,慵凭玉几。"赋中还写了周穆王与西王母的悲伤离别,并各自歌咏以抒怀,这就为享乐涂上了一层高雅情趣,更投合当时士大夫的享乐心理。他们所追求的不单纯是官能上的满足,还有心理上对悲欢离合的体验。可以说,此赋与柳永词在表现男欢女爱上是相通的。夏竦的《放宫人赋》同样表现了对男欢女爱悲欢离合的体验。据《春渚纪闻》卷五记载,此赋作于作者十二岁时。如果真是那样的话,就更能说明对悲欢离合的情感体验是当时社会上普遍的心理需求。赋中写宫女离别宫苑的心理极为传神:

莫不喜极如梦,心摇若惊。踟蹰而玉趾无力,盼眄而横波渐倾。鸾鉴重开,已有归鸿之势,凤笙将罢,皆为别鹤之声。于是银箭初残,琼宫乍晓,星眸争别于天仗,莲脸竞辞于庭沼。行分而掖路深沉,步缓而回廊缭绕。嫦娥偷药,几年而不出蟾宫,辽鹤辞家,一旦而却归华表。

作者对宫人的心理体会得如此细致入微，而且具有美感，体现了当时欣赏幽约心理的审美风尚。

当然，追求享乐之等而上者是在艺术的境界中陶冶心灵。晏殊的《飞白书赋》《御制飞白书扇赋》通过对书法艺术的赞美以寄托高雅超逸的情怀。所谓"飞白"，是一种特殊风格的书体，它的主要特征是笔画中夹白。它不同于枯笔，枯笔是端际露白，或时黑时白，而飞白则是丝丝夹白。这种书法艺术极具美感，对书者的技艺要求也极高，这正可以作为盛世生活的一种高雅点缀，因而深受当时人青睐。晏殊的《飞白书赋》叙述了飞白书体产生、发展变化以及兴盛的过程，尤其传神地描写了创作飞白书法的境界。书者临砚挥翰的心态是："若乃宫砚沉碧，山炉泛清，恣冲襟之悦穆，拂神翰以纵横。"书者与笔势完全融为一体，线条传达着书者的思想感情、个性特征。再看飞白书法之美："空蒙蝉翼之状，宛转虬蝼之形。烂皎月而霞薄，扬珍林而雾轻。曳彩绡兮泉客之府，列纤缟兮夏王之庭。仙风助其缥缈，辰象供其粹凝。"飞白书艺具有如纤云蔽月、岚绕珍林般秀美典雅的特点，苏轼在《文与可飞白赞》中称赞飞白书艺曰："霏霏乎其若轻云之蔽月，翻翻乎其若长风之卷旆也。猗猗乎其若游丝之萦柳絮，袅袅乎其若流水之舞荇带也。"反映的即是飞白书艺之美，与晏殊的描绘异曲同工。飞白书艺的典雅秀美，体现着盛世承平的高贵气象，反映了承平社会中人们的某些审美特征。当时，上至皇室，下至臣僚，纷纷挥翰，创作飞白书法。太宗、真宗、仁宗均精于飞白。晏殊的《御书飞白书扇赋》即是颂美御笔之作。此外，晏殊讨论飞白书艺的言论尚有《谢赐飞白书表》《御飞白书记》。可以说，君臣蜂起钻研飞白书艺，的确体现着身心通泰的承平心态，如游丝流水、长风轻云般的飞白书艺也可作为承平心态的一个象征。

治平心态在辞赋创作中还表现为对远离世俗尘嚣的闲散淡逸的情韵的追求。晏殊仕途平坦,处身于承平之世的真宗、仁宗时期,居官显要而了无建树,品茶、饮酒、狎妓、赋诗构成了他生活的主要内容,是名副其实的"太平宰相"。春残花谢,日斜燕归,往往引发他对时光流逝的感叹和对野逸生活的向往,四时美景被赋予了闲散淡逸的情韵。他的《中园赋》寄托了优游于太平盛世的风流闲雅。赋中描绘理想的野逸生活道:

> 寓垣屋于穷僻,敞林峦于蔽云。朝青阁以夙退,饬两骖兮独归。窈蔼郊园,扶疏町畦。解巾组以遨游,饬壶觞而宴嬉。幼子蓬鬓,孺人布衣。啸傲蘅畹,留连渚湄。或捕雀以承蜩,或摘芳而玩蕤。食周粟以勿践,咏尧年而不知。琴风飒以解愠,田雨滂兮及私。

这段文字与陶渊明的《归去来兮辞》所表达的情调十分相近。陶渊明幻想着置身于太平之世,做一个羲皇上人,而晏殊以一种悠闲心境细细品味着鼓腹而游、叩壤于途的美感。置身于天和景明、人与自然亲和的境界中,花鸟草木自来亲人,陶渊明幻想中的境界,晏殊在现实生活中体会到了。晏殊还在赋中展示了园中瓜果蔬菜的勃勃生机:"尔乃坛杏蒙金,蹊桃炫碧。李杂红缥,柰分丹白。""钟山之菘韭早晚,吴郡之苋茄紫白。织女耀而瓜荐,大昴中而芋食。匏瓠在格以增衍,藜藿缘阴而可摘。"晏殊对园圃美景的层层铺叙,景象叠生。瓜碧茄紫的豆棚园圃给人以置身上古太平之世的种种幻想,自由舒展的菜蔬果木，处处体现着远离尘世、人与自然万物相亲相融的闲适情韵。园中的虫吟鸟鸣更增添了闲适自在的生活情调："鹪匪陋于荆棘，鹨无营于钟鼓。顺时律以弄吭，乐天和而命侣。燕溢溢以交贺，鹊翛翛而告语。"置身于这样的境界中，枯燥冗长的生活变得情韵盎然，具有了审美价值："谈王道于樵子，接欢歌于壤父。……日复论名花于君子，兴瑶草于王孙。采家臣之秋实，歌上瑞之丰年。资旨蓄以御冬，撷众芳而炼颜。至若严客幸临，良辰是遘。载扫危榭，爰张宴豆。蒙山骑火之茗，豫北酿花之酎。或秋弈以当局，或唐弓而在彀。"这样的生活不离日用百物之俗杂，而又充满高雅的情趣。晏殊的这篇赋描绘了理想的丰腴生活图景，展示了如沐春风般的舒展闲逸的治平心态。

晏殊善于状物，其景物的描写阐缓纡徐，从容不迫，体现出闲雅的气度。他的《雪赋》描绘了雨雪霏霏中的闲淡心境。以虚静之心映物，万物便显现出丰富的情韵。赋中对雪花的描写十分传神："初晻暖以蓬勃，倏森严而悄寂，随蠛蠓以泛泛，径扶摇而弈弈。乍拂庑兮荣树，忽穿窗兮逗隙。厌丛竹之虚籁，点乔松之秀色。委严穴以含垢，赴波澜而灭迹。兽族处兮休影，鸟归栖兮接翼。原野漫其一平，羲舒为之双匿。"心静意迟，雪花也充满了灵淑之气，飞舞跃动的姿态似乎在礼赞存在的美好。在"倾耳无希声，在目皓已洁"的意境中，流注着投身于自然怀抱中的融融暖意。赋的后半部分，描写了雪天不同的人物活动，这显然是受到江淹《恨赋》《别赋》的启发。在邃馆曾台、彤墀紫闼，人们在对饮赏雪，联句赋诗；在藻扃绣户、金屋兰堂，有人在端居悯默，惨别悽伤；在穷漠塞北，行者在艰难跋涉；在边鄙之地，使臣在杖节怅望；在春意融融的暖国，稑穜在瑞雪的沾溉下生长。这种种的景象与钱惟演《春雪赋》之悯农伤己的情怀不同，它是作者的意识在自由地流动，是一次审美的心理历程，是闲散的心灵在体认美的艺术境界。

钱锺书先生评价晏殊说："他跟当时师法李商隐的西昆体作者以及宋庠、宋祁、胡宿等人不同，比较活泼轻快，不像他们那样浓得化不开，窒塞闷气。"[1]这段话虽是评价晏殊诗歌的特色，用来评价他的赋也同样合适。晏殊没有刻意在字面上堆叠金玉锦绣，而是以活泼灵动之笔描绘了一幅幅富于承平气象的画面，具有风流蕴藉、温润秀洁的特征，展现了闲雅淡逸的富贵心境。

文彦博的一些赋也以状物为工，与晏赋同一旨趣。他的《金苔赋》依据王嘉《拾遗记》的一段记载，描写晋惠帝时宫苑中特异的金苔。文氏深得汉大赋状物之旨趣，多角度描写养尊处优的金苔舒卷自如的风致："萦流荇而细细，缭舒荷而漠漠。……风团而或谓能铸，浪飐而多虞自跃。……东篱之菊兮，瞻我而失色；北堂之萱兮，对吾而不芳。"这种优游自得的态度与当时达官贵人的闲在气度深相契合。赋的结尾，曲终奏雅，指出金苔一类的人物不能指邪斥佞，排难解纷，于世无补，西晋的覆灭即是前车之鉴。赋中的金苔可以说是治平心态的一个形象化身。文彦博的《鸿渐于陆赋》师法唐赋描写飞鸿肃然从容的姿态十分传神，也颇能体现台阁风气。

总之，晏殊、夏竦等人的创作，或抒发盛世豪情，或表现享乐情绪，或发露承平心境，均体现着雍容典雅的特点，是那个承平时代一部分文人心理的真实写照。他们还没有真正意识到

---

① 钱锺书：《宋诗选注》，人民文学出版社 1982 年版，第 13 页。

社会潜藏的危机,或不愿触及现实危机,在政治上均无大的建树,在祥气氤郁的承平景象中,他们细心品味着生活的美好,体会着身心通泰的闲雅境界,并通过辞赋创作将这种种感受表达出来。

论宋代的御戎思想*

——以辞赋创作为中心的考察

北宋时期,北方、西北一直有强邻窥伺,南宋更是在北方政权的浓重阴影之下苟且偷生。因此,传统话语体系中的“天下”,便逐渐收缩为有明确边界的“国家”。随之而来的是文化上的边界日渐明晰,华夷之辨的思想越来越清晰地浮现于观念世界当中。在这样的语境之下,“御戎”这一命题,在相当多的时间里在主流话语中占据着重要的位置。当然,由于情势的不同、思想体系的差异等因素,如何看待、处理夷狄问题,士大夫们见仁见智,本文只想从辞赋创作的视角,审视有宋一代御戎思想的主流态势和演变轨迹,尝鼎一脔,以见斑窥豹。

一、内修文德、辅以威武的御敌之道

赵宋崇文德,尚教化,武备一直是国家建设的短板。王朝视礼乐教化为为政的根本,在如何御戎的问题上,他们从“守

* 本文原载于《中国文学研究》2018年第3期,系2017年国家社科基金重大项目“中国赋学编年史”(项目编号:17ZDA240)的系列成果之一。

内”的成功中获得了充足的自信，认为文化、教化和经济发展的优势足以抵御外来蛮夷的威胁。将幽云十六州割让契丹、中央政权失去长城的拱卫之后，北宋王朝并没有沿边重修长城的念头，甚至立国之初有臣僚提出的沿北边开挖界壕的动议也被置之不理。长城，是传统话语中绕不开的御戎话题，宋人对此的看法竟和与其御敌策略相对的唐人如出一辙，他们认为，御戎之道，在于生民的安居乐业，而非边地的壕深城高、兵强马壮。

元祐九年(1094)，监察御史张舜民出使辽国，途经燕地，登临长城，撰成《长城赋》，呈献给哲宗皇帝，诡文谲谏，以尽王事靡盬之义。赋的开篇立意奇高，将灵台与长城对照以寄寓深意，赋曰:“予昔游骊山之上，得灵台之遗基;今过燕山之下，见长城之故址。自非达观，安能齐万物而一指。”①《孟子·梁惠王上》曰:“王以民力为台为沼，而民欢乐之。谓其台曰‘灵台’，谓其沼曰‘灵沼’，乐其有麋鹿鱼鳖。古之人与民偕乐，故能乐也。”《诗经·大雅·灵台》:“经始灵台，经之营之。”郑笺曰:“观台而曰灵者，文王化行似神之精明，故以名焉。”②文王爱其民，所以民乐其乐。灵台是与民同乐的代表，推行仁政的象征。而长城，从其建成之初，就已经成为滥用民力以奉一人之欲的标志。张舜民用灵台、长城这两个内涵对立的意象檃栝御天下之王、霸之略。作品勾勒出一幅壮阔悲凉的长城落日画

① 本文所引宋代辞赋，均引自曾枣庄、刘琳主编《全宋文》(上海辞书出版社、安徽教育出版社2006年版);所引唐代辞赋，均引自清陈元龙编《历代赋汇》(凤凰出版社2004年版)。为行文方便，除特殊情况外，不再罗列出处。如标注，只注书名和页码。

② (清)阮元校刻:《十三经注疏》，中华书局2009年版，第1129页。

卷:“徒观其隐若坏塚,屹若长堤,荒烟蔓草,日落风凄。丰狐之窟屡易,狡兔之径多迷。”《庄子·山木》曰:“夫丰狐文豹,栖于山林,伏于岩穴,静也。”作者通过丰狐、狡兔,渲染出眼前长城的沉寂、破败。西风残照,断壁残垣。那个通过长城来彰显自己以天下为家、以苍生为奴的王朝和君王不是早已灰飞烟灭了吗?这不仅仅是对一个远去王朝的身影的感叹,更蕴含着对逞私欲以家天下的独夫的嘲讽。

长城日落似乎是一幕内涵丰富的场景,唐代徐彦伯的《登长城赋》也有一段这种景象的描写,他写道:“况复日入青波,坚冰峨峨。危蓬殒蒂,森木静柯。群峰雪满,联岘霜多。龙北卧而衔烛,雁南飞以渡河。载驰载骤,彼亭之候。唯见玄洲无春,阴壑罢昼。”两赋详略不侔,张赋应该是立足徐赋而淡笔勾勒以点铁成金,徐赋描写详尽但是只表现边塞之苦寒,没有对长城背后的为政方略作进一步的反思,缺乏张赋引人沉思的历史感和震撼力。接下来,张舜民来了一个特写:“下有枯骨,旁有断杵,曾未知何乡之人,谁氏之子,非闾左之丁男,则关东之狱吏。”寥寥几笔,感慨良多,与“可怜无定河边骨,犹是春闺梦里人”同一机杼。那长城下的枯骨,曾经也是有血有肉有爱有恨、对生活充满渴望的真切的人,为何暴尸于边塞?旁边的夯土之具——折断的木杵,隐射了背后的种种苦难。长城下的枯骨似乎在控诉暴政,控诉为了逞个人私欲而剥夺天下人幸福的罪恶行径。这段文字反思暴政的角度与唐代李华的《吊古战场文》如出一辙,可作此处注脚,李华文曰:“苍苍蒸民,谁无父母?提携捧负,畏其不寿。谁无兄弟?如足如手。谁无夫妇?如宾如友。生也何恩,杀之何咎?”两篇作品均推己及人,以悲悯之情看待眼前的枯骨,从枯骨的过去着眼追思他所经历的苦难经历，极具感动人心的力量。而从这个角度反思战争的远祖应该是贾捐之的《弃珠崖议》，文曰：

> 当此之时，寇贼并起，军旅数发，父战死于前，子斗伤于后，女子乘亭鄣，孤儿号于道，老母寡妇饮泣巷哭，遥设虚祭，想魂乎万里之外……
>
> 今天下独有关东，关东大者，独有齐楚，民众久困，连年流离，离其城郭，相枕席于道路。人情莫亲父母，莫乐夫妇，至嫁妻卖子，法不能禁，义不能止，此社稷之忧也。今陛下不忍悁悁之忿，欲驱士众挤之大海之中，快心幽冥之地，非所以救助饥馑，保全元元也。[①]

唐代陆参的《长城赋》则是直接描写役夫的苦况，其感染力反而逊于前引二赋，陆赋曰："伊朝继夕，自昏达明。时若炎风炽烈，川原尽竭。枯肌外焚，内火中竭。是民咿咿，忧秦未拔。至若苦雪初霁，阴风雨霜。冻髭折鬓，冰寒夜肠。是民惶惶，忧秦未亡。"铺写役夫劳苦，但是没有在生命权的角度来展开，因而缺乏感动人心的力量。

张舜民赋由长城下的枯骨自然过渡到当年筑城情形的描写："当是时也，蒙恬、章邯之方造，陈胜、项籍之未起，尔胡不采芝于商洛山中，种桃于武陵溪里，养浩餐和，长生久视。胡为乎颜色枯槁，形容憔悴如此也。"这两个问句颇有深味，当蒙恬们形容枯槁地筑城之时，秦始皇正忙着寻仙访药，做着长生久

---

① 《全汉文》卷十六，(清)严可均校辑：《全上古三代秦汉三国六朝文》，中华书局 1958 年版，第 218 页。

视的好梦呢。长城成为自己家天下的藩篱,囚禁生民的牢笼,以供其世代奴役,而自己则长生不死,永享奴役天下的快乐。苍生之苦难与君王之受用,两相对照,形象地反映了暴君不以苍生为念的"独乐"行径。文中的"陈胜、项籍之未起"真乃神来之笔,巧妙地暗示了"独乐"的下场。徐彦伯的《登长城赋》则说得相当直白:"曾不知失全者易倾,逆用者无成。陈涉以闾左奔亡之师,项梁以全吴趏悍之兵,梦骖征其败德,斩蛇验其鸿名。板筑未艾,君臣颠沛。"

后来的汉武帝也对筑长城满怀兴趣,但长城在与匈奴的抗争中起到什么作用呢,张舜民由此联想到长城的军事价值,这是此赋慧眼独具之所在。赋曰:"孝武皇帝悯平城之厄,愤冒顿之书。赫然发怒,慨然下诏,奋然兴师,斥单于于大漠之北,开亭障,置烽燧,出长城于千里之外,此非城之功;又数百年,外敌扰境,边马饮江,毡裘被于河洛,鸣镝斗于上林,此非城之罪。"当时韩安国曾上书武帝曰:匈奴"得其地不足以为广,有其众不足以为强,自上古不属为人"①。张舜民说汉武伐匈奴是为报白登之仇和冒顿以书信轻慢吕后之耻,从复仇的角度来理解,就符合儒家的道德规范了。东汉杜笃在《论都赋》中也说:"是时,孝武因其余财府币之蓄,始有钩深图远之意,探冒顿之罪,校平城之仇。"②武帝当年征伐时,也是以此为借口的,《史记·匈奴列传》载武帝下诏曰:"高皇帝遗朕平城之忧,高

---

① (汉)司马迁:《史记》卷一百八《韩长孺列传》,中华书局 1982 年版,第 2861 页。

② (汉)杜笃:《论都赋》,费振刚等编:《全汉赋》,北京大学出版社 1993 年版,第 267 页。

后时，单于书绝悖逆。昔齐襄公复九世之仇，《春秋》大之。”①张舜民回护武帝伐匈奴之举，是为了指出一个无可争辩的事实：武帝击匈奴于千里之外，并非长城之功，接下来的五胡乱中华，中原板荡，长城也没有起到御侮的作用，但这不是长城的罪过，而是统治者的昏庸造成的。这道边墙在防胡方面的作用很值得商榷，若政治清明，国力殷实，军事强大，是不必依赖长城来拱卫的；若民生凋敝，武备松弛，消极防御，一道边墙并不能阻挡什么。唐太宗对这个问题有更清醒的认识，他在《临层台赋》中写道：“加以长城亘地，绝脉遐荒，叠鄣峙汉，层檐映廊。反是中华之弊，翻资北狄之强。烽才烟而已备，河欲冻而先防。玉帛殚于帑藏，黎庶殒于风霜。喷胡尘于渭水，腾朔马于渔阳。罄有限之赋敛，给无厌之豺狼。”修筑长城而使民生凋敝，这是资狄之举。这一点，张舜民的看法高出流辈，更接近于唐太宗对长城的认识。他反思长城的防御作用，是想告诫统治者，目前，国无长城可峙，况长城不足峙，唯有上下同德，富国强兵，才可保证国家安宁。

张舜民写道：“及乎周隋，至于唐晚，亦我出而彼入，将屡胜而屡败，莫不火灭烟消，土崩瓦解，瓶罄罍耻，兔亡蹄在。城若有知，应为感慨。”文中的“瓶罄罍耻”道出了兴衰之关键所在，《诗经·小雅·蓼莪》曰：“瓶之罄矣，维罍之耻。民之贫困，为王之耻。”不修文德以养生民，而是靠修筑长城来自我麻痹，苟且偷安，只能加速衰亡的进程。面对静立于夕阳长风中的长城，张舜民的思绪由历史转回现实，他写道：“方今遐方面

① （汉）司马迁：《史记》卷一百十《匈奴列传》，中华书局1982年版，第2971页。

内,百蛮冠带。指乾坤之阖辟以为门户,尽日月之照临以为经界。戴白之老不识兵革,垂髫之子尽知礼节。庶矣富矣,震盈丰大。求之古先,莫与京对。”这是儒家以仁义服天下的蓝图,这个蓝图较早出现在《孟子·梁惠王上》,孟子描绘这幅王道之治的蓝图说:“今王发政施仁,使天下仕者皆欲立于王之朝,耕者皆欲耕于王之野,商贾皆欲藏于王之市,行旅皆欲出于王之途,天下欲疾其君者,皆欲赴诉于王,其若是,孰能御之。”这个王道行而天下治的设想运用到御戎问题上,便是教化远播,蛮夷向风来朝。赋的结尾点出了御戎主旨:“《萃》以除戎器,戒不虞。《既济》曰:‘君子思患而豫防之。’”《周易·萃》象曰:“泽上于地,萃,君子以除戎器,戒不虞。”《既济》象曰:“水在火上,既济,君子以思患而防豫之。”他希望君王能遵从《萃》《既济》之卦旨,内修文德,而以武备为辅助,这才是和平的保证。

张舜民的看法具有代表性,宋人普遍地把筑长城消极防御夷狄视为滥用民力,是筑怨速亡之道。秦筑长城以备胡,城既成而民叛,成为普遍性的看法。王禹偁《北狄来朝颂》的序言中说:“始皇之世也,胡虏侵凌,乱于邦国,遂命致远戎,筑长城。万里亘天,千雉截汉,雷杵轰野,云锸蔽空。掘泉则战血迸流,垒土则枯骸共积。人力告匮,邦基已倾。鹿走中原,见汉朝之将霸;蛇横大泽,知嬴氏之须亡。”[①]竭民力以防胡,则乱自内作,筑城如同筑怨。李纲在《三帝论》中也说:

若夫秦,则岂有是哉。阿房之宫,隔离天日,钟鼓嫔嫱

① (宋)王禹偁:《北狄来朝颂》序,《全宋文》第8册,第110页。

> 不移,而具骊山之役,下涸三泉,中成观游,上成山林。既以强力擒灭六国,又命蒙恬北筑长城,以守藩篱,却匈奴者数百里。遣徐福辈治装入海,以求方丈、蓬莱,亲巡海上,以候神人,至死不寤。峻刑苛法,以敲扑天下,焚《诗》《书》以愚黔首,天下豪杰散弃山泽。陈胜奋臂一呼,豪杰并起,而秦亡矣。①

仁义不施,徒以严刑峻法以凌天下,则百姓揭竿而起,不待夷狄入侵而国已亡矣。因此,李常一针见血地指出:“自古乱亡,必因盗贼,盗贼所起,必由疲敝民力,秦长城、隋伐辽是也。”②而且,宋人喜从帝王心术考虑筑城以防胡的动机,与张舜民《长城赋》中对帝王独乐的谴责机杼一致。安尧臣在政和八年(1118)的《乞寝燕云兵事书》中写道:“昔秦始皇缵六世之余烈,既并六国,南取百越之地,以为桂林、象郡,北筑长城而守藩篱,却匈奴七百余里,其意非所以卫边地、救民死,乃贪戾而欲广大也。”③指出始皇的伐匈奴、筑长城是逞个人之贪欲,置百姓死活于不顾。范浚在《对秦问》中说:“徒使帝王之道不渐诸心,仁义之言不历诸耳,计能远筑长城以捍边鄙,而不知荆卿匕首接于肘腋,博浪之椎近起于属车之下,是非自愚乎?”④陈亮对此分析得更为透彻,他说:

---

① (宋)李纲:《三帝论》,《梁溪集》卷一百四十三,《景印文渊阁四库全书》第1126册,(台北)台湾商务印书馆1986年版,第603—604页。

② (宋)李焘:《续资治通鉴长编》“元祐四年”条,中华书局2004年版,第10201—10202页。

③ (宋)安尧臣:《乞寝燕云兵事书》,《全宋文》第154册,第311页。

④ (宋)范浚:《对秦问》,《全宋文》第194册,第140页。

斯民之不幸莫秦季若也。长城筑愁，阿房筑怨，左阱右擭，前桁后杨，盖容身而无所也。高皇代虐以宽，易暴以仁，除苛解娆，剔荒濯秽，向之桎梏者今俄而枕簟矣，向之枵腹者今俄而饘粥矣，向之相刃者今俄而骨肉矣，此其功直与天地等矣。加以文帝以仁柔而驯之，武帝以经术而兴，三精雾塞，吾赤子复罹荼毒之苦，光皇烟赤帝之灰而复燃之，援民于浊淖之中，而饮以清泠之水，斯民复知有汉矣。①

他从秦汉的政权更迭着眼，指出秦之所以亡与汉之所以兴，皆在于仁义之行与不行。

宋人对御戎的看法远绍汉代对这一问题的反思，《史记·蒙恬列传》中，司马迁指出："夫秦之初灭诸侯，天下之心未定，痍伤者未瘳，而恬为名将，不以此时强谏，振百姓之急，养老存孤，务修众庶之和，而阿意兴功，此其兄弟遇诛，不亦宜乎！何乃罪地脉哉？"②《汉书·匈奴传》也说："秦始皇不忍小耻而轻民力，筑长城之固，延袤万里，转输之行，起于负海，疆境既完，中国内竭，以丧社稷，是为无策。"③汉人从亡秦的反思中，真切感受到"仁义不施则攻守之势异矣"的道理。

宋人在御戎问题上对仁义的强调，是从国家长治久安的角

---

① （宋）陈亮：《汉论·七制》，《全宋文》第280册，第14—15页。

② （汉）司马迁：《史记》卷八十八《蒙恬列传》，中华书局1982年版，第2570页。

③ （汉）班固撰，（唐）颜师古注：《汉书》卷九十四《匈奴传》，中华书局1962年版，第3824页。

度着眼的,他们也明白,行仁义是御戎的根本,辅之以武备才能真正长治久安。王禹偁在咸平二年(999)奏上的《大阅赋》强调武备的重要性,赋曰:"惟圣克念,惟皇聿修。方欲生擒颉利,血灭蚩尤。辑大勋而光祖考,练武经而平寇雠。以为天生五材,孰能去其兵革;武有七德,予将整乃戈矛。"赋中申说在强敌睥睨的情况下,修我戈矛方可保障国家屹立不倒:"屹屹然立不败之地,堂堂乎成无敌之师。以虞待不虞,则祸乱息矣;治多如治寡,则进退随之。所谓有备无患,居安虑危,保宁宗社,震詟蛮夷。"告诫真宗要强化武备,以保证国家社稷的安定。他在《续诫火文》也指出武备的重要性,此文依《左传》取义,以火喻兵。《左传·隐公四年》曰:"夫兵,犹火也,弗戢,将自焚也。"[1]只有以仁德御武力,即可张弛有度、刚柔并济,他说:"斯火也,防之在德,救之在仁。省征赋之烟焰,去侵伐之刍薪。礼乐兴而绠缶斯具,刑政明而畚挶是陈。如此则除害于六合,防灾于四邻,又乌有煨烬万国而烟煤兆人者哉。"班固在《汉书·刑法志上》中说:"文德者,帝王之利器,威武者,文德之辅助也。"王禹偁对武力的看法与班固是一致的,运用到御戎的问题上,就如张舜民所说,要遵从《萃》《既济》之卦旨,内修文德,而以武备为辅助,刚柔相济,恩威并施。

二、九天阊阖开宫殿,万国衣冠拜冕旒

内修文德、辅以威武是宋代御敌思想的基础,因之,军事在

---

① (宋)王禹偁:《续诫火文》,《全宋文》第8册,第91页。

国家生活中的地位下降而文治的意义被空前重视。有宋一代，始终没有出现以雄才大略自命的雄主沿着边界修筑一道长墙来牢笼天下，以天下为私物，执敲扑而鞭笞之，当与这种御戎思想密切相关。这种以文治为底色的御戎方略并非只图相安无事的消极应付，它其实具有非常积极的化夷为华、以华变夷的一面，是对战胜于朝廷的儒家蓝图在御戎问题上的运用，是以文化自信和文化优势为基石的。在御戎问题上，宋人绕不开对澶渊之盟和绍兴和议的解释。在这个问题上，不战而屈人之兵的方针得到充分彰显。

澶渊之盟后，宋廷以天书降神为契机，展开了一系列的封祀活动。通过这些活动，与契丹的城下之盟被成功改写为蛮夷慕化的盛举。王道兴则德泽洽，德泽洽则四夷一家，一直以来困扰中央王朝的边患彻底解决了。杨亿的《天禧观礼赋》生动地描绘战胜于朝廷的图景："南逾铜柱，西亘金河，北弥狼望，东越鳀波。四表之德咸被，崇朝之泽匪颇。锡嘉生于庶士，均善养于中何。张旃驾牡兮笃邻好，徇铎舞干兮修国教。"宋廷的理想是建立一个以自己为中心的天下朝贡体系，以自己为中心的理论支撑就是文化上、制度上的优势，因为这种优势，王化之风向四方传播，朝廷的统治也由近及远，根据教化的程度而分为内服和外服。这不是以力合天下，而是以义服天下。朝廷兴教化，抚四夷，惠风广被，泽洎幽荒，邻国献诚，人神相和，因而嘉瑞屡呈，四海澄清。当此之时，敬天事神，四夷来朝，助祭献诚，宗藩和谐："观夫八狄六蛮之述职，四海九州之献力。荆楚谨包茅之供，鲜虞给守燎之役。走计车而相望，旅庭实而惟百。列三恪而有容，包十伦而为式，其助祭之尤盛也。"这种场景最早出现在班固的《东都赋》中，他借此与《西都赋》里的田猎场面对比,以说明德治优于“多欲之治”,它是天下一统、四方宁靖、王化广被、内外祥和的象征图景。杨亿弘扬的国家形象,就是一幅这样的图景。这幅图景反映了大宋处理夷狄问题的理想状态,也成为人们理解王朝盛世的重要标志性场景。范镇于天圣十年(1032)奏上的《大报天赋》在图解御戎方略上更具有代表性:

> 西逾月毳之垠,东走天池之纪。北穷祝栗之野,南极濮铅之地。雷出而奋豫,风兴而披靡。穹居卉服、革体木荐之酋,鬈首贯胸、离身反踵之帅,寻声望景,知中国之有至仁,梯虚航深,示戎狄之无外事。顺走我辙迹,服驯我鞭辔。乃有双觡共抵之兽,赤汗赭沫之驷,浮琛没羽之珍,文钺碧砮之异。诸福之物,倜傥奇伟;众变之状,灿烂谲诡。按图谍而未书,历封禅而不至。滔滔焉,峨峨焉,来助祭者波委而岳峙。

赋中的“雷出而奋豫”,暗示上国皇帝将有事于南郊。徽音如雷出地奋,疾风靡草,蛮夷之人,向风慕化,献纳珍奇,助成典礼。君王震雷劲风般的仁爱力量吸引着普天下的苍生,甚至包括动植万物,以至于百兽率舞,有凤来仪。

宋人对御戎蓝图的理解可形象地概括为“九天阊阖开宫殿,万国衣冠拜冕旒”。澶渊之盟就是从这个角度被阐释的,而且,终宋之世,这个城下之盟被不断塑造,成为处理夷狄问题的范本。如果说,上引辞赋还只是犹抱琵琶半遮面,没有把这层意思说透,那么,夏竦的《平边颂》则直截了当地指出促成盟约的真宗皇帝具有千古英主的素质,他开创了处理蛮夷问题的

新局面。在序中,他说:

> (夷狄)首鼠西北。讨之则后服,赦之则先叛。数十年间,兵用未戢。我皇帝天地其德,日月其明,风雨其教,雷霆其威,阴阳其功,造化其智。无穷兵之忿,无和亲之弱,无飞刍挽毂之劳,无迎降畜附之费。庙谋动于自然,成算出于无际。戎后请命,羌豪献誓。北至西归,愿备蕃卫。臣百世之所叛乱,服旷代之所犷戾。

他追述了有史以来中央政权与夷狄交争的历史,述及秦皇汉武唐宗,唯有大宋皇帝彻底解决了这个问题,真乃旷古一帝也。因而他动情地赞美道:

> 我泽流春,我威飞霆。去如鸟兽,驱若蚊蝱。国既底定,塞犹栖兵。吾皇柔克,顺帝之灵。元造不测,圣功无形。戎后欵塞,羌种乞盟。禀我正朔,受我官名。弓櫜象弭,矛偃重英。投烽榆塞,蓺黍戎亭。六合无云,纤尘不惊。日月所到,皆被皇明。环海为池,倚天为城。恢恢圣谋,洋洋颂声。有皇上帝,惟德是成。莫忧匪国,我国既宁。莫患匪边,我边既平。

溢美之词可以说空前绝后,无以复加。不过,对于盟誓以来出现的这类颂辞,当时人只是从忠爱之思的角度来理解,对真宗的和戎成果似有保留。如有论者就指出:"人臣作赋颂,赞君德,忠爱之至也。故前世司马相如、吾邱寿王之徒,莫不如此,而本朝亦有焉。吕文靖公、贾魏公则尝献《东封颂》,夏文庄公则尝献《平边颂》《广文颂》《朝陵颂》《广农颂》《周伯星颂》《大中祥符颂》《灵宝真文颂》，庞颖公则尝献《肇禋庆成颂》，今元献晏公、宣献宋公遭遇承平，嘉瑞来还，所献赋颂，尤为多焉。"①字里行间微含褒贬之意。但是以后，这场事件被重塑了。范仲淹就曾说："昔秦汉威加四夷，限长城，勒燕山，困弊中国，终成大悔。至如西晋之衰，群胡乱华；五代以来，屡有侵侮。累朝欲刷大耻，终无成功。真宗皇帝取汉文之策，结和通使，休宁北陲，为天下景福四十年矣。"②将大宋以后的边氛不动直接归因于真宗的澶渊之盟，并借始皇的修长城来反衬真宗的伟大。此后，人们基本上延续着这样的论调：澶渊之役，北国讲和，军士解甲，福流天下，生民安于富庶，可谓盛德大业者。李纲在《制虏论》中全面回顾华夷之争的历史，而认为真宗的处理最为得旨：

> 澶渊之役，京师震动，辅臣有建议幸蜀、幸金陵以避其锋者，赖寇准力争，遂定亲征之谋。天助神相，巨弩潜发，歼其渠帅，于是契丹震怖，通使请和。当是之时，以骁将劲卒邀其归路，则匹马只轮无返者。章圣皇帝天覆海涵，不邀一时之功，而建万世之策，乃许之盟，诏诸将勿追，而契丹得以全师出塞，戴德詟威，誓不复叛。当时盟誓之信，皎如日月，约束之严，曲为之防。通使有常时，赠贿有常数，燕犒有常礼，仆从有常制。其慰荐抚循，交际威仪，俯仰拜

① （宋）吴处厚撰，李裕民点校：《青箱杂记》卷六，中华书局1985年版，第62页。

② （宋）范仲淹：《答安抚王内翰书》，《全宋文》第18册，第304页。

起,纤悉备具,故能结欢修好,百有余年,并边之民不识兵革,振古以来所未尝有。谨守盟约,虽传至万世可也。故曰得御夷狄之全策,惟本朝为然。①

周必大也指出:“景德澶渊之役,奋发威断,坐制北虏,而坚百年和好之约;东封西祀,制礼作乐,驯致太平,而洗五代见闻之陋。文武兼用,为亿万年无穷之基,皆学之效也。”②视澶渊之盟为亿万年无穷之基,当奉为御戎之圭臬。

高宗时期的绍兴和议,正值理学崛起,党争纷扰,在御戎问题上,分为主战与主和两种意见。但是深入分析就会发现,主战言论,只是就主和策略所关联的对朝贡体系的挑战以及道德问题议论纷纷,一味反对和谈,如何以战御戎,则是一筹莫展。因此,主战在当时可以说只是一种立场,甚至是一种看客式的吆喝,没有形成具备实用性和指导性的方略。当时的主流话语,同样是援引澶渊之盟的惯例来解释绍兴和议的,苏籀在给秦桧的上书中这样解释当时的和议:

且澶渊故事,遣使会盟,南北宁一,无犬吠之警者百余年。岁叨我金币,充牣餍饫,岂不思前日之利乎?今我兵日精,若不议和,虏岂有丝毫之得于我哉?务战胜、穷武事,自有见机之时,亦非天下之远虑至计也。彼此民心,畏死一耳。今无荷殳顿戟之劳,肝脑涂地之苦,而坐俟境土

① (宋)李纲:《制虏论(一)》,《全宋文》第172册,第81—82页。

② (宋)周必大:《东宫故事九首(十一月十四日)》,《全宋文》第231册,第150页。

之归，问安之使兼具奉迎之仪。此非常之庆会，事若无阻，虽甚盛德蔑以加矣，虽甚勋业无以过矣。①

对于真宗的和议不仅从怀柔夷狄来解释，而且认为那是审时度势的明智之举。生活在庆元年间的袁燮，对此问题的认识更具理性色彩，他说：

国朝列圣相承，兼爱南北。澶渊之役，契丹既退衄，精甲蹑后，其众可歼，而顾与之和，毋乃天覆之仁，不屑与较胜负欤？绍兴间，时相独主和议，忠臣义士以死争之。使当时不遂与和，神州赤县果得而尽复欤？自辛巳之冬，金人叛盟，和好遂睽。迄于甲申之岁，天子英武独运，誓雪雠耻，而卒不与战，聘使复通。敌亦畏威怀德，无复盗边。两淮、荆襄之间，耕桑遍野，民安其业，岂亦和好之明验欤？②

如果真按照主战派的主张北伐了，其结果如何呢？可见，在有宋一代，怀柔夷狄的思想始终占有主流地位，而主战一方，则更多出于利用舆论、邀取时誉、绑架道德以发展自我的用心。即使朱熹，对绍兴和议持激烈的反对态度，而对以后的隆兴和议则是赞同的。究其原因，就在于绍兴时，理学在野，需要借机发展，而在隆兴时，理学已经取得思想界的绝对优势。

在辞赋创作中，人们依然循着四夷来朝的思路来理解绍兴

---

① （宋）苏籀：《上秦丞相第一书》，《双溪集》卷八，《景印文渊阁四库全书》第 1136 册，（台北）台湾商务印书馆 1986 年版，第 198—199 页。

② （宋）袁燮：《策问边备》，《全宋文》第 281 册，第 162—163 页。

和议。傅共的《南都赋》这样描写四方之物辐辏于都下的景象：

四方贡异，则有桂蠹范卯，玉箪琼支，乌孙之柿，大谷之梨，千年之枸杞，万载之肉芝，会稽之竹箭，吴江之莼丝，江瑶之柱，海鲨之鬐。登乎鼎俎，竞荐新之斗奇。黜驼峰于熊掌，鄙铎俗之貔狸。萍实如斗，莲耦若船。巴邛之橘，固蒂巢仙，如瓜之枣，辟谷引年。龙眼鸭脚，湖目鸡头。马乳来于西域，人面贡于南州。杨梅卢橘，乃果中之俗物；方红陈紫，实荔枝之无俦。剧象率舞，生犀可羁。猩猩之笑，狒狒之啼。秦之吉了，陇之鹦鹉，黑衣之郎，雪衣之女。孔雀之文，翠禽之羽，或能言而诵诗，或闻声而起舞。飞走之奇，伙不可数。

作品混同了域外的与域内的品物，外方之物什与藩属之贡物也被并举铺排，甚至边鄙之地被拉来冒充藩国。这是作者有意为之，是故意混淆，其目的是通过巧为缘饰以收虚张声势之效，虚拟一个万国来朝的场面。该赋在描写国家疆域上也动足了脑筋：

我观其东，日华所宫。……琉球、日本，隐见冲融。高丽、百济，航海倾风。……我观其西，宿直娄奎。炎精景烁，太白为低。方物来于四蜀，衣裳被于五溪，想开国于蚕凫，考怪异于三犀。……我观其南，则炎帝之墟，祝融之宅。沧溟巨壑，际天无极。化外之邦，计以千亿。

王朝东极沧海，西抵巴蜀，南则际天无极。巴蜀秦汉以来即在中央王朝控制之下，赋作却将之视作外藩，借此来给朝廷涂抹“万国衣冠拜冕旒”的色彩。但那是个让统治者噩梦连连的北方之地，作者是这样描写的：“我观其北，则龙舟之耀，析木之精。……既偃武而修文，益亲仁而善邻。交驰乎玉帛之使，无爱乎南北之民。”面对北方，作者收敛起中央大国的虚幻，主张要睦邻相处，且君王广播仁泽，遍及南北之民，这又是循着澶渊之盟的思路，对蛮夷沐风向化作半遮半掩的暗示。我们看到，当时的辞赋大多是从绍续真宗澶渊之盟的盛举的角度来阐释绍兴和议的，如黄公度的《和戎国之福赋》、曾协的《宾对赋》、王洋的《拟进南郊大礼庆成赋》等。

可以说，修文德以徕远人，在大多数情况下是宋代御戎的主流话语，即使在偏安一隅之时，人们也没有放弃对万国来朝场面的憧憬。这集中体现了宋代立国根本的文治思想已经演化为文化中心主义。而主战，则更多表现为一种情绪和立场，并没有具体的切实可行的方略，其核心也是立足于文化优势和文化中心的思想。

三、严明华夷之别

当然，在处理夷狄问题上，宋廷并不是始终都在恪守怀柔教化之信条，在某些时段，其对夷狄的排斥、复仇会成为御戎之主调。这说明，即使在高唱王者无外的曲调时，中央王朝对四夷，尤其是对给自己带来重大威胁的北方、西北的蛮夷，都怀着深刻的敌意。当此之时，华夷之辨的古老命题就异常鲜明地浮现于观念世界当中。尤其是在蒙古崛起于大漠之后,捍卫文化成为朝廷御戎方略的根本。

华夷之辨是《春秋》大义之一,它要明辨华夏与四夷的不同,包括地理、习俗与文化上的差异,当然,文化的差异是其核心。这个概念具有一定的变通性,它主张内诸夏而外夷狄,但是区分华夷的标准,在于对华夏文化的认同与否。南宋孝宗时期,短暂的恢复之思曾使得华夷之辨思想当中的复仇论兴起,但是随着张浚北伐的失败,御戎之策很快调整为和戎。之后,面对蒙古铁骑施加的空前巨大的军事压力,朝野上下复仇之念消沉而严明夷夏之防转趋严厉,华夷之间文化上的转化被拒绝了,变而为以道统传承者自命而拒斥一切夷狄的成分。这是华夏文化面临灭绝危机时所激发出的自我保护机制,即使蒙古政权刻意把自己打扮成儒教的服膺者和华夏文化的保护者,也难以消弭人们对蒙古的仇恨。

靖康之难以后,北方夷狄政权就被视为不守信义的野蛮之邦、禽兽之域。① 因而,华夏在对抗夷狄时,或许军事上难处上风,但是夷狄文化的根性决定了它的军事优势和政权绝不会长久,人们坚信,恪守华夏文明,传承道统,国家就可以长久,文化就不会断绝,天不灭,道亦不灭,承载道统的华夏文明亦不灭。

---

① 如李纲在《论与夷狄同事》中说:“夷狄之性,贪婪无厌,不顾信义,可以威服,难以恩结。既借其力,与之图事,则必有轻中国之心;情实既露,为彼所料,则必有窥中国之志。奉之过情,则启其贪;不满其意,则易生衅。此所以必为患者,其事势然也。古者戎狄荒服,其来则坐诸门外,使舌人体委与之,不使知馨香嘉味,而况竭中国之货财珍异以赂之,欲借其力而结其心哉?悲夫!谋之不臧,宜后王之深戒。”(《全宋文》第172册,第135页)

朱熹指出：

> 中国所恃者德，夷狄所恃者力。今虑国事者大抵以审彼己、较强弱为言，是知夷狄相攻之策，而未尝及中国治夷狄之道也。盖以力言之，则彼常强，我常弱，是无时而可胜，不得不和也。以德言之，则振三纲，明五常，正朝廷，励风俗，皆我之所可勉，而彼之所不能者，是乃中国治夷狄之道，而今日所当议也。诚能自励以此，则亦何以讲和为哉？①

认为在对夷狄的较量中，中华可凭恃者是道德教化，立足于此，就可以扬长避短，取得优势。他的这一看法影响很大，真德秀认为："臣闻中国有道，夷狄虽盛，不足忧；内治未修，夷狄虽微，有足畏。"②华夷力量对比的关键因素是"道"，对此，魏了翁看法具有一定的代表性，他说："臣闻善为天下者，不计夷狄之盛衰，而计在我之虚实。中国夷狄一气耳，其盛衰诚无与于我者。先王以其叛服去来荒忽无常，故虽怀之以德，接之以礼，未尝逆示猜闲，然亦岂引而致之，倚与为援，而略无防虑也？""古之所谓待夷狄者，亦惟尽吾所以自治之道而已。顾舍其在我以资乎人，祇见其害，未睹其利也。结赞既退，旋复旧京，初无赖

① （宋）朱熹：《答汪尚书（甲申十月二十二日）》，《晦庵先生朱文公文集》卷三十，涵芬楼景明刊本。

② （宋）真德秀：《使还上殿札子（甲戌二月一日）》，《西山先生真文忠公文集》卷三，《四部丛刊初编》本。

乎蕃戎。”[①]在蒙古势力崛起之际，南宋朝野一致主张修明内政，以德治国，不计夷狄之盛衰，计在我之虚实，等待倏忽而强的夷狄能够倏忽而灭，或者，即使国家灭亡了，天下也不会亡，华夏文明也能够绵延不绝，传承下去。

面对深重的文化危机，那个在国家阽危之时逃往海隅以图传承华夏文明的志士——箕子，就成了人们的精神依托。这方面，金履祥的《广箕子操》颇具代表性。他写道：

> 炎方之将，大地之洋。波汤汤兮，翠华重省方，独立回天天无光。此志未就，死矣死南荒。不作田横，横来者王；不学幼安，归死其乡。欲作孔明，无地空翱翔，惟余箕子仁贤之意留沧茫。穷壤无穷此恨长，千世万世闻者徒悲伤。

这首表达忧愁央掌的琴曲，寄托了作者对华夏文化深重的忧患。据说，此曲是献给誓死抵抗蒙古的陈宜中的。[②] 北宋时候，毛滂就写过《箕子操》，表达的是朝廷昏聩而忠良屏远的忧虑，金履祥此曲则是从延续文化的角度着眼的。天地倒置，沧海横流，君王流落天涯，中华民族到了最危险的时候，不学田横，放弃抵抗，不学辛弃疾，归隐林下，要像诸葛亮之北伐，要像箕子远处穷壤而心怀故国，在极端艰苦的情况下以延续华夏文

---

① （宋）魏了翁：《进故事论夷狄叛服无常力图自治之实》，《鹤山先生大全文集》卷二十二，《丛书集成初编》本。

② 此曲见金履祥：《仁山文集》卷二，《景印文渊阁四库全书》第1189册，（台北）台湾商务印书馆1986年版，第799页。吴师道跋云：“宋季为相者曾聘先生馆中，先生以奇策干之，不果用而去。先生感激旧知，后为赋此。辞旨悲慨，音节高古，真奇作也。”

明作为己任。在巨大的危亡阴影之下，人们对箕子的文化价值相当重视。真德秀在勉励南去为官者曰：

> 然尝窃叹古之为政者变戎而华，今之为吏者驱民而狄。昔者箕子八条之化，孔子九夷之居，皆圣人事，吾不敢以律后世。若锡光、任延，汉守将尔，于交趾能兴其礼义之俗，于九真能迪以父子之性，是不曰变戎而华乎？今之饕虐吏罗布郡县，细者为蝨为蚋，以嚼人之肤；大者为猰貐、为凿齿，以血人之颅，以㓞其家，以封其孥，于是民始蒿然丧其乐生之志，而甘自弃于盗贼之徒矣。是不曰驱民而狄乎？故为政者厚视其人，虽戎而华可也；以薄待其人，则虽民而狄弗难矣。循其本而思之，为吏者不自狄其身，然后能不狄其民。盖黩货而忘义者，狄也；喜杀而偭仁者，狄也。以中国之士大夫为天子之命吏，而其所为亡异于狄，亦何怪其民之狄哉？予方疾当世之吏阱吾民于狄，故因君之请而一吐之。①

文中的八条之化是指箕子居朝鲜与土人约法八条以化之，真德秀忧虑官员不以仁义之道对待夷狄，违背以华变夷之道，反映出对于传播华夏文明的积极态度。那么，这种忧患一旦面对国破家亡的境遇，就会表现为一种强烈的拒斥夷狄、执着于文明传承的情愫，金履祥的琴操，表现的就是这种对华夏文化的使命感。

---

① （宋）真德秀：《送南平江守序》，《西山先生真文忠公文集》卷二十八，《四部丛刊初编》本。

郑思肖的《泣秋赋》[①]在表现捍卫夷夏之防、忧患民族和文化方面更具有标志性的意义,赋曰:

礼废兮道丧,气变兮时推。夭乔短阏兮,杀气何盛?阴寒痴惨兮,生意何微?黄花傲荣兮,睇晓而若泣;宾鸿感气兮,逢秋而来飞。日月无情兮,积昏晓而成岁;翠华巡北岳兮,六载犹未遄归。野鬼巢殿兮梁上而啸,妖兽据城兮人立而啼。大块鼓灾兮庶物命断,问汝群儿兮知而不知?每泣血涟如兮,为大耻未报;誓挺空拳兮,当四方驱驰!非我自为戾兮弗安厥生,惟理之不可悖兮虽死亦为。金可销兮铁可腐,万形有尽兮此志不可移!天虽高兮明明在上,一忱啮檗兮,宁不监予衷私!谋为仁义吐气兮,人不从之,天必从之。太誓死死不变兮,一与道无尽期。踽踽凉凉兮,独立独语;彼沐猴而冠兮,反指唾其痴。安知我之志气兮,其动如雷,我之正直兮其神如蓍!外被污垢之衣兮,内抱莹净之珠;终身一语兮,不敢二三其思!死灰焰红暖兮,易一哭为众笑;倏于变以道兮,万世其春熙!

---

① (宋)郑思肖:《心史·杂文》。郑思肖《心史》之真伪是学术界关于南宋末期文献聚讼的焦点之一。主真者从作品与时代史实和学术等多方面的关联立论;主伪者比较过硬的证据就是该书发现的戏剧性让人疑窦丛生,尤其是沉入井中之盛书铁函可以三四百年不坏,这有违常理。目前宋代文学研究界多偏向于承认其真实性。我们认为,在明王朝国之将亡的时局之下,出于宣扬气节的目的,当时人或许编造了该书的发现过程,甚或书中也有当时人的文字阑入,但是这不妨碍该书的真实性,本文所引该书文献,其与南宋末期的学术与文学局面互相发明,深相契合,因此,本文采取学界较普遍的观点,在没有新的、过硬的证据的情况下,承认此书是宋元之际的作品。

赋作表现出的空前的孤独感，源于对文化之根断裂的忧虑，这不仅仅是王朝灭亡的“惶惶如也”，更是乾坤倾覆的呼天抢地。在当时人看来，皇帝不再姓赵已经不是多么重要的问题了，更为严重的是华夏将陷于披发左衽、断发文身的膻腥之域。顾炎武说：“有亡国，有亡天下。亡国与亡天下奚辨？曰：易姓改号，谓之亡国；仁义充塞而至于率兽食人，人将相食，谓之亡天下。……是故知保天下，然后知保其国。保国者，其君其臣肉食者谋之；保天下者，匹夫之贱与有责焉耳矣。”①应该说，亡天下较之于江山易主，是中华文明的更大悲哀。作品表现的这种寂寥孤独源自天地变色，礼废道丧，生灵涂炭。作者无法面对蒙古这个野蛮的夷狄君临华夏的事实，他认为他们的统治是“野鬼巢殿”“妖兽据城”，他忧虑神州子民被强权挟持而俯首为奴，他满怀惶恐地探问“问汝群儿兮知而不知”。然而他仍然坚信华夏是道统的传承者，道不灭，华夏亦不灭，因而，光复的希望明灯将永远指引华夏子孙去捍卫过去的光荣，开启崭新的未来。赋的结尾，作者重申了对蒙古政权的敌视，认为他们即使躬行华风也是沐猴而冠，华夏文化终将光耀千秋。

南宋末期的华夷之辨，具有强烈的排斥夷狄、捍卫华夏文化传承的倾向，这种捍卫，在文学中表现为捍卫文化的崇高感和孤独感，而且，对华夷之别的理解也执着于是不是道统传承之一环，因而，夷狄被彻底拒斥于华夏之外。

---

① （清）顾炎武著，（清）黄汝成集释：《日知录集释》卷十三《正始》，岳麓书社 1994 年版，第 471 页。

综上所述,在有宋一代的御戎思想中,立足文化优势始终是其思想底色。即使在亡国危机时刻,对华夏文化的捍卫仍然是其思想核心,延续王朝的使命则退居其次。这种修文德以徕远人或捍卫道统以拒斥远人的思想,均是文化中心主义或者说优势文化面对野蛮强权所表现出的自我保护机制。因为即使在大宋强盛的时期,人们向往的那种万国来朝的场面也并没有真正出现过,但是,它在观念世界中挥之不去,正由于它是文化中心主义的归结点。文化中心主义,是宋代御戎思想的核心要素,这种思想态势,保证了朝贡体系不至于因为军事的软弱而崩塌,也保证了中华民族在危难时刻的延续发展。但是它的局限性是显而易见的,那就是,它逐渐使华夏文化转向内在,成为一个自足自洽、自我封闭的体系,弱化了其吸收外部文明的能力。文化中心主义所导致的唯我独尊,使得其在与周边政权的交往中藐视规则,以诡道权谋替代信义法则。“君子言不必信,行不必果,为义所在”(《孟子·离娄下》)的古老信条成为指导其与外部政权交往的信条,而所谓“义”,其解释权掌握在“中华”的手里。当中国文化真的优越于周边政权时,这种御戎思想还能够为维持国家民族之命脉的延续提供理论支撑,但是当文化处于劣势时,这种思想很容易演化为抱残守缺、妄自尊大的保守心态,甚至是以愚昧落后对抗文明与进步的激情。

论两宋之际的党争与辞赋创作*

党争是两宋政治一个极其鲜明的现象。具体到南北宋之际，党争异常激烈，涉及面广泛，形态多变，内容丰富，它不仅给士人的心灵投下了浓重的阴影，塑造了士人的心态，也操控着当时政治的走向，左右着不同学术思想的此消彼长，甚至关乎国是的确立。在社会生活的各个层面，它都留下了深刻的印迹。党争对当时文化生活的影响同样是非常巨大的，辞赋的创作与之有着千丝万缕的联系，故而详论如下。

一、两宋之际党争的演进

靖康之难给新旧党争注入了新的活力。从宣和七年(1125)金兵南下开始，朝臣们就围绕着退敌之策展开了激烈的争吵，直到靖康元年(1126)兵临城下，仍未见分晓。大臣们的结党纷争不仅延误了战机，而且严重干扰了朝廷对外政策的

---

* 本文2.2万字左右，删改为1.3左右万字载于《南开学报》(哲学社会科学版)2012年第3期，系教育部新世纪优秀人才支持计划(NCET-10-0520)的系列成果之一。

一贯性，这也是北宋在处理辽金问题上屡次失策的原因所在①。其实，在处理辽金问题上，朝中对立的各派势力并没有从国家利益着眼，积年的冤冤相报已经令他们丧失了理智。他们只是出于党争意气来坚持或反对某项政策，置大计于不顾，快一时之恩仇。这就造成了宋廷在重大国策上的举棋不定，迟疑不决。在当时，旧党人物感兴趣的是靖康之祸给他们提供的攻讦执政新党的绝佳机会，因而，他们全然不顾金人的威胁，而是紧抓这个口实，对童贯、蔡京等权臣大加挞伐。由此上溯到熙宁变法，把蔡京等和王安石联系起来，对王安石新政和荆公新学全面批判。当时直取王氏心肝的急先锋是道学党的杨时，他在靖康元年（1126）元月奏上的《上钦宗皇帝疏（其七）》中指出：

> 臣伏见蔡京用事二十余年，蠹国害民，几危宗社，人所切齿，而论其罪者曾莫知其所本也。盖京以继述神宗皇帝为名，实挟王安石以图身利，故推尊安石，加以王爵，配享孔子庙庭。……则致今日之祸者，实安石有以启之也。臣谨按，安石挟管商之术，饰六艺以文奸言，变乱祖宗法度，当时司马光已言为害当见于数十年之后，今日之事，若合符契，其著为邪说，以涂学者耳目，败坏其

① 元代人刘一清曾指出："愚尝谓宋之与邻国有两失。宋之与辽及真宗澶渊之盟之后，以侄事本朝，世守欢盟，一旦女真之请，议夹攻辽，高丽尝遣使寻医，拖其言以劝中国矣，而徽宗不信，又启唇亡齿寒之患矣。而无纪律，兵抵燕京而即奔溃，金人哂之，反得以欺我，卒致靖康之祸。"（刘一清：《钱塘遗事》卷二"夹攻辽金"条，上海古籍出版社1985年版，第59页）

心术者，不可缕数。①

这篇文章是道学党讨伐王氏的檄文，为攻击新学提供了绝佳的思路，沿着这条思路，道学党开始了对新学的全面清算。在清算王安石的过程中，他们往往肆意发挥、深文周纳，甚至小题大作、信口雌黄，学术论争变成了阴险刻毒的栽赃诬陷。范冲曾对高宗这样评论王安石的《明妃曲》，他说："诗人多作《明妃曲》，以失身胡虏为无穷之恨；独王安石曰：'汉恩自浅胡自深，人生乐在相知心。'然则刘豫之僭非其罪，汉恩浅而胡恩深也。今之背君夫之恩，投拜而为盗贼者，皆合于安石之意，此所谓坏天下人心者也。"②南宋的罗大经就曾说过："国家一统之业，其合而遂裂者，王安石之罪也。其裂而不复合者，秦桧之罪也。渡江之前，王安石之说，浸渍士大夫之肺肠，不可得而洗涤；渡江以后，秦桧之说，沦浃士大夫之骨髓，不可得而针砭。"③把王安石和秦桧相提并论，道学家之嫉恶过严如此。新旧两党恩仇

---

① (宋)杨时:《龟山集》卷一,《景印文渊阁四库全书》第1125册,(台北)台湾商务印书馆1986年版,第116页。

② (宋)赵与时:《宾退录》卷二,上海古籍出版社1983年版,第15页。这种论调在当时不在少数,朱弁《风月堂诗话》卷下云:"太学生虽以治经答义为能,其间甚有可与言诗者。一月,同舍生诵介甫《明妃曲》,至'汉恩自浅胡自深,人生乐在相知心。君不见咫尺长门闭阿娇,人生失意无南北'。咏其语,称工。有木抱一者,艴然不悦,曰:'诗可以兴,可以怨。虽以讽刺为主,然不失其正者,乃可贵也。若如此诗用意,则李陵偷生异域不为犯名教,汉武诛其家为滥刑矣。当介甫赋诗时,温国文正公见而恶之,为别赋二篇,其词严、其义正,盖矫其失也。诸君曷不取而读之乎?'众虽心服其论,而莫敢有和之者。"

③ (宋)罗大经:《鹤林玉露》甲编卷三"二罪人"条,中华书局1983年版,第49—50页。

难泯，势不两立，这种对立情绪直接影响到朝廷的用人。李纲被排挤，就是因为他曾卵翼蔡氏之门。可以说，靖康之难，引发了新旧两党新一轮围绕权力的激烈争斗。

两宋之际的党争已经到了你死我活的地步。即使那些试图消弭党争的大臣，也难以摆脱狭隘的朋党偏见。比如常同给高宗上过这样的奏章：

> 自元丰新法之行，始分党与，邪正相攻五十余年。章惇唱于绍圣之初，蔡京和于崇宁之后。元祐臣僚，窜逐贬死，上下蔽蒙，豢成夷虏之祸。今国步艰难，而分朋缔交，背公死党者，固自若也。恩归私门，不知朝廷之尊；重报私怨，宁复公议之顾。臣以为欲破朋党，先明是非，欲明是非，先辨邪正，则公道开而奸邪息矣。①

辨邪正其实就是党同伐异，顺我者为正人，逆我者是邪人，这是新旧两党用来打击政敌的一贯思路和常用的手段，尤其是道学人士，以君子自命，分别邪正，攻乎异端，政见和学术不合者，一概斥为邪人。常同建议高宗用这种思路来解决朋党问题，其狭隘的用心可以想见。从总体态势来看，靖康之难以后，元祐党人，尤其是道学党人逐步在政治、学术上取得了话语的优势地位。面对这种形势，高宗要树立自己的威信，确立自己在学术上的独断地位，只能顺应朋党恶斗的局面，在新旧两党以及在

---

① 《全宋文》第 182 册，第 65 页。还可参看廖刚《论朋党札子》，他也是着眼于“君子小人是辨”，主张“大中至正之道行，则朋党不革而自消”。见《高峰文集》卷二，《景印文渊阁四库全书》本。

元祐学术和荆公新学之间搞力量平衡。因此,他在绍兴初就借重元祐党人对新党和新学开始讨伐活动,支持元祐学术,使得党争由于两党力量的变动而更加激烈。绍兴四年(1132),高宗在一次与朝臣的对话中,明确表示"朕最爱元祐"①,在高宗的许可下,元祐党人在学术和政治上对新党展开了彻底的围剿。对于当时的状况,胡寅作过如下记载:

> 靖康元祀,遂撤王安石配食坐像,废《字说》勿得用,俾学者兼用先儒,收召遗老佚贤,欲改弦更化。虽狂澜既倒,捧土莫遏,而遗书幸存,出于良知者,如济贯河,终不泯灭。然后益信仁者人之本心,大中至正,是是昭昭未尝亡也,人自不求尔。今皇帝勇智中兴,灼知祸败之衅,本由王氏,以其所学,迷误天下,变乱宪章,得罪宗庙。于是诏三省政事,并遵至和、嘉祐。发自圣性,笃好孔子所作。安石所废之《春秋》又于讲筵进读,神祖所序司马光所纂之《通鉴》,下杨时家取《三经义辩》,置之馆阁。选从程氏学士大夫渐次登用,甄叙元祐故家子孙之有闻者,仍追复其父祖爵秩。将以划削蛊蠹,作成人物,朝冀贤才之赖,国培安固之基。此绍兴五六年间,大哉王言,一哉王心,凡百臣子,所宜和衷将顺,不忍违矣。②

元祐党人攻击新学的目的,是希望把新学彻底瓦解,从而垄断

---

① (宋)李心传:《建炎以来系年要录》卷七十九"绍兴四年八月戊寅"条,中华书局1998年版,第1487页。

② (宋)胡寅:《鲁语详说序》,《崇正辩 斐然集》卷十九,中华书局1993年版,第404页。

学术，由垄断学术进而垄断政治，排斥异己。他们的种种努力，其目的就是把持朝政，控制学术话语权，在高自标识的背后，乃是志深轩冕。伴随着元祐学术大行其道，元祐党人及其子孙弹冠相庆，执宰赵鼎唯元祐党人是用，积极提携，甚至荫及子孙，以至于出现了假冒元祐党人子孙以干进的现象。[①] 这种极端化的举措无疑会加深两党的陈见和怨恨。

道学人士为了发展自我作了不少的努力。绍兴初，儒者多方巾大袍，怪相横生。周密在《齐东野语》中曾这样记载当时的陋儒：

> 世又有一种浅陋之士，自视无堪以为进取之地，辄亦自附于道学之名。裒衣博带，危坐阔步。或抄节语录以资高谈；或闭眉合眼号为默识。而扣击其所学，则于古今无所闻知，考验其所行，则于义利无所分别。此圣门之大罪人，吾道之大不幸，而遂使小人得以藉口为伪学之目，而君子受玉石俱焚之祸者也。[②]

---

① 宋李心传《建炎以来系年要录》卷八十八“绍兴五年四月壬申”条记载：“时尚书左仆射赵鼎素尊程颐之学，一时学者，皆聚于朝。然鼎不及见颐，故有伪称伊川门人以求进者，亦蒙擢用。”（中华书局 1998 年版，第 1708 页）当时洛学成为进身求荣的阶梯，其结果是：“近世小人，见靖康以来，其学稍传，其徒杨时辈骤跻要近，名动一时，意欲歆慕之。遂变巾易服，更相汲引，以列于朝，则曰：‘此伊川之学也。’其恶直丑正，欲挤排之，则又为之说：‘此王氏之学，非吾徒也。’”[（宋）李心传：《建炎以来系年要录》卷一百八“绍兴七年正月乙酉条”，中华书局 1998 年版，第 2035 页]

② （宋）周密：《齐东野语》卷十一“道学”条，中华书局 1983 年版，第 202—203 页。

这些道学人士的扭捏作态，显然是对声名的巧取强致，目的是出人头地，衣青佩紫。可以说，当时的所谓道学君子，大有沽名钓誉的国贼禄鬼。对此，高宗也有所觉察，他曾说："士大夫之学……最不可志于利，学而志于利，上下交征，未有不危国者也。"①绍兴六年(1136)，陈公辅上疏曰：

> 然在朝廷之臣，不能上体圣明，又复辄以私意取程颐之说，谓之伊川学，相率而从之。是以趋时竞进，饰诈沽名之徒，翕然胥效，倡为大言，谓尧、舜、文、武之道传之仲尼，仲尼传之孟轲，孟轲传之程颐，颐死无传焉。狂言怪语，淫说鄙喻，曰："此伊川之文。"幅巾大袖，高视阔步，曰："此伊川之行也。"能师伊川之文，行伊川之行，则为贤士大夫，舍此皆非也。臣谓使颐尚在，能了国家事乎？取颐之学，令学者师焉，非独营私植党，复有党同之弊，如蔡京之绍述，且将见浅俗僻陋之习，终至惑乱天下后世矣。且圣人之道，凡所以垂训万世，无非中庸，非有甚高难行之说，非有离世异俗之行，在学者允蹈之而已。②

陈公辅说这番话虽然是出于挤兑道学的党争意气，但他对道学君子虚言伪行的指责，还是击中要害的。而且，道学过分强调道德人格，很容易导致士大夫大言欺世而百无一用、摇唇鼓舌而不切实际的作风。比如对于宋金和议，清代的赵翼就指出：

---

① (宋)韩淲：《涧泉日记》卷上，上海古籍出版社1993年版，第5页。

② (宋)李心传：《建炎以来系年要录》卷一百七"绍兴六年十二月己未"条，中华书局1998年版，第2019页。

> 义理之说与时势之论往往不能相符，则有不可全执义理者，盖义理必参之以时势，乃为真义理也。……故知身在局外者易为空言，身在局中者难措实事。……吕本中言，大抵献言之人，与朝廷利害绝不相关，言不酬，事不济，则脱身去耳。朝廷之事，谁任其咎？汤思退亦云，此皆利害不切于己，大言误国，以邀美名。宗社大计，岂同戏剧！①

道学人士所擅长的，就是好为空言，虽然激昂慷慨，但却于事无补，甚至大胆老脸，贪天功为己有，诿罪过于他人，招摇撞骗，盗名窃誉。元祐党人的得势，不仅没有改变猥琐自私的士风，反而助长了文奸饰伪、欺世盗名的风气。

绍兴十一年（1141）的"绍兴和议"是南宋初期政治的一个重要的转折点。早在绍兴八年（1138），围绕着战与和，朝野上下就展开了激烈的争论。和议达成以后直到绍兴二十五年（1155）秦桧独相达十一年之久。这期间，秦桧相党集团几乎控制了朝野内外。高宗、秦桧实行文化专制，在思想文化上出现了万马齐喑的局面。文人们由过去的虚张声势、慷慨激昂转变为摇尾乞怜、猥琐柔佞。秦桧也由过去的捍卫道学转而提倡新学，主张务实变通，这引起道学人士的极度愤慨。一些道学人士由于支持赵鼎、声讨秦桧的和戎主张而受到严厉打击。这个时期的政治学术生活中，起主宰作用的是和戎国是。所谓"国是"，就是基本国策。早在熙宁年间，王安石为了使变法免

---

① （清）赵翼：《廿二史札记》卷二十六"和议"条，中华书局1984年版，第552—553页。

受党论的干扰而劝神宗以变通为国是。蔡京专国时,“丰亨豫大”成为国是,以此掩饰徽宗的一味高乐。在宋金议和时,关于和战的争论嚣然而起,为了保证和议的达成和顺利推行,高宗和秦桧随把和戎之策作为国是。此后的十几年间,和戎一直是秦桧相党打击政敌的重要法律武器。因而,和戎强化了相权,而秦桧恪守高宗的和议主张,坚持国是,最终效果是极大地加强了皇权。对高宗来说,他的首要任务是把赵宋的帝系法统延续下去,恢复河山倒在其次。在他看来,当时对皇权的最大威胁来自士大夫的议论纷然和武将的骄纵跋扈。① 特别是苗刘之变,更加重了他对武将的忧虑。而和戎,正可以解除来自武人的威胁和党论横议对皇权的削弱。为此,高宗和秦桧打压道学,褫夺武将兵权,甚至杀掉岳飞。于是,和戎俨然成了学术话语的禁区,不容任何人说三道四,“撼摇国是”成了钳制思想的有力武器。对于绍兴年间的和战是非,古往今来见仁见智②,但是,道学家们一味从“大义”出发的颟顸主张,显然是不切实际的,甚至有利用舆论民意来向朝廷施压借以邀忠买直的

① 在和戎的问题上,我们不能忽视高宗所处的环境和他的思维定式。高宗十九岁就开始了颠沛流离的生活,而且在延续赵宋血脉和恢复故国之间,他当然会选择前者,因为他没有规划天下的雄才大略,他只是一个不太出众但不幸却肩负使命的皇子,支配他思想的,更多的是祖宗家法和多年来练就的御人之术以及隐忍的品格。对于他的猜忌武将权臣,王夫之就曾指出其家法渊源:“宋之猜防其臣也,甚矣! 鉴陈桥之己事,惩五代之前车,有功者必抑,有权者必夺。即至高宗微弱已极,犹畏其臣之强盛,横加锓削。”[(清)王夫之撰,舒士彦点校:《宋论》,中华书局 1964 年版,第 197 页]

② 参看(清)赵翼:《廿二史札记》卷二十六“和议”条,中华书局 1984 年版,第 552—554 页。

嫌疑,而高宗、秦桧等的和戎主张在实际推行中也没有起到休养生息以图恢复的作用,而是借此实行文化专制,加强皇权。道学与相党两股力量斗争的结果,是出现了思想上上下相反、好恶乖迕的局面,舆论民意在道学人士那一边。高宗们为了保持思想上的优势地位,一方面打压道学,以利禄引诱天下士人,另一方面积极倡导一种有利于自己的学术文化氛围。在这样的文化环境中,文人们为了身家荣辱,必须出卖灵魂,以至于卖友求荣,匍匐于秦桧门下,乞怜邀宠。文人们因此而深染文丐习气,虚声谀美的文风也因此形成。而且,秦桧等控制政坛、文坛的手段愈刻毒阴狠,文人们便愈柔顺服帖、谄媚作态。

除了政治学术斗争和士风的演进外,我们还不能忽视当时的科考。科考处于当时学术政治的中心,它的动向是党争力量消长的晴雨表。南宋初期科场中学术思想的轮替可以清楚地说明这一点。高宗朝的科考风气延续北宋末期,举人程文词藻鄙俚,萎靡不振,当元祐党人得势之时,有关人士希望道学能在科考中发挥作用。绍兴五年(1135)六月,御史台主簿闾丘昕指出:

> 崇、观、宣、政以来,士不以心明经,而以经明经,发为文辞,类皆骫骳。今四方多士群试于大宗伯,讵可复取无用空言。伏望训饬有司,商榷去取,毋以摛绘章句为工,而以渊源学问为尚。或事关教化,有益治体者,不以切直为嫌;或言无根柢,肆为蔓衍者,不在采录之数。庶几网罗得人,可备他时器使。①

① 《宋会要辑稿》选举四之二五,中华书局1957年版,第4303页。

这是道学向科场渗透的一个有力证明。绍兴二十六年(1156)六月十五日,秘书省正字叶谦亨指出:

> 向者朝论专尚程颐之学,士有立说稍异者,皆不在选。前日大臣则阴祐王安石,稍涉程学者,至一切摈弃。程、王之学,时有所长,皆有所短,取其合于孔孟者,去其不合于孔孟者,皆可以为学矣,又何拘乎?愿诏有司,精择而博取,不拘以一家之说,而求至当之论。①

由于赵鼎推崇程学,他当政时,元祐学术行时,凡试卷与二程之学不合者,皆遭黜落;秦桧第二次独相时,推崇新学,视道学为"专门曲学",因而,试卷稍涉二程之学者,皆遭摈弃。而秦桧去世后上台的宰执又一反荫佑王学的做法,在科场上又出现了崇程贬王的倾向。而当时得到科考是诗赋和策论并重,通过科考,学术斗争对文学创作,尤其是辞赋创作的影响,是显而易见的。

两宋之际的党争影响极其深广,文人们多深陷其中。党争通过对士人心态的影响从而施加于文学以及辞赋创作,这是不容忽视的事实;由于党争形成的"最爱元祐"、和戎国是等政策对文学以及辞赋创作的影响同样是深刻的。

二、党争阴影下士人心态在辞赋中的流露

两宋之际的党争大致说来是元祐党人和新党人物两大阵

---

① 《宋会要辑稿》选举四之三〇,中华书局1957年版,第4305页。

营的斗争。但是,新学和蜀学俱已走向没落,在党争中最为活跃的乃是道学诸君子。其时,二程道学呈上升态势,其思想越来越为士大夫所接受。道学是以儒学为基础发展起来的,其学术上的排他性和对政治的热情干预也是对儒学的发扬光大。道学人士内部,是依靠师徒关系来维系的,组织严密。思想和组织结构的互为表里,使得道学党表现出高昂的干政热情和严厉的排斥异端的特点。在靖康之难以后,道学君子横议政治,甚至胡弹乱谏,表现得极端狭隘和狂热。他们担当着两宋之际党争的主角,是党争持续的主要动力,道学的沉浮,反映着当时政坛的主要倾向。李心传曾这样记载道:

> 绍兴初,秦会之(桧)为亚相,引康侯(胡安国)侍经席,一时善类,多聚于朝。俄为吕元直(颐浩)、朱藏一(胜非)所逐。朱、吕罢,赵元镇(鼎)相,彦明(尹淳)以布衣入侍讲,经生、学士多召用焉。元镇罢,张德远(浚)独相,陈司谏公辅上章力排程氏之学,以为狂言怪语,淫说鄙论,镂榜下郡国切禁之,康侯疏言:"今使学者师孔、孟而禁不得从(程)颐,是入室而闭其户也。"其后,会之再得政,复尚金陵(王安石),而洛学废矣。①

可见,道学的兴废与当时政坛的走向密切相关。道学人士参与政治的方式就是党同伐异,对于同党,他们积极鼓吹,摇旗呐喊。比如同样是道学人士的张浚,始终得到道学党的热情支

---

① (宋)李心传:《建炎以来朝野杂记甲集》甲集卷六"道学兴废"条,中华书局 2000 年版,第 137—138 页。

持。但这个人一贯刚愎愚蠢，他排李纲，诛曲端，引秦桧，害岳飞，制造了一次次历史冤狱；他在道学和新学之间首鼠两端，大言误国，奢谈兵事，酿成了一次次军事溃败，荼毒丧生，也使南宋可怜的一点力量一次次遭到毁灭性打击。这样的人物能博得道学君子的赞誉和支持，可见他们的党同已经到了不顾事实的地步。对于异己者，道学人士则往往洗垢求瘢，鸣鼓攻之。一些很有才干的人物，比如吕颐浩、史浩等，受到他们的粗暴指责和弹劾。他们之中虽然有的人一味主战，但是又没有披坚执锐、冲锋陷阵的勇气和能力。异常活跃的道学人士是两宋之际政坛重要的不稳定因素之一。他们狂热地攻讦异己，也引来异己者的无情打击，甚至引发文化专制和文化恐怖。他们把自己和政敌都牢牢地绑在了党争的战车上，也把南宋政坛变成了冤冤相报的战场。这样的局面反映在士人的心态方面，就是党同伐异的思维定式和对政治发自内心的疏离、厌弃。这样的心态表现在辞赋创作中，一方面使辞赋充当起攻击异己、维护同类、宣扬政见的工具，另一方面也使辞赋成为抒发远离政治的人生追求的载体。

党同伐异的思维定式在当时辞赋创作中有比较明显的反映。当时道学人士的一些赋作把矛头直指新学和王安石，如胡寅的《原乱赋》在反思北宋覆灭的教训时这样写道：

曾议道以持世兮，申商术而施诸。昔愿治而更化兮，荆舒（王安石）秉夫国政。诋先后之持循兮，肇欲新夫邦名。憎鼎鼐之敦古兮，工凿之而锻销。悦郑、卫之利耳兮，罢希夷之咸、韶。陈王度以法律兮，兴太平于聚敛。恶私藏之削国兮，曰民富尔何僭？①

义利之辨是道学和新学论争的焦点之一，此赋指出王安石新政放弃以道义立国的儒家准则，与民争利。所谓“君子上达，小人下达”，王安石走的是“下达”之路。对王安石的用人，赋中这样写道：“饰六艺以文奸言兮，假皇威而敷之。示好恶以同俗兮，蒙一世而愚之。标荣利以为诱兮，敕罚法以为驱。”“斥忤恨之异己兮，群刺天而高飞。久咸喻乎僻志兮，般新进之合党。黜谏说之忠辩兮，谓以私智非其上。”在用人方面，新旧两党有重政事才干和重道德操守的区别，赋中指责新党人物是道德不高的群小，新党是小人党。其实，这是党争中无法化解的一个结症，彼此都认为自己是君子，对方是小人。这种偏执的思维定式在北宋中后期就已经形成，像欧阳修的《朋党论》就反映了这种狭隘的党同伐异的政治偏见。范浚的《慎术赋》也指责王安石的富国强兵之策是放弃儒家大道而行权术，赋曰：“聚敛用，则不得不为桑羊，为孔仅；法律进，则不得不为张汤，为臧宣。子贡不得不乱五国以纳税；苏秦不得不辟七雄而合连。”道学的强势发展也影响到科举，王之望的解试律赋《三王之道若循环赋》这样写道：“夏继虞轨，或以忠而为治，或以质而制宜。暨彼周家之盛，粲然文教之垂。……方今欲一变周家之文弊，则宜稍复于夏商，挈狂澜于既倒。”作者从夏商周三统循环说立论，指出周德将尽，应依照夏商制度来治理国家。熙

① 本文所引辞赋，均引自上海辞书出版社、安徽教育出版社2006年版《全宋文》并参校文渊阁本《四库全书》，为了行文方便，除特殊情况外不再胪列出处。如标注，只注书名和页码。

宁变法是以《周礼》为理论依据的，此赋所指，显然是对王安石新政思想的反拨。他在《以德为车赋》也表达了同样的思想。这种用赋来攻击政敌的做法在秦桧大权独揽后仍有表现，据载："（高彦先）校文潮阳，出'则将焉用彼相赋''直言不闻深可畏论'，策问水灾。桧闻之大怒，谓其阴附赵鼎，削籍流容州，死焉。……同时有吴元美者，三山名士，作《夏二子赋》，讥切秦桧。"①道学人士对异端鸣鼓相攻，对于同党，则褒誉有加。像韩元吉的《万象亭赋》就颇有代表性。此赋褒扬叶梦得绍兴十三年（1143）以来知福州时的政绩。赋中说："惟公以文章道学伯天下，推其续余，见于政事。"作者巧妙地把叶石林的政绩融会于登临万象亭的纵览横观："田畴俯见，禾黍如织。耕夫耦而长谣，牛羊散于砂碛。"这样富庶祥和的景象显然得益于叶梦得的善于治理。赋中还对叶梦得作了直接的赞美："客又闻而叹曰，嗟嗟先生，百代之英。玉堂金马，载蜚厥声。厌帝所之均天，敛光芒于一藩。而余风所被，犹足以息潢池之盗而庆高廪之丰年矣。"对于建亭之举，赋曰："岂吾先生浩然之气，六合为隘。蟠万象于胸中，耿星辰而不寐。遇至美而一发，借佳名以自快。而景物之来，适际其会，彼千古而莫识，信一时之有待者也。"从这些过誉的赞美中我们不难体会到道学人士标榜同党以引导舆论的目的。

当时文人还利用辞赋来宣扬异于政敌的政见，尤其是道学人士或者倾向于道学的文人，对此相当有热情。胡寅的《送吴郛赋》是一篇为一位归乡学子送行的作品。既经丧乱，他勉励

① （宋）罗大经：《鹤林玉露》甲编卷六，中华书局 1983 年版，第 102—103 页。

学子回乡耕耘兵燹之后荒芜的土地，他为吴郛设计了一幅耕读传家、鼓腹行歌的乡居生活图景。而且，这种生活虽然有陶渊明理想的田园生活相类似，但是其立足点不再是纵浪大化，而是儒家的抑或是道学家的励志修德。赋曰：

观沮溺之避世，察荷蓧之体勤，惩宋人之无益，考陈相之并耕。问大禹与历山，访伊尹雨有莘。若禹、稷之躬耕，与樊迟之小人，孰为力穑，孰为旷耘？孰舍其田，孰收其成？用彼之效，为我之绩，固将稻粱蔽畴，稂莠不殖，仓箱既盈，时万时亿，鼓腹行歌，醉于酒而饱于德也。

在天下板荡之际，生民之民，急于倒悬，但是胡寅开出的救世良方却是修身齐家、陶然于畎亩之间，悠游于道德之途，难怪当时有些人要讥笑道学的昏聩迂腐了。胡铨的《及老堂赋》是为侄儿长彦所作的一篇赋，赞美他能孝顺继母，赋云：

孝为人之本兮，惟仁为寿之基。念斯堂之作兮，盖荣亲而名之。人孰不事亲兮，事继母为尤难。喟顾威之一忿兮，死愧闵生之三单。繄敬臣之进粥兮，曾不知过庭之泉寒。寥寥相望数百祀兮，史炳炳其若丹。换骨灵砂，化铁成金。噫嘻孝子，化虎为仁，羌封人之锡类兮，举颖谷以皆纯。睫安丰之至行兮，亦美而钟醇。吾苟未王盍然兮，尚或题于斯人。

同样表现了道学人士立足于修身齐家以济太平的政治思想。和新学人物的看重因时制宜相比，道学人士的政治思想更具理想色彩。

也有些人在辞赋中表达了对党争的思考。刘子翚的《溽暑赋》这样议论大臣们的论争：

> 子独不闻烹饪之事乎？实水以釜，傅火以薪，烨煟烜列兮滋炽，汹涌潏溢兮骤惊。既山鸣而涧吼，亦雾翁而云蒸。靡坚革熟，鼎俎之味成焉。故水火不争为爨者怠，曲糵不争为醪者坏，辅弼不争为国者败。斯言虽小，可以喻大也。

这段文字立意借用杜恕的《笃论》中的一段话："水性胜火，分之以釜甑，则火强而水弱；人性胜志，分之以利欲，则志强而性弱。"[①]杜恕的原意是说个人欲望（志）与儒家道义（性）在面对利欲时，前者往往占据上风。而刘子翚则把水火作为正义与非正义对立的双方，认为只有朝臣的论争，才能使朝政归于清明。由此看来，他对当时的党争，尤其是道学家的肆口横议是持肯定的态度的。李石的《辩谤文》对朝臣的论政作了较为理性的分析。他假托方舟子之口，极其形象地描写了谤（即论政）的威慑力："疾乎如风过河，不见其迹；讯乎如雷震山，不睹其形。如尘如冥，如注如倾，阴用其晦，阳用其明，芒乎芴乎，夫又其谁与听？"政论是这样的具有威力，它之所以绵绵不绝，是由于"谤鬼"的存在："吾知之矣，是谤鬼也，素名有闻。吴鬼则子胥之忠魄，楚鬼则屈平之义魂。负石之鬼，勃勃不遇，捉月之鬼，

---

① 《全三国文》卷四十二，（清）严可均校辑：《全上古三代秦汉三国六朝文》，中华书局 1958 年版，第 1293 页。

聒聒申冤。”“其他则道路之鬼为疠,寒热之鬼为瘟,乘狐作媚,因豕见形,吾知其名,是琐琐屑屑,又乌足论?”他指出,谤鬼有的是忠魂所化,这样的论政是中华文化中根深蒂固的忧患意识的反映;而有的谤鬼乃乘狐作媚,是出于个人利欲,是人性中恶的因素的外化。他的看法较之刘子翚要客观得多。

许多赋家对朝中无休止的争论表示了反感和无奈。党争中对立双方的肆意诋毁,很容易让人与屈原的遭际产生共鸣,因而,一些吊屈原的赋作借题发挥,侧重表现仕路艰难。如王灼的《吊屈原赋》一反前人凭吊屈原从爱国精神着眼的做法,而是从忠而被谤立意,赋曰:“怀先生于久远兮,念叔世之愈薄。小不能死封疆兮,大不能死社稷。习柔媚以图安兮,睨其君如国人。进靡闻于抗直兮,矧退为之陨身。抑高风之难嗣兮,独以是钟于先生。”这样的感慨,反映了那个时代较为理智的人们共同的心声。同样的作品还有虞允文的《诛蚊赋》、李正民的《鼦鼠文》、洪适的《恶蝇赋》等。这个时期反映忧惧仕途的赋作,比较有代表性的是张九成的《谪居赋》,赋中表达了对政敌诟谇谣诼的苦闷:“筮仕会稽兮继命奉常,著作东观兮出持刑章,未及佩印兮谗口伤。世路崄巇兮人情浇薄,拂衣归来兮求志独乐。”表现在朋比倾轧中坚守节操的作品比较有名的是郑刚中的《感雪竹赋》,赋中以雪中翠竹自况:

其在人也,初如蔽欺之隔君子,权势之折忠臣。其窘迫而寒冷,则夫子之被围,原宪之居贫也。终则如浸润决去,朋党遽消。其气舒而体闲,则二疏之高引,渊明之不复折其腰也。虽然,云兮正同,雪兮未止,勿抉瀌瀌之势,孰见猗猗之美?在物犹然,人奚不尔?亦有穷卧偃蹇于环堵之间者，谁其引之，使幡然而起？

郑刚中因忤秦桧而被贬，此赋反映了他不萦怀于荣辱，坚守气节的情怀。不过，和北宋后期相比，反映宦海险恶和坚守节操的辞赋的确是少多了，与此相对的是，此时党争的激烈程度却有甚于北宋后期。这种看似矛盾的现象，当与文人济世热情的进一步减退密切相关。南宋初期，文人们钻营政治的劲头十足，但是想要大济苍生的人却不多，即使那些高论煌煌的道学人士也是一样，在内心里，更多的人对朝政采取一种明哲保身、袖手旁观的态度。这就是南宋初期政坛的一个可怪的现象：表面上政见迭出，争论不休，而实际上在激昂慷慨的背后，隐藏的是一个庸俗麻木的灵魂，很少有人把自己的煌煌高论当回事。我们注意到，较之北宋后期，此时辞赋表达田园乡居之趣和庸常、庸俗生活的作品大量增加，这从一个层面反映了文人们内心对纷繁复杂的党争的厌弃和对官场的远离。

三、“最爱元祐”与元祐赋风的嗣响

靖康之难给元祐党人在政治上带来了咸鱼翻身的机会，也给元祐学术的全面复兴与发展提供了契机。除了道学在全面清算新学以外，在崇宁党禁期间被作为元祐学术遭到禁止的诗赋也遭逢其时，得到复苏、发展。当时诗赋的复苏被看作是复兴元祐学术的一部分，亦即是作为政治上的“党元祐”而得以张扬的。元祐党人从政治需要出发，把北宋旧党当政的元祐时期美化成太平治世，借以彰显他们在道义、政治、文化诸方面的正义性和优势地位，在南宋初期的话语体系中，“元祐”不单单是简单的年号，更是太平盛世的象征。绍兴年间的重修《神宗实录》，是元祐党人彻底清理新党和王安石影响的重要事件，绍兴四年(1134)八月范冲在与高宗的对话中论及熙宁创制、元祐复古时指出：“天下之乱，实兆于安石，此皆非神祖之意。”高宗曰：“极是。朕最爱元祐。”①高宗的支持对元祐学术的全面复兴来说具有推波助澜的作用，而且秦桧初相时以及赵鼎为相时都拉拢元祐党人为助，尤其是赵鼎，在提携元祐人士方面，更是不遗余力。在这样的环境中，诗歌创作中绍续元祐学术的是江西诗派②，基于同样的理由，元祐赋风亦在一定程度上得以彰显。

在北宋元祐时期，赋坛的主力是苏轼及其周围的文人。他们的创作风格虽然差别很大，但也存在着共同的风尚，即善于表现高情雅韵和对人生问题的彻悟；或铺排骋词，或理趣盎然，均注重才学的张扬和个人情气的流贯。这种赋风，需要作者具有渊博的知识积累和以气运文的能力。在北宋后期，尤其是崇宁党禁以来，科场的不重辞赋以及诗赋的被禁，使得直到南宋

① (宋)李心传：《建炎以来系年要录》卷七十九“绍兴四年八月戊寅”条，中华书局1998年版，第1487页。

② 许多学者指出江西诗派的发展与元祐学术的复兴密切相关，比如沈松勤先生就说：“南渡以后的‘江西诗人’已不完全以单纯的诗人形象而主要因‘党元祐’的朋党政治扬名于世，其诗歌也绝非仅仅作为文学意义上的作品而存在，更主要的是被染上浓烈的政治色彩、赋予了鲜明的政治功能；换言之，‘江西诗人’的诗歌因‘最爱元祐’的极端化政治倾向而得到了高度的张扬。”(沈松勤：《南宋文人与党争》，人民出版社2005年版，第332页)其实，南宋初期辞赋创作当中元祐赋风的彰显与江西诗派的崛起基于同样的理由，即都与元祐党人在政治上的得势相表里。

初期以来的文士多粗才枵腹，鄙俚不堪，无法望苏轼诸人之项背①。辞赋是当时诸文体中最重才学的一种文体，因而其踵武元祐诸人的难度当更胜于诗词，这是当时辞赋在绍续元祐时没能像诗歌那样强势的原因之一。即使这样，我们还是能够清晰地感觉到在“最爱元祐”的政治环境下元祐赋风的嗣响。

元祐赋风在南宋初期的复苏与建炎以后朝野上下掀起的崇苏热也密切联系。这股热潮，同样是“党元祐”的产物，作为元祐时期的文坛盟主，苏轼在元祐学术中的地位是举足轻重的。况且，一向素不相能的蜀党和洛党在此时暂时得以和平共处，道学人士还未来得及对苏轼文章进行抨击。江西诗人中有一些就是道学中人，这从一个侧面说明道学人士在绍兴年间对文学的暂时容忍。陆游曾记载道：“建炎以来，尚苏氏文章，学者翕然从之，而蜀士尤盛。亦有语曰：‘苏文熟，吃羊肉。苏文生，吃菜羹。’”②元祐赋风依傍着苏轼文章的被崇奉而得以在赋坛占得一席之地。

南渡以后，争羡元祐，崇尚苏轼，以获时荣，是一种具有鲜明时代特征的士风。绍续元祐赋风的有一些是跨越南北宋之际的文士，他们在年轻时深受元祐赋风的熏习，甚至在学术渊源上和苏轼及其门人存在着一定的联系，如翟汝文、程俱、周紫芝、郑刚中、陈与义、刘子翚诸人。他们更多地继承了元祐赋风善于表现高雅情怀的特点，如翟汝文的《睡乡赋》表现人生的如梦幻泡影的感受反映了北宋后期禅学的兴盛及其对文人人

① 参见刘培：《北宋后期的科举改革与辞赋创作》，《四川大学学报》(哲学社会科学版)2005 年第 2 期。

② (宋)陆游：《老学庵笔记》卷八，中华书局 1979 年版，第 100 页。

生观的影响，若与苏轼的《酒隐赋》《老饕赋》，张耒的《三酌赋》等作品参看，颇能发现其中的因袭痕迹。他的《东坡先生远游赋》通过游仙的主题来表现苏轼的超然物外的胸怀，立意以及句式都来自文同的《超然台赋》。程俱的《松江赋》和《松江后赋》所表现出的思想和苏轼的前后《赤壁赋》渊源关系非常明晰。虽然描写松江美景的比较著名的作品有北宋熙宁年间蒋堂的《松江秋泛赋》，但是程俱没有沿着蒋赋作进一步的拓展，而是学习苏轼。如《松江赋》的这段文字：

> (亡是叟曰：)"尝试与子至中流而四顾，阴霾郁兴，不辨云水，天高日出，万顷在目者，五湖也。冈岫相属，如走如伏，溟蒙突兀，乍见乍失者，包山也。拥松江之上流，穷海道于一苇。时矫首而斯尽，固可以访渔樵而种鲂鲤，亦优游而卒岁矣。吾子以为何如？"子皮曰："然务外游者有待，乐内观者无穷。吾方以日月为烛，六合为宫，参天地以为友，从四海之诸公，乘云气，御飞龙，指包山于遗砾，视五湖于一钟，松江之胜又安能芥蒂于胸中乎！"

其行文体式和所表达的思想与苏轼的《赤壁赋》极其相类。程俱还有一篇《神游赋》，写梦见东坡的情形，可见他对苏轼的仰慕之情。他的《临池》作于绍兴十年(1140)，写临池挥毫陶然忘机的状态非常传神。在元祐赋家中，描写临池的挥毫作品很多，反映出那时人们的高雅脱俗的人生旨趣，如苏辙的《文与可墨竹赋》，黄庭坚的《东坡居士墨戏赋》《苏李画枯木道士赋》《刘明仲墨竹赋》，孔武仲的《东坡居士画怪石赋》，等等。程俱辞赋显然是对元祐赋家中这类辞赋的继承。郑刚中的《秋雨赋序》说此赋作于庚午年，即绍兴二十年(1150)，赋中对秋雨恼人的描写是对苏轼《秋阳赋》中秋雨描写的摹写，句式、文字都非常相似。陈与义的《觉心画山水赋》基本上是对黄庭坚《苏李画枯木道士赋》的模仿。刘子翚在追慕元祐赋风方面成就比较突出。他的赋辞采华赡而语气流畅，基本上能做到化堆垛为烟云，体现出比较深厚的知识积累和充沛的情气。如他的《闻药杵赋》这样描写捣药之声：

> 药杵兮暮鸣，千岩迥兮散丁登。观其票姚沉着，晶荧欻霍，举虽一握之微势，有百钧之落，如唱兮复应，将定兮旋跃。乍降乍升，时散时合。幽深如泻其凄厉，激烈若舒其謇谔。喧喧兮方震于厢荣，阒阒兮忽沉于寥廓。厌市锻之音陋，鄙村舂之韵浊。矧群蛙之閙地，徒蝈蝈而郭郭。斯盖古今未赏，而病翁之所独乐也！

流宕纡徐的节奏感和华丽纤巧的语言，构筑起一派空明澄澈的美境，这样的美境，折射出赋家高旷淡逸的情怀。善于描绘美境以展示澄怀的作品在元祐辞赋中比比皆是，而在南宋初期却不多见，刘子翚辞赋可谓难得之作。他的《髯戏》《闲境志》运笔游刃有余，一气呵成，理趣盎然，格调高雅，可与苏轼、黄庭坚的一些赋作比肩。

追慕元祐赋风的还有一些是元祐赋家的后代或同族晚辈。在"党元祐"的感召下，元祐党人及其同族、晚辈获得了极高的社会声誉，在两宋的党争中，一些仕宦或文化家族也参与其中。南宋时期的党争往往是围绕着相党展开，宰辅的家族时常成为党争的中心。那些以学术鸣世的家族，有时也会整体卷入政治纷争之中,如胡氏家族(胡安国、胡寅)、张氏家族(张浚、张栻)等。在元祐学术大行其道的形势下,继承并发扬长辈的学术风范以及文风特征也就成了门第之黼黻、政见之标志。眉山苏氏南渡后仍保持了能文的家学,其中苏辙之孙苏籀颇为世人瞩目:"惟籀以苏辙之孙、苏迟之子,尚有此一集(指《双溪集》)传世,为能不堕其家风独是。"①苏籀虽然久沉下僚,但是在政治上却相当活跃,他在绍兴和议期间、和议达成后分别上书秦桧,表达自己对和戎政策的拥护和对秦桧的仰慕,而且他的观点试图调和道义和权变,亦即在元祐党人和新党之间保持一种骑墙的态度。他的这番表态,让人想到元祐更化期间苏轼对新法的态度,当时,苏轼就对新法采取了和司马光不一致的包容态度。苏籀的这两封上秦相书,不是一般意义上的下僚陈情,而是具有以苏轼后人的身份向当道者表态的姿态。可见,在他眼里,前辈的党籍背景是多么荣耀。苏籀的辞赋创作,处处在彰显家族的特色,彰显元祐赋风,无论在题材还是风格上,都与苏氏兄弟以及其他元祐赋家有着甚深的渊源关系。《雪堂砚赋》描写的是苏轼遗留的一块砚石,此赋对苏轼褒誉有加,赋中由物及人,表现了苏轼人格、事业与砚石的某种联系。赋作多用四言,以表现典则肃穆的效果。此赋从立意到句式特点以及思想,都因袭了苏辙的《和子瞻沉香山子赋》和《缸砚赋》。他的《灵物赋》在立意上承袭王安石的同题赋作,但是他的"灵物"不同于王安石所赋的一龙一蛇与时变化的权变,而是"摄六籍之高奇,卓无伦而绝偶"的道德,苏籀似乎是要特意强调他和他的

① 《四库全书总目》卷一百五十七《〈双溪集〉提要》,中华书局 1965 年版,第 1357 页。

长辈们与新学以及王安石的分歧，从而强调自己元祐党籍的身份。此赋议论恣肆的特点更接近苏轼文章而与王安石同题赋作的言约旨丰迥异。他的三首骚体《秋辞》和《乌石山辞》在句式和措辞上很接近苏辙的《上清辞》。苏籀有一首描写温泉的《汤泉赋》，秦观亦有同题之作。苏赋对温泉景象的描写颇受秦赋影响，但是由温泉引发的议论又模仿苏轼的《天庆观乳泉赋》。苏籀的辞赋很讲究章法的严整规范和措辞的典丽渊雅，如《二松赋》《闽岭赋》，谋篇布局与遣词修辞都极其考究，与苏辙赋作的风格非常接近。能够祖述前辈衣钵的还有晁公遡。晁公遡出生在被称为"生聚百年推甲族"的澶州晁氏，父晁冲之，晁载之之弟，晁补之从弟。对于这个家族的文学特征，苏轼在评价晁载之的《卧庐悲秋赋》时就说："晁君骚词，细看甚奇丽，信其家多异材耶！"[①]晁补之的辞赋也具有瑰丽奇幻的特点。[②] 文风的奇丽恣纵是这个家族较为鲜明的一个特征。晁公遡的辞赋继承晁补之善长骚体的特点，他的《神女庙赋》在铺排瑰丽的词汇以虚设天上幻境方面和晁补之的《后招魂赋》同调。他的《悯独赋》立意与结构来源于晁补之的《求志赋》。他的《登赋楼赋》[③]和晁补之的《披榛亭赋》在描写清旷的景致方面措辞非常相类。除此而外，洪适的辞赋也深受黄庭坚辞赋的影响。

---

① (宋)苏轼:《答黄鲁直五首》其二，孔凡礼点校:《苏轼文集》卷五十二，中华书局 1986 年版，第 1532 页。

② 参见刘培:《论晁补之的辞赋创作》,《齐鲁学刊》2008 年第 6 期。

③ 此赋收入晁公遡《嵩山集》卷一(影印文渊阁四库全书本)，题作"登赋楼赋",《全宋文》因之。其实，赋题前一"赋"字明显是衍字。故《历代赋汇》卷七十九收录时题作"登楼赋"。

当时追慕元祐赋风的赋家当中有些人还是新党人物，李纲在这方面颇有代表性。在李纲《梁溪集》所收的二十余篇赋作中，《秋色赋》《后乳泉赋》《荔支后赋》《浊醪有妙理赋次东坡韵》是在苏轼前作基础上的续作。马积高先生《赋史》云："他平生为文，多步武苏轼，惟议论多切实用，与苏轼的疏阔颇不同。其《梁溪集》中收赋颇多，亦刻意学苏，至有专事模拟者。"①李纲的辞赋创作在内容与风格上，多受苏轼的影响，虽结构的多变与语言的新鲜还未能与苏轼比肩，但语言的平易晓畅、议论的透辟精深已颇得苏赋之风神。像李纲这样的与元祐党人政见不同的人物，其对元祐赋风的追模，除了由于在人生经历、人生感受和苏轼等引起共鸣外，更重要的是时代风气使然，是由于在党争中元祐学术取得了强势地位，从而引起一些赋家对元祐赋风的崇尚与模仿。

四、和戎国是对辞赋创作的导向作用

靖康之难发生后，赵构没能组织起有效的反击，而是径直南逃，视北方故土如粪壤草芥，略不顾惜。这样，不仅失去了恢复故国的绝好机会，也使士气一蹶不振，民心分崩。在此后的岁月里，朝中大臣结党纷争，骄兵悍将尾大不掉，偏安一隅的小朝廷疲于应付，遑论恢复。因此，高宗不得已采取隐忍之策，绍兴八年(1138)，在秦桧的协助下开启和议。这一举措引发了新一轮异常猛烈的党争。反对和议者往往从大义出发，议论煌

① 马积高：《赋史》，上海古籍出版社 1987 年版，第 448 页。

煌却迂腐可笑，如反对和议最为慷慨激昂的胡铨在他的《戊午上高宗封事》中是这样论说的：

> 陛下一屈膝，则祖宗庙社之灵尽污夷狄，祖宗数百年之赤子尽为左衽，朝廷宰执尽为陪臣，天下士大夫皆当裂冠毁冕，变为胡服。异时豺狼无厌之求，安知不加我以无礼如刘豫也哉？夫三尺童子至无识也，指犬豕而使之拜，则怫然怒。今丑虏则犬豕也，堂堂天朝，相率而拜犬豕，曾童孺之所羞，而陛下忍为之耶？

故作危言耸听，虽然激于大义，却不识时务。客观地说，由儒家的华夷之辨所衍生的民族文化中心的观念已经积淀成一种民族心理和民族思考习惯，无条件地反对一切形式的妥协与和议，过度地张扬民族大义而视务实变通为出卖民族利益，这样，在与国外交中就失去了更多的争取民族利益的空间。虽然在北宋以来人们的观念当中，国与天下已经不是等同的概念了，但是理学家还是利用了这种文化中心的思想，以取得和战之争中的道义支持。他们虽然反对和议，但却绠短汲深，没有整顿河山的办法。李石在《送丁子近赴陕西宣谕幕序》中说："儒者贵仁贱权，率以战伐为愧。一遇以仓猝之变，则曰我以仁义。未效而覆军杀将，以血肉赤子、丘墟城郭者相望，岂仁义罪哉，不知权故也。"这段出自时人之口的评论应该说是有一定道理的。从高宗的角度来看，当时实在是难觅扶颠持危、支大厦于将倾的人物，元祐人士尤其是道学家对待政事的昏聩迂腐是无法仰仗的，而完全依靠军人又容易引火烧身。只有和议是较为划算的选择。当时和议的主使者就是高宗，他曾指出："朕读

《晋书》,爱《王羲之传》,凡诵五十余过,盖其《与殷浩书》及《会稽王笺》所谓‘自长江之外,羁縻而已’,其论用兵,诚有理也。”①这段话表明了他决心偏安一隅的态度。即使在秦桧死后,高宗还说过:“朕惟偃兵息民,帝王之盛德;讲信修睦,古今之大利。是以断自朕志,决讲和之策。故相秦桧,但能赞朕而已。”②以后,人们一直视秦桧为卖国贼的代名词,这与理学家长期不懈地对他的口诛笔伐密切相关,也是人们为尊者讳而把污水一股脑儿泼在他身上的结果。

为了保证和议的达成和顺利执行,高宗等定和戎国是,并将其引申到整个治国方略当中。可以说,和戎国是的定立,是主新学的秦桧相党与元祐党人尤其是道学党人较量的结果,是党争的胜利以国家大政的形式固定了下来。而这一国是在文化政策方面的作用,就是禁止妄议和战,引导对当道者颂美的文学主旋律。为了达到这个目的,首先是钳制言论。秦桧当时指控台谏,鼓励告密,即使对自己的党羽也严加监视。其结果是形成一种人人自危的恐怖氛围,据载:“轻儇之子,辄发亲戚箱箧私书,讼与朝廷,遂兴大狱,因得美官。缘是之后,相习成风。虽朋旧骨肉,亦相倾陷。收尺牍于往来之间,录戏语于醉饱之后,况其间固有暧昧面傅致其罪者。薄恶之风,莫此为甚。”③在这种形势下,党论自然是销声匿迹了,而且一切涉嫌

---

① (宋)韩淲:《涧泉日记》卷上,上海古籍出版社 1993 年版,第 5 页。

② (宋)李心传:《建炎以来系年要录》卷一百七十二“绍兴二十六年三月丙寅”条,中华书局 1998 年版,第 3284 页。

③ (宋)李心传:《建炎以来系年要录》卷一百七十“绍兴二十五年十一月辛未”条,中华书局 1998 年版,第 3229 页。

诽谤当道的言论都受到抑制。其次把维护国是和道学之禁联系起来。绍兴十四年(1144),秦桧党羽杨愿在一份奏章中便指出:

> 数十年来,士风浇浮,议论蜂起,多饰虚名,不恤国计。沮讲和之议者,意在避出疆之行;腾用兵之说者,止欲收流俗之誉。甚者私伊川元祐之说,以为就利避害之计。慢公死党,实繁有徒。今四方少事,民思息肩,惟食诈趋利之徒,尚狃于乖谲悖伪之习,窥摇国论,诖误后生。此风不革,臣所深忧也。①

这就将禁止道学与抑制反对和议的舆论直接地联系了起来。"专门曲学"之禁和捍卫国是就变为一而二、二而一的整体了。再次是禁止私撰历史。其实这个措施的目的是让人们淡忘那段悲惨的靖康之耻和对皇家不利的种种传闻,借以重树天子的威仪。尤其是韦太后南归后,为了掩盖她在金人那里的那段难以启齿的历史,高宗长期压制略知底细的官员,甚至杖杀柔福帝姬。② 最后是倡导一种向当道献媚的歌颂功德的文风。当然,歌颂的重点是达成和议的高宗、秦桧以及和议的重要硕果高宗生母韦太后。秦桧的生日、韦太后的生日,朝野上下颂声四起,谄辞谀文纷至沓来。这其中自然少不了擅长颂美的颂、

---

① (宋)李心传:《建炎以来系年要录》卷一百五十二"绍兴十四年壬申"条,中华书局1998年版,第2881页。

② 参见(宋)李心传:《建炎以来朝野杂记》甲集卷一"伪亲王公主"条,中华书局2000年版,第54—55页;(宋)叶绍翁:《四朝闻见录》乙集"柔福帝姬"条,中华书局1989年版,第84页。

赞、辞赋等文体，甚至连科考也弄得谀文泛滥。彼时，由于禄在其中，谀美文章的创作已经形成了一股强劲的文学潮流，即使刘子翚、胡铨这样的人物也不能幸免。

在和戎国是的导向作用下，颂美辞赋在绍兴和议以后得到了长足的发展。本来，文人，尤其是儒学中人，天然地具有帮闲的冲动，和议达成后，朝廷提倡歌功颂德，这类赋遭逢其时，赋家们自然要虚声颂美，不遗余力。南宋小朝廷在江南刚刚站稳脚跟，就有文人创作辞赋来歌颂了。如高衮的《二都赋》、施谔的《行都赋》、傅共的《行都赋》等。宋定德运为火，故而赤、丹之物往往会被理解为国家的瑞应。南渡后，南方的荔枝、栀子花、朝日莲等物象被文人们和有宋火德再兴联系在一起，如李石的《栀子赋》、何麒的《荔子赋》、李纲的《荔支赋》、王灼的《朝日莲赋》等。胡铨写于绍兴二十九年(1159)的《衡阳瑞竹赋》[①]也是一篇颂美当道的作品，作者通过描写衡阳之瑞竹呈现，来歌颂和戎带来的天下太平。对权臣的歌颂，是南宋时期颂美赋的一个比较突出的特征。在和议以前，张嵲曾作《寿赋》颂美张浚的功德德行，赋曰：

> 挺濯濯之瑰姿兮，角犀丰盈。伟视瞻之英发兮，进退齐平。事纷至而毕应兮，刃新发硎。衷豁达而不忌系，一毫莫撄。抗逸气而无前兮，云梦可吞。进群士而下之兮，言色惟温。视寇氛犹一决兮，抗志不群。誓一扫而平之兮，归报天阍。宜公宜侯兮，夹辅大君。铭功鼎钟兮，画像麒麟。

① 赋见中华书局 1986 年影印《永乐大典》之残卷 19866。

赋中吹捧之肉麻可谓前无古人。和议后,歌颂秦桧的赋作自然不在少数,其吹捧的程度当然不会在张赋之下,但是我们现在在南宋人的集子中绝少见到直接赞美秦桧的辞赋,这当然不是当时没有这样的作品,而是因为辞赋对一个人的文名声誉来说,较之其他文体要重要得多,所以其子孙在刊刻文集时出于为长者讳的需要,特意删掉了。我们之所以这么认为是因为当时每年秦桧生日等重要的时间,往往会有诗赋创作的评比活动,谀美秦桧的诗赋创作几乎成了整个文坛的重要节目,这类辞赋的数量肯定是不少的。我们现在能看到的,只是在歌颂高宗、韦太后的赋作中委婉地提及对秦桧的赞美,这显然是笔削之余幸存下来的。

高宗生母韦太后的南归在当时具有和戎政策成功的象征意义,而韦太后似乎也对生活了十几年的北国一往情深。① 围绕着韦太后的歌颂活动和诗赋创作始终与对和戎国是的讴歌联系在一起。现在能见到最早的这类赋作是曹勋的《迎銮赋》(十篇)。由于这组作品是对描绘迎接太后南归的整个事件的十幅图画所作的解说性文字,所以写得比较简略,不足以传达

① 周煇《清波杂志》卷六"遗留物"记载道:"显仁上仙,遣使告哀北虏,并致遗留礼物;金器二千两,银器二万两,银丝合十面,各实以玻璃、玉器、香药,青红捻金锦二百匹,玉笛二管,玉觱篥二管,玉箫一攒,象牙拍板一串,象牙笙一攒,缕金琵琶一副,缕金龟筒嵇琴一副,象牙二十株。时宗枢持节以往,次燕之二日,中贵人至馆,密饷金澜酒二尊,银鱼、牛鱼各一盘。尊、盘皆金宝器,并令留之。伴使致词竦贺,馆人以手加额上,谓前此未有,为特礼也。"(中华书局 1994 年版,第 269 页)韦太后至死眷眷于北国的举动似乎超出了襄助高宗以和戎的范围,她对北国的态度自然会影响到围绕她展开的一系列歌颂活动和诗赋创作。

欣喜若狂的心绪。葛立方的《九效》与曹赋在结构上相类，但却能把颂美的情感表达得曲尽情状，殊为难得。赋序称：

> 某也生于昭代，又幸预缙绅后尘，则楚人之词毋作可也。然而迩者上天悔祸，将还长乐之辕，而固陵梓宫、椒房题凑亦复远至。某既喜中兴有期，又喜无前之勋，成于我公之手，而感今怀昔，又不能无悲者。是以辄效屈原《九章》《九歌》体，作为《九效》，非敢仰追湘累之逸步，聊欲因琐琐之文，少见其志云尔。

说明这组作品模仿屈原而一反他愁怨哀绝格调，以歌颂当道为务。在《慈宁》中他歌颂高宗和秦桧以过人的智慧和魄力达成和议，韦太后因而得以南归："后皇兮纯孝格天，台衮兮秘画无前。……御玉衣兮珠步摇，赭黄奉觞兮臣妾入朝。建中天子兮百伪纷错，我宋中兴兮天返长乐。四海为养兮子职供，千秋万岁兮慈宁宫。"赋作中大量的模仿楚辞香草美人的描写给高宗们涂抹上一层神仙色彩，如此歌颂当道说明作者谄谀的手段是何等老道。葛立方的颂美非常周到，在《强弱》中，他称扬高宗和秦桧审时度势以成和戎的功绩："拯乱兮不如图治，锐进兮不如观势。以弱为强兮以予为取，边庭无犬吠兮息旗与鼓。"《医国》中，他盛赞高宗收兵权的刚毅果敢，在《君臣》中他颂扬秦桧及其党羽等"贤人得位"，朝廷"芳菲菲兮满堂"。《自修》《鸣穷》两篇是作者自赞之辞，说自己是怎样的一位击壤而歌的高洁之士，怎样的淡泊名利。历史上的确出现过招徕隐士以妆点朝廷多士的先例，也有冒充高士以获征召的所谓"充隐"，但是像葛立方这样通过自抬身价来增加谄媚邀宠力度的斯文败类,此前是相当罕见的。他的《余庆堂赋》《旷斋赋》《喜闲》《横山堂三章》等赋极尽渲染自己的高雅和绝俗,与《九效》形成绝妙的讽刺。走俗状而鸣高情,被葛立方诠释得淋漓尽致。此外,歌颂韦太后的赋作还有王廉清绍兴十二年(1142)献上的《慈宁殿赋》,颇为时人所称。

在和戎国是的引导下,辞赋大力宣扬以和为贵、反对武力征伐的思想,把穷兵黩武与收复失地、捍卫国家民族利益的战争混为一谈。由于文化中心观念的作怪,人们在怀柔夷狄的思想框架内来理解和议,使和议失去了卧薪尝胆、励精图治的积极意义。苏籀的《上秦丞相第一书》意在弥缝补苴以献媚邀宠,他对和议的理解应该说具有代表性,他说:

> 用侯公善诱之辩,贾生表饵之说,乃下议和之令,可谓导吾君以诚明仁孝。……夫战,不得已之举也;和,名教之所许也。方且郊馆劳犒,赠贿异礼,费虽千金,不愈于奔军屠城之衅乎?……夫道德之化,其功岂可量哉!名教之施,其理无所不服。吾君躬蹈高世之行,天地可动,山河可移,金石可开,鬼神可格。强悍不詘之虏,感而驯服,理之必然,非硁硁之士、愦愦之子所能测也。①

在儒家道德那里,苏籀为和戎找到了冠冕堂皇的理由。在《上秦丞相第二书》中,他说得更为深入:

---

① (宋)苏籀:《双溪集》卷八,《景印文渊阁四库全书》第1136册,(台北)台湾商务印书馆1986年版,第198—199页。

> 畴昔天下不幸，波摇云扰，时以谓流涕痛哭，赞翊军国，惟诈力之是务，至于马不解鞍，筹不辍手，移檄忘昼夜，介胄生虮虱。然吾君之意未尝怡，吾民之瘼未尝去，视太平若梯天焉。……彼非近道不能为此大度之事，我非有道无以受此殊特之恩。开辟以来，华夷讲和，未有如本朝之比也。……今我国家正心诚意，蹈仁义之实，五教已明，夷狄滔天怀山，忽然如潦水归大壑。天子无愧舜禹之圣，阁下可谓致君矣。①

他巧妙地把战与和完全对立起来，视战争为穷兵黩武的治国下策，弥缝的手段实在高明。我们今天能见到的谀美和议的辞赋所表达的观点和苏籀的看法完全一致，黄公度的律赋《和戎国之福赋》这样写道："上圣图治，远戎请和。""时其万国怀柔，四方澄寂。内不耸于边鄙，外靡攘于夷狄。措乃国于龟鼎，脱斯民于锋镝。良由礼招携而柔服，故得道建极而敷锡。""彼有汤后征南，宣王伐北，或隆肇造之业，或启中兴之德。虽曰奉天而致讨，岂不蠹财而伤力？必也礼怀远裔，道交邻国。巩王业以永固，祐圣时于罔极。毡裘气暖，行观塞草之长，沙漠风清，坐见边烽之熄。""殊不知秦帝击胡，必底乱亡之患；武皇征虏，讫成虚耗之危。上方敦宠泽以抚绥，冀狼心之辑睦，务使逊安而远至，蔑有兵穷而武黩。故勤勤然诚意以通和，骈臻百福。"把和戎的功德看成是超越一切以力合天下的雄主功业，巧妙地暗示高宗的功业前无古人。曾协的《宾对赋》对和戎的诠释最为

① （宋）苏籀：《双溪集》卷八，《景印文渊阁四库全书》第 1136 册，（台北）台湾商务印书馆 1986 年版，第 201—202 页。

具体全面,也最有创造力。这篇赋从王道仁政的角度来理解和戎,看似迂阔却能曲尽回护之意。他把抗金等同于“古之兴王,必有武事以震叠海内,治金伐石,昭示万代”。赋中这样描写战事:

> 方其整师而鼓之,连龙蛇,翼鹅鹳,兼老弱,起庸懦。壮士断发,勇夫扼腕。旌旃旗帜,韅靷鞅靽。翕赫曶霍,灿烂炳焕。猿惊雁落,云合星散。及其介马而驰之,莫不魂褫魄夺,拳物喘汗,侧匿鼠扶,周章鸟窜,脯尸而食。薪骸以爨。

凸显战争的破坏力,为讴歌和戎张本。接下来,用王道之治的思想来阐述战争是可以避免的:

> 厥初生民,浩浩其多,林林而群。虽形万之不同,俱一气之氤氲。圣人爰兴,绝类离伦。配天地以合德,抚万物而为君。子焉其亲,臣焉其邻。翕如其来臻,如兽之驯而鸟之宾,疾痒抑搔,天下一身。敷文德而舞干羽,又何有逆命之苗民!

以义服天下则四海归心,天下大同,这是孟子反复申说的仁政王道思想,曾协这样写,是背面傅粉,潜台词就是高宗具有内圣外王的素质,那些大启土宇的帝王如汉武帝、唐太宗等辈在和戎已致太平的高宗目前,是多么的黯然失色。下文,作者用了近一千五百字的篇幅来赞美和戎带来的美好生活:“欢欣交通,比屋连墙。人曳绮縠,家储稻粱。更饷迭馈,一肉五浆。”

“其为士者,则荫以夏屋,范以良师,饱以粱肉,训以诗书。非正不谈,放远怪奇。”作者几乎把太平盛世图景的方方面面都写到了,仿佛和议是万世不弃的救世良方,是太平盛世的根本。这篇赋语言雄健,激情充沛,铺排得当,遣词考究,是当时赋作中难得的上乘之作,它对和戎的赞美同样也是无以复加的。我们应该注意到,在和戎国是引导下的主流歌颂文学,掩盖了隐忍以寻机恢复的初衷,而是营造了天下无虞的太平氛围,南宋的士气也因此一味沉沦下去。

在和戎国是的引导下,与和议龃龉的内容成为文学的话语禁区,没有人愿意冒险写入赋中。比如吴越之争和越王勾践复国应该说是描写吴越历史不得不提及的事件,但是在王十朋作于绍兴二十七年(1157)前后的《会稽风俗赋》中,却绝口不提这个对吴越具有关键性作用的事件,在应该提及此事件的位置,王十朋是这样表述的:

> 其人则见于《吴越春秋》《会稽典录》。图经地志,历代束牍。大书特书,班班满目。孝者悌者,忠者义者,廉者逊者,智者健者,优于文词者,长于吏事者,擢秀科目之荣者,策名卿相之贵者,杀身以成仁者,隐居以求志者,埋光屠钓之微者,晦迹佛老之异者,虞翻之言有所不能尽,朱育之对有所不能既,予亦焉能缕数之哉?姑摘其尤之一二。前则种、蠡、计倪,号贤大夫。后则严助、买臣,直承明庐。

对吴越历史一笔带过。同样的顾虑还表现在龚相的《项王亭赋》中。作品首先借客之口,指出楚汉之得失在于民心向背,汉与百姓约法三章,礼贤下士,而楚“屠咸阳,杀子婴,火宫室,坑秦兵，杀义帝于郴阳”，然后借“龚子”之口指出，古往今来，成者王侯败者贼，项王卓伟之才，英烈盖世，其所以不得天下是未得天命眷顾。作者并没有像李清照那样，称扬他的无颜见江东父老、不肯过江东的志气，而只是历数项王的战绩，于乌江自刎一段，只说“临江不渡，留骓报德”，对项羽临江不渡的志气远没有展开，这不是善于铺排的辞赋应该有的写法，更不是凭吊项王的作品应该忽略的亮点。唯一的解释是，作者有意对项羽的不肯过江东含糊其辞，这样做的目的也只有一个，那就是不想留下讥刺南宋偏安的任何嫌疑。同样的作品还有周紫芝的《吊双庙赋》等。

综上所述，两宋之际的党争对辞赋创作的影响是相当深广的。由党争养成的党同伐异的文化品格在辞赋中表现为回护同党、攻讦政敌、宣扬政见时热情过度而畅言高论应有的理性严重缺失。同时，由于党争的异常激烈，人们也产生了对政治发自内心的疏离和厌弃，从而使辞赋担当起抒发远离政治的人生追求的使命。“党元祐”的政治倾向使苏轼等人的辞赋为世人所瞩目，诱发了人们对元祐赋风的仰慕和模仿。和戎国是达成后，歌功颂德的辞赋大行其道，一些辞赋还在宣扬以和为贵、反对武力征伐的思想，与和议龃龉的内容则成为辞赋的话语禁区。两宋之际的党争与辞赋，很好地诠释了政治与文学创作的互动关系。

转向内在：宋代辞赋中“国家形象”的演变*

国家形象是当下颇受关注的一个学术概念，指公众针对国家本身、国家行为、国家的各项活动及其成果所引发的领悟、回忆、印象、审美的总和，它立足于个人对国家的情感认知和评价。不过，国家可以通过宣传策划来影响、引导个人对国家的认知，塑造国家形象的主导权掌握在国家公权力手里。在公众心目中展示怎样的形象，与国家意识形态密切相关。在传统中国，统治者同样重视对国家形象的塑造，生活在特定社会环境中的个人，对国家形象的感知，深刻依赖主流意识形态的影响和引导。辞赋，尤其是描写都邑、地理、典礼等作为高文典册的大赋，其浓厚的意识形态色彩以及对铺张扬厉手法的特别重视，使得它在塑造国家形象方面具有无可比拟的优势。本文拟以南宋初期国家形象的重大转折为切入点，对宋代辞赋作重点考察，以期展示国家形象在宋代文学话语中的演变轨迹。

---

* 本文 1.6 万字左右，删改为 1.5 万字左右的《论宋代辞赋中国家形象的演变》，载于《社会科学战线》2018 年第 11 期，系 2017 年国家社科基金重大项目“中国赋学编年史”（项目编号：17ZDA240）的系列成果之一。

一、南宋初期朝贡体系面临的窘境与国家形象转向内在

北宋的覆亡是在新党主政下发生的，新法被反对者与亡国联系起来，变得恶名昭彰，富于理想主义的变法之门因此而在南宋初期被彻底关闭了，秉持道德保守主义的反对派一面高扬文化中心主义的旗帜，一面酝酿着学术文化的重新整合。在这一重大转折时期的前夜，文化阶层从北宋那里延续下来的国家形象在传统话语与惨淡的现实之间艰难调适，最终，它转向内在，转向了自我充实和自足发展。从当时的辞赋创作中，可以清晰地勾勒出国家形象的这种转变。

靖康之难并未使华夏文化的优越地位和优越感受到实质性的挑战，虽然偏安一隅的南宋朝廷实际上已经沦落为地方性政权，但是人们对王朝形象的认知，仍然停留在维持着朝贡体面的中央大国的想象中。由这一巨变引发的学术与政治重组，使得文化中心主义更为顽固地盘踞着思想与道德的高地。靖康之耻让士大夫阶层深感屈辱，他们从文化中心主义的眼光来审视国家的巨变，甚至高宗皇帝渡海避敌，也令他们痛彻心扉，认为是奇耻大辱。人们似乎没有勇气来直面现实、深刻反思，只是躲在天朝大国的幻梦中长恸涕涟，鲜有发扬蹈厉奋发图强者。根深蒂固的中央王朝形象与残酷的现实之间出现的巨大裂隙，凸显出朝贡体系面临着空前的话语窘境，传统的国家形象面临着根本性动摇以及结构性重构。当时的辞赋创作真切地反映了思想文化的这种尴尬局面。

南宋初,出现了几篇宣扬王朝声势的大赋,如高衮的《二都赋》、施谔的《行都赋》、傅共的《南都赋》等,其中傅共的《南都赋》①是完整保存下来的篇什之一。此赋竭力维护朝贡体统的国家形象的用意相当明显。赋中这样描写四方之物辐辏于都下:"马乳来于西域,人面贡于南州。杨梅卢橘,乃果中之俗物;方红陈紫,实荔枝之无俦。䝙象率舞,生犀可羁。猩猩之笑,狒狒之啼。秦之吉了,陇之鹦鹉,黑衣之郎,雪衣之女。孔雀之文,翠禽之羽,或能言而诵诗,或闻声而起舞。飞走之奇,伙不可数。朝献于上苑,夕贡于玉津。藏之于内府,守之于虞人。以供燕闲之玩好,而备赐于臣邻。""四方贡异,则有桂蠹范卯,玉篁琼支,乌孙之柿,大谷之梨,千年之枸杞,万载之肉芝,会稽之竹箭,吴江之莼丝,江瑶之柱,海鲨之鬐。登乎鼎俎,竞荐新之斗奇。黜驼峰于熊掌,鄙铎俗之貔狸。萍实如斗,莲耦若船。巴邛之橘,固蒂巢仙,如瓜之枣,辟谷引年。龙眼鸭脚,湖目鸡头。"②域外与域内的物品被混为一谈,外方之商品与藩属之贡物被并举铺排,边鄙之地被拉来冒充藩国。这不是作者分类不清晰,而是有意为之,故意混淆,他之所以巧为缘饰、虚张声势,虚拟出一个万国来朝的场面,是文化中心主义的惯性思维使然,他试图通过弘扬中央王朝的国家形象来张扬文

---

① 赋中:"堂堂元老,天子之师。弥纶其缺,辅相其宜。虎节阴符,张弛随时。斟六韬于帷幄,胜百里之熊罴。端绅笏而不动,安社稷于无期。与长江而表里,夫孰得而雄雌?"这是和议以后对秦桧赞美的统一口径,因此此赋应该创作于绍兴十一年(1141)和议达成之后。

② 本文所引辞赋均引自曾枣庄、刘琳主编《全宋文》(上海辞书出版社、安徽教育出版社 2006 年版),并参校曾枣庄主编《宋代辞赋全编》(四川大学出版社 2008 年版),为行文方便,不一一胪列出处。

化自信心和王朝政统的合法性。传统的中央大国的国家形象已经成为遥远的幻梦,朝贡体系走向瓦解的局面几乎不可避免。但是人们似乎没有意识到这一点,依然在那里抱残守缺、弥缝补罅。学术思想和文学话语一时难以调适文化语境与社会现实的巨大反差。与辞赋形成呼应的是高宗的所为。高宗即使到处漂泊时也念念不忘宗藩关系,对高丽、交趾相当留心。[①] 南宋初期,高宗曾遣使高丽,试图恢复朝贡宗藩关系,结果无功而返。在给高丽国王的诏书中,高宗极力维持着上国的尊严,如绍兴二年(1132)诏书曰:"朕省方南国,通道东藩。载嘉享上之恭,重有观光之请。归视事于宰旅,将效勤诚;会诸侯于涂山,更惭寡德。爰即乘舆之所幸,以须信使之来庭。顾秋塞马肥,或戒严之未暇;而春潮舟稳,庶利涉以无虞。"[②]希望高丽能遣使朝会。即使在金人的追打下疲于奔命,也不忘通告高丽[③],这一方面表现出作为上国的南宋朝廷对藩国的体恤,另一方面也表现出高宗对继续维持朝贡体系的良苦用心。

《南都赋》的作者在国家的疆域上也动足了脑筋:"我观其东,日华所宫。浴乎扶桑,驾之六龙。亘延乎旸谷之外,磅礴乎

① 高宗分别在建炎二年(1128)、建炎四年(1130)、绍兴二年(1132)、绍兴六年(1136)多次致书高丽国王,以重申朝贡关系,并在绍兴二十六年(1156)对交趾遣使事宜还亲自下诏安排。

② 《全宋文》第205册,第124页。

③ 如建炎四年四月担心因战事而通使不便,下高丽国王诏曰:"言念比年,实惟多故。举中原之生聚,遭强敌之震惊。既涉地以弥深,犹称兵而未已。兹移仗卫,暂住江湖。若信使之鼎来,恐有司之不戒。俟休边警,当问聘期。毁晋馆以纳车,庶无后悔;闭汉关而谢质,非用前规。谅彼素怀,体吾诚意。"(《全宋文》第205册,第123页)

大荒之中。琉球、日本,隐见冲融。高丽、百济,航海倾风。”“我观其西,宿直娄奎。炎精景烁,太白为低。方物来于四蜀,衣裳被于五溪,想开国于蚕凫,考怪异于三犀。”“我观其南,则炎帝之墟,祝融之宅。沧溟巨壑,际天无极。化外之邦,计以千亿。”东极沧海,西抵巴蜀,向南则际天无极。秦汉以来就在中央王朝控制下的巴蜀一带被视为治外之地,把疆域之内当作外藩,借此来给高宗朝廷涂抹“大国气象”实在让人击节称奇。汉代有人以同袍兄弟为奴仆以假冒富室,此赋与此可谓同一机杼。行文自此,中央大国的形象似乎要成型了,但是,还有北方作者必须得观照到,那是个让赵构们噩梦连连的北方。作者是这样写的:“我观其北,则龙舟之耀,析木之精。上腾魁杓,前列勾陈。帝居象焉,端如北辰。搀抢敛锐,荧惑销嗔。旄头先驱,风伯清尘。既偃武而修文,益亲仁而善邻。交驰乎玉帛之使,无爱乎南北之民。”面对北方,作者收起了中央大国的虚幻派头,主张要和北方睦邻,看来,在高宗们眼中,北方才是和他们地位对等的“国家”,其他地方,因为不能对他构成威胁,就被视为藩属了。在疆域四至的描写中,朝贡关系与对等国家关系不和谐地纠结在一起,文化中心主义所遭遇的尴尬如此生动地呈现出来,传统的中央大国的形象正在被消解。

诚然,国家朝贡体系的丧失是由于北宋政权的瓦解,而北宋的瓦解,直接原因是军事上的孱弱。没有强大的军事作为后盾,王朝不可能纵横捭阖,更不可能维持上国的尊严和体面。然而,南宋初期,军事是国家的短板,文化中心主义的传统语境该如何继续维持其国家形象呢?文治与武备是传统治道中刚柔相济的两个方面,既然武备不堪,那就张扬文治，这同样契合儒家的治国理想。有宋一代，是儒家文化昌明的时代，儒家思想为核心的主流意识形态塑造着权力，道德理想不仅是个人生命的基础，而且还关乎江山社稷，自此，德治的思想被发扬光大，国家在固有的圈子里自我完善、自我充实、自足发展，天朝大国的国家形象在潜移默化中悄然转向内在。在这篇《南都赋》中，高宗逃难江南被从德治教化的角度进行了改造："惟我皇帝，膺图御世，席列圣之基绪，临诸夏而控制。参合两仪，包涵四裔。顷膺中运，遗大投艰，省方侯邦，舜历蛮荆。万国玉帛，禹会涂山。手拯涂炭，口销锋镝。"高宗的鼠窜一隅，被解释成如吴太伯那样的来到江南教化愚顽，而早已经济发达文化繁荣的江南地区被描绘成未开化的荒蛮之境："蒹葭绕岸，枫柳摇空。浮图插烟，酒旗翻风。菱歌断于画桡，胡笳动乎疏钟。洞箫桃笙，吴歈越吟，俳优唱诨，楚调南音。阛阓千门，兰灯晶莹，有类乎燕赵之歌，无异乎虾蟆之陵。"作者指出江南不仅被异端思想所主宰，而且风俗简陋堕落，高宗降临后才改变了这一切，他君临江南是在播洒仁风雨露，拯救苍生，解放可怜的灵魂，靖康之耻就这样被遮蔽掉了，高宗这一转身着实令人错愕，华丽之极。德治的特色在国家形象中的意义因此得以彰显："运精神以为阃奥，体道德以为堂基。礼义以为干橹，忠信以为城池。扬六乐之金鼓，揭五典之旌旗。辟阖乾坤之门，经纬日月之维。"朝廷要以道德立国，放弃力量威慑。传统的中央大国的国家形象在与文化中心主义语境不相龃龉的情况下，在向着内在的方向转化。

对于高宗最大的安慰，莫过于大金的和平承诺。绍兴和议达成后，和平的旗帜高高飘扬，和平的思想基础就是仁政德治，而武力,包括一切性质的武力,都被否定了。[①] 在文化中心主义的话语世界里,立足于中央大国朝贡体系,绍兴和议的缔结是不可想象和难以容忍的,这件事面临着诸多尴尬和滞塞。较之高宗们缔约表现出的非凡勇气和异乎寻常的决心,让传统话语接纳这个和约,可能更为棘手,这需要相当的智慧,高宗必须对人们有个交代,而且必须交代得有尊严、有体面,不然天下汹汹,朝野横议,会将皇家仅剩的一点颜面扫地而尽。针对此事,文人们的“急智”着实令人佩服,黄公度的《和戎国之福赋》为摆脱窘境提供了一个近乎完美的思路。此赋开篇点出和戎是远人请求,皇恩浩荡,施与和平。缔约行为被轻易篡改为符合朝贡思维的施恩行为,而和戎则是德治的胜利:“尝闻帝王盛时,不无蛮夷猾夏。治失其术,则咸尚诈力;御得其道,则悉归陶冶。”作者把孟子有关仁政的论述附会到和戎的政举之上,而缔交的另一方被视为稽首称臣之藩国。于是,王朝的形象也因为放弃武力弘扬德治而发生转变:“我无诈而尔无虞,遐陬内附;灾不生而祸不作,百顺来崇。时其万国怀柔,四方澄寂。内不耸于边鄙,外靡攘于夷狄。措乃国之龟鼎,脱斯民于锋镝。良由礼招携而柔服,故得道建极而敷锡。揉兹荒裔,俾为不二之臣;介尔中邦,永保无疆之历。”恩威并施的大国形象被改造

① 理解这个事件的关键是高宗对和平的渴望。高宗感到外在的金人和内在的武人,无时不在危及他的安全,这令他忧心如痗。和议和收兵权杀岳飞,正是他追求和平的切实举措。绍兴和议的签订,不仅为由来已久的和战之争画上了一个句号,而且也使国家政治生活和学术文化发生重大转折。以道德保守主义为核心价值观念的文化中心主义受到打击,转向民间发展,而其思想也在这次打击下重新整合,酝酿着更大、更深入的思想革命。正是这种种追求和平的举措,使南宋的国家精神、国家形象逐步转向了内在。

成宽厚仁慈揖让而治的君子国度。

曾协的《宾对赋》是对黄公度《和戎国之福赋》的进一步发挥，作者通过战争与和平的比较描写，彻底抛弃了战争，认为一切形式的武力都是不足取的。在反思和与战之后，作者深情描绘了诗一般美好的和平生活，描写朝廷生活曰：

> 夫其闲暇也，考制度，修宪章，制旌旗，陈舆裳，法度著，礼乐彰。辑瑞三朝，升烟一阳。千亩之甸，九筵之堂。宾太一于闲馆，谨燕禖而祈禳。考鼓叩钟，玉帛低昂。搜简编，集缣缃，施丹青，刊琳琅。湔浮铿锵，焜耀炜煌。聚画史而绘事，莫克象日月之光。兹所以轹夏轹商，磅礴虞唐，甄陶帝皇，垂永宪于万祀，掩成功于百王者也。

描写士人的生活曰：

> 其为士者，则荫以夏屋，范以良师，饱以粱肉，训以书诗，非正不谈，放远怪奇。

描写农人生活曰：

> 其为农者，则力役不兴，年谷屡丰。屏斥蟊贼，扫除螟螽。人力不施，十雨五风。町畦绮错，渠脉相通。交灌牙澍，蜿如游龙。白露始降，场圃献工，或黍或稷，或稑或穜，粼粼重重，纷纷芃芃，如雾散云，合之无穷。

描写民众的普通生活曰：

白叟黄童,扶携笑歌,以输于公。如川之融,如山之崇,茫洋宠嵸。归视其家,囷廪既充,酾酒伐羔,以娱岁终。昔时服田,畏秋之逢。霜至草衰,肥马劲弓。汗邪满车,弃捐成功。

这一幅幅引人入胜的画面是士人们对崇尚德治的新的国家形象的感知,与过去的中央大国形象相比,它缺少了果敢刚毅和雍容庄严的气势,焕发着和乐融融、内敛和缓、平易亲和的迷人魅力。其实作者所表现的都是相当普通的生活场景,这些场景之所以如此动人,就在于其背后隐含着对战乱动荡的恐惧、对和平生活的渴望,和平是人们永恒的期望,犹如阳光和空气,受益而不觉,失之则难存。在经历了战乱的人看来,和平安静本身就是充满诗意的。自此,南宋初期新的国家形象在文化中心主义的语境中得以再造,当时人们对高宗的赞美,对韦太后南归的歌颂,都是围绕着德治与和平的国家形象展开的。王廉清的《慈宁殿赋》、葛立方的《九效》、叶子强的《迎送神辞》等作品都在弘扬这一主题。

当然,这个转向内在的国家形象既然失去了武力震慑的庄严神圣色彩,那么,其亲和平易的特征也会蜕变为局促狭小。王洋的《拟进南郊大礼庆成赋》对高宗行南郊之礼的记述极为简略,赋中表现出这个低调朴实的国家连皇帝的享用也简陋得不成样子:

屏宴游,绝田猎……且宫室至卑,膳御至菲,虽大禹之饭土塯、啜土铏,不过是也。时止则止,时行则行,虽文王之遵养时晦,武王之久立于缀,无以更也。……味不求珍,美不求异,故皾酏粉溲、熬母芗极之味不足贵也;筦簟越席,弋绨大练,故雕文纂组、方空罽绮之靡不足美也。

功崇则业大,德盛则礼尊,然而,许多当时的文献显示,南宋从立国之始就诸事从简,这不能说与对国家形象的重新定位没有关系。而且,塑造国家形象不可或缺的祥瑞灵异等彰显国家合法性神圣性的内容也在南宋初期消沉了,代之以贤人为瑞、丰年为宝的观念。

南宋初期辞赋创作中国家形象由恩威并重转向内敛和平,由神圣庄严转向平易朴实,这种转变,总的趋向就是转向内在。这种转变的意义是相当重大的,它不仅昭示着学术文化在两宋之际的重要转型,也昭示着传统中国整个皇权专制时期学术文化的重大转型。

二、从安详的盛世到神圣的国度

南宋初期主流意识形态对国家形象的塑造,总的倾向是转向内在,为了进一步说明这种转变的深刻性,我们有必要追溯一下国家形象在北宋时期的演变历程。

有宋自立国以来一直秉持着虚外守内的政策[①],中央王朝

① 虚外守内是指兵力布置,相对于唐代的把主要军力布置边疆,大宋把主要军力布防于国家内地,布防于京畿。兵力分布的这种转变深刻影响着国家为政方略,更影响着国家精神和国家形象。相对于发扬蹈厉的大唐气度,有宋的国家形象和国家精神呈现出内敛沉稳的风貌。

对边疆地区的军事震慑作用大为减弱,北方和西北长期存在的劲敌使得大宋较之唐代在疆域上和文化上有了一条明确的边界。随着军事在国家生活中地位的下降,文治的意义受到空前重视,文化优势成为中央王朝强调其尊崇地位的重要实力,也成为其塑造国形象的重要特征。文化优势,在当时主要是指儒家提倡的淳风俗厚人伦的仁政理想在政治生活中的贯彻程度。因此,当时主流意识形态塑造国家形象的一个基本特征就是彰显文治局面,士大夫阶层对国家形象的认知,也多着眼于对仁政局面的想象图景。

重视文治并不是彻底放弃武力,而是以仁德御武力,刚柔并济、奇正相佐,这样就使得王朝焕发出仁厚庄严的雍容气质。丁谓端拱元年(988)奏上的《大蒐赋》很好地展示了这种文武相济的国家形象。大蒐是勒兵之礼,丁谓在赋中却没有着力表现军队的声威气势,而是突出行大蒐礼的井然有序,田猎场面只作了简笔勾勒。他还在赋中畅论好胜恶杀的田猎之道:

> 诸侯卒事以俨雅,百姓突围而交加。上方敛绥以惨怆,众乃靡旗而喧哗。围开一方,悯尽杀也;舍顺取逆,彰怀来也;出表不顾,耻逐奔也;等别三杀,贵宗庙也。得匪上以显孝思,下以不僭乎?鸟兽之肉,不登器者无取;貔虎之士,罔用命者有诛。

田猎是战争的象征,作者对此的描写,突出静而有动力、动而有秩序的内敛力量,这是在表现国家威严而克制的气质。王禹偁咸平二年(999)奏上的《大阅赋》则对国家武备观念阐发得更为具体,武备是国家立于不败之地的后盾,但是只有仁德精神贯穿于其中，武备才有意义。中央王朝大国形象的确立在于以军事威慑为基础，行仁德感化之王道。以文化上的优势感化远人，绥靖边疆，国家形象是靠文化上的优势奠定的，文明教化才是国家力量的核心。

因此，宋初的国家形象不是那种如震如怒、如火烈烈的发扬蹈厉的强国形象，而是文质彬彬、金声玉振的仁爱沉稳的大国形象，维系朝贡体系的，是人文化成，而非仅仅依赖军事慑服。① 杨亿的《天禧观礼赋》则动情地描绘了真宗天书降神以来嘉靖祥和的帝国图景：

> 皇上御天下之二十载也，守宇嘉靖，斯民乐和，边庭卧鼓，武库包戈。讲万枢而俾人，序彝伦而可歌。南逾铜柱，西亘金河，北弥狼望，东越鳀波。四表之德咸被，崇朝之泽匪颇。锡嘉生于庶士，均善养于中何。张旃驾牡兮笃邻好，徇铎舞干兮修国教。恤人隐兮如纳于隍，握道枢兮以观其妙。弛罟之惠兮洽于怀生，非黍之馨兮升有昊。交感

---

① 王禹偁在《谕交趾文》中说："今兹圣朝，盂覆万国。太平之业，亦既成矣；封禅之礼，将以修矣。俟尔至止，康乎帝躬。尔无向隅，为我小恙，俾我为绝蹯断节之计，用屠尔国，悔其焉追？矧夫尔水生珠，我沉于泉，尔岩孕金，我捐于山，非利尔之宝也；尔民头飞，我有车马，尔民鼻饮，我有酒食，用革尔之俗也；尔民断发，我有衣冠，尔民鸟语，我有《诗》《书》，将教尔之礼也。煌煌炎洲，烟蒸雾煮，我飞尧云，洒尔甘雨；汤汤瘴海，云烧日镕，我张舜琴，扇为熏风。尔灭星辰，人谓不识，我回紫微，使之拱极；尔地魑魅，人惧其怪，我铸大鼎，使之不害。出尔岛夷，观明堂辟雍乎！脱尔卉服，视华衮山龙乎！尔其来乎，无速厥辜。方将整其军徒，戒其钲鼓，向化我其赦，逆命我其伐。惟向背吉凶，在尔审。"其在晓谕交趾时，武力的恐吓之后，主要是彰显文化的优势，希望交趾能望风归化。这正体现了中央王朝对待藩国文武相济的手段。（《全宋文》第7册，第290页）

兮惟微,盖高兮必报。

朝廷的仁爱如春风化雨,被及天下四方,邻国献诚,内政修明,人神相和,嘉瑞屡呈。当此之时,敬天事神,四夷助祭,宗藩和谐:

> 观夫八狄六蛮之述职,四海九州之献力。荆楚谨包茅之供,鲜虞给守燎之役。走计车而相望,旅庭实而惟百。列三恪而有容,包十伦而为式,其助祭之尤盛也。

范镇于天圣十年(1032)奏上的《大报天赋》,则生动地描绘四夷助祭的庄严场面:

> 将命以方底,飞文以疾置。皷先令于民听,俾咸知于上意。西逾月氉之垠,东走天池之纪。北穷祝栗之野,南极濮铅之地。雷出而奋豫,风兴而披靡。穹居卉服、革体木荐之酋,鬉首贯胸、离身反踵之帅,寻声望景,知中国之有至仁;梯虚航深,示戎狄之无外事。顺走我辙迹,服驯我鞭辔。乃有双觡共抵之兽,赤汗赭沫之驷,浮琛没羽之珍,文铖碧砮之异。诸福之物,倜傥奇伟;众变之状,灿烂谲诡。按图谍而未书,历封禅而不至。滔滔焉,峨峨焉,来助祭者波委而岳峙。吾皇游岩廊,操绝瑞,嘉闻声教之远,乐观仪物之备。

赋中的"雷出而奋豫"①,暗示上国皇帝宣命四方,将有事于南

① 《易·豫》:"象曰:雷出地奋,豫。先王以作乐崇德,殷荐之上帝,以配祖考。"

郊。徽音如雷出地奋，疾风靡草，蛮夷之国，慕名来朝，献纳珍奇，助成典礼。帝王如震雷劲风般的仁爱力量吸引他们欣然前来，所谓上以风化下，而非军事力量的胁迫。这个场面，是战胜于朝廷的象征性图解，所展示的是文武相济、仁风远播的泱泱帝国君临万国的朝贡形象。这个曾经在班固的《东都赋》中描写的万国来朝的场面，在北宋大赋中反复出现，原因就在于此时的国家形象与班固歌颂的东汉纯用儒术的帝国图景，其思想底色是一致的。中央帝国的形象体现着礼乐政教、仁德怀远的仁者情怀。此外，宋祁的《王畿千里赋》、胡宿的《正阳门赋》等也是从仁泽广施的角度来阐释大宋的国家形象的。

在士大夫的想象中，他们处身的这个伟大王朝不仅是仁爱而庄严的，而且是通人情而察民隐的，它与民相亲，与民同乐。基于这样的感受，国家形象还被赋予了世俗化的特点。杨侃的《皇畿赋》作于真宗时。赋的主体部分描写京畿设施与风物。如写京郊的原野园圃之美景：

> 柳笼阴于四岸，莲飘香于十里。屈曲沟畎，高低稻畦。越卒执耒，吴牛行泥。霜早刈速，春寒种迟。春红粳而花绽，簸素粒而雪飞。何江南之野景，来辇下以如移。雪拥冬苗，雨滋夏穗。当新麦以时荐，故清跸而新至。

这些风光，在过去的帝京赋中不曾出现过。在作者笔下，郊原牛羊成群，荷花飘香，华实蔽野，黍稷盈畴。伟大的帝国，不仅仅是壮丽，更多的是祥和与安宁，花草树木自由自在地生长，人的个性自然而然地发展。刘筠的《大酺赋》描绘了民间的狂欢，充满了世俗享乐的情调：

> 是时也,都人士女,农工商贾,鳞萃乎九达之逵,星拱乎两观之下。举袂兮连帷,挥汗兮霈雨。钿车金勒,杂遝而晶荧,袨服靓服,藻缛容与。网利者罢登龙断,力田者竞辞畎畮。屠羊说或慕功名,斫轮扁亦忘规矩。寂寂兮巷无居人,憧憧兮观者如堵。以遨以游,爰笑爰语。始乃抃舞于康庄,终乃含歌于樽俎。

从都人士女到农工商贾万众欢腾、饱啖酣饮,这就是与民同乐的生动场景,也是士大夫们对国家太平景象的形象感知。文人们对天下太平、国富民强的认识与前代有所不同,他们不再把帝王威行天下、四夷系颈稽首作为强大的标志,而是则视百姓安居乐业、生活殷实丰足为太平之象,他们所向往的不是钟鸣鼎食般的高贵华丽,而是叩壤于途的呕哑野唱、天和景明的田园风光、余音凫凫的渔歌唱晚、揎拳捋袖的民间酣饮、人声喧杂的列肆叫卖,这更能引发他们对丰腴安逸的太平生活的憧憬。

从北宋前期文人主观情感的角度来勾勒描摹,或将更有助于我们进一步理解他们想象中的国家形象。当时的辞赋喜欢表现对生活优游不迫、深微澄静的感受。他们把幸逢盛世的喜悦表现得平静安详,如沐春风,如饮清酒。如乐史的《莺啭上林赋》,以鸟之得时喻人之遭逢太平,赋中写道:

> 由是出彼幽谷,来依紫宸。信叶候之无爽,谅飞鸣之有因。庶籁犹沈,乍啭九重之囿;一人耸听,因思万国之春。含响既陈,迁乔已契。寒轻而结杏初妍,日暖而夭桃正丽。

以处身春天豁然开朗的欣喜来表现处身太平的由衷喜悦。这是一种经过内心的玩味、滤取以后由心底自然流出的欣喜,不是狂喜,而是冷静、深执。晏殊在他的《中园赋》中寄托了优游于太平盛世的风流闲雅。那瓜碧茄紫的豆棚园圃给人以置身太平之世的种种幻想,自由舒展的菜蔬果木,处处体现着远离尘世、人与自然万物相亲相融的闲适情韵。园中的虫吟鸟鸣更增添了闲适自在的情调,置身其中,枯燥冗长的生活变得情韵盎然,具有了审美价值,这样的生活不离日用百物之俗杂,而又充满丰腴安详的情趣。其他如田锡的《望京楼赋》《春云赋》,陈靖的《壶公山赋》等等,都在表现着他们对国家形象的感受。

如果用一曲壮丽的诗篇来概括北宋前期的国家形象,则有夏竦的《河清赋》堪当此任,赋曰:

> 洎我国家秉皇图,宣帝力,尊百神,朝万国,光明乎遐绝,馨香乎霄极。禅云亭而广厚,玉简即封;祀汾脽而颂祇,鸾旂未饬。西人清候而望幸,六官戒期而励翼。爰荐祉而炳灵,滟澄波之湜湜。徒观其祥风荡漾,非烟蒙幂。浮休气于川上,泛荣光于岸侧。失汹涌之黄流,湛清泠之素液。银潢之影横秋,帝台之浆映月。江练初静,壶冰乍释。鉴秋毫及纤尘,露金沙与银砾。神鱼龙马,泳深渊而不隐,紫阙珠宫,扩洪流而可觌。合济渎兮安辨,委沧溟兮竞碧。

黄河转清、千里澄碧,祥风荡漾,休气氤郁,素波枕长堤而安流,远人引领而望幸。这就是北宋前期的国家形象,一个安详的盛世。

熙宁变法之后,在新党执政的哲宗后期和徽宗时期,主流意识形态对国家形象进行了进一步的修正和充实。周邦彦的《汴都赋》凸显宋都的繁荣和秩序感。他在描写汴梁的繁荣时,没有忘记强调商人对社会秩序的恪守和国家对贫富悬殊的防范,在这里,国家形象已经不再是纯用儒术的安详盛世,它既具奋发气概又有仁政气质,这是依照新学治国理念来设计的国家形象,新党的变法理念就是富国强兵和礼法治国,既要繁荣经济又要国家掌控。这个庄严的国家具有空前的神圣气质:

> 至于干象表贶,坤维荐祉,灵物仍降,嘉生屡起。晕适背镝,虹霓抱珥,鸣星陨石,怪飙变气。垂白鲐背者,不知有之,况能言孺倪。岂独此而已也?复有穹龟负图,龙马载文,汾阳之鼎,函德之芝,肉角之兽,箫声之禽,同颖之禾,旅生之谷,游郊栖庭,充畦冒畤。非烟非云,萧索轮囷,映带乎阙角,葱蔚乎城垒,鸷鸟不攫,猛兽不噬,应图合牒,穷祥极瑞,史不绝书,岁有可纪。

祥瑞珍并发,人神共和,天下所有的珍奇异物,周边众多的蛮夷之国,皆麇集荟萃于阙下。

徽宗朝,前无古人的光荣感进一步发展,李长民的《广汴都赋》所描绘的国家形象更强调其神圣性和所向披靡、自由挥洒的任性气质,此时徽宗皇帝神化国家的兴味正浓,丰亨豫大的国策得到充分贯彻。王朝拥有一个神霄上界降临的神圣皇帝,这是任何一个历史时期都无法比拟的,因此光荣和自豪笼罩着这个国家。赋中展现出一种神秘的、神圣的力量在支配着王朝，主圣臣贤，祥瑞遍地，神圣皇帝的恩德如春风化雨，润物无声，祥瑞不再是稀罕之物，而是常态化的生活。这样的国度，武力征伐是多余的：

> 故得朝廷清明，纪纲振举，威武纷纭，声教布濩。北渐鸭绿，南洎铜柱。深极沙漠，远逾羌虏。陆詟水怀，奔走来慕。雕题、交趾、左衽、辫发之俗，愿袭于华风；金革、玉璞、犀珠、象齿之贡，愿献于御府。

国家的神圣气象波及周边，边鄙之人，望风披靡，纷纷归化。赋中这样描写祥瑞纷呈的盛况：

> 上则膏露降，德星明，祥风至，甘露零；下则嘉禾兴，朱草生，醴泉流，浊河清。一角五趾之兽，为时而出；殊本连理之木，感气而荣。嘉林六目之龟，来游于沼；芝田千岁之鹤，下集于庭。期应绍至，不可殚形。

从当时朝臣们的纷至沓来的贺表来看，当时的确是一个祥瑞集中爆发的时期，规模不仅空前绝后，而且也蔓延到宫中，蔓延到皇帝身边①，大宋处在一个祥瑞灵异环绕的神仙气息氤氲的氛围中。目前所见描绘艮岳的辞赋有两篇，即李质的《艮岳赋》和曹组的《艮岳赋应制》，其实就是祥瑞纷呈的国家形象的象

---

①　蔡绦南宋年间追忆说：“大观、政和之间，天下大治，四方向风……天气亦氤氲异常。朝野无事，日惟讲礼，庆祥瑞，可谓升平极盛之际。”［（宋）蔡绦：《铁围山丛谈》卷二，中华书局 1983 年版，第 27 页］

征性概括。大宋的强国梦实现了,徽宗自我作古的制礼作乐之举更使大宋富丽堂皇,仙气馥郁。王朝的这种气质在张鼎丞的《郧都赋》、刘弇的《元符南郊大礼赋》、王观《扬州赋》、王仲旉《南都赋》等山川地理赋中均有明显体现。

从安详的盛世到神圣的国度,北宋以来国家形象逐渐脱离了国家生活的实际,北宋后期的那个神圣国度,在一些文人的感受中,却是另一番模样,邢居实的《秋风三叠》、李纲的《秋风辞》、晁补之的《江头秋风辞》、毛滂的《拟秋兴赋》、郑刚中的《秋雨》等等,在一派溢彩流光的氛围中,却不和谐地吟诵着沉郁悲怆的歌调。意识形态塑造的形象与人们对国家的普遍认知发生了严重乖离,国家形象成了掩饰惭德的遮羞布、引导舆情的迷幻剂,甚至是打压异论的狼牙棒。南宋初期朝贡体系所遭遇的话语窘境,国家形象转向内在,都是针对这种安详与神圣的形象发生的急转,这种急转,不仅是因为北宋的覆亡、意识形态发生断裂使然,也是国家精神在危亡中重新寻找出路的表现。

三、地方意识的强化与国家形象的再造

治国之日舒以缓,乱国之日促以短,徽宗的神圣之国很快就灰飞烟灭了。不过,传统话语体系并没有很快适应这种变化,因为王朝的覆灭没有给文化带来实质性的危机。高宗们的思维还停留在传统话语当中,他们对国家的想象还流连在朝贡体系当中,这使朝廷在思想与现实之间面临着难堪。之后,随着对现状的逐步适应,人们似乎对华夷一统的重建失去了耐

心，甚至对交趾、大理等前来朝贡的请求也态度冷淡。由北宋的国家形象中残存下来的一点雍容华贵的大国气度逐渐褪色。对王朝形象的重新定位变得客观务实。

高宗以后，南宋政治不再迷醉于万国衣冠拜冕旒的荣耀。万国来朝的场面已经在典礼赋中难觅踪影。如程珌的《壬申岁南郊大礼庆成赋》在声讨了韩侂胄弄兵误国之后，对史弥远的拨乱反正之功颇多溢美褒扬，在本该出现蛮夷助祭的段落，作者虚笔带过。倪朴的《环堵赋》虽然极尽铺张扬厉之能事，把帝王的南郊大礼描绘得气势赫然，但还是没有藩国来朝的影子。放弃中央王朝的体面，也就意味着武力征伐意识的淡薄，当时虽然有张浚、韩侂胄的几次北伐，但都以惨败告终。这些战略目的模糊的轻起兵衅，调整朝中权力格局的用意似乎大于光复失地本身。南北关系已经呈现出胶着的、动态的军事平衡格局，和平竞赛应该是最好的选择。孝宗时期也有一些赋在声言恢复，宣扬武力，不过这种宣扬似乎是在找寻靖康之耻以来失去的尊严和自信。比如杨冠卿的《上留守章侍郎秋大阅赋》以司马相如的《子虚上林赋》中描写天子游猎的场面为蓝本，把天子游猎的场面换成了士兵操练的场面，意在炫耀军力的强大，表现捍卫国家安全、雪耻靖康之难的决心。

后高宗时代的南宋是自信的，也是内敛而务实的，它转向在寻找自身的优势和价值，此时的国家形象已经不再迷失于文化中心主义的浓雾中了，它立足于地方文化，立足于人文教化，从帝国内部、社会内部以及家庭和个人来发掘迷人的“人文精神”的底蕴。我们这里所说的“人文精神”，其“人文”取义“人文化成”，是着眼于礼乐教化的人性关怀，我们想用这个概念来指代儒学修治平的担当情怀对传统文化中人与自然、社会相调适的一切思想资源的受容;其外在表现为对耕读传家、积善继世的深切体认和实践,外在表现为立足于天理人欲的对生命价值和生命历程的自觉完善与审美观照。应该说,高宗以后的南宋国家形象,人文精神逐渐成为其内在品格和文化底蕴。既然是以文化立国,华夏文明的代表资格就是皇权存在的基础,那么,对其神圣性和合法性的强调也就在于其人文化成的程度,而非其他,因此,高宗时期短暂地宣扬祥瑞之后,儒家话语中重教化而轻祥瑞的言论占据了舆论高地。胡铨在《衡阳瑞竹赋》中直陈治国理政应轻祥瑞而重仁政,认为国泰民安就是最大的吉祥,这种看法在当时非常具有代表性。①

在国家形象重构的过程中,朝廷已经退居幕后,地方意识得到强化。新的国家形象不再围绕着帝都、皇帝和万国拱卫的壮丽朝廷展开,而是具体到每一个人,具体到一个个家庭、一片片田野湖山、一座座村镇城池。家庭生活,山川风物,城市乡村的风俗教化,这些帝国疆域内的林林总总的综合印象,共同构成了国家的形象。

---

① 胡铨的议论继承了北宋以来儒家士大夫对待祥瑞的一贯态度,而且也在当时人那里得到回应:“绍兴元年秋七月乙未朔,刘光世以枯秸生穗为瑞奏之,上曰:‘岁丰人不乏食,朝得贤辅佐,军中有十万铁骑,乃可为瑞,此外不足信。朕在潜邸时,梁间有芝草,府官皆欲上闻,朕手自碎之,不欲主此奇怪事。’辅臣叹服。臣留正等曰:‘天人之际,相与至密,国家将有失道之败,则有灾异以为之谴告;然则政教之修明,中和之浃洽,亦岂无符瑞以示其嘉祥乎!然而古人于灾异则深警惧之,符瑞则重黜绝之,何哉?知其有灾异则戒,信其为符瑞则怠,人之常情也。去其怠而谨其戒,则所益不知其几何,不然则徒以自慢,而已奚益哉。此《春秋》所以记异不记瑞,而柳宗元《正符》所以谓不于其天于其人也。”[(宋)李心传:《建炎以来系年要录》卷四十六,中华书局1998年版,第325—328页]

在新的国家形象中，地方的意义凸显出来，地方的人文化成、风土人情成为描绘国家面貌的核心。比如王应麟的《四明七观》，从山川形势、壮阔海景、丰饶海产、历代职守、历代名贤、学士闻人、理学大儒七个方面全方位展示四明一带的历史现实画卷，其描写重点集中在人文方面，详述了历史与当下的各色优秀人物，尤其是述及理学人士及学问家。储国秀的《宁海县赋》非常详尽地描绘了帝国海疆丰富的海产。对于一个以农业为主的社会而言，宁海丰富的海产正是它的特色所在，赋作还翔实记录了宁海文明开化的历程和孝悌节义以及诗文方面的杰出人物。

当时的辞赋重视描绘地方的民风政风。吴渊的《江东道院赋》形象地刻画出当时人们理想的社会图景和官风政风。赋曰：

> 观其棋布田畴，支分岸塍，平衍夷旷，曲直纵横，桑麻被野，穛麦连云。时雨少愆，有江潮以资其灌溉；涝水或降，有湖泊以泄其滔盈。是以时少旱涝，岁多丰登。奇秧绿水，喜霑足于夏种；黄鸡白酒，争庆贺于秋成。乃君其民，混然大朴。惟土物是爱，故能臧厥心；惟本业是崇，是以无末作。尽力畎亩，收功钱镈。艰贫以其勤苦，易足以其俭约。故有妇女平生未识于绮罗，亦有父老终身不入于城郭。衣食足故多知廉耻，习俗厚故罕事斗角。盖皞皞乎有羲皇太古之风，熙熙然有唐虞击壤之乐。于是有厌承明之入直，乞铜虎以典州。凡中朝之人士，多出守而来侯，皆得以逃其瘝旷而遂其优游。文如伯玉，可抒六经阁之思；诗如鲁直，堪成一窝柳之讴。尔乃夜已既而更杀，日将晡

而鼓搁,虽两衙其不废,纵数刻而已休。盖赋税输官而络绎,靡烦程督;讦讼造庭而希简,无可应酬。故治事之时每短,而退食之暇常遒。虽谓之邦伯郡守,实偶乎黄冠羽流。当其阶庭如水,囹圄鞠草,燕寝沉沉,铃阁杳杳,鸡鸣寂昼,鹊声阁晓,何以异于道流之清净而一尘之不到也!避堂舍盖,隐几对老,收视敛听,回光反照,虚室生白,内境火爝,何以异于道流之炼养而臻其玄妙也!华阳可巾,清香可烧,《离骚》可读,《周易》可校,南董京生,北窗梦觉,何以异于道流之萧散而寄其高傲也!着灵运屐,携山翁醥,临流赋诗,登高舒啸,炮落棋声,泉响琴调,何以异于道流之放旷而纵其吟眺也!

赋作所展示的淳朴民风和百姓祥和宁静的生活,正是帝国图景的一个缩影,在这里,人人安居乐业,丰衣足食;牧守垂拱而治,化成天下。这种为政理念表面上是清净无为,但并非绝圣弃智的御宇之术,而是在祥和宁静中包含着教化、感化的力量,它体现了人们普遍向往的生活状态和为政状态。其他如姚勉的《宜堂赋》、方岳的《秀锦楼赋》等对厅堂布设乃至官人一举一动均详尽描写,突出其恪尽职守、立身行事儒者风范,官人的言谈举止成为为政的一部分,甚至是主要部分,在儒家思想主导的南宋社会,官人不单是社会事业的组织者和执行者,更是感化庶民的君子,是布道者和人文楷模。傅自得的《丽谯赋》则由对谯楼的描写生发出为政理想和生活理想,展示出日出而作、日落而息的田园牧歌般的乡土生活画卷。

乡村形象是构成国家形象的基本要素之一,当时的辞赋真实地记录了帝国内部下层生活的面貌,胡次焱的《步瀛桥赋》

赞美其樵叟修桥的善举，张椝的《吊丛塚文》旌表乡人出资理葬野尸的善行，谢禹的《武安塔赋》叙写武安塔的重建过程以及开光时乡民欢庆的热闹场面。这种种图景像一幅幅风俗画卷一样，展示着南宋社会民间生活的方方面面。

家庭是人的基本归宿，它也进入了国家形象的构建当中。在传统中国，家庭是一个微型国家，儒家讲求轨物范世当从整齐门内做起，家庭的教化意义普遍受到重视，人们重视晏居乡处时的正心诚意，慎重持敬，朱熹等理学家倡导的观念已经深入人心，在洒扫应对之际涵养品德，把修身齐家延展到孝悌忠爱之义①，这些主张，被广大的读书人努力实践着。傅自得在《训畬堂赋》《味书阁赋》中描绘了家庭生活中课儿读书的场景，作者点明读书不是为了博取青紫，也不应把教子读书看作是"籝金"般的有丰厚回报的长线投资，而应该以涵养德性为目的。丁椿的《尊经阁赋》、王迈的《爱贤堂赋》、吴如愚的《勉学赋》、王柏的《宋文书院赋》、韩补的《紫阳山赋》、方岳的《白鹿洞后赋》、刘辰翁的《东桂堂赋》等，都在展示着一幅幅家庭生活的感人画面。诗礼传家已经成为人们普遍的生活信条，耕读生活成为人们陶冶性情、臻于人格完成的重要途径。胡次焱的《后山园赋》比较充分地描绘了耕读生活的境界，在赋中，他

① 正如生活在南宋后期的张世南所云："世南从三山故家，见朱文公一帖云：'讲明正学，其道必本乎人伦，明乎物理。其教自小学洒扫应对以往，修其孝悌忠信，周旋礼乐。其所以诱掖激励，渐磨成就之道，皆有节序。其要在于择善修身，至于化成天下；自乡人而可至于圣人之道。'先生教人，自致知至于知止诚意，至于平天下；洒扫应对，至于穷理尽性，循循有序。病世之学者，舍近而趋远，处下而窥高，所以轻自大，而卒无得也。"[（宋）张世南：《游宦纪闻》卷八，中华书局1997年版，第69页]

明确表示,生活就是体道,就是修炼:

> 万汇葳蕤,一理攸寓。所贵善学,在触其类。故观松萝而知夫妇之道,观棣华而知兄弟之谊。观向阳之葵而知所以为人臣,观南山之乔而知所以为人父。观葛藟而知睦亲族,观桑梓而知洽邻里。观伐木而知朋友之当亲,观葭莩而知亲戚之当比。观于竹而知坚刚之节,观于梅而知高孤之味。观兰茝而知幽闲之雅韵,观松柏而知炎凉之一致。观篱菊不飘而知逸约之得计,观萌蘖复生而知良心之当护。观采苓而知所以远谗谮,观伐檀而知所以去贪鄙。观芄兰而知所以锄骄矜,观木瓜而知所以隆报施。观梧槚樲棘而知贵贱去取之难,观蓬茅槐芷而知善恶渐染之易。观射干生于高山,而知植立贵于超人;观蒹葭老于白露,而知贫贱所以玉汝。观小草有远志,而知广狭在人所趋;观红杏与芙蓉,而知荣枯在时所遇。观于硕果而知造化之剥复,观于茅茹而知吾道之泰否。

这段文字把经学、文学中的比兴形象与乡居景物混融为一,要人们在生活中触目所见都与圣贤精神时刻保持一致,时时克己复礼,不断反省自我、约束自我。这就是耕读传家的精髓,它要把持敬修行正心诚意变成一种自觉,一种享受。优游田园啸傲湖山的生活被附丽上格物致知、修生养性的含义,闲居野处享受天伦之乐被赋予了修身齐家之意义。

由高宗时期转向内在的国家形象以崇尚和平、以德治国为主要特征,在以后的发展中,经由文化阶层的共同构建,它形成了一种焕发着和平、宁静、秩序的光辉的乡土中国的形象,沉潜而不张狂,厚重而不呆板,耕读传家、积善继世成了国家形象的底色,它体现着士大夫们臻于大道的生活愿景。

南宋初期国家形象在传统话语中所遭遇的窘境,其实是传统的中央大国的想象与现实之间的龃龉所致,辞赋创作对国家形象的认知,上承北宋时期之安详的盛世和神圣的国度的定位,下启耕读传家、风俗淳美的愿景。国家形象的转型,折射出南宋以来学术文化逐渐转向内在的发展轨迹。

牡丹梅花之地位升降与宋代政教精神的嬗变*

在中华文化象喻系统中，花卉一直占有重要位置，牡丹和梅花在众卉中拔出流品，地位尊崇。对牡丹的追崇盛于唐，在北宋的真宗、仁宗时期达到高峰。南宋以来，牡丹虽然仍地位尊贵①，但是在花卉象喻体系中已经逐渐褪去了光彩，代之而起的是梅花。梅花从宋初就引起人们的关注，南宋以来，随着文化重心的南移，南方触目所见的梅花遂成为人们寄托审美情感的最重要花卉。尤其是南宋中后期至元初，梅花象喻被不断塑造，逐渐成为华夏民族和华夏文化的象征。对于这两种花卉的文学书写，学界给予了相当的关注，但是对其在文化生活中地位升降的原因，则鲜有问津者。

对于牡丹与梅花地位的升降变迁，南宋的罗大经说过这样

---

* 本文原载于《济南大学学报》(社会科学版)2021 年第 4 期，系 2017 年国家社科基金重大项目“中国赋学编年史”(项目编号:17ZDA240)的系列成果之一。

① 如南宋末年成书的《全芳备祖》的编者陈景沂在该书序中说:“或曰:牡丹、芍药、海棠之无实无香，胡为而亦处其上? 答曰:此贵贵也。”[(宋)陈景沂编，(宋)祝穆订正，程杰、王三毛点校:《全芳备祖序》，浙江古籍出版社 2014 年版，第 4 页]

的话：

> （梅花）至六朝时，乃略有咏之者，及唐而吟咏滋多，至本朝，则诗与歌词连篇累牍，推为群芳之首，至恨《离骚》集众香草而不应遗梅。余观《三百五篇》，如桃、李、芍药、棠棣、兰之类，无不歌咏，如梅之清香玉色，迥出桃李之上，岂独取其材与实而遗其花哉！或者古之梅花，其色香之奇，未必如后世，亦未可知也。盖天地之气，腾降变易，不常其所，而物亦随之。故或昔有而今无，或昔无而今有，或昔庸凡而今瑰异，或昔瑰异而今庸凡，要皆难以一定言。……又如牡丹，自唐以前未有闻，至武后时，樵夫探山乃得之。国色天香，高掩群花。于是舒元舆为之赋，李太白为之诗，固已奇矣。至本朝，紫黄丹白，标目尤盛。至于近时，则翻腾百种，愈出愈奇。①

此说反映了此二花盛行的实际，但对当时主流话语中牡丹的旁落与梅花的兴起这一重要事实并没有进行深入的思索，他将之归于天地之气的“腾降变易”，这未免失之浮泛，“天地之气”当中，社会文化的因素不容忽视。由于这两种花卉具备了代表国家形象和社会价值观念的意义，因此，从处在社会文化核心地位的政教精神的嬗变来考察它们地位的升降轮替，当有所创获。

---

① （宋）罗大经：《鹤林玉露》丙编卷四“物产不常”条，中华书局1983年版，第299页。

一、何为政教

从宋代起,儒学已成为意识形态领域的既定权威,大宋这样的儒教国家,意识形态塑造着权力,皇权与士大夫关于国家治理和教化生民的思想互动,塑造着国家权力的品格,进而影响到社会文化的特征。因此,牡丹、梅花这样在主流话语中占据重要地位的花卉象喻,其地位的升降与意识形态之间,是存在着一定的因果联系的。

意识形态是与一定社会的经济和政治直接相联系的观念、观点、概念的总和,是统治阶级对所有社会成员提出的一组概念。在传统中国,是否存在与"意识形态"相近的概念呢? 刘子健先生曾指出,古代的"政教"与现代词语"意识形态"相近。[①] 那么,究竟何为"政教"? 它在古代的国家治理和政治生活中是否担当着"意识形态"的作用呢?

"政教"这个词组最早出现在《逸周书 · 本典》中:"今朕不知明德所则,政教所行。"[②]这里的政,指政治,具体点说就是刑赏,泛指一切权力措施,教者,效也,指教化,通过在上的修己立诚以为生民作则,使生民效仿,以达到教育感化生民的目的。因此,这是一个联合词组,《史记 · 老子韩非列传》中的"内修

① 参见刘子健:《中国转向内在:两宋之际的文化转向》,凤凰出版社 2012 年版,第 35—36 页。

② 朱右曾校释:《逸周书集训校释 · 本典》,商务印书馆 1937 年版,第 105 页。

政教,外应诸侯”[①],应当也是这个含义。儒家的为政理念是把匡风济俗放在首位的,希望通过对生民的教育感化,使政治达到“无为而治”的状态。[②] 因此,在努力将王道之治落实到现实当中的宋代,政教的含义更偏重于“教”,即上所施下所效的含义,其为政的初衷、施政的举措等,作为王者仁心和王道精神的体现,为民众了解其用心,感受其仁德,效法其仁心。可以说,为政的目的也是在“教”,在于仁心远播而四海归心。从这个意义上讲,“政教”又是个偏义复词,指为政之教。

宋代的政教主要是指为政之教,范仲淹在《上执政书》中说:“今天下久平,修理政教,制作礼乐,以防微杜渐者,道也。”[③]从文意看,能够防微杜渐的举措,在古人看来主要是教化,因此,政教与礼乐对举,具有教化百姓之义,而范氏所云之“道”,就是儒教之王道,其遵旨是以礼乐精神来教化百姓(以一定的意识形态统一思想)以达太平。他在《推委臣下论》中也说:“夫执持典礼,修举政教,均和法令,调理风俗,内养万民,外抚四夷,师表百僚,经纬百事,此宰辅之职也。”[④]指的就是宰辅之职负有对“政教”的“修举”之责,修举是推行的意思,以其修饰教化当恰如其分。欧阳修说得相当明白,他说:

---

① (汉)司马迁:《史记》卷六十三《老子韩非列传》,中华书局1982年版,第1903页。

② 参见刘培:《人文化成:南宋中后期辞赋创作中地方意识的凸显》,《清华大学学报》(哲学社会科学版)2018年第6期。

③ (宋)范仲淹:《上执政书》,《全宋文》第18册,上海辞书出版社、安徽教育出版社2006年版,第275页。以下省出版者、出版时间。

④ (宋)范仲淹:《推委臣下论》,《全宋文》第18册,第412页。

《易》六十四卦不言性,其言者动静得失吉凶之常理也;《春秋》二百四十二年不言性,其言者善恶是非之实录也;《诗》三百五篇不言性,其言者政教兴衰之美刺也;《书》五十九篇不言性,其言者尧、舜、三代之治乱也;《礼》《乐》之书虽不完,而杂出于诸儒之记,然其大要,治国修身之法也。①

这里的政教,就是以教化为核心的为政之道,它含蕴于《诗》的美刺之中,表现为上以风化下、下以风刺上,是由修身及治国,故曰"然其大要,治国修身之法也"。王安石在《首善自京师赋》中写道:"古之圣人,君有天下,治远于近,制众以寡。不用文何以修饰政教,非设校何以崇明儒雅? 乃建左学,率先诸夏。在郊立制,系一人之本焉;养士兴仁,形四方之风也。"②将政教视为"文"的范畴,也就是以一定的方式修饰以取得教化生民的实际效果。朱熹说:"及周之衰,贤圣之君不作,学校之政不修,教化陵夷,风俗颓败。时则有若孔子之圣,而不得君师之位以行其政教,于是独取先王之法,诵而传之,以诏后世。"③说的也是以教化为首务的上下互动的为政之道。

政教在宋代由于是指向为政的基本出发点,它关乎政权能否奉天牧民,能否体现上天的仁厚之德,因此它是为政的本务。富弼《论武举武学奏》中说:

① (宋)欧阳修:《答李诩第二书》,《全宋文》第 33 册,第 54—55 页。
② (宋)王安石:《首善自京师赋》,《全宋文》第 63 册,第 4 页。
③ (宋)朱熹:《大学章句序》,《全宋文》第 250 册,第 343 页。

政教宣达，民心和乐，天时丰茂，国用充实，则奸雄不得志，于是蓄锐而退，或在畎亩，或在商贾，或在戎卒，或入仕宦，或薄游四方。政教亏损，民心离贰，天时凶杀，国用蹙乏，则奸雄得志，乘衅而动，出农贾，奋戎卒，弃仕宦，起薄游，横戈一呼，群怨啸聚，陵斥郡邑，摇乱区夏，小则有割据之患，大则致倾亡之祸。①

可见政教在国家政治生活中的重要意义。宋仁宗的《试贤良方正能直言极谏吴奎制策》就说："朕祗畏天明，以临万宇，陟降在上，日监在兹。至于礼乐政教，刑辟威狱，罔弗是宪，以起大治。"②政教与礼乐并举，可见其作为为政之本的地位。宋仁宗在《试贤良方正能直言极谏太学博士钱彦远制策》中也说："且二帝三王之遗则，淳仁厚义之余泽，丕隆至治，总集大和者，是必举之有纲，而导之有源尔。若夫王者政教，上通于阴阳，何以使黎民厚生，无饥馑札瘥之困？贤人履行，下系于风俗，何以使众士修正，无矜沽险伪之巧？"③政教体现上天之德，故而"上通于阴阳"。政教关乎国运，天降灾异，则被认为是上苍的谴告。宋太宗在至道元年正月戊申朔的《改至道元年在京降流罪以下德音》中说："夙兴夜寐，罔敢荒宁，未尝发一念不先于黎元，举一事不先于政教，庶修人纪，用答天工。近岁以来，荐逢灾厉，蜀土暴兴于狂孽，齐民颇匮于仓箱，予心浩然，罔

① （宋）富弼：《论武举武学奏》，《全宋文》第28册，第268页。

② 《试贤良方正能直言极谏吴奎制策》，《全宋文》第45册，第214页。

③ 《试贤良方正能直言极谏太学博士钱彦远制策》，《全宋文》第45册，第167页。

知攸济。”①将政教与黎元置于政事之先，但仍有灾异降临，可见是王者德之不厚所致。宋太宗端拱二年(989)八月丙辰《彗星见赦》诏书中也说：“然而涉道犹浅，烛理未明，诚不动天，信未及物，刑罚有所未当，政教有所未均。天道无言，星文有变，仰观垂象，深用咎心。缅思罪己之言，方切在予之责，庶几惕惧，闻达高明。”②因彗星现而联想到自己的“刑罚有所未当，政教有所未均”，“刑罚”是政，政教就偏重于教化的含义了。宋仁宗在皇祐六年三月庚辰的《日食正阳改皇祐六年为至和元年德音》中说：“太史上言，豫陈薄蚀之灾，近在正阳之朔，经典所忌，阴慝是嫌。寻灾异之攸兴，缘政教之所起。永思厥咎，在予一人。德不能绥，理有未烛，赏罚失序，听纳不明。”③就是说，灾异之攸兴，缘于政教之所起，是政教不明所致。与灾异相对，祥瑞出现，当也是政教修明的表征了。夏竦在《大中祥符颂》中写道：“《大中》三篇，其则不然。宛有章句，政教出焉。天作之，天述之，授我皇帝，以七六籍，以锡明命，为万世法。”④《大中》之篇寓含政教之旨归，是“天作之，天述之，授我皇帝”的神圣之作。夏竦的《河清赋》也说：“天地清而阴阳既序，边鄙清而干戈不试，政教清而无远弗怀，刑罚清而有生咸遂。道德为休而神灵幽赞，仁义为祥而富寿攸暨，礼乐为符而上下昭

---

① 《改至道元年在京降流罪以下德音》，《全宋文》第 4 册，第 363 页。

② 《彗星见赦》，《全宋文》第 4 册，第 242 页。

③ 《日食正阳改皇祐六年为至和元年德音》，《全宋文》第 45 册，第 319 页。

④ （宋）夏竦：《大中祥符颂》，《全宋文》第 17 册，第 202 页。

假,贤材为瑞而中外允洽。”[①]政教清明则远近归心,故而黄河变清以呈祥瑞,昭示天下太平。

在儒家的为政之道中,政教是为政首务,那么,如果说教化的内容如儒家宣扬的淳风厚俗人伦之类,那就太浮泛了,也就是说,以什么样的内容来淳风厚俗,是随着“政”的改变而变化的,政教的精神应该是一个随着政治生活诸多因素的变动而不断修正、更新、调整、嬗变的。王安石在《取材》中指出:“所谓文吏者,不徒苟尚文辞而已,必也通古今,习礼法,天文人事,政教更张,然后施之职事,则以详平政体,有大议论,使以古今参之是也。”[②]其中的“政教更张”,就是指教化随着政治不断变动的特点。周必大在《东宫故事十五首》中也说:“某闻治天下有本有末。朝廷者本也,边郡者末也。诚使朝廷之上政教修明,赏罚公平,则将帅何敢不宣力?”[③]治天下根本的朝廷其要对政教“修明”,也就是不断“更张”,随时治宜。

由上所述我们发现,这个不断向生民所施行的教化,就是要使臣民与政权的治国理念不断地合拍,王者的以风化下,就是统一思想,与林林总总的国家行政性事务相比,思想上的一统是统治的基石,对于王者来说当然是为政的首务,因此,政教就是朝廷对所有社会成员灌输的有利于治理的理念,其作用接近于现在的“意识形态”。帝王之学,就是要通过意识形态,即“政教”来实现思想上的大一统,从而巩固统治基础。在两宋时期,其政教的内容是在不断变化的,政教精神之旨归,亦随之

① (宋)夏竦:《河清赋》,《全宋文》第16册,第264页。

② (宋)王安石:《取材》,《全宋文》第65册,第7页。

③ (宋)周必大:《东宫故事十五首(七月二十五日)》,《全宋文》第231册,第194页。

变动，这深刻塑造着宋代的社会文化精神和审美理想，牡丹与梅花的形象与之有着至为密切的联系，它们地位的变化也折射着政教精神的嬗变。

二、盛世之黼黻与和民同乐：牡丹形象与北宋时期的政教精神

宋初，当林和靖唱出关于梅花韵致的疏影横斜、暗香浮动的千古名句的时候，人们或许只是赞叹化腐朽为神奇的新巧和梅妻鹤子的高雅，梅花在众卉中的地位并没有发生质的变化，它在当时是不能与牡丹同日而语的，北宋时期冠于群芳的是天香国色的牡丹。

牡丹的赏玩和人工栽培始于隋唐时期，陈寅恪先生指出："此花于高宗武后之时，始自汾晋移植于京师。当开元天宝之世，犹为珍品。至贞元元和之际，遂成都下之盛玩。此后乃弥漫于士庶之家矣。李肇《国史补》之作成，约在文宗大和时。其所谓'京师贵游尚牡丹三十余年矣'云者，自大和上溯三十年余年，适在德宗贞元朝。"①这一说法具有一定的代表性。学界普遍倾向于牡丹玩赏是由宫廷波及民间，因此一开始就和皇家联系在一起，甚至成为皇家的象征。宋开国以来，尤其是到了真、仁时期，皇室通过赏花钓鱼宴等活动和贡花制度以及组织大型赏花活动如万花会等，使牡丹与之结合得更为紧密。这

① 陈寅恪：《元白诗笺证稿·牡丹芳》，商务印书馆 2015 年版，第 245 页。

方面许多学者做过深入研究，本文不再赘述，但值得我们深思的问题是，通过这些活动，牡丹形象在当时的主流话语中，其内涵是否获得了进一步的丰富。

与文臣共治天下、与天下人共享太平是大宋对子民的庄严承诺。在皇权与士大夫的互动之下，宋初的政教精神向着忠君爱君与规范皇权的方向发展①，太平盛世的愿景成了政教精神的主要内容，在经历晚唐五代近百年的动荡后，这一愿景既顺应了的民意，同时也满足了各方的政治诉求。一方面它凸显着皇权的神圣性和合法性，另一方面它体现着士大夫对皇权约束与规范的愿望，因为只有君王行王道才是天下致太平的保证，这是中唐以后思想界形成的共识。正如许多论者指出的那样，从大量的当时歌咏牡丹的诗文中可以看出，与当时的政教精神相联系，宋初的牡丹形象在凸显皇家尊贵的同时，体现着太平盛世的愿景，其作为太平嘉瑞、治世黼黻的内容得到加强。

正如一些论者所言，宋初的歌咏牡丹文学作品除了赞美皇家之外还充斥着歌颂太平盛世的内容，尤其是那些赏花钓鱼宴等活动的应制之作。其实，这反映出当时的意识形态对牡丹形象的塑造，宋初的盛世氛围与牡丹富丽华赡、雍容华贵的风范具有某种共性的气质存在，与优游不迫、纵逸闲雅、细腻深婉为感情基调的治平心态深相契合。在对牡丹的欣赏中，人们玩味着大宋带来的和平生活和自己内心的和谐、悠闲、舒展与旖旎多姿，这是处身治世所养成的一种娴雅的气度，更是太平盛世

---

① 刘培：《宋初学术思想与皇权专制的互动——辞赋创作视野下的重用文臣与道德重建》，《南京大学学报》（哲学社会科学版）2015 年第 1 期。

的国家所焕发出的精神面貌。这种风采韵致，人们在牡丹的欣赏中找到了寄托，因此，牡丹形象在当时不仅是尊贵皇家的象征，更是治世之黼黻，是政教精神所塑造的国家与士大夫精神面貌的体现。

"好为太平图绝瑞，却愁难下彩毫端"①，牡丹形象是太平盛世的瑞兆，它凝结着皇权与国家昌盛的气象与面貌，凝结着处身治世的士大夫的精神风范，是当时政教精神的具象化呈现。宋初所着力提倡的尊君爱君，其立足点乃是大宋君王躬行王道、顺兆民而致太平，也就是说，牡丹从唐代以来作为皇室的象征被提升为太平之嘉瑞，它混融了尊贵皇家与盛世图景。皇家的富贵与天下太平其实是不一致的，在宋初的政教精神的语境中，皇权如何做到内圣外王、如何承道统以开太平是重要的命题，也是文学着力探讨和表现的主题，独乐与众乐、仁政与暴政等内容为有识之士所不断歌咏。② 在经历了近百年的王纲解纽群雄逐鹿生灵涂炭之后，士人希望建立起一种机制和思想体系以确保天下的秩序，避免重蹈唐末的覆辙，以开万世不替之太平。因此，在歌咏牡丹的作品中，盛世的宣扬与其说是对皇家的赞美，不如说是对皇权的期许与诱导。这方面的作品中，仁宗前期的两篇牡丹赋颇值得注意。宋祁的《上苑牡丹赋》因内苑出牡丹三种，特异常卉，"其一，双头并干；其二，千叶一房；其三，二花攒萼"而作。当时刘太后秉政，这些异样的牡丹被认为是仁宗与太后理政和谐、天下太平的瑞兆。这篇赋

① （宋）强至：《题姚氏三头牡丹》，傅璇琮等主编，北京大学古文献研究所编：《全宋诗》第 10 册，北京大学出版社 1995 年版，第 6996 页。为行文方便，如引此书，只注书名和页码。

② 参见刘培：《论宋初的颂美讽喻赋》，《文史哲》2004 年第 6 期。

序中这样写道："良以天瑞来，皇襟豫；物宜遂，颂声作。其《崇丘》《行苇》之比乎，都荔桂华之俦乎！"《崇丘》是亡逸的《诗经》"笙诗"六首之一，束皙在补亡这一首中写道：

瞻彼崇丘，其林蔼蔼。植物斯高，动类斯大。周风既洽，王猷允泰。漫漫方舆，回回洪覆。何类不繁，何生不茂。物极其性，人永其寿。恢恢大圆，芒芒九壤。资生仰化，于何不养。人无道夭，物极则长。①

赋序中点出《崇丘》，是在暗示大宋广播仁风，动植咸被，天下和乐。赋序中点出《行苇》也是在赞美大宋的忠厚爱民的仁德。《毛诗序》云："《行苇》，忠厚也。周家忠厚，仁及草木，故能内睦九族，外尊事黄耇，养老乞言，以成其福禄焉。"②文中的"都荔桂华"是说内苑所开的异样牡丹具有神圣性，《汉书·礼乐志》："都荔遂芳，窅窊桂华。"颜师古注："此言都良薜荔俱有芬芳，桂华之形窅窊然也。皆谓神宫所有耳。"③宋祁这样的表述就使牡丹具有了象征皇家躬行仁政以致太平的意义。这篇赋从德行的角度看待牡丹栽培的历史，强调了牡丹在象征皇室之德行方面的意义，赋曰：

盖神明其德，故隐显从时。昔也始来，由皇唐之缀赏；

---

① （西晋）束皙：《补亡诗·崇丘》，（梁）萧统编，（唐）李善注：《文选》，上海古籍出版社1986年版，第908—909页。

② 《毛诗注疏·行苇》，商务印书馆1935年版，第1471页。

③ （汉）班固撰，（唐）颜师古注：《汉书》卷二十二《礼乐志》，中华书局1962年版，第1049页。

> 今而荐瑞，徯我宋之重熙。徒观夫强干深根，交柯委质，腻理内滋，夸容横出。材无用兮，不敢美于匠目；子非甘兮，不见伤于口实。怀香馥郁，结荫葱密。让众卉之先荣，灿灵华而后出。

牡丹在唐时始为众瞩目，在众卉之后独芳，这就像大宋应时而出以王天下，其强干深根，象征着大宋深得民心，其“材无用”“子非甘”象征着皇家有谦让之德，宅心仁厚，不被物议。赋作强调牡丹超出众卉，意在彰显皇室的尊贵，赋中写道：“彼芍药萱草之凡材，秾李摽梅之俗物，杜若骚人，兰香燕姞。曾不得齿其徒隶，况与之论其甲乙哉！”这些在诗骚中出现的香草美卉，不得与牡丹论其甲乙，正如赵宋皇家位居亿兆之上。赋中点题曰：

> 双头者，两宫之应，同德之象，馨香升闻，亿兆攸仰；千叶者，卜年之数，永命所基，宜尔子孙，以大本支；三花者，品物盛多，黎庶蕃庑，德宇宏被，恩腴周普。……上方执冲德，合鸿猷，特以人瑞为应，不以物瑞为尤。则是花也，聊可玩于耳目，故虽休而勿休。①

此三种异样牡丹的出现正是两宫同德、政清人和、普天咸乐之瑞兆，作者同时告诫君王，应以天下苍生的拥戴（“人瑞”）为念，而不在意于奇异动植的“天瑞”。夏竦的《景灵宫双头牡丹赋》是因供奉真宗影像的景灵宫生双头牡丹而应制所作。赋

① （宋）宋祁：《上苑牡丹赋》，《全宋文》第23册，第92—93页。

序中指出此花乃两宫修德牧民、上下和谐之兆：

> 臣窃考旧闻，仰迪阴骘，天意若曰：太后以至慈保右嗣圣，皇帝以至孝恭顺母仪。总决万几，大康兆庶。真祖降鉴，先圣在天。乐兹重熙，锡以嘉瑞。二花并发者，两宫修德，同膺福祉之象也；双枝合干者，两宫共治，永安宗社之符也。

赋作以华美之辞赞美牡丹以颂美皇室，结穴于“表两宫之睿圣，共一德以隆兴。实诒谋之燕翼，固道荫之章明”①，将牡丹之瑞兆与皇室之德行结合在一起。

这两篇赋都是应制之作，充满着对皇室的谀美之词，但其对当政者德行的强调颇值得我们注意。宋祁赋表现出的重人瑞而轻物瑞的思想正与当时重视内圣外王的为政理念相呼应，夏竦赋则强调两宫德佩天人，也是在附和道优于势的政教精神。需要指出的是，宋初的文学，歌颂文学占了很大比重，北宋开国以来主流话语一直在营造太平气象，歌颂皇德浩荡、表现处身太平之世的愉悦成了文学的主调，昆体诗，柳永、晏殊的词，或遣愁怀，或咏盛世，均流露着雍容闲雅的情绪，传达着盛世之音。黄裳在《书乐章集后》曰：“呜呼，太平气象，柳能一写于乐章，所谓词人盛世之黼藻，岂可废耶！”②《四库全书总目提要》评刘、杨诸人的创作说：“大致宗法李商隐，而时际升平，春

① （宋）夏竦：《景灵宫双头牡丹赋》，《全宋文》第16册，第265页。

② （宋）黄裳：《书乐章集后》，《演山集》卷三十五，《景印文渊阁四库全书》第1120册，（台北）台湾商务印书馆1986年版，第239—240页。

容典赡，无唐末五代衰飒之气。”①歌咏牡丹的文学创作在宣扬皇德、展现治平心态方面具有独特的优势。不仅这两篇应制赋作，而且当时牡丹题材的作品大多是这样的内容和格调。我们知道，歌颂文学的兴盛往往与专制的程度有着因果联系，在专制程度加强的时期，文人们往往没有不唱颂歌的权利，不得不随着统治者的棍棒起舞。但是宋初的情形有些特别，此时的歌颂文学不能简单地视为曲学阿世、溢美逢迎，其在宣上德以尽忠孝的同时，融入了以王道仁政诱导帝王的成分，融入了久违的太平生活降临人间的欢欣愉悦与优游不迫。牡丹文学所表现的，就是这样的情感和情境。这种歌颂，是在帝王与文臣共治、与天下人共享太平的治国方略鼓舞下，由心底发出的赞歌，是在颂皇德，更是在赞美生活，当时士人群体的人格是较为完整和独立的，这与那些匍匐在强权之下，表现无限雌伏、无限柔顺的颂歌有着本质区别，因此，牡丹形象表现出的庄重典雅、艳丽端庄的气度，正体现着当时意识形态的总体风貌。

牡丹形象沟通了皇家的尊贵与德行的高尚，勾连其皇德与太平盛世。这种联系，不仅仅是文人的献媚邀宠，也是对皇权的期望与引导，这种期望与引导，只有得到皇权的呼应，上下咸与，才不致流于装点门面的空言。宋初太祖、太宗、真宗三朝奠定了大宋政治的基本格局，为政者努力与士大夫的期许相向而行，践行着与士大夫共治天下的诺言，向着仁政的道路积极迈进。在王朝的政治设计中，士大夫享有较为充分的话语权和话语空间，道势之争成为政治生活中的重要聚焦点，皇权与士权

---

① 《四库全书总目》卷一百五十二《〈武夷新集〉提要》，中华书局1956年版，第1307页。

获得了某种微妙的平衡。士大夫们对于偏逸正常统治轨道高度警觉，普遍具有着强烈的历史责任感。同时，他们对本朝的治国理想境界和君王的治国理政智慧有着相当的成就感和自豪感。为了使王朝政治依靠一代代帝王的接力，始终行进在仁道的达途上，士大夫们高扬儒家道统，对帝王的引导和规范始终是政治生活的重要内容之一。他们还通过《宝训》《圣政》等来改塑先帝，尽心尽力地将以往的帝王向着理想状态拉近，建构起符合儒学理想的、可以垂范后世的"祖宗"形象，以为后代帝王作则。应该说，大宋是最具儒家王道色彩的一代王朝，宋初政教精神的核心所在，就是塑造君王的内圣外王之资以兴太平。因此，我们看到，在牡丹形象中，寄寓着皇权的尊贵与德行高尚这样的内容，牡丹雍容典雅的韵致被突出强化，这扣合了符合儒家王道规范的圣王形象，也扣合圣王治下的太平盛世的气质风范。

内圣外王的一个重要的思想就是皇权的尊贵并不是因其所处位置之尊显，而是因其贤能的德行能够为天下作则，堪为帝王，能够与民同乐，而非独乐。因此，在牡丹形象的塑造中，宫花变而为万民喜爱之花，皇家尊贵色彩被淡化了，与民同乐共享太平的意义得到彰显。牡丹游赏在宋代由宫廷御苑走向民间，牡丹种植由洛阳一地走向全国各地，由权贵生活的点缀变成全民性的游赏活动，这本身就极具象征意义，它象征着帝王与民同乐、共肇太平的治国理念。欧阳修是确立洛阳牡丹身份的重要推动者之一，他的《洛阳牡丹记》在牡丹文化史上有着重要的地位。他的修撰，不应该简单地视为单纯的文学或园艺史的撰著行为，而应视为一次政治文化事件，其所寄寓的，就是淡化皇权尊贵而突出与民同乐的思想。该书除了详述牡丹

品种等外,其中透露的思想又可注意,他说:

> 说者多言洛阳于三河间,古善地,昔周公以尺寸考日出没,测知寒暑风雨乖与顺于此,此盖天地之中,草木之华得中气之和者多,故独与他方异。予甚以为不然。夫洛阳于周所有之土,四方入贡,道里均,乃九州之中;在天地昆仑旁薄之间,未必中也。又况天地之和气,宜遍被四方上下,不宜限其中以自私。夫中与和者,有常之气,其推于物也,亦宜为有常之形,物之常者,不甚美亦不甚恶。及元气之病也,美恶鬲并而不相和入,故物有极美与极恶者,皆得于气之偏也。花之钟其美,与夫瘿木拥肿之钟其恶,丑好虽异,而得分气之偏病则均。洛阳城圆数十里,而诸县之花莫及城中者,出其境则不可植焉,岂又偏气之美者独聚此数十里之地乎?此又天地之大,不可考也已。凡物不常有而为害乎人者曰灾,不常有而徒可怪骇不为害者曰妖,语曰:"天反时为灾,地反物为妖。"此亦草木之妖而万物之一怪也。然比夫瘿木拥肿者,窃独钟其美而见幸于人焉。①

欧阳修否定了牡丹因处地势之中而尊贵的看法,认为牡丹乃天地中和之气所钟,遍地可以生长,至于城中之花美于四郊之花,他直言"不可考也",不做深究,因为他强调的是牡丹所代表的"有常之气",天地中和之气不偏不倚,过犹不及,过则为丑,为妖;在传统儒家看来,为政之要亦在于"中与和",在于履道而

① (宋)欧阳修:《洛阳牡丹记》,《全宋文》第35册,第167—168页。

行。这样他就对牡丹的内涵作了一种新的诠释，它与王道相通，是圣王兴而大道行、与民同乐共享太平的象征。因此，我们看到，歌咏牡丹的作品所表现的举国如狂、万民愉悦的游赏情绪，与其说是出于对牡丹的喜爱，不如说是躬逢盛世的欣喜，与其说是赞美当政，不如说是对当道者的殷殷期许与谆谆告诫。欧阳修对牡丹尊贵身份的祛魅，是为了淡化皇家的尊贵神圣色彩，借以强调牡丹在行王道之政方面的象征意义。牡丹的无实，在歌颂文学中会被解读为帝王的谦虚之德，欧阳修则是这样论说的："牡丹花之绝，而无甘实；荔枝果之绝，而非名花。昔乐天有感于二物矣，是孰尸其赋予邪？然斯二者惟一不兼万物之美，故各得极其精，此于造化不可知，而推之至理，宜如此也。"①就是说，牡丹作为一种花卉，如万物一样，不可能完美，此造化使然。这就把牡丹与万物等而视之。

在劝诱皇权躬行王道的同时，士大夫文人也以优游闲雅、细腻深婉的治平心态来回应大宋带来的安定和祥和，以细美幽微的心境来体味生活的韵味。因此，牡丹文学当中有许多寄寓闲情逸致和人生感悟的作品，这同样是以太平盛世愿景为主要内容的政教精神的具象化呈现。在这方面，邵雍的创作颇具代表性。在他笔下，牡丹已经褪去富贵荣华的色彩，而是处身太平盛世的细腻深婉心境的见证。这种心境可以是那种击壤于途的率真陶然的乐趣，如他在《南园赏花》中写道：

三月初三花正开，闲同亲旧上春台。
寻常不醉此时醉，更醉犹能举大杯。

---

① (宋)欧阳修:《书荔枝谱后》,《全宋文》第34册,第89页。

花前把酒花前醉，醉把花枝仍自歌。
花见白头人莫笑，白头人见好花多。①

只有处身盛世，才有这样的闲逸之情去把酒对花，自我揶揄，流露出白头而轻佻的情绪。又如他的《惜芳菲》：

细算人间千万事，皆输花底共开颜。
芳菲大率一春内，烂漫都无十日间。
亦恐忧愁为龃龉，更防风雨作艰难。
莫教此后成遗恨，把火樽前尚可攀。②

人生苦短，花开之时更为短暂，举火对花满引大白，怡然而乐与时光易逝的感慨跃然纸上，这不正是对当下生活满足与珍惜之情的自然流露吗！他在《对花饮》中写道：

人言物外有烟霞，物外烟霞岂足夸。
若用校量为乐事，但无忧挠是仙家。
百年光景留难住，十日芳菲去莫遮。
对酒无花非负酒，对花无酒是亏花。③

面对美花美景与美好的时光，他体会到时光难留，美好的时光更为易逝，只有珍惜当下，对酒赏花才不会辜负韶光。这种珍

① （宋）邵雍：《南园赏花》，《全宋诗》第7册，第4526页。
② （宋）邵雍：《惜芳菲》，《全宋诗》第7册，第4483页。
③ （宋）邵雍：《对花饮》，《全宋诗》第7册，第4516页。

惜当下的情绪在他的许多牡丹诗中都有流露,比如《春阴》云“花能五七日,月止十二圆”①,《嘱花吟》云“花无十日盛,人有百年期”②,等等。这种心境还可以表现为对人生、历史的诗性感悟,这种感悟与阅尽沧桑的感悟不同,它没有那种备历辛酸的厚重感和穿透力,这是一种以悠然深细的心境去体会时光流逝人事代变的超越感,是无可奈何花落去的闲逸与洒脱。如他《落花长吟》以牡丹为媒介,将花开花落与人时代变结合起来写,悟出“奈何时既往,到了事难重。开谢形相戾,兴衰理一同”③的道理,这种盛衰轮替的感悟其实是咏史作品的老调,对着天香国色的牡丹生发出这样不痛不痒的情绪与感悟,只有身心通泰才能做到。又如他的《独赏牡丹》:

赏花全易识花难,善识花人独倚栏。
雨露功中观造化,神仙品里定容颜。
寻常止可言时尚,奇绝方名出世间。
赋分也须知不浅,算来消得一生闲。④

以识花人的眼光体味牡丹所蕴含的妙不可言的哲理,以及《善赏花吟》中以偈语的形式翻来覆去地言说“人不善赏花,只爱花之貌。人或善赏花,只爱花之妙。花貌在颜色,颜色人可效。花妙在精神,精神人莫造”⑤的故作高深,其实都是一种意静体

① (宋)邵雍:《春阴》,《全宋诗》第7册,第4550页。
② (宋)邵雍:《嘱花吟》,《全宋诗》第7册,第4551页。
③ (宋)邵雍:《落花长吟》,《全宋诗》第7册,第4506页。
④ (宋)邵雍:《独赏牡丹》,《全宋诗》第7册,第4526页。
⑤ (宋)邵雍:《善赏花吟》,《全宋诗》第7册,第4559页

闲式的小感悟、小哲理。这样不太高深的小感悟在邵雍的牡丹诗中不少，比如“造化从来不负人，万般红紫见天真。满城车马空撩乱，未必逢春便得春”①，“一般颜色一般香，香是天香色异常。真宰功夫精妙处，非容人意可思量”②，等等。在当时，一介草民的邵雍审时度势，把自己设定为太平盛世的一位见证人，那位鼓腹而游、击壤于途的长者，那位唱着“帝力于我何有哉”的农人，不用说，他对自己的形象设定是相当成功的。邵雍牡丹诗虽然没有直接歌咏太平，却是在展示太平心境，展示处身太平盛世的种种情态意绪，展示作为一个羲皇上人该有的心境和情绪，这种创作倾向在当时是具有一定代表性的，它同样反映着追求太平盛世愿景的政教精神的深刻影响与塑造。

三、牡丹梅花的地位消长与两宋之际政教精神的陵替

宋初以来对牡丹的塑造其实是一个祛魅的过程，在追求太平盛世愿景的政教精神的引导下，它由尊贵皇家和富贵生活的象征变而为太平之祥瑞、治世之黼黻，进而为皇权与兆民共享太平的一种标志和象喻，附丽于其上的神秘色彩逐渐被淡化。但作为一种文化习尚，牡丹已经积淀成民族审美文化的一部分，它会持久地留存于社会文化生活当中，但在主流话语中，它

① （宋）邵雍：《和张子望洛城观花》，《全宋诗》第7册，第4509页。
② （宋）邵雍：《牡丹吟》，《全宋诗》第7册，第4667页。

的隐显会随着意识形态的变化而改变。宋仁宗亲政以后锐意革新,倡务实之风而抑浮虚之文,政教精神也随着发生改变,经世致用、割除弊政成为其核心内容,太平盛世的歌颂渐趋消沉,代之以以天下为己任的忧患意识和对气节的崇尚。与这种改变相联系,那种以表现治平心态为主要内容的文风,比如西昆体文学,受到了严厉的批判,牡丹作为盛世文化的一个组成部分,其在主流话语中的地位受到挑战。

第一,牡丹象喻随着意识形态的改变而受到的挑战是其盛世黼黻的色彩趋于暗淡,人们不再渲染其凝结着的太平盛世的美好愿望,而更愿意单纯地视其为一种美丽的花。这方面生活于两宋之际的苏籀的《牡丹赋》很有代表性。赋作沿用花卉书写的格套,将牡丹描绘为姿态万千的神女:

> 挥琼尺以裁绡,缕金钿而镂衣。妆未了而半就,情欲吐而犹疑。发精神于雨露,借光气于虹霓。凤刿羽而初下,鹤敛翅而未飞。如误入于金谷,似迩沿于芗溪。候晨光而洁鲜,怯午景而低徊。初含喜以浓笑,忽微怒而自持。缭以画阑,障以罗帏。暗淡月采,空蒙烟霏。

这段对牡丹的色彩、动态、风韵等的描写较为平庸,多是展示其风姿常见的辞藻。赋中还以平实的语调写道:

> 有美一人,艳无等夷。缥缈金菊之裳,娟婵蛾绿之眉。若夫紫殿龙楼,金台彤池。封黄蜡以入贡,乘汗血而绝驰。天颜一解,四海光辉。念其向日,远过蜀葵。太平佳瑞,许配灵芝。至于箕、颍之间,林下水湄。哗乎

满目，野夫所窥。[①]

牡丹艳丽无双，曾作为"贡花"处身紫宸，也曾和灵芝一样被视为祥瑞，更为大众所喜爱。这篇较为平庸的赋作代表了牡丹文学的一种倾向，就是它与太平盛世的愿景脱钩而还被原为一种普通的花卉。李纲在《荔支后赋》中就指出牡丹的特点是"天下之至色"："洛阳牡丹，百卉之王。鹤白鞓红，魏紫姚黄。嫣然国色，郁乎天香。艳玉栏之流霞，列锦幄之明釭。价重千金，冠乎椒房。此亦天下之至色也。"[②]徽宗时期虽然以"丰亨豫大"为政教之主旨，王朝被视为亘古未有之"天国"，皇帝被视为降临人间的神人，对太平的歌颂因而近乎癫狂，但是除了徽宗的几幅画和几首诗歌外，我们很难见到其他视牡丹为盛世黼黻的作品。

第二，把牡丹的艳丽解读为华而不实、哗众取宠，借此以寄寓对世道人心的反思和批判。苏轼在《牡丹记叙》中说过这样一段话："盖此花见重于世三百余年，穷妖极丽，以擅天下之观美，而近岁尤复变态百出，务为新奇以追逐时好者，不可胜纪。此草木之智巧便佞者也。"[③]这段文字对牡丹是相当不恭了，"穷妖极丽"是说牡丹极尽华艳美丽，但是这个词组更倾向于表现那种过度、过分、变态的美，是含有贬义的一种说法，比如刘辰翁在《吉水县修学记》中就说民间信仰当中的斋宫之类建筑过分艳丽诡异，有失体统："异教土木，穷妖极丽。"[④]苏轼更

① （宋）苏籀：《牡丹赋》，《全宋文》第183册，第199页。
② （宋）李纲：《荔支后赋》，《全宋文》第169册，第25页。
③ （宋）苏轼：《牡丹记叙》，《全宋文》第89册，第191页。
④ （宋）刘辰翁：《吉水县修学记》，《全宋文》第357册，第93页。

为不敬地说牡丹是“草木之智巧便佞者”，“智巧”含有权谋与奸诈之义，《韩非子·扬权》曰：“圣人之道，去智与巧；智巧不去，难以为常。”[①]即智巧是不合于圣人之道的。《文选·（范晔）〈逸民传论〉》：“然而蝉蜕嚣埃之中，自致寰区之外，异夫饰智巧以逐浮利者乎？”李善注引《淮南子》曰：“古之人同气于天地，与一世而优游，及伪之生，饰智以惊愚，设诈以巧上。”[②]即智巧乃是惊骇顽愚的诈伪之智。“便佞”语出《论语》：“孔子曰：益者三友，损者三友。友直，友谅，友多闻，益矣。友便辟，友善柔，友便佞，损矣。”[③]黄震解释这段话说：“孔子恶便佞。便者巧趋跄，佞者有口才。今人误以为好事，更欲以此求知于人，岂世间自有好之者耶？”[④]指出便佞乃是那种能言善辩、心术不正、引人学坏的人。苏轼的这段话是说牡丹从唐代到现在为世所重三百余年，不断变幻花样形态来专擅众卉之美，博取天下的美丽之观，这在人群中就是那种凭借权谋狡诈、能言善辩以取悦众人、引人学坏的邪恶小人。这段话对牡丹而言并没有否定其华艳之观，而是借牡丹以喻蛊惑人心的小人，在若有若无之间寓有对宋初抒发治世情怀、宣扬太平盛世的世风文风的讥刺。这样的书写虽然不多，但这足以显示出牡丹地位的旁落。在南宋时期，牡丹有时被作为其他花卉的反面陪衬出现，如李曾伯的《岩桂赋》：“或名姚黄，或氏魏紫，当垂尽时，若无

---

① （战国）韩非：《韩非子·扬权》，上海古籍出版社2015年版，第53—54页。

② （宋）范晔：《逸民传论》，（梁）萧统编，（唐）李善注：《文选》，上海古籍出版社1986年版，第2214页。

③ 《论语·季氏》，上海古籍出版社2013年版，第197页。

④ （宋）黄震：《客位榜》，《全宋文》第348册，第94页。

聊意。有人于此,以花喻之,是盖以色而事人,色已落而宠衰者也。"①以牡丹的以色事人衬托桂花的保持节操。李石的《红梅阁赋》:"夜半朔风,隐然动地。草木摇落,鸟惊蛰闭。姚黄魏紫,灰冷无气。猗彼嘉树,俨乎庭前。"②以牡丹的不耐严寒反衬梅花凌霜傲雪的品格,等等。

第三,牡丹被还原为富贵之花,成为豪奢生活的象征。这种思路在唐代就存在,如白居易的"一丛深色花,十户中人赋",生活于五代宋初的徐铉的《牡丹赋》极其简括传神地描绘了牡丹的风姿之后写道:"京华之地,金张之家,盘乐纵赏,穷欲极奢。英艳既谢,寂寥繁柯,无秋实以登荐,有皓本以蠲疴。其为用也寡,其见珍也多。所由来者旧矣,孰能遏其颓波?"③指出牡丹关联着穷奢极欲的生活。在赞美文学中,牡丹的不实被解读为谦虚之德,在文中则被视为"其为用也寡",成了骄奢淫逸的点缀。南宋后期的胡次焱也对牡丹的富贵而无实颇不以为然,他在《问爱莲说》中说道:"牡丹,花之富贵者也,而堪叹'牡丹如斗大'之句,于实竟何有哉!"④周师厚作于元丰年间的《洛阳花木记》可能是要对生长于"天下之中"洛阳的牡丹之尊贵身份祛魅,指出洛阳牡丹之所以名满天下是因为这里富豪云集:"然天下之人徒知洛土之宜花,而未知洛阳衣冠之渊薮,王公将相之圃第鳞次而栉比。其宦于四方者,舟运车辇,取之于穷山远徼,而又得沃美之土,与洛人之好事者又善植,此所以

① (宋)李曾伯:《岩桂赋》,《全宋文》第339册,第4页。
② (宋)李石:《红梅阁赋》,《全宋文》第205册,第268页。
③ (宋)徐铉:《牡丹赋》,《全宋文》第2册,第98页。
④ (宋)胡次焱:《问爱莲说》,《全宋文》第356册,第138页。

天下莫能拟其美且盛也。”①黄榦也曾在《与金陵制使李梦闻书（十）》中写道：“恻隐是非，人谁无之，顾患不能充此心耳；苟充此心，则视牡丹之红艳，岂不思边庭之流血？视丝管之咽啾，岂不思老稚之哀号？视栋宇之宏丽，岂不思士卒之暴露？视饮馔之丰美，岂不思流民之调饥？”②这段文字将牡丹之红色与边庭之流血等进行对比，尤为警醒，批判的力度是空前的。与此言论类似的还有将牡丹与红颜祸国联系起来的主题，比如南宋的陈藻在《梨花赋》中写道：“于嗟牡丹，彼美芍药，胡为颜色，可与娱乐。丰丰褒姒，艳艳骊姬，君以为妍，人以为媸。花百其试，予兹懿哉！”③将牡丹视为妖丽祸国的女子予以贬斥。还有一些诗文将牡丹与杨玉环联系起来，借唐代天宝宫廷赏牡丹之事勾连李杨爱情，以暗示红颜祸国。

第四，南宋时期，牡丹成为故国记忆的一个组成部分，许多诗文借歌咏牡丹以寄托亡国哀思。这一点许多学者多有论述，本文不再赘述。需要指出的是，在南宋人的故国记忆中，宋初三朝和元祐有着特殊的地位，尤其是记录太祖、太宗、真宗言行的《三朝宝训》对后代帝王的为政具有指导意义，因此，牡丹勾连着三朝，勾连着具有雍容气象的盛世，这更加能够引发处身东南一隅且被动挨打的南宋朝廷的文人们的追思。

此外，在仁宗亲政以后，激励气节的时代精神成为意识形态主调，牡丹的治世黼黻形象已经不合时宜，当时有人试图开

---

① （宋）周师厚：《洛阳花木记》，《全宋文》第 69 册，第 348 页。

② （宋）黄榦：《与金陵制使李梦闻书（十）》，《全宋文》第 288 册，第 111 页。

③ （宋）陈藻：《梨花赋》，《全宋文》第 287 册，第 89 页。

掘牡丹形象新的意蕴以适应社会审美的变化,但是没有成功。比如蔡襄的《季秋牡丹赋》试图发掘其"昔骚人取香草美人以媲忠洁之士,牡丹者抑其类与"①的含蕴,将之与具有担当意识和忧患精神的屈原等联系起来以呼应时代精神,可惜无人追随,几成绝响。

第五,由于社会习俗的因袭特点,牡丹作为祥瑞的特性仍然存在,但是只是作为众多祥瑞之一种,而不再独占鳌头。南渡以后,不断有人奏上赤芝、枯秸生穗、重萼牡丹、鼎生金莲祥瑞等,以讨好邀宠。也有一些作品借牡丹祥瑞以向地方牧守进行谄媚,比如何鹏举作于庆元年间的《普成县集瑞堂记》,文中记载:"勾公领县章之明年,嘉禾秀,朱草生,邦人争持以献。又明年,甘露降于观之紫霄,歧麦秀于县之近墅,最后牡丹并蒂发祥者三见于邑士之圃焉。是数瑞者,不期而集,环百里之人相与啧啧称叹,以为邦大夫之政成,不可不识。"②这样的言论与其说是在赞美邦政之美,不如说是在向主官献媚邀宠。南宋以来这样的议论不断,但是与太平盛世的愿景没有多大关系。牡丹的"妖异"形象甚至成为向富贵人家讨好的手段。比如邓肃作于建炎年间的《瑞花堂序》记载有瑞花生于某家,"状如牡丹,红莹不谢,而未尝有根。……建炎二年,再擢进士第,易紫衣蓝,归拜其亲,里闬荣之"③。牟巘的《题李尹异菌》记载,"忽菌生柩上,状类芝草,又类牡丹"④,等等。

---

① (宋)蔡襄:《季秋牡丹赋》,《全宋文》第46册第185页,第339册第4页。

② (宋)何鹏举:《普成县集瑞堂记》,《全宋文》第301册,第354页。

③ (宋)邓肃:《瑞花堂序》,《全宋文》第183册,第149页。

④ (宋)牟巘:《题李尹异菌》,《全宋文》第355册,第322页。

当牡丹在意识形态话语中的地位旁落的时候，在南方触目而见的梅花日益引起南宋士大夫文人的注意，逐渐向社会文化各个方面渗透，经过社会文化的不断塑造，梅花遂成为代表政教精神的重要的符号和形象出现于主流话语中。当牡丹作为太平嘉瑞引得举国如狂的时候，梅花只是作为常卉之一种为人歌咏。① 宋初林和靖的几首咏梅诗和梅妻鹤子的雅绝人生并未在当世引起多大反响。林逋和梅花为世人广泛关注要到南渡以后。

由于北宋后期恶劣的党争，以割除弊政、激励士气为内容的政教精神已经消沉，变革现实的理想主义早已随风而逝，取而代之的是以文化中心主义为核心的对华夏文明的坚守与捍卫。北宋的覆灭并没有使文化版图发生质的改变，南渡以来的思想文化界依然保持着文化上的中心主义和优越感，不管是主战还是主和，各方都视文化命脉的传续为家国天下之存亡所系，南宋初期政治教化的中心内容就是彰显自己作为华夏文明代表和道统传承者的合法性，这一思想态势一直影响到整个南

① 署名王禹偁的《红梅花赋》如果确实是王禹偁所作的话，应该是北宋早期较为重要的一篇咏梅作品。赋序中云："凡物异于常者，非祥即怪也。夫梅花之白，犹乌羽之黑，人首其黔矣。吴苑有梅，亦红其色，余未知其祥邪怪邪？姑异而赋之。"可见是因为红梅的特异而引发的歌咏。赋中以"徐福舟中五百人，鳌顶未逢皆掩泣""汉皇宫里三千女，鲸钟听后齐严妆"来描摹雪中红梅的情态，显得颇为鄙俚，赋作结穴于"梅之白兮终碌碌，梅之红兮何扬扬。在物犹尔，唯人是比。木之华兮，人之文彩；木之实兮，人之措履。苟华实之不符，在颜色而何以？苟履行之克修，虽猖狂而何耻。矧乎梅之材兮，可以为画梁之用；梅之实兮，可以荐金鼎之味。谅构厦以克荷，在和羹而且止。梅兮梅兮，岂限乎红白而已？"与上文的联系比较牵强，而且这种感悟也属庸常之调。

宋时期，并深刻塑造着当时的学术思想、国家形象、审美习尚和社会人格理想。南渡后，在捍卫文化的冲动驱使下，人们一直在寻找国家精神的寄托物象，最初他们把经战火死而复生的扬州后土庙的一株琼花老树作为捍卫华夏国家中兴的寄托物，但是由于琼花只生于一地，没有普遍性，很快就淡出意识形态的视线，而南方遍地生长的梅花则进入学术文化的视域，逐渐成为华夏文明的象喻符号和民族精神的寄托。

梅花取代牡丹成为众卉之王的历程和牡丹正好相反，牡丹是由宫廷波及民间，而梅花则是由南方习见的树种逐渐渗透到人们的生活审美中，其自身的审美文化内涵被不断丰富，最终在众卉中独占鳌头。[①] 和牡丹不同，梅花有超强的构图能力，平常的风物，有了梅花的点染，就变成了风景。梅花的树形姿态多端，株高适中，适合构景，这是它进入人们生活审美视野并引起歌咏的重要因素。梅花是南国早春最先绽放的花朵，它是冬日出现的第一道亮色，它给生活在漫长阴冷中的人们带来惊喜，使萧瑟阴郁的景物顿时焕发出生机，这也是它引起人们关注的重要条件。梅花易栽培，适应性强，也使它在南国众卉中独冠群芳，这为它加深与文人的联系，深入文学、文化之中奠定了基础。梅花是南方山野间遍生的树种，但是由于气候的原因，北方则罕有生长，这与当时以南宋政权和南方文化为华夏正统和道统正脉的文化构建需求深相契合。

---

① 参见刘培：《梅花象喻的生成与南宋审美文化》，《华中师范大学学报》(哲学社会科学版)2020年第5期。

四、孤独自守与凌霜傲雪：梅花形象与南宋时期的政教精神

梅花取代牡丹成为众卉之王是多种因素综合作用的结果，这其中政教精神的塑造应该是诸多因素中至为关键的因素之一。

南宋政坛沿袭了北宋新旧党争与学术之争的态势。二程之学作为旧党的主流学术在南宋时期蓬勃发展，道学党与新党官僚的对立构成了南渡以后政治生活的基本格局。当时，变革的大门已经关闭，当政的新党人物早已失去了革新政治的雄心。面临当时的局面，文化中心主义和道德保守主义空前高涨，成为民意的共识、意识形态的主调，而这些内容，是二程理学的核心思想。因此，二程之学从南渡伊始就占据了思想界的高地，虽然相当长的时间政教精神致力于突出“和戎”国是，但是文化中心主义和道德保守主义始终是意识形态的核心内容，因为接续道统和政统是南宋朝廷合法性的基石。理学经过朱熹等的发展和在南宋社会基层自下而上的滋生旺长，终于在南宋后期取得独尊的地位，即使庆元党禁那样的极端事件也无法遏制它的发展与对社会和文化的改造。可以说，理学在南宋时期始终是政教的重要内容，是政教精神的具体体现。因此，梅花象喻的生成与政教精神的关联，主要是与理学思想的关联，梅花地位的最终确立与理学的塑造，关系至为密切。

在南宋初期的咏梅文学中，林和靖笔下的那种风姿绰约的形象逐渐融入了一种自足自适、自我欣赏的韵致，文人们通过

梅花展示自己“慎独”的精神追求,这是当时处危局而坚守道统、恪守文化自信与传统自信的社会文化精神的一种呈现方式,这是理学与上层意识形态“共振”所塑造的一种社会人格理想。

如果说牡丹能够体现出北宋从容娴雅的气度风范的话,梅花则体现着南宋孤独坚守的气质面貌。陆游的那首有名的《卜算子·咏梅》在体现这种气质面貌方面是相当有代表性的。作品中的“寂寞开无主”之“无主”,化用佛教典故,暗示孤独自持之意。《梵网经菩萨戒本疏》贤首注云:“善见云,盗空中鸟,左翅至右翅,尾至头,上下亦尔,俱得重罪。准此戒,纵无主,鸟身自为主,盗皆重也。”①在无主的状态下鸟自为主,故而,梅花无主,也就是自为主,这就体现出自我孤独坚守的含义,下文的“已是黄昏独自愁,更著风和雨”“零落成泥碾作尘,只有香如故”等的描写都是围绕着无主而自为主展开,折射出在危难中坚守节操、传续道统的情怀。这样的描写在当时是咏梅的主调,这方面学界论说较多,本文不再赘述。梅花这种在当时为广大士大夫文人乃至全社会所欣赏的花卉在意识形态的塑造下成为民族精神的一种呈现,就必须深入传统,尤其是与那些能够体现当下社会精神风貌的传统文化形象相结合。基于这样的原因,梅花形象中逐渐融入了坚守个人人格和信念的贤者形象。北宋的文同就说过:“梅独以静艳寒香,占深林,出幽境。当万木未竞华侈之时,寥然孤芳,闲澹简洁,重为恬爽

---

①　(唐)法藏:《梵网经菩萨戒本疏》卷三,金陵刻经处,光绪二十五年(1899)。

清旷之士所矜赏。”[①]道出梅花在比附清旷之士方面的意义，但是这样的议论在南宋时期找到了知音，南宋初期郑刚中的《梅花三绝》就表达了这样的意思，他指出：

> 昔日多以梅花比妇人，唯近世诗人或以比男子，如“何郎试汤饼，荀令炷炉香”之句是也。而未有以之比贤人正士者，近得三绝焉。梅花常花于穷冬寥落之时，偃傲于疏烟寒雨之间，而姿色秀润，正如有道之士居贫贱而容貌不枯，常有优游自得之意，故余以之比颜子。……至若树老花疏，根孤枝劲，皤然犯雪，精神不衰，则又如耆老硕德之人，坐视晚辈凋零，而此独撄危难而不挠，故又以之比颜真卿。……又一种不能寄林群处，而生于溪岸江皋之侧，日暮天寒，寂寥凄怆，则又如一介放逐之臣，虽流落憔悴，内怀感慨，而终有自信不疑之色，故又以之比屈平。[②]

郑刚中在梅花绰约的形象之外发掘出其在环境、习性等方面的精神内蕴，将之与洁身自好的君子联系起来，梅生长于寒林孤寂之境，呈现着温温玉质，如穷居陋巷的颜回：“温温玉质傲天真，俯视凡花出后尘。静对寒林守孤寂，有颜氏子独甘贫。”梅于早春绽放，如不畏强贼的颜真卿：“树老根危雪满巅，令人颇忆鲁公贤。同时柔脆皆僵仆，正色清芬独凛然。”梅花寂寞盛开，不与杂卉为伍，如同举世皆浊我独清的三闾大夫屈原：“水

---

① （宋）文同：《赏梅唱和诗序》，《丹渊集》卷二十五，《景印文渊阁四库全书》第1096册，（台北）台湾商务印书馆1986年版，第704页。

② （宋）郑刚中：《梅花三绝序》，《北山集》卷十一，《景印文渊阁四库全书》第1138册，（台北）台湾商务印书馆1986年版，第126页。

边寂寞一枝梅，君谓高标好似谁。洁白不甘芜秽没，屈原孤立佩兰时。”①这样的塑造梅花的思路在当时得到士人的普遍认同，周紫芝在《双梅阁记》中就指出：

草木之妖丽变怪所以娱人之耳目者，必其颜色芬芳之美。而梅之为物则以闲淡自得之姿，凌厉绝人之韵，婆娑于幽岩断壑之间，信开落于风雨，而不计人之观否，此其德有似于高人逸士隐处山谷而不求知于人者。方春阳之用事，虽凡草恶木猥陋下质，皆伐丽以争妍，务能而献笑，而梅独当隆冬冱寒风饕雪虐之后，发于枯林，秀于槁枝。挺然于岁寒之松让畔而争席，此其操有似于高人逸士，身在岩穴而名满天下者。②

认为梅花有别于众卉之以色香取胜，梅之美，在于其闲淡自得之姿、凌厉绝人之韵，处幽岩断壑之间，开落于风雨之中，这就与理学所提倡的通过提升人格以进入天理流行的圆融之境存在相通之处，梅花就有了代表理学人生境界的意蕴，而这种人生境界体现于那些抱道自守的高人逸士，这正是南宋当时举国崇尚的一种在艰难中负重致远的精神。又如姜特立在《跋陈宰〈梅花赋〉》中说：

夫梅花者，根回造化，气欲冰霜，禀天地之劲质，压红

---

① (宋)郑刚中:《梅花三绝》,《北山集》卷十一,《景印文渊阁四库全书》第 1138 册,(台北)台湾商务印书馆 1986 年版,第 126 页。

② (宋)周紫芝:《双梅阁记》,《全宋文》第 162 册,第 275 页。

> 紫而孤芳。方之于人，伯夷首阳之下，屈子湘水之傍，斯为称矣。自说者谓宋广平铁石心肠，乃为梅花作赋。呜呼梅乎！其将置汝于桃李之间乎？余谓唯铁心石肠，乃能赋梅花。今靖侯不比之佳人女子，乃取类于奇男伟士，可谓知梅花者矣。①

作者探讨梅花精神，特意点出伯夷叔齐和屈原，这在当时的社会文化中尤其具有意义。作者还指出只有铁心石肠的贞刚之士才是“知梅花者也”，梅花的旨归在于精神境界，而不单单是色香和姿态之美，故而奇男伟士可比况，而以佳人女子拟之则落入第二义了。当时的咏梅文学基本上是在展示梅花的姿态韵致之外着力于挖掘其在昭示理学人生境界方面的价值，早期具有代表性的比如李纲的《梅花赋》把之比作梅仙（汉之梅福）、梅妃、姑射神人、瑶台玉姬、温伯雪子②、东郭顺子③，由人间高人、美女进而为仙女、神女和得道的高士，已经透露出梅花向着隐喻人生境界方向发展的倾向，其他如张嵲的《梅花赋》、王铚的《梅花赋》、苏籀的《戏作梅花赋》等以及大量的咏梅诗歌，多在描绘梅花于严寒中独自绽放的孤独自守的精神力量，

---

① （宋）姜特立：《跋陈宰〈梅花赋〉》，《全宋文》第224册，第3页。

② 《庄子·田子方》曰：“子路曰：‘吾子欲见温伯雪子久矣，见之而不言，何邪？’仲尼曰：‘若夫人者，目击而道存矣，亦不可以容声矣。’”［（清）郭庆藩集释，王孝鱼点校：《庄子集释》下册，中华书局2016年版，第708页］

③ 皇甫谧《高士传》云：“东郭顺子者，魏人也，修道守真。……其为人也真人，貌而天虚，缘而葆真，清而容物。物无道则正容以悟之，使人之意也消，无择何足以称之。”［（晋）皇甫谧：《高士传》，中华书局1985年版，第52页］

展示自在自适的人格理想,这些均是社会人格理想的具象化呈现,反映着时代精神对社会人格的塑造。

与此相联系,皮日休对宋广平铁心石肠而为《梅花赋》的议论引起人们的广泛关注和讨论,借以探讨梅花之"格",即其所蕴含的人格理想和精神境界。皮日休在他的《桃花赋序》中说:"余尝慕宋广平之为相,贞姿劲节,刚态毅状。疑其铁肠与石心,不解吐婉媚辞。然睹其文而有《梅花赋》,清便富艳,得南朝徐庾体,殊不类其为人也。"①他将为政态度与文风混为一谈,说宋璟为政"贞姿劲节,刚态毅状""铁肠与石心",其《梅花赋》何其"清便富艳"。晁补之指出:

> 而余亦尝论广平严毅,所谓没向千载,凛凛犹有生气者。至于人之所同为,不害其异,而鹿门子庸何怪乎?张良、崔浩,皆昔之所谓豪杰。良宜魁梧奇伟,而貌状乃如妇人女子;浩若不胜衣者,而胸中所怀,逾于兵甲。夫形容趣好之相反,何足以识君子之大体也!……以广平之铁心石肠,而当其平居,自喜不废,为清便艳发之语;则如敬之之疏通知方,虽平居富为清便艳发之语,至于临事感愤,余知其亦不害为铁心石肠也。②

将人的器识与审美心境加以区别。南宋韩元吉在《绝尘轩记》

① (唐)皮日休:《桃花赋序》,(清)陈元龙编:《历代赋汇》,凤凰出版社 2004 年版,第 503 页。

② (宋)晁补之:《跋廖明略能赋堂记后》,《鸡肋集》卷三十三,《景印文渊阁四库全书》第 1118 册,(台北)台湾商务印书馆 1986 年版,第 650 页。

中说：

> 贵溪尉舍，旧有黄梅出于垣间。元符己卯岁，廖明略举宋广平之事，题曰“能赋堂”，以况尉君曾敬之也。明略既为之记，而晁无咎题其后，谓其于敬之远矣……曾君以相家子，文采风流，号有典型，一时酬酢往来，歆艳后辈。其子广平之赋，殆有感而发也。若夫绝尘之喻，则颜子之望于夫子者。虽诗人比兴无所不用其意，然予亦岂独为梅花而发哉？①

呼应晁补之之论，而为梅花由风姿绰约的形象转向“奇伟男子”、象喻人格理想扫清道路。当时的人们还从皮日休这段议论中体会出梅之“格”，并不断加以发挥。李纲在《梅花赋序》中说：

> 皮日休称宋广平之为人，疑其铁心石肠。及观所著《梅花赋》，清腴富艳，得南朝徐庾体。然广平之赋今阙不传。予谓梅花非特占百卉之先，其标格清高，殆非余花所及，辞语形容，尤难为工。因极思以为之赋，补广平之阙云。②

指出梅花“标格清高”，与宋广平的“铁心石肠”具有一致性。

---

① （宋）韩元吉：《绝尘轩记》，《南涧甲乙稿》，中华书局1985年版，第306—307页。

② （宋）李纲：《梅花赋》，王瑞明点校：《李纲全集》，岳麓书社2004年版，第13页。

王铚说:“皮日休曰:‘宋广平铁心石肠,乃作梅赋,有徐庾风格。’予谓梅花高绝,非广平一等人物不足以赋咏。”①认为人格与梅格是相通的。葛立方说:

> 近见叶少蕴效楚人《橘颂》体作《梅颂》一篇,以谓梅于穷冬严凝之中,犯霜雪而不慑,毅然与松柏并配,非桃李所可比肩,不有铁肠石心,安能穷其至?此意甚佳。审尔,则惟铁肠石心人可以赋梅花,与日休之言异矣。②

认为梅格清高,与松柏并配,唯有铁肠石心的高洁人格方可写梅花之韵,传梅花之神。的确,自南宋中期以来梅与松竹并称,共同演绎着“岁寒”而坚守节操的人格精神。其实,梅花在象喻人格精神方面的价值宋人认识得相当深刻。《梅花喜神谱》是南宋后期成书的一部题诗梅花画谱,其编者的这段话颇可注意:

> 余于花放之时,满肝清霜,满肩寒月,不厌细,徘徊于竹篱茆屋边,嗅蕊吹英,挼香嚼粉,谛玩梅花之低昂俯仰,分合卷舒。其态度冷冷然清奇俊古,红尘事无一点相著,何异孤竹二子、商山四皓、竹溪六逸、饮中八仙、洛阳九老、瀛洲十八学士,放浪形骸之外,如不食烟火食人,可与《桃花赋》《牡丹赋》所述形似,天壤不侔。……虽然,岂无同

---

① (宋)王铚:《明觉山中始见梅花戏呈妙明老》,《全宋诗》第34册,第21294页。

② (宋)葛立方:《韵语阳秋》卷十六,(清)何文焕辑:《历代诗话》,中华书局1981年版,第616页。

> 心君子于梅未花时闲一披阅，则孤山横斜，扬州寂寞，可彷佛于胸襟，庶无一日不见梅花，亦终身不忘梅花之意。①

牡丹、桃花等只能述其形似，作者认为它们本身没有值得表述的精神韵味可言；而梅花富于韵致，能传人之精神与境界，故而时人爱梅如狂，目见鼻观之不足，写其神于翰墨，以便随时披览。在当时，梅花不仅关联着人们的日常生活，而且勾连起古之仁人志士，联系着传统，寄托着社会人格理想和审美期望。

如前所述，南宋时期的政教精神，与理学的联系至为密切，这主要是因为理学所构建的弥纶天地的体系吸纳和整合了传统思想的各种资源，而且理学在南宋时期的发展与华夏文化的所面临的危机密切相关，其动力就来自如何坚守和传续华夏文化，这与南宋政权的诉求是高度一致的。理学由修身齐家而致太平的政治理念深刻塑造着南宋政治的品格。南宋政教精神把淳风俗厚人伦作为为政的重点，那么落实到具体的个人身上就是守住自己内心的良知，保持人格的独立，慎独修身，孤独坚守，因此，梅花象喻所蕴含的道德人格理想，体现着政教精神的诉求。南宋政权一直面临着强敌环伺的局面，蒙古于大漠的崛起更加重了这种危机，在这种情势之下，传统思想当中对异质文化的受容机制受到遏制，高涨的文化中心主义拒斥一切外来文化，夷狄由“天子之子民”变而为非人类、犬羊。因此，当时的政教精神特别强调夷夏之防，孤独坚守的人格理想中含有着捍卫华夏文化的意义，因而理学特别强调节操观念。节操，它

---

① (宋)宋伯仁:《梅花喜神谱序》,《全宋文》第 341 册，第 43—44 页。

不仅被作为一种个人的心灵修炼，而且更被视为一种国家精神、民族精神。由于政教精神的塑造，梅花象喻节操的含蕴日渐突出，其绽放时节也由早春被刻意安排在穷冬，其凌寒傲雪的特征被特别强调，在梅雪相映的形象之外，梅雪相争的形象也突显出来。比如陈元晋《跋李梅亭浮香亭说》："万物争春，而梅花盛于风饕雪虐之际；众芳炫昼，而梅香发于参横月落之时。盖幽人之贞，逸民之清也。"①指出梅花开于穷冬之际，不与万卉争妍于春日；梅香发于黄昏之后，不与众芳炫于昼时，如幽人逸民，坚守节操。相似的描写在南宋中后期较为常见，但是其对"风饕雪虐"的强调则颇值得注意。薛季宣较早注意这种书写模式之价值意义，他说：

> 夫梅之为物，非其果之尚也。穷冬凛寒，怒风号雪，凋零百物，竹柏犹瘁，此木之常也，而梅花于是，则其操为可称也。芳香婀娜，斗彩凌霞，以艳相高，以荂相轧，此花之态也，而梅幽香洁白之为素，则其德为可贵也。木无不实，无实于果，甘酸异味，适口一时，此果之材也，而梅有鼎羹之和，则其用为可重也。②

以梅花象喻君子修养，突出其凌寒斗雪之节操，指出梅雪书写之向上一路。

南宋末期的诗僧行海在他的诗中写道："此外无花耐岁

---

① （宋）陈元晋：《跋李梅亭浮香亭说》，《全宋文》第 325 册，第 61 页。

② （宋）薛季宣：《梅庑记》，《浪语集》卷三十一，《景印文渊阁四库全书》第 1159 册，（台北）台湾商务印书馆 1986 年版，第 511—512 页。

寒,花魁今古品题难。清香合让梅为最,阳艳丛中许牡丹。”①虽然他说梅与牡丹难分高下,但是他指出梅具有“耐岁寒”和“清香”的特点,牡丹则以“阳艳”即明媚鲜艳见长。这样的议论是相当浅层次的,其实这两种花卉具有丰富的文化内涵,而且这些内涵不同时期与政教精神的塑造密切相关。牡丹欣赏发端于皇家,富贵荣华是其主要意象,它勾连着尊贵煊赫和太平享乐,体现着娴雅裕如的气度风范。也正是这样的原因,牡丹形象与歌颂王权、歌颂富贵结合在一起,是歌颂文学的主要意象。梅花则起于民间,更具士绅阶层的文化品格,其所蕴含的文化中心主义与道德保守主义倾向具有凝聚民族精神的特点,但是也具有一定的保守性。中华民族生活在广阔的地域,有着丰富复杂的气候植被形态,有着悠久的历史和灿烂辉煌的多样性的文化,因此,无论哪一种花卉,都不足以客观全面地标识我们民族和文化的全部内涵。

① (宋)释行海:《梅》,《全宋诗》第66册,第41375页。

梅花象喻与南宋审美文化*

引言:“清香合让梅为最,阳艳丛中许牡丹”

“审美文化”一词最早是18世纪德国哲学家席勒在其《审美教育书简》中提出,这个概念在当时被赋予了审美陶冶、审美修养、审美培养等含义。国内学术界最早使用这个概念的是叶朗先生,出现在他主编的1988年出版的《现代美学体系》一书中。在该书中,叶先生这样界定这个概念,他说:“所谓审美文化,就人类审美活动的物化产品、观念体系和行为方式的总和。”①叶先生的界定其实是对席勒的进一步细化和深化。他指出审美文化是由人类审美活动所生成的,包括三个部分:“各种艺术作品,具有审美属性的其他人工产品”,“审美活动的观念体系,也就是一个社会的审美意识,包括审美趣味、审美理想、审美价值标准等”,以及人的审美行为方式。② 中华文化

---

* 本文2.6万字左右,删改为2.3万字左右载于《华中师范大学学报》(人文社会科学版)2020年第5期,系2017年国家社会科学基金重大项目“中国赋学编年史”(项目编号:17ZDA240)的系列成果之一。

① 叶朗主编:《现代美学体系》,北京大学出版1988年版,第259页。

② 参见叶朗主编:《现代美学体系》,北京大学出版社1988年版,第259页。

的象喻系统中,许多象喻的生成与当时的审美活动密切相关,“审美文化”这个概念为我们研究传统文化的象喻生成提供了独到的视角和有意义的启迪。本文将从审美文化的视野考察梅花象喻的生成,以期加深对这一中华文化象征符号的认识。

在中华文化象喻系统中,花卉一直占有重要位置,牡丹和梅花在众卉中拔出流品,地位尊崇。对牡丹的追崇盛于唐,在北宋的真宗、仁宗时期依然势头不减。南宋以来,牡丹虽然仍地位尊贵,但是在花卉象喻体系中已经褪去了光彩,代之而起的是梅花。梅花从宋初就引起人们的关注,南宋以来,随着文化重心的南移,南方触目所见的梅花遂成为人们寄托审美情感的最重要花卉。尤其是南宋中后期至元初,梅花象喻被不断塑造,逐渐成为华夏民族和华夏文化的象征。

作为太平佳瑞,牡丹勾连着富贵生活与盛世图景,当国家的主体精神倾向于渲染盛世氛围时,它便格外受到青睐。北宋的真宗时期和仁宗早期,当道者刻意宣扬太平治世,于是祥瑞遍地、颂声四起,对牡丹的追捧也近乎狂热。仁宗亲政后,变革呼声高涨,重于忧患和担当的士风成为时代精神主流,牡丹象喻无法适应新的社会审美好尚,对其追捧的热度也开始下降。当时有人试图开掘牡丹形象新的意蕴以适应社会审美的变化,但是没有成功。比如蔡襄的《季秋牡丹赋》试图展现其“昔骚人取香草美人以媲忠洁之士,牡丹者抑其类与”①的含蕴,可惜无人追随,几成绝响。其时贬抑牡丹的言论却出现不少,比如

① (宋)蔡襄:《季秋牡丹赋》,《全宋文》第46册,上海辞书出版社、安徽教育出版社2006年版,第185页。以下只注册数和页码。

苏轼就说："盖此花见重于世三百余年，穷妖极丽，以擅天下之观美，而近岁尤复变态百出，务为新奇以追逐时好者，不可胜纪。此草木之智巧便佞者也。"①以"智巧便佞"来概括其穷极变化之特点，可谓不恭之甚。南宋时期，对牡丹的描写少之又少，且多负面表述，例如李曾伯的《岩桂赋》："或名姚黄，或氏魏紫，当垂尽时，若无聊意。有人于此，以花喻之，是盖以色而事人，色已落而宠衰者也。"②李石的《红梅阁赋》："夜半朔风，隐然动地。草木摇落，鸟惊蛰闭。姚黄魏紫，灰冷无气。猗彼嘉树，俨乎庭前。"③当时，牡丹更多的是作为故国记忆出现在文学书写之中的。牡丹在南宋被冷落除了生长环境的原因外，主要在于其审美象喻与时代精神相去甚远。相比之下，梅花则备受青睐，四库馆臣说："《离骚》遍撷香草，独不及梅。六代及唐，渐有赋咏，而偶然寄意，视之亦与诸花等。自北宋林逋诸人递相矜重，'暗香疏影，半树横枝'之句，作者始别立品题。南宋以来，遂以咏梅为诗家一大公案。江湖诗人，无论爱梅与否，无不借梅以自重。凡别号及斋馆之名，多带'梅'字，以求附于雅人。"④其实，这只道出了崇尚梅花的表象，当时梅花象喻已经充分融入社会生活的各个层面，成为不可缺少的审美元素。《梅花喜神谱》是南宋后期成书的一部题诗梅花画谱，其编者的这段话颇可注意：

---

① (宋)苏轼撰，孔凡礼点校：《苏轼文集》卷十《牡丹记叙》，中华书局1986年版，第329页。

② (宋)李曾伯：《岩桂赋》，《全宋文》第339册，第4页。

③ (宋)李石：《红梅阁赋》，《全宋文》第205册，第268页。

④ 《四库全书总目》卷一百六十七《〈梅花字字香〉提要》，中华书局1956年版，第1438页。

> 余于花放之时,满肝清霜,满肩寒月,不厌细,徘徊于竹篱茆屋边,嗅蕊吹英,挼香嚼粉,谛玩梅花之低昂俯仰,分合卷舒。其态度冷冷然清奇俊古,红尘事无一点相著,何异孤竹二子、商山四皓、竹溪六逸、饮中八仙、洛阳九老、瀛洲十八学士,放浪形骸之外,如不食烟火食人,可与《桃花赋》《牡丹赋》所述形似,天壤不侔。……虽然,岂无同心君子于梅未花时闲一披阅,则孤山横斜,扬州寂寞,可彷佛于胸襟,庶无一日不见梅花,亦终身不忘梅花之意。①

牡丹、桃花等只能述其形似,作者认为它们本身没有值得表述的精神韵味可言;而梅花富于韵致,能传人之精神与境界,故而时人爱梅如狂,目见鼻观之不足,写其神于翰墨,以便随时披览。在当时,梅花不仅关联着日常生活,而且还勾连起古之仁人志士,联系着传统,寄托着社会人格理想和审美期望。

南宋末期的诗僧行海在他的《梅》诗中写道:"此外无花耐岁寒,花魁今古品题难。清香合让梅为最,阳艳丛中许牡丹。"②虽然他说梅与牡丹难分高下,但是他指出梅具有"耐岁寒"和"清香"的特点,牡丹则以"阳艳"即明媚鲜艳见长。在当时,社会审美偏向于对固穷励志的君子人格境界进行展示,故

① (宋)宋伯仁:《梅花喜神谱序》,《全宋文》第341册,第43—44页。

② (宋)释行海:《梅》,《全宋诗》第66册,第41375页。

而梅花契合人们的审美期望,而牡丹的“阳艳”美以及富贵气象则不太能够得到广泛欣赏。牡丹与梅花形象的升降沉浮折射出审美文化在两宋时期的转变。审美文化本质上是社会生活与审美之间相互渗透的状况,它以文本与审美语境的特殊结合而存在,代表着审美沟通的惯例与传统维度。牡丹在南宋被冷落就在于其失去了赖以存在的审美语境、审美文化,而梅花形象能够融入当时的社会生活,与当时审美文化对其受容程度增大密切相关。我们将从审美文化的视角尝试讨论梅花象喻被塑造的过程,以期揭示梅花象喻被塑造成华夏文化象征的前提条件。

一、“疏影横斜水清浅，暗香浮动月黄昏”：梅花审美的丰富性与南宋文人生活

林逋的“疏影横斜水清浅,暗香浮动月黄昏”改窜前人而点铁成金,其他如“雪后园林才半树,水边篱落忽横枝”“湖水倒窥疏影动,屋檐斜入一枝低”等,将梅之花、香、枝、影等纳入鉴赏范围,开拓了梅花审美的新境,引起宋代文人,尤其是南宋文人的广泛注意,林逋因此成为咏梅文化的重要符号。咏梅文化的高潮出现在南宋时期,文化中心的南移是其基础,这种南方习见的树种之所以能在艺术天地超越牡丹而独占鳌头,除了其花、香、枝、影具有审美价值外,应当还有更为深层的因素。因为具备这种审美价值的植物不仅仅只有梅花,为什么梅花会独冠群芳呢。

“寻常一样窗前月，才有梅花便不同”①，平常的风物，有了梅花的点染，就变成了风景。梅花的树形姿态多端，株高适中，适合构景，这是它进入人们生活审美视野并引起歌咏的重要因素。梅花横斜多变的花枝和无叶衬托而淡雅素净的花朵，置于山石水体、乡野街市、茅舍园林等各种背景下，均能呈现出意韵深远的画面。也就是说，梅花极具构图能力和画面感，平淡的风物点缀以梅便境界全出。这一点，从咏梅文学多通过各种各样的背景来展示便可得到证明。辞赋长于铺排，展示梅花这一特点相当充分。比如李纲的《梅花赋》写道：

> 若夫含芳雪径，擢秀烟村，亚竹篱而绚彩，映柴扉而断魂。暗香浮动，虽远犹闻。正如梅仙隐居吴门，丰肌莹白，娇额涂黄。俯清溪而弄影，耿寒月而飘香。娇困无力，嫣然欲狂。又如梅妃临镜严妆，吸风饮露，绰约婵娟。肌肤冰雪，秀色可怜。姑射神人，御气登仙。绛襦素裳，步摇之冠。璀璨的皪，光彩晔然。瑶台玉姬，谪堕人间。半开半合，非默非言。温伯雪子，目击道存。或俯或仰，匪笑匪怒。东郭顺子，正容物悟。②

雪径烟村、竹篱柴扉，这种种惯常的景象因梅的点染而顿生韵味，构成一幅幅素雅的画卷。在景象各异的背景烘托下梅花更显得姿态绰约，引人入胜，赋中把梅花比作梅仙（汉之梅福）、

---

① （宋）杜耒：《寒夜》，《全宋诗》第54册，第33637页。

② （唐）李纲：《梅花赋》，《全宋文》第169册，第19—20页。

梅妃、姑射神人、瑶台玉姬、温伯雪子[①]、东郭顺子[②]，由人间高人、美女进而为仙女、神女和得道的高人。通过这些比拟，刻画出梅花拔出俗态而刚柔相济、富于动感美感的姿态以及花型花色的明媚动人、沁人心脾。梅花姿态多变，如美女之临妆、静立、缓步、巧笑，如仙女之御气登仙、严妆下凡，如高人之目击道存、正容物悟。李纲的这段由实而虚、由姿态到神韵的描绘充分展示了梅花在各种不同背景下变化多端而富于层次的美感，揭示出梅花审美的丰富性，这也是它在构景方面的优势所在。

张嵲的《梅花赋》在展示梅花构景的丰富性方面也颇有特色，该赋是这样的：

> 若乃远壑冰消，疏林雪后，沙村迥而日晚，石涧浅而寒溜。临山径之欹危，出茅檐之左右。或芬敷而盛发，或伶俜而欲瘦。或含葩而未吐，或喷蕊而竞秀。其高者如举，其低者如坠。其疏者如刻，其密者如缀。其素者如愁，其绛者如醉。倾日而照者如笑，迎风而靡者如愧。睹节物之芳华，乱乡愁于晚岁。怀故园之春色，惟兹花之颇类。

赋中写到梅花生长的荒寒环境，林间、溪旁、丘壑、山径、沙村、

① 《庄子·田子方》曰："子路曰：'吾子欲见温伯雪子久矣，见之而不言，何邪？'仲尼曰：'若夫人者，目击而道存矣，亦不可以容声矣。'"［（清）郭庆藩集释，王孝鱼点校：《庄子集释》下册，第708页］

② 皇甫谧《高士传》云："东郭顺子者，魏人也，修道守真。……其为人也真人，貌而天虚，缘而葆真，清而容物。物无道则正容以悟之，使人之意也消，无择何足以称之。"［（晋）皇甫谧：《高士传》，中华书局1985年版，第52页］

茅店，梅枝或虬曲苍劲或横斜舒展，梅花或喷蕊绽放或含苞待放，与周遭环境构成一幅幅美妙的画卷。文中的“如举”“如坠”是写花朵在枝头的形态；“如刻”“如缀”是写疏密不同的花附着于枝柯的姿态；“如愁”“如醉”是写花色或浅或深，韵致各异；“如笑”“如愧”是写梅花在日光与和风中的种种情态。荒村夜店这等荒寒景象，有了梅花的点缀而生机盎然。梅花勾连起沙村茅檐，勾连起游子对家乡的种种记忆，因此，赋以“怀故园之春色，惟兹花之颇类”点睛，梅花在乡愁记忆中的意义得以彰显。

“梦回春草池塘外，诗在梅花烟雨间”①，梅花的绽放如同谢灵运诗中所表现的“池塘生春草，园柳变鸣禽”那样，让人眼前一亮，心胸顿时开朗。它是南国早春最先盛开的花朵，二十四番花信风之首，它是冬日出现的第一道亮色，它给生活在漫长阴冷中的人们带来惊喜，使萧瑟阴郁的景物顿时焕发出生机，周遭的景物也因之呈现出一幅幅美丽的画卷。刘辰翁在《梅轩记》中说：“吾尝谓梅者使其生于暄淑之景，而立乎桃李之蹊，虽翛然欲以其洁独，而争妍者有其色，好懿者无其人焉。是其独也时也，好之者亦时也，若二三月之间，则莫之好矣。”②指出梅花引起人们的热爱与其早发特征密切关联。释仲皎《梅花赋》多角度描绘早春之梅：

> 翳彼梅萼，参乎雪花。香度风而旖旎，影临水以攲斜。莹若裁冰，带玉溪之潇洒；清如熏麝，辟仙苑之光华。且夫

---

①　（宋）杨公远：《次程斗山韵》，《全宋诗》第 67 册，第 42063—42064 页。

②　（宋）刘辰翁：《梅轩记》，《全宋文》第 357 册，第 154 页。

> 晴云乍敛于东郊，丽日才升于南囿，酥萼失艳，铅葩独秀。含宿雾以凄迷，洗晨霜而孤瘦。冻开蜡蒂，自宜清峭之天；吹破檀心，谁怯黄昏之候。莫不山屏冉冉，水镜盈盈，蓓蕾似连璧，枝柯在交琼。嗟额上之半装未了，何眉间之一剪先横。竹叶杯中，野店谩资于幽咏；梨花梦里，晓云难驻于高情。①

这段文字如拉伸自如的镜头，摄取梅花远近不同的景致。首先是特写，摹写梅花初发，如雪花般轻盈，梅香随风飘动，似乎具有韵律；接着是中景和远景，描绘早梅临水弄影、隐于寒雾，以及丽日下、山水间的旖旎情态；然后转入近景，在山屏水镜的背景下刻画梅花的蓓蕾和仍积有残雪的枝柯。最后点出人的赏梅咏梅，这种种的景致因人的介入而具有了意义。王铚的《梅花赋》则写道："方隆冬之届候，属祁寒之鼎至。瞻远岫兮无色，盼丛条兮失翠。彼美仙姿，夐存幽致。春风万里，报南国之佳人；香艳一枝，富东君之妙意。观夫离类绝俗，含新吐奇。"②在周遭景色惨淡的氛围中，梅花的出现传达着春的讯息，预示着蛰伏的生机蠢蠢欲动，骀荡的春风即将来临。"离类绝俗"是指梅花早春第一枝，异于众卉；花色淡雅，拔出流俗，故而"含新吐奇"。苏籀的《戏作梅花赋》描绘梅花乃报春使者曰："百卉僵冻几摧兮，妙切瑳而雕刻。揠宇宙之英淑兮，嗾林薄之萧瑟。高柯乔干，丛蘖槎枿兮，偃亚竦蟠而奇劚。"③在百卉

① （宋）释仲皎：《梅花赋》，《全宋文》第182册，第313页。

② （宋）王铚：《梅花赋》，《全宋文》第182册，第161页。

③ （宋）苏籀：《戏作梅花赋》，《全宋文》第183册，第205页。

僵冻的时节，梅花的出现一扫林间萧瑟之气，其或挺立或虬曲的躯干，极具拗劲之张力，似乎昭示着生命活力的跃动。赋中的“嗾”，尽显梅花绽放而抑郁顿消的欣喜感，一字传神。

梅花与文人生活紧密结合，为人们全方位体会梅花之美提供了契机。梅花的早发特点和构图能力，加之易栽培，适应性强，使它在南国众卉中独冠群芳，这为它加深与文人的联系，深入文学、文化之中奠定了基础。梅花是南方山野间遍生的树种，由于气候的原因，北方罕有生长。成书于北宋时期的《本草图经》说：“梅实生汉川山谷，今襄汉川蜀江湖淮岭皆有之。”①《岭南异物志》有“南方梅繁如北杏”②之说。邹浩《梅花记》记录了这样一件事：

> 岭南多梅，土人薪视之，非极好事，不知赏玩。余之寓昭平也，所居王氏阁后半山间，一株围数尺，高数丈，广荫四十步。余杜门不出，不见它殖何如，问之土人，咸谓少与此比。然此株正在王氏舍东，穿其下作路，附其身作篱，丛篁榛棘，又争长其左右，余久为之动心。顾王氏拘阴阳吉凶之说，不敢改作。顷遇花时，但徘徊路侧，徙倚篱边，与之交乐乎天而已。欲延一客，饮一杯，竟无班草处。一日坐阁上，闻山间破竹声，策杖往观焉，则王氏方且遵路增篱，以趋岁月之利。欣然曰：“时哉，时哉！”谕使辟路而回

---

① （元）王祯：《农书·百谷谱六·梅杏》，中华书局 1956 年版，第 90 页。

② （宋）李昉等：《太平御览·果部·梅》，中华书局 1960 年版，第 4200 页。

之，彻篱而远之，视丛篁榛棘而芟夷之。环数百步，规以为圃。[①]

从这则记载可以看出，梅花在岭南极为常见，且岭南多生长花树，故而梅花不为人们所重，以柴薪视之。由江南到岭南的邹浩处心积虑延以入圃，则反映了士人爱梅艺梅之习。

艺梅渐盛于隋唐，南宋和元代进入兴盛时期。南渡以来，世风渐趋奢靡，达官富贾竞相辟建园墅，齐民百姓也多喜以花草树木装点茅檐。近宅旁多植卉木以构景，远居处则求野趣之天成。南宋园林艺术因之逐渐远离了追求平远、壮美、雄浑的境界，日益转向诗化、画化、精致化，显现出巧趣柔美、清雅俊逸、精深幽邃、幻化多致的写意特征，善于移步构景的梅花自然成为重要的景观树种。正如范成大指出的："梅，天下尤物，无问智贤愚不肖，莫敢有异议。学圃之士，必先种梅，且不厌多，他花有无多少，皆不系重轻。"[②]在当时，像范成大、辛弃疾、张镃这样的官员多踞湖山野田营造亦农渔亦园林的大型庄园以颐养天年。仅饶州（今江西上饶）一带就有杨万里的诚斋、韩元吉的南涧、洪适的盘州、洪迈的野处、向子湮的清江芗林、任诏的盘林等等。这些庄园中，少不了广植梅花。如辛弃疾在饶州的带湖、瓢泉庄园就种植了不少梅树，这从他的咏梅词创作可以看出来。张镃则于"淳熙岁乙巳，予得曹氏荒圃于南湖之滨，有古梅数十，散漫弗治，爰辍地十亩，移种成列，增取西湖北

---

① （宋）邹浩：《梅花记》，《全宋文》第 131 册，第 352 页。

② （宋）范成大：《梅谱并序》，（宋）范成大等著，程杰校注：《梅谱》，中州古籍出版社 2016 年版，第 5 页。

山别圃江梅合三百余本,筑堂数间以临之。又挟以两室,东植千叶缃梅,西植红梅,各一二十章。前为轩楹,如堂之数。花时居宿其中,环洁辉映,夜如对月,因名曰玉照。复开涧环绕,小舟往来"①。范成大既在他的石湖庄园艺梅百本,又购园地遍植梅花:"余于石湖玉雪坡既有梅数百本,比年又于舍南买王氏僦舍七十楹,尽折除之,治为范村,以其地三分之一与梅。吴下栽梅特甚,其品不一,今始尽得之,随所得为之谱,以遗好事者。"②这些具有一定文化品味和感召力的官宦的艺梅、赏梅、咏梅好尚具有引领风气的效应,而且与环绕在他们周围的文人学士形成创作上的互动,这对推动梅花意象向社会文化的渗透,其作用是不容小觑的。

对于一般读书人而言,在自己的园地庭院宅旁窗下植梅已成常态。有于田宅植梅者,例如幸元龙的小园:"渠流泓泚,梅竹潇爽,觞咏其间,自娱自足,不与流俗伍,其渊明之风乎。"③杨简的湖边蜗居:"虽朔飙之戒寒,烂丹丘于四山,而压冰之梅独出其奇,吐孤芳而盘旋。玄冥又从而佐之,翦玉镂瑶,雨花其间。有家如此,亦可谓奇矣。"④有于庭院植梅者,例如吴儆之小庵:"庵之西有梅,旧为灌木所蔽,枝干拳曲,苔莓附之,与会稽之古梅无异。盖梅之隐者,老而甚癯,山泽之儒也。"⑤常棠

---

① (宋)张镃:《梅品序》,《全宋文》第289册,第32页。

② (宋)范成大:《梅谱并序》,(宋)范成大等著,程杰校注:《梅谱》,中州古籍出版社2016年版,第5页。

③ (宋)幸元龙:《余叔达寄傲斋记》,《全宋文》第303册,第424—425页。

④ (宋)杨简:《广居赋》,(宋)杨简著,董平校点:《杨简全集》第7册,浙江大学出版社2016年版,第1931页。

⑤ (宋)吴儆:《竹洲记》,《全宋文》第224册,第122页。

之小园："于是锄莠削芜，艺梅畚竹，重楹列牖，盖瓦级砖丹如也。"①俞德邻："居室之西有隙地，衡从数十武，老梅稚竹，攒立丛倚，间移花卉杂焉。趣虽未就，暇之日杖屦或可往来也。"②黄大舆："予抱疾山阳，三径扫迹，所居斋前更植梅一株，晦朔未逾，略已粲然。于是录唐以来词人才士之作，以为斋居之玩。"③为官者也喜在自己的官衙居处植梅，例如张栻："植梅竹于前，而其后为方沼，向之茀不治者一旦为靓深夷衍之居，于以问民事，接宾客，奉燕处，无不宜者。"④李石："方冬春交，雪霰风雨之会，屋之东隅无他草木，唯梅竹二物，如相视而嘻，而相语以悲者。方念所以流转弃摈以即死，得为此惠者，乃天也。"⑤薛季宣："武昌尉寺旧无憩息之地，退食之次，燕伸无所。番阳王彦材作尉此邑，始即其堂之中庑，少加葺垩，辟其夹砌，树梅焉，命之曰'梅轩'，以便安其退省。"⑥刘学箕："屋宇靓深，梅竹茂密。前通州治之东厅，接以过廊。"⑦一些地方也因植梅而被人们注意，如当涂的尼山，卢钺写道：

> 尼山在城东五六里，前未之闻。山不在高，有景则名。其麓古梅数十株，乃他山之所无，亦江南之所罕有。询之

---

① （宋）常棠：《秀野堂记》，《全宋文》第333册，第413页。

② （宋）俞德邻：《薙草说》，《全宋文》第357册，第366页。

③ （宋）黄大舆：《梅苑序》，《全宋文》第173册，第19页。

④ （宋）张栻：《尊美堂记》，（宋）张栻撰，邓洪波校点：《张栻集》下册，岳麓书社2017年版，第602页。

⑤ （宋）李石：《教授厅坚白堂记》，《全宋文》第206册，第34页。

⑥ （宋）薛季宣：《梅庑记》，《全宋文》第258册，第24页。

⑦ （宋）刘学箕：《寓室记》，《全宋文》第300册，第402页。

野老，证之梅经，后望封植，几百余年，苏干鳞皴，蟉枝翔翥奇壮，益横发捷出。如列仙之臞，盘礴玉峰，云裳月珮，飘飘乎欲凌天风而高举；如茹芝之老，厐眉皓鬓，衣冠甚伟，傲睨汉聘，方嵬岸而容与。含章之阁，白玉之堂，扬之月观，杭之孤山，未必若是美且都也。然斯梅专美一丘，不求人知。①

处在触目而见梅的环境中，人们对赏梅情有独钟，感受深刻，成了精神生活不可或缺的内容。梅花姿态的画面感所焕发的多层次的美感容易引发欣赏者情绪、精神的移入，引起心理共鸣。融情入景，进而形成能够体现人的文化积淀、情趣、人格修养的情境，启发人们兴发感动的生命活力。梅花超强的构景能力和多层次的美感，使它容易进入欣赏者的情境之中，唤起欣赏者的知识和情感积淀，激发生命活力，使人的心理期待、人生愿景、人格理想、审美情境等通过梅花和它营造的画卷得到彰显和抒发。因此，对梅花的歌咏能够充分调动起人们内心丰富的情感体验，一往而又深情。比如李石在《梅坞记》中写道：

屋檐之南有老梅，株如柱轴，一根别为三四股，可荫十许步，环以数小竹外，悉芟去之。仍辟屋一角，作一窗，以即其荫。每每风日开阖，煜然之光，薮然之声，往来几砚书帙间，与静境相接，如行村坞，因以坞名之。又植稚柏二百周墙之阴，与梅为佳伴。他日凌冬霜雪爱玩之树，是又其

① （宋）卢钺：《尼山百花头上亭记》，《全宋文》第351册，第263页。

拙之拙者也。[①]

幽窗静几,梅花弄影,读书燕居生活因梅的介入而充满情趣。文天祥在《萧氏梅亭记》中写道:"于其读书游息之暇,有自得焉,乃作亭于屋之西偏,周之一径,被径一梅亭,后有廊,有诗画壁间。前方池,广五尺,饲鱼而观之。邻墙古树,蔽亏映带。清风徐来,明月时至。"[②]月映疏影,风送暗香,孤寂的读书生活有梅为伴而妙趣横生。

学界对宋人的赏梅活动研究颇多,本文不再费言,我们想指出的是,宋人赏梅重视心灵沟通物我、超越自我,这是一个观我、观物的过程,是审美主客体交流、交融的过程,是心灵舒展、活力释放的过程,研究者多以"比德"来概括南宋的咏梅文化,这是将其简单化了。而且,他们对梅的情感往往由观赏而爱恋、仰慕,进而企望与梅合一,获得精神上的解脱与境界上的超越,这并非单单是对某种德行的比附。唐庚的《惜梅赋》写自己与梅花境遇相似,因而惺惺相惜。赋曰:

> 县庭有梅株焉,吾不知植于何时。荫一亩其疏疏,香数里其披披。侵小雪而更繁,得胧月而益奇。然生不得其地,俗物溷其幽姿。前胥史之纷拏,后囚系之嘤咿。虽物性之自适,揆人意而非宜。既不得荐嘉实于商鼎,效微劳于魏师。又不得托孤根于竹间,遂野性于水涯。怅驿使之未逢,惊羌笛之频吹。恐飘零之易及,虽清绝而安施。客

① (宋)李石:《梅坞记》,《全宋文》第206册,第24页。

② (宋)文天祥:《萧氏梅亭记》,《全宋文》第359册,第179页。

犹以为妨贤也,而讽予以伐之。嗟夫!吾闻幽兰之美瑞,乃以当户而见夷。兹昔人之所短,顾仁者之所不为。吾宁迂数步之行,而假以一席之地,对寒艳而把酒,嗅清香而赋诗可也。①

己与梅皆混迹于胥史之地,梅不能展其幽姿馨香,己不能伸其济世怀抱,俗人不解梅韵,荒远难遇知音。对寒艳而把酒,嗅清香而赋诗,既是赏梅,也是悯己。梅与我,俨然是出离俗世的知音。这种引梅为知己的手法在咏梅文学中极为常见,可见宋人的审美境界和精神境界与梅格是相连相通的。

林敏功的《梅花赋》将观梅描绘为怀远、相见、仰慕的恋慕过程。赋曰:

对重云之惨惨,曾北风之萧萧,闵草木之殄瘁,惊梅花之缀条。忆昨载酒寻芳,狂魂暗消。眺瞻乎重冈远岫,宴乐乎风晨雪朝。江回岛树,竹抱溪桥。寒英粲然,宛其见招。可援可攀,可游可处。忽兮薄怒,不可晤语。左揖袂兮素娥,右拍肩兮青女。香浮浮兮实来,意默默兮暗与。实来兮可期,默默兮增思。当时坐上曾赋诗,庾郎敏捷何郎迟。不唯春恨陇头见,曾使新妆梦后宜。乐莫乐于相遇,悲莫悲于将去。恨羌笛之送愁,怨回风之撼树。昔行乐兮可追,今行乐兮非故。感颜色之屡荣,迫岁华之又莫。岁莫如何,伤情实多。挈之以永怀之珮,申之以无斁之歌。

① (宋)唐庚:《惜梅赋》,《眉山诗集》卷一,《景印文渊阁四库全书》第1124册,(台北)台湾商务印书馆1986年版,第275—276页。

有美人兮在空谷，澹幽茸兮耿幽独。思公子之同归，回契阔兮骈服。①

愁云惨淡，北风萧瑟，应是寒梅绽放之时，然而载酒寻芳，狂魂暗消，落寞之情反衬出睹梅而"惊"的欣喜。江回岛树、竹抱溪桥的画面因梅而顿生春色，绽放的寒英仿佛在召唤自己，然而"忽兮薄怒，不可晤语"，其不可亵玩的刚贞品格令人由爱而敬。梅花像人们意念中的神女，美丽而神圣，那浮动的香气若与人沟通心灵，暗自相期。乐莫乐于相遇，悲莫悲于将去，当众卉盛开之时，梅花将翩然而去，留下绵绵不绝的思念。这篇赋以美女赋、神女赋的爱而不遇的套路来描写梅花，将与梅花相遇的经历描绘为一段带有缺憾的美丽的情感经历，情真意切，令人动容。杨万里的《梅花赋》也是这样的套路，但他选取一个梅花绽放的小景以寄意。赋曰：

爰策枯藤，爰蹑破屐，登万花川谷之顶，飘然若绝弱水而诣蓬莱，适群仙，拉月姊，约玉妃，燕酣乎中天之台。杨子揖姊与妃而指群仙以问焉……歌罢，因忽不见。旦而视之，乃吾新植之小梅，逢雪月而夜开。②

月夜赏梅，天地澄澈，亦真亦幻，梅花摇曳的姿态被描绘为仙女的歌舞，墙角小梅绽放被描绘为仙女下凡。又如谢逸的《雪后

① （宋）林敏功：《梅花赋》，《全宋文》第 133 册，第 298—299 页。

② （宋）杨万里：《梅花赋》，辛更儒笺校：《杨万里集笺校》第 5 册，中华书局 2007 年版，第 2283—2284 页。

折梅赋》描写雪夜折梅，赋曰：

> 耿夜阑之青灯，沉万籁于岑寂。忽竹林之风声，颤檐端而索索。徐披衣而启户，飞雪花之如席。眺溪上之寒梅，亘千林于一色。恐青女之下临，唁玉妃之堕谪。竞孤峭以相高，两含情而脉脉。乃策壶公之杖，乃蹑阮生之屐。度横彴以跰躃，排寒威而辟易。绕琪树之玲珑，攀琼柯之的皪，摇疏影之横斜，漾清溪之寒碧。披绪风而香冷，引轻素而烟羃。忘冻手之欲龟，携纤枝而入室。映几研之璀璨，藉海岱之玉石。寓逸想而自成，若愤余之幽僻。觉毛发之森疏，迷今夕之何夕。因燎薪而拥炉，泣铜瓶之唧唧。起取酒而自温，倾小槽之珠滴。昔花月之成妖，幻武公而夺魄。余少贱而多难，岂曰耳目之敢役？往就醉而曲肱，吼怒雷于鼻息。晓援毫以陈辞，纪作梦之戏剧。①

由风声飞雪引出寒梅，由“两含情而脉脉”引出折梅以寄意，由携梅入室转入对梅酌酒，因梅畅叙，怀梅入梦。整个折梅过程环环相扣，对梅的仰慕之情愈转愈深。咏物文学喜以神女、仙女、美女来比况花卉，南宋咏梅文学在运用这种手法时多将梅花描绘得高雅绝俗，爱恋倾慕之情融汇其中，足见梅花在人们审美世界中的地位。

梅花是南方随处可见的树种，也是触目而见的风景，与人们的生活、审美文化等社会文化的各个层面建立起深入而广泛的联系，人们给予它的关注和倾注的情感是其他卉木无法比拟

① （宋）谢逸：《雪后折梅赋》，《全宋文》第133册，第220页。

的。梅花象喻浓厚的域性特色和主流文化对它加以不断的充实与丰富，使得它在特定的文化环境下能够成为代表南方文化的象征性徽号，甚至是南方政权所代表的华夏文化正脉的徽号。因此，元代那些执着于华夏文化纯洁性与正统性的人们，往往借重咏梅来表达亡国之思和对华夏文化的执念。

二、“一春花信二十四，纵有此香无此格”：梅格塑造与南宋社会审美理想

梅花象喻与南方、华夏文化密切联系在一起，并成为华夏文化的象征符号，除了地域性特征外，还离不开社会审美理想对它的充实、改造。审美理想是人们对于美的最高要求和愿望，是在审美感受基础上形成的对美的一种完善形态的忆憬和向往，它指向未来、指向人的生活远景的创造性想象。南宋社会的审美理想，偏向于对闲适自然、旖旎多姿而又抱道自守、格调高雅的美感。人们对梅花审美的体认与塑造，正是遵循着这样的审美理想。

陆游有咏梅诗句曰：“一春花信二十四，纵有此香无此格。”①整个春天，报信之花二十四，然即便花香可与梅香比肩，但却无梅之“格”。可见，梅花异于众卉最为突出的是其有“格”。梅格的具体含义，从陆游诗中看，是指这句诗前面表述的内容：

---

① （宋）陆游：《芳华楼赏梅》，《陆游集》第1册，中华书局1976年版，第255页。

素娥窃药不奔月,化作江梅寄幽绝。天工丹粉不敢施,雪洗风吹见真色。出篱藏坞香细细,临水隔烟情脉脉。

梅具有谪仙人的美质,清高而娉婷婀娜,皎洁而旖旎多姿。此句的下文"放翁年来百事惰,唯见梅花愁欲破。金壶列置春满屋,宝髻斜簪光照坐。百榼淋漓玉斝飞,万人辟易银鞍过。不惟豪横压清臞,聊为诗人洗寒饿"写梅花对作者精神世界的感染力,这是一个审美的过程。可见,梅格是指梅的美学风范,是社会审美理想对其塑造的结果。关于梅花的美学风范,人们讨论较多的是皮日休对宋广平铁心石肠而为《梅花赋》的一段议论。梳理这些讨论,我们或可窥见梅格的具体内涵以及社会审美理想等因素对梅格生成所起的作用。

皮日休的那段议论出现在他的《桃花赋》序言中,他说:"余尝慕宋广平之为相,贞姿劲节,刚态毅状。疑其铁肠与石心,不解吐婉媚辞。然睹其文而有《梅花赋》,清便富艳,得南朝徐庾体,殊不类其为人也。"①文中说宋璟《梅花赋》"清便富艳",当是指行文流畅、辞藻华美、用典繁缛,属于文章审美范畴,关乎作者的艺术感受能力和审美诉求。"富艳"这一词组最早出现在范宁的《春秋穀梁传注疏序》,他说:"《左氏》艳而富,其失也巫。"②所谓"艳",当指使用富有色彩感的文词,使意象丰富、鲜明;"富"即文词盛多、雕琢、繁饰之意。文中的"贞姿劲节,刚态毅状""铁肠与石心"是指为政态度,政治操守。

① (唐)皮日休:《桃花赋》序,(清)陈元龙编:《历代赋汇》,凤凰出版社 2004 年版,第 503 页。

② (晋)范宁:《春秋穀梁传注疏序》,(晋)范宁集解:《春秋穀梁传》,中华书局 1985 年版,第 9 页。

皮日休将不是一个意义层面的审美与政治态度两个范畴等量齐观，显然是不恰当的，严正的政治家难道就不应该欣赏和创作“清便富艳”的、具有徐庾体风格的文章吗！文中提到的“徐庾体”其概念内涵有一定争议，但总的来说，是指南朝庾肩吾、庾信父子和徐摛、徐陵父子引导的绮艳文风，既包括诗赋这样的有韵之文，也包括骈文那样的无韵之“笔”。[①] 皮日休这里用到这个概念，是指宋璟《梅花赋》的绮艳风格，而非“宫体诗”的那种轻浮格调。这段议论引起了苏轼的注意，他在《牡丹记叙》中说：“然鹿门子常怪宋广平之为人，意其铁心石肠，而为《梅花赋》，则清便艳发，得南朝徐庾体。今以余观之，凡托于椎陋以眩世者，又岂足信哉！”[②]指出托名宋璟的《梅花赋》著作权有问题，但是苏轼与皮日休所见很难说就是同一个文本，他

---

① 《周书·庾信传》云：“时肩吾为梁太子中庶子，掌书记。东海徐摛为左卫率。摛子陵及信，并为抄撰学士。父子在东宫，出入禁闼，恩礼莫与比隆。既有盛才，文并绮艳，故世号为‘徐庾体’焉。”[（唐）令狐德棻等：《周书·庾信传》，中华书局 1971 年版，第 733 页]倪璠在《庾子山集》本传中说：“按：徐、庾并称，盖子山江南少作宫体之文也。”[（清）倪璠注，许逸民点校：《庾子山集》第 1 册，中华书局 1980 年版，第 44 页]王瑶先生曾在他的《中古文学史论》中认为“徐庾体”主要对“文”而言，不包括“诗”（参见王瑶：《中古文学史论》，北京大学出版社 2014 年版，第 324 页）。《陈书·徐陵传》：“其文颇变旧体，缉裁巧密，多有新意。每一文出手，好事者已传写成诵。”《金楼子·立言》云：“笔，退则非谓成篇，进则不云取义，神其巧惠，笔端而已。至如文者，惟须绮縠纷披，宫徵靡曼，唇吻遒会，情灵摇荡。”（梁元帝：《金楼子·立言篇九下》，中华书局 1985 年版，第 75 页）刘师培先生《中国中古文学史讲义》云：“是偶语韵词谓之文，凡非偶语韵词概谓之笔。”（刘师培：《中国中古文学史讲义》，上海古籍出版社 2000 年版，第 5 页）

② （宋）苏轼撰，孔凡礼点校：《苏轼文集》卷十《牡丹记叙》，中华书局 1986 年版，第 329 页。

的议论并没有涉及“铁肠石心”与徐庾体的关涉问题。晁补之对此则有较为通达的看法，他说：

> 而余亦尝论广平严毅，所谓没向千载，凛凛犹有生气者。至于人之所同为，不害其异，而鹿门子庸何怪乎？张良、崔浩，皆昔之所谓豪杰。良宜魁梧奇伟，而貌状乃如妇人女子；浩若不胜衣者，而胸中所怀，逾于兵甲。夫形容趣好之相反，何足以识君子之大体也！……以广平之铁心石肠，而当其平居，自喜不废，为清便艳发之语；则如敬之之疏通知方，虽平居富为清便艳发之语，至于临事感愤，余知其亦不害为铁心石肠也。①

认为人的器识与审美心境、审美理想是有区别的，其观点相当有见地。

南宋以来，人们对宋璟《梅花赋》的议论并没有像晁补之那样通达而圆融，晁的看法只得到很少的回应②，更多的意见是在“文如其人”的前提下试图使“铁心石肠”与“清便富艳”

---

① （宋）晁补之：《跋廖明略能赋堂记后》，《鸡肋集》卷三十三，《景印文渊阁四库全书》第1118册，（台北）台湾商务印书馆1986年版，第650页。

② 韩元吉《绝尘轩记》：“贵溪尉舍，旧有黄梅出于垣间。元符己卯岁，廖明略举宋广平之事，题曰‘能赋堂’，以况尉君曾敬之也。明略既为之记，而晁无咎题其后，谓其于敬之远矣……曾君以相家子，文采风流，号有典型，一时酬酢往来，歆艳后辈。其于广平之赋，殆有感而发也。若夫绝尘之喻，则颜子之望于夫子者。虽诗人比兴无所不用其意，然予亦岂独为梅花而发哉？”[（宋）韩元吉：《南涧甲乙稿》，中华书局1985年版，第306—307页]

取得一致。李纲在《梅花赋序》中说：

> 皮日休称宋广平之为人，疑其铁心石肠。及观所著《梅花赋》，清腴富艳，得南朝徐庾体。然广平之赋今阙不传。予谓梅花非特占百卉之先，其标格清高，殆非余花所及。辞语形容，尤难为工。因极思以为之赋，补广平之阙云。①

他认为梅花"标格清高"，与宋广平的"铁心石肠"具有一致性，铁心石肠是作赋者的性格特征，也是梅花的美感特征，二者具有一致性，因而能够产生共鸣。他指出宋广平赋已经不传，因极思以为之赋，补广平之阙，亦即以"清腴富艳"之笔调摹写梅花。李纲所说的"标格"，是指风范，风度②，梅花具有"清高"的风范仪态，故而可与人的"铁心石肠"相匹配。梅花高出百

---

① （宋）李纲：《梅花赋》，王瑞明点校：《李纲全集》，岳麓书社 2004 年版，第 13 页。

② 《艺文类聚》卷七十七引北魏温子升《寒陵山寺碑序》："大丞相渤海王，命世作宰，惟机成务。标格千刃，崖岸万里。"[（唐）欧阳询撰，汪绍楹校：《艺文类聚》（下），中华书局 1965 年版，第 1311 页]唐杨敬之《赠项斯》诗："几度见诗诗总好，及观标格过于诗。"[（唐）杨敬之：《赠项斯》，陈伯海主编：《唐诗汇评》（5），上海古籍出版社 2015 年版，第 3357 页]唐韩偓用"标格"赞柳："无奈灵和标格在，春来依旧袅长条。"[（唐）韩偓：《柳》，陈才智编著：《韩偓诗全集》，崇文书局 2017 年版，第 62 页]刘禹锡用"标格"赞竹："坚贞贯四候，标格殊百卉。"[（唐）刘禹锡：《令狐相公见示赠竹二十韵仍命继和》，《刘禹锡集》，上海人民出版社 1975 年版，第 316 页]杜甫用"标格"赞人："早年见标格，秀气冲牛斗。"[（唐）杜甫：《奉赠李八丈曛判官》，杨伦笺注：《杜诗镜铨》（下），上海古籍出版社 2016 年版，第 995 页]

卉，不仅仅是早发，更在于其“标格清高”。梅之“标格”与“梅格”语义相同。“梅格”一词最早出自苏轼诗中。他在《红梅三首》其一中写道：“诗老不知梅格在，更看绿叶与青枝。”①认为即使是和桃杏花色相似的红梅花，因其具有“梅格”而高出“绿叶与青枝”的桃杏花，诗老（石延年）将其以桃杏花一般等闲视之，有焚琴煮鹤之嫌。石延年的《红梅诗》有“认桃无绿叶，辨杏有青枝”之句，表现初见红梅的诧异之情，应该说这句诗很有表现力，但苏轼认为将梅花和桃杏花相提并论是唐突了梅花，因为梅花标格清高，常花不可与之同日而语。据载，苏轼曾说：“诗人有写物之功。‘桑之未落，其叶沃若。’他木殆不可以当此。林逋《梅花》诗云：‘疏影横斜水清浅，暗香浮动月黄昏。’决非桃、李诗。皮日休《白莲》诗云：‘无情有恨何人见，月晓风清欲堕时。’决非红莲诗。此乃写物之功。若石曼卿《红梅》诗云：‘认桃无绿叶，辨杏有青枝。’此至陋语，盖村学中体也。”②写物之功乃指传神写照，表现物象之精神格调，对于梅花而言乃是应该写其梅格，因此讥诮石延年诗是“陋语”“村学中体”。陆游在《芳华楼赏梅》诗中提到的梅花之“格”是继承苏轼的说法，而更进一步指出“格”即审美风范，是梅花异于众卉最突出之处。李纲以标格清高标举梅花，也与苏轼的看法一脉相承。他创作的《梅花赋》将梅花比作神女、仙女、美女，比作脱去尘俗的美男，以华艳繁缛的辞藻和变化多端的表现手法全方位描绘梅花之构景和婀娜多姿的仪态，远绍南朝徐庾体之

---

① （宋）苏轼：《红梅三首》其一，孔凡礼点校：《苏轼诗集》第4册，中华书局1982年版，第1107页。

② （宋）苏轼：《评诗人写物》，孔凡礼点校：《苏轼文集》卷六十八，中华书局1986年版，第2143页。

神韵。不过,他是以一种景仰的、心向往之的情绪来运思行文的,处处彰显梅花不同凡俗的美韵和仪态。可见,他所理解的梅格乃是清高与“清便富艳”的统一,亦即“铁心石肠”之刚与旖旎多姿之柔的统一。在赋中,李纲写道:

> 惟标格之独高,故众美之咸具。下视群芳,不足比数。桃李逊嫮,梨杏推妍。玫瑰包羞,芍药厚颜。相彼百花,孰敢争先?莺语方蛰,蜂蝶未喧。独步早春,自全其天。至于功用已周,敛华就质。落英飘零,结成青实。钟曲直之真味,得东方之正色。傅说资之以和羹,曹公望之以止渴。用其材可以为栋梁,采为药可以蠲烦热,又非众果之所能仿佛也。①

这是在铺排梅花的姿态和构景之后的结穴之笔,指出梅花标格独高,众美咸具,它的美超越众卉,而调鼎和羹之功、栋梁之才、蠲烦热之效,又非众果之所能仿佛之。梅的功用如同人的政治才干,可比拟“铁心石肠”的济世襟怀的崇高美,其旖旎多姿的韵致具有阴柔的特点,刚柔相济的审美风范是梅格的重要内涵。

李纲对梅格的理解具有代表性,人们在强调梅花凌寒独放、可堪大用的品格时更不会忽略它的姿态美,或者说,它理想的美学风范是刚正不阿与旖旎多姿兼具的风骨之美。王铚说:“皮日休曰:宋广平铁心石肠乃作梅赋,有徐庾风格。予谓梅

---

① (宋)李纲:《梅花赋》,王瑞明点校:《李纲全集》,岳麓书社 2004 年版,第 13 页。

花高绝，非广平一等人物不足以赋咏。”①认为宋广平之人格与梅格是相通的。葛立方说：

> 近见叶少蕴效楚人《橘颂》体作《梅颂》一篇，以谓梅于穷冬严凝之中，犯霜雪而不慑，毅然与松柏并配，非桃李所可比肩，不有铁肠石心，安能穷其至？此意甚佳。审尔，则惟铁肠石心人可以赋梅花，与日休之言异矣。②

认为梅格清高，与松柏并配，非桃李所可比肩，唯有宋广平那样的铁肠石心方可写梅花之韵，传梅花之神。姜特立在《跋陈宰〈梅花赋〉》中也说：

> 夫梅花者，根回造化，气欲冰霜。禀天地之劲质，压红紫而孤芳。方之于人，伯夷首阳之下，屈子湘水之傍，斯为称矣。自说者谓宋广平铁石心肠，乃为梅花作赋。呜呼梅乎！其将置汝于桃李之间乎？余谓唯铁心石肠，乃能赋梅花。今靖侯不比之佳人女子，乃取类于奇男伟士，可谓知梅花者矣。③

促成梅花描写由美女向贞士形象转化的重要因素之一，乃是人们对梅格认识的日益深入。姜特立认为“铁心石肠，乃能赋梅

① （宋）王铚：《明觉山中始见梅花戏呈妙明老》，《全宋诗》第 34 册，第 21294 页。

② （宋）葛立方：《韵语阳秋》卷十六，（清）何文焕辑：《历代诗话》，中华书局 1981 年版，第 616 页。

③ （宋）姜特立：《跋陈宰〈梅花赋〉》，《全宋文》第 224 册，第 3 页。

花”反映出“铁心石肠”之刚与旖旎多姿之柔已经完全融通于梅格中,亦即“禀天地之劲质,压红紫而孤芳”。周紫芝在《双梅阁记》中对梅格之刚柔相济之美诠释得更为具体生动,他说:

> 草木之妖丽变怪所以娱人之耳目者,必其颜色芬芳之美。而梅之为物则以闲淡自得之姿,凌厉绝人之韵,婆娑于幽岩断壑之间,信开落于风雨,而不计人之观否,此其德有似于高人逸士隐处山谷而不求知于人者。方春阳之用事,虽凡草恶木猥陋下质,皆伐丽以争妍,务能而献笑,而梅独当隆冬冱寒风饕雪虐之后,发于枯林,秀于槁枝,挺然于岁寒之松让畔而争席,此其操有似于高人逸士,身在岩穴而名满天下者。余之论梅有得于此,而无所发其狂言。……以赋和靖之诗而草广平之赋,然后知余言之非夸也。①

他认为宋广平的《梅花赋》应像林逋那样细致入微地描绘梅花的姿态韵味,方能传神写照,而梅花之美在于其“闲淡自得之姿,凌厉绝人之韵,婆娑于幽岩断壑之间”,高洁与美丽有机地统一。

南宋人对梅格的体认主要表现为对“铁心石肠”与“清便富艳”的统一,刚与柔形成的张力为梅花审美展现出丰富多彩的内涵。楼钥在《跋陈昌年梅花赋》中说:“皮日休赋桃花,欲状其夭冶,专取古之美女以为况。此赋形容清致,故又多取名

① (宋)周紫芝:《双梅阁记》,《全宋文》第162册,第275—276页。

胜高人以极其变。梅固非桃可比,体物之工,亦又过之。"①他认为陈昌年的《梅花赋》体物之工超过"状其夭冶"的皮日休的《桃花赋》,且"形容清致,故又多取名胜高人以极其变",这说明陈赋在追摹徐庾体风格方面甚至超过了皮日休的《桃花赋》,虽然都是在描写花卉,梅毕竟不是桃花,因其标格甚高,华艳的描绘应能对梅格传神写照,因而文章情感应崇雅端正。张镃在《梅品序》中说:"梅花为天下神奇……但花艳并秀,非天时清美不宜。又标韵孤特,若三闾大夫、首阳二子,宁槁山泽,终不肯俯首屏气,受世俗湔拂。间有身亲貌悦,而此心落落,不相领会,甚至于污亵附近、略不自揆者。"②文中提到的"标韵"即标格、梅格。梅花异于众卉之处在于其具有标韵,如人中之屈原、伯夷、叔齐,具有不受世俗浸染的品格。梅花精神气质的高洁出众和"花艳并秀"形成了刚柔相济的风度仪态。

梅格的刚柔相济还体现在梅的枝柯形态上,范成大在《梅谱后序》中说:"梅以韵胜,以格高,故以横斜疏瘦与老枝怪奇者为贵。其新接稚木,一岁抽嫩枝直上,或三四尺,如酴醾蔷薇辈者,吴下谓之气条,此直宜取实知利,无所谓韵与格矣。"③梅花异于众卉在于"韵"和"格"。格,指品格;韵,是指富于美感的情趣、仪态。"韵""格"其实就是标格,或者梅格。范成大理解的梅格是横斜疏瘦与老枝怪奇者所表现出的瘦劲虬曲的力度美和横斜逸出的飘逸美,亦具有刚柔兼济的特点。而新生的枝条与常木无异,无韵、格可言。他有《古梅》诗曰:"孤标元不

---

① (宋)楼钥:《跋陈昌年梅花赋》,《全宋文》第264册,第200页。

② (宋)张镃:《梅品序》,《全宋文》第289册,第32页。

③ (宋)范成大:《梅谱后序》,(宋)范成大等著,程杰校注:《梅谱》,中州古籍出版社2016年版,第11页。

斗芳菲，雨瘦风皴老更奇。压倒嫩条千万蕊，只消疏影两三枝。”①梅的美不在于花朵之美以及不与众卉争春的特征，而在于其老劲之美，因而嫩条与繁花不及疏影与老枝。因为虬枝疏花方显刚柔兼济的韵致。梅格刚柔相济的美也体现在枝柯与花朵的呼应上。何梦桂在《邵梅间诗序》说：“天地冰霜，万木冻折，而冰姿铁骨，玉蕊琼英，傲然独出于万物之表。故于是时，上下尘世无一物得与梅齿。其清彻寒绝雅宜在梅间者，惟雪与月。”②“冰姿铁骨”与“玉蕊琼英”形成一种呼应关系，体现着梅的清雅高洁，只有雪与月能与之配合，构成标格清高的画卷。陈著的《梅窗记》则较为全面地阐述了梅格的各个层面：

> 梅于植物，癯而益劲，枯而益奇，故其色淡中自韵，如古君子；其香敻绝，不染富贵脂泽气；其实酸，不投甘，昔人至以和羹方大用。非杜少陵莫敢索笑，非林和靖不能以诗写。而世之人不识梅、不见梅者，类拾人余唾，借以自表揭，辱梅甚矣。……凡物之香者或无色，色者或无实，三美具，又劲且奇，有岁寒操，非梅而何？……雪霜之玉以妍之兮，而将茹其芳而清之胚。雨露之膏以成之兮，而将落其华而质之培。媚柔秾郁彼纷纷兮，此寂寞矫自享于山之颠、水之隈。而将冠方山、珮飞霞与周旋兮，苟初心之不践有如梅。③

① (宋)范成大：《古梅》，《范石湖集》，上海古籍出版社 1981 年版，第 328 页。

② (宋)何梦桂：《邵梅间诗序》，《全宋文》第 358 册，第 65 页。

③ (宋)陈著：《梅窗记》，《全宋文》第 351 册，第 90 页。

梅花具有癯而益劲、枯而益奇的枝干，色淡而自成美韵的花朵，绝远悠长的馨香，酸而不俗的果实，无尘杂之气而合于大用，凡此种种，构成了梅花“三美具”的飘逸美与“劲且奇”的刚硬美；清高闲雅与济于世用的华实相生的结合。而以此格调，与霜雪雨露相沆瀣，与山巅水隈相映衬，不与众媚柔秾郁争春色而自成高雅绝俗之美境。

梅格的刚柔相济之美的内涵是多层次的。南宋人对梅格的体认与塑造反映出当时的审美理想具有兼容贞刚操守与旖旎情思的倾向，这与时代风气密不可分。南宋以来文学发展逐渐脱离追求理趣的哲理性超越之路数，走向直接表达人生感受和审美理想，走向以平常之心感受生活，体认生活，表现生活。过去那种横亘在文人心里的对人生终极意义的思索和彻悟的冲动在现实的苦难中消磨殆尽了。他们处庙堂则慷慨激昂，高论煌煌；居江海则啸风吟月，魏阙之思相对淡薄。可以说，较之北宋，南宋文人的心态更具世俗化和生活化。因此，其审美好尚也发生了变化。由以往的追求妙解天人、澄怀观物转向追求旖旎婉转、摇曳多姿，由浑朴大方转向细美婉约。他们所崇尚的美逐渐向低回柔婉、旖旎多姿的阴柔美靠近，欣赏更贴近生活的、能为更多的人所接纳的清倩灵动的美。同时，北宋后期兴起的理学在南宋以来滋生旺长，标举道德人生、强调士人节操的“崇正”的文艺思潮也在塑造时代审美风尚方面起着作用，尤其是理学对耕读传家生活观念的改造与标举，使得乡居生活具有了在修身齐家中进行治国平天下的大业的含义。可以说，南宋的审美理想就是在世俗化和道德化两种美学取向的矛盾冲突中发展的。标格清高而内心光风霁月、鸢飞鱼跃，成为人们较为普遍的人格追求。梅花美学风范的塑造,正体现时代审美理想的特征。

三、"天不能寒独有梅,一涉春风不足奇":梅花象喻与审美境界

洪咨夔在一部书稿的跋文中曾提道:"其赋梅,有'天不能寒独有梅,一涉春风不足奇'之句。读之至此,怅然久之,曰:其有分寒饿也耶?余于此有会,其亦有分寒饿也耶?"①梅花凌寒独放,处寒饿而卓然而立,体现着贫贱不能移的精神。南宋人在梅花象喻的塑造中,相当重视对道德情怀的开掘,在早发报春的形象外,梅花形象还融入了凌寒冒雪的内容,彰显着君子人格和道德情怀。

美是道德的象征,中国传统文化高度强调美和善的统一。审美境界不可以抽离道德因素,道德境界也包含着审美因素,审美因素缺失,道德境界将不够完善,不够理想。缺少道德修养的主体是难以形成和呈现审美境界的。艺术与道德的有机结合,呈现着一种人格美育精神。梅格的塑造同样立足于道德境界,融汇着人格美育精神;梅格的塑造只有进入人格理想与道德境界的层面,审美价值才能得到彰显和提升。当然,梅花象喻的审美构建必须遵循"无目的的合目的性"原则,道德因素不应作为概念,而应当是作为一种直观融化于审美境界中;反之,梅花书写就会变成道德的图解和演绎,美感会大为削弱,

① (宋)洪咨夔:《易斋诗稿跋》,《全宋文》第 307 册,第 124 页。

甚至失去审美意义。

在宋人的梅格书写中，人格追求和道德境界在南宋中后期越来越突出，这与理学对人生观念的渗透密切相关。成就君子事业是传统文化当中人格修养的主要目标，在儒家看来，君子的重要标志是德行，道德修养一直是儒家文化的重要组成部分。理学更是将品德修养作为贯彻天理与人性的核心内容，把一切人事物理都建立在德性的基础之上，一切社会行为都立足于用德性来规范，来评价。因此，养成道德就成了理学塑造人格的核心内容。

梅花的特征与人们的审美理想契合处甚多，审美之"无目的的合目的性"在梅花身上体现得尤为充分，这是梅花深入人心的重要原因。人们对梅格的体认与塑造，是在道德情怀与旖旎情思之刚与柔的两极展开的，体现着他们的人格追求和审美理想。如王铚的《梅花赋》写道：

> 韵胜群卉，花称早梅。禀天质之至美，凌岁寒而独开。标致甚高，敛孤芳而独吐；阳和未动，挽春色以先回。原夫尤物之生，英姿特异。方隆冬之届候，属祁寒之鼎至。瞻远岫兮无色，盼丛条兮失翠。彼美仙姿，敻存幽致。春风万里，报南国之佳人；香艳一枝，富东君之妙意。观夫离类绝俗，含新吐奇。妙有江山之兴，萧然风露之姿。气韵雅甚，精神远而。

赋作开宗立意，对梅格充满膜拜之情，指出隆冬时节，万物萧瑟，梅于此时，含新吐奇，气韵雅甚，生气远出，传达着春天的气息，展示着造物主的伟力。因而，梅花标格清高，离类绝俗。赋作铺排梅花旖旎多姿的美感曰：

其时掩苒半开，娉婷一笑。绚红日以朝映，耿青灯之夜照。何郎秀句不足以咏其妍，徐熙淡墨不足以传其妙。城隅璀璨，遥瞻妍女之姝；月下横斜，乍织鲛人之缭。至若霜岛寒霁，江村晚晴，竹外烟袅，松间雪清。恼远客以魂断，悦幽人之眼明。

梅花在清风中含笑半开，如袅娜娉婷的少女，或在春回大地的辉光里，或在幽窗青灯的氤氲里，尽展其风姿、韵致之美，难以传之笔端，在城隅、月下、江村、竹外、松间，梅花处处，风光处处，远客见之思乡，幽人见之一扫愁绪。在对梅花美丽画卷的传神入画的描绘中，反映出作者对这种妩媚婀娜之美心向往之，一往深情。同时，作者又突出了梅花刚硬美的一面：

譬夫豪杰之士，岂流俗所能移；节义之夫，虽厄穷而愈厉。时当摇落之候，气极严凝之际。兹梅也，排风月而迥出，傲霜雪而独丽。色靡竞于阳春，志可期于晚岁。①

处厄穷而愈厉、傲霜雪而独丽，这不正是人们所景仰的那种"铁心石肠"吗！王铚有诗歌咏梅花曰：

急晷驰轮岁将歇，我更荒村转冰辙。
凝岩万物冻无姿，水墨陂塘葭苇折。

① （宋）王铚：《梅花赋》，《全宋文》第182册，第160—161页。

是谁向背此间来，破萼梅花伴幽绝。
遥山谁恨天作愁，澹尽眉峰半明灭。
清香自满不因风，玉色素高非斗雪。
竹篱凝睇一凄凉，沙水澄鲜两明洁。
天仙谪自广寒宫，定与桂娥新作别。
尚怜孀独各相望，多情与照黄昏月。
从来耐冷月中人，一任北风吹石裂。
漫劳粉镜学妆迟，欲写冰肤画工拙。
千古无人识岁寒，独有广平心似铁。
我因花意拂埃尘，尚恐人传向城阙。
诗成火暖夜堂深，地炉细与山僧说。①

此诗运思与结构与这篇赋基本相同。诗作在荒寒之景的背景上描写梅花，写梅香、梅影，由月下梅姿展开想象，将梅比作月宫的谪仙人。诗作从凌寒、美丽两个角度来凸显梅花标格的高绝，与其赋作运思相同。幸元龙的《梅花赋》则把梅花描绘为天上的花之神：

瑶台三十有六宫，宫之西北有玉宸焉。玉宸之西有虚白之室，银河环绕，玉绳隐映。庭有水晶，奇花万株。花之神曰雪骨真人，冰绪缟衣，丰腴清艳，炫耀心目。

这是将梅花提升到花神的地位，以突出其标格之高。然后多角

① （宋）王铚：《明觉山中始见梅花戏呈妙明老》，《全宋诗》第34册，第21294页。

度描绘梅花旖旎动人的美：

> 微风乍生，婉笑娇舞。踏红绿之茵，立青褐之竿。精采动荡，月姊羞缩。妒逐坠天，流行草木。英灵发挥，钟为腊花，风韵高洁，自成一家。淡月黄昏，的皪疏雅，轻烟浮霁，孤绝潇洒。标格并姑射之皎洁，峻态度罗浮之艳野①。

作者描写梅花在风中、黄昏时的美韵，始终将其与神仙、仙境联系在一起，以呼应开篇"花之神"的定位，彰显其美丽而不同凡俗的品质。赋作还以一段画面感极强的文字来表现梅格的内涵：

> 青女飞霜，滕六镂霙，万林惆悴，寒梢独春，夷之清也。倒影孤崖，浮香幽涧，璚骨卧雪，粉面临风，惠之和也。红绽雨肥，乌绞烟蹙，味调金鼎，功剂上堂，尹之任也。②

梅之清、和、任就是美丽而不俗，贞刚而济世，具有刚柔相济的标格韵致。

对梅格的体认与塑造是在乡居生活的背景下展开的，因而也深深打上了乡居的烙印。由于读书人群的扩大，南宋文人群体构成发生了变化，在野文人增多，并成为文学发展的主导力量。他们的生活情趣自然会影响到社会审美好尚，影响到梅格的塑造。由于文人的主体生活于乡间，追求野逸之趣便成了生

---

① 当为"态度峻罗浮之艳野"，"态度"指仪态风度。

② （宋）幸元龙：《梅花赋》，《全宋文》第303册，第385页。

活风尚的主流。那些生活于城市的文人,也在诗文中憧憬着乡居的闲逸,心系农桑之事,那些建筑在城市的园林馆墅,也表现着乡野情调,园田韵致。整个南宋时期的文学书写,田园生活情韵乃是一重要关目。梅花作为南方习见之物,与广大乡居文人的精神世界联系密切,为"贫贱者"所青睐,而与富贵生活颇为疏离。刘学箕就说:"梅贵清瘦,不贵敷腴。雪后园林,水边篱落,似全其真。若处之名园上苑,对之急管繁弦,是四皓之去商山,夷齐之入瑶室矣。"[①]这种看法颇具代表性。何澹的《绕花台赋》是少见的描写"名园上苑"之梅的作品,赋曰:

> 陟彼春台兮,意百卉而回环,乃独取于南枝兮,岂孤洁而难攀。秉太皞之权舆,赋姑射之容颜,视桃李兮牛走,与松筠兮臭兰。泄天机于庾岭,寄驿信于长安,逮香魂之告谢,收鼎味之余酸。盖有始有卒,非若他品异类,徒一时之美观。山泽有癯,帢巾氅衣,恶尘俗之入眼,喜冷淡而生姿。命曰清友,以遨以嬉。共寄情于卮酒,敌照座之十眉。岁晏寒凝,木落草衰,云四垂而一色,瑞六出以交飞。[②]

赋作描写名苑中梅花的早发和凌寒的节操,具有富贵不能淫的含义,而点出赏梅者山泽之癯的身份,则仍是在强调梅花与贫贱者精神相通的特点。宋人赏梅重花不重实,就在于梅实与和羹之用关联,暗示着为宦的"富贵"生活,正如欧阳守道所说:"(梅花)亭亭霜雪中,矫矫冰玉姿,高人贞士之所赏爱以此。

---

① (宋)刘学箕:《梅说》,《全宋文》第300册,第395页。

② (宋)何澹:《绕花台赋》,《全宋文》第282册,第165页。

自古有和羹语，世间佞舌例借此作梅好事。梅可敬顾和羹也哉？开此口者汲汲富贵人也。梅有知，当不肯与闻。”①

田园生活虽然被冠以“隐居”之名，但是没有被赋予太深的与“志深轩冕”相对立的意义，而是以常态化生活的面貌进入到文学书写中。刘辰翁在《蹊隐堂记》中指出，隐居不应是刻意为之的行为，他发挥“桃李不言，下自成蹊”之义，认为隐居不必是孤山之梅与小山之桂，也不必是竹林之密密与兰畹之幽幽，它应该是一种常态化的生活：

> 若古有道之士，种花食菜，实未离乎人间，而亦不可荣以禄，殆真隐矣，桃李何负于隐哉！方时艳阳，华如桃李，能不顾省？而穷山枯槁者睨而远焉，彼诚有乐乎彼，而名之所归，政复不能不累乎彼也。人之情性，隐者讵相远哉！……今夫静对轩窗，行唫花下，生意自然，一举目而足，不待游嬉远想，而光阴华悴，感发无穷，则学之所得或在是矣。园林如此，他时子孙仕宦，倦而思归，乃与松菊留情，居然无异，则亦兹花之为助也，何伤于出，而何憾于隐？②

在这里，仕与隐的对立被打破了，过去那种离群索居、批判“大伪斯兴”的意义被解构了，它只是农业社会的基本生活状态。同时，田园生活的美，联系着人们对太平之世的想象图景，它不仅是悠然而乐的，而且也具有常态生活中的种种况味，融汇着

① （宋）欧阳守道：《题钟伯玉西园》，《全宋文》第347册，第45页。
② （宋）刘辰翁：《蹊隐堂记》，《全宋文》第357册，第152—153页。

坚守人格操守的种种内涵。也就是说，布衣的生活，要有旖旎的情怀和高旷的胸襟，才有品味，有格调。周紫芝在《草庐上梁文》中说：

> 结茅屋之数椽，着褐裘之一老。下临无地，高占层丘。草树冥濛，烟云变灭。买田三顷，常思水耨而火耕；有宅一区，且作山栖而谷汲。薄种篱边之菊，更求江上之桤。入则鼓琴以自娱，出则抱瓮而立灌。稍资糊口，便欲杜门。聊从父老之游，誓毕桑榆之暖。……饱维仁义，醉在简编。虽未能反照以回光，亦足以隐居而求志。兵戈偃息，复见汉官之威仪；闾里歌呼，同听葛天之音乐。①

园田足以自生养德，茅檐足以遮风避雨，饱维仁义，醉在简编，胸襟清旷，与道逍遥，“求志”以度岁月。刘学箕《耕隐上梁文》将陶然园田与隐居求志的人生描绘得更为具体：

> 屈信进退，人生孰不求其安荣；寤寐啸歌，贤者乃欲退而穷处。繄先庐南山之下，得隙地西麓之隅。姑从隐沦，以事耕凿。方是闲居士家传儒业，身服圣言，语彼世纷，全兹天性。功名浪语，嗟壮志之未酹；轩绂傥来，念此日之足惜。虽袖山林之手，不忘畎亩之忠。春雨鸣蓑，负耒耜钱镈之器；寒烟湿履，滋稻粱黍稷之苗。植杖或耘或耔，荷蒉且疆且理。矧在昔之君子，犹下同于野夫。卧南阳庐，耕

---

① （宋）周紫芝：《草庐上梁文》，《全宋文》第 162 册，第 367—368 页。

有莘野。以乐尧舜之道，以诵周孔之书。不以独善而肆厥身，终期兼济以行其志。识其大，遁世无闷；非斯人，将谁与归？久慕前修，今希遗躅。况有青山绕屋，更疏绿水循除。树墙下以桑，已办一区之宅；种渭川之竹，未饶千户之侯。①

耕隐生活以家传儒业、身服圣言为信条，虽袖山林之手，不忘畎亩之忠。旖旎的情调与贞刚的操守互补互济，形成刚柔相济的生命美韵。这种生活情调，正如廖行之在《题舅氏耕隐图》诗中所说：

诗书事业可公卿，垂上青冥却反耕。舍己芸人吾弗尔，种田得饱我何营。一犁春雨宁论力，万里秋云会享成。堂上更书无逸语，也知稼穑重金籯。②

躬耕稼穑之所以高于追求功名富贵的劳碌人生，就在于它的闲适自然而内心充实。可以看出，南宋人理解的乡居生活，具有闲雅自适、自洽圆满、刚贞自守、内心充实的韵味，他们为梅格所赋予的清高而旖旎的含蕴也是这种生活美的映射。

耕读传家生活是当时读书人较为普遍的生活状态，他们把生命之根本深扎于土地之上。传统意义的隐居守志，已经不是一种与仕宦和富贵对立的生活信念，而是真实的生活方式，隐居书写中对大道既隐的批判意义因之大为削弱，代之以躬耕励

① （宋）刘学箕：《耕隐上梁文》，《全宋文》第300册，第410页。
② （宋）廖行之：《题舅氏耕隐图》，《全宋诗》第47册，第29191页。

志和对乡居生活情趣的真切体认。乡野园田和茅檐静斋中触目所及的梅花，成为人们寄托生活信念与人生境界的重要载体，人们对梅格的塑造，也是对乡居中的自我同一性的坚守与塑造。那一幅幅充满乡情野趣的梅花图卷，何尝不是人们在表现自我、塑造自我！

乡居野处，与梅为伴，生命因梅而倍感充实，生活因梅而充满意趣。周紫芝在《双梅阁记》中写与主人徜徉圃中，为阁命名。文曰：

> 与之徜徉圃间，得双梅对植草间，适得其中，若有为之者。仆笑曰：此造物所以为君之名其阁也。今当培其根而封植之，毋使榛菅之梗其根而蝼蚁之宅其腹也，毋使牧人之践以牛羊而园夫之寻其斧柯也，则此两玉人者当复为君粲然一笑，而姑射之山殆为君圃中物矣。向吾所谓隐处山谷而不求知于人，与夫身在岩谷而名满天下者，昔也闻其风而悦之，今则为之周旋于旦暮之间矣，岂不快哉！它日倚虚檐之旷快，俯木末而高眺，雪霁月出，撷孤芳而荐酒，览清芬而危坐，则君之有得于梅者当自知之。①

生活于乡野之间，梅之清高秀雅启迪人之胸襟清旷，人之隐居求志亦在彰显梅之格高调逸，人与梅互相映发，互为风景。许棐《梅屋记》写道：

> 予小庄在秦溪极北，屋庳地狭，水南别筑数椽，为读书

---

① (宋)周紫芝：《双梅阁记》，《全宋文》第162册，第275—276页。

所。四檐植梅，因扁“梅屋”。丁亥震凌，屋仆梅压，移扁故庐。客顾扁而问曰：“昔吟逋爱梅，未尝一日去梅。尔爱梅，无梅屋，扁梅屋，犹饥人画饼，奚益？请去扁。”予曰：“向也以梅为梅，今也以心为梅，扁何问焉？扁可以理观，不可以物视。片木，二字而已；理观，四壁天地，万卷春风。庾岭香，孤山玉，岂襟袖外物哉！龂龂以争其无，喋喋以炫其有，皆非物理之平也。请别具只眼。”①

由目中有梅到心中有梅，这是人的精神与梅格的融汇过程，也是一个梅格提升人格的过程，居处虽然屋庳地狭，但是有梅为邻，因而德不孤。李石的《红梅阁赋》生动地描绘了乡居生活与梅为邻的境界：

(梅花)含太素以独秀，破小萼之微丹。友松与篁，真伯仲间。咄严霜其何畏，似古人之岁寒。夜色希微，檐月沉浮。揽衣起步，谁与献酬。耿耿清质，忍令暗投。影横陈以向夕，香彻晓而不收。……美哉，天赞我也，其何不承。有琴我援，有酒我酌。我亦有身，曷云不乐。蹈大方于无闷，味至理于淳朴。望三山之匪遥，欲翔风之寥阔。②

静处茅檐，朔风动地，人与小屋，如天地间一虚舟，挺立于风中的梅花正在凌寒绽放，与松树幽篁，凌寒傲霜，同为道友，构成一幅彰显生命活力的图景。月光给这幅图画笼上一层梦幻的

① (宋)许棐：《梅屋记》，《全宋文》第333册，第378—379页。
② (宋)李石：《红梅阁赋》，《全宋文》第205册，第268页。

色调,这幅图画的剪影映上白屋纸窗。对此美景,援琴酌酒,凌然有高世之志。这其实是极普通的乡居图景,然而有梅为邻,顿时趣味盎然。

人们通常借梅花来抒发乡居心境和审美境界。张侃在《借轩赋》中写道:"入则绳枢,出则扶藜。竹有晚节,梅有清姿。水能容量,山能呈仪。自得膜外之乐,不染世间之丝。"①穷居陋巷,有竹梅为伴,山光水色,触目所及,皆成风景,梅花将人带入精神自足的美境。林学蒙的《梅花赋》表现了以梅为友的乡居生活:

> 余之为人也,山林习惯,世味心灰。即蜗居之东偏,种半亩之疏梅,相与盘桓,日不知几回。岁寒亲友,问心开怀。时夜将半,疏影横斜,牵牛饮河,忽相顾而兴悲,念岁月之几何。②

人的生命感受已经与梅融为一体,故而因梅而兴叹,托梅以寄意。梅花成了他们感受人生、启迪情思的重要媒介,抒发人生感受的重要载体。王迈在《盘隐记》中写道:

> 水如镜,石如玉,花卉异品,呈巧献状,怪松如蟠虬,修竹如琅玕。酴醾堆架,芙蓉出水,深红浅白如妃嫱之妆。绕砌芳兰万本,异香袭人,如佳子弟。雪天梅花盛开,清标

① (宋)张侃:《借轩赋》,《全宋文》第304册,第146页。

② (宋)林学蒙:《梅花赋》,《全宋文》第284册,第362页。

雅韵，又如群仙绰约，联缟裳而朝蕊宫也。①

生活于乡间，四时卉木应接不暇，四时风景纷至沓来，而梅花的点染，又使乡居恍若处身仙境。姚勉在《月崖前集序》中写自己乡居夜读，以梅为伴的悠然之境，陶然之情：

余性好山水，城郭不能有之，乃叠石作假山，下凿小池，横木为桥，环山为墙，外植梅竹，清事略具。既望，夜漏下三鼓，月已高，窗纸昼明。予方拥衾危坐，霜风微起，竹的淅有声，栖禽竞飞其间。亟披衣出檐玩明月，倚栏良久，步立桥上。天高月小，寒影在地，水澈净如镜，鱼畏寒不复出，独梅影在水间。仰视梅已三两有花，清思逼人，无与领此者。忽记友人潘清可日尝以集寄予，未暇读，亟取读之，真若嚼冰咽雪，不知孰为山水，孰为梅竹，孰为霜月，且孰为诗也。②

月明之夜，梅影映窗，暗香浮动。或于窗下读书，听风动竹声，或于小园徘徊，观寒梅着花。若于此时有清雅之文章为伴，则人与梅与文，互相感发，呈现陶然于天地间的美境。人们敏锐地感觉到，乡居野处，因梅花的介入而焕发出盎然情趣；耕读度日，因梅格的映照而意味充盈。生活因为有了梅花，才成为风景。

在乡居生活中，梅花不仅体现着人们的审美理想，也是人

---

① （宋）王迈：《盘隐记》，《全宋文》第 324 册，第 396 页。

② （宋）姚勉：《月崖前集序》，《全宋文》第 351 册，第 448 页。

们寄托性理，表现人生感悟、生命感受的知音。包恢在《远斋记》就说："斋外梅竹相与照映，盖致远心地洒然，而境地之胜亦如之。况深于琴，精于诗，鼓于斯，赋于斯，则山鸣泉响，梅动竹应，若皆知音者。"[①]梅已经由风景的一部分变而为生命的一部分，梅动竹应，人心随之起舞，若知音之相感，精魂之想通。何梦桂在《邵梅间诗序》写道：

清溪有诗人，癯然一髯翁，江空岁暮，顾影无俦，独于梅花树下，抱膝浪吟，酾酒酹花，若将与雪月分席者，因自号曰梅间。夫风尘涴人，满目皆是，踉空足音，跫然以喜。梅虽无言，余必知无拒子也。[②]

梅虽无言，道尽诗人心中之郁垒。黄大舆说自己辑《梅苑》的目的是为了寄托乡居生活的感受：

若夫呈妍月夕，夺霜雪之鲜，吐嗅风晨，聚椒兰之酷，情涯殆绝，鉴赏斯在，莫不抽毫遣滞，劈彩舒聚，召楚云以兴歌，命燕玉以按节。然则妆台之篇、宾筵之章，可得而述焉。[③]

徜徉在月下雪中的梅树下，沉浸在暗香的氤氲中，兴发感动，情不能已，抽毫遣滞，劈彩舒聚，以写眼前之景，抒心中之情，或者录前人咏梅之作，以导泄己之感触。

---

① （宋）包恢：《远斋记》，《全宋文》第 319 册，第 365 页。

② （宋）何梦桂：《邵梅间诗序》，《全宋文》第 358 册，第 65 页。

③ （宋）黄大舆：《梅苑序》，《全宋文》第 173 册，第 19 页。

梅花象喻在孤静、幽雅、清冷的审美情境中融入了“清”“贞”等精神内涵。梅格具有融通贞刚拗劲与旖旎多姿的特点，梅格的塑造，兼具君子风范和平民化品格，为穷居野处者引为寄托。梅花素淡、冷峻、清冽、幽妙，梅枝疏淡、清瘦、虬曲、老健，梅影横斜、交疏、飘逸、幽峭，以之点染图画，境界顿出，形成清雅逸致、娴静淡雅、清疏遒劲的风神意趣。这与人们对自足自洽而清倩灵动的美的追求深相契合，集中体现了人们的审美理想和审美感受，并进而成为“南方”生活样态和生活情趣的象征符号，成为士君子襟怀与人格美的写照。

综上所述，继牡丹之后，梅花成为另一种意义承载丰富的花卉，它自身的特征为它进入审美生活的各个层面提供了可能。南宋时期，士绅阶层成为社会文化的主要承载者，梅花象喻表现着他们的审美理想和人格诉求、人格境界。士绅阶层本身，有着浓厚的“在野”的特点，这一阶层的审美理想和道德理想有着广泛的基础，具有“大众”的特点。因之，以士绅为主体塑造的梅花象喻不同于贵族气息浓郁等讹牡丹象喻，而更具平民色彩，更具有代表中华民族与中华文化的品质。随着宋元以来对梅花的不断塑造，梅花逐渐深入华夏文化的各个层面，成为华夏文化的象征。中华文明与其他具有生命力的文明一样，趋向于在更高层次上认识人、认识人的价值，趋向于对人的权利的尊重与解放。随着文明的进步与文化交流融合的加深，梅花一定会更加美丽地绽放。如今，任何中国人，不论在国内，还是在国外，都以爱梅为荣。梅花蕴藏着中国人的特性本质，散发着中国人的道统，凝聚着人类的人性文化，相信梅花在以后的岁月里，依然会承担起凝聚民族人心、维护民族统一、增强民族自信的伟大使命。

华夷之辨的新变与民族精神的塑造*

——以南宋时期梅花象喻的生成为中心

南宋以来，强敌虎踞，亡国亡天下的忧虑成了挥之难去的梦魇。在这样的环境下，对民族、国家与文化的认知，对民族精神的探寻与塑造就成了思想文化的普遍焦虑和关注中心，被赋予了传续华夏命脉的崇高意义。当时对“华夏”意义的追寻与塑造是以对华夷之辨的重新阐释为切入点的，对“华”与“夷”的认知就是要在观念世界里凝练出即使面临亡国境遇也足以延续华夏文化的民族精神，就是要确立起深沉的民族认同与文化认同。

勾勒这一文化重塑的过程是相当困难的，它是一种草蛇灰线、马迹蛛丝、隐于不言而又细入无间的思想倾向，一种晦暗不清而又深沉幽微的文化焦虑，它湮没在当时各种各样庞杂的经解、杂撰、语录等文献中，要寻绎、清理之，绝非易事。但是梅花在这一过程中被塑造为华夏文化与民族精神的象征，宋亡以后，梅花文化在社会生活中大放异彩，它承载着人们对南国大

---

* 本文3.1万字，删改为1.6万字的《南宋华夷观念的转变与梅花象喻的生成》，载于《文学评论》2021年第5期，系2017年国家社科基金重大项目“中国赋学编年史”（项目编号：17ZDA240）的系列成果之一。

地、南宋政权、华夏文化等多重意义的执念,寄寓着深沉的文化依恋与家国之思。因此,若从分析梅花象喻的生成入手,尝鼎一脔,窥豹一斑,或可见其大略,甚或可见其关键细节。

一、对华与夷的重新认识

梅花是南方随处可见的树种,梅花构景也是触目而见的风景,它与人们的生活、审美文化等社会文化的各个层面建立起深入而广泛的联系,人们对它给予的关注和倾注的情感是其他卉木无法比拟的。南宋中期以来,梅花被塑造成华夏民族的精神图腾和文化象征。这种塑造的前提是,梅花喻象的内涵特征应该与华夏民族的精神气质和文化品格保持着最大限度的一致性,并且与华夏所认知的夷狄文化品格有着根本差异,只有这样,这种象征性才能成立。因此,探究宋代的华夷之辨思想,尤其是南宋时期这种思想的特质,对我们理解梅花象喻的深层内涵非常必要。

探究华夷之辨思想,必须面对何者为华、何者为夷的问题,这包含文化的、地域的、政权的、种族的等多重意义在内。这在华夷之辨提出的春秋时期,似乎不是需要深思的问题,那时辨别华夷的标准是礼乐文化,并参之以疆域和种族因素,政权的含义在先秦时期晦而不明。宋代思想界在回答"何者为华"时则要复杂得多,甚至"何者为夷"也成了问题,必须重新梳理。"何者为华"与"何者为夷"其实是关联在一起的,是一个问题的两个方面,因为这种思索是在种族与文化危机的逼迫下展开的,宋人对自己文化特征的重新认知与对周边异质文化的重新审视必然联系在一起,而且,那些对华夏政权构不成威胁的异族政权则很难进入这一观照视野。北宋时期,这种危机主要来自华夏文化内部,来自佛、道,尤其是佛教学术体系的完善对儒家思想地位的撼动。因此石介说:"夫中国,圣人之所常治也,四民之所常居也,衣冠之所常聚也。……夫中国,道德之所治也,礼乐之所施也,五常之所被也。"①圣人所治、道德所行之地即是"中国","中国"作为天下之中的地位,是由其价值上的先进性确立的,而不是取决于地域。这样,"中国"除了地域与种族的含义外,价值观的意义便凸显出来。这正是宋儒最自信的地方,也是辽、西夏无法与之相争的地方,因之,大宋作为华夏的代表,其合法性就在于"道德之所治""礼乐之所施"与"五常之所被",而夷狄则没有这个资格。这种对华夷之辨的认知思路是宋代思想界的共识,具有浓厚的文化中心主义色彩。对于夷狄,北宋人将其文化的异质特性和地域性特征综合起来考虑,主要着眼于与夷狄政权的关系,仍然是以传统夷夏观来看待夷狄的。

南宋以来,儒者立足华夷关系中之华夏居中、四夷处外的地域认知框架来评判北方大地之没于胡虏,深浸愤懑之情与复仇之念,主张攘夷,华夷对立之义得到彰显,对夷狄认知的道德评判色彩极为浓厚。与之相应,在华夏认知中文化的优势进一步得到高扬。南宋初理学的重要传人胡安国的思想在这方面具有代表性,他说:

---

① (宋)石介撰,陈植锷点校:《徂徕石先生文集》卷五《怪说上》,中华书局1984年版,第60页。

> 中国之有戎狄,犹君子之有小人。内君子外小人为《泰》,内小人外君子为《否》。《春秋》,圣人倾否之书,内中国而外四夷,使之各安其所也。无不覆载者,王德之体;内中国〔而〕外四夷者,王道之用。是故以诸夏而亲戎狄,致金缯之奉,首顾居下,其策不可施也;以戎狄而朝诸夏,位侯王之上,乱常失序,其礼不可行也;以羌胡而居塞内,无出入之防,非我族类,其心必异,萌猾夏之阶,其祸不可长也。为此说者,其知内外之旨而明于驭戎之道。①

他认为华夏与夷狄是一种对立关系,这种对立在于道德层次的高下,犹君子与小人的对立。在宋代的学术文化中,君子小人之辩是重要命题,将华夷之辨纳入这样的语境,使"非我族类,其心必异"的论断落实到了道德层面,加重了道德评判的分量,因此,拒斥夷狄就与儒生们主张的"亲君子远小人"挂起钩来,这为理学人士反对"和戎"找到了理论依据。他进一步指出:"中国之所以贵于夷狄,以其有父子之亲、君臣之义尔。"②又说:"中国之为中国,以有父子君臣之大伦也。一失则为夷狄矣。"③"《春秋》固天子之事也,而尤谨于华夷之辨。中国之所以为中国,以礼仪也,一失则为夷狄,再失则为禽兽,人类灭矣。"④在胡安国看来,华夏文化便是以维持等级秩序为核心的君臣父子之大义的儒家礼制文化。他认为华夏的伦理型文化,

① (宋)胡安国:《春秋传》卷一,岳麓书社2011年版,第15—16页。

② (宋)胡安国:《春秋传》卷二十三,岳麓书社2011年版,第302—303页。

③ (宋)胡安国:《春秋传》卷十一,岳麓书社2011年版,第129页。

④ (宋)胡安国:《春秋传》卷十二,岳麓书社2011年版,第141页。

既是华夏与夷狄相区别的标志，又是人类与禽兽相区别的标志。这就进一步明确了华夷之别主要在于人伦礼仪，在于纲常伦理，从中不难看出对夷狄的异质文化充满蔑视甚至敌视之意。

南宋人基本上是沿着这样的思路来看待夷狄的。华夷被纳入君子小人的认知框架，对夷狄的认识不断得到发挥。有从义利之辨的命题来讨论者，如李纲在《论与夷狄同事》中说："夷狄之性贪婪无厌，不顾信义，可以威服，难以恩结。既借其力与之图事，则必有轻中国之心；情实既露，为彼所料，则必有窥中国之志。奉之过情，则启其贪；不满其意，则易生衅。此所以必为患者，其事势然也。"①有从地势之性阐释者，比如胡寅说过："湿之在水，热之在火，岂伪设而用，其润与熯者岂附益哉！是故各得宜者，中国圣人谓之义。斯义也，君子小人之所以差，华夏夷狄之所以分，伯术王道之所以不同，圣学异端之所以殊绝。"②有从文化传统阐释者，比如黄震说："舜之教人也，使父子有亲，君臣有义，夫妇有别，长幼有序，朋友有信，人之所以异于禽兽，中国之所以异于夷狄，家之所以和，国之所以治，皆不越此五者。"③楼钥在绍熙二年（1191）二月上封事则从形而上的高度来辨识华夷，他说："阳者，天道也，君道也，夫道也，君子也，中国也。阴者，地道也，臣道也，妻道也，小人也，夷

① （宋）李纲：《论与夷狄同事》，王瑞明点校：《李纲全集》，岳麓书社2004年版，第1415页。

② （宋）胡寅：《斐然集》卷二十《义斋记》，中华书局1993年版，第425页。

③ （宋）黄震：《余姚县重修学记》，《全宋文》第348册，第338—339页。

狄也。"[①]北宋初期,人们还对契丹的朴茂之风歆羡不已,此时,则完全从阴阳、君子小人、义利等的对立思维中来看待华夷之别,并不断推演发挥,华夷之辨演变为华夷对立、对抗,夷夏之防的意义脱颖而出。朱熹则高屋建瓴,将华夷之辨纳入道统传续的认知框架中,华夷的对立被概括为道德与诈力的对立,他说:"中国所恃者德,夷狄所恃者力。今虑国事者大抵以审彼己、较强弱为言,是知夷狄相攻之策,而未尝及中国治夷狄之道也。盖以力言之,则彼常强,我常弱,是无时而可胜,不得不和也。以德言之,则振三纲,明五常,正朝廷,励风俗,皆我之所可勉,而彼之所不能者,是乃中国治夷狄之道,而今日所当议也。诚能自励以此,则亦何以讲和为哉?"[②]仁者无敌,华夏所恃者在于"德",这个"德",就是道统传续的具体内涵。

华夏文化的秩序性品格使得它对政权具有极强的依附性,因而在华夷之辨中必须厘清这样的问题:那便是什么样的政权有资格代表华夏。随着汉代大一统局面的出现,"华"的地域特性和文化品格进一步显现,大汉政权成了"华"的集中体现,"华"与王朝的正统性取得了一致。从汉以后,王朝的正统成了对华夏地域、华夏文明与华夏种族认知的重要依据。因此,五德终始说或者董仲舒的三统循环说所要阐发的不仅是王朝的奉天承运,还有其代表华夏的合法性问题。在汉唐时期,王朝的正统与代表华夏的地位是一致的,但是魏晋南北朝和五代

---

① (宋)楼钥:《攻媿集》"雷雪应诏条具封事"条,中华书局 1985 年版,第 326 页。

② (宋)朱熹:《答汪尚书甲申十月二十二日》,《晦庵先生朱文公文集》(二),朱杰人、严佐之、刘永翔主编:《朱子全书》(修订本),上海古籍出版社、安徽教育出版社 2010 年版,第 1299 页。

时期,情况就复杂多了。[①] 在宋代,周边强势异族政权环立,朝贡秩序自然难以完整建立,尤其是南宋,其正统性更面临着巨大挑战。北方的辽和金都曾相当在乎自己的德运,以确立自身的华夏身份。因此,当时的学术思想必须重新审视政权的合法性问题,必须重新使华夏与正统统一起来,建立起利于文化传承和符合现实政治需要的华夷秩序。以此思路来观照王朝的正统,德运流转倒在其次,主要问题在于是否能够承担起传承华夏道统的使命。因此,欧阳修提出"绝统说",他在《正统论上》中说:"自古王者之兴,必有盛德以受天命,或其功泽被于生民,或累世积渐而成王业,岂偏名于一德哉? ……曰五行之运有休王,一以彼衰,一以此胜,此历官、术家之事。而谓帝王之兴必乘五运者,缪妄之说也。"[②]"凡为正统之论者,皆欲相承而不绝。至其断而不属,则猥以假人而续之,是以其论曲而不通也。夫居天下之正,合天下于一,斯正统矣。"[③]他将王朝的更迭由奉天承运的政治神话变成了居天下之正的政治伦理问题,若不符合政治伦理,即不能够"以义合天下",就不具备代表华夏文化的资格,是谓"正统有时而绝"。欧阳修的看法影响巨大,之后德运说在政治生活中的地位逐渐式微。朱熹论正

① 比如隋代的统序若接续北朝,则要从鲜卑的北魏进入,其文化上的华夏特色显然要比南方的东晋逊色得多;若接续南朝,虽然文化上的华夏色彩毋庸置疑,但是,隋承南朝陈之统显然相当荒谬。大宋接续五代之统,其中三个政权是胡族建立的。因此,何者为华,在唐宋的史官那里面临着许多滞纳难通之处。

② (宋)欧阳修:《正统论上》,洪本健校笺:《欧阳修诗文集校笺》,上海古籍出版社 2009 年版,第 498 页。

③ (宋)欧阳修:《正统论下》,洪本健校笺:《欧阳修诗文集校笺》,上海古籍出版社 2009 年版,第 500 页。

统持“无统”之说，他在《资治通鉴纲目凡例》中指出：“凡正统，谓周、秦、汉、晋、隋、唐……无统，谓周秦之间、秦汉之间、汉晋之间、晋隋之间、隋唐之间、五代。”朱熹之论与欧阳修一脉相承，清人何焯云：“正统有时而绝，欧公千古特出之见。而朱子所谓三国、南北、五代皆无统之时，实因之也……而较之欧公所论则尤密矣。”①朱熹的无统之论着眼于政权合于“天理”的合法性。正统确立，一定的君臣关系、忠孝伦理也就随之确立，对这种关系的违背即是不符合政治德性的行为。若正统乖于道统之传承，则政权失去正统的合法性。他的正统论立足道德批判，强调由于一统带来的政治秩序与政治德性。朱熹将“理一分殊”之旨贯彻于历史思想之中，纯以天理人心之安来衡断古今难制之变、难断之疑，认为“天理”乃一以贯之的历史本然秩序，虽盛衰轮替，但历史总是必然地、自然地合于“王道”。这就是所谓纲常伦理无所逃于天地之间，儒家文化的价值系统被诠释为具有宇宙本体意义的普遍法则。“中国”文化的核心内容被赋予了一种超越性的哲学内涵。

从政权的角度看，中国的特性在于传承道统，因而其统治具有正统性，而夷狄则不然。在对夷狄的斗争中，中国可凭恃者是道德教化，立足于此，才能扬长避短，取得优势。叶适曾指出：“复修先王三者之道，则中国之待夷狄，固无难矣，何必劳神于智计，斗胜于士卒，益趋于末而不能反哉！”②他认为三王之道是中国之所以为中国的根本所在，若传续道统，则必战胜

---

① （清）何焯：《欧阳文忠公文》（上），《义门读书记》卷三十八，中华书局1970年版，第682页。

② （宋）叶适：《外论一》，《全宋文》第285册，第341页。

于朝廷，夷狄乱中华的危机将迎刃而解。吕祖谦认为："治天下者，不可以夷狄之强弱为中国之安危。使夷狄之势强耶，则吾中国之不可不治也；使夷狄之势弱耶，则吾中国亦不可不治也。吾知治吾中国耳，彼夷狄奚有于我哉！""盍若告人君以治内之说，彼夷狄敌国之或盛或衰，外患之或有或无，皆无预于吾事，惟专意于治内而已。如是则吾说可以常行而无弊矣，此又进言于君者所当知也。"①中国专于内治，亦即行仁政，厚人伦，强化伦理纲常道德教化，也就是突出"华"的特征，如此则夷狄向风，外患自绝。朱熹也有类似意见，他说："臣尝以是观之，然后知古先圣王所以制御夷狄之道，其本不在乎威强，而在乎德业；其任不在乎边境，而在乎朝廷；其具不在乎兵食，而在乎纪纲，盖决然矣。"②仁德远播如风拂草木，动植靡然向风，此乃不战而屈人之兵的良策。魏了翁就曾说："臣闻善为天下者，不计夷狄之盛衰，而计在我之虚实。中国夷狄一气耳，其盛衰诚无与于我者。先王以其叛服去来荒忽无常，故虽怀之以德，接之以礼，未尝逆示猜闲，然亦岂引而致之，倚与为援，而略无防虑也？"③真德秀也认为："臣闻中国有道，夷狄虽盛不足忧；内治未修，夷狄虽微有足畏。"④立论与朱熹等同调。应该说，从德行仁义的角度认知华夏政权，认知中国，是南宋理学活跃

① (宋)吕祖谦：《匈奴论》，《全宋文》第 261 册，第 318、320 页。

② (宋)朱熹：《垂拱奏札三》，朱杰人、严佐之、刘永翔主编：《朱子全书》(修订本)第 20 册，上海古籍出版社、安徽教育出版社 2010 年版，第 636 页。

③ (宋)魏了翁：《进故事论夷狄叛服无常力图自治之实》，《全宋文》第 310 册，第 251 页。

④ (宋)真德秀：《使还上殿札子》，《西山先生真文忠公文集》卷三，《四部丛刊初编》本。

的南宋中后期思想界的共识。

综上,南宋以来之华夷之辨中“华”与“夷”,是包括了地域、种族、文化、政权等多重要素的,人们对华夷理解,更强调文化和政权的合法性,这与前代相比发生了很大变化。他们从道德纲常的角度理解华夏文化的特性,从合于“天理”的角度理解王朝之“正统”,在政权和文化层面将华夏与道统、天理紧密结合在一起,他们对夷狄文化和夷狄政权的理解,也是着眼于此。那么,作为华夏文化象喻的梅花,其内在品格必须能够体现出道统传续的种种要素,必须能够呈现天理的内涵,只有这样才能够彰显华夏别于夷狄的底蕴。

二、“绝似林间隐君子,自从幽处作生涯”:梅花象喻与君子人格

华夏文化的思想特质和精神追求是以华夏子民作为载体的,是全体民众精神生活与人格追求的总体呈现。南宋时期立足于理学思想的华夷之辨,将地域、种族、政权、历史传承等层面的华夏特征归结为“德”,也就是纲常伦理。因此,夷夏之别,不管是文化的还是政权的,都被简化为道德层面的君子小人之别。成就君子事业是传统文化当中人格修养的主要目标。理学将养成道德视为塑造君子人格的核心内容,并将之上升到接续道统的高度,以君子人格来统摄人生、道统与天理。这样,对个人思想与精神的规范塑造与对华夷之辨中“华”的认知取得一致,全体民众精神生活与人格追求的总体呈现被视为华夏的基本特征。基于这样的思路,梅花要成为华夏文化的象喻符

号和中华民族的精神图腾,其前提就是能够体现君子人格的道德内涵和精神境界。在南宋文化的发展过程中,梅花象喻就是沿着不断凸显君子人格的方向发展的,这是它最终成为华夏文化徽号的基础。一个有趣的现象是,梅花形象道德意义的凸显与理学对社会生活的渗透几乎同步,这说明梅花象喻的生成是理学对观念世界进行重塑的表征之一。

梅花进入文学视野比较晚,六朝时才略有咏梅之作,至唐而吟咏滋多。大宋咸平年间,林逋隐居西湖,结庐孤山,植梅养鹤,并创作了许多脍炙人口的咏梅诗作。林逋孤高的个性和他笔下梅花的绝俗韵致相得益彰,他因此成为宋代咏梅文学的重要开创者和咏梅文化的符号性人物。此后,咏梅文学沿着表现高雅脱俗之人格追求的道路继续发展,梅花与社会人格理想的结合日渐紧密。在南宋理学大发展的学术环境下,梅花的道德内涵被着力强调,梅花逐渐成为人格理想和道德境界的象喻符号,成为君子的象征。

梅花形象在发展过程中,随着审美丰富性的展现,道德因素不断强化,这对其最终成为华夏文化的象征符号具有重要意义。梅花象喻的道德化倾向寄托了人们对君子人格境界的体认和向往。宋人对梅花的歌咏,多喜突出其品格之高洁,他们拈出"孤标"来摹写梅花之精神境界。戴复古有咏梅诗曰:"孤标粲粲压群葩,独占春风管岁华。几树参差江上路,数枝装点野人家。冰池照影何须月,雪岸闻香不见花。绝似林间隐君子,自从幽处作生涯。"①"隐君子"指隐居的道德君子。诗中说

---

① (宋)戴复古:《梅》,《石屏诗集》卷五,《景印文渊阁四库全书》第1165册,(台北)台湾商务印书馆1986年版,第618页。

梅花具有“孤标”,因而是林间的“隐君子”。“孤标”一语用在人格境界上,一般是指人的品行高洁。以梅之孤标暗示人之道德追求,在南宋的咏梅文学中几成风气。郭印咏梅诗曰:“独与幽人臭味同,细看诗句酒杯中。霜林万木无颜色,只有孤标傲晓风。”①诗中的“幽人”指“幽隐之人”②,有德有才而失志失位之人,是“隐君子”的另一种说法。梅花具有幽人之德,傲雪凌霜,孤标独具。张孝祥《咏梅》诗曰:“天与孤标不受尘,生憎桃李斗芳新。”③是说梅花不以与桃李之争春为念,禀赋高洁,淡泊自处。余观复《梅花》诗曰:“群卉皆舆隶,孤标直圣贤。乾坤清不彻,风月兴无边。生意春常在,贞心晚更坚。骚经虽不载,已入二《南》篇。”④也是从梅花异于众卉立意,指出其具有坚贞自守的精神。李龏《梅》诗曰:“草木尽凋残,孤标独耐寒。瘦成唐杜甫,高抵汉袁安。雪里开春国,花中立将坛。年年笑红紫,翻作背时看。”⑤作者以花中之梅,比拟人中之袁安、

① (宋)郭印:《次韵邵公济寻梅三首·其二》,《云溪集》卷十二,《景印文渊阁四库全书》第1134册,(台北)台湾商务印书馆1986年版,第91—92页。

② 诗中的“幽人”语出《周易·履》卦“履道坦坦,幽人贞吉”。[(三国)王弼,(晋)韩康伯注:《周易》卷一,上海古籍出版社2015年版,第11页]

③ (宋)张孝祥:《咏梅次韵二首·其二》,《于湖集》卷下,载(宋)陈思编,(元)陈世隆补:《两宋名贤小集》卷一百四十六,《景印文渊阁四库全书》第1363册,(台北)台湾商务印书馆1986年版,第307页。

④ (宋)余观复:《梅花》,(宋)陈起编:《江湖小集》卷四十七,《景印文渊阁四库全书》第1357册,(台北)台湾商务印书馆1986年版,第366页。

⑤ (宋)李龏:《梅》,(宋)陈起编:《江湖后集》卷二十,《景印文渊阁四库全书》第1357册,(台北)台湾商务印书馆1986年版,第968页。

杜甫，处逆境而不自悲，不畏世俗的讥笑。裘万顷的咏梅诗曰："谁遣冰魂照夕阳，摇摇一任北风凉。眼前共有几多蕊，鼻观胡为如此香。佳实会须归列鼎，孤标已自压群芳。濡毫我欲从君赋，未害平生铁石肠。"①诗中写到了梅的影、枝、香、花和实，然后以"孤标"点睛，而借用宋广平赋梅花的典故则暗示自己是梅花的知音，精神境界与梅花品格相通。有也以人"孤标"写人而以梅花映衬者，如范楷的《四贤堂记》："太史晚登苏门，直以孤标逸韵，方驾先达，寒梅婥约，自足颉颃于姚魏间。"②"姚魏"指牡丹，这段话是说该人的品格如寒梅，在牡丹那样具有富贵气象的人物中间不觉得局促，而是与之不相上下。释道璨的《与韶雪屋书》说："然诵其诗，想见其人，大雪没屋，忍冻行吟于梅花树下，清甚孤标，如晋、唐间人品，固不待见而后知也。"③通过读其诗，追摹作者之心胸，仿佛如眼前飞雪中的寒梅，有晋、唐见高人逸士之飘逸风韵。从总体来看，南宋咏梅文学多从境界之高洁来展现梅花之美韵，以寄托理想人格境界，这是其总的发展趋势。

梅花象喻对人格美的展示着重于其与君子人格在美韵和境界的相通上，这是从审美角度对象喻君子境界的揭示，有的咏梅作品则直接以梅花比拟君子，展现君子人格内涵。北宋的咏梅文学多以梅花比拟女子，梅花隐没于花卉描写的惯常俗套中不能卓然标举。有论者指出咏梅文学存在一个由女性形象向男性形象转化的过程。其实，这个过程是随着理学影响的深

---

① （宋）裘万顷：《次王成之韵咏梅》，载《御定广群芳谱》卷二十三，《景印摛藻堂四库全书荟要》第 259 册，世界书局 1988 年版，第 185 页。

② （宋）范楷：《四贤堂记》，《全宋文》第 308 册，第 408 页。

③ （宋）释道璨：《与韶雪屋书》，《全宋文》第 349 册，第 271 页。

入,文学对梅花姿态美的展现逐渐向表现道德人格迈进的一个表象,反映了梅花书写由物象形态向精神内涵的深化。梅花形象对道德人格的积淀自然会与古圣先贤联系起来,于是其比拟群像中除了美女,又增加了贤人贞士。在这种转化中,南宋初期郑刚中的《梅花三绝》尤可注意。他认为:

> 昔日多以梅花比妇人,唯近世诗人或以比男子,如"何郎试汤饼,荀令炷炉香"之句是也。而未有以之比贤人正士者。近得三绝焉。梅花常花于穷冬寥落之时,偃傲于疏烟寒雨之间,而姿色秀润,正如有道之士居贫贱而容貌不枯,常有优游自得之意,故余以之比颜子。……至若树老花疏,根孤枝劲,皤然犯雪,精神不衰,则又如耆老硕德之人,坐视晚辈凋零,而此独撄危难而不挠,故又以之比颜真卿。……又一种不能寄林群处,而生于溪岸江皋之侧,日暮天寒,寂寥凄怆,则又如一介放逐之臣,虽流落憔悴,内怀感慨,而终有自信不疑之色,故又以之比屈平。①

他不是从梅花的外在形象,而是从其生长环境、习性等方面来发掘其精神内蕴,将之与各类君子联系起来的。他写道:"温温玉质傲天真,俯视凡花出后尘。静对寒林守孤寂,有颜氏子独甘贫。"梅花生长于寒林孤寂之境,呈现着温温玉质,高出凡花,如同处陋巷而不改其乐的颜回。"树老根危雪满巅,令人颇忆鲁公贤。同时柔脆皆僵仆,正色清芬独凛然。"梅花于穷

① (宋)郑刚中:《梅花三绝序》,《北山集》卷十一,《景印文渊阁四库全书》第1138册,(台北)台湾商务印书馆1986年版,第126页。

冬之际傲雪盛开，如同不畏强贼、慷慨赴义的颜真卿。“水边寂寞一枝梅，君谓高标好似谁。洁白不甘芜秽没，屈原孤立佩兰时。”①梅花于山崖水际寂寞盛开，高自标置，不与杂卉为伍，如同举世皆浊我独清的屈原。郑刚中将梅花与安贫乐道、舍生取义、忠贞忧愤这三类君子人格进行比况，对以后影响深远。王柏在《跋郑北山梅花三绝句》中说：“诗言志，志者事之符也。北山公赋梅花三绝，岂非平生之箴辞乎？券台之上，宜植十数根，林立于翁仲之间，使公生气常伸于严冬大雪之中，胜于丰珉信后之刻多矣。”②将作者郑刚中的人格与其诗中咏梅意蕴相提并论，标举君子人格的用意非常明显。

南宋以来的梅花书写呈现出逐渐与社会道德人格和审美理想融汇的过程，这也是理学向社会文化不断渗透的一种表征。梅花形象与古圣先贤、贞人烈士相结合，有利于展示君子人格的内涵。但这种结合不是简单的比况，大多数作品能够做到物我混融一体，物我两至其意。这与人们对梅花由衷的热爱并将审美体验与之充分交融密不可分。在文学各体中，辞赋篇幅长，思想容量大，在反映社会文化和社会心理方面具有一定的优势，因此，我们选取咏梅辞赋来考察这个过程，应该能够得其要领。南宋初期苏籀的《戏作梅花赋》以旖旎的笔调刻画梅花动人的韵致，主要延续北宋以来咏梅文学的路数。李纲的《梅花赋》在惯常路数之外描绘了一幅幅以梅花为中心的画

① （宋）郑刚中：《梅花三绝》，《北山集》卷十一，《景印文渊阁四库全书》第1138册，（台北）台湾商务印书馆1986年版，第126页。

② （宋）王柏：《跋郑北山梅花三绝句》，《鲁斋集》卷十三，《景印文渊阁四库全书》第1186册，（台北）台湾商务印书馆1986年版，第196—197页。

面，这对以后咏梅文学影响较大，这种景致的描绘，逐渐融入对君子道德境界的刻画，使梅花象喻的道德色彩趋浓。李处权的《梅花赋》写道："懿江梅之秀出兮，俨亭亭而绝比。既婵娟以暎岫兮，复窈窕以临水。类忘言之贞士兮，肖独洁之君子。许兰茝之仅似兮，睨桃李之可鄙。占嘉月与好风兮，泛幽香而未已。"①描写山水之间挺然秀出的江梅，姿态卓然，馨香绵长，只有贞士君子堪与媲美，其他卉木则逊之一筹。朱熹的《梅花赋》在描绘君子情怀方面颇为独到。此赋因袭宋玉《神女赋》的叙事框架，写楚襄王游乎云梦之野，观梅之始花者，爱之，徘徊而不能舍焉，朱熹借此暗示宋玉希望楚王起用流放中的屈原。这样就将梅花和屈原的人格联系在了一起。赋中写道："谓后皇赋予命兮，生南国而不迁。虽瘴疠非所托兮，尚幽独之可愿。岁序徂以峥嵘兮，物皆舍故而就新。披宿莽而横出兮，廓独立而增妍。玄雾滃而四起兮，川谷冱而冰坚。……曾予质之无加兮，专皎洁而未衰。方酷烈而訚訚兮，信横发而不可摧。纷旖旎亦何好兮，静窈窕而自持。"②赋作将梅花与兰蕙、柏相比，写其既冒雪凌寒又风姿绰约，屏山谷以自娱，命冰雪而为家，和居陋巷、悠然自乐的古之君子何其相似乃尔。文中放笔铺排梅花独立荒寒之境而坚守节操、怡然自乐的形象，众多草木中，梅花显得醒目而美丽，其他文人笔下那种孤独而美丽的梅花在此被赋予了贞静从容的气质。作者想强调的是，君子的境界不是那种恪守道德而硁硁然的畏缩刻板的形象，而

---

① （宋）李处权：《梅花赋》，《全宋文》第 174 册，第 146 页。

② （宋）朱熹：《梅花赋》，（清）陈元龙编：《御定历代赋汇》卷一百二十四，《景印文渊阁四库全书》第 1421 册，（台北）台湾商务印书馆 1986 年版，第 593 页。

是在不断祛蔽、不断超越物欲之累的过程中精神得到提升、心灵得到解放的从心所欲不逾矩的自由境界。此赋形象地展现了君子居常应该不断地反省自我、反思社会，从而获得精神的升华。

姚勉的《梅花赋》以道德境界立意，在众多咏梅之作中具有一定的代表性。赋作在刻画了雪梅相映的动人画面后，接着挖掘其中之意蕴道：

> 养竹于庭，所以标醉吟之清。滋兰在畹，所以风灵均之馨。君子好恬而乐素，不羡侈而慕荣。桃李华而近浮，松柏质而少文。未若斯梅之为物，类于君子之为人。今夫异万木而独秀，冠群芳而首春，是即君子之材。拔众萃而莫伦，立清标而可即，正玉色以无媚，是即君子之容。羌既温而且厉，寒风怒声，悄无落英，严霜积雪，敢与争洁，君子之节也。瑶阶玉堂，不增其芳，竹篱茅舍，不减其香，君子之常也。在物为梅花，在人为君子。①

的确，在南宋理学的语境中，卉木书写往往与比德联系在一起，如竹、兰、松柏等，大凡述诸笔端者，多从道德人格发其含蕴。但均“未若斯梅之为物，类于君子之为人”，因为梅花本身的特性，容易使人将其与君子联系起来，姚勉以报春早发来比况君子之材，以清奇无媚的枝柯和淡雅隽秀的花形花色比况君子之容，以凌霜傲雪的特性比况君子之节，以于南国大地不择地而生比况君子之常。因而，在人为君子，在物为梅花。南宋中后

① （宋）姚勉：《梅花赋》，《全宋文》第351册，第276页。

期以来，梅花在比德方面超越众卉，居于独尊地位。正如丘葵的《梅花赋》写道："呜呼噫嘻！古今爱梅之人，奚啻千百。不污以寿阳之脂粉，则诬以高楼之羌笛；不比色于东邻之艳冶，则较香于南海之耶律。是皆未识梅之丰采，而徒外观其形迹。""寿阳"指宋武帝刘裕之女寿阳公主，因梅落额上留下淡痕；"东邻"语出宋玉《登徒子好色赋》，指东邻美女；"耶律"当指耶悉茗[①]，即素馨花，产于岭南而馨香异常。在梅花书写中，尤其是篇幅较大者如辞赋之类，的确存在着以美女、馨香或与梅花相关之典实堆垛成文者，看似绮縠纷披，情灵摇荡，实则雕缋满眼，俗不可耐。梅花象喻君子情怀的发展方向，使梅花书写一扫俗态媚骨。

南宋后期，梅花赋的内容主要偏向于表现君子人格中的节操观念，此问题将在下文探讨。可见，整个南宋时期，梅花赋呈现出逐步与众卉描写的格套疏离而与道德人格的表现日益深入的过程，这也是当时咏梅文学发展的普遍趋势。

南宋的梅花书写在象喻君子情怀方面做了多角度的深入开掘。比如周紫芝的《双梅阁记》表现了梅花所展现的不以物喜不以己悲的自足自洽的道德境界，他写道：

> 草木之妖丽变怪所以娱人之耳目者，必其颜色芬芳之美。而梅之为物则以闲淡自得之姿，凌厉绝人之韵，婆娑于幽岩断壑之间，信开落于风雨，而不计人之观否，此其德

---

① 嵇含《南方草木状》卷上："耶悉茗、末利花，皆胡人自西国移植于南海，南人怜其芳香，竞植之。"[（晋）嵇含：《南方草木状》，《景印文渊阁四库全书》第589册，（台北）台湾商务印书馆1986年版，第3页]

有似于高人逸士隐处山谷而不求知于人者。方春阳之用事，虽凡草恶木猥陋下质，皆伐丽以争妍，务能而献笑，而梅独当隆冬冱寒风饕雪虐之后，发于枯林，秀于槁枝，挺然于岁寒之松让畔而争席，此其操有似于高人逸士，身在岩穴而名满天下者。①

梅花之引人注目不在于其妖丽变怪能够娱人之耳目，而是以其闲淡自得之姿、凌厉绝人之韵、风饕雪虐而秀于槁枝的气概，于众卉之中脱颖而出，正如高人逸士之隐处丘壑，抱道自守。方逢辰在《题梅骚后》写道：

宽闲之野，寂寞之滨，不以无人而不芳，此谨独者之事也。穷崖暝雪，疏篱晓霜，毛皮剥落，孤干独挺，此特立独行者之事也。梅乎梅乎，其遁世无闷者乎？非斯人也而友梅，梅友我乎哉。屈平一不见知则闷以死，其悲愤自况遍及乎菊兰蕙茝而独不敢及梅，平犹为知量者。有客过予，自号梅友，出示一编曰《梅骚》，且以不及梅为骚之欠，不入骚为梅之耻，将以补骚缺也。噫嘻，果如子之言，则平不得为知量者矣。②

这就不是简单的修辞格了，而是将梅作为整体形象来刻画理想的道德人格和道德境界，梅格清高，自在而从容，自足而自洽，不以无人而不芳，不谓困厄而改节，具有乡居读书人所向往的

① (宋)周紫芝:《双梅阁记》,《全宋文》第162册,第275页。
② (宋)方逢辰:《题梅骚后》,《全宋文》第353册,第226页。

人格特点，梅之高洁美丽堪比屈原，故而歌咏梅花以补骚辞之缺。邹浩的《梅花记》则揭示了梅花形象所负载的忧患意识，他写道：

> 曾不顷刻，而梅已颙颙昂昂，拔立乎云霄之上，如伊尹释耒而受币，如吕望投竿而登车，如周公别白于流言，而衮衣绣裳西归之日。……其气象无终穷，悉在梅精神之中矣。夫天地，昔之天地也，山川，昔之山川也，而俯仰之间，随梅以异。梅果异邪？果不异邪？梅虽无言，余知之矣。昔之晦，非梅失也，时也；今之显，非梅得也，时也。人以时见梅，而梅则自本自根，自古以固存。①

指出梅花品格与古代贤人的伊尹、吕望、周公等是相通的，在这些贤人身上凝结着一种以天下为己任的仁者情怀，这种维系华夏文化的仁者情怀就是道统不坠的内在动力所在，它长存天地之间；梅的美韵古往今来没有改变，正如这种与世长存的仁者情怀。人对道德情怀的体认和对梅花美韵的发现是时势使然，但是，道统和梅花从来就存在于天地间。陈著则将梅花比作忠臣贤士，境界高远而勇于担当，他在《梅窗》中说：

> 梅于植物，癯而益劲，枯而益奇。故其色淡中自韵，如古君子；其香敻绝，不染富贵脂泽气；其实酸，不投甘，昔人至以和羹方大用。……凡物之香者或无色，色者或无实，三美具，又劲且奇，有岁寒操，非梅而何？取以自况，余法

---

① （宋）邹浩：《梅花记》，《全宋文》第131册，第352—353页。

家拂士也。……乃歌以赞之曰："雪霜之玉以妍之兮，而将茹其芳而清之胚。雨露之膏以成之兮，而将落其华而质之培。媚柔秾郁彼纷纷兮，此寂寞矫自享于山之颠、水之隈。而将冠方山、珮飞霞与周旋兮，苟初心之不践有如梅。"①

梅花具有癯而益劲、枯而益奇的坚韧顽强的品格。色淡而不妖，馨香而不俗，实酸而有和羹大用，如忠臣贤士，不卑不亢，不谄媚邀宠，而以家国天下为己任。文中"法家拂士"是对梅花品格的精当概括。② 文中以骚体来展开对梅花的描绘，使法家拂士品格与梅花形象混融为一。

道德境界具有层次性，从南宋时期的咏梅文学创作实绩来看，梅花象喻对不同层次君子境界均能够充分呈现。方岳的《吴元鼎友梅堂记》是一篇以辞赋体式写成的厅堂记，对梅花展现不同层次的君子胸怀有形象的展示，文曰：

沙清水寒，微霰暮集，有梅焉，苍皮半皴，偃蹇苔石，相与顾而乐之。客曰："寒江苍苍，山月荒荒，侧倚崩崖，幽然自芳，非钓濑之严光乎？于君意何如？"秋崖人曰："高矣，抑未也。离世而立于独，薮泽处间而已矣。"客曰："天地既春，草木既津，憔悴惟腊，于涧之滨，非《离骚》经之灵

---

① （宋）陈著：《梅窗》，《本堂集》卷四十八，《景印文渊阁四库全书》第1185册，（台北）台湾商务印书馆1986年版，第236页。

② 《孟子·告子下》："入则无法家拂士，出则无敌国外患者，国恒亡。"法家拂士指忠臣贤士。[（清）焦循：《孟子正义》，中华书局1987年版，第872页]

> 均乎？于君意何如？”秋崖人曰：“介矣，愈未也。非世而异于俗，枯槁赴渊而已矣。居，吾语子，吾将进子而易其观，可以希贤，可以作圣。”则指而谓之曰：“彼万仞立壁，烟昏雨寒，老色如铁，凛不可干，子盍观夫孟轲氏之岩岩？此颓榈败瓦，野意萧疏，有美一人，雅澹冲虚，子盍观夫子颜子之如愚？若然者，于子意又何如也？”语未既，有剥啄惊周公者，则东方白矣。①

文章首先勾勒一幅溪谷老梅的图景，然后以此构图来展现不同的境界，此景可以呈现为寒江山月、崩崖古梅的景象，这如严子陵之不事王侯、高尚其事的高旷胸怀；此景可以呈现为春气焕发而癯梅临江的图景，这如屈原之行吟山泽、忧愤难抒的忠贞胸怀；此景也可以呈现为万仞立壁、虬梅凌寒的图景，这如孟子的富贵不能淫、贫贱不能移、威武不能屈的烈士胸怀；此景也可以呈现为颓榈败瓦、野梅萧疏的图景，这如颜回的陋巷简居、怡然而乐的仁者胸怀。同样的景致因人之境界的不同而展现出面貌各异的图画，看似写实的图画其实已经融入了人的审美追求与人格境界。这篇短章给我们形象地展示出梅花与人们精神生活和人格追求的深刻融合。王柏的《大庾公世家传》以游戏之笔从梅之华与实推究其象喻内涵，揭示君子人格之重胸襟与重济世的多层含义，这是对梅花比德传统的很好总结。

君子人格、道德情怀是以“天理”作为其终极理论依归的。修成君子，就是人心向天理迈进。华夏之异于夷狄，就在于华

---

① （宋）方岳：《吴元鼎友梅堂记》，《全宋文》第 342 册，第 359—360 页。

夏传续道统而遵循天理。梅花象喻道德色彩日渐浓重,其昭彰天理的意义也随之浓厚,梅花由象喻形象进而具有了文化徽号的特征。南宋后期的重要理学人物魏了翁在这方面颇有建树,他创作了许多从揭示天理的高度来展现梅花形象的诗篇。如他写道:“远钟入枕雪初晴,衾铁棱棱梦不成。起傍梅花读《周易》,一窗明月四檐声。”①在万籁俱寂中,人与天地获得一种彼此交融的境界,夜空中钟声回荡,将心灵引向杳渺玄虚之境,人与此时傍梅读《易》,《易》解天地之奥,梅传天地之心。此诗将梅之内涵提升到天理的高度。他还写道:“人情易感变中化,达者常观消处息。向来未识梅花时,绕溪问讯巡檐索。绝怜玉雪倚横参,又爱青黄弄烟日。中年易里逢梅生,便向根心见华实。”②将人心之祛欲识理的过程与对梅花的感知过程联系在一起,这同样是将梅花作为天理的象征符号,罗大经评价此诗曰“推究精微,前此咏梅者未之及”③,当就其这一点而言。魏了翁的咏梅诗大体上是循着这个路数借梅来表达体悟天理的心灵感受。北宋的程颐曾以《易》学对梅的品格加以阐述:“早

---

① (宋)魏了翁:《十二月九日雪融夜起达旦》,《鹤山集》卷十,《景印文渊阁四库全书》第1172册,(台北)台湾商务印书馆1986年版,第152页。魏了翁在《和虞永康梅花十绝句》中也说:“世间无物可谈空,开落荣枯实理同。百树好花一编易,主人立处俨当中。”[《鹤山集》卷七,《景印文渊阁四库全书》第1172册,(台北)台湾商务印书馆1986年版,第128页]

② (宋)魏了翁:《肩吾摘傍梅读易之句以名吾亭且为诗惟发之用》,《鹤山集》卷五,《景印文渊阁四库全书》第1172册,(台北)台湾商务印书馆1986年版,第107页。

③ (宋)罗大经撰:《鹤林玉露》甲集卷六“读易亭”,中华书局1983年版,第109页。

梅冬至已前发，方一阳未生，然则发生者何也？其荣其枯，此万物一个阴阳升降大节也。然逐枝自有一个荣枯，分限不齐，此各有一《乾》《坤》也。各自有个消长，只是个消息，惟其消息，此所以不穷。”这是以梅之早发借指一阳初生，由梅花绽放体会阴阳消长的自然轮回之力。朱熹也说过：“文王本说‘元亨利贞’为大亨利正，夫子以为四德。梅蕊初生为元，开花为亨，结子为利，成熟为贞。物生为元，长为亨，成而未全为利，成熟为正。”①魏了翁的咏梅诗是对程朱之论的进一步发挥。通过梅花来体悟天理在南宋后期较为普遍。姚勉在《赋梅楼上梁文》中描写以梅为伴的乡居生活，就有这样的期待：“而况阴尽阳生，机融剥复，仰观俯察，中有乾坤。觉仁意之默存，爱生香之不断。”②文天祥的《萧氏梅亭记》写道：

> 天地闭塞而成冬，万物棣通而为春。方其闭塞也，阴风觱栗，寒气赑屃，众芳景灭，万木僵立，何其微也；及其棣通也，木石所压，霜露所濡，土膏坟起，芽甲怒长，何其盛也。天地生意，无间容息。当其已闭塞之后，未棣通之前，于是而梅出焉。天地生物之心，是之谓仁。则夫倡天地之仁者，盖自梅始。……天地莫不有初，万物莫不有初，人事莫不有初，人心莫不有初。君从其初心而充之，无非仁者。③

---

① （宋）朱熹：《易四》，朱杰人、严佐之、刘永翔主编：《朱子全书》（修订本）第16册卷六十八，上海古籍出版社、安徽教育出版社2010年版，第2263页。

② （宋）姚勉：《赋梅楼上梁文》，《全宋文》第352册，第199页。

③ （宋）文天祥：《萧氏梅亭记》，《全宋文》第359册，第179页。

这是将群阴覆上而初阳潜长之时以气候的变化表现出：梅，就是那潜长的一阳；梅，暗示着生命力和天地好生之德，这好生之德就是仁，在物为梅，在人为圣人。

华夷之辨在南宋理学文化语境中被简化为君子小人之辨，立足道德、传承道统、昭彰天理成了华夏文化与华夏政权的重要特征，对华夏的认知与理学成就君子的人格追求取得了一致。在这样的认知体系中，梅花在道德情怀与道德境界的象喻方面得到多方面、多角度、多层次的开掘，呈现出力压群芳的优势，成为表现社会人格诉求的重要载体，甚至成为解释天理的重要媒介。梅花象喻深入华夏文化自我认知的各个层面，这是它成为华夏文化徽号的基本前提和重要基础。

三、夷狄行中国之事曰僭：华夷之辨与夷夏之防

如前所论，在南宋理学的语境中，华夷之辨被解释为有无仁义道德纲常伦理，亦即是否得天理之正，这与传统观念中以华化夷之论相去甚远，它突出的是作为文化和政权叠加的“华”的文化优势和正统性、合法性，它强调的是华夷的界限和对立。可以说，传统的华夷之辨在南宋时变而为以文化中心主义为核心的夷夏之防。

靖康之难是引发这种转变的根本原因。在这种境遇下，北宋时期的那种各安其所、“王者不治夷狄”的观念已经无法处理现实问题了。强大的“夷狄”踞于中土，南方政权失去了华

夷之辨中的地域优势,“道统”之传承成了南宋政权合法性的主要理论依据。道统的高扬、文化优势的彰显与军事的孱弱、国家失却“天下”的地位所形成的巨大反差,使南宋士人真实感受到文化价值之逻辑与军事斗争之逻辑的矛盾,历史之理深刻的内在裂痕所形成的强烈的焦虑与激愤,使社会文化转向内在,转向对自身合法性的强力锻铸和誓死捍卫。力主以“天理”为定准的“正统论”正是思想文化对这种合法性危机的积极呼应。南宋末的周密就曾激愤地写道:“夫徒以其统之幸得,而遂畀以正,则自今以往,气数运会之参差,凡天下之暴者、巧者、侥幸者,皆可以窃取而安受之,而枭獍蛇豕豺狼,且将接迹于后世。为人类者,亦皆俯首稽首厥角,以为事之理之当然,而人道或几乎灭矣!天地将何赖以为天地乎?”①华夏王朝的权力来源于暴力,其政权更迭多通过暴力夺权完成,通过暴力来取得统治是否具有合法性,周密对此强烈质疑,这反映出立足“天理”的“正统论”历史观对过去历史责备之严苛,对华夏文明纯洁性捍卫之急切。强取豪夺得到社稷,其合法性应受到“天理”的审判,更遑论窃据中原之蛮夷势力!活跃与宁宗、理宗时期的方大琮对此阐释得更为深入,他在《一统天地之常经论》中写道:

嗟乎!中国尊安,道统嗣续,此岂非天地之本心乎?至其往来升降之不齐,离合去就之靡定,虽天地不能自必,况于人乎?虽然,圣人所以斡旋造化者,固亦有道矣。中

---

① (宋)周密:《癸辛杂识》后集《论正闰》,中华书局1988年版,第100页。

国夷狄相与角立于世，异端正学其较胜负不少相下，圣人凝然在上，以身挽之，修立人道以正天下，其卫甚固，其具甚密，以此定天下之势，而使之不得自为转移也。……圣人惟曰合一而不分者，天地之常经，而非天地之所能必；修备而无缺者，此道之常理，而在我之所当为。……后世之夷狄未始不可驯，异端未始不可化，上之人不能以一身持天下之势，而听其所至，其纲维统摄之具疏漏而不周，至使狙公稷下之流皆得以鼓簧一世，蛮居种食之人亦得以抗衡上国。此其人至卑且陋也，何足以关存亡之数？[1]

方大琮立论接续朱熹的“无统说”，夷狄和异端邪说淆乱华夏，华夏政权的传续并不是一直都存在着合法性，华夏的长存并不依赖于权力正统的承接，而在于道统的薪传，道统之所以绳绳不绝，在于其承载着天理之当然。天地长存，天理长存，恪守道德，嗣续道统，华夏就不会消亡，夷狄和异端终将归于天理。

南宋思想界将接续道统、昭彰天理视为中国的基本特征，在强敌压境、夷狄交侵的情况下，华夏在疆域和种族上的意义面临着灾难性的后果，唯以传承道统为己任才能够使华夏传承下去，华夏子民是天理的天然“选民”[2]，承担着道统传承的重任，信念坚诚，负重致远。夷狄则自绝于纲常伦理，是天理的“弃民”。这样，“王者无外”“诸侯用夷礼则夷之，夷而进于中

① (宋)方大琮：《一统天地之常经论》，《全宋文》第322册，第211—212页。

② 这里的“选民”是“the Chosen”之意，本指被上帝选定可以获救的人，我们想用这个概念来指代南宋时期思想界昭彰天理、传承道统的担当意识，这种意识在当时的理学语境中被赋予了宗教性的执着的含义。

国则中国之”（韩愈《原道》）等观念在夷夏之防中黯然失色了。

由于靖康之难的刺激，不啻传续道统被视为华夏正统合法性的唯一依据，而且华夷之辨中也融入了复仇论的元素，这种敌对态势使得这个概念由北宋的重“尊王”转变为南宋的重“攘夷”。复仇之论可以追溯到南宋初思想界的巨擘胡安国，他和他的后学们远绍石介近续二程，严明华夷之别，在华夏政权于江南处于风雨飘摇之际，坚决主张北伐决战，与其苟且图存，贻羞万古，孰若大加挞伐，一决雌雄！和议的达成使这种亢奋的情绪得到一定程度的遏制，但无法改变思想界对华夷问题的理论定势。也就是说，和戎国是只能是意识形态而非思想资源，无法进入华夷之辨的思想体系中。因此，复仇之论一旦遇到适合的土壤便会立即滋生旺长。

孝宗亲政后，决心复亡国之仇，雪靖康之耻，复仇之论勃然高涨。叶适就说：“夫复仇，天下之大义也；还故境土，天下之尊名也。以天下之大义而陛下未能行，以天下之尊名而陛下未能举，平居长虑远想，当食而不御者，几年于此矣。”①激励君王践行《春秋》大义，复万世之大仇。陈亮也指出：“今中原既变于夷狄矣，明中国之道，扫地以求更新可也；使民生宛转于狄道而无有已时，则何所贵于人乎！故扬雄之言曰：‘五政之所加，七赋之所养，中于天地者为中国。’王通之言曰：‘天地之中非他也，人也。’盖‘人能弘道，非道弘人’。”②言外之意，恢复中原才能彻底解决政权的正统问题。孝宗的恢复热情很快随着

① （宋）叶适：《廷对》，《叶适集》，中华书局 1961 年版，第 754 页。

② （宋）陈亮：《问答下》，邓广铭点校：《陈亮集》卷四，中华书局 1987 年版，第 49 页。

张浚北伐的惨败而一蹶不振，宁宗朝的开禧北伐也以函首安边告终，主战的呼吁悄然消沉。不过，复国之大仇、恢复中原的诉求从来没有褪色，南宋最终没有变成东晋那样偏安习气浓厚的政权，与立足于文化优势的华夷之别思想有着密切的联系。北伐梦破，但是夷夏之防已经沉潜内转，深入人心。朱熹的《戊午谠议序》是全面清算和戎思想、高扬夷夏之防的重要文献。在这篇文章中，他除了强调秦桧作为国家罪人、华夏公敌的邪恶外，还进一步重申了复仇的正当性："君臣父子之大伦，天之经，地之义，而所谓民彝也。……然则其有君父不幸而罹于横逆之故，则夫为臣子者所以痛愤怨疾而求为之必报其仇者，其志岂有穷哉！……若夫有天下者，承万世无疆之统，则亦有万世必报之仇，非若庶民五世，则自高祖以至玄孙，亲尽服穷而遂已也。国家靖康之祸，二帝北狩而不还，臣子之所痛愤怨疾，虽万世而必报其仇者，盖有在矣。"①在此时强调复仇的意义，就是要在观念世界里画上一条夷夏之防的红线，在人心中筑起一道捍卫华夏的长城，使华夷之别不能因为又一个和议的来临而发生混乱，别华夷而复仇的文化危机感不能因之而钝化。隆兴和议之后的学术文化并没有出现绍兴和议以后的那种歌功颂德的局面，而是依然保持一种枕戈待旦之势，这与严守夷夏之防的思想是存在着深刻关联的。当时，华夷之辨和复仇论思想以一种郁而不发的、忧思深沉的愤懑与怅惘持久地留存于思想观念世界之中，积淀为一种深沉的文化基因，传承文化的危机

① （宋）朱熹：《晦庵先生朱文公文集（五）》卷七十五《戊午谠议序》，朱杰人、严佐之、刘永翔主编：《朱子全书》（修订本）第 24 册，上海古籍出版社、安徽教育出版社 2010 年版，第 3618 页。

意识成了华夏文化的重要表征之一。

在抵御蒙古的战争中,南宋一直处于守势,人们寄希望于天理昭彰,通过伦理纲常上的优势使华夏永存天地之间。他们坚信,由于为天理所弃,倏忽而兴的蛮夷也会疏忽而灭。决定一个民族和政权长存的关键因素是文明的先进性,这是构成了南宋末期夷夏之防信念的核心。

宋理宗景定元年(1260)发生的囚禁蒙古使者郝经的事件集中体现了华夷之辨与夷夏之防之间的差别。当时北地大儒郝经受蒙古大汗忽必烈之命赴南宋议和,被宋人囚禁达十六年之久。善待来使是外交上的基本道德,何况宋人是在捋虎之须。这种行为绝非如史书说的那样是贾世道为了掩盖自己的冒功行为,即便世道囚禁在先,朝野上下在发现后也没有加以制止,因此这应该是南宋政坛集体犯下的大错,是主流意识对蒙古深入骨髓的敌意和文化上的极端蔑视使然。这一事件,印证了王夫之关于华夷之辨的那句话:“夷狄者,欺之而不为不信,杀之而不为不仁,夺之而不为不义者也。”①因为蒙古是夷狄,是禽兽,是犬羊,对他的来使可以不讲信义,不讲仁德,这是极端的夷夏之防思想题中应有之义。郝经是一位理学家,他信奉华夏文化中心主义,他对政权正统性的认知和南宋理学家毫无二致。在华夷之辨方面,他继承了传统儒家以夏变夷的思想,认为夷狄接受华夏文化则视同华夏,这和传统儒家的见解是一致的。从此点出发,他既认可南宋政权的合法性,也认可蒙古政权作为“中国之主”的合法性,他认为蒙古行汉法,会逐

---

① (清)王夫之:《读通鉴论》卷二十八,中华书局 2013 年版,第845 页。

步接受华夏文化,化而为“华”。而正是在这一点上,郝经和南宋思想界发生了巨大分歧。在南宋人看来,夷狄君临中国,不管化而为华与否,都名不正,缺乏合法性,躬行中国之法,和德比圣人不是一个概念,夷狄君主若德配天人,具有圣人之品格,行仁政王道,这在夷夏之防的语境中是不能接受的,“夷狄行中国之事曰‘僭’,人臣篡人君之位曰‘逆’,斯二者天理必诛”,“得天下者,未可以言中国;得中国者,未可以言正统”①,这就是南宋人对北方蒙古政权的看法。南宋末夷夏之防与传统的华夷之辨呈水火不容之势。像郝经这样,长期身处异族统治的汉族士大夫,其华夷观不得不是开放的,只有这样才能够使华夏文化在严酷的环境中求得发展之地,这反映了华夏文化坚韧而务实的一面;而长期面临深重危机的南宋,其文化机体里对夷狄的敌视和排斥,形成内转而坚守的文化品格,反映了华夏文化不屈服于外来强暴的一面。南北两方的华夏士人,共同诠释着中华文化的精神品格。

引人深思的是,郝经被囚南方这件事在元代中期演绎出一段“雁帛传书”的佳话②,郝经俨然被塑造成维护华夏尊严的苏武式忠贞人物。这则故事被炮制出来的时候南宋已经亡国多年,幼主赵㬎也是在这个时间段被杀,华夏正统已经让位于“大元”,置于蒙古政权统治下的华夏子民没有放弃道统“选民”的身份,捍卫纲常伦理的华夏文化品格被继承下来。这则故事所体现出的节操,正是捍卫华夏文化的语境中被特别强调的品格。

① (宋)郑思肖:《古今正统大论》,《全宋文》第360册,第58页。
② 参见《元史·郝经传》,中华书局第1976年版,第3709页。

面对深重的种族与文化危机，南宋理学以“天理”确立“中国”的正统性，以纲常伦理确立华夏文化的品格特征，坚守夷夏之防，显示道德在评判华夷中的唯一性，其对君子人格的塑造，对社会生活观念的改造，就是以这样的观念作为前提展开的。坚守华夏的纲常伦理品格，捍卫道统传承的纯洁性，恪守道德规范，成为君子人格的基本内容。因此南宋后期“贫贱不能移、富贵不能淫、威武不能屈”的古老训诫极其清晰地浮现于观念世界当中，节操观念被异乎寻常地重视。面对亡国灭种的危机，节操的凸显有着非常浓烈的悲壮色彩。坚守节操，就是砥砺品格，养成君子人格，就是坚守华夏，坚守国家、民族和传统的品格，就是循天理而行，避免亡天下局面的出现。

较之以往，南宋后期散文中“节操”和孟子“贫贱不能移”那句话的出现频率呈激增趋势，这说明当时对节操品格高度重视。节操和北宋中期以来提出的“气节”是有区别的，气节重在淑世情怀，表达的是以天下为己任的担当意识；节操重在坚持操守，有所为有所不为，操守的具体内容，就是那些有别于夷狄的纲常伦理等道德信条。道德的边界就是区分君子小人的边界，天理与人欲的边界，华夷之别的边界。对于个人道德修为而言，坚守伦常边界与恪守夷夏之防具有同一性。当时的儒者也在谈论正统问题，但和欧阳修、朱熹等有明显区别，他们凸显的是华夷之间的界限，郑思肖《久久书正文》说：“圣人也，为正统，为中国；彼夷狄，犬羊也，非人类，非正统，非中国。曾谓长江天险，莫掩阳九之厄，元凶忤天，篡中国正统，欲以夷一之。人力不胜，有天理在。”①这是在强调夷夏的界限，华夷地理的

① （宋）郑思肖：《久久书正文》，《全宋文》第359册，第427页。

边界既然无法坚守，那么可凭恃者，乃是天理、圣人。他的《古今正统大论》更是一篇洋洋洒洒严明夷夏之防的激愤之作，他强调："正统者，配天地、立人极，所以教天下以至正之道。彼不正，欲天下正者，未之有也，此其所以不得谓之正统。"①这个界限就是保持华夏纯洁性的边界，就是节操所要坚守的底线。也正是这个原因，节操在当时被视为养成君子人格的起点。②

南宋后期对节操观念表现为一种近乎宗教热忱的恪守与膜拜，他们普遍认为节操关乎国家气数，节操崇拜成了以后华夏文化深沉的文化基因。如郝经在元代被塑造成苏武式的人物就是节操崇拜的体现，与此相类的还有文天祥被请上祭坛之事。文天祥被俘后解往大都，义士王炎午、王幼孙等情绪亢奋，一路随行，并张贴祭奠文丞相的文字，劝其为国殉节。有时候对一个人的记忆比这个人本身更重要。王炎午等就是要把文天祥打造成节操的符号、象征，华夏的脸面，长存于华夏子民的记忆中，其身家性命倒在其次。王幼孙《生祭文丞相信国公文》说得明白："初何所为，以教臣忠。策名委质，视此高风。我与公友，衮衣裘褐。我安南亩，公尽臣节。此心则同，所处则异。幸公未著，可以无愧。昭昭青史，垂法将来。彼徒生者，尚何为哉！"③文天祥的死是尽臣节，因为他是丞相，代表着华夏的尊严，臣之道德边界就是不能事二主，因此，他应该成为王朝的殉葬品。待文天祥死后，他又写了《祭文丞相信国公归葬

① （宋）郑思肖：《古今正统大论》，《全宋文》第360册，第59页。

② 参见（宋）陈淳：《论语讲义·为政第二》，《全宋文》第295册，第314—318页。

③ （宋）王幼孙：《生祭文丞相信国公文》，《全宋文》第359册，第266页。

文》:“呜呼!今公一死,弥久弥光。卓然君臣之义,屹立万世之防。所存者千万,所损者毫芒。既得正以斯毙,纵万磔其何伤!”①他指出文天祥的死会“弥久弥光”,因为他彰显了华夏文化中的道德伦常,他确立了夷夏之间的“万世之防”。南宋灭亡时,殉节而死是大规模的,比如崖山海战是南宋政权以惨烈方式进行的谢幕,当时竟有十万余人追随少帝做着无为的抗争,最后蹈海而亡,这在中外历史上极为罕见。这正是严守夷夏之防、崇尚节操观念、高度认同华夏身份的集中体现。

华夏在宋末的危亡关头,呈负重致远之态势,国家和民族在此种境遇下要图谋复兴,唯有坚韧坚守才能历久弥坚,至之久远。重视节操的文化品格,是华夏文化对危机局面采取的应对机制。这种坚守,是对民族心理的一种砥砺,是民族精神的一次升华。节操观念的强化与坚守夷夏之防存在着因果关联。国家与种族的危机强化了夷夏之间的文化边界意识,文化边界意识的加强促进了文化中心主义的崛起和对蛮夷的深刻仇恨,这种文化上的优越感和仇恨在亡国灭种危机感的压抑下内转为对华夏传统的坚守、捍卫。这种坚守、捍卫传统的意识深入社会人格理想,使传统人格塑造中的节操观念得到进一步强化。节操观念的加强,具有了执着而狂热的近乎宗教情怀的特点,它成了南宋中后期以来社会人格的一个显著特征,并深刻塑造着当时的文化,这也是这个时期梅花象喻的重要内涵。节操观念凝结着文化、族群与中国的深刻认同,这是梅花象喻成为华夏文化徽号的重要原因。

---

① (宋)王幼孙:《祭文丞相信国公归葬文》,《全宋文》第359册,第266—267页。

四、“天地寂寥山雨歇，几生修得到梅花”：梅花象喻与南宋节操观念

宋亡后，诗人谢枋得饱受颠沛流离之苦，他曾在诗中写道：“十年无梦得还家，独立青峰野水涯。天地寂寥山雨歇，几生修得到梅花？”①多年漂泊，归家之念已经断绝，维系自己残生之执念，乃是心中对华夏家园的坚守，他多么希望像梅花那样，永远伫立于南国大地，捍卫着华夏家园，坚守着华夏文化的节操。坚守节操，是当时华夏遗民普遍的心理状态。亡国灭种的危机愈深重，节操观念便愈张扬。随着蒙古势力在大漠的崛起和在北方大地摧腐拉朽的军事行动，南宋社会在表面的平静下面，文化自救与自振的意识在不断加强，理学对社会人格的塑造也越来越深入。节操观念在当时成为社会人格的重要信条，对名节的看重成为社会人格的共同信仰。对节操的坚守表现为一种宗教般热忱的恪守与膜拜，理学要依此在人们心灵上修筑一条捍卫华夏文化的长城。梅花作为寄托人格理想和道德情怀的象喻符号，随着社会文化的这种变化，其象喻节操的意味在不断加重。到宋末元初，梅花成为寄寓节操信念、寄托华夏文化认同感的重要媒介。

节操是君子人格养成中的一个重要前提，它是对道德纯洁性和人格完整性的坚守和捍卫。其所坚守和捍卫的边界既是君子与小人的界限，也是华夏与蛮夷的边界。在宋末，人们已

---

① (宋)谢枋得:《武夷山中》,《全宋诗》第66册,第41416页。

在梅花象喻中融入了节操观念，比如陈景沂在宝祐四年(1256)作的《全芳备祖序》中说："至于洁白之可取，节操之可嘉，英华之夐出，香色之俱全者，是皆禀天地之英，皦然殊异，尤不可不列之于先也。梅先孤芳，松柏后凋，兰有国香，菊有晚节，紫薇虽粗，而独贵于所托，黄葵无知，而不昧于所向。"①《全芳备祖》是南宋一部花谱类之集大成之作，其对梅花的评价应该能够反映社会文化的共识，具有代表性。

坚守节操，就是捍卫道德人格的纯洁与完整，古人多以"清"这个具有纯洁与不俗含义的词来比况节操。义不食周粟而饿死首阳的伯夷叔齐是节操观念的标志性人物，孔子评价说"不降其志，不辱其身"②，指的就是伯夷叔齐对道德纯洁性与人格完整性的坚守。孟子据此指出，"故闻伯夷之风者，顽夫廉，懦夫有立志"③，"伯夷，圣之清者也"④。《韩诗外传》进一步发挥曰："伯夷叔齐目不视恶色，耳不听恶声；非其君不事，非其民不使；横政之所出，横民之所止，弗忍居也；思与乡人居，若朝衣朝冠坐于涂炭也。故闻伯夷之风者、贪夫廉，懦夫有立志。……伯夷、圣人之清者也。"⑤对于梅花品格，人们特别拈

---

① (宋)陈景沂编，祝穆订正，程杰、王三毛点校：《全芳备祖序》，浙江古籍出版社2014年版，第4页。

② 杨伯峻译注：《论语·微子》，中华书局2015年版，第226页。

③ 《孟子·尽心下》，(宋)朱熹：《孟子章句集注》，《四书五经》，天津古籍出版社1988年版，第112页。

④ 《孟子·万章下》，(宋)朱熹：《孟子章句集注》，《四书五经》，天津古籍出版社1988年版，第76页。

⑤ 屈守元笺疏：《韩诗外传笺疏》卷三，巴蜀书社1996年版，第334页。南宋人伯夷叔齐人格之"清"的评价有一个逐步认可的过程。最初，一般肯定对人格纯洁性的追求，但是认为其狭隘，到南宋末期则被认可。

出“清”以概括之，清，就是不俗，李纲说梅“标格清高”①，从道德层面来理解，便是品行高洁，因此，梅之清与伯夷之“圣之清”含义具有一致性，均着眼于精神气质的高尚、高洁，不同流合污。伯夷之清表现为坚守节操，同样，梅花之清则对坚守节操具有象喻意义。较早阐发梅之“清”品性的是北宋后期的文同，他在《赏梅唱和诗序》中说：“蜀之梅与海棠，在众花中最为高第。他虽号有处，殊琐陋孱瘠，苦不可与为类者。然海棠用冶丽妖富，偏擅民家，取悦群目，无所遴择。梅独以以静艳寒香，占深林，出幽境，当万木未竞华侈之时，寥然孤芳，闲澹简洁，重为恬爽清旷之士之所矜赏，故其第又自高也。”②文同主要是从美感而言，审美境界与人格境界是统一的。刘克庄则将梅之清“比”人之品行，直接将梅花与伯夷叔齐在“清”的品格方面予以统一，他在《跋梅谷集》中说：“夫梅，天下之清物也，在人品中惟伯夷可比，西湖处士亦其亚焉。世人皆欲与梅为友，窃意梅之为性，取友必端，非其人而强纳交，梅将以为浼己也。”③他认为以梅花衡量人的品行，可以与之比肩者只有伯夷叔齐之流，林逋在“清”方面则要略逊一筹。向士璧在《梅花喜神谱后序》对林逋之略逊一筹阐发道：“梅视百花，其品至清。人惟梅之好，则品亦梅耳。和靖素隐清矣，而洁其身者也，未得

① (宋)李纲:《梅花赋》,王瑞明点校:《李纲全集》,岳麓书社 2004 年版,第 13 页。

② (宋)文同:《赏梅唱和诗序》,胡问涛、罗琴校注:《文同全集编年校注》,巴蜀书社 1999 年版,第 828 页。

③ (宋)刘克庄:《跋梅谷集》,辛更儒笺校:《刘克庄集笺校》第 9 册,中华书局 2011 年版,第 4179 页。

为清之大成。”①认为人们以梅花之清与林逋人格之清相提并论并不确切，因为林逋是隐居以成就高洁人格，缺乏“顽夫廉，懦夫有立志”的道德精神。

在宋人看来，在坚守节操方面具有标志性意义的人物还有屈原，而且屈原自觉以伯夷叔齐为楷模，《橘颂》曰：“行比伯夷，置以为像兮。”②宋末高定子《新修汨罗庙记》对屈原的评价具有代表性，他说：“以道殉身者不能以道而殉人，杀身成仁者不肯求生以害仁。忠臣志士，遭时不逢，忠不售而谗兴，乃至舍人所甚欲而取甚恶。伤哉，其清烈公三闾屈大夫之湛身乎！”③南宋人将梅花与屈原比况也是着眼于其名节之“清”，重在节操。如舒岳祥作于南宋亡国前夕（景炎二年，1277）的一篇文章说道：“若止取其花之芳洁，天下之花孰有尚于梅者哉？咸平为熙朝极盛之日，杭为东南至乐之邦，西湖为杭之胜，孤山又为西湖之盛。和靖先生于斯时，其所值非屈原之比也，其所托不得与《骚》同也，于梅独有取焉，所以补《骚》之遗也。……虽然，风霜凌铄，万木死灰，梅不以是易操也。”④认为梅花之“芳洁”可以比拟屈原之节操，咏梅之作可以补《离骚》之遗。

立足于“清”，即精神之不俗和道德之纯洁，梅花形象逐渐

---

① （宋）向士璧：《梅花喜神谱后序》，宋伯仁编：《梅花喜神谱》，知不足斋丛书本，中华书局1985年版，第101页。

② （战国）屈原：《橘颂》，（汉）刘向辑：《楚辞·九章》，上海古籍出版社2015年版，第192页。

③ （宋）高定子：《新修汨罗庙记》，《全宋文》第318册，第358—359页。

④ （宋）舒岳祥：《王可久梅花百和诗跋》，《全宋文》第353册，第20页。

脱离一般意义的花卉描写的窠臼，而被着意塑造成具有劲节精神的形象，从而与伯夷、屈原等具有标志意义的节操人物在精神气韵上取得了一致，这种一致性在南宋中后期得到加强。姜特立在《跋陈宰〈梅花赋〉》中说：

夫梅花者，根回造化，气欲冰霜。禀天地之劲质，压红紫而孤芳。方之于人，伯夷首阳之下，屈子湘水之傍，斯为称矣。自说者谓宋广平铁石心肠，乃为梅花作赋。呜呼梅乎！斯将置汝于桃李之间乎？余谓唯铁心石肠，乃能赋梅花。今靖侯不比之佳人女子，乃取类于奇男伟士，可谓知梅花者矣。①

认为对于梅花，不可视之为以色香炫鬻的凡卉，它植根自然造化之伟力，秉持冰霜般高洁的气韵，具有天地间坚贞的节操的禀赋，人世间只有含忠履洁的伯夷叔齐可与屈原等比拟。吴龙翰的《古梅赋》这样描写梅花：

或横枝照水，如纫兰之湘累；或半树粘雪，如飧毡之汉使；或荒山冲寒，孤根回暖，如采薇孤竹君之二子。烈士慷慨，羁臣憔悴。茹铁筋骨，镂冰肠胃。乃导引其形躯兮，如雾拥而云垂，如鸿飞而虎踞，故能曜其夜鹤之骨，而枯其秋蝉之蜕也。若余者，与伊纳交，庐其旁，诏弟读书，对亲奉觞，呼吸清寒，咽嚼清香，而庶几泄吟笔之琳琅者乎！②

① (宋)姜特立：《跋陈宰〈梅花赋〉》，《全宋文》第224册，第3页。
② (宋)吴龙翰：《古梅赋》，《全宋文》第357册，第395页。

梅花纳入了人的生活场景,人花交相辉映,梅花昭示着伯夷、叔齐、屈原、苏武这些坚守节操的古之君子的精神境界,赏梅而格物致知,领会坚守道统、捍卫华夏文化的使命感,升华自己的情操。赏梅以砥砺修为,向圣贤迈进,这是当时文化生活中一个引人注目的现象。张镃的《梅品序》也说:

> 梅花为天下神奇,而诗人尤所酷好。……又标韵孤特,若三闾大夫、首阳二子,宁槁山泽,终不肯俯首屏气,受世俗湔拂。间有身亲貌悦,而此心落落,不相领会,甚至于污亵附近、略不自揆者。花虽眷客,然我辈胸中空洞,几为花呼叫称冤,不特三叹、屡叹、不一叹而足也。因审其性情,思所以为奖护之策,凡数月,乃得之。今疏花宜称、憎嫉、荣宠、屈辱四事,总五十八条,揭之堂上,使来者有所警省,且示人徒知梅花之贵,而不能爱敬也,使予与之言传闻流诵,亦将有愧色云。①

认为梅花与“三闾大夫、首阳二子”精神相通,作者还主张赏梅以参悟坚守节操之“四事”“五十八条”,这就把赏梅活动等同于心灵的修行,可见人们是把树立节操信念当作一种人格圆满的修行来看待的。

宋人的节操观深受孟子的影响,孟子指出有志气、有节操、有作为的人应该是:“居天下之广居,立天下之正位,行天下之大道。得志,与民由之;不得志,独行其道。富贵不能淫,贫贱

---

① (宋)张镃:《梅品序》,《全宋文》第289册,第32—33页。

不能移，威武不能屈，此之谓大丈夫。”①对这段话，南宋人阐发颇多。梅花象喻节操就是基于这样的思想文化环境，它有两个指向，一个是捍卫道德纯洁性之节操，不事王侯，高尚其事，展示“贫贱不能移”之义；一个是为捍卫节操而舍生取义、杀身成仁，展示“威武不能屈”之义。关于“富贵不能淫”的节操坚守，在南宋中后期发掘不多。当时思想文化者群体下移，学术话语权掌握在士绅阶层手里，这个阶层的主体是乡居的读书人，具有很强的“在野”特点，而且，承认自己富贵与传统道德信条颇有龃龉之处。因此，“富贵不能淫”多数是藿食者对肉食者的一种婉而多讽的劝诫，富贵而自励者并不多见。“贫贱不能移”和“威武不能屈”的节操坚守是梅花书写的主体内容。我们从梅与雪的构景描绘中可以窥探到这两方面的节操内涵在咏梅文学中的演变轨迹。梅与雪是咏梅文学中较为常见的构景，这样的景致描写最初大多着眼于其报春早发的生物特性，描绘梅雪相映，阐发不事王侯高尚其事的道德纯洁性。南宋后期，出现了描绘梅花之傲霜斗雪的创作倾向，梅花不畏严寒的生物特性被充分关注并被刻意渲染。梅花书写的这种变化当与夷夏之防走向严苛的思想环境有关。

雪与梅的构景，不外乎相辅相成与相反形成两种情况。梅雪相映，重在展示处身陋巷、箪食瓢饮、怡然而乐的道德坚守，其着眼点在早春，梅与雪、梅与水、梅与月相映等都可以纳入这个象喻系统中，它的境界指向是隐士之节操。杨万里在《宜雪轩记》中写道：

---

① 《孟子·滕文公下》，（宋）朱熹：《孟子章句集注》，《四书五经》，天津古籍出版社 1988 年版，第 44 页。

万物莫不病乎雪也,不病乎雪者,梅欤,竹欤,兰欤?岂惟不病之,亦复宜之。惟梅得雪而后洁白者有朋,惟兰与竹得雪而青苍者无朋。……揜之而色愈明,凛之而气愈清,摧之而节愈贞者也。予尝试评是三物矣,殆有似夫君子,盖身幽而名白似郑子真,镃中而铢外似严子陵,群洿而孤清似伯夷叔齐云。①

梅与雪是一种互相映衬的关系,虽然文中用了"揜""凛""摧"这样具有施虐性质的词汇,雪之施虐,对于梅花,毋宁是一种砥砺、磨炼,雪之白与梅之清相互映衬,相映增辉,故而"梅得雪而后洁白者有朋",也就是以"雪"为朋。梅得雪,其幽处而名节完整如郑子真(即西汉的郑朴,字子真,隐逸民间,修身自保),其重视名节而轻视外在富贵如严子陵,其处群污而孤清如伯夷叔齐。杨万里的这段话用梅花与保持名节的隐士高人比附,在林逋以来梅花比德传统惯常路数的基础上突出梅与雪之互动,从而彰显了节操的内涵。何梦桂在《邵梅间诗序》也说:"天地冰霜,万木冻折,而冰姿铁骨,玉蕊琼英,傲然独出于万物之表。故于是时,上下尘世无一物得与梅齿。其清彻寒绝雅宜在梅间者,惟雪与月。"②"冰姿铁骨"与"玉蕊琼英"形成一种呼应关系,体现着梅的清雅高洁,只有雪与月能与之配合,构成标格清高的画卷。张孝祥写道:"雪月最相宜,梅雪都清

① (宋)杨万里:《宜雪轩记》,辛更儒笺校:《杨万里集笺校》第6册,中华书局2007年版,第3013页。

② (宋)何梦桂:《邵梅间诗序》,《全宋文》第358册,第65页。

绝。去岁江南见雪时,月底梅花发。今岁早梅开,依旧年时月。冷艳孤光照眼明,只欠些儿雪。”[①]刘克庄也觉得梅花无雪相伴令人懊恼:“无梅诗兴阑珊了,无雪梅花冷淡休。懊恼天公堪恨处,不教滕六到南州。”[②]梅花与雪的映衬,与普通文人的精神追求深相契合,体现着固穷励志的“贫贱不能移”的节操坚守。正如洪适所言:“香草以比君子,固多见于骚人之辞。至刚长岁寒之际,能舒翘扬芳,表表于风林雪岭间,惟梅为然。其奔轶绝尘之姿,殆与庄士端人无异。彼揭车杜若尚不敢与之齐驱,而冶桃繁李瞠若乎其后,诚未可同日而语。”[③]舒邦佐的《雪岸藂梅发赋》集中描绘了梅雪相映的动人画面,在咏梅文学中具有代表性,赋曰:“腊意将尽,春容未回。铺两岸之寒雪,发数丛之野梅。”“卷帘一望,几如柳絮之飘;策蹇相寻,遥认琼花之发。万瓦漫漫,凭阑细看。……但见肌体斫冰,丰姿翦水。一朵两朵,已自清彻;南枝北枝,转添妍美。踏雪遂欲同观,无酒不如归已。欲成三绝,请素娥临静夜之中;开了一枝,信老杜咏前村之里。大抵有雪无梅,冷落太甚;有梅无雪,精神未充。”[④]赋作由远而近,描写江南早春梅雪交相辉映的美丽画面,以人于残冬将尽之际初见梅开的惊喜贯穿全篇,并以“大抵有雪无梅,冷落太甚;有梅无雪,精神未充”点出画面之精神

---

① (宋)张孝祥:《卜算子·雪月最相宜》,徐鹏校点:《于湖居士文集》,上海古籍出版社1980年版,第352页。

② (宋)刘克庄:《梅花十绝答石塘二林》,辛更儒笺校:《刘克庄集笺校》第3册,中华书局2011年版,第965页。

③ (宋)洪适:《题曹公显所书陈体仁梅清传后》,《全宋文》第213册,第312页。

④ (宋)舒邦佐:《雪岸藂梅发赋》,《全宋文》第269册,第136—137页。

所在。文中的“开了一枝,信老杜咏前村之里”当是作者误记,应指唐代晚期诗人齐己的《早梅》诗①,作品的思想也与之一致。在对梅花早发而使天地生色、生机盎然的描绘中,孤芳自赏的人格诉讼暗寓其中,这正是贫贱守志的人格境界成立的精神基础。

“贫贱不能移”的节操坚守一直是梅花形象塑造的主调,它体现着学术思想对民族精神和人格境界的深刻塑造。面对强敌,华夏民族不仅要有负重致远的精神,而且要在苦难中保持文化自信、道统自信、道路自信,作为华夏子民,更应该像古圣先贤那样,处贫贱而不改其乐,因此,节操的坚守中浸润着人格圆满的崇高感和自信,梅花在雪、月等的构景中体现出的旖旎多姿、怡然而乐、从容不迫的情调正体现着这种精神追求。比如李纲笔下的梅花:“含芳雪径,擢秀烟村,亚竹篱而绚彩,映柴扉而断魂。暗香浮动,虽远犹闻。”②含芳雪径、香飘柴扉,这不是处陋巷的怡然自乐的精神境界!王铚则直接点梅花出守贫贱而励志的内蕴:“韵胜群卉,花称早梅。禀天质之至美,凌岁寒而独开。……至若霜岛寒霁,江村晚晴,竹外烟袅,松间雪清。恼远客以魂断,悦幽人之眼明。……譬夫豪杰之士,岂流俗所能移;节义之夫,虽厄穷而愈厉。时当摇落之候,气极严凝之际。兹梅也,排风月而迥出,傲霜雪而独丽。色靡竞于阳

---

① 齐己的诗《早梅》:“万木冻欲折,孤根暖独回。前村深雪里,昨夜一枝开。风递幽香去,禽窥素艳来。明年如应律,先发映春台。”(王秀林校注:《齐己诗集校注》,中国社会科学出版社 2011 年版,第 310 页)

② (宋)李纲:《梅花赋》,王瑞明点校:《李纲全集》,岳麓书社 2004 年版,第 13 页。

春,志可期于晚岁。”[①]姚勉则将梅花贫贱守节的含义与自己的人格追求、悠然天地的生活情调结合在一起:“方其林梢尽枯,琼萼孤出。霜风肃肃,庭有爱日,负朝暄于槛砌,而翻玩乎书帙。此时此花,味我闲适。又如残雪在檐,寒月侵室。浮云四卷,天宇寥阒。倚栏干而长啸,遇神人于姑射。此时此花,助我飘逸。”[②]贫贱守节应具有刚直不阿的凛然正气,面对逆境、强敌能够保持人格,捍卫尊严。林敏功的《梅花赋》就表现了这方面的内容。赋作描写愁云惨淡、北风萧瑟、江回岛树、竹抱溪桥的景象,这样的景致因梅而顿生春色,绽放的寒英仿佛在召唤自己,然而“忽兮薄怒,不可晤语”[③],其不可亵玩的刚贞品格令人由爱而敬。梅花像人们意念中的神女,美丽而神圣,那浮动的香气若与人沟通心灵,暗自相期。杨万里的《梅花赋》也是这样的格套,但他选取一个梅花绽放的小景以寄意,在一番辞赋描写常见的游仙梦境的铺叙后,以“旦而视之,乃吾新植之小梅,逢雪月而夜开”[④]篇末点题,保持人格高洁的意义暗寓其中。谢逸的《雪后折梅赋》描写雪夜折梅,由风声飞雪引出寒梅,由“两含情而脉脉”引出折梅以寄意,由携梅入室转入对梅酌酒,因梅畅叙,怀梅入梦。整个折梅过程环环相扣,雪梅相映的图画融入人物的活动,映射着理想的人格追求,体现着贫

---

① (宋)王铚:《梅花赋》,《全宋文》第182册,第160—161页。

② (宋)姚勉:《梅花赋》,马积高等主编:《历代辞赋总汇·宋代卷》第4册,湖南文艺出版社2014年版,第3806页。

③ (宋)林敏功:《梅花赋》,《全宋文》第133册,第298页。

④ (宋)杨万里:《梅花赋》,辛更儒笺校:《杨万里集笺校》第5册,中华书局2007年版,第2283页。

贱守节的精神境界,而篇末以"就醉而曲肱"①点睛,勾连起"饭疏食,饮水,曲肱而枕之,乐在其中矣。不义而富且贵,于我如浮云"(《论语·述而》)的先贤训诫。

以雪梅相争、相反相成为主线开掘出坚守节操的另一路,它以处身严酷、砥砺名节为特点,从根回造化、气欲冰霜的生物特性来阐释"威武不能屈"的精神境界,这最能体现严守夷夏之防思想氛围中节操观念的特点。文学中对雪梅对立、相斗的描绘成为一种咏梅创作倾向,主要出现在南宋后期,这反映出在北方军事压迫加重的情形下南宋朝野对"威武不能屈"节操观念的真切体认。与之相关,早春风物的描绘也被置换为对穷冬凛寒的渲染,这是家国的危难处境在梅花书写中的映射。陈元晋《跋李梅亭浮香亭说》:"万物争春,而梅花盛于风饕雪虐之际;众芳炫昼,而梅香发于参横月落之时。盖幽人之贞,逸民之清也。"②这段话是说梅花开于穷冬之际,不与万卉争妍于春日;梅香发于黄昏之后、黎明之前,不与众芳炫于昼时,如幽人逸民,孤独自守。相似的议论在南宋较为常见,但是其对"风饕雪虐"的强调则颇值得注意,因为江南的早春即使春寒料峭,但隆冬已成强弩之末,不至于呈天寒地坼之势,正如魏了翁诗曰:"松竹贯寒暑,而梅时往来。不知姤复意,随人谩徨徊。"③复指复卦,群阴乘一阳之象,反卦为姤。梅开于阳长阴消之时,处复卦之位,彼时虽群阴乘阳,但是"不远复,无祗悔,

① (宋)谢逸:《雪后折梅赋》,《全宋文》第133册,第220页。

② (宋)陈元晋:《跋李梅亭浮香亭说》,《全宋文》第325册,第61页。

③ (宋)魏了翁:《和靖州判官陈子从山水图十韵·载酒寻梅》,《全宋诗》第56册,第34911页。

元吉”(复卦初九爻辞),因此,之前咏梅文学,尤其是梅雪相映的书写模式,多关注于“一阳”,即早春风物,而“风饕雪虐”则把关注点放在了穷阴,即风雪的肆虐方面。梅雪书写的这种转变,就是为了突出梅花“威武不能屈”的精神,反映了当时对这种坚贞节操的重视。薛季宣较早注意到梅雪相斗书写模式之价值意义,他说:

> 夫梅之为物,非其果之尚也。穷冬凛寒,怒风号雪,凋零百物,竹柏犹瘁,此木之常也,而梅花于是,则其操为可称也。芳香婀娜,斗彩凌霞,以艳相高,以荂相轧,此花之态也,而梅幽香洁白之为素,则其德为可贵也。木无不实,无实于果,甘酸异味,适口一时,此果之材也,而梅有鼎羹之和,则其用为可重也。①

他指出梅生于怒风号雪之时,此其节操之所在;梅花幽香洁白,不与众芳争妍斗妍,此其品德之所在;梅实具有鼎羹之和,非适用于一时,此其济世之所在。这段话以梅花象喻君子修养,而突出其凌寒斗雪之节操,指出梅雪书写之向上一路。

李石的《红梅阁赋》是较早专注于描绘梅雪相斗场面的作品。在赋中,梅与松、竹为友,均不畏严寒。此三者树形互补,乃园林建筑中习见之物,故而文学中三者同时出现或梅竹并称要早得多,但是以“友”称呼三者,则是出现在南宋中后期以后。松竹梅连称,使得梅的早发特性被置换为傲霜斗雪,从而

---

① (宋)薛季宣:《梅庑记》,《浪语集》卷三十一,《景印文渊阁四库全书》第1159册,(台北)台湾商务印书馆1986年版,第511—512页。

显现出“威武不能屈”的精神内涵。因此，作者特意点出“似古人之岁寒”①，以暗示“岁寒然后知松柏之后凋也”的古老箴诫，与威武不能屈的节操相扣合，“影横陈以向夕，香彻晓而不收”点出人物竟夕徘徊，沉浸于梅花昭示的人格境界中不能自已。赋中特别提到名贵的牡丹“姚黄魏紫”灰冷无气，这种曾为人们崇拜的国色天香，承载着盛世憧憬与富贵气象的花朵，在南宋那个忧患深重的时代，在思想文化视野中不得不褪去光彩，而由梅花取而代之。

林学蒙《梅花赋》以与梅花对话的形式铺排成文，篇首以“岁寒亲友，问心开怀”立全义，且将梅雪相斗与南宋的具体处境联系在一起，现实指向非常明确。作品从梅盐和羹和梅福直道应物的典实以暗示济世救民的担当意识，这是威武不能屈的思想基础。然后由林和靖的典实转入宋代，而以“元冥震怒，大与世仇”明指梅雪相斗，暗指华夏遭遇夷狄凌迫，处于亡国亡天下的危机之中。赋作铺排典故以充分渲染梅雪之斗争，而以“变宇宙之寂寥，为一气之清绝”②收缩之，通过梅花在雪中绽放以象喻临危不惧敢于担当的气节乃是天地长存之英气，于此彰显节操在国破家亡时的可贵。作者还将梅花于风雪中傲然挺立的描绘中融入了屈原、伯夷叔齐、商山四皓等人物，以进一步阐明节操的具体内涵。篇末以曾子之大勇和孟子之大丈夫人格点睛，突显出国难当头之时，保持节操的重要性。这是一篇相当优秀的托物寄兴的作品，本体喻体密合无间，形象地将梅花象喻的威武不屈的精神展现出来。

---

① （宋）李石：《红梅阁赋》，《全宋文》第 205 册，第 268 页。

② （宋）林学蒙：《梅花赋》，《全宋文》第 284 册，第 363 页。

胡次焱《雪梅赋》表现手法与林学蒙赋相类而更为具体直白。赋序以“草遭雪而萎，木遇雪而折，雪其酷哉！梅挺然立雪，貌泽香烈，雪虽酷，不能加于梅也。孟子曰‘威武不能屈’，于梅有焉”点出题旨，在正文的开篇即从正反两面申说，重申其旨意：“呜呼！人不能卓然特立，至横逆之来，作儿女态，其视梅得无恧乎！乃为之赋。孔子曰：‘岁寒然后知松柏之后凋也。’岂独松柏欤。羌对雪天之牢落，益知梅花之崛奇。”文中放笔铺排隆冬之酷寒，这已经与梅之特性想去甚远，这样的渲染是为了突出华夏面临的严峻局面以及梅花精神之难能可贵。因而赋在铺叙之后点出“于时有梅，毅然丈夫。香愈冷而有韵，貌愈泽而不枯。枝弥压而弥强，花弥劲而弥舒。盖西山伯夷之清，而陋巷颜子之癯。故曰，岁寒然后知松柏之后凋，岂独松柏欤”！然后赋作从背面敷粉，纵笔铺排春日载阳的欢畅场面，借以表现梅花之精神气度。“梅亦何以自别于桃李兮，譬颜跖同尧服而舜趋，孰辩其为贤为愚？今者冱寒积雪，桃弊李疲。惟梅花岿其强项，敻突兀于园池。……然则非梅无以当雪之凌厉，非雪无以见梅之贞清”梅花精神的可贵正在于其处逆境而自守，临暴虐而不屈，严酷的环境更能衬托出它临危不惧的大丈夫气概。行文于此，作者荡开一笔，从哲理思辨的角度来分析梅花节操乃天地正气之显现：

> 吾闻雪，阴沴也，阴则为寒为冻、为惨为威。有条者憔悴，有叶者茶萎，有实者摧剥，有茎者陵迟。盖天地之杀气，为品汇之入机。而梅，阳物也。黄钟初动，梅圣得知。阳和其所先得，阳刚其所素持。能独立万物之表，挺不为杀气所驱。惟阳足以制阴，羲《易》夫岂我诬。是故天下

皆寒，不能寒梅之枝；天下皆冻，不能冻梅之蘂。尔惨自惨，梅独愉愉；尔威自威，梅独怡怡。①

之后，作品转入对威武不屈的人物的梳理，以进一步申说威武不能屈的精神乃天地正气，道统传承之所在。丘葵的《梅花赋》立意与胡次焱赋相类，而更侧重从形而上的角度来认识节操问题。赋作开篇写道："天地栗烈，枯摧朽拉。彼茁者英，瑞此穷腊。月方盈十，胚毓消息。如此《先天》，画前有易。苞萌未露，白贲已具。如此《河图》，中藏五数。谥我乎贞乎而尚德，以清乎而展(此句似有脱误)。"赋作绍续理学家将梅花与阴阳术数结合起来以显示其神圣性的路数，这样使梅花象喻在哲理的层面上贯通华夏文明、华夏精神。承载着道统传续和华夏命脉的从来都是坚守节操忧患天下的仁人志士，赋中写道："苍官清士，列位岩坳，如晏平仲，善与人交；霜风撼倾，华萼敷荣，如苏中郎，抗节龙庭；互交递倚，条枚万蕊，又若武侯，草庐未起；林薄摧颓，霜饕雪埋，又若园、绮，皓鬓皑皑。庶类不可得而友，东皇不可得而臣，可以冠抡魁而独步摇落之后，可以腼鼎食而栖身于寂寞之滨。"作者指出与寒梅精神贯通的那些标志性人物有能言善辩解危就难的晏婴、抗节龙庭心向华夏的苏武、匡扶汉室鞠躬尽瘁的诸葛亮、隐居守志而心系天下的商山四皓等。这些人都有共同的品格："清而不隘兮与俗无竞，涅而不缁兮与道为邻。"②可见，在这些咏梅作品中，梅花形象已

① (宋)胡次焱：《雪梅赋》，《梅岩文集》卷一，《景印文渊阁四库全书》第1188册，(台北)台湾商务印书馆1986年版，第533—534页。

② (宋)丘葵：《梅花赋》，曾枣庄主编：《宋代辞赋全编》第五册，四川大学出版社2008年版，第2705—2706页。

脱尽儿女之态、绰约之姿而成为天地正气的象征、民族精神的集中体现。

综上所述，在当时的特殊环境中，理学在塑造社会人格方面向着坚守节操的方向发展，节操成为君子人格养成中的重要前提，它严守夷夏之防，提倡对道德纯洁性和人格完整性的坚守，这种坚守，本质上是对文化传承和文化边界的捍卫，是亡国危机在观念世界的浓重投影。梅花象喻也随之向着坚守节操的方向发展，它立足于"清"的审美风范，与伯夷、屈原等节操风范人物在精神气韵上取得一致性。随着贫贱不能移、威武不能屈的节操观念的不断渗透，梅花象喻也向着梅雪相映与梅雪相斗两个方向发展，日益深入华夏文化的精神境界，并最终成为人们分别华夷以及寄托文化执念与文化认同的象征符号，成为华夏子民的精神图腾。

宋末以来，梅花一直是苦难深重的中华民族的精神寄托、文化象征和族群徽号，它承载着华夏文明的传统、光荣与梦想，还没有哪一种花卉能够像梅花这样能够体现民族精神，凝聚民族力量，鼓舞民族斗志。尤其是国难当头之时，梅花的象喻意义就格外引人注目。梅花是华夏的象征，随着文明的进步与文化交流融合的加深，梅花一定会更加地美丽地绽放。如今，任何中国人，不论在国内，还是在国外，都以爱梅为荣。梅花蕴藏着中国人的特性本质，散发着中国人的道统，凝聚着人类的人性文化，相信梅花在以后的岁月里，依然会承担起凝聚人心、维护祖国统一、增强民族自信的使命。

宋代辞赋的个案研究

论王禹偁辞赋对风雅传统的发扬光大*

王禹偁(954—1001),字元之,济州钜野(今山东菏泽巨野县)人。太平兴国八年(983)进士。官至知制诰兼翰林学士。晚年贬居黄州,故人称王黄州。王禹偁出身寒微,勤奋好学,是宋初著名的文学家。他性格刚直,不愿随俗俯仰,因此仕途坎坷,曾三次被黜。他的刚直性格在当时颇为世人注目,据《玉壶清话》卷四载,太宗曾对他说:“卿聪明,文章在唐不下韩柳之列,但刚不容物,人多沮卿,使朕难庇。”①此言可见出其性格和文学的特点。他平生著作宏富,诗文集今存《小畜集》三十卷,系作者晚年自编,《小畜集外集》系其曾孙王汾所编,残存卷七至十三。以上均有《四部丛刊》本。王禹偁长于辞赋,在《律赋序》中,他自称:“志学之年,秉笔为赋,逮乎策名,不下数百首。”《全宋文》收集他古赋八篇,律赋十八篇,《吊税人场文》《续戒火文》《诅掠剩神文》《遣拙鬼文》《拟裴寂祷华山文》也都是赋。

---

* 本文原载于《山东大学学报》(哲学社会科学版)2005 年第 4 期。

① (宋)文莹:《玉壶清话》,上海古籍出版社 2001 年版,第 1480 页。

一、王禹偁的辞赋观

王禹偁在文学理论方面颇有建树，对诗文革新运动有启迪催生之功。其辞赋观与宋初重建道统、文统的思潮相呼应，反映了宋人在辞赋方面力惩五代文风，寻求自身出路的努力，故而不容忽视，其辞赋观主要包括以下两方面内容。

一是主张辞赋的讽谕功能及平易流畅的语言风格。在诗歌方面，王禹偁推崇白居易、杜甫，尤其深得白居易讽喻诗平易与讽世之壶奥，与当时流行的"白体"诗人取向不同。他把讽世与平易的主张引入辞赋。在《答张知白书》中他指出："夫赋之作，本乎诗者也。自两汉以来文士，若相如、扬雄、班固辈皆为之，盖六义之一也。洎隋唐始以科试取进士，而赋之名变而为律，则与古戾矣，然拘变声病，以难后学。至使鸿藻硕儒，有不能下笔者。虽壮夫不为，亦仕进之羽翼，不可无也。"①他承袭班固的看法，认为赋乃《诗》之流，应继承《诗》的传统，以风雅兴寄为务，即具有讽喻的功能。这与白居易文章合为时而作的主张是一致的。同时，王禹偁又反对律赋的拘变声病，因为形式上的苛求往往会束缚辞赋的社会功能和赋家才情的自由发挥。在他看来，律赋只是进身之工具，既不能废止，也不能过于沉溺其中。他的这种观点对欧阳修有直接的影响。讽喻的内容与流畅的语言是相辅相成、紧密结合的，儒学的兴起和古文的兴盛往往同时出现，复兴古道是以创作载道之古文为手段

---

① （宋）王禹偁：《小畜集》卷十八，《四部丛刊》景上海涵芬楼本。

的。在《答张扶书》中，王禹偁指出："夫文，传道而明心也，古圣人不得已而为之也。……既不得已而为之，又欲乎句之难道邪，又欲乎义之难晓邪？必不然矣。"他追慕韩、柳文章，主要在于他们把传道与晓畅完美地结合。因此，他主张为文"姑能远师六经，近师吏部，使句之易道，义之易晓，又辅之以学，助之以气"①。由此出发，他反对空洞无物，不关时事的文风，为赋为文强调其社会功用。在《东观集序》中，他评价有唐以来的文风说："然而三百年间，圣贤相会，事业之大者，贞观、开元；文章之盛者，贞元、长庆而已。咸通而下，不足征也。"②他对咸通以后唯写个人情怀的文风是不满的，对唐代文学唯取韩柳、元白活跃于文坛的贞元、长庆时期。

二是与前一观点相反相成，主张为赋要"意不常""语不俗"。王禹偁提倡为文之平易流畅并非浅俗浮滑，主张赋关讽喻也并非是空谈道德。作为重视赋之政治功能的补充，他十分看重个人情气和文采，在《送徐宗孟序》中，他赞赏徐的文章"见其文奇而尚气者"③。在《冯氏家集前序》中，他称冯谧的文章"见其词丽而不冶，气直而不讦，意远而不泥。有讽喻，有感伤，有闲适，落落焉，铿铿焉，真一家之作也"④。他要求文辞要"奇"，不是人云亦云，而要以个人之情气为骨，以见其文辞之超出流俗。气有清浊，虽父子不能相夺，这样，文学也应当是风格多样、情辞超拔的。基于这种观念，王禹偁主张为赋要在内容和形式上有所创新，要不同凡响，以见出个人情气。在

① （宋）王禹偁：《小畜集》卷十八，《四部丛刊》景上海涵芬楼本。
② （宋）王禹偁：《小畜集》卷十九，《四部丛刊》景上海涵芬楼本。
③ （宋）王禹偁：《小畜集》卷十九，《四部丛刊》景上海涵芬楼本。
④ （宋）王禹偁：《小畜集》卷二十，《四部丛刊》景上海涵芬楼本。

《送丁谓序》中他说:“今春生(丁谓)果来,益以新文二编,为书以投我。其间有律诗、今体赋文,非向所号进士者能及也。其诗效杜子美,深入其间;其文数章,皆意不常而语不俗,若杂于韩柳集中,使能文之士读之,不之辨也。”①在这段话中,王禹偁提出为赋的标准是“意不常而语不俗”,这和他主张的辞要“丽”、气要“直”是一致的。重视个性化、富于创新精神,是他推崇韩柳、元白文章,崇尚文运转关的贞元、长庆时期的又一因素。韩柳文章通常抒发内心之幽愤,其他赋家也能做到出人意表。在《送李巽序》中,他称许李巽道:“君尤善辞赋,得贞元、长庆时风格,如《土鼓》《蜃楼》数篇,皆辞理精妙,出人意表。”②

由于兼顾辞赋的政治功能与文学特性,主张创新,华丽与平易并举,情气与讽谏兼重,因而,王禹偁的辞赋创作取得了相当高的成就,代表着宋初赋境的最高水平。

二、王禹偁辞赋的入世情怀

《宋史》本传称王禹偁:“遇事敢言,喜臧否人物,以直躬行道为己任。”③的确,王禹偁高扬儒家治国平天下的入世精神,继承杜甫、白居易“忧黎元”“补时阙”的忧世传统,谠言论政,忧怀民生。他的辞赋或讥切政事,或关心民瘼,或抒发忠愤之

① (宋)王禹偁:《小畜集》卷十九,《四部丛刊》景上海涵芬楼本。

② (宋)王禹偁:《小畜集》卷十九,《四部丛刊》景上海涵芬楼本。

③ (元)脱脱等:《宋史》卷二百九十三《王禹偁传》,中华书局1977年版,第9799页。

情，或寄托讽世之思，无不浸透着对国计民生的深深关怀。其入世情怀在辞赋中主要表现为以下四个方面。

（一）谠论治乱，刚柔参用

王禹偁有相当一部分赋是畅言治乱之理的，这包括他的十八篇律赋和《大阅赋》《籍田赋》两篇典礼赋以及《读戒火文》。宋初以来，律赋中议论的成分不断增加，大抵出入儒、道，阐发仁义治国或无为而治的道理。王禹偁的这十八篇律赋亦然，以议论治国之道为主。许多赋立足于儒家的治国思想，有的论述君与民的关系，申说水可以载舟亦可覆舟之理，告诫君主应贵民抚民，方可安国图治，如《君者以百姓为天赋》；有的赋中，王禹偁宣扬举贤授能、天下为公的儒家大同理想，如《贤人不家食赋》《乡耆献贤能书赋》《射宫选士赋》；有的主张崇文偃武、制礼作乐，如《归马华山赋》《大合乐赋》。王禹偁也有一些赋从道家的观点出发阐述治国之道，在《橐籥赋》和《复见天地之心赋》中，王禹偁宣扬老子绝圣弃智、小国寡民的理想；《尺蠖赋》则主张刚柔相济、儒道并用，以收一张一弛的治国之效。

王禹偁的两篇典礼赋《大阅赋》《籍田赋》均为应制之作，以颂美皇德为主。但他能借题发挥，寄寓讽谏，非一般的润色鸿业之作可比。《籍田赋》作于太宗端拱元年（988），这年春正月乙亥日，太宗于东郊行籍田礼，以申崇本务农之道。王禹偁的这篇赋在介绍了籍田礼的过程后，点出行籍田礼的要义所在乃是劝勉农耕，非贪慕古之名："千耦其耕，焕乎礼成，播百谷兮率人力，歌《载芟》兮扬颂声。将见乎余粮栖亩，腐粟如京。神仓令纳乎黍稷，以备粢盛；廪牺氏收其藁秸，用饷牺牲。亲畎亩兮化被,重人天而教行。自得训农之实,非贪慕古之名。”① 作者殷切期望国家强盛,充满激情地描述了一幅天与人归、五谷丰登的壮丽图画。与西晋潘岳的《籍田赋》相比,此赋颂美的成分大大减弱,而是以相当的篇幅议论重农在国家政治中的重要地位,作者强调:“务农桑兮为政本,兴礼节兮崇教资。民乃力穑,岁无阻饥。”王禹偁继承了传统儒者重农的观点,认为农业乃一切礼乐教化的根本。《大阅赋》作于真宗咸平二年(999)。真宗崇文偃武,欲以恩德怀柔强胡。在西北、北方强敌睥睨的形势下,这种思想是苟且偷安、不思进取的心理表现,是相当危险的。王禹偁认识到这种思想的潜在危险,借此赋来诡文谲谏。作者指出太祖以武力奠定基业,希望真宗重视武备:“惟圣克念,惟皇聿修。方欲生擒颉利,血灭蚩尤,辑大勋而光祖考,练武经而平寇雠。以为天生五材,孰能去其兵革;武有七德,予将整乃戈矛。”赋中反复申说在大敌当前的情况下,武备对民生社稷的重要意义,告诫真宗要强化武备,以保证国家社稷的安定。真宗时文治的局面以成,举朝之士皆耻言兵衅,王禹偁的这种观点的确是非同一般的远见卓识。但是,王禹偁并非尚武之士,他只是把武备作为文治的辅助,他不可能摆脱苟且的时代空气和文臣政治的崇德特征,在《续诫火文》中,他依《左传》取义,以火喻兵。《左传·隐公四年》曰:“夫兵,犹火也,弗戢,将自焚也。”王禹偁认为虽然兴国立邦不可缺少武力,但是,稍有不慎就会遗患无穷。安史之乱以来的殷鉴不远,故而王禹偁对武力有辨证的认识,他主张以仁德御武

① 本文所引辞赋,均出自上海涵芬楼本《小畜集》《小畜外集》,为行文方便,不再一一出注。

力，即可张弛有度、刚柔并济，他说："斯火也，防之在德，救之在仁。省征赋之烟焰，去侵伐之刍薪，礼乐兴而绠缶斯具，刑政明而畚挶是陈。如此则除害于六合，防灾于四邻，又乌有煨烬万国而烟煤兆人者哉！"班固在《汉书·刑法志上》中说："文德者，帝王之利器，威武者，文德之辅助也。"[①]王禹偁对武力的看法与班固是一致的，依然不脱儒者王道之治的窠臼。

（二）心系民瘼，谴责苛政

王禹偁具有浓厚的民本思想。他出身寒微，长期任地方官，深谙民间疾苦，从感情上贴近贫苦的人们。在《上太保侍中书》中，他说："少苦寒贱，又尝为州县官，人间利病亦粗知之。"[②]因此，他对统治者竭天下之财力以奉已之私欲的作法十分不满。他在《代伯益上夏启书》中指出："夫天下者非一人之天下，乃天下之天下也。"他的这一观点远承孟子和汉儒公天下的思想，具有浓厚的民本色彩，基于此，王禹偁在文学作品中广泛地反映民间疾苦，痛恨统治者对人民的压榨。宋初的冗吏冗兵消耗掉了国家大部分财力，加以宋廷优渥官员，恩荫赏赉过滥，这些都造成了国家财政竭蹶，朝廷不得不加重赋税，搒剥百姓以维持局面。可以说，宋室恩逮于百官唯恐不足，财取于万民不留其余。王禹偁的《吊税人场文》《诅掠剩神文》均是针对统治者对人民的搒剥而创作的辞赋。

《吊税人场文》依据《礼记·檀弓下》的"苛政猛于虎也"

---

① （汉）班固撰，（唐）颜师古注：《汉书》卷二十三《刑法志》，中华书局1962年版，第1091页。

② （宋）王禹偁：《小畜集》卷十八，《四部丛刊》景上海涵芬楼本。

命意,又受到柳宗元《捕蛇者说》的启发,把苛政比作毒蛇猛虎。该赋序云:“峡口镇多暴虎,路人过而罹害者,十有一二焉。行役者目其地曰税人场,言虎之搏人,犹官之税人。”开篇即以苛政与猛虎相提并论,具有极强的冲击力。赋中形象地描绘了虎之凶暴:“爪利锋起,牙张雪矗。岩乎尔游,溪乎尔育。匪隐雾以泽毛,惟咥人而嗜肉。豺伴貙邻,林潜草伏。啸生习习之风,视转眈眈之目。”以此来衬托苛政害民之刻毒阴狠,赋中还描绘了生灵惨遭虎祸的惨烈场面:“骨委沟壑,血膏林麓,恨魄长往,悲魂不复。旅人无东海之勇,嫠妇起太山之哭。”但是,较之于虎之搏人,苛政更有甚者,赋中进一步写道:

> 于戏!虎之搏人也,止于充肠;官之税人也,几于败俗。则有泉涌鹿台之钱,山积巨桥之粟。周幽厉之不恤,汉桓灵之肆欲。是皆收太半以充国,用三夷而祸族。牙以五刑,爪以三木,搏之以吏,咥之在狱。马不得而驰其蹄,车不得而走其毂。铍在匣以谁引,矢在弦而莫属。斯场也大于六合,斯虎也害于比屋。

这段文字对苛政的抨击是空前的。作者指出,与举天下之财力以饱其谗吻的暴君恶吏相比,虎之搏人实在是不足道的。在作者看来,暴君恶吏是一群比虎更凶残的吸食民膏的恶兽,整个国家机器乃是吃人的工具,其为害及于比屋,天下之人鲜有逃脱者,天下乃是一个吃人的税人场。作者抨击的力度之大,激愤之深,目光之犀利,是无人可与比拟的。在宋初文人追求平淡逸趣的空气里,王禹偁此赋堪称惊世之呼喊,代表着宋初抨击时政的最强音。

《诅掠剩神文》以“阴君命神掠民之羡财,籍数于冥府,备人之没,将得用矣”为口实,指出富贵者的余财都由百姓身上搜刮而来,一针见血地揭示了社会最本质的矛盾:“彼羡者豪,珠仓璧廒。贷十偿百,刳脂剔膏。渴友弗饮,池然渌醪;饥亲弗食,岳然芳肴。……非豪之羡,乃民之羡,神果掠之,适为神劳!”他愤怒地谴责天道昏昧,善恶不分:“孰曰天之道,有余损而不足补哉? 夫其不知豪之羡,贵之羡,皆民之羡也,神奚忍取? 神虽戾天,又不念天之民、神之主?”作者从民本思想出发,对贵者欲贵、贱者欲贱的社会提出了激烈的批判,揭示出那个社会吃人的本质。

（三）直道应物，挟道自重

王禹偁为人刚直不阿,以躬行直道为己任,以此为流俗所不容。苏轼《王元之画像赞序》云:“故翰林王公元之,以雄文直道,独立当世,足以追配此六君子者。方是时,进行清明,无大奸慝。然公犹不容于中,耿然如秋霜夏日,不可狎玩,至于三黜以死。”①虽然一生困顿,但他的耿介情怀却始终不渝,每以赋来表现自己的苦闷和怨愤。《三黜赋》《罔极赋》《遣拙鬼文》《拟裴寂祷华山文》都是感慨身世之作,反映了他面对逆境自强不息的入世精神。

王禹偁在《吾志》诗中表白自己:“吾生非不辰,吾志复不卑。致君望尧舜,学业根孔姬。”②济世救民的理想是他一生的

① (宋)苏轼撰,孔凡礼点校:《苏轼文集》卷二十一,中华书局 1986 年版,第 603 页。

② (宋)王禹偁:《小畜集》卷三,《四部丛刊》景上海涵芬楼本。

精神支柱，当他面对挫折时，常常抱定“朝闻道，夕死可矣”的信念，追求自我人格在儒家道德修养方面的完善，借履道而行的信念来化解内心的郁垒。据《玉壶清话》卷四载，王禹偁曾三次被黜。初因疏雪徐铉之冤，被贬为商州团练副使。后因议论孝庄皇后丧仪，坐讪谤，出守滁州。真宗即位，方召还，知制诰，不久，因为时相所谗，黜黄州。他的《三黜赋》作于咸平二年(999)，第三次被黜知黄州之时。赋作略述被黜的经历，而把重点放在被黜给自己心灵带来的痛创。赋作追述了前两次被黜的苦难：“一生几日，八年三黜。始贬商于，亲老且疾。儿未免乳，呱呱拥树。六百里之穷山，唯毒蛇与赞虎。历二稔而生还，幸举族而无苦。再谪滁上，吾亲已丧。几筵未收，旅榇未葬，泣血就路，痛彼苍兮安仰?”面对眼前的被黜，作者写道：“今去齐安，发白目昏，吾子有孙，始笑未言，去无骑乘，留无田园。”与此前的被黜相比，第三次被黜作者不再欷歔悲叹，而是表现出阅尽沧桑之后的平静豁达的心情，为官八载，居无田产，反使亲人饱受流离之苦，痛苦已使作者的心灵麻木了。但是，他并没有完全沉溺在个人的痛苦中，赋的结尾写道：“屈于身兮不屈于道，任百谪而何亏？吾当守正直兮佩仁义，斯终身以行之。”道德上的完善化解了内心的郁垒。正因为他挟道自重，追求人格在儒家道德方面的完善，即使曲于势但是顺道而行，问心无愧，中有足乐者，所以处身逆境能敛情约性，平淡待之。《论语·微子》：“柳下惠为士师，三黜。人曰，子未可以去乎？曰，直道而事人，焉往而不三黜?”此赋正体现了这种直道应物、释悲自达的境界。他的《听泉诗》也表达了这种释悲自达的精神境界：“平生诗句多山水，谪宦谁知是胜游。”王禹偁的《拟裴寂祷华山文》当为晚年之作，在文中，作者表白重道轻势,不以个人得失为念的胸怀:“余则三黜而无愠,五就以求伸。俟风云之胥会,期鱼水以相亲。必也行乎道泽乎民,不独苟其位荣其身。使乎霸道升帝,浇风返淳,有域皆寿,无台不春。虽伊傅兮吕尚,可继踵而比邻。”其主旨与《三黜赋》完全一致。

从怀才见弃的经历出发,王禹偁对媚俗苟容的巧宦之人流露出极端厌恶之情。在《罔极赋》中,王禹偁追思悲苦的一生,对误入污淖的官场感到无奈。“罔极”语出《诗经·魏风·园有桃》:“不我知者,谓我士也罔极。”指不合中正之道,这里,王禹偁借指自己处世不能媚俗。他说:“孰谓儒者,不如农夫,良田十亩,柔桑百株。无求于人,身何忧其悔吝;必出于力,养不闻乎精粗。父母俱存,缊袍重襦。子弟匪懈,夕耕晓锄。鸡豚掩豆,黍稷盈壶。草堂为寿,其乐只且。嗟乎,无不得而及也,赋《罔极》而长吁。”对仕途的失望促使他向往耕读守志与家人共享天伦的生活。在《谢除右拾遗直史馆启》中,他也表达了退耕田园的愿望:“固无易俗之能,惟待黜幽之典。岂期贱吏,误达宸聪。把篱畔之菊花,方多憔悴;近阶前之蓂荚,顿觉光辉。”在《闻鸮》诗中,他表示:“虽得五品官,销尽百炼钢。何当解印绶,归田谢膏粱。”王禹偁归隐田园的理想,只是他仕途见忤的一种寄托,是作为不屑于与巧伪媚俗同流合污的遁词而出现的,他仰慕白居易的闲适自在,但执着于儒家思想,入世甚深,他学不到白居易的闲适自在,内心总有拂不去的苦恼,因而,归隐田园的愿望只是泄愤的手段而已。

(四)因物取譬,以寄世情

托物寓意是咏物赋的传统,柳宗元就有许多借物讽世的赋作。王禹偁为文推崇韩柳，也创作了一些咏物寓意的优秀佳作，以寄托自己讽世的情怀，如《园陵犬赋》《怪竹赋》《花权赋》《红梅花赋》等。

《园陵犬赋》是为哀悼太宗的爱犬而作。李调元《赋话》卷十引《古今诗话》载，太宗死后，其爱犬号呼不已，因之以毙。此赋是应真宗之命而作。王禹偁在这篇赋中借犬对太宗的眷恋宣扬忠君的思想，其中写犬眷恋主抑郁而死一节尤为感人："欠舐鼎以登仙，对遗弓而变主。卧锦荐兮罔安，啖鲜食兮弥苦。丰颀载减，负重铒而不胜；病骨其羸，求弊盖于何所？"睹物思主，忠肠断绝。在《韩诗外传》卷九，有一段关于丧家之犬的议论："子曰：赐，汝独不见夫丧家之狗欤？既敛而椁，布席而祭，顾望无人，意欲施之。"①据此，犬与恋主忠君的信念结合起来，如杜甫的《天狗赋》也是抒发忠君之情的。王禹偁此赋是对这一传统的继承。

权势难久、富贵如云的主题在初唐四杰那里得到充分的拓展。在宋初，士风疲衰，缺乏卓荦之气，涉及这一主题的文人不多。王禹偁挟道自重，睥睨权贵，自有一股抗俗超拔之气概，因而，这一主题在他手里又得到继承。他的《花权赋》即是睥睨权势的优秀之作。他把权势比作盛开的鲜花，只能煊赫一时，终究摆脱不了衰败的命运。花在春天应时开放"卉叠葩重，红樱碧矗"好不热闹，这是花得势之时，待到花时已过，风雨相逼，花便失去其主宰春色的权势，"残叶无色，虚枝不扬"。人世间的功名富贵何尝不是这样，那些巧伪媚俗的小人一旦得势即如花开一般尽情展示自己的丑态。他把邪臣得势，放情享

① （汉）韩婴：《韩诗外传》，上海书店出版社2012年版，第104页。

乐，纵其险恶之心忌贤妒能的丑态形象地展示在读者面前。然而，权势也会像残花一样倏忽飘散，那便是别外一番景象：

> 及夫鬼瞰神殛，殃钟祸催，庭起秋草，门如死灰。砌兰败以生藓，房椒穷而渍苔。柱仆朽桂，梁倾腐梅。屯云之客何往，流水之车不回。但见鼬穴玉堿，鼠穿犀壁。遗嗣残宗，台舆厥职。骨烂魂埋，蓁芜攸宅。顾僚寀以畴往，痛轩墉而何阒！此权之去，有如春暮。

作者把势盛与势败的景象极其传神地呈现在读者面前，形成强烈的反差。为了个人富贵而追求权势，不以天下苍生为念，那么，其势来也速，其势去也急。这篇赋除了睥睨权势的主题之外，更寄托了作者对人世沧桑的空幻感，在永恒的时间面前，任何的繁荣与荣华都摆脱不了被否定的命运。从这一角度来看，这篇赋的内蕴是相当深刻的。

此外，《怪竹赋》借不合于世俗的怪竹这一形象来寄托作者履道而行、贞亮不群的气节。《红梅花赋》借不同于常俗的红梅花引出“苟华实之不符，在颜色而何以”的质问，指出世俗重华不重实，名实相乖的谬误。据《诗话总龟》后集卷二十七引《西清诗话》载：“红梅清艳两绝，昔独盛于姑苏，晏元献始植西冈第中，特珍赏之。”①王禹偁这篇赋可能就是在这时创作的。这两篇赋均是寄兴深长、辩丽可喜之优秀作品。

---

①　（宋）阮阅编，周本淳校点：《诗话总龟》后集，人民文学出版社1987年版，第175页。

三、王禹偁辞赋艺术上勇于创新的精神

王禹偁的辞赋不仅内容广泛，内蕴丰富，而且在艺术上也取得了一些开创性的成就。

首先，王禹偁把古文的笔法引入赋中。王禹偁致力于倡导古文，沈虞卿在《小畜集跋》中说他的古文"简易醇质，得古作者之体"。王禹偁为赋力避华艳生涩，追求流畅自然、雅素隽洁的艺术效果，同样具有简易醇质的特点。如《大阅赋》描写禁军演练的气势：

> 开阖舒卷，若常山之蛇蟠；沸渭喧阗，如沧海之鳌抃。则有超乘贾勇，戏车为郎，挟辀射戟，挽强蹶张，剑倚青汉，戈挥太阳，可以越巨壑，踏昆岗，气压乎北方之强。又若屈产新羁，渥洼逸驾，汗血兰筋，腾霜照夜，师子花狞，胡孙色赭，可以走高山，突平野，势吞乎南牧之马。

每句字数长短不一，富于变化，似无定式，而语气一以贯之。对偶句消解于散文化的语势中，不露痕迹，极为自然贴切。又如《卮言日出赋》："卮之为物也，空则仰，满则倾。伊斯言之无像，假厥器而强名。日出弥新，尚安知其适莫；天倪自得，亦胡系于虚盈。"①在句式上以散驭骈，富于散文的气势。李调元《赋话》卷五评王禹偁的赋"一往清泚"，即是指语言上以散运

① （宋）王禹偁：《小畜集》卷二，《四部丛刊》景上海涵芬楼本。

文、文气流贯的特点。

其次,议论化倾向与赋情赋境的巧妙融合是王禹偁赋的另一特色。文学中议论成分的增加是宋初知识分子参与意识踊跃的表现,也是辞赋发展的趋势。王禹偁的律赋均以论政为主,以表现其器识。他的典礼赋、咏物赋也在叙述描写中夹以议论,如《籍田赋》以夹叙夹议行文,《怪竹赋》《红梅花赋》则在描写之后以议论点破题旨。他的以文名题的赋学习柳宗元的寓言小品文,旨在讽政刺世,因而议论化的倾向更加鲜明。由于王禹偁学殖深厚,这些议论增强了赋的思辨色彩,深化了主题。王禹偁追求辞赋的情韵生动,以此来克服议论化带来的直白之病,使情景与哲理巧妙地融合。如《园陵犬赋》在反复论述了犬的忠君之思之后,描述了犬于陵旁顾望无人,意欲施之的图景:"锁玄宫兮黯黯,号白日兮茫茫。松阡夜月,柏城晓霜。依六尺之舆,已成畴昔;盗一抔之土,亦足堤防。表终天之巨痛,甘朽骨于龙岗。"明月下的皇陵、惶惶如也的爱犬,阴阳乖隔,人鬼殊途,王禹偁精心结构了一幅凄美清丽的画面以寄寓忠君之深情,与文中忠君之议论结合得天衣无缝。在《红梅花赋》中,作者以纤巧绮丽之笔着力描绘了红梅花盎然的生机:"修柯焰发,碎朵霞匀。认夭桃以何早,谓红杏以非邻。烧空有艳,照水无尘。仙人之绛雪团来,烟苞向暖;王母之霞浆杂出,露蕊含津。"极写红梅之艳丽,然后引出"苟履行之克修,虽猖狂而何耻"的议论,说理为情景点睛,情景为议论张本。

最后,王禹偁的辞赋在体制特点上力求新变。宋初文学已开破体为文之风气,王禹偁作赋不硁硁于规矩,而是有所突破。如《籍田赋》一反这类赋典雅奥博的特点,而易之以清新淡雅的语言风格。如其形容皇帝羽仗前往籍田的情景:

> 于国之东，千官景从。风清尘而习习，雨洒道以蒙蒙。时也，木德盛，阳气充。春芒甲坼，青青兮葱葱；春土脉起，油油而溶溶。冠盖蔽野，珮环咽风，状浮云兮随应龙；旂帜张日，车徒塞空，若众星兮环紫宫。

严肃隆重的典礼在他写来具有一种与人亲和的感觉，与以往的典礼赋大相异趣。他的以文名题的赋作散文化的程度很深，表现出打通散文与辞赋樊篱的倾向。

清人吴之振《宋诗钞·小畜集钞》云："元之独开有宋风气，于是欧阳文忠得以承流接响。"①其实，不唯是诗，在以散文笔势入赋这一方面，王禹偁对欧阳修等作家的影响也是相当巨大的。

① （清）吴之振：《宋诗钞》，中华书局1986年版，第13页。

论苏轼的辞赋创作*

在北宋赋坛,苏轼是独领风骚的作家。他的融汇古今的辞赋创作思想和深湛的辞赋艺术修养深刻地影响着北宋后期的辞赋创作。辞赋创作贯穿于苏轼文学创作的各个时期。《四库全书》本《苏文忠公集》收以赋名篇的作品二十八篇,以辞名篇的骚体(包括哀辞)六篇。此外,尚有赋体杂文如《吊古冢文》《酒经》等十数篇。苏轼的赋论与创作密切结合,综观其辞赋和辞赋观,有以下几个特征:一是重视辞赋创作与作家素养的联系;二是融会贯通的集大成意识;三是寓深刻于平淡之中,追求理趣盎然;四是融骋辞于流畅自然中的艺术表现。苏轼的辞赋观和辞赋创作代表着北宋后期赋坛的主调,众多赋家深受他的影响。

一

辞赋创作需要作家具有渊博的名物掌故、文学、文字学知识,以及纵横驰骋的想象力和铺采摛文的辞章修养,因此,辞赋

---

* 本文原载于《暨南学报》(哲学社会科学版)2006 年第 5 期。

水平很能体现一个作家的文学素养以及对社会人生的感悟、概括能力。苏轼十分看重辞赋在展示作家人文修养方面的价值，对于熙宁年间的罢诗取士，苏轼大不以为然，他认为试赋可以测试学力修养的高低，而这一点，是政治才干的基础。在《谢王内翰启》中他说："进士之科，昔称浮剽。本朝更制，渐复古风。博观策论，以开天下豪俊之涂；精取诗赋，以折天下英雄之气。使龌龊者望而不敢进，放荡者退而有所裁。"①唐代律赋重视词采华丽，音情顿挫，对助长重词藻的风气确有推动作用。宋代律赋渐趋持重，以博学与论理见长，引导士子读书穷理，博观深究。因此，苏轼对宋律在考察人才方面的价值相当看重。在苏轼看来，辞赋是衡才的重要标准之一，在《荐毛滂状》中他说："（毛滂）文词雅健，有超世之韵，气节端丽，无徇人之意。及臣尝见所作文论骚词，与闻其议论，皆于时可用。"②在《谢梅龙图书》中他也指出："诗赋将以观其志，而非以穷其所不能；策论将以观其才，而非以掩其所不知。"③可见，苏轼并不赞同硁硁然着意于辞藻的辞赋创作作风，而是重视其在修养或文人胸襟学力方面的价值。在《答谢民师推官书》中，他批驳扬雄对辞赋是雕虫篆刻的指责，说："扬雄好为艰深之词，以文浅易之说，若正言之，则人人知之矣。此正所谓雕虫篆刻者，其《太玄》《法言》皆是类也。而独悔于赋，何哉？终身雕虫，而独变

---

① （宋）苏轼撰，孔凡礼点校：《苏轼文集》卷四十六，中华书局 1986 年版，第 1338 页。

② （宋）苏轼撰，孔凡礼点校：《苏轼文集·苏轼佚文汇编》卷一，中华书局 1986 年版，第 2425 页。

③ （宋）苏轼撰，孔凡礼点校：《苏轼文集》卷四十九，中华书局 1986 年版，第 1425 页。

其音节,便谓之经,可乎?屈原作《离骚经》,盖风雅之再变者,虽与日月争光可也。可以其似赋而谓之雕虫乎?使贾谊见孔子,升堂有余矣,而乃以赋鄙之,至与司马相如同科!雄之陋,如此比者甚众。"①扬雄中年以后认为辞赋雕虫篆刻,劝百讽一,于世无补,辍不复为,而潜心于抉探圣人之心迹,其作品有明显的模仿儒典的倾向,他在《法言·问神》中就说:"言不能达其心,书不能达其言,难矣哉!惟圣人得言之解,得书之体,白日以照之,江河以涤之,灏灏乎其莫之御也!"②认为只有圣人才能言意相称,因此对儒典推崇备至,从著作的体式、行文语势、内容诸方面亦步亦趋地追模,其实这也是一种着意于文辞的表现,与"丽而淫"的辞人之赋的创作方法相去不远,因而苏轼从辞达的观点出发指出扬雄之鄙陋。其实,与扬雄同样作风的在北宋大有人在。为欧阳修力黜的"太学体"即是在语言上拟圣的怪胎。苏轼对扬雄的批评当亦包括一些道学先生的艰涩文风。而且,熙宁罢诗赋而专以策论升降天下士,而策论这种议论政治的论说文与儒典有极其亲密的血缘关系,苏轼的批评亦包括这种道貌岸然而又言之无物的论说风气。他在熙宁五年(1072)杭州监试时作的《监试呈诸试官》中写道:"缅怀嘉祐初,文格变已甚。千金碎玉璧、百纳收寸锦。调和椒桂酽,咀嚼沙砾碜。"指的就是"太学体"。可见苏轼看重的是辞赋(包括律赋)在显示文人的胸襟学力方面的特有的价值,而对为文造情、过分造作的创作方示,包括拟圣的论说文,都是反对的。

---

① (宋)苏轼撰,孔凡礼点校:《苏轼文集》卷四十九,中华书局1986年版,第1418页。

② (汉)扬雄撰,汪荣宝注疏:《法言义疏》,中华书局1987年版,第159页。

因此，他提倡“辞达”，只有学力深厚，才识高远，才能以手中之笔法传胸中之意，不经意间便系风捕影，姿态横出。

苏轼的辞赋创作贯穿了他整个文学生涯，很好地展示了他的学问和艺术修养，体现了他的辞赋观。苏轼入仕之初的辞赋有一股奋发向上的豪气。嘉祐四年（1059）写的《滟滪堆赋》《屈原庙赋》《昆阳城赋》或议论用危求安之理，或旌表屈原的高风亮节，或反思兴衰之迹、立身之道，均涌动着济世的冲动。黄州时期，经历了乌台诗案的打击，他的思想发生了巨大的变化。这个时期创作的《服胡麻赋》、前后《赤壁赋》、《酒隐赋》、《快哉此风赋》，反思人生，寻求精神的自由和对现实苦难的超越。元祐以后，苏轼入朝为官，为翰林学士知制诰，兼侍读。作为皇帝近臣，他写了《明君可以为忠言赋》《通其变使民不倦赋》《复改科赋》等五篇律赋，阐发为政之道，表现出济世的一面。元祐六年（1091）以后，蜀、洛党争加剧，苏轼由京官外放，在颍州、定州等地做官，这个时期，他对世道人情认识得更深刻了，因此，辞赋在追求精神自由的内容中融入对人世的冷峻思考，如《秋阳赋》《洞庭春色赋》《中山松醪赋》表现了对诸多人生问题、人生状态的思考。流放岭表、海南后，苏轼苦中作乐，深入庄禅，追求胸襟洒脱、风神飘逸的旷达境界。这个时期的辞赋表现出的是在深入体悟人生基础上的潇洒飘逸、乐天知命，如《沉香山子赋》以沉香山子自况，表现了老成持重的胸怀，《酒子赋》《老饕赋》《菜羹赋》表现以苦为乐的达观人生，《浊醪有妙理赋》《天庆观乳泉赋》表现了对人生、宇宙的沉思。

综观苏轼的辞赋创作，虽然不同时期风貌不尽相同，但都体现出重视内心真实的“意”的流露、追求辞达的创作主张，这与许多赋家的精思附会，刻意雕饰，堆砌名物、典实、词藻的创作方法是不同的。这种信笔而行、直写意志的创作方法是建立在深厚的学养和敏锐的感受力的基础上的。苏轼辞赋以摹写胸中之“意”为主，因人生各个时期精神面貌多样，辞赋也随之表现出不同的特征。文以气为主，一个人的“气”——个性，有些是贯穿一生的，苏轼辞赋也有一些体现作者个性的不变因素。

首先是乐观向上的人生态度。苏轼的大部分辞赋作于黄州、岭南、儋州时期，这是他十分落魄的时期，但辞赋中极少悲叹自怨，随处体现的是对人生、生命的礼赞，展示的是脱尽尘杂的洒脱的人生境界。在作者笔下，艰苦的生活竟如此美好，如《菜羹赋》是这样写自己的落魄迁徙的：“嗟余生之褊迫，如脱兔其何因。殷诗肠之转雷，聊御饿而食陈。”以戏笑的口吻说自己如脱兔般被赶得到处跑，贫不得食，作者用《诗经·小雅·甫田》的典故“我取其限，食我农人”，把饿肚子写得有了文化韵味，有了诗意。接下来，赋是这样描写做菜汤、喝菜汤的：

> 汲幽泉以揉濯，抟露叶与琼根。爨铏锜以膏油，泫融液而流津。汤蒙蒙如松风，投糁豆而谐匀。覆陶瓯之穹崇，谢搅触之烦勤。屏醯酱之原味，却椒桂之芳辛。水初耗而釜泣，火增壮而力均。滃嘈杂而麋溃，信净美而甘分。登盘盂而荐之，具匕箸而晨飧。

传统的辞赋专门有描写饮食的，大多详尽描写烹调过程，这篇赋无疑也借鉴了这样的手法，然而让人发噱的是，如此煞有介事地铺张描写,只是为了煮食蔓菁、芦菔、苦荠之类的野菜！同样让人会心一笑的还有《老饕赋》,赋中很认真地铺叙的一场盛筵却原来是一场幻梦。苏轼的达观由此可见一斑。其次是对社会、人生冷静、理性的认识。苏轼一生,均秉持着洞悉人世的敏锐感受力,即便是早年的辞赋,也表现出洞鉴人世的眼光。如《昆阳城赋》:“嗟夫,昆阳之战,屠百万于斯须,旷千古而一快。想寻、邑之来阵,兀若驱云而拥海,猛士扶轮以蒙茸,虎豹架沓而横溃。罄天下于一战,谓此举之不再。”这段痛快淋漓的战争描写不光是针对昆阳之役的,更是对战争的狂热和非理性的形象描述,具有普遍性,其中暗寓着对战争的种种思索。

二

吸取前人成果而又力变前人,这是宋人开创艺术新局面的一贯做法,这种集大成意识在宋初以来便深入人心,苏轼在文学创作中的集大成意识比前人更强烈,他努力融会贯通文艺传统,海纳百川,在此基础上自成一家,辞赋创作亦然。

苏轼辞赋创作的集大成意识首先表现在对传统的继承上。辞赋创作对传统的因袭比其他文体更突出,如骚体以屈原为代表的楚辞为正体,强烈的抒情、寓于浪漫色彩的想象、抒发贤人失志的愤闷为其特征,超出这一范围则为变体。宋以前的文人在骚体的创作上基本上沿袭这一传统。北宋中期的王安石、文同才逐渐超越这一窠臼。苏轼相当重视对骚体传统的继承,他在《书鲜于子骏楚词后》评价鲜于侁的《九诵》说:“追古屈原、宋玉，友其人于冥寞，续微学之将坠，可谓至矣。”[①]他评价文同的骚体《超然台辞》也说：“其为《超然》辞，意思萧散，不复与外物相关，其《远游》《大人》之流乎？”文同的赋以追求高旷人格为旨归，与屈骚相去甚远，苏轼仍指出其渊源所在。苏轼的骚体有《太白词》《清溪词》《上清词》《黄泥坂词》《山坡陀行》《屈原庙赋》《服胡麻赋》《伤春词》《苏世美哀词》《钱君倚哀词》等，这些作品很大程度上继承了屈骚的传统。如《清溪词》《上清词》源出于《九歌》，《清溪词》立意为祭祀清溪小姑神。

设词问答是成熟的骋词之赋的一个重要特征。苏轼的许多赋亦以问答体展开，即使是精心结构的短章，也以问答行文，如《后杞菊赋》、前后《赤壁赋》、《黠鼠赋》、《秋阳赋》。铺排描写也是骋词之赋的一个特征，苏轼的辞赋不是刻意破体为文，而是善于借铺排以展示回环往复、行云流水般的文辞美，如《后杞菊赋》是这样描绘一个穷官的形象的：“吁嗟先生，谁使汝坐堂上称太守？前宾客之造请，后掾属之趋走。朝衙达午，夕坐过酉。曾杯酒之不设，揽草木以诳口。对案颦蹙，举箸噎呕。”苏轼还有一些赋是对前人作品的模枋，如《酒子赋》吸收了荀赋的形式，句式颇类《成相篇》，《祭古冢文》通篇问句，显然受到《天问》的启发。《服胡麻赋》的句式是对《桔颂》的模仿。

苏轼辞赋的集大成意识更表现在继承前人基础上的超越。他的赋在与传统辞赋体式的似与不似之间，形成了包容传统而又超越传统的特征。苏轼辞赋对传统的超越主要表现在以下

---

① （汉）苏轼撰，孔凡礼点校：《苏轼文集》卷六十六，中华书局 1986 年版，第 2057 页。

几个方面:一是旧瓶装新酒,以旧的形式来承载新的内容;二是突破不同辞赋体式的界限,有意混同辞赋各体;三是突破赋与其他文体的界限,使之杂糅而成篇。

破体为文是北宋辞赋的风气,陶渊明的《归去来兮辞》由于内容上突破了"辞"的传统而为欧阳修大加赞赏,他的《山中之乐》就有模仿陶辞的痕迹。苏轼的《归来引》《拟陶渊明归去来兮辞》就是拟陶辞之作,在他的影响下,他周围的人曾纷纷拟陶,实为当时文坛盛事,苏轼的拟陶辞较之原作在内容上有相当大的变化,较之陶辞,在恬静中融入洞悉人生的玄览境界,更富于哲理性。《黄泥坂词》的开篇部分仿王粲《登楼赋》,赋曰:"出临皋而东骛兮,并丛祠而北转。走雪堂之坡陁兮,历黄泥之长坂。大江汹以左缭兮,渺云涛之舒卷。草木层累而右附兮,蔚柯丘之葱蒨。余旦往而夕还兮,步倚徒而盘桓。虽信美不可居兮,苟娱余于一眄。"王粲赋借风物之美引出乡关之思,苏轼则由风物之美引发人世不可久居的出世之志,接下来,赋以奇服香草喻美德的手法,表现志之高洁:"余幼好此奇服兮,袭前人之诡幻。老更变而自哂兮,悟惊俗之来患。释宝璐而被缯絮兮,杂市人而无辨。"在峻洁人格的向往中融入隐于朝市的人生旨趣,屈骚的愤世为和光同尘、纵浪大化的自然人生理想所代替。《上清词》仿《离骚》之畅游天上幻境,而继以纵览人间的景象:"时游目以下览兮,五岳为豆,四海为杯。俯故宫之千柱兮,若毫端之集埃。"命意出李贺《梦天》,以寄出世离尘之思。

突破不同辞赋体式的界限,有意混同各种赋体规范也是苏轼辞赋的一个重要特征。如《酒子赋》开篇仿荀赋,接着转入骚体句式:"吾观稚酒之初泫兮,若婴儿之未孩。及其溢流而走空兮,又若时女之方笄。"又如《前赤壁赋》,通过对话以铺排,仿骋词大赋,而以“于是饮酒乐甚,扣舷而歌之曰”插入骚体,这种形式在谢庄的《月赋》中便已出现,苏轼很好地继承了这一传统。传统的述志赋以抒发人生感受为主,重抒情而略于描写,咏物赋重描写而抒情议论的比重不大。苏轼的许多赋把这两方面很好地结合起来,如《秋阳赋》中淫雨和秋阳的描写及与之联系的人生旨趣的抒发可谓平分秋色。《中山松醪赋》由松醪之制作引出对人的际遇的思考,两方面的内容篇幅相当。《天庆观乳泉赋》《酒子赋》也是描写、议论抒情大体参半。《飓风赋》与梅尧臣的《风异赋》相类,而阐说小大之辩的篇幅增加了不少。

苏轼还有意突破赋与其他文体的界限,达到亦赋亦文、非赋非文的效果。第一,他喜欢在散文中加入赋体,如《放鹤亭记》:“山人听然而笑曰:有是哉。乃作放鹤招鹤之歌曰:鹤飞去兮,西山之缺。高翔而下览兮,择所适。翻然敛翼,婉将集兮,忽何听见,矫然而复击……”同类的还有《雪堂记》《游恒山记》《药诵》等。第二,他喜欢以赋的结构来结纂散体,如《观妙堂记》《思堂记》《众妙堂记》等,均以对话形式行文而长于铺张描写。如《灵壁张氏园亭记》是这样描写景物的:“其外修竹森然以高,乔木蓊然以深。其中因汴之余浸,以为陂池,取山之怪石,以为岩阜。蒲苇莲芡,有江湖之思。椅桐桧柏,有山林之气。奇花美草,有京洛之态。华堂厦屋,有吴蜀之巧。其深可以隐,其富可以养。果蔬可以饱邻里,鱼鳖笋茹可以馈四方之宾客。”这样全方面地详尽描写在散文中是不多见的,辞赋中则是惯用的手法。第三,苏轼善长在散文中以韵语行文,韵散配合,追求节奏感,这样也形成了亦赋亦文的特色,如《睡乡记》:

睡乡之境,盖与齐州接,而齐州之民无知者。其政甚淳,其俗甚均,其土平夷广大,无东西南北,其人安恬舒适,无疾痛札疠。昏然不生七情,茫然不交万事,荡然不知天地日月。不丝不谷,佚卧而自足,不舟不车,极意而远游。冬而絺,夏而纩,不知其寒暑。得而悲,失而喜,不知其有利害,以谓凡其所目见者皆妄也。

与之相类的还有《酒经》《吊古冢文》等。其实这些亦文亦赋的作品我们完全可以以赋目之。

建立在博学基础上的融汇传统而又超越传统的集大成意识是宋初以来逐渐形成的创作思想,苏轼的辞赋将尊体与破体辩证地统一起来,是宋人探索辞赋发展新路的延续。经过苏轼和他周围文人的努力,辞赋中尊体与破体基本上统一起来,宋赋的风貌基本定型。

三

以理节情、融情于理是宋代文学的重要特征之一。苏轼更将这种平淡之美推向一个新的高度,他的诗文更多地表现出襟怀淡泊、意蕴深远的老境美。在《与二郎侄书》中,他说:"凡文字,少小时须令气象峥嵘,采色绚烂,渐老渐熟乃造平淡;其实不是平淡,绚烂之极也。"[①]苏轼这种对平淡深远的老境美的追

① (宋)苏轼撰,孔凡礼点校:《苏轼文集·苏轼佚文汇编》卷四,中华书局1986年版,第2523页。

求与当时政治革新运动的渐趋消歇、理学流行、党争加剧等因素有着密切的关系。随着纵口揽时事、议论争煌煌的风气趋于消沉,文人们选择了退回内心,在反观内省中体味人生、宇宙的意义,在陶然逍遥的精神世界安顿自己的心灵,排遣仕途的苦闷。苏轼所追求的平淡深远的艺术境界,正代表了文坛的这种好尚。他的辞赋创作亦体现出韵致深远的平淡之美,寓深刻的人生哲理于平淡之境,繁华落尽,旨深趣远。

苏轼相当重视在辞赋中造平淡之境,他曾说文同的《超然台辞》意思萧散,不复与外物相关。在《与文与可十一首》之九中他说苏辙的《墨竹赋》"意思萧散,不复在文字畛域中,真可以配老笔也"①,指出苏辙之赋与文同之墨竹图相得益彰,味在笔墨之外。苏轼推崇的平淡,是平淡中山高水深,韵味无穷,文字之外景象无限。这种境界的获得,需阅历人间沧桑、深味人世炎凉、深谙人生况味,而非一味地故作高雅脱俗。苏轼在《答李方叔书》中就说:"惠示古赋近诗,词气卓越,意趣不凡,甚可喜也。但微伤冗,后当稍收敛之,今未可也。足下之文,正如川之方增,当极其所至,霜降水落,自见涯涘,然不可不知也。"②说的便是李廌的诗赋才情纵横,气象峥嵘,随着人生阅历的增加,当渐趋含蓄、深刻,渐老渐熟,归于平淡。在《答黄鲁直五首(二)》中,他评论晁载之的骚体《闵吾庐赋》时,也表达了类似的见解,他说:"晁君骚词,细看甚奇丽,信其家多异材耶?然有少意,欲鲁直以己意微箴之。凡人文字,当务使平

① (宋)苏轼撰,孔凡礼点校:《苏轼文集·苏轼佚文汇编》卷二,中华书局1986年版,第2445页。

② (宋)苏轼撰,孔凡礼点校:《苏轼文集》卷四十九,中华书局1986年版,第1430—1431页。

和，至足之余，溢为怪奇，盖出于不得已也。”[①]苏轼理解的平淡，不仅要霁月光风，而且还要出人意表，内涵深刻，在平淡中表现出自然清新的特色，要创新，平淡不等于平庸，在《跋黔安居士渔父词》中他评价黄庭坚的《渔父词》说：“鲁直作此词，清新婉丽。问其得意处。自言以水光山色，替却玉肌花貌。此乃真得渔父家风也。”[②]盛赞此词的创新。苏轼的辞赋创作充分体现了他平淡中富深刻、以故为新的主张，为北宋赋苑树立了典范。

辞赋长于铺张描写，苏赋在景物描写中往往融汇深刻的哲理，从而形成韵味深远的美境。如《前赤壁赋》：“少焉，月出于东山之上，徘徊于斗牛之间，白露横江，水光接天。纵一苇之所如，凌万顷之茫然。浩浩乎如凭虚御风，而不知其所止，飘飘乎如遗世独立，羽化而登仙。”在浩渺空旷的景象描写中融入遗世独立的人生感受，景与情、理相互映发，引人入胜。在《后赤壁赋》中，他写道“江流有声，断岸千尺。山高月小，水落石出”，“划然长啸，草木震动。山鸣谷应，风起水涌”，数句便勾勒出远离尘世、高处不胜寒的孤独况味。在《天庆观乳泉赋》中，苏轼写道：“吾尝中夜而起，挈瓶而东。有落月之相随，无一人而我同。汲者未动，夜气方归。锵琼佩之落谷，滟玉池之生肥。”月下独行汲水的描写表现出人与月与水相伴相亲的洒脱之趣。汉大赋的景物描写，往往巨细毕陈，以满足人们神游笔下景物的心理需求，魏晋小赋渐趋追求文外之象，唐代辞赋

① （宋）苏轼撰，孔凡礼点校：《苏轼文集》卷五十二，中华书局 1986 年版，第 1532 页。

② （宋）苏轼撰，孔凡礼点校：《苏轼文集》卷六十八，中华书局 1986 年版，第 2157 页。

则以景物描写的传神入画为旨归。北宋以来,辞赋的景物描写偏于寓理于景,苏轼将此追求升华为勾勒象外之境,以蕴涵人生感悟,将辞赋的景物描写推上一个物我两不相忘的新境界。王十朋为《东坡文集》作序就说:"故虽天地之造化,古今之兴替,风俗之消长,与夫山川、草木、禽兽、鳞介、昆虫之属,亦皆洞其机而贯其妙,积而为胸中之文,不啻如长江大河,汪洋闳肆,变化万状,则凡波澜于一吟一咏之间者,讵可以一二人之学而窥其涯涘哉!"①指出苏轼的描形状物在于穷天地造化之理,洞悉万物之妙,具有理趣。

苏轼长于描写琐细之物。在苏轼赋中,极少汉大赋那样控引天地的描绘,而是对生活中触目而见的细小物什进行描绘,从中发掘出盎然的情韵。《黠鼠赋》中勾画了佯死以逃生的老鼠,从而引出对人生的思考:"汝惟多学而识之,望道而未见也。不一于汝,而二于物,故一鼠之啮而为之变也。人能碎千金之璧,不能无失声于破釜;能搏猛虎,不能无变色于蜂虿。此不一之患也。"赋由黠鼠引发人智的悖论,而实质在讥刺工于心计的群鼠小辈,这种情绪在对人生的达观分析中被冲淡了。《中山松醪赋》也是一篇描写细碎之物的咏物赋。赋中细致入微地描写了松醪的制作,而融入人生遇与不遇的思索,赋中写松明道:"郁风中之香雾,若诉予以不遭。岂千岁之妙质,而死斤斧于鸿毛。效区区之寸明,曾何异于束蒿。烂文章之纠缨,惊节解而流膏。嗟构厦其已远,尚药石而可曹。收薄用于桑榆,制中山之松醪。"由服食松醪引出对出世的思索:"曾日饮

① (清)王文诰辑注,孔凡礼点校:《苏轼诗集》附录二,中华书局1982年版,第2832页。

之几何，觉天刑之可逃。投柱杖而起行，罢儿童之抑搔。望西山之咫尺，欲褰裳以游遨。”苏轼善于将所写之物与自我内心的情绪、感悟融为一体，达到不知何者为我何者为物的境地，他的咏物赋大都既突出所写之物的个性，又融贯自我之感悟，平淡传神而深刻。

苏轼还善于表现日常生活，在庸常的生活中咀嚼出人生的真味。北宋后期文人普遍地追求艺术化的生活，苏轼犹为如此。魏晋以来，服食求仙是高雅的行为，许多文人都在诗文中歌咏服食。苏轼亦然。他有许多描写服食以求长生的赋，这些赋多以阐述远离尘俗的哲理为旨归。《服胡麻赋》写胡麻的药性具有助寿之用，由此引出这样的议论：“神药如蓬，生尔庐兮，世人不信，空自劬兮。搜抉异物，出怪迂兮。槁死空山，固其所兮。”仙药就在我们周围，人们舍近求远，一生追求诡异之物，以致槁死空山，不是很虚妄吗？人生何尝不是这样，上下求索，其实所求之物就在身旁却视而不见。可能是因为这篇赋旨趣深远，所以朱熹编《焚辞后语》苏轼诸赋皆不取，唯收此赋。借酒以陶然，饮酒是魏晋以来文人表示高雅的重要手段。苏轼的赋中有许多，写饮酒的，如《洞庭春色赋》《酒子赋》《酒隐赋》《浊醪有妙理赋》《中山松醪赋》。其实苏轼不善饮酒，他写如此多的饮酒赋，表现自己的饮酒，其实是想表达那种悠然忘机与道逍遥的境界。因此这些赋看似细琐庸常，其实理趣盎然，韵味深远。《洞庭春色赋》作于元祐六年（1091）颍州任上。在《洞庭春色赋序》中有言：“安定郡王以黄柑酿酒，名之曰洞庭春色。其犹子德麟得之以饷予。戏作赋曰。”可知此酒是苏轼得之于赵令畤。赋中先写与黄柏有关涉的美妙传说，赋曰：“吾闻桔中之乐，不减商山。岂霜余之不食，而四老人者游戏于其间？悟此世之泡幻，藏千里于一斑。举枣叶之有余，纳芥子其何艰。”由《玄怪录·巴邛人》记载的这个有关四位老人游戏桔中的典故，作者想说明人生应如四老人那样快意地生活。据此，苏轼给美酒附丽上一种悠然自得的生活态度。接下来，赋中写洞庭秋色之美：“袅袅兮秋风，泛天宇兮清闲。吹洞庭之白浪，涨北渚之苍湾。携佳人而往游，勒雾鬓与风鬟。命黄头之千奴，卷震泽而与俱还。”这几句由楚辞《湘夫人》生发而来，但等待佳人的形象为携雾鬓风鬟的年老佳人纵游的形象所代替，作者以纵游的陶然象征饮酒的快意，进一步渲染了酒的文化意蕴。赋中写酒后的精神自由状态更强调了陶然自得的人生境界：

> 分帝觞之余沥，幸公子之破悭。我洗盏而起尝，散腰足之痹顽。尽三江于一吸，吞鱼龙之神奸。醉梦纷纭，始如髦蛮。鼓包山之桂楫，扣林屋之琼关。卧松风之瑟缩，揭春溜之淙潺。追范蠡于渺茫，吊夫差之茕鳏。属此觞于西子，洗亡国之愁颜。惊罗袜之尘飞，失舞袖之弓弯。

赋对醉境的描写展示了超越时空的渴望，因此在戏谑的口吻里可以品味出另一种艺术化的人生。苏轼的《后杞菊赋》《菜羹赋》《老饕赋》是描写饮食的，《后杞菊赋》写食杞菊“春食苗，夏食叶，秋食花实而冬食根，庶几乎西河、南阳之寿”。餐秋菊之落英不仅御饥、助寿，而且是高雅的行为。朝庭薪俸太少，逼得官员以杞菊充腹，个个好似神仙，在看似情绪平静的赋中，包含着对新法的尖刻嘲讽。

四

辞赋是一种非常重视语言美感的文学样式，它不但追求辞藻的华美、铺排的工整，而且也讲究音韵之美。由于它的篇幅通常来说较为灵活自由、句式的长短也不太受限制（律赋除外），因此，更利于作家展示对语言美的感悟，驰骋才情学识。可以说，辞赋作为中国古代特有的一种文体，她存在的相当重要的理由就在于她适于展示汉语的语言之美。而且，她介于词与散文之间，较之词，她更灵活，较之散文，她更重视文辞的整饬、句式的灵动、音节的铿锵谐靡。汉代大赋虽多散体句式，但其堆砌词藻、故实的特色和过分的铺叙使他与同时代的散文审美特色有很大差别。虽然元以后的文人过分纠缠于像扬雄《长杨赋》这样以议论见长的赋是不是文赋这样的问题，他们过分关注内容方面的特征而忽视了行文的审美特征。像《长杨赋》这样的作品也是以显示文辞之美为特色的。魏晋以后，辞赋渐重词藻的轻倩华丽、句式的整丽，唐赋重视音节的紧凑铿锵、文辞的警拔有力。宋赋的发展深受宋初论说文的影响，赋家们为力变唐代辞赋作风选择了两条途径：一是接续汉魏传统，甚至向上追溯，有意识地学习骚体与荀赋；二是在音节上尽量上摆脱唐赋紧凑铿锵的特色，把散体文的纡徐舒缓和流畅迭宕的语势引入辞赋。这样的努力虽使宋赋呈现出与唐赋迥异的风貌，但辞赋的语言审美价值在一定程度上会变得淡薄，为了修补过分散体导致的不足，一些人将诗词传神隽永的语辞特色和要妙宜修的语气之美引入辞赋，使辞赋流畅而兼具摇曳生姿的美感。像宋庠的《幽窗赋》、欧阳修的《荷花赋》等可算这方面颇具代表性的作品。当然也有不太成功的,将过分散体化的语句与富于美韵的佳句简单地胶结在一起,如李觏的《长江赋》、邵雍的《洛阳怀古赋》等。苏轼的辞赋继承了宋赋流畅迭宕而又兼具情韵的特点,并将其发展到一个新水平,将辞赋固有的骋词特色、诗词的传神幽远的美韵、散体文的平易流畅水乳交融般地融合在一起。

第一,苏轼的骋词特色是以散体语势冲淡铺排的繁密、整丽,使之兼具罗列名物的充实和舒缓流畅的特色,如《酒隐赋》:

> 世事悠悠,浮云聚沤。昔日浚壑,今为崇丘。眇万事于一瞬,孰能兼忘而独游?爰有达人,泛观天地。不择山林,而能避世。引壶觞以自娱,期隐身于一醉。且曰封侯万里,赐璧一双。从使秦帝,横令楚王。飞鸟已尽,弯弓不藏。至于血刃膏鼎,家夷族亡。与夫洗耳颍尾,食薇首阳。抱信秋溺,徇名立僵。臧谷之异,尚同归于亡羊。于是笑蹑糟丘,揖精立粕。酣羲皇之真味,反太初之至乐。烹混沌以调羹,竭沧溟而反爵。邀同归而无徒,每踌躇而自酌。若乃池边倒载,瓮下高眠。背后持锸,杖头挂钱。遇故人而腐胁,逢麹车而流涎。暂托物以排意,岂胸中而洞然。使其推虚破梦,则扰扰万绪起矣,乌足以名世而称贤者耶?

这篇赋罗列了大量与酒有关的典故,却能够流畅自如,信笔而行,充分体现出苏轼辞赋的语言特色。即使在骈赋中,苏轼也善于以散体的流畅冲淡整丽凝重,如《浊醪有妙理赋》:

> 今夫明月之珠，不可以襦。夜光之璧，不可以铺。刍豢饱我而不我觉，布帛燠我而不我娱。惟此君独游万物之表，盖天下不可一日而无。在醉常醒，孰是狂人之药；得意忘味，始知至道之腴。又何必一石亦醉，罔间州间；五斗解酲，不问妻妾。结袜廷中，观廷尉之度量；脱靴殿上，夸谪仙之敏捷。阳醉逖地，常陋王式之褊，乌歌仰天，每讥杨恽之狭。

这段话句句用典，整式整齐，却能体现出流畅悠扬、吞吐自如的美感。

第二，苏轼辞赋的骋辞多用习见之字，一改骋辞大赋重僻字的特点，从而形成平易而富于文辞之美的特点。如《秋阳赋》：

> 方夏潦之淫也，云烝雨泄，雷电发越，江湖为一，后土冒没，舟行城郭，鱼龙入室。菌衣生于用器，蛙蚓行于几席。夜违湿而五迁，昼燎衣而三易。是犹未足病也。耕于三吴，有田一廛，禾已实而生耳，稻方秀而泥蟠。沟塍交通，墙壁颓穿。面垢落塈之涂，目泣湿薪之烟。釜甑其空，四邻悄然。鹳鹤鸣于户庭，妇宵兴而永叹。

在北宋众多的描写淫雨的赋中，这篇赋是铺排最为充分而行文最为流畅自然的。

第三，苏赋善于以流宕而富于美感的语言来弥补过分议论化而造成的文采不足。如《天庆观乳泉赋》开篇写道：

阴阳之相化，天一为水。六者其壮，而一其稚也。夫物老死于坤，而萌芽于复，故水者，物之终始也。意水之在人寰也，如山川之蓄云，草木之含滋，漠然无形而为往来之气也。为气者水之生，而有形者其死也。死者咸而生者甘，甘者能往能来，而咸者一出而不复返，此阴阳之理也。

在这段议论中，句式长短错落，音节谐靡浏亮，自有一种迷人的魅力。又如《祭古冢文》："今夫一岁之运，阴阴之变，天地盈虚，日星殒食，山川崩竭，万物生死，歘吸飘忽，若雷奔电掣，不须臾留也，而子大夫，独能遗骨于其间，而又恶夫人之居者乎？"以问句行文，有一种一气呵成的美感。

第四，苏赋善于以平易的文辞传达悠远要妙的境界，体现出美文的特点。如前后《赤壁赋》，散体行文表达出优美的意境，展示了空灵飘忽的美。又如《伤春词》："雪霜尽而鸟鸣兮，陂塘泫其流暖。步荒园而访遗迹兮，蓊百草之生满。风泛泛而微度兮，日迟迟而愈妍。眇飞絮之无穷兮，烂夭桃之欲然。燕哓哓而稚娇兮，鸠谷谷其老怨。蝶群飞而相值兮，蜂抱蕊而更欢。善万物之得时兮，痛伊人之罹此冤。"这段描写在抒情小赋中极为常见，而苏轼却能使音节更为平易，不靠辞藻取胜，而是巧构诗境，将周遭的热闹与内心的空落形成对比，从而传神地表现出痛失亲人的心境。此外，苏轼还善于在行文中将散体与对偶句结合，以散体句形成排偶，以冲淡骋辞的凝重。

总之，苏轼以博学宏才和过人的感受力，以才运学，将赋与各种文体充分融合，在突出赋的特征的基础上又突破其规矩，使宋赋的发展达到一个新的高度。

国运转关与文风嬗变*

——以李纲辞赋为中心的考察

南北宋之交，文学发展的进程发生了重大转折。这种转折表现为忧患意识与旖旎情思并重、慷慨激昂与遣情释怀并举、深参悟入与直白浅陋并存的特点。这种转变与徽宗时期的政治环境、靖康之难以后人们对国运的反思等密切相关，也与南宋绍兴年间政治学术的发展变化紧密联系，这种转变可以看作是对元祐学术的反动，是淑世情怀消沉而居易俟命之志转笃的心态变化在文学中的具体表现。李纲是这个时期在政治、学术、文学方面均建树卓然的人物之一，我们通过分析他的辞赋创作，意在尝鼎一脔、窥豹一斑，以勾勒国运转关与文风嬗变之间的内在联系。

李纲（1083—1140），字天纪，一字伯纪，本为邵武（今福建邵武）人。自其祖李赓迁居梁溪（今江苏无锡），纲随父李夔寓居于此，故自号梁溪居士。二十三岁（政和二年，1112 年）举进士，至北宋末任太常少卿，宣和元年（1119），李纲因妄论国事

---

* 本文原载于《山东大学学报》（哲学社会科学版）2009 年第 6 期，系 2007 年国家社科基金青年项目“宋代辞赋的嬗变”（项目编号：07CKW023）的阶段性成果之一。

谪监南剑州沙县税务。建炎元年(1127)为宰相,受黄潜善、汪伯彦谗毁,在位仅七十五日。李纲政治生涯颇为坎坷。李纲著作宏富,有《梁溪集》传世。《四库全书》本《梁溪集》一百八十卷,其中,赋四卷,收入古赋十八篇;律赋五篇;另有《归去来辞》《秋风辞》《答宾劳》《蓄猫说》等杂体赋六篇。据《李纲年谱》记载,李纲辞赋相对集中于两个时期,一是宣和元年(1119)贬谪福建沙阳至靖康复起期间,《武夷山赋》《迷楼赋》《梅花赋》及《江上愁心赋》等十一篇赋均作于此时,另外这期间还作了《秋风辞》《沙阳和归去来辞》。第二个时期为建炎元年秋罢相至建炎四年(1130),《乘桴浮于海赋》等十二篇赋作,和《吊国殇文》《哭惠女文》《琼山和归去来辞》当作于这个时期。《荔枝后赋》作于绍兴四年(1134)。[①] 李纲是南北宋之际创作赋数量最多、成就较高的作家。他的辞赋颇能反映一个有良知的文人在世事纷扰之时对社会人生的彷徨与思索,表现国运转关之时文风的嬗变之迹。

一、忧患天下与旖旎情思

对国家民族命运的忧虑和对政治道德良知的捍卫是古代士大夫的优良传统,这种忧患意识在宋代士大夫那里被发扬光大。然而北宋后期直到南宋初期,在恶劣的政治环境和粉饰太平的文化氛围以及文化专制的高压之下,士大夫的人生态度由

---

① 参见(宋)李纲:《梁溪集》之《李纲年谱》,影印文渊阁四库全书本。

激昂慷慨的淑世情怀转而为深沉的人生困惑，以至于趋向疏远政治，转向庸俗和猥琐。所以，当靖康之难发生后，一些读书人在忙着给金人献计献策，逃奔南方的文人士大夫则在求田问舍，攀附权贵，结党营私，党同伐异。士风的猥劣连南宋中期的一些文人都表示困惑和不齿①。一些学者根据几篇诗文就认为两宋之际是爱国精神高涨的时期，这种看法是值得商榷的。当然，那些有良知的士大夫在此时的确表现出对家国天下和中华文化深深的忧患，如宗泽、虞允文、李纲等，一些辞赋也表现出深沉的忧患意识，李纲的辞赋在这方面颇有代表性。

李纲虽然屡遭贬谪，但是心系天下。② 两宋之际士林中弥漫着醉生梦死、猥琐庸劣的风气，对此，李纲颇感忧虑，他在《刘仲偃大资政哀辞》序中说："方靖康之末，天倾地覆，君臣易

---

① 如洪迈曾说，国难之时，多有慷慨悲歌、感天地、泣鬼神之事，"国家靖康、建炎之难极矣，不闻有此，何耶？"[（宋）洪迈：《容斋随笔·续笔》卷六"大义感人"条，上海古籍出版社 1978 年版，第 293—294 页]还说："予顷修《靖康实录》，窃痛一时之祸，以堂堂大邦，中外之兵数十万，曾不能北向发一矢、获一胡，端坐都城，束手就毙！虎旅云屯，不闻有如蜀、燕、晋之愤哭者。"[（宋）洪迈：《容斋随笔》卷十六"靖康时事"条，上海古籍出版社 1978 年版，第 212—213 页]周密则感慨道："子曰：'必世而后仁。'盖言天下大乱，人失其性，凶恶不可告诏，三十年后此辈老死殆尽，后生可教，而渐成美俗也。"[（宋）周密：《癸辛杂识》别集卷下，中华书局 1988 年版，第 278 页]

② 如李纲的《上王太宰论方寇书》《上门下白侍郎书》《与郑少傅书》《与中书冯侍郎书》《上王右丞书》《与梅和胜侍郎书》《与程伯起舍人书》均为宣和三年从沙阳回开封后给当政者的信，信中反复向他们陈述自己回京途中的遭遇，提出处置方腊之乱的方略，其拳拳之心可见矣。《与张德远（张浚）枢密书别幅》《与赵相公（赵鼎）别幅》《与吕安老龙图书》《与向伯恭龙图书》等则作于绍兴四年（1134），李纲闲居长乐期间，信中反复陈述御金之计，勉励众人为国尽职。

位，朝鲜伏节死难之士，几何不为夷狄所笑。而刘公毅然不以用舍动其心，视死如归，遗书其家，陈义可观，足以激懦夫而羞失节之伍，岂不诚烈丈夫哉！”①对于死节的刘韐褒奖有加。当时咏叹刘韐的作品还有喻汝砺的骚体《卮酒词》。李纲努力张扬忧国忧民的济世精神，在《湖海集序》中他标榜诗教传统，从文学见解的角度看虽然了无新意，但是在当时是非常有现实针对性的，他说：

> 《诗》以风刺为主，故曰："上以风化下，下以风刺上。主文而谲谏，言之者无罪，闻之者足以戒。"三百六篇，变风、变雅居其太半，皆有箴规、戒诲、美刺、伤悯、哀思之言。……诗七而后《离骚》作。……虽近乎悱，然爱君之诚笃，而嫉恶之志深，君子许其忠焉。

李纲张扬诗教传统，目的是唤起人们忧国忧民的精神。《吊国殇文》是李纲凭吊宣和年间在和西夏作战中死难的宋军将士的，赋曰：

> 想夫貔虎之将，熊罴之师。耀日戈甲，蔽野旌旗。力蹙势穷，渐车裂帷。鼓声不起，士气已衰。进不得战，退无所归。惊鱼游于沸鼎，骇兽陷于危机。方腹背之俱溃，何爪牙之可施。蹈践纷籍，奔崩流离。血膏草莽，骨委山陂。

① 本文所引辞赋，均引自上海辞书出版社、安徽教育出版社 2006 年版《全宋文》并参校文渊阁本《四库全书》，为了行文方便，除特殊情况外不再胪列出处。

气郁郁以冲汉。魂茕茕而曷依。

对战争场面的描写让人触目惊心,对将士舍生报国的敬仰之情跃然纸上。赋中针对宋廷对将帅被掣肘絷足、不恤死难将士的做法表示了愤慨:"岂有肝脑涂地,身首分披。执干戈以卫社稷,援枹鼓而死边陲,忘其大烈,捃此细微!纵一帅之有罪,顾三军之曷知?赠吊不及,赙赗不时。没者已矣,生者长悲。其何以励封疆之臣,而慰边人之思?"李纲所忧虑的,是在文臣政治下,轻视武人、漠视将士性命的恶习潜在的危害,其实,两宋军事孱弱的积习与贱视武人有极大的关系。李纲的律赋《有文事必有武备赋》也表达了对宋廷重文抑武的忧虑。"有文事必有武备"的说法最早见于《周礼》,流传已久,李纲在此借用,指出精武强兵是治国之道,深中北宋政治之积弊。北宋后期,王朝的衰败与徽宗的穷奢极欲、荒疏朝政有极大的关系,当时的辞赋中就有对徽宗讥刺的作品,如程俱的《采石赋》明褒暗贬,讥刺徽宗大兴花石纲,指斥蔡京等人助主为虐,是北宋后期少有的大胆论政之作。南渡后胡寅的《原乱赋》系统地揭露了徽宗的种种荒淫之举与王朝覆灭的联系。李纲的《迷楼赋》也是一篇讥刺徽宗失德的作品。作品借古讽今,揭露徽宗好色成性。徽宗虽然富于深谙艺术,但是他对女色的迷醉又显得异常低俗和癫狂,《迷楼赋》模仿杜牧《阿房宫赋》的手法,这样描写宫娥曼妙的生活:"桃李妍芳,耀新妆也;蕙兰芬馥,泛天香也;云舒霞卷,绣袿裳也;燕语莺啼,舌笙簧也;振木飞尘,歌声扬也;回风流雪,舞袖翔也;雷霆间作,金奏锵也。"作者笔锋一转,万千繁盛顿作萧条衰败:"芜城之侧,故址犹存,狐兔之所窟穴,鼪鼯之所吟呻。霜露梗莽,风凄日曛,过而览者,莫不踌踳而悲辛。”对比之强烈,令人触目惊心,继而引出发自肺腑的慨叹:“与夫琼室丧夏,鹿台亡商,吴之姑苏,秦之阿房,足以致乱于当年而垂戒于万世者,盖同出于一辙也。我作斯赋,以吊千古之非,而为后来者说也。”从而把对国家命运的深沉关注与忧虑、对君王真挚的劝导与期许表达得淋漓尽致。徽宗的一些德行很容易让人联想到隋炀帝,因此,除了李纲的这篇赋以外,孔平仲的《吊隋炀帝赋》也是一篇借题发挥的作品。李纲的忧虑也表现在对朝臣的庸劣低能、尸位素餐方面。他的《朋党论》虽然大体上是复述欧阳修《朋党论》的观点,但是指出君子小人得位的关键“在君不在臣”,相当有针对性,同时也表达了希望臣工们能打破党见、以诚相待、匡扶王室的愿望。在《蓄猫说》中,李纲希望朝臣能像尽职尽责的猫那样勠力王室:“有天下国家者,任贤使能,蓄威望士以为用,则盗贼不敢起,奸宄不敢作,敌国不敢议。故士会在晋,而群盗奔秦,汲黯在朝,而淮南寝谋,赵奢、李牧、吴起、廉颇之徒用于国,而四邻不犯,何以异于猫之制鼠哉!”①作品超越个人遭际的愤懑,清醒地看到在国运飘摇之时,重用能臣的非常意义。可能是出于对罢黜李纲以后把持政坛的庸才的不满,洪适针对李纲此赋反其道而行之,作《弃猫文》,赋中因待遇优渥而孱弱不能捕鼠的庸猫大发浩叹:“汝岂不见夫国家之设官乎?宠以高位,畀以厚禄,相图治于朝端,将折冲于边服。……凡厥庶僚,各庀其局。一有旷瘝,旋跬屏逐。人尚如然,况于微畜。”两赋相反相成,都

---

① 《蓄猫说》主题结构是对话体,对老鼠和猫的描写全用韵语,铺排细致,惟妙惟肖,而议论部分则用散体句式,充分体现了北宋后期文赋流畅随意的特征,也是对韵散配合的辞赋传统的继承,所以我们认为这篇作品应当视作赋体杂文。

对朝廷所用非人表示深深的忧虑。此外,李纲在律赋《折槛旌直臣赋》中全面阐述了他对臣道的看法,希望臣工们能直道应物,也希望君王能亲贤臣、远小人,展现了他敏锐的政治洞察力。

值得注意的是,我们以上讨论的李纲辞赋大多创作于他被贬沙阳时期,此时他的心情应该是比较苦闷的。在这种情况下依然眷眷于天下,反映了他磊落的胸怀和高瞻远瞩的政治家风范。李纲在贬谪生涯中,还创作了许多表现热爱世俗庸常生活的辞赋,与当时赋坛的世俗化情调颇为合拍①,展现了李纲胸怀旖旎多姿的一面。李纲在被贬沙阳的途中,创作了一首《沙阳和归去来辞》,表达了远适沙阳的孤独和对家乡的思念以及渴望乡居优游的愿望。对陶渊明《归去来兮辞》的追和,是北宋后期直到南宋初期的一种风尚,较之原辞,文人们在表达向往乡居的愿望时多了几分远离祸患的欣喜,而且对乡居生活的描写多了几分田舍翁般的雍容。这些作品充分反映了当时政治环境的恶劣和文人们不得不放下济世情怀走向庸常生活的心境。李纲亦然,他在辞中这样设想自己的乡居生活:"梁溪之滨,有泉石与田畴。言蜡我屐,载浮我舟。不汲汲于三釜,聊欣欣于一丘。艺兰菊于小圃,友龟鱼于清流。"文中没有陶辞那种与道逍遥的高妙哲思,而是觉得乡居本身使人身心松弛,陶然忘机。两宋之际的许多赋作表现出了渴望家族兴旺、乡居陶然的思想,主旨和李纲此赋一致。在这篇作品中,李纲还对自己妄论国事以至于丢官流放懊悔不已:"归去来兮,负罪远

---

① 参见刘培:《论南宋初期辞赋的世俗情调》,《文史哲》2009 年第 4 期。

谪何时归！惟戆愚之妄发，奚流落之足悲。顾涓埃之何补，嗟驷马之难追。”在以往的贬谪流放者的文学作品中，往往有一种悲壮豪迈之气和大义凛然之感，而李纲的这种感受的确使人感到真实和亲切。他的另一首流放琼山时作的《琼山和归去来辞》和此篇内容大体相类，作品中念念不忘对国事的忧虑：“既抱病而已废，复与世而何求。冀英俊之并骛，解斯民之隐忧。”可以看出，李纲并不需要像苏轼等那样在哲理的层面化解政治的郁垒，而是采取一种近于随波逐流的人生态度，虽然内心抹不去对国事的牵挂，但是人生定位很快就转换到远离政治的乡居生活上来了。贬谪后他也可以头头是道地论政，可以表达自己对国运的焦虑，但是苏轼等人的那种对人生价值的探索和难以割舍的心悬魏阙的苦心在李纲这里已经相当淡漠了。

除了对乡居生活充满向往之情外，李纲对柔媚婉约的美境也有深刻的领悟。在《含笑花赋》中，他饶有兴趣地描写了含笑花轻盈妩媚的姿态和浓烈的芳香，含笑花是东南沿海特有的一种芳香植物，其气味香醇浓久却不浊腻，可能在宋代已经开始园林种植。① 赋中他把含笑花比作含笑娇羞的美女：“默凝情而不语兮，独含笑于春空。其笑伊何？粲兮巧倩。洞户初启，曲栏乍见。惊邻女之窥墙，疑宠姬之教战。鄙妖姿之龋齿，谢啼妆之半面。态有余情，忽焉改观。国香无敌，秀色可餐。”

---

① 宋代的诗文笔记中对含笑花多有记载。陈善《扪虱新话》“论南中花卉”：“南中花木有北地所无者，茉莉花、含笑花、阇提花、鹰爪花之类……含笑有大小。小含笑有四时花，然惟夏中最盛。又有紫含笑，香尤酷烈。”（上海古籍出版社 1995 年版）邓润甫的诗句：“自有嫣然态，风前欲笑人。涓涓朝露泣，盎盎夜生春。”杨万里的诗句：“秋来二笑再芬芳，紫笑何如白笑强。只有此花偷不得，无人知处自然香。”等等。

这是写含笑花初开的姿态，赋中罗列了许多关于美女的典实以渲染含笑花的自然美态。接下来，仍然以美人喻花，浓墨重彩地描写含笑花盛开时的美丽和浓烈的芳香。赋的结尾，写下了这样耐人寻味的一段话："方将移自南国，置之玉堂。违霜霰之凄冷，依日月之末光。凭雕栏而凝彩，度芝阁而飘香。破颜一笑，掩乎群芳，诚可以承天宠而植椒房者乎！""日月之末光"语出《史记·萧相国世家》，指亲近君王帝后，联系赋序"方蒙恩而入幸，价重一时"等语来看，李调元认为是指徽宗宣和时朱勔主办花石纲期间移植含笑花于宫禁之事。① 可见，辞赋除了赞美此花的美丽芬芳因而得以移入宫禁外，看不出有其他方面的含义。这在讲究兴寄和哲思的北宋咏物赋当中是不多见的。看来，李纲只是在表达自己对含笑花的感受，展示自己旖旎多姿的情怀，过去的那种由咏物深入对人生领悟的手法并没有被李纲采用。他的《莲花赋》因周敦颐的《爱莲说》颇有影响而不得不在开头部分隐括几句，又因为莲花在佛教中具有特殊的含义，他又笃信佛教，所以在篇尾点缀了几句宣扬佛法的内容外，其他文字都在表现荷花动人的姿态：

绿水如镜，红裳影斜。乍疑西子，临溪浣纱，菡萏初开，朱颜半酡。又如南威，夜饮朝歌，亭亭烟外，凝立逶迤。又如洛神，罗袜凌波，天风徐来，妙响相磨。又如湘妃，瑟鼓云和，娇困无力，摇摇纤柯。又如戚姬，楚舞婆娑，风雨摧残，飘零红多。又如蔡女，荡舟抵诃。尔乃藕埋玉骨，花炫新妆。绿荷倚盖，翠的连房。修茎耸碧，嫩蕊摇黄。贮

① 参见（清）李调元：《赋话》卷十，《丛书集成初编》本，第110页。

盈盈之真色，泛苒苒之天香。敛若凝羞，婉若含笑。仰若吟风，俯若窥沼。波静露寒，风清月晓。

此赋语言清丽，状物传神，文笔细腻，对莲花姿态神色的描摹的确摄其神魄，从中不难看出他对荷花美韵真切深刻的领悟力。他的《梅花赋》以表现婀娜多姿的美韵见长，赋云："素英剪玉，轻蕊捶金。绛蜡为萼，紫檀为心。蕾方苞而露重，梢半袅而云深。凌霜霰于残腊，带烟雨于疏林。"这段文字对梅花色彩的表现比较独到，而对一枝带露、疏影横斜的形态描绘也很传神，堪得"清便富艳"之谓。赋中还有一长段不厌其烦的拟喻，将梅花比作"梅仙""梅妃""姑射神人""瑶台玉姬""温伯雪子""东郭顺子"等一系列女性形象或美男子形象，以渲染梅花的妖娆艳丽，这种格调很容易让人想到南朝咏物赋错彩镂金的风尚，而四库馆臣认为此赋"然亦见纲之赋格，置于唐人之中，可以乱真矣"①当是指其描写传神的特点。他的两篇《荔支赋》以及《椰子酒赋》等也是这样的作品。其实，长于展现旖旎情怀而不太注意兴寄高远正是两宋之际咏物赋新变的一个特征。当时文人的审美好尚发生了微妙的变化，由北宋后期的追求妙解天人、澄怀观物转向追求旖旎婉转、摇曳多姿的美韵，由浑朴大方转向细美婉约。这种转变，穷其根源，乃是文人心态的世俗化使然。当时的文人，他们的心思不再停留于探索人生价值，不再寻求对现实政治苦闷的超越，而是以一种开放的、宽容的心态来面对现实人生，他们不想通过人生境界的提升来调和

① 《四库全书总目提要》卷一百五十六《〈梁溪集〉提要》，中华书局1956年版，第1345页。

理想与现实政治的矛盾。他们在妙解天人之外选择了随波逐流，在高情雅韵之外选择了庸俗怀抱，在孤高自闭的精神世界之外选择了世俗人生。他们的创作兴趣，不再是以理释情，而是偏重于感性的美感体验。可以说，李纲的咏物赋也表现出当时辞赋兴寄日渐淡薄的趋势。当然，李纲的咏物辞赋也不乏长于哲思者，如《幽兰赋》《秋色赋》《药杵臼后赋》等，问题在于，他的辞赋不能把咏物和议论融为一体，不能如苏轼等人那样做到物我两致意。究其原因，除了学力不足外，更主要的是他和其他同时代的赋家一样，关注的是展现自己的旖旎情怀，而对玄妙哲思的兴趣则相对淡漠许多。

二、苦闷沉郁与遣情释怀

虽然李纲遵循穷则独善其身的处世哲学，但是正如上文所论，他始终难以割舍兼济天下的情怀。李纲衡文，特别看重“气”的意义，他在《道乡邹公文集序》中说：“文章以气为主……士之养气刚大，塞乎天壤，忘利害而外生死，胸中超然，则发为文章，自其胸襟流出，虽与日月争光可也。”这里所说的“气”，就是孟子标榜的“我善养吾浩然之气”的“气”，是包括对家国天下的使命感、社会责任感以及捍卫道德的情怀。他在《古灵陈述古文集序》中说：“君子之文务本渊源，根柢于道德仁义，粹然一出于正”，“文以德为主，德以文为辅，德文兼备，与夫无德而有文者，此君子小人之辨也”。这段话正可作为他主张“气”的最好注脚。李纲推崇杜甫也是由于他的这种忧国忧民的浩然气概，在《重校正杜子美集序》中他说：“杜子美诗，古今绝唱也。……其忠义气节、羁旅艰难、悲愤无聊一见于诗。句法理致老而益精。时平读之，未见其工；迨亲更兵火丧乱之后，诵其辞如生乎其时，犁然有当于人心，然后知其语之妙也。”不过，李纲生活的时代，朝中党争不已，士风猥琐，徽宗昏庸狂妄，高宗卑鄙刻毒，致使人心大失，正气郁而不伸，尤其是南渡以后，士人身心疲惫，心灰意冷，他们对政治的体认也更深刻、更彻底，更具有出离悲情的平静抑或麻木。承此风气，李纲的辞赋一面表现着报国之志备受压制的苦闷，一面又依靠“居易以俟命”的人生态度以及释氏、老庄的信仰来化解内心的苦闷。

政治上的失意对李纲的影响是巨大的，内心的苦闷时或流露于诗文中，他在《湖海集序》中就说过：“及建炎改元之秋，丐罢机政，其冬谪居武昌，明年移澧浦，又明年迁海外。自江湖涉岭海，皆骚人放逐之乡，与魑魅荒绝非人所居之地，郁悒亡聊，则复赖诗句摅忧娱悲，以自陶写。”这是指他第二次被贬时的心境，和第一次被贬沙阳时的落寞失意相比多了些悲怆愤慨。李纲颇多苦闷沉郁的赋作，如作于建炎年间的《江上愁心赋》曰：“横中流而吊古兮，凭此江以为阻，不修德而恃险兮，咸奔亡而系虏。彼六朝之三百年兮，竟江山之谁主。历隋唐而混一兮，迄五季而割据。惟真人之龙翔兮，削僭乱而奠区宇。漠然但见山高而水清兮，垂二百年不复识旗帜而闻金鼓。”作者凭吊六朝旧事，对高宗可能要步六朝后尘偏安江左表示了隐隐的担忧，对国事的忧虑以及不能报效国家的苦闷跃然纸上。这篇赋的立意与唐张说的同题之作基本一致，可能李纲觉得自己的遭遇和张说当时被贬的情形比较相近，因而与张说赋作的慷慨悲歌产生了共鸣。同样的作品还有《幽兰赋》。赋写幽兰，最早起始于唐代的杨炯。与李赋不同，杨赋侧重于幽兰所寄寓的落寞情韵，故写法上与江淹的《恨赋》相似。李赋则以物比德，传达对幽兰般志行高洁的隐遁之士的仰慕，在李纲的眼中，幽兰芬芳郁烈，譬如高士的尊德修洁："若夫出自故山，同夫小草。……付功名于脱屣，等富贵于浮云。室虽迩而人则远，可得闻而不可见。"在这里，他特别提到了谢安的隐居，暗用"处则远志出则小草"（《世说新语·排调》）的典故，凸显出穷居励志的主题。《乘桴浮于海赋》也是表现政治苦闷的作品。篇名出自《论语·公冶长》，原文道："道不行，乘桴浮于海。"在赋中，他表达了对政治遭际的愤愤不平和矢志报国的热情："爰有羁臣，远投瘴海，短发白而早衰，寸心丹而不改，荷三朝之眷知，虽万死而何悔。仰圣哲之风流，庶兹诚之有在。"不过，这样的表述在李纲的辞赋中非常罕见。

李纲的被贬沙阳，起因是宣和元年"京师大水，纲上疏言阴气太盛，当以盗贼外患为忧。朝廷恶其言，谪监南剑州沙县税务"①。由于他借题发挥的谠言论政触犯了徽宗不喜大臣"妄论国事"的忌讳，被贬沙阳。对于这段遭际，李纲在《答宾劳》中进行了反思。在这篇赋中，他借客之口，指出自己的被贬是不识时务所致。赋的开篇直陈巧宦之道曰："盖闻士生于世，不逢则已，苟逢其时，则必下收群誉，上结主知。舒翘扬英，发册吐奇。随势如转圆，应变如发机。默于所当默，为与所当为。……今子奋身寒苦，遭世隆昌。历金门，上玉堂，载笔螭坳，日侍清光，曾不能结舌钳口，循默自守。"其中的"随势如转

① （元）脱脱等：《宋史》卷三百五十八《李纲传》，中华书局 1977 年版，第 11242 页。

圆，应变如发机"化用是董仲舒《士不遇赋》对巧宦嘴脸的勾勒，董氏之后，这成了刻画巧宦的套语①，但李纲所言，其实正是徽宗时期官场的普遍风气，这也是李纲深感忧愤的，赋中这样描写当时的官场："今则不然，上有仁圣愿治之君，下无骨鲠敢言之臣。……而士咸伈伈睍睍，拘拘戚戚。取容媕阿，拟步踧踖，翕肩蓄缩，卷舌噤默，观时低昂，逐势反侧。保宠禄以饕富贵，其视天下漠然，如越人视秦人之肥瘠。譬犹仗下之马，鞲上之鹰，饱毛血而不搏，饫刍豆而不鸣。"官场行险侥幸的习气不仅使国事大坏，而且厕身于这样的人物中间，他的政治抱负也难以实现，让他深感忧愤的，除了徽宗的苟安享乐外，还有朝臣的猥劣自私。不过，李纲并没有因此而忧愤难平，而是顺时知命、安之若素，他写道："予虽负于罪戾，犹得齿于官联。职事粗办，逸居饱餐。入则左图而右史，出则前溪而后山。从吾所好，其何适而不安也。"其实他的乡居理想很世俗化："予方筑室山林，买舟江湖。……圃有松竹，几有诗书。晚食当肉，安步当车。"和其他文人一样，李纲把乡居作为官场机括之外安顿身心的理想之所，当时表现这种诉求的辞赋很多，如郑刚中的《山斋赋》、胡寅的《送吴郛赋》、葛立方的《旷斋赋》、王十朋的《至乐斋赋》等。李纲还给这种生活诉求寻找了理论基础，那就是居易以俟命。接下来，李纲阐述了安守天命的道理，他认为，对于人短暂的生命来说，富贵利达如过眼云烟，何况个人的穷通是不可强求的："道贵常虚，物禁太盛。富为怨府，贵为祸柄。隙不在大，力难久胜。"这种从儒家中庸之道生发出来的用舍行藏宠辱不惊的思想在当时颇有市场，因而李纲的这种

① 参见钱锺书：《管锥编》第三册，中华书局1986年版，第922页。

人生观也得到了同时代人的认可，黄彦平在《祭梁溪文》中这样评价他："有志不就，舍之则藏。乘桴而浮，赐环而返。"李纲在《拟骚》中对屈原的耿介品格推崇备至，但对他的谲怪怨怼颇不以为然。赋中反思自己的遭际时不无愤慨地指责朝臣的碌碌无为："惟本朝之宽大兮，非有鼎镬斧钺之刑。何群公之噤嘿兮，咸卷舌而吞声。因积水之告灾兮，爰奏疏而上陈。庶一言之悟主兮，回天照之明明。朝抗章而夕贬兮，白日不谅予之精诚。徒孤忠之耿耿兮，任萍梗之飘零。"但他选择了上下求索之外的居易以俟命的人生态度："惟盖棺兮事始定，聊康强兮保天性。岁寒不失其青青兮，惟松柏之独正。信吾道以优游兮，姑居易以俟命。"以"用行舍藏"的观点来消释内心的不平与苦闷，实现了对离骚所抒之激愤怨怼情感的超越，这在宋人的拟骚作品中是具有代表性的。在《三黜赋》中，李纲进一步阐述了居易俟命的人生态度。"三黜"语出《论语》，《论语·微子》曰："柳下惠为士师，三黜。"王禹偁有《三黜赋》表现了挟道自重的情怀。李纲之作，借柳下惠来抒发复杂的内在情感：

> 贤若下惠，官为士师，以直道而从事，乃屡黜之为宜。忘己为人，何爵禄之足惜；舍生取义，岂威武之能移。法古守官，屈身徇道，位虽卑而道何所辱，义或失则位焉敢保。宁尸禄以素餐，将啜菽以忘老。君违必谏，虽犯颜而何伤；天听孔昭，恐获罪之难祷。何则？忠以得罪，分焉所甘，以所守之惟一，故遭黜而至三。用则行而舍则藏，顾有进则有退；仰不愧而俯不怍，夫何惧而何惭！

浦铣在其《复小斋赋话》中对此赋作了很高的评价："李忠定公

《三黜赋》，纯是借题发挥。余尝取放翁（陆游）跋李庄简公语：'目如炬，声如钟，其英伟刚毅之气，使人兴起。'谓此赋，足以当之。"同样表达隐居守志的作品还有《武夷山赋》《南征赋》《秋风辞》等。

李纲从术数的角度出发为居易以俟命的人生哲学找到了一个调和出处行藏的支撑点，他在沙阳贬谪期间曾作《日者赋》，驳斥术者以生辰来断定人的命运的荒谬，但是他并不是否定术数的荒诞，他说：

> 幸与不幸，似夫偶然，偶然之中，有数存焉。斡流而迁，或推而还。震荡回薄，胡可胜言。主张翕辟，孰司其权？命实制之，必原于天。……是以君子乐天而知，居易以俟。不戚戚于贫贱，不汲汲于富贵。静则安土而敦乎仁，动则见险而止乎智。不立岩墙以蹈危，不为轩冕而肆志。一晦一显，与道宛转。一止一行，与道翱翔。或出或处，惟道是与。或语或默，惟道是适。安时处顺，知其不可奈何，故无入而不自得也。且夫取舍在人，可否在时，时或未然，强进何为。宁出入若无心之云，将炫耀若干阳之霓乎？宁昂昂如野鹤，将逐逐如家鸡乎？宁曳尾如途中之龟，将捐生如太庙之牺乎？宁退而有考槃之乐，将进而有履虎之危乎？宁汩汩守抱瓮之拙，将俯仰随桔槔之机乎？宁执志以固守，将逐物以转移乎？

这段话是对他居易以俟命人生观的全面阐释。可以看出，北宋文人们苦苦思索的人生问题在这里被归结为对神秘的命运的顺从。李纲热心易学，认为人事的出处行藏皆受运数支配，他在《论天人之理》中说：

> 天人之理一也。人事尽，至于不可奈何，然后可以归之于天，譬犹农夫之治田，耕耘之功既至，而遇水旱，乃可曰：天实饥之也。医师之治病，药石之功既至，而犹不起，乃谓天实死之也。今未尝力耕耘而望岁于天，未尝投药石而责命于天，其可乎？古之君子以在天者不可知，而尽其在人者。故立人之朝，卒然遇非常之变故，及察事理之将然，必力争而救止之，虽得罪至于蹈死而不悔，其意以谓吾知尽夫人事而已。①

他曾在《与向伯恭龙图书》中说过早年算命而后应验的事：

> 幼年术者谓命似东坡，虽文采声名不足以望之，然得谤誉于意外，渡海得归，皆略相似。又远谪中了得《易传》、《论语》说，尤相合者。但坡谪以暮年，仆犹少其二十岁。坡儋耳三年，仆琼山十日，比之差优。至坡归以承平无事之时，仆归以艰难多故之日，则不可同年而语也。②

这种把命运委托给神秘天道的思维方法，能帮助他轻松摆脱沉重的济世情怀，在备受打压下优游容与，与时俯仰。李纲的这种生活态度不是个例，而是当时较为普遍的士人心态，如程俱

① （宋）李纲：《梁溪先生全集》第8册卷一百四十五，台北汉华图书出版公司1970年影印清道光间刊本，第4269页。

② （宋）李纲：《梁溪先生全集》第6册卷一百一十四，台北汉华图书出版公司1970年影印清道光间刊本，第3261页。

的《献占》、郑刚中的《大易赋》等都是阐述阴阳推运之理的赋作。唐庚的《祸福论》对文人们的这种命运困惑及其化解的思路谈得更为透辟，他针对“为善者反得祸，为恶者反得福”的现象说道：“吾意以谓祸福出于天，善恶出乎人。二者不相为谋，如五星散行，而有时乎相值。人见其适相值也，而遂引以为常，此不可谓合于理矣”，这段话揭示了当时人们对于社会道德良知的较为普遍的看法，可以当作李纲《日者赋》主旨的概括。

李纲信奉佛教，而且颇为看重佛教禳灾避祸、镇定心灵的作用，这也是两宋之际文人信佛的一个新变化，即文人们不再过多地流连于佛理的探讨以及借助佛理来参悟人生，而是像齐民百姓那样，与佛达成一种互惠互利的交易。因而，这个时期有关佛教的赋作多为佛教教义的内容，如黄彦平的《禅浴赋》、冯檝的《和渊明归去来辞》等就是佞佛之作。当时表现神仙信仰的作品如李石的《巫山凝真仙人词》、叶子强的《迎送神辞》五首、葛立方的《云仙》等也是在祈求现世的福祉，和佞佛之作没什么两样。这反映了士人精神世界普遍的庸俗化倾向。李纲的佛教信仰，在贬谪沙阳之后表现得比较显著。在这期间，他得到了与其父同年登第的好友陈瓘在这方面的指导。李纲在《与许振叔显谟书》中写道：“某待罪贬，所托庇如昨征商之余日，得观阅藏教，留心空门，以洗三十八年之非，此外颇亦翻经史，弄笔研，聊以自慰。”①可见，他的皈依佛教在很大程度上是为了自我内心世界的救赎与苦闷心态的释放。他在《三教论》中这样写道：“西方有圣人焉，其名曰佛，以布施摄悭贪，以

---

① （宋）李纲：《梁溪先生全集》第6册卷一百八，台北汉华图书出版公司1970年影印清道光间刊本，3033页。

持戒摄毁禁，以忍辱摄瞋恚，以精进摄懈怠，以禅定摄散乱，以智慧摄愚痴，以慈悲为心，以寂灭为乐，以常乐我净为法，以菩提涅槃为至，以因果报应为化导之术，治天下者，用吾之道，可以不言而自化，不令而自行，不待赏罚使民迁善而远罪。”①在他看来，佛不仅是拯救个人的良药，也是济世的利器，在《梦志》中，他说：“余自幼年所梦多验，经行之地、遭遇之故，往往先发于寝寐之间。及值其时，恍如旧游；而事曲折，若合符契。如靖康之事，皆梦于数十年之前，亲旧饱闻，而厌道之。既应，莫不骇异。”②由此更可见出他崇奉佛教的世俗化特征。李纲的辞赋中宣佛的作品不少。《续远游赋》在铺排了游仙的内容后写道：

> 其惟西方之圣人，严清静之佛土兮，辟广大之法门。目净修广如青莲兮，舌相广长而无不闻，以一音而演说兮，普滋发于诸根，宝树森以行列兮，天华散而缤纷，菩萨声闻环以围绕兮，天龙八部俨以威神，倏一念而往诣兮，稽首礼足而钦承。俾化人以导予兮，游华藏于无垠。从一佛国至一佛国兮，若河沙与微尘。

他把空虚之境作为心灵的栖居之地，以空幻的观念来化解政治的苦闷。在《莲花赋》的结尾，李纲由描写莲花凌波婀娜转到对佛教的宣扬：

---

① （宋）李纲：《梁溪先生全集》第8册卷一百四十三，台北汉华图书出版公司1970年影印清道光间刊本，第4196—4197页。

② （宋）李纲：《梁溪先生全集》第8册卷一百三十六，台北汉华图书出版公司1970年影印清道光间刊本，第4031页。

则有高世之士，味道之人，悟色香之妙觉，获圆通于见闻。深契无生，不离根尘，岂止玩其英华、揽其芳芬而已哉！言观其本，生于淤泥；言观其末，出于清漪。处污秽而不染，体清净而不移。至理圆成，孰能知之？西方之人，强名为佛，以兹取喻，其谁曰不是！以毗卢之坐，千叶齐敷；华藏之海，十方咸出。惟植根之得地，爰开华而结实。功用既圆，退藏于密，返观自性之莲华，又何资于造物。

他阐发了莲花由烦恼而至清净的含义，以及佛清净的法身、庄严的报身。

李纲还通过道家齐物逍遥的思想来化解内心苦闷。他的《榕木赋》借《庄子·外篇·山木》之义加以发挥，赋曰：

然而修枝翼布，密叶云浓，芘结驷之千乘，象青盖之童童。夏日方永，畏景驰空，垂一方之美荫，来万里之清风，靓如帷幄，肃如房栊。为行人之所依归，咸休影乎其中。故能不夭斧斤，棓击是免。虽不材而无用，乃用大而效显。异文木之必折，类甘棠之勿翦。立乎无何有之乡，配灵椿而独远。不然则雁以不鸣而烹，漆以有用而割。犀象以齿角而毙，樗栎以恶木而伐。处夫材与不材之间，殆未易议其优劣也。

与庄子的无用之大用的观点不同的是，李纲所描写的榕木之所以免患是因为它对人具有遮阴蔽日的作用，但又不能如良木那样派上大用场，它的全身之道在于身处有用与无用之间。这和他既要克尽其才报效国家又要圆通处世虚与斡旋的人生态度是一致的。

需要指出的是,由于李纲与苏轼命运相似,志趣相通,也由于两宋之际"崇苏热"的兴起,因此,苏轼的那种达观的人生态度对李纲消解政治苦闷也有一定的影响,在《荔支赋》《浊醪有妙理赋》等作品中多有表现,但是这些赋当中对苏轼的旷达人生只是表示了仰慕,而具体的人生境界并没有展开描写,这可能与李纲无法达到苏轼那种近乎游戏人生的生活态度有关。

三、因袭继承与直白流畅

与思想内容的嬗变相联系,两宋之际的辞赋在艺术表现上也表现出深参悟入与直白浅陋并存的特征,具体到李纲的辞赋,则表现为因袭继承有余而自出机杼不足、直白晓畅有余而含蓄蕴藉不足的特点。

李纲的辞赋对六朝唐代辞赋多有继承。《梅花赋》是李纲的一篇骈体赋,其序云:

> 皮日休称宋广平之为人,疑其铁心石肠,及观所著《梅花赋》,清腴富艳,得南朝徐、庾体。然广平之赋,今缺不传。予谓梅花非特占百卉之先,其标格清高,殆非余花所及,辞语形容,尤难为工。因极思以为之赋,补广平之缺云。

这是一篇补缺之作，由于宋璟所赋至李纲时已佚，所以在拟作时，李纲便据皮日休之言，力求做到“清腴富艳，得南朝徐、庾体”。这篇赋其铺排之繁密、措辞之倩丽，远绍六朝辞赋风格。他的《椰子酒赋》、两篇《荔支赋》、《莲花赋》等，在描写手法上与他的《梅花赋》相类，也以振华敷彩雕琢秾丽见长，如《荔支赋》曰：

伊天地之大美，钟火德于炎方。结荔支之嘉实，禀纯气于至阳。含滋润于雨露，违严凝于雪霜。碧叶素荣，缥蒂丹房。肤如龙鳞，颗如里囊。绛绡为壳，白玉为瓤。液贮甘露，核藏丁香。酝难言之妙味，吐自然之清香。此荔支之大略也。全而观之，丸如丹凤之方卵而未雏，破而窥之；莹如老蚌之既剖而见珠；掇而出之，粲如姣姬褪红裳而露玉肤；咀而嚼之，旨如琼醴吸沆瀣而羞醍醐。谈辨莫及，丹青难图。百果退避，孰敢争腴？

在对荔枝的形貌、味道的描摹上，可谓极尽刻画之致，不仅形象生动、比喻新巧，而且音韵跌宕、骈对工稳，在堆砌辞藻和刻画传神方面多得六朝辞赋之裨益。其实不只是李纲，当时的咏物赋或多或少都可以看到模仿六朝辞赋的痕迹，究其原因，当与彼时科场的习气有关。王安石变革科举之法，黜诗赋而以经义策论升降天下士，希望把经世致用之学落到实处，但是适得其反，时文既然囿于王安石新学，士子只能代圣人立言，那么他们只能在文辞上翻新出奇，奇句单行固然难以吸引有司，于是转而向骈俪之文靠近，希望借此展示自己的才学。所以，出乎王安石的意料，北宋末年的科场策论逐渐向骈俪之文靠拢。对于

这种风气,韩驹在《论时文之弊疏》中说:

> 昔者神宗皇帝既罢词赋,始立经义之科,意以谓词赋非古也,而六经之作皆本于圣人,学者如通其大义,则其文章亦将渐复于三代。今之学者既以讲究道德,发挥章句,六经之旨亦略明矣,独其文章未能复古。后生小儒为皆偶俪之词,漫汗之文,纂错以为工,繁杂以为美。……臣总角时从乡先生问为文大义。乡先生曰:"童子记之,大略如为赋而无声韵耳。"已而臣游场屋,视同列者果皆如此,因退而叹曰:此岂神宗皇帝罢词赋之意耶?譬犹女工不欲作锦而坏其机,退而相与刺绣。夫锦之与绣则固不同矣,然其为纂错繁杂则一也。

从这番议论可见出科场骈俪化文风影响之巨。科举在当时的文化生活中具有重要的地位,因此,文人辞赋濡染骈俪风气在所难免,李纲自然也不能免俗。唐代辞赋对六朝辞赋的因袭痕迹非常明显,且多为骈赋,时人循源讨流,唐代辞赋亦成为他们模仿的对象,李纲的《迷楼赋》是对杜牧《阿房宫赋》的逐句模拟,他的《江上愁心赋》也是对张说同题之作的模仿。

靖康之难的发生使元祐党人得到了在政治上复苏的机会,尤其是高宗标榜"最爱元祐",赵鼎等对元祐人士积极提携,使得元祐人士弹冠相庆,在崇宁党禁期间被排斥的元祐学术也乘势兴起,苏轼的诗文因此而大行其道。其实,在崇宁年间,苏轼诗文被禁止期间,他的影响依然深入士人中间。可以说,两宋之际,以苏轼等为代表的元祐学术经历了由隐到显的发展过程,在这种思潮之下,李纲的辞赋也受到苏轼等的深刻影响。李纲对苏轼的文章非常推崇,他在《文乡记》中谈到宋代文学的变迁时说:“宋兴,划五季之余习,欧阳修以古作导之于前,王安石以经术成之于后,而蜀人亦有以奇辞佳句铿锵于其间者,是以文乡之盛,接武三代,而下视汉、唐为不足多也。然则自汉以来,数君子者其皆一乡之豪杰欤! 比年豪杰不作,文乡浸复衰弱,委靡不振。岂其遁伏山林,沉潜下僚,埋光铲彩而不肯出乎? 予将游其乡而访之,故为之记。”在他看来,苏轼是继欧阳修、王安石后对宋代文化影响深远的人物,由于崇宁党禁,苏轼的影响遁伏山林,沉潜下僚。马积高先生说过:“他(李纲)平生为文,多步武苏轼,惟议论多切实用,与苏轼的疏阔颇不同。其《梁溪集》中收赋颇多,亦刻意学苏,至有专事模拟者。”①在《梁溪集》所收的二十余篇赋作中,《秋色赋》《后乳泉赋》是在苏轼前作基础上的续作。辞赋创作历来有同题共作、相互矜胜的传统,李纲这两篇赋序中亦道出此意,在《后乳泉赋并序》中云:“玉局翁作《乳泉赋》,妙语雄辩,不可跂及,然理有未安者。梁溪翁作《后赋》以订之。”他欲与东坡争衡的用意是很明显的。他的律赋也颇受苏轼之裨益,李调元有云:“宋李纲《折槛旌直臣赋》,其出落云:‘辱师傅之贵,虽曰敢言;干雷霆之威,自应可斩。而天子能恕,将军敢争。因免冠而致悟,乃饰槛以为旌。’以韵语叙事,曲折匠心,无一毫遗漏。中云:‘径命驾去,不为薛宣而少留,趣和药来,更助萧公之引决。惟直情而径行,故太刚而必折。’尤为开合动宕,神明于规矩之中。按忠定律赋专仿坡公,兼有通篇次韵者,此殆青

① 马积高:《赋史》,上海古籍出版社 1987 年版,第 448 页。

出于蓝矣。”①其中值得一提的还有他的《浊醪有妙理赋次东坡韵》，李调元曾说：“宋李纲《浊醪有妙理赋》次东坡韵，云：‘醇德可美，颂瓢觚于刘子；醉乡不远，记风土于无功。’又云：‘霞散冰肌，谢仙人之石髓；潮红玉颊，殊北苑之云腴。’可与原唱竞爽，而豪荡之气，微不逮矣。通篇次韵到底，创建于忠定。”②王芑孙在《读赋卮言·和赋例》中也曾评道：“次韵之赋亦起于宋，而盛于明。宋李纲《浊醪有妙理赋》次东坡韵，明祁顺、舒芬、唐龙诸人《白鹿洞赋》次朱子韵，乃用元白和诗之例矣。”③对东坡律赋逐字逐韵地追和，可以看出他对苏轼辞赋的推崇。李纲的两篇《荔支赋》其立意也是从苏轼贬谪岭南的诗文对荔枝的描写中得到的启发。在《荔支后赋并序》中他说：“宣和己亥岁，余谪官沙阳，次年夏始食荔支，尝为之赋。后十二年，岁在辛亥，寓居长乐，于今又四夏矣。备尝佳品，究见荔支本末，作《后赋》以订之，其辞曰：客谓梁溪病叟曰：‘玉局翁以荔支比江瑶柱与河豚，岂其然乎？’病叟曰：‘否！拟人必于其伦，惟物亦尔。’”当然，苏轼辞赋才气流灌，一气呵成，这不是力强能致的，因此，李纲对苏轼的学习基本停留在立意遣词的层面上。两宋之际，元祐赋风的确得到了一点嗣响，但由于学力才气的不足，人们对元祐辞赋的应和多与李纲相似。

李纲的辞赋语言较为直白，缺乏前辈赋家的含蓄蕴藉，比

---

① （清）李调元：《赋话》卷五，《丛书集成初编》，商务印书馆1936年版，第42页。

② （清）李调元：《赋话》卷五，《丛书集成初编》，商务印书馆1936年版，第42页。

③ （清）王芑孙：《读赋卮言·和赋例》，《渊雅堂全集》，广陵书社2017年版，第1021页。

较接近于散体文语言,这种语言特征在当时的辞赋当中是比较普遍的,这与苏轼等倡导的“破体为文”的主张以及“文赋”传统当有一定的联系。在李纲辞赋中,即使需要堆砌铺排的地方,他也写得比较简洁省净,化整丽于无迹,如他的《武夷山赋》:

其瑰伟绝特之观,则有幔亭之麓,天柱之峰,铁障延袤,鉴池空濛。岩啸雕虎,潭藏老龙。俨金仙之容晬,粲游女之肌红。储芝玉于二廪,铸栾乳于三钟。耸层峰之叠翠,落飞瀑之长虹。千岩万壑,竞秀争雄。荡心骇目,不可殚穷。其仙圣游戏之地,则有换骨之岩,赌妇之石。掌印掬踪,膝存跪迹。绘胎禽之缥缈,插仙舟于罅隙。留丹灶于层巅,置鸡栖于峭壁。组织就而杼轴空,篇翰终而几案寂。按图以求,秘怪难测。其植物则有翠柏毛竹,绿李丹橘,翳荟芬芳,擢干垂实。其动物则有舞鹤鸣鹍,游羊戏鹿,栖息飞翔,分群萃族。其内则有琼楼珠殿,玉圃芝田,创见天地,自开山川,灵仙之所周旋也。其外则有长松茂草,异卉、嘉葩,枕流漱石,朝烟夕霞,幽遁之所考槃也。合而观之,山意深,水容湍,石色温润,溪流屈盘。地灵而木秀,境寂而云闲。信能腾誉今古,垂光简编,厕三十六洞,而别为一天也。

这段文字若当作散体游记来看也未尝不可,文中对武夷山风物的铺叙远没有充分展开,对风光的描写也没有做到“写物图貌,蔚似雕画”(《文心雕龙·诠赋》)。与赋的散体文倾向相反,这个时期的写景散体文则进一步吸收辞赋的成分,如黄从彦的《逸老阁记》从逸老阁四方布局和四时景象放笔铺叙，丽藻纷纭，烂若云锦。有的散体文则把征行赋以行程为线索遂地凭吊的特色加以吸收，如卢襄的《西征记》其实就是散体的西征赋，而且文章出于抒情的需要，又大量插入骚体赋来抒发怀抱，更凸显了其与辞赋的渊源。李纲的辞赋一方面在学习六朝唐代辞赋的密丽特色，另一方面又在走向散体格调，体现了当时辞赋语言的两个倾向。在议论方面，李纲的辞赋也没有做到情与理的交融，而往往是提出论题之后，罗列典实进行证明，如在《答宾劳》中这一特色就比较突出，这种结构特点，很容易使文章的思想表达得直白肤浅。从李纲等人辞赋的直白平易特点可以窥见文人心态的微妙变化。两宋之际，文人心态由封闭走向开放、由内敛转向外露，情理相得、妙解天人的表达方式已经不能准确地表现他们对社会人生的感受了，于是，文学作品中抒情说理的方式由曲折幽深转变为直白和张扬。当然，文学表达的直白外露还与文人们学识修养的变化密切联系，辞赋的直白肤浅在一定程度上也是文人们学养不足造成的。文学作品的含蓄蕴藉和理趣深邃与读书穷理、贯通众学密切相关，而当时的文人学识修养不如他们的前辈，这是造成李纲这一代人辞赋语言直白的重要因素。

总的说来，李纲的辞赋展示了他心系天下而又通脱自适的胸怀，表现出苦闷沉郁与遣情释怀的情感特征。他吸收众多辞赋风格，追求自由灵活地抒情议论、状物写怀。通过李纲的辞赋，我们可以窥见两宋之际辞赋发展之一斑。

◎徐庆文　《儒学的现代化路径》

◎王承略　《古典文献与学术史论丛》

◎刘　培　《思想、历史与文学》

◎聂济冬　《汉唐文史论集》

◎周纪文　《和谐美散论》

◎赵卫东　《道教历史与文献研究》

◎何朝晖　《书与史》

◎孙　微　《杜诗的阐释与接受》

◎陈　峰　《重访中国现代史学》

◎王加华　《农耕文明与中国乡村社会》

◎龙　圣　《山河之间：明清社会史论集》

山东大学儒学高等研究院教授自选集

◎王绍曾　《文献学与学术史》
◎吉常宏　《古汉语研究丛稿》
◎龚克昌　《中国辞赋学论集》
◎董治安　《先秦两汉文献与文学论集》
◎孟祥才　《学史集》
◎张忠纲　《耘斋古典文学论丛》
◎徐传武　《古代文学、文化与文献》
◎马来平　《追问科学究竟是什么》
◎郑杰文　《墨家与纵横家论丛》
◎冯春田　《〈文心雕龙〉研究》
◎孙剑艺　《里仁居语言论丛》
◎王学典　《史料、史观与史学》
◎黄玉顺　《生活儒学与现象学》
◎张其成　《国学之心与国医之魂》
◎杨朝明　《洙泗文献征信》
◎戚良德　《〈文心雕龙〉与中国文论话语》
◎李平生　《中国近现代史研习录》
◎赵睿才　《唐诗纵横》
◎杜泽逊　《文献探微》
◎叶　涛　《民俗文化与民间信仰》
◎张士闪　《民俗之学:有温度的田野》
◎宋开玉　《语文丛考》